I0681762

AU SOLEIL DE JUILLET

LE TEMPS ET LA VIE

AU
SOLEIL DE JUILLET

(1829-1830)

PAR

PAUL ADAM

PARIS

SOCIÉTÉ D'ÉDITIONS LITTÉRAIRES ET ARTISTIQUES

Librairie Paul Ollendorff

50, CHAUSSÉE D'ANTIN, 50

1903

Tous droits réservés.

IL A ÉTÉ TIRÉ A PART

Cinq exemplaires sur papier du Japon,
Deux exemplaires sur papier de Chine,
Cinquante exemplaires sur papier de Hollande,

Numérotés.

—————

Nº 38

AU SOLEIL DE JUILLET

I

Après les embrassades, les pleurs, les pardons, Mme Héricourt s'adossa contre la haute armoire de chêne sculpté, dans le vestibule des Moulins. Hochant la tête, elle répéta :

— Hein, Caroline ! Est-il bien mon fils...? Le sacripant! Ah Lucifer... va! Rome ne t'a point changé.

Elle replia son mouchoir humide. Dans les arbres du jardin, à travers les carreaux de la cloison vitrée, elle regarda sa douleur de le savoir sans dévotion.

— Eh bien, mon bel avocat, trouves-tu du changement par ici?... demandait, toute fière, la tante Caroline Cavrois.

Avec son trousseau de clef, elle désigna le crépi neuf de la pièce octogone, un crépi jaune quadrillé de marron. Deux poissons frétillaient dans un bocal soutenu par un pied de bronze, au milieu du guéridon. La tante, du geste, admira le paravent recouvert d'une tapisserie fraîche dont le paysage tyrolien, reproduit cinq fois par feuille, était ceint d'une arabesque bleue. Il cachait la provision de bûches et de fagots entassés contre le mur. Les fouets de chasse, les colliers de chien, les baguettes de fusil, étaient suspendus contre un petit panneau, près de l'horloge battant la mesure dans sa haute gaine de bois. Les perspectives de la

1

cuisine s'ouvraient là, sur leur carreau rouge, avec leurs chaises et leurs tables grattées au verre, leurs batteries de cuivre épanouies sous l'alignement des chandeliers, les figures rutilantes des bassinoires. De: grosses filles tiraient du four les plats brûlants. La graisse criait autour des perdreaux. Une odeur de dîner somptueux rassasia d'abord les narines.

Omer vanta la netteté du vestibule clair, qu'agrémentait un gradin pourvu de cyclamens en pots, de résédas discrets et de sains hortensias. La tante Caroline releva délicatement leurs têtes, essuya leurs feuilles. D'une fleur, elle dit :

— Ça embaume...

— Comment n'as-tu pas essayé d'obtenir audience du Saint-Père? demandait encore à son fils Mme Héricourt.

De ses doigts, mouillés au préalable par la bouche, la veuve lissa ses bandeaux fins et gris contre les rides migraineuses du front.

Omer s'excusa de son mieux, en descendant les trois marches qui menaient à la salle basse, à sa vaste cheminée rustique, où la crémaillère d'apparât, creusée d'armoiries à devises, accrochait un chaudron très ancien, martelé, poinçonné, offrant l'image roide de saint Omer, qui, la truelle au poing, bâtissait le monastère et la ville de son nom.

Le jeune homme s'attendrit au souvenir des vacances passées jadis à conter là, pour Elvire, des histoires de loups-garous. Du râtelier aux vieux fusils, il avait maintes fois décroché les armes, pour manier les canons, pour examiner les meutes coiffant le cerf sur la gravure des platines. Un saint Hubert sculpté en relief dans une crosse de 1720 l'avait ravi longtemps, telle une marionnette au nez camard et à la bouche grotesque. Tout cela décorait encore les panneaux, non moins que les coqs, les faisceaux de licteurs et les bonnets de Mithra sur les assiettes de la Révolution. Une servante ouvrit un bahut. Il s'en échappa le même parfum de sel et de pain bis qui précédait la confection du goûter, autrefois.

— Ma tante, donnez-moi je vous prie, une tartine.

— Fi donc !... grand sot !...

Il l'eut. Avec délices, il la mangea.

— Mets ton mouchoir sur ton habit, pour les miettes... Le beurre tache... tu sais !... Mais regarde-le donc, Virginie, ton fils... On dirait, par ma foi, qu'il vient de faire le fou, avec ses cousins, dans le Pré aux Vaches !... Une chope de bière, hein ?

La cruche mousseuse fut apportée par les bras nus et trop roses de la cuisinière. Dans un haut cristal à facettes, Omer but lentement l'aigre fraîcheur du liquide. Simulant une satisfaction sans bornes, il savait réjouir l'âge des parentes. Elles le contemplèrent. Elles se rappelaient maint bonheur défunt. Et il jugea bon de leur plaire ainsi.

Les gros yeux navrés de Maman Virginie lui reprochaient doucement d'avoir omis leurs vœux. Accoudée sur le bras de son petit fauteuil roide, elle appuyait contre deux doigts secs, son visage de brune virile aux bandeaux minces que des peignes d'argent étiraient jusqu'en sa coiffe de veuve, soie blanche, crêpe noir. L'autre main égrenait le rosaire d'agathe et d'ambre que son fils avait, pour elle, acquis chez Gennarello l'antiquaire romain. Elle avait maigri beaucoup durant le séjour de son fils en Italie. L'embompoint de la maturité, à la suite d'une fièvre cérébrale, s'était progressivement amoindri. A quarante-sept ans, elle était une personne plate, usée, aux longues jambes impatientes sous le taffetas de la sombre robe. Omer l'aimait mieux ainsi. Elle différait moins de l'image qu'il conservait d'elle, lorsque, dans sa prime enfance, il l'avait adorée, élégante et impériale, entraînant, après soi, le bruit des étoffes aux couleurs vives, et faisant tinter les pierres de ses bracelets, les mailles de ses chaînes d'or.

Il se félicitait de la voir perdre cette lourdeur où, elle s'était empâtée, inerte, et se lamentant sur la mort de son mari, sur l'impossibilité d'atteindre la perfection chrétienne qui vaut les béatitudes séraphiques des saints, unique bonheur certain, croyait-elle : ceux du monde étaient trop fragiles. La transformation physique, sans doute déterminait le changement moral. La renonciation d'Omer à la prêtrise, le mariage avec Elvire Gresloup, elle les accueillit par moins de pleurs et de douleurs qu'au temps où elle les pressentait.

Une fois dites les six paroles essentielles, il se trouvait vis-à-vis d'elle comme vis-à-vis d'une étrangère maniaque. Leurs âmes ne communiaient point. Vainement ils cherchaient des mots allant au cœur, des consolations, des excuses et des pardons. Ils n'avaient de recours que dans les paroles inutiles et vagues, relatives aux insignifiances de la vie. Elle évoqua seulement, à l'exemple de la tante Caroline, le temps jadis, les espiègleries des jeunes Praxi-Blassans, celles de Dieudonné, celles de son fils. Faiblement elle riait, les dents mauvaises. Bientôt une idée triste effaçait la joie timide.

— Au reste, remarquait-elle, tu as toujours été trop adroit.

— Trop adroit?

— Oh!

Elle leva vers les solives du plafond sa main au chapelet et, hochant la tête, elle s'approuva de juger ainsi le fiancé de la riche Elvire.

— Et moi qui pensais... Quelle sotte je fais, grand Dieu... Oui, oui, tu as su mettre dans tes intérêts l'Église, Rome et la Sainte Congrégation... Faut-il, Seigneur, que ce soient vos prêtres mêmes qui me persuadent de lui laisser suivre une voie profane...?

— Profane!... La vie que je souhaite couler auprès d'Elvire, de « votre ange! » Se peut-il que vous m'accusiez ainsi... que vous l'accusiez!

— Je prévois que, par cette porte ouverte sur le monde, tu t'en iras loin du ciel...

— Allons, Virginie... Trêve de reproches, aujourd'hui, du moins. Je veux qu'il voie mon salon et qu'il me donne son avis, ce fashionnable du boulevard de Gand...

— Ah! tu l'emportes. Il est ce que tu veux : l'avocat des Moulins... la parole de notre argent, de son argent, de ton argent! Il n'est point l'avocat du Christ. Tu l'emportes, Caroline! Tu l'emportes! Il est plus ton fils que mon fils... Tu l'avais bien dit en 1812, quand tu es venue au château de Lorraine pour acheter la moisson sur pied, et la revendre en grains aux armées de Leipzig, puis aux alliés. Tu l'avais bien dit qu'il te fallait un avocat dans la famille... Et moi je ne suis rien qu'un pauvre chien sans pouvoir! Mon Dieu...

— Comment, mère, comment? Ne suis-je pas l'avocat des humbles selon que le recommanda le Christ? Et qui donc a défendu les malheureux, ce major Ulbach?

Là-dessus, il déclama. Les traditions du carbonarisme italien, qui faisaient paraître le récipiendaire sous la figure du Christ, l'inspirèrent. Il assuma de continuer la tâche messianique. L'avocat des pauvres n'est-il pas l'avocat de Dieu? Il s'étendit sur ce thème, en achevant sa bière. Maman Virginie haussait les épaules, et poussait de gros soupirs.

— Non, non... tu n'es pas noble et généreux comme ton père, comme moi. Je le sens bien, et tu ne m'en feras pas accroire, ni toi, ni l'abbé de Praxi-Blassans...

— Ma mère!

— Oh! tu es si adroit, reprit amèrement Mme Héricourt. Edouard lui-même, qui te connaît bien, lui, qui est à la fois un savant et un saint : il n'a pas refusé la tonsure, lui! Eh bien, Edouard aussi t'excuse... Comment t'y prends-tu pour les tourner tous en ta faveur!

— Mais, ma mère, je suis, je vous assure, un piètre Machiavel. Demandez au Père Ronsin. Bien qu'il ait quitté la Congrégation, il vous renseignera sur elle et sur moi.

— Ah! celui-là te juge, comme je te juge. Il me plaint, lui! Non qu'il se prive d'indulgence à ton égard; mais enfin il voit clair...

— Et que voit-il?

— Il voit que tu deviens le disciple de mon frère Edme, du major Gresloup, et de tous ces demi-soldes, suppôts des Jacobins!... Il ne veut pas que dans la Sainte Congrégation, tu apportes le mauvais esprit des anges révoltés. Et il a prié son successeur de t'exclure.

Omer se permit de sourire, fier d'être redouté par le P. Ronsin.

— Oh! tu ris, mon pauvre enfant! Tu ris! Et pourtant, quelle douleur m'accable aujourd'hui, quand je ne devrais être animée que de joie. Ce n'est donc pas mon fils, c'est Edouard de Praxi-Blassans qui plantera la croix de la Mission sur la place, sur la Terre de Cité. Pour rendre grâces à ce bon serviteur de Dieu, le préfet reçoit à l'Hôtel de Ville, l'évêque, en personne dit la messe, ton oncle de Praxi-Blassans et Augustin sont venus de Paris, toutes les jeunes filles s'habillent de blanc, la ville en fête se prépare. Et tu aurais pu être celui-là, celui qui fait rendre à Jésus tant d'honneurs!

— Eh bien, dit Caroline, quand on n'a pas ce que l'on aime, il faut aimer ce que l'on a... Embrasse ton fils, et viens au salon...

Mme Héricourt reçut d'abord mollement le baiser d'Omer.

— Estimez-vous, murmura-t-il, que le Dieu de Miséricorde exige de vous tant de peines, tant de douleurs, tant de sacrifices, et tant d'horribles angoisses?... Vraiment, le Dieu de douceur et de pardon peut-il tant exiger d'une sainte comme vous, ma mère !

— Hélas ! hélas ! ton âme pieuse est morte, si tu ne comprends pas la mesure de nos devoirs envers le Sauveur !

— Or ça, mon âme pieuse est donc morte aussi ! plaisanta la tante Caroline, car je ne me donne pas ce tintouin !... Je suis de l'avis d'Omer... Notre Seigneur n'en demande pas tant !

Debout, Mᵐᵉ Héricourt avait enfoui sa tête dans l'épaule de son fils, et il conçut la sincérité de ces affreux sanglots. La foi consumait cette vie malheureuse. Nulle logique, nulle affection qui pût remédier. Contre son habit, Omer sentait battre le sang de la veine jugulaire dans le cou flétri. De la douleur gonflait en cette pauvre veuve, l'étouffait, l'étranglait, et puis s'expirait par saccades. Chaude et lourde, elle pesait là, sans espoir. Pouvait-il encore renoncer à la vie et prendre la soutane? Devait-il sacrifier sa jeune existence à cette malade. Il se consulta pendant les secondes qui s'écoulèrent. A l'égard de la société, de la science et du devoir humain, mieux valait que cette malheureuse femme pérît, et qu'il vécut libre, autant que cela se pouvait. Une race doit sacrifier ses parties faibles à ses parties fortes si elle prétend s'accroître.

Maman Virginie s'appuyait mieux encore à l'épaule d'Omer. Sa persuasion, sa prière, jusqu'alors vainement traduites par le langage et l'écriture, elle tenta de les insinuer physiquement par l'application de son corps douloureux contre le cœur ému de son fils. Tous les organes, l'estomac gonflé, l'œsophage encombré, les intestins grouillants, Omer les sentit se crisper et souffrir contre lui. Il eut dit que sa mère essayait, pour le faire plus sien, de le résorber en elle dans le flanc qui l'avait porté. Du moins semblait-il qu'elle lui voulût rappeler comme ils étaient la même chair, et comme le fils dépendait du cerveau maternel, de par les lois de nature. Autant qu'un membre obéit à la volonté, ne devait-il pas obéir, l'enfant conçu, le lendemain d'Austerlitz, dans le château de Moravie, où campait le colonel Héricourt, vainqueur des tyrans.

La fermeté du jeune homme chancela. La loi de Rome indiquerait le devoir. La table d'airain, sur laquelle étaient gravés les préceptes, brilla dans sa mémoire qui se rappelait les frontispices des livres juridiques. La divinité de la Loi se dressait dans son esprit logique; elle et ses mérites, qui résument les conclusions de la sagesse humaine, depuis les époques obscures de la première famille, de la première horde et de la première tribu. Sa vénération envers l'œuvre des Latins le conseillerait parfaitement. Il réfléchit.

L'obéissance était due au chef de famille, au père, non à la mère. Et l'idéal du père mort, c'était celui de l'oncle Edme, du major Gresloup et du général Pithouët. Ce n'était point celui de l'abbé de Praxi-Blassans, ni du Père Ronsin, ni de Mme Héricourt. La loi de Rome s'opposait à la loi de la nature. Les vainqueurs des vierges commandent à la race, et non les femme qui sont soumises afin d'être fécondées.

Dût-elle en mourir, la mère ne devait pas être obéie.

Ce n'était pas le fils qui la condamnait à la détresse, ou même à la mort. C'était la Loi.

Maman Virginie eut-elle la conscience de cette décision? Elle tressaillit longuement, étouffa son fils contre sa poitrine. Un dernier sanglot nerveux la secoua toute. Il fut pénétré par les affres de cette torture morale.

Lui-même frémit, et ses lèvres effleurèrent les cheveux gris lissés au bord de la coiffe.

Sa mère allait donc périr, de son fait.

L'âme transie et le cœur étreint, il l'immola.

Parce qu'il ne s'épanchait pas de sang au fond d'une

crypte sur la pierre des sacrifices humains, parce qu'aucune image de Mithra sculptée dans le roc ne dominait cette salle aux bahuts de chêne, parce qu'Omer occupait à la fois la place du pontife durant les mystères lugubres, et celle de l'assistance, Mme Héricourt semblait-elle moins victime qu'un captif lybien ou celte, qu'un barbare, que tout esprit adversaire de l'intelligence civilisatrice, et, pour cela, devant être aboli ! Car la loi veut que périssent les forces révolues, dont les ombres nuisent à la lumière neuve et féconde. Vraiment, la mère n'était pas moins égorgée que les hosties humaines des légionnaires romains. L'aspect de la mort blémissait la face atone, quand Mme Héricourt releva la tête et s'écarta du parricide. Ses larmes étaient taries dans ses yeux opaques. Droite et plate, elle demeura quelques instants immobile, en jouant avec le rosaire qu'elle adora, les paupières mi-closes.

Omer louait la vertu d'Elvire, sa piété. Il la présenta sous l'apparence d'un ange aux armes d'azur et aux yeux de clarté puissante.

— Elle est belle et bonne, dit seulement Mme Héricourt, et je suppose qu'elle t'aime.

— Bien vu ! C'est une jeune personne accomplie.

Par ce compliment, Mme Cravois crut avoir mis fin au drame dont elle ne démêlait pas la vérité tragique.

— Maintenant, venez voir mon salon !... Virginie ! Ne va pas continuer tes jérémiades !... Ah ! mon garçon ta mère t'aime trop ! Elle ne souffre pas qu'une autre femme, et même « son ange », la supplante dans ton cœur. Aussi bien, a-t-elle toujours protesté contre les mariages ! En 1806, avec ton pauvre père, elle s'opposait autant à ce que mon frère Augustin épousât la Belle Hollandaise ! Je te demande un peu : un simple capitaine à l'état-major d'Oudinot ! Et la dame héritait alors de son premier mari, son marchand de Rotterdam, l'homme des comptoirs de Java !... Heureusement

1.

qu'Augustin ne t'a pas écoutée, ma bonne! Serait-il général, à cette heure? A-t-elle été vite morte, mon Dieu, Malvina !... C'est une bénédiction, pour la famille, qu'Augustin ait associé leur affaire de Malaisie à la Banque d'Artois! Dis-moi, Virginie, l'eût-il fait, s'il n'avait épousé ta fille, depuis? Que non pas! Eh bien! tous nos sentiments, ma bonne, se prononçaient contre ces fiançailles... Et aujourd'hui? Ta Denise et lui s'aiment! Ils sont contents !... Et Joseph a expédié de Sourabaya un chargement de cannelle et d'indigo, par *La Belle-Ariadne*... Ça se vend au poids de l'or dans les docks de Londres !... Jamais je n'ai vu ça... *Gratias tibi Domine !*... A ce propos, j'ai ouï dire que les *troupeaux* de Mme Gresloup fournissent la viande à trois comtés d'Angleterre !... J'ai appris ça, dimanche, par un courtier qui nous achète, à Dunkerque, deux cargaisons d'Odessa, celles qui sont en route. Il arrive du pays de Galles, cet homme-là... Il m'a dit des chiffres! Si mon neveu séduit Elvire... du coup, le crédit de la Banque d'Artois peut doubler dans les Iles-Britanniques... Ni plus, ni moins !... Virginie, tu as beau chanter « Femme sensible » sur l'air du traderidera... C'est ainsi... Pierquin, le notaire de Douai, a voulu, la semaine dernière, acquérir des actions de notre Compagnie Héricourt, pour le compte d'un lord... Le *goddam* offre de les payer trois mille livres de France, l'une... Et ils n'ont pas encore trouvé de vendeur !... Va: les mariages ont du bon, ma vieille sainte !... Au reste, tu n'as pas *toujours* été *contre!* Tu as changé depuis ta jeunesse... Mazette! Le général Moreau n'a guère eu besoin d'insister pour que tu agrées les avances de mon frère Bernard, en 1803. Vous avez mené ça, tous les deux, tambour battant! Mais oui !... Et quand il est resté six mois absent, pendant la campagne d'Austerlitz... tu n'y pouvais plus tenir !... tu l'as été rejoindre en chaise de poste! Pourquoi faire?... Hein?... Je te prie?... Pourquoi faire?... Pour faire ce beau garçon-là, madame!... Pour faire M. Omer Héricourt avocat à la Cour d'appel de Paris! Faut pas nous montrer des bleuses-vues. Mon époux en était indigné! Mais oui, le pauvre Cavrois! Il n'en revenait pas. Dépenser six mille livres de voyage pour aller jouer de la flûte en Moravie avec un dragon de l'empereur! Je croirais presque que c'est ça qui a avancé la fin de mon défunt!... Eh! bien, mon neveu, voilà comment elle était ta sainte mère, en 1805... Ne l'écoute pas... Elle prêche à la façon de nos bons curés : Faites ce que je dis... ne faites pas ce que j'ai fait!... Tu aimes Elvire... Elle t'aime... Si ça se peut, allez-y donc... En avant la musique... Mais ris donc, comme tu en as envie, vieille bigote!

Elle n'en avait point envie, la sacrifiée! Elle regardait, sans la voir, sa grasse belle-sœur qui, le ventre en avant, les joues tombantes, et le rire bon, faisait rapidement tournoyer le trousseau de clefs au bout de sa chaîne en argent, qui répétait des révérences comiques dans la robe de soie puce, à raies, qui faisait même le salut militaire en portant une main replète vers sa coiffe de Malines épinglée d'or.

— *O fortunatos nimium!...* reprit la tante Caroline, point oublieuse de son latin appris au temps de la Révolution, quand son père hébergeait un Dominicain proscrit comme suspect!... *O fortunatos nimium sua si bona norint... fanaticos!...* Tu as de la chance d'avoir le temps de te disputer avec le diable!... Moi, Dieu merci!... j'ai trop d'affaires en tête! Va, va, ma bonne, si le mariage se conclut, la Compagnie augmentera tes rentes, et tu pourras faire réparer encore une chapelle, ou bien offrir une couple de vitraux à un couvent. On te comptera cinq cents jours d'indulgence, pour le moins... Ton confesseur arrangera ça...

Elle parlait à Mme Héricourt ainsi qu'à un enfant faible d'esprit, en masquant d'ironie feinte la réalité de son opinion. Omer en fut blessé.

Mme Héricourt balançait la tête, haussait les épaules. Elle levait un doigt.

— Caroline, il ne faut pas offenser l'Eglise, ni moi...

— Ce n'est pas mon intention, ma bonne. Tu empêches ton fils de voir mon salon. Je me venge selon mes moyens. Et ce que j'en dis, c'est pour rire un brin, ma chère sainte!... Veuille le Ciel que tu acceptes avec plus de résignation les décrets de la Providence. Saint François de Sales nous le recommande par-dessus tout...

— Ma mère, il est consolant d'avoir le courage de sa foi... Si rien n'arrive que par la volonté du Ciel, le chagrin est un péché... Les martyrs allaient au cirque en chantant des litanies d'allégresse... Et votre martyre n'est pas des plus cruels, à ce qu'il semble!

Il l'embrassa. Mme Héricourt regardait son fils jusqu'au fond de l'âme. Elle le vit en deuil et en compassion.

— C'est vrai, dit-elle, le pauvre chien qu'on fouette lèche la main; il se couche aux pieds du maître qui le châtie, il remue la queue pour signe de sa joie docile.

Ainsi, non sans une véritable amertume, elle répéta cette phrase de sermon. Elle reprit :

— Dieu nous donne mille exemples de patience, dans les spectacles de la nature. Il convient de l'admirer. Et cependant, je suis certaine qu'il me châtiera pour ne pas lui avoir gagné l'âme de mon enfant. C'était ma mission ici-bas. Je ne l'ai pas su remplir. Il me châtiera!... Il me châtiera!... Et je connaîtrai l'horreur des supplices effroyables qu'il a révélés au Dante...

— Ne peut-on faire son salut dans le siècle, objectait Mme Cavrois?

— Ma mère, Dieu est trop juste pour vous rendre responsable de mes faiblesses...

Mme Héricourt secoua la tête.

— Seigneur, j'ai mal usé du dépôt que vous m'aviez confié! s'écria-t-elle. Seigneur, je vous rends un cœur corrompu, et une âme libertine. Mais que votre volonté soit faite, même aux enfers... Et je l'accepterai, sereinement, puisque les plus grands saints nous l'ordonnent.

A ces mots, ayant fermé les yeux, un peu de temps, elle parut se transfigurer quand elle les rouvrit. Droite et souriante, elle admira les billes d'ambre et d'agathe serties dans l'argent du chapelet romain. Elle remercia chaleureusement Omer d'avoir choisi, pour elle, ce cadeau. Et il parut qu'elle ne faisait pas d'efforts pour se plaire à voir le jour aviver les lueurs des grains qu'elle élevait devant la fenêtre. Elle-même vanta les tapisseries de Caroline qui paraient le coffre à bûches du salon. Elle retourna les fauteuils d'acajou pour montrer la bonne façon de l'ébénisterie. Elle caressait le thuya jaune et tigré de la table ronde. Elle rabattit la face du secrétaire carré; elle fit jouer les tiroirs, déplaça les casiers à lettres; ayant répandu la poudre du sablier, elle la ramassa, tout en raillant sa maladresse. Bientôt, il fut difficile de savoir si l'enjouement ne devenait pas sincère. Caroline ayant lâché une grivoiserie, Mme Héricourt renchérit presque. Oubliait-elle le décalogue, tout à coup? Son fils le pensa. La mobilité féminine permet de ces contrastes brusques. Alerte et bavarde, la veuve rappelait maints souvenirs comiques, en voilant, puis dévoilant les portes-fenêtres, par le va-et-vient des amples rideaux de velours verts, de leurs cordonnets d'or.

La tante eut même quelque peine à tarir cette verve pour y substituer une explication théorique du bateau affrété par la Compagnie Héricourt, et qui faisait le service des Messageries royales entre Dunkerque et Douvres. Ce bâtiment était à vapeur. En trois cadres, il apparaissait, d'abord selon un profil extérieur, muni de ses roues à aubes, de la mâture et du gréement. Sur une seconde épure, la coupe du navire et de sa chaudière étaient dessinées finement, avec des escaliers sous les écoutilles, un générateur à demi plein d'eau, son manomètre à mercure, son tube à vérification de niveau, le trou d'homme et la soupape de sûreté. Avec l'index qu'un anneau d'or nu ceignait, Mme Cavrois suivit les lignes et les pointillés. Elle disserta sur l'élasticité de la vapeur. Tiroir et registre, rectiligne alternatif, détente, haute et basse pression, tuyau alimentaire, régulateur, excentrique, volant, étaient des mots magiques qui désignaient, par sa bouche, chacune des parties. La meunière espérait pouvoir appliquer bientôt le système de vapeur à la rotation des meules qui écrasent le blé, dans les moulins. Elle calculait un nombre prodigieux de sacs remplis à l'heure par l'appareil qu'elle commandait aux forges du Creusot. Mais il faudrait attendre encore longtemps la fin de l'ouvrage et du transport jusqu'en Artois. Caroline s'en désolant, continua son geste habituel de se frotter les mains, comme pour les savonner.

Au milieu du salon, elle pérora longtemps, glorieuse de son œuvre. Les chalands couvraient la Scarpe jusqu'à la frontière des Pays-Bas. Ils distribuaient le charbon de la Fosse-Cavrois, les cuirs des Tanneries et la farine des Moulins Héricourt, à Douai, Marchiennes et Saint-Amand, enfin, par l'Escaut jusque dans la Flandre Batave, à Tournay même. Au retour, ils prenaient des chargements de toiles et de faïence, les liqueurs et les pipes hollandaises, les couvertures de coton, les graines de lin, l'eau-de-vie, les objets de cuivre, les asperges, les chaudrons, les tuiles, les savons, du tulle. D'autres flottaient par les canaux pour apporter, par Dunkerque, les froments de Russie et du Canada, les épices et les indigos qu'envoyait à Caroline son frère d'un premier lit, Joseph Héricourt, l'armateur et l'ancien corsaire de *La Belle-Ariadne*. La tante aima redire encore comment, sous l'Empire, pourchassé par les frégates anglaises, jusqu'à Surate, le vieux marin avait quatre ans, vécu captif sur les pontons. Libre dès 1814, il avait voulu rétablir sa santé en pays voisin, dans les établissements de la Belle Hollandaise et de son neveu Augustin. Là, s'étant plu, il demeurait toujours, grand éleveur de perroquets. L'un de ces volatiles, empaillé soigneusement, ornait la tablette supérieure du secrétaire, dans le salon de Mme Cavrois. Il avait traversé les océans, doublé, sans dommage, le Cap de Bonne-Espérance pour venir expirer, d'une indigestion, aux Moulins, sur l'écoperche du vestibule. Deux coquillages, aussi roses que les muqueuses des gencives, dans leur volute intérieure, flanquaient magistralement l'éléphant de porcelaine annamite, qui occupait le centre de la cheminée, avec son palanquin, son cornac et ses voyageurs émaillés en bleu, le tout surmontant un socle de fabrication flamande à cadran de bronze vert.

— Émerveille-toi !... J'ai dans mon salon, l'Europe et l'Asie disait la tante avec une bonhomie vaniteuse. Le velours d'Amiens qui recouvre mes fauteuils, et celui des rideaux, je le tiens d'un tisseur mal en point, qui paya de la sorte une fourniture de nos charbons. Le tulle de ces rideaux vient de Tournay. Les dames de la ville m'en firent présent parce que je n'ai pas omis de donner du cuir pour les souliers de leurs Enfants de Marie. Depuis, les catholiques de la ville teignent le drap avec l'indigo de Java. Dans ces flacons de faïence à paysages bleus, il y a les liqueurs de Hollande que nos acheteurs de cannelle nous envoient comme appoint de leurs payements. Ces gros chenets de cuivre, qui représentent Jeanne d'Arc appuyée sur les créneaux du donjon, je les dois aux boulangers de Marchiennes ; car je leur ai fait crédit dans un mauvais moment, sans arrêter nos livraisons de farine. Ensuite, ils me prièrent d'accepter ce gage de leur reconnaissance. J'ai dans cette chambre l'amitié de toutes les Flandres... Et voici ce que je récolte pour la souscription en faveur des pauvres Grecs : soixante-quinze mille francs, qui serviront à racheter les femmes de Chio, vendues à l'encan par les Turks sur le marché de Smyrne. D'Arras à Rotterdam, tout ce qui a un nom honorable dans le commerce a versé son obole... Crois-tu que Praxi-Blassans, et le comité de patronage, me remercient..? Je vais lui remettre tout à l'heure une lettre de change de soixante-quinze mille francs, qui seront versés dans la caisse centrale de M. Laffitte.

Elle brandissait un petit registre vêtu de maroquin vert.

— Ah ça, Caroline, ignores-tu que les honnêtes gens voient toujours d'un assez mauvais œil cet appel bruyant en faveur de schismatiques et de sujets en révolte contre leur souverain légitime ?...

— Ta, ta, ta !... Sa Majesté Charles X s'oblige de compter avec nous... N'a-t-elle pas envoyé sa flotte rejoindre à Navarin l'escadre anglaise et l'escadre russe pour imposer, par le canon, l'armistice aux Turks ? Et ses régiments ne chassent-ils pas les Egyptiens de la Morée, à c' t' heure ?

Elle déployait une circulaire imprimée sur parchemin. Deux lignes après le nom de M. de Châteaubriand, s'étalait, sur la liste des membres du comité, celui du comte Gaëtan de Praxi-Blassans, pair de France ; plus loin, celui du général Héricourt, et, tout en bas de la liste, mêlés à ceux de Laffitte, de Casimir-Perier, les noms du général Pithouët, du général Lamarque, du général comte du Bourg, du colonel Fabvier, défenseur d'Athènes ; du major Gresloup, enfin du capitaine Lyrisse, défenseur de Missolonghi et délégué du Congrès d'Egine...

Au-dessous d'un appel éloquent « aux âmes sensibles, que l'infortune des Grecs touchait jusqu'aux larmes », commençaient les séries de souscriptions et les signatures. Dans un large espace laissé blanc avec intention, en tête, la haute écriture grêle du roi était apposée, *Charles*, devant une somme de mille francs.

— Le roi souscrit à une œuvre que patronne mon frère Edme !

— C'est moi qui l'ai obtenu, l'an passé, ma bonne quand Sa Majesté, est passée par Arras, au retour du camp de Saint-Omer. En dépit de toutes les avanies que me prodiguent les messieurs de la préfecture, ils ont dû me convier à la réception de l'Hôtel de Ville. Voilà donc Charles X descendu de son cheval café au lait, et je l'ai reçu, sur les marches, avec toutes ces dames de la Place. Le préfet n'a pu se dispenser de me nommer, quand le roi a tenu le cercle. « Madame Cavrois !... C'est vous qui avez prêté un million, en 1815, à mon intendant, lorsque je suis parti pour Gand... — Oui, monsieur, ai-je répondu d'abord étourdiment ; mais je me repris aussitôt : Oui, monsieur... sire ! — Madame, je serais bien aise de vous marquer en quelque façon la reconnaissance de ma maison, si cela se peut. » Je ne perds pas la tête ; je tire mon parchemin de dessous mon boa : « Sire, dis-je, veuillez donner un sou pour nos Grecs infortunés, et signer là... Votre paraphe royal leur portera bonheur... » Il m'a regardée de travers ; il a laissé branler sa mâchoire et ses grandes dents ; il a jeté un coup d'œil malin sur les noms du comité... « Madame, je ne puis rien vous refuser ici... sauf pour ce qui est du sou... Le privilège du roi est d'en donner plusieurs ; et ce sont des sous d'or !... » Là-dessus, il m'a fait un petit salut bien roide, et m'a tourné le dos... Je n'ai plus vu que son grand cordon. Mais un aide de camp a gardé mon parchemin, et un capitaine-gendarme me l'a rapporté le soir même. La signature royale y était pour mille francs. J'ai fait courir ma liste. Dès lors, comme le roi avait donné l'exemple, tous les nobles et tous les fonctionnaires... ont souscrit de leur mieux. La foule a suivi...

Lourde et bruyante dans sa cloche de soie puce à raies brunes, Caroline se dandinait au récit; elle tapotait le petit registre de maroquin vert. Ses paupières grasses clignaient contre ses yeux d'eau perfide.

— Ce fut donc à ce moment-là que la flotte française mit à la voile pour en imposer au Turk...

L'exagération parut audacieuse. La note comminatoire des puissances avait été remise dès le 16 août 1827 et accueillie de façon négative par le sultan; le roi n'était revenu dans Arras qu'au mois de septembre lorsque son escadre voguait déjà vers Navarin pour y rallier les flottes anglaises et russes. Omer se garda cependant de laisser croire qu'il doutait de l'influence exercée sur Charles X par la tante Caroline dans l'Hôtel de Ville d'Arras.

— Eh mais... eh mais ! fit-il, l'admirant du geste.

Elle se rengorgea. Le trousseau de clef tourna vertigineusement au bout de sa main. Maman Virginie souriait. Comme pour chasser une telle odeur de présomption, elle agita son mouchoir devant sa figure brune et virile.

Omer s'assit près d'elle, parla de Rome, des églises, de Saint-Jean-de-Latran, de Sainte-Marie Majeure et de la Scala-Santa, dont les fidèles gravissent à genoux les degrés. A Saint-Pierre, il avait entrevu le pape. Caroline écoutait tout oreilles, en époussetant les lueurs, à la surface du thuya et de l'acajou neuf, avec la frange de son écharpe orange.

Tout à coup, les chiens jappèrent, les pigeons s'envolèrent en tumulte dans la cour, une porte fut ouverte sans précaution.

— Tonton, tontaine, tonton!

L'organe sonore de Dieudonné Cavrois claironnait dans le vestibule. Des échos s'émurent. Quand on fut au-devant du chimiste, il ôtait un troisième lièvre de sa carnassière. Déjà des perdrix et des cailles s'amoncelaient sur la tablette dressée le long de la verrière. Un chevreuil roux et humide gisait sur le carreau sablé en losange ; là se croisaient les pattes grises aux sabots noirs. Un petit paysan sortit, d'un sac taché, un faisan et sa fine queue. Au milieu du carnage, le chasseur rubicond triomphait parmi les exclamations des veuves et des servantes. Sous les aisselles et vers l'encolure, la sueur noircissait la blouse grise collée contre sa bedaine. Il dit :

— Ah ça, cousin, t'es-tu suffisamment reposé. Morphée t'a-t-il ôté la courbature du mortel trimballé en diligence, à raison de quarante sous de guides par trois lieues?... Tu as eu tort de ne pas te lever matin... Nemrod eût crevé d'envie s'il t'avait pu voir à mes côtés. Zulma, qu'on me remplisse une cuvette d'eau fraîche... Et puis, à table, maman!... Je meurs de faim et je péris de soif!...

Il tapa des pieds pour faire tomber la poussière de ses guêtres. Dix minutes après, la serviette au col, il lampait son potage dans la salle basse, en face de Mme Cavrois. A côté de sa chaise, dans un seau, rafraîchissaient les bouteilles de bière.

— Omer, qu'as-tu fait du capitaine Lyrisse, demanda-t-il en essuyant ses lèvres et son menton.

— J'ai laissé mon oncle au château de Lorraine avec son fils et cette veuve de l'officier de la République, la gouvernante. Il instruit cette bonne dame dans l'art de gérer le domaine. Il a, de plus, invité le général du Bourg à chasser sur ses terres.

— Apparemment, ils vont donner leurs soins aux électeurs de ce côté-là.

— Je crois que mon oncle Edme va jouer des coudes à Nancy, et bousculer les ultras.

— A la bonne heure ! Buvons un coup.

— Mon Dieu, soupira Mme Héricourt, serez-vous toujours combattu par ceux que j'aime !

— Ah, ma tante ! que pouvez-vous reprocher à votre fils ! Il demeure au parti des Praxi-Blassans et de M. de Châteaubriand. C'est votre pieuse Société des Bonnes Lettres tout entière qui s'émancipe, Omer avec ! N'avons-nous pas vu, l'an passé, le *Journal des Débats* recommander aux suffrages des contribuables le marquis de Lafayette, Benjamin Constant, Laffitte, Casimir-Perier et le général Pithouët... en même temps que d'anciens ultras comme Hyde de Neuville et Duvergier de Hauranne...

— Voyons, ma bonne, tu ne peux pas renier M. de Chateaubriand, qui a écrit le *Génie du Christianisme* et qui est ambassadeur à Rome...

— Tu m'abuses, Caroline ?

— Point. Cette coalition est la bonne... Je tiens cela de la vraie source... C'est ce qui nous sied. Si notre opposition constitutionnelle n'emportait pas des avantages, le roi montrerait-il ses grandes dents au Turk, comme le roi d'Angleterre et le tsar ? Voilà que le général Maison force les Egyptiens d'Ibrahim à se rembarquer pour l'Egypte. Cela nous sert. Les corsaires turks ne laissent plus passer le Bosphore aux vaisseaux russes qui transportent à Gibraltar le blé d'Odessa pour compenser ici notre mauvaise récolte. Ceux que j'attends ont déjà passé les Dardannelles. Mais ceux qu'attend à Falmouth le courtier de Londres ne sont pas encore sortis de la Mer Noire... Si les caravelles des Turks les en empêchent, la meunerie de Londres devra recourir à mes provisions... Et elle payera ce que je voudrai... A cette heure, j'ai dans le port de Gibraltar à l'ancre, six bateaux de Taganrog. Leurs capitaines guettent mon signe avant de faire voile sur Falmouth ou sur Dunkerque. Pour peu que j'apprenne que le Turk et le Russe se tirent encore des bordées, je dépêche un courrier au fin fond de l'Espagne. Mes vaisseaux prennent la mer. Pendant les huit jours de traversée, la hausse sera faite sur le marché d'Albion. Mes gabares toucheront la côte britannique, si mes calculs sont justes, dans la semaine de la cote la plus forte... Et je vends vingt-cinq francs ce qui me coûte seize francs rendu dans les docks... As-tu compris, Virginie ?

La tante Caroline clignait de l'œil et savonnait ses mains blafardes par-dessus les arêtes du poisson qu'elle avait mangé. Triomphante, et sa tête de grosse chatte pelotonnée entre ses épaules grasses, elle nargua les convives.

— Mais, il y a un hic... Si l'Angleterre m'achète tout, il ne me reste plus un boisseau de froment à mettre sous les meules de nos Moulins... J'ai vendu à terme mon blé d'Artois. Il profite de la plus-value, qui commençait au moment des contrats. Que le gros temps retarde mes navires de Gibraltar, il faudra livrer aux meuniers de Londres les sacs emmagasinés ici... Alors, nous en serons réduits aux mauvaises farines que l'Amérique expédie par tonneaux. Ce sera mal répondre aux commandes de notre clientèle, aux boulangeries de Douai, de Marchiennes, de Saint-Amand, et à l'intendance du camp de Saint-Omer. L'intendance ne trouve pas mes pots-de-vin assez forts. Elle pourrait fort bien refuser les farines, et résilier... Ah ! parbleu, je fais savoir au préfet que, dans ce cas, je passerais aux jacobins, avec tous mes débiteurs, mes bateliers, et mes gens des charbonnages... Et pour lui mettre la puce à l'oreille, je dépeins sous les plus atroces couleurs la campagne que mèneront les libéraux... Il me sait dans le secret des dieux... Il a peur d'être destitué si le candidat royaliste perd trop de voix. N'importe, Omer, je déplore que tu n'aies pas été toi-même à Taganrok, ainsi que je te l'ai fait demander par le comte... Tu aurais pu nous rendre acquéreurs de la récolte et ne laisser aux Anglais que peu ou prou !... L'imbécile qui est parti à ta place n'a même pas nolisé tous les trois-mâts. Deux sont frétés par nos concurrents... Enfin, tu aimes mieux faire la cour à ta belle !... Dieudonné dit qu'elle est pâlotte...

— Elvire s'est assez mal portée durant ton pèlerinage à Rome. Le savais-tu ? Les médecins ont dû lui tirer plusieurs pintes de sang.

— Elle est faible un tantinet, confirma le gros garçon, la bouche pleine, en tirant de ses mâchoires un os de perdreau.

Omer ne s'inquiéta point exagérément. Il repoussa l'idée que cette indisposition avait son absence pour cause réelle.

— Enfin, dit Mme Héricourt ; le comte et le général te donneront des nouvelles fraîches. Ils l'ont vue avant leur départ...

— Ils l'ont vue jeudi... Nous sommes samedi... Ce n'est pas loin ; car ils ont fait diligence. Le comte a seulement voulu coucher à l'hôtel d'Amiens, avant de parcourir les trois relais d'hier par Albert et Ervilliers... Dieudonné, l'as-tu remercié, ton oncle de Praxi-Blassans... A son âge... c'est si fatiguant... Je bénis le ciel de ce qu'ils ont pu se rendre à point, pour la plantation de la croix... Ils dînent aujourd'hui chez l'évêque, mais ils soupent et couchent céans... Mon préfet ne manquera point de faire la leçon à l'intendance de Saint-Omer quand il verra descendre chez moi un pair de France, un général, et un missionnaire de la Congrégation qu'il se doit de faire escorter par les gendarmes et précéder par la musique... A tout prendre, les soldats mangeront de la farine américaine. Pas un fifre n'en mourra ! La sauce de ce perdreau est trop grasse !

— Quelle famille unie pour ce qui regarde nos inté-rêts ! conclut Mme Héricourt en souriant.

— Pourquoi la procession a-t-elle lieu lundi, et non pas demain ?

— Sans doute Edouard a-t-il remarqué judicieuse-ment que, le dimanche étant un jour de repos et de fête pour tout le monde, on ne pourrait pas distinguer le zèle de la curiosité.

— Eh ! oui, répondit Caroline. C'est fort politique.

Mme Héricourt reprit vivement :

— Il offre de la sorte aux vrais fidèles, déjà si peu nombreux, l'occasion d'un sacrifice de plus, en consa-crant à la procession, contre l'impiété du siècle, tout le temps qu'ils donnent à leurs travaux accoutumés. C'est fort chrétien.

— Le commerce y gagne, renchérit Caroline. J'ai fait venir de Tournay, à l'adresse des demoiselles Manicou, les modistes, six pièces de tulle, tant on leur a commandé de bonnets neufs.

— Et puis nous avons lié partie pour une pique-nique de chasseurs après la cérémonie, ajouta son fils ; aussi les tièdes viendront toujours, pour les bouteilles et le pâté. Le préfet trouvera bon qu'on soit en nombre, si nous voulons séduire l'intendance du Roi.

— Alors, quand donc iras-tu chez les Claës !...

— Mais, ce tantôt, j'ai promis à l'abbé de l'y con-duire. Je soupçonne qu'il veut absolument apprendre du père Baltazar, un phénomène encore inconnu des physiciens grâce auquel il étonnerait le monde par un miracle pareil à ceux de Moïse. Nous souperons là-bas. Nous rentrerons dans la nuit. Omer, viens-tu avec nous ! On attellera le char-à-bancs.

— Volontiers.

Mme Héricourt, bientôt entama l'histoire édifiante de Marie Alacoque, que sa dévotion au Sacré-Cœur avait délivrée d'une paralysie des jambes. Dieudonné nia, respectueux, la possibilité de la guérison, tandis que sa mère reprochait vertement à la servante d'avoir oublié de glisser un clou de girofle dans le coulis. Un chat vint qui sauta sur l'épaule de la dame, ronronna. Elle lui fit accueil, et versa du lait dans son verre pour qu'il y bût, amusée indéfiniment par le minois de la bestiole, par sa langue habile à lapper derrière la transparence du cristal. Discret, un chien braque entra derrière la fille de cuisine : elle portait avec peine une énorme terrine revêtue d'un paon naturel, grâce à l'art de l'empailleur qui en avait épanoui merveilleusement la queue radieuse. Le chien posa contre l'assiette de Dieudonné, sur la nappe à carreaux, son mufle marron, son nez humide et ses yeux de bronze grave. Les serins de Hollande, leurs plumes jaunes ébouriffées sur le crâne, sifflaient dans la volière; et tant qu'on ne s'entendit plus. En poursuivant le chat qui se juchait sur les chaises, une griffe tendue, le chien jappait. Un nuage s'ouvrit. Le soleil éclaira les ocellures dorées dans la queue verdâtre et bleue du paon, au milieu des verres demi-pleins, des assiettes garnies, des pêches et des poires en pyramides sur les compotiers, des réchauds d'argent. La figure rebondie et glabre de Cavrois que graissait au menton sa tartine, s'inclinait vers la figure de Caroline aux joues blêmes qu'animait un sourire malin entre les barbes des dentelles épinglées d'or. On mangea. Les mêmes propos que devant se répétèrent.

Pendant la promenade au jardin, à la suite du repas, Maman Virginie s'appuya tendrement au bras de son fils. Après quelques soupirs, elle fit l'éloge de « son ange ».

— Es-tu certain de lui plaire?... Elle ne m'a jamais parlé de ça... Elle est si jeune, à la vérité... Mme Gresloup doit en avoir soufflé un mot à son directeur?

— Je ne sais.

— Le Père Jésuite de Rome t'aurait-il entretenu d'elle, s'il n'avait eu vent de la chose?... Peut-être le confesseur d'Elvire, au couvent d'Esquermes a-t-il reçu des aveux timides.

— Et le secret du sacrement?

— Omer ! je t'en supplie, épargne-moi cette ironie d'estaminet quand tu parles des représentants du Seigneur... S'ils ont parlé, c'est qu'ils en avaient le droit et le devoir.

Mais elle ne cessa de se travestir, maternelle et douce. Elle approuva les ambitions de son fils, celle d'avoir un salon politique, réserve faite sur les idées à soutenir. Omer jugea très habile de l'inviter spontanément à demeurer ensemble, dans Paris. Il usa de phrases délicates et contournées, comme s'il ignorait totalement qu'elle en eût le dessein, et comme s'il appréhendait qu'elle ne refusât.

Elle s'y laissa prendre ; elle parut heureuse qu'il y eût songé d'abord.

— Mon cher enfant!... Oh! mon cher enfant!... Je n'osais pas te le demander... Merci!... merci !... Je ne te gênerai pas, du moins?... En es-tu sûr?... Et pour ma santé, donc ! Les médecins de Paris soignent mieux ; bien que je ne croie guère à la science humaine... Dieu te le rende! Tu viens de me donner une grande joie.

Alors, elle rajeunit. Plate et roide en sa robe de moire sombre, lustrée, elle épousseta ses manches à gigot. Son ventre maintenant ne l'alourdissait plus. Elle retrouva des subterfuges de coquette pour dissimuler, sous un pli de robe qu'elle pinça, cette partie défectueuse de son corps haut et noble. Avec des propos délibérés, elle rendit des verdicts relatifs au bon genre et au bon ton, pendant que le jeune homme exposait en détail ses projets. Le général du Bourg, ruiné par l'ingratitude royale, désirait vendre son hôtel du faubourg Saint-Germain et le mobilier d'en-

2

cyclopédiste qu'un Longueville avait offert à son aïeul. On acquerrait le tout à prix moyen, car l'oncle Edme, sous couleur de prendre là pension, déchargeait son ami de maintes dépenses et purgeait progressivement les hypothèques, depuis le retour de Grèce. La transaction serait commode. En plusieurs visites. Omer avait apprécié fort l'aménagement. Les boiseries étaient du style qui florit sous la Régence, dans les salons. Ailleurs, elles s'appliquaient aux murailles sous forme de colonnes, de linteaux encadrant des bas-reliefs, à la mode antique. inaugurée lors de la vogue de l'abbé Barthélémy, vers 1760. Omer prétendait qu'en un tel logis, il penserait plus magnifiquement à César, à Mithra et à tout l'œuvre de l'esprit latin. Il se proposait d'y traduire l'*Enéide* en vers français, pour l'honneur de sa muse, Elvire, de son ange, de son Eloa !

— Enfin, es-tu sûr qu'elle pense à cette union !... Au demeurant, tu ne sais pas... Quelle explication positive avez-vous engagée?... Aucune ! Qui te dit que les parents se soucient de marier à cet âge une enfant délicate?... Elle a seize ans et quelques mois !... On la saigne toutes les six semaines... A leur place, moi, j'hésiterais... Que t'a dit la mère ?... Lui as-tu touché un mot de tes intentions?... Oui?... Tout reste dans le vague... Enfin, si tu crois... Les Pères?... Oh! ils présument. Ils conseillent. Ils se gardent naturellement d'affirmer. Le Père jésuite du Pont Saint-Ange? Mon Dieu! il aura tiré, dans les meilleures vues du monde, certaines conclusions hâtives de ce que lui avaient écrit les religieuses et l'aumônier d'Esquermes, le Père Ronsin, les maîtres de Saint-Acheul, Edouard, et moi-même !... Voilà tout...

— Elle souffre que je la nomme Eloa comme l'ange de M. de Vigny. Elle m'appelle Lucifer.

— La belle affaire. Il n'est point de petite fille qui

n'ait son Lucifer avant que survienne le véritable fiancé... Moi-même... Mais, oui... mon enfant !...

— Ah bah !... je soupçonne à présent les raisons qui vous portent à redouter la damnation éternelle.

— Oh! vraiment... c'était véniel... je t'assure... en tout bien, tout honneur...

— Dieu m'écrase, si j'en doute.

— Allons, ne fais pas le plaisant... Parlons d'Elvire... Peste soit du farceur !...

Elle accepta de rire franchement. Son visage d'homme brun se permit la gaieté. Peut-être des souvenirs aimables vécurent-ils soudain en elle. Ses tristesses subitement furent abolies. Ses yeux conversaient avec le ciel. Sa main cueillit distraitement des roses défeuillées. Sa taille se cambra. Du soleil dorait sobrement les boucles de ses cheveux sous la coiffe de veuve, qui prenait une mine de cornette « à la bergère des Alpes ». Emu de la voir ainsi, loin de ses terreurs, Omer entretenait cet état en l'assaillant de plaisanteries fines et taquines.

— Tu t'amuses à me faire endêver !...

— Maman, maman Virginie, vous êtes une sournoise... Vous voilà jolie et rieuse, tout à coup, à damner un saint. Ah ! je vous y prends, madame l'Amertume ; vous me cachiez ces enjouements-là, qui vous siéent à ravir. Parole d'honneur! belle dame !...

Il enlaçait la taille plate de sa mère et lui plaçait contre l'oreille un baiser.

— Enjôleur !... N'importe, il faut d'abord conquérir ton ange... Elle seule convaincrait sa mère. Telle que je la connais, Mme Gresloup cède maintenant à ses justes craintes ; elle emploie tous ses soins à retenir sa fille près d'elle...

—Il est vrai que Mme Gresloup ne m'a point encouragé directement. Il se peut que ses invitations à dîner vinssent du major, qui entend faire de moi un ennuyeux saint-simonien...

— Rien n'est encore près de se conclure, à ce que je vois! Tu as pris pour des déclarations quelques franches politesses trop naturelles entre les Gresloup, les Héricourt et les Cavrois, qui sont un peu cousins, qui se fréquentent intimement depuis 1804 et qui descendent les uns chez les autres aux étapes de leurs voyages, puisque les Moulins sont un relais sur la route de Calais, de Londres et du pays de Galles. Elvire a joué avec toi, pendant les vacances. Elle t'aime bien. Cela suffit-il?

— Peut-être.

— Pousse plus avant dans tes confidences. Lui as-tu déclaré ta flamme?

— Par les yeux.

— Ah! le bon billet! Par les yeux! Par les yeux! Innocent, va!... Chasse-moi de ta cervelle tous ces hannetons... Par les yeux, Seigneur!... Vous l'entendez! Mais ce que les yeux d'une femme avouent pour l'instant ne signifient point que sa bouche l'avouera pour toujours. Oh! le petit fat! Par les yeux!... Eh bien! souffre que je te le dise... Il n'y a rien de commencé entre Elvire et toi.

— Que si!

— Que non...

— Dolorès Alviña m'a parlé de même par les yeux... Ses billets m'ont suivi à Rome...

— Oh! celle-là, c'est une créole, c'est une romanesque! Une tête chaude. Elle ne s'est pas déguisée en page, comme Lara, pour t'accompagner et te sauver des périls?.. Non? Alors elle n'a rien fait pour toi. Quand tu la verras bondir sur une cavale à tes côtés, et, à la lueur de la foudre, t'arracher à la mort, ou périr pour toi..., ce jour-là seulement tu pourras dire que Dolorès Alviña t'aime, outre ta part des Moulins-Héricourt et de la Banque d'Artois... Mais, si elle s'en tient aux billets doux...

— Maman Virginie, vous êtes cruelle pour mes illusions...

— Hélas !... Ah ! nos chimères... Heureusement, il y a Dieu... et tu as grand tort d'oublier Dieu.

— Je n'entends pas l'oublier...

La joie de sa mère s'exagérait donc tout à l'heure. Ce n'était que feinte et manœuvre, pour démontrer habilement la vanité des choses humaines, devant la grandeur divine. A nouveau la veuve louait rapidement la vie pacifique du prêtre, le plaisir de la pureté morale, les ivresses de l'extase mystique. Même elle fit miroiter les splendeurs des ambitions épiscopales. Elle gardait sa jeunesse nouvelle, mais pour prêcher comme un jeune vicaire imbu de foi chaleureuse. Des expressions familières à l'abbé de Praxi-Blassans étaient resservies par ces lèvres ardentes.

A ce moment, la cloche des vêpres ébranla les airs... Lugubrement elle appelait les fidèles à révérer la mort de Jésus. Les coups lointains des battants sur le bronze gémissaient, longues plaintes moroses versées par les abat-sons du clocher grisâtre et carré dans les nuages montueux du ciel.

Maman Virginie ne cessait pas de paraître forte et contente. Pour convier à la dévotion, elle n'usait plus de ses tristes sermons d'autrefois. Tout autre, elle parlait à la manière d'un saint François d'Assises, que les oiseaux amusent, qui remercie Jésus de l'éclat des fleurs et de la beauté du paysage. Elle composait un tableau clair et gai de la vie au presbytère, un tableau magnifique et orgueilleux du commandement pastoral. Elle compara les palais des évêques et l'hôtel du général du Bourg, au dam de celui-ci ; puis l'éloquence de la chaire et l'éloquence du barreau. Bossuet n'avait-il pas laissé autant que Mirabeau un nom respecté dans les

2.

mémoires des hommes? Richelieu n'avait-il pas régi le monde, autant que Robespierre? Léon X et Jules II n'avaient-ils pas conçu, mieux encore que César, la fraternité des peuples sous le sceptre de saint Pierre? Que valait pour une âme généreuse, auprès de cela, les médiocrités de la vie parlementaire, auxquelles il aspirait sans doute?...

— Réfléchis... Je vais parler à Dieu de toi..., lui dit-elle en le quittant.

Elle riait, elle ne le pria point de l'accompagner à l'église, ainsi qu'ordinairement. Elle affecta de ne vouloir plus rien imposer. Elle laissait à l'évidence le soin de convertir.

Omer réfléchit. La tactique nouvelle de sa mère l'enchantait, pour ce qu'elle abandonnait de morose et d'hostile ; elle l'effrayait aussi pour ce qu'elle se promettait de triomphes commodes. Certainement, un rusé confesseur avait instruit Mme Héricourt à vaincre. Quelle que fût la certitude sur ce point, Omer avait acquis de cette conversation un doute très sérieux sur l'amour d'Elvire envers lui. Il se pouvait qu'elle lui refusât de s'unir. Pendant le voyage à Rome, les lettres scientifiques du major suivies par deux lignes passablement sèches de nouvelles afférentes à la santé de la dame et de la jeune fille, n'étaient point, quand Omer se rappelait le ton de ces missives, pour réfuter les insinuations de la pieuse veuve. Il se reprocha durement la faute de n'être point revenu par la capitale, mieux eut valu faire visite aux Gresloup, avant d'aborder sa mère. Il arrivait dépourvu de preuves et d'arguments, comme un collégien aux illusions trop vives. Sa logique ne permettait pas qu'il réduisît à rien les doutes maternels. Son orgueil et sa confiance en soi furent grièvement atteints, pendant qu'il marchait, les mains derrière le dos, autour des plates-bandes et de la pelouse maigre, encombrée de folioles jaunes et valsant au gré de la bise. A seize ans, une fille délicate comme Elvire n'obtenait pas l'autorisation de se marier, si la plus enthousiaste des passions ne l'animait pour convaincre la prudence maternelle. Or, la passion d'Elvire, maintenant, était rien moins que sûre.

Le rêve de Rome s'écroulait. Lui-même se parut absurde et léger de caractère, jusqu'au comique. Ce fut une grosse peine qui l'oppressa longuement.

L'abbé de Praxi-Blassans le trouva tout désemparé, sur le banc de pierre dans la courbure de la haie, à l'ombre du saule-pleureur.

— Qu'as-tu cousin ?

— Je m'assure que je suis le plus grand sot du monde.

— L'opinion n'est pas unanime.

— A d'autres !

— Le char-à-bancs est prêt... Dieudonné peste contre toi... Viens d'abord chez le père Claës... Tu sais qu'il a fait un diamant avec du sulfure de carbone?

Et il narra les détails de l'expérience magique, comment, au retour dans la vieille maison de Douai, après les longues années d'un séjour en Bretagne nécessité par de grands déboires d'argent, le domestique de M. Balthazar Claës avait découvert au fond d'une coupelle, le précieux joyau.

— Le miracle s'est opéré, seul, loin du savant... Et cet homme qui a jeté sa fortune, celle de ses enfants à son creuset du magicien, n'a pu même suivre les phases de la transmutation... Il ignore comme devant? Dieu s'est joué de lui... Le Seigneur lui a donné une grande leçon d'humilité chrétienne... Depuis deux ans, le vieux Claës cherche à ressusciter le phénomène... Il y parviendra peut-être... Et alors...

— Alors ?... interrogeait Omer, sceptique.

— Alors, je saurai de quelle manière on suscite un miracle...

— Ah bah!

— De quelle manière on change la boue en diamant... Un peu de poudre sulfureuse répandue dans la main d'un mendiant, un éclair de l'orage, et je change, dans cette pauvre main souffrante, la poussière en richesse...

— On n'en fait pas moins dans les baraques d'escamoteur, au boulevard du Temple.

— Tu persifles trop aisément, mon cher. Le miracle est, par ailleurs, la révélation d'un phénomène scientifique familier à un élite et au prophète, mais ignoré de la foule... Quand Moïse fit jaillir la source du rocher, il avait, à des signes certains, à la présence d'une herbe aquatique, par exemple, reconnu le voisinage nécessaire de l'eau. Il fora l'argile entre deux roches. Le liquide jaillit... Seul entre leurs amis, Jésus s'aperçoit que la mort de Lazare est une simple catalepsie. L'enfant qui étonna les docteurs possède le moyen de réveiller un cataleptique. Le Messie parut marcher sur les eaux, parce qu'il réussissait probablement à s'élever du sol à certains moments de puissance nerveuse. Apollonius de Tyane, d'autres anciens illustres jouirent du même privilège. De nos jours, les somnambules se promènent en équilibre au bord des gouttières, et sautent des distances énormes, ce dont ils seraient incapables à l'état de veille. A son gré, Jésus obtenait la force des somnambules. Il ne devait pas agir, ici-bas, autrement qu'avec les facultés d'un homme. Donc, nous pouvons aussi bien marcher sur les eaux, ressusciter le cadavre dans le sépulcre, faire jaillir l'eau du rocher, ou changer en diamant un peu de poussière dans la main tendue d'un loqueteux.

— A merveille! tu composes le manuel des mille et une recettes à l'usage des Messies à venir.

— J'entends frapper l'esprit des foules par un fait indéniable et surprenant, de telle sorte qu'elles gagnent la foi, qu'elles m'écoutent et soient persuadées... J'étudie dans les cliniques et dans les hôpitaux l'art des thaumaturges; et dans les laboratoires, celui des magiciens.

— Au diable les fainéants qui bavardent, tandis que je me morfonds à les attendre! cria Dieudonné, assis dans un petit char-à-bancs verni.

Il contenait l'impatience de gros chevaux blancs chargés de colliers monumentaux qu'agrémentaient des sonnailles et des pompons bleus.

— Oui! oui! je montrerai aux fidèles jusqu'où va l'omnipotence de Dieu, jusqu'à changer la poussière en joyau dans la paume du mendiant. Que le Seigneur daigne accorder cette grâce à son prêtre!...

— Et celle de se hâter davantage quand on l'appelle!... Retrousse ta soutane, ma fille. Hé! on voit ton mollet.

Lestement, Edouard bondit sur la voiture, et d'une formidable claque heurta l'épaule de l'étudiant, qui lâcha deux jurons, qui se vengea du fouet contre les flancs de ses magnifiques boulonnais. Leurs croupes se contractèrent, pendant qu'ils se cabraient dans les rênes.

— Voilà des coursiers dignes d'un char antique, remarquait Omer.

Les poings écartés par l'ampleur de sa bedaine, Dieudonné Cavrois maintint solidement l'attelage pour sortir entre les bornes ferrées qui protégeaient le porche des Moulins-Héricourt. Massifs, fringants, coiffés de crinières épaisses et flottantes, parés de longues queues jusqu'aux sabots, les bêtes blanches emportèrent le véhicule, et les trois cousins rirent sous la voûte de la bâche verte.

Devant leur moulin de Saint-Nicolas, qui était une construction de briques, aux fenêtres enfarinées, le meunier cessa de pomper l'eau pour saluer, et il fit taire le petit chien roux.

— Ah! voilà nos maîtres!... Monsieur Dieudonné, nous avons, comme ça, cent cinquante sacs en réserve... Faut-il les charrier aux bateaux?... Le petit bidet a la gourme... L'artiste est revenu ce matin. Pour guérir, il pense que ça guérira... Mais ce sera du long... ah oui, ce sera du long, à ce qu'il dit. Il n'y aura plus de grains à moudre vers les jeudi... Madame Cavrois n'en a point promis... On attend les bateaux de Gibraltar...? Ça m'embarrasse. Bah! je mettrai le temps à profit pour faire gratter les meules. Il y a un engrenage qui se décrinque, et puis la vanne ne va plus grand'ment!... C'est ça, on se mettra à la réparation... La petite Louisette est accouchée de deux jumeaux, la nuit dernière... Il travaille bien, ch'tiot Pierre! On a trinqué un bon coup, ce matin... C'est-y vrai que vous êtes parrain? A la bonne heure... On fera un fameux baptême... avec de la tarte... Et puis vous nous direz des chansons, à c't'heure! Un baptême sans vous, c'est plus triste qu'un enterrement... Mais quand vous y êtes, on prend du plaisir pour tout l'an... Monsieur l'abbé Edouard il le baptisera bien? Il est si brave à l'ouvrage, ch'tiot Pierre! Ah bien, je cours lui annoncer ça... Ce qu'il va être faraud!... Bonsoir, nos maîtres!

L'homme aux jambes brèves, au large torse agita son bonnet de coton bleu, sans ôter l'autre main du gousset. Par toutes ses têtes rondes et hâlées, une bande de filles en camisoles blanches rit au salut qu'en patoisant Dieudonné leur cria. Les arbalétriers, dans le jardin de l'auberge, rivalisaient d'adresse. Un colosse visait la cible de paille, avec l'arme des ancêtres vaincus à Crécy et Azincourt. Sous le chaume roussi, les façades blanches s'ornaient de capucines et de houblon. Vêtues de noir et cassées par les travaux des champs, les vieilles fumaient leurs pipes, les mains derrière le dos, sous la pointe du madras bien épinglé. Des chats savouraient leur quiétude. Habit bas, les joueurs de boules s'excitaient par mille bravades dont se gaussaient les spectateurs en pantalons courts et en vestes de drap. Plus loin, le curé, fier de sa corpulence, pérorait au milieu d'un groupe de vieillards immobiles sur leurs culottes et leurs bas chinés. Deux ou trois portaient encore la queue de cheveux noué d'un petit ruban gris. Dans un chariot dételé, les gamins défendaient cette forteresse contre des ennemis à collerettes, et armés de branches.

Après, ce fut la campagne onduleuse, au loin étendue, ses rideaux de peupliers au bord des ruisseaux invisibles dans les creux des prairies, ses éteules blondes montant au ciel nuageux, ses premiers labours, les sillons de terre brune où s'abattaient les cohortes de corbeaux picorant les vers.

Les chevaux brûlèrent le pavé du Roi, escaladèrent les côtes, descendirent les pentes. Le bruit du grand trot attirait les buveurs sur le seuil du cabaret solitaire à la fourche de la route et du chemin qui conduit, par le travers des champs, jusqu'aux vergers du prochain village. Là-bas le cornet à piston règle la mesure des danses rustiques. Les pigeons tournent dans l'air. Le clocher d'ardoises et de pierres grises veille sur les horizons bleuâtres et sur l'océan des terres, sur la proue d'un soc abandonné entre les mottes. A la crête du talus, le saule étronçonné chante par cent voix de passereaux turbulents.

Le spectacle de la belle campagne vaste et déserte, en ce jour de repos dominical, les flonflons des bals champêtres qu'apportait parfois le vent, la silhouette d'un couple amoureux qui s'égarait dans la venelle, tout entretenait Omer de son infortune sentimentale. Elvire ne l'aimait point assez, pour qu'il la pût ravir à la sollicitude des parents. S'ils reculaient l'union vers l'époque où l'enfant serait majeure, cinq ans passeraient avant qu'il s'affranchît de toutes les tutelles. Hélas, Mme Héricourt exposait de trop justes raisons. Elvire n'aimait pas encore assez. Lui-même était un sot d'avoir cru le contraire. A qui la faute? N'avait-il pas redouté, pour les ruses de ses vices, la forte intelligence de la jeune fille? Ne l'avait-il pas froissée par ses tergiversations et ses dérobades. N'avait-il pas eu peur de cette vertu sévère? Il voulut interroger ses cousins sur les Gresloup. Une discussion scientifique les accaparait. Edouard éparpillait sur les épaules de sa soutane, la poudre de sa chevelure, tant il remuait sa tête éloquente et colérique, en tapant, du poing son bréviaire, en repoussant vers sa nuque son tricorne. Il accusait Thénard et Gay-Lussac de s'être attribué la découverte de Davy, relative au « radical de l'acide borique ». Dieudonné poursuivit la défense des chimistes français. Sans réserves il vanta les travaux de son professeur, M. Dulong, qui, aidé par Thénard, avait définitivement établi l'analogie entre la combustion du carbone contenu dans le sang, lorsqu'il se transforme en acide carbonique sous l'action de l'oxygène respiré, et l'inflammation d'un mélange d'hydrogène et d'oxygène mis en présence du platine en éponge. Le jeune chimiste espérait tout des études entreprises sur les rapports constants entre les chaleurs spécifiques des gaz considérés sous le même volume et sous la même pression. D'ailleurs, il assistait Dulong occupé à construire les appareils pour déterminer la force élastique de la vapeur d'eau à des températures élevées. Et c'était son triomphe d'avoir été choisi comme collaborateur, à Paris, par le maître de la Faculté des Sciences.

Edouard tint pour la chimie anglaise. Ils dissertaient indéfiniment sur la combinaison du phosphore avec l'oxygène, sur les lois qui régissent la transmission de la chaleur, sur la propriété qu'ont les matières salines de rendre les tissus incombustibles, sur les vertus du fulminate d'argent et de l'acide phosphorique, sur le rôle du kermès dans les affections de poitrine. Déjà l'abbé, sans rien découvrir de sa ruse, avait guéri un pieux malade délaissé par les médecins : puis avait attribué à Dieu l'intervention salutaire, car il administrait la drogue dans le pain bénit.

Omer ne put placer un mot de ses inquiétudes. Des phrases brèves le rejetaient hors du débat. Accoutumée à tenir compte de l'écho dans les églises, la voix mélodieuse et retentissante d'Edouard étouffait les intrusions de langage étrangères à la thaumaturgie. Adapter l'usage des nouvelles conquêtes scientifiques à la démonstration de la foi, c'était son but. Il regrettait qu'un évêque intelligent n'eût pas lancé sur les eaux de son diocèse, le premier bateau à vapeur ! Au P. Ronsin, il avait déjà remis plusieurs mémoires le suppliant de fonder un monastère où des Jésuites mathématiciens et chimistes étudieraient, s'évertueraient à des inventions. Quelle force cela n'eût-il pas donnée à l'Eglise. Et quelle faute de ne pas avoir attiré dans les ordres monastiques, par des privilèges et des traitements notables, les savants de l'époque. Il rêvait de cloîtres solitaires, dans les provinces les plus à l'écart. Là des laboratoires merveilleusement aménagés eussent contenu tous les instruments de la physique, tous les ingrédients de la chimie, tous les modèles des machines industrielles.

— Comprends-tu... Les miracles de la vapeur et de l'électricité ne se manifestant que par la main de Dieu ! Ah ! ce qu'eût pu faire un pape intelligent, s'il eût décerné la pourpre des cardinaux à Laplace, à Dulong, à Davy, à Dalton, à Thénard !

— Mais c'est là l'idée d'Enfantin, l'ami du major Gresloup ! s'écriait Omer. Le Saint-Simonisme enseigné par le moyen de la religion. L'abbé de Lamennais

3

échange avec eux une correspondance tout à fait curieuse à ce sujet.

— Il m'a écrit de même, en m'encourageant, répondit Edouard. Ce grand apôtre sent bien que c'est le seul moyen de ramener les élites, puis les peuples à la foi et à la catholicité, à l'union des races sous l'autorité de Rome. Il faut que le miracle scientifique éblouisse d'abord le monde, du haut du Vatican !...

— L'abbé de Lamennais, Enfantin et toi, cousin..., vous perdez votre temps, objecta Dieudonné. Les princes actuels de l'Eglise ont l'âme trop médiocre pour comprendre ; et, s'ils comprenaient, tout aussitôt ils craindraient de voir leur prestige personnel balancé par le prestige de tes savants à tonsure. Vous vous heurtez à l'opposition la plus inébranlable : celle de la sottise et de l'ignorance égoïstes, triomphantes et souveraines.

— Hélas ! accorda l'abbé de Praxi-Blassans. Le cardinal Consalvi lui-même, malgré toute son intelligence et toute son autorité, n'osa point continuer contre les cardinaux et les évêques la lutte entreprise par son vaillant esprit.

Omer essaya de les étonner :

— M. Enfantin estime nécessaire pour tout autre Consalvi de rompre avec Rome, si tant est qu'il veuille réussir, et de créer une manière de schisme. Il prône le schisme, M. Enfantin! Même, cela ne laisse pas que d'indigner Mme Gresloup et sa fille.

— Donc, tu persifles les doctrines d'Enfantin, appuya Dieudonné en riant. Logique d'amour : ta belle te dicte tes opinions.

— Oh ! ma belle !... ma belle !... Vous en parlez à votre aise... J'ai là-dessus moins de certitudes, avoua-t-il humblement. Toi, l'abbé, qui renseignes les Jésuites de Rome sur le cœur d'Elvire, tu en sais davantage...

— Moi ?... Non pas. Un de nos supérieurs à l'étranger m'a demandé quelques indications. J'ai répondu que tu considérais ce mariage comme l'unique moyen de renoncer à la prêtrise sans réduire au désespoir la plus sainte des mères.

— Ta lettre ne contenait rien de plus ?

— Rien, sinon que le mariage ne me semblait pas impossible... Depuis l'enfance, Elvire n'a-t-elle pas témoigné, à ton égard, une vive amitié. Son père prise ton savoir. J'ai dû mettre quelque chaleur à m'exprimer, dans l'intention que ce religieux trouvât bon de persuader ma tante Virginie.

— Au total, jamais Elvire ni sa mère ne t'ont laissé entendre clairement leur désir de me voir faire une démarche pressante ; dis-moi, Dieudonné ?

— Mon Dieu, ce sont des choses qu'une jeune personne accomplie et une dame très respectable ne s'empressent point, à l'ordinaire, de déclarer.

— En effet...

Omer savait à quoi s'en tenir. Personne de la famille Gresloup n'avait franchement averti ses cousins sur les sentiments d'Elvire. Les doutes de Mme Héricourt se confirmaient en lui. La conquête de l'ange était encore à faire. Pourquoi, pourquoi le vice de Lucifer avait-il redouté la claire vertu d'Eloa ?

Il conçut une tristesse véritable. « Quel sot je suis d'avoir cru tout proche un tel bonheur, devant la matrone du Capitole. L'air de Rome m'a grisé. Il me reste Dolorès. Il me reste d'acheter, à cette belle Espagnole, pour une part de la Compagnie Héricourt, le plaisir que n'importe quelle courtisane me dispenserait, ma grisette Angeline même... »

Il n'écouta plus rien de la conversation savante vite reprise entre les chimistes lorsque les deux chevaux larges et chevelus cessaient de vouloir gagner trop sur la main du maître, et de prendre le galop parmi les étincelles. Le soleil de la mi-septembre s'inclinait déjà sur l'horizon des plaines. Le chemin côtoyait la rive de la Scarpe. Une file de peupliers frissonnait au bord des prairies. Dans le réseau des branches un peu dévêtues, le ciel se fonçait. Impassible et belle, la campagne ne communiait pas au chagrin du jeune homme. Il pensait à la jalousie de sa maîtresse italienne, Carita Gennarello, qui haïssait la nature, trop somptueuse et trop immortelle devant les amantes humaines. Comment rivaliser? Ce soir, Omer comprenait l'âme de la fille ardente, et ce besoin de se perpétuer qu'il eût voulu satisfaire aussi en fondant une famille héritière de ses vœux, en propageant une descendance, forme multiple et indéfinie de sa pensée vivante, de sa dévotion à la Loi romaine, à l'idéal des Latins. Un moment, il se crut le rival de la nature, l'Adam qu'elle venait de vaincre, dans l'illusion de s'éterniser par le moyen d'Elvire.

Il se mesura chétif et seul.

L'attelage rejoignit alors un convoi de chalands qui glissait sur le miroir vert et rose de la rivière. Des couples de chevaux lents halaient, de la berge, les péniches. Par la perche qu'il enfonçait dans la vase, un marinier repoussa la proue au milieu du courant. Enflées à la brise du crépuscule, les voiles aidaient la marche. Des sacs de farine chargeaient les bateaux jusqu'à faire affleurer l'eau et le pont. C'était la richesse des Moulins Héricourt qui s'en allait vers les Pays-Bas. Le charbon de la fosse Cavrois brillait aussi dans les premiers chalands. Les batelières surveillaient la soupe et le fourneau d'argile qui fumait sur le seuil de chaque maisonnette courbe, verte et blanche, installée au centre de la cargaison flottante. De tous petits enfants couraient le long du bordage. Une fille ramassa le linge séché sur la corde. L'homme dirigeait avec sa croupe la barre du gouvernail, tout en bourrant sa pipe. Un vieux puisait de l'eau; il plongeait à bout de corde le seau de bois dans la rivière d'or fluide. En se redressant, il reconnut le char et les chevaux de la tante Caroline; il discerna le tricorne d'Edouard.

— Monsieur l'abbé, cria-t-il, chés gens vous réclament à Vitry... Faut que vous y plantiez la croix... Ce sera aussi biau qu'à Arras, allez... Nos filles veulent aussi s'habiller tout de blanc et suivre la bannière... Et puis le commerce a besoin de ça... Mon gendre ne vend rien de ses affiquets.

— J'ai promis à votre maire et à votre curé... Ce sera pour bientôt, mon brave Flahaut... Comment va ch' tiot Anselme?

— Parbleu, le v'là guéri... puisque c'est vous qui lui avez fait faire sa première communion... Il n'a eu qu'à manger de vous pain bénit... Il dit toudis que c'étot fin amer... A c' t'heure, i trotte... avec les vacques, dans le pré de son père... J'ai été avec ma femme achever, la neuvaine...

Le dialogue continua sur ce ton quelques minutes, pendant que les chevaux soufflaient et secouaient leurs crinières abondantes. Ceux qui guidaient les bêtes de halage saluaient timidement, le fouet à l'épaule; ils rectifiaient, sous l'œil du maître, les efforts mesurés de leurs attelages tirant la cordelle parmi le froissis des herbes et des roseaux.

Ainsi devisant, on atteignit l'écluse de Doncourt, qui arrêtait le convoi. Devant la boutique du savetier, homme alerte jouant à la marelle avec des fillettes hâves, Dieudonné arrêta le char.

— J'ai du cuir pour toi, Nicolas... Viens chercher le paquet... Quoi? Tu ne payeras donc jamais la tannerie?

— Je gagne peu, notre maître... Et puis, les p' tiotes, ça mange de la bouillie... L'autre nuit, pendant l'orage, v'là mon toit qui crève. J'ai dû remettre du chaume... Ma Zélie est en mal d'enfant...

Loqueteux et pitoyable, l'homme maigre s'excusait.

Cavrois lui dit d'aller quérir le forgeron, qu'il ramena. Lui non plus ne payait pas; malgré qu'il fut de mine réjouie, avec des bras noueux. Cependant, il lui fut permis de recevoir le charbon que le patron de la péniche débarquerait, tout à l'heure, près de l'écluse. Qu'il courût avec une brouette! Toutefois, la Compagnie prendrait hypothèque sur sa maison, qu'on apercevait charmante, garnie d'une famille joyeuse et grasse, au seuil, tous les rouets tournant, tous les mioches tripotant les boules d'un loto neuf. A l'intérieur, une vieille écumait la marmite; une fille battait les œufs dans un pot. Le chat ronflait sur la commode, entre les assiettes à fleurs; le brin de réséda trempait au bord du verre à devise. Dans la cage, un loriot sifflait et sautillait, picorait du mouron. L'homme parut honteux de sa prospérité devant l'ironie des trois jeunes gens. A la lueur du feu qu'activait une enfant sage tirant la chaîne du gros soufflet, des trognes flamandes s'épanouissaient et bavardaient. Des bras musculeux tenaillaient, martelaient sur l'enclume le fer incandescent. Un gaillard humait la bière du pot de grès. Les poules elles-mêmes piétaient sur une épaisse couche de grains blonds.

Dieudonné reprocha violemment au richard sa négligence. Il se souvint que sa mère l'avait recueilli sur la recommandation des Lyrisse, au lendemain de la guerre d'Espagne. En ce temps-là le forgeron quittait à peine le bagne militaire pour avoir crié « Vive l'Empereur! » et « Demi-tour! » au duc d'Angoulême qui passait en revue les régiments d'artillerie près d'aller combattre les libéraux d'Espagne en 1823. Depuis, installé, marié, pourvu par les soins de Caroline, il avait étonnamment prospéré, sans vouloir rien restituer des avances. La maison formait, ainsi qu'un champ, la dot de sa femme insolente, grasse et dépoitraillée.

— Débarque ton charbon... Voilà le bulletin... Mais si tu n'as pas versé les cent écus, fin courant, je te promets pour lundi la visite de l'huissier... mon gros. Tu pourras même lui offrir une chope et une assiette de fricot...Je gage qu'il n'en mange pas souvent de pareil... Tudieu quel fumet!

Cavrois reniflait l'air. Il effleura du fouet ses chevaux. Le char-à-bancs roula.

— Allez donc vous sacrifier et pourrir dans des prisons pour de tels salauds! grogna l'homme, resté sur la route, le bulletin dans les doigts...

— Le peuple n'a point d'honnêteté, parce qu'il manque de foi. La peur de l'enfer le gardait mieux jadis contre la tentation. Il leur faut la foi ; il leur faut le miracle, prêchait Edouard en riant. Il leur faut du miracle. Il faut absolument que je fasse des miracles auxquels ils puissent croire selon l'esprit de ce temps! A moi la tâche de Consalvi! Je la mènerai jusqu'au bout avec l'aide de la science. Veuille le Seigneur que M. Balthazar Claës me livre son secret. Et alors... Rome cédera.

— Tu te rompras le cou, mon cher... Tu te feras interdire... A moins qu'on ne te glisse un toxique subtil dans les hosties dont tu te sers en disant la messe, prédit Cavrois. C'est ainsi que Rome récompense les curés trop savants.

— N'importe... Jamais, en aucun temps, l'Eglise n'eut en mains la possibilité de l'universel, comme depuis cinquante ans... Pie VI aurait dû obtenir la conversion de Franklin, l'admettre au Sacré-Collège avec Montgolfier et Volta, leur offrir des palais à Rome, et des régiments de moines pour préparer leurs expériences, secrètement, au fond des cloîtres. Ne rien divulguer au peuple, d'après la méthode des prêtres égyptiens et de Moïse. Ensuite faire apparaître les miracles de l'étincelle électrique, du paratonnerre, de l'aérostat, du bateau à vapeur. Voyez-vous : si Pie VII avait baptisé et mitré Fulton, lorsque Napoléon l'eût abandonné, après l'heureux essai sur la Loire, le Saint-Siège aurait pu lancer du port d'Ostie, dès 1806, une flotte de frégates à vapeur. On eût imposé la suprématie pontificale aux îles et aux côtes de la Méditerranée. On eût soutenu partout les fidèles du Christ, au moyen d'un prodige incontestable!... Ces gens-là ont manqué à leur mission. Ils ont laissé tous les miracles leur échapper. Ils ont renié le Saint-Esprit pour le Sacré-Cœur. La victoire de l'Eglise n'adviendra que sous les bannières de La Colombe... Il faut rétablir le règne du Saint-Esprit dans Saint-Pierre de Rome!... Il faut du miracle... Il faut des miracles...

— Sais-tu, l'abbé, que j'envie ton imagination et ton éloquence...

— Tu te moques à tort Omer! Pense comme moi! Naguère, quand tu me raillais, en m'invitant à marcher sur les eaux, si je voulais être suivi, tu m'as ouvert tout à coup la voie... Je veux marcher sur les eaux! Je veux reprendre la tradition des Jésuites, qui tenaient leur loge maçonnique au collège de Clermont. Je restituerai au Saint-Esprit le culte qui lui est dû... Mais toi, toi, tu m'abandonnes! Tu veux te marier, torcher des portées d'enfants, et plaider, pour cinquante louis l'une, mille et mille affaires véreuses devant les tribunaux civils! Omer! Omer!... Est-ce là ce que nous nous proposions ensemble dans le jardin du collège, après les classes du Père Corbinon et du Père Anselme?...

— Il plaide aussi pour les malheureux frappés injustement! répliqua Dieudonné...

— Ah, maudits Jacobins! Quelle est votre erreur! Comment, vous, vous les séides de la jeune Europe, vous aspirez à l'union fraternelle des races occidentales, en une seule République..., et vous ne voyez pas que la tâche est à demi faite, que déjà le nom de chrétiens, les coutumes du chrétien, la langue latine des offices, l'identité parfaite des rites et des règles catholiques, englobent dans une seule âme, les Italiens, les Espagnols d'Europe et d'Amérique, les Autrichiens et les Français, des millions d'Allemands mêmes ; que le schisme orthodoxe peut être un jour pardonné, et qu'alors la Russie tout entière s'allie ; que les protestants des Deux-Mondes se peuvent réconcilier avec Rome, un jour..., au nom de Jésus et de la fraternité chrétienne ; que cette matière humaine est prête à se coaguler, comme les eaux de plusieurs rivières aboutissant au fleuve, sous la lueur d'une aube pure et froide, pour devenir une même glace consistante ; que c'est là l'œuvre de dix-huit siècles !... Et puérilement, naïvement, vous prétendez reprendre la tâche au début, à l'époque des martyrs... Ne songez-vous pas aux dix-huit siècles qu'il va falloir à votre pensée pour atteindre l'état de la catholicité présente... « La société n'est plus qu'un doute immense ! » écrit l'abbé de Lamennais... Votre idée a cinquante ans... Comptez dix-huit siècles devant vous pour arriver seulement à l'étape du doute immense !...

— Pardon, opposa Dieudonné. Nous dations de Babel et d'Hiram...

— Insensés ! Vous n'en n'êtes même pas à l'étape de la chrétienté sous Constantin...

— Nous y fûmes de 1792 à 1810... Julien l'Apostat est aussi venu, parmi vous, mais Julien l'Apostat n'a guère duré plus que l'empire despotique, que les Bourbons ne doivent durer maintenant.

— Peuh !... Vous vous méprenez fort... Voilà deux mois à peine que je voyage en Flandre ; et, pour fonder mon abbaye de moines savants, j'ai déjà récolté les deux tiers des souscriptions indispensables... Ce soir, à Douai, nous souperons, s'il vous plaît, chez une veuve, qui doit me remettre un contrat de donation entre vifs. C'est le troisième tiers... Dieu persuade !

Le soleil saignait sur l'horizon quand ils pénétrèrent

dans la ville de Douai par les rues sinueuses. Elles vont
à la Scarpe entre deux rangs d'étroites demeures flamandes que coiffent leurs pignons angulaires à degrés
latéraux, qu'orne, par-dessus l'huis, une fenêtre principale, cintrée, munie d'un balcon à gracieux encor-
bellement de fer courbe. La voiture remisée à l'auberge, les cousins gagnèrent la rue de Paris et la
maison de Claës, que désigne la statuette de sainte
Geneviève filant sa quenouille dans une lanterne,
au faîte du porche. La sonnette fut ébranlée. Ils
attendirent la venue de la servante, quelques instants,
devant les briques de la façade et les barres de grès
sombre encadrant les croisées. La porte ouverte,
Dieudonné fut admis par le sourire de la domestique, qui leur fit parcourir le couloir sablé, gravir
deux étages d'un escalier sombre, en s'appuyant à la
rampe de chêne massif et ciré.

Depuis 1822 Omer n'avait pas vu M. Balthazar Claës;
et il eut peine à le reconnaître dans ce haut cadavre
chauve, aux sourcils blancs, courbé sur le bras d'un fauteuil de canne; seuls, vivaient encore les yeux : au fond
des orbites creuses et bistrées. Le vieillard reçut les voyageurs avec une extrême politesse. S'étant levé, il parut
très maigre sous la longue redingote marron. Aussitôt
il arpenta l'énorme grenier en parlant de ses travaux
récents. Il cita quelques anecdotes sur les manies de
son maître Lavoisier. Sans interrompre son discours,
le fantôme allait d'une cornue à un matras, soufflait
sur la poussière des flacons et des tubulures, caressait
la cloche pneumatique de ses mains osseuses, rangeait
des cristaux violets sur la table de bois cru, et roulait
des fils électriques autour de la pile de Volta, comme
s'il eût voulu utiliser du moins cette visite oiseuse en
réparant le pire du désordre.

Mme Cavrois lui avait jadis prêté de l'argent pour ses
expériences sur la volatilisation des métaux. Il le rap-

pela quand Dieudonné lui voulut rendre grâces pour d'anciens conseils, celui de recueillir le jus de betterave et de le faire cristalliser, au temps où, par suite du blocus continental, le sucre de canne n'arrivait plus en France. Bien que les gens n'eussent point apprécié d'abord le nouveau produit, la tante Caroline, associée avec Crespel, n'avait pas omis de songer à des perfectionnements. Instruit autrefois par M. Claës pendant les dernières vacances du collège, l'étudiant se flattait de découvrir une amélioration notable dans le raffinage. Il expliqua sa méthode à l'alchimiste, qui l'approuvait avec le ton d'un homme condescendant à féliciter son voisin sur la santé d'un parent octogénaire et mal connu de tous deux.

Les ombres du crépuscule envahissaient la salle aux nombreux recoins que la nuit déjà comblait. Par l'œil de bœuf, les clartés suprêmes illuminaient une capsule de porcelaine où parvenaient deux fils verts engagés dans l'armature supérieure de la cloche pneumatique qui recouvrait le tout. Balthazar Claës s'était rassis. Flattant les os de ses mains, il contemplait une luisance du soir double sur la porcelaine de la capsule, sur le verre de la cloche. Peut-être écoutait-il l'abbé de Praxi-Blassans développer avec adresse et précautions oratoires, sa thèse du miracle. La voix mélodieuse du jeune prédicateur ne tarissait pas. Il parlait de Dieu quand il revêt la forme du mystérieux ternaire, du Trismegiste, du Grand Trois adoré par les prêtres savants de la Grèce. Son langage étrange confondait presque Dieu le Père avec le Fixe, la substance, le carbone; et le Saint Esprit avec le Volatil, les gaz, les fluides. Il préconisait la combinaison parfaite du Fixe et du Volatil, d'où procède la pierre philosophale, celle en quoi se concentre le germe absolu, cause de la Nature et de ses transformations, de la Nature naturante et de la Nature naturée. D'ailleurs, Jésus n'est-il pas engendré par la Vierge-mère, c'est-à-dire par deux contraires assemblés dans une même apparence : ils produisent l'Absolu, ce qui dépasse la négation et l'affirmation, ce qui dépasse notre esprit encore incapable de concevoir l'Idée en dehors de ces deux formes...

— Parbleu ! ricana le vieux Claës de façon stridente ; mais quelles sont donc les deux substances, les deux gaz, les deux fluides ou les deux forces qui correspondent à la négation stérile *Vierge* et à l'affirmation féconde *Mère ?*... Moi, j'ai cru longtemps que le sulfure de carbone participait aux deux expressions, et qu'en combinant avec eux le Volatil, ce que vous appelez le Saint-Esprit, le courant électrique, par exemple, alors naîtrait l'Absolu, le germe. Le Christ, le diamant Pur... C'était aussi l'opinion de cet officier polonais, M. Adam de Wierz chownia, qui vint loger ici, en 1809, porteur d'une recommandation signée par le colonel Héricourt, par votre père, Monsieur ! Ils s'étaient, en 1806, rencontrés à Lübeck, après la campagne d'Iéna. Dieudonné n'ignore pas que, dès la visite de cet homme éminent, mais contraint par la misère au métier des armes, j'ai repris les travaux délaissés depuis ma jeunesse. Hélas ! quelques millions furent consumés vainement... mais non pas sans bonheur pour moi. Lorsque je dus m'absenter cinq ans, pour remplir en Bretagne des fonctions officielles, je laissai dans cette capsule une petite quantité de sulfure de carbone. Au retour, je trouvai le fameux diamant que j'ai donné à ma fille, à Mme de Solis... Pendant les cinq années de mon absence, et sans que j'aie pu, par un guignon sans pareil, surveiller l'expérience, le carbone s'était cristallisé au pôle négatif... Incontinent, je remis les éléments primordiaux en présence dans la même capsule, traversée par les mêmes fils de la même pile voltaïque... Depuis février 1825, j'attends une preuve de cristallisation nouvelle. Nous sommes au milieu de septembre 1828. Rien ne s'est encore produit... Alors je doute que le sulfure de carbone correspond à la négation *Vierge* et à l'affirmation *Mère* de la chrysopée chrétienne...

— Le Christ ne ressucite pas d'entre les morts... parce que nous connaissons trop mal le Saint-Esprit. Le volatil ne se dégage pas suffisamment de notre ignorance... Il faut adorer davantage le Saint-Esprit...

— Sans doute. Des gaz et des fluides, peu nous révèlent leurs qualités et leurs quantités...

— Aussi, vais-je fonder, si Dieu le veut, une abbaye, sous l'invocation du Paraclet. Là, mes religieux s'occuperont de recherches scientifiques de cet ordre... Et je venais vous demander, monsieur, s'il ne vous déplairait point d'y venir donner des lumières à mes pauvres Jésuites...

— Je suis bien vieux.

— Il faut cependant ressusciter le Christ, l'Absolu réengendré dans les intelligences et dans les cœurs! Ou bien le doute tuera la pensée créatrice de l'homme : sa critique préalable l'empêchera de toute action. Il retombera dans les enfers, dans la vie inférieure de la bestialité originelle... Songez-y, Monsieur : il faut exterminer ce doute. Et c'est le devoir de la science... Quand le Christ eut ressuscité, la pierre philosophale un seul instant, rayonna parmi les apôtres assemblés, le jour de la Pentecôte, afin de célébrer la date où Moïse, avait enseigné la Loi, afin de célébrer la date où la planète s'offre en communion à ses fils, par les prémices de la moisson mûrie.. Or, dès que la pierre du Saint-Esprit eut rayonné, le monde apprit la puissance des faibles, des humbles, la fraternité chrétienne. La loi, l'Agriculture, la Fraternité..., ce furent trois quartiers de l'anoblissement humain... Sans eux les hordes ne se fussent pas assemblées ; et les villes, cerveaux de l'humanité, n'eussent pas fleuri sur le monde, autour des temples. Le Christ doit ressusciter encore parmi les miracles...

L'abbé de Praxi-Blassans s'était lentemeut levé de sa chaise. Il évoquait tout de sa voix assourdie mais riche en retentissements possibles, en échos virtuels. Autour de lui, comme une cathédrale invisible était présente, avec, au ciel, ses voûtes sonores couvrant la forêt des pilastres, les branches des ogives, les bocages des chapelles, tout le bois sacré des druides, et le dolmen de l'autel.

— Oui, oui, grommelait le vieillard, ressusciter l'Absolu, le produit du Fixe et du Volatil... de l'Elémité et du Mouvement. Car Dieu! Oh, Dieu!... C'est ça... C'est l'ensemble... C'est l'addition... C'est le cercle indéfini qui contient...

— C'est l'hostie ronde... La croix : un diamètre, et une corde géométrique : image de l'homme, les bras étendus pour embrasser le cercle. L'Homme-Dieu !

— Pourquoi non ? Si on Le conçoit au total, Le Cercle, on est Lui-Même... après tout...

— Et si on communie de Sa Substance, on est Lui-Même... « Prenez : ceci est ma chair. Ceci est mon sang... Le pain de la terre est ma chair universelle. Le vin, fils du soleil, est mon sang universel... »

— Ce qui équivaut à : « Je suis le principe de la terre et le principe de la lumière, autre Fixe, autre Volatil ».

— Le Père et le Saint-Esprit. La Vierge stérile et la Mère fécondée...

L'un en face de l'autre, le vieillard et le jeune prêtre, parlaient en regardant leurs idées plutôt que l'interlocuteur.

— Morbleu, grogna Claës, en fronçant ses sourcils blancs, nous voilà revenus au point de départ... Lequel de nos moyens est la Vierge négative; lequel est la Mère affirmative? Tirez-nous de là, monsieur l'abbé ?...

Tirez-nous de là... Notre miracle est là-dessous, monsieur !

Il surgit de son fauteuil et recommença de parcourir la salle à grands pas, de ranger ses minéraux et ses métaux ; il gesticulait ; il lançait des rires stridents :

— Dieu !... Dieu !... Dieu ! Je le tiens là sous ma cloche pneumatique ! Ce mot vide c'est une supercherie pour dissimuler notre ignorance des causes !...

— Mais cet Inconnu crée tout. Sa puissance nous écrase... Ses mystères nous aveuglent... Sa volonté régit la terre comme le ciel. Sa chaleur donne le pain quotidien. Il nous appartient de sanctifier son nom en l'expliquant... Il importe de ne pas succomber à la tentation d'ignorer. En adorant l'Inconnu, en priant Dieu, nous tâcherons fatalement de le mieux savoir.

— Peste, monsieur l'abbé, on n'a point aisément le dernier avec vous !...

— Monsieur, ne pensez-vous pas que trente hommes intelligents, retranchés du monde, et qui vivraient dans un laboratoire, près de vous, à la recherche de l'Absolu, qui se soumettraient à vos ordres, qui les exécuteraient... ; ne pensez-vous pas qu'ils hâteraient l'avènement de votre découverte...

— Je ne dis pas non...

— Alors, Monsieur, me feriez-vous l'honneur d'accepter l'hospitalité des Pères Jésuites?... Ne puis-je espérer que vous l'acceptiez !

— Grand merci, monsieur l'abbé de Praxi-Blassans ; mais je ne saurais permettre à Jésus même de me voler ma gloire !

Le rire strident du sexagénaire retentit à deux reprises dans le silence et l'ombre. Les cousins se turent. Cavrois inspectait, depuis longtemps, l'effet d'un réactif dans une éprouvette qu'il élevait devant le clair-obscur de l'œil-de-bœuf. La mémoire d'Omer lui répétait les mots étranges et sublimes de cette conversation. Etait-ce au séminaire qu'Edouard avait appris cette science religieuse si différente de la foi catholique ordinairement prêchée?

— Cependant, il importe de ramener les peuples à la foi, à ses vertus et à ses forces, par l'éblouissement des miracles, suppliait encore la voix mélodieuse du prêtre...

Balthazar Claës ne répondit rien. Avec son attitude courbée de vieux vigneron, il tripotait, au fond d'une caisse, des cristaux de potasse, tout en s'informant du comte et de la comtesse Aurélie, tout en usant de la meilleure urbanité.

Enfin, un domestique âgé apporta deux flambeaux; et ce fut le signal du départ...

Dehors, Edouard enragea. Dieudonné compatit :

— Je t'avais prévenu, cousin; je t'avais prévenu... Console-toi, je t'indiquerai un autre Chalcas pour te fabriquer des miracles... et comprendre ton pathos!

Profitant de cette émotion, Omer questionna sur les leçons du séminaire. Edouard convint assez vite qu'après ses dix-huit premiers mois d'études, un évêque en visite d'inspection l'avait pris à part et l'avait éclairé de façon inattendue sur les sens des mystères, non sans exiger un serment de taciturnité. Aussi l'abbé n'en pouvait-il avouer davantage. On n'avait consenti cette faveur de divulgation qu'à cinq diacres élus entre les plus nobles d'esprit, sur trois cents. Quelques-uns parmi les intelligents et les érudits, étaient de même, à chaque Pentecôte, initiés, soit par un évêque, soit par un prédicateur, à la signification scientifique et métaphysique des trois mystères. Mais on leur interdisait de répandre ces notions dans la foule inapte à les comprendre. Devant Balthazar Claës, le prêtre n'avait parlé qu'en vertu d'une autorisation pontificale obtenue grâce au P. Ronsin.

— Omer, ajouta-t-il, je ne regrette pas le moins du

monde que tu aies surpris le principal de cette conversation. Tu réfléchiras mieux à ce que tu perds en quittant l'Eglise pour le siècle. Oui, derrière le tabernacle et l'ostensoir, il y a des vérités vraiment divines... Tu foules aux pieds, sans les voir, les trésors les plus précieux.

Il ne cessa d'affirmer cela dans les rues noires et désertes par lesquelles il entraînait ses cousins vers les lueurs faibles des lampadaires clignotant au milieu des cordes transversales. Il expliqua comment s'accomplissait l'initiation, lorsqu'on avait obtenu des diacres choisis leur promesse d'honneur et leur serment religieux de ne pas trahir, s'ils se refusaient ensuite à solliciter l'ordination. Quelques-uns, pour avoir jugé difficile d'instruire les foules en leur cachant l'essentiel, avaient renoncé à l'état ecclésiastique. Jamais on n'ouït dire qu'ils manquèrent à leur parole qu'ils imputèrent à l'Eglise elle-même le dogme occulte. D'ailleurs, la Croix est forte. Elle est puissante. Elle possède aussi des justiciers.

A ces mots, Omer se revit dans une étroite rue caillouteuse, devant le cruel neveu de l'évêque, le matin du duel suscité par le P. Ronsin. Et il eut peur de cet Edouard marchant vite, les mains croisées dans les manches de sa soutane, le tricorne sur les yeux. Comment l'ami d'enfance, le compagnon des premières débauches, l'ancien amoureux passionné de Denise Héricourt, était-il en si peu de temps, devenu ce terrible soldat de l'Eglise. Trois ans de séminaire avaient à ce point transformé l'âme du sentimental adolescent qui récitait les vers de M. de Lamartine avec emphase, dans la cour du collège.

L'abbé tira de sa poche une clef; il ouvrit la porte bâtarde d'un grand mur blafard, que coiffait le lierre d'un parc intérieur. Une odeur de cuisine succulente remplissait l'étroite antichambre où brûlait une veilleuse. Edouard fit à ses cousins les honneurs d'une pièce vaste et nue qu'occupaient un prie-dieu et un lit de sangle, une croix de sapin cru, appliquée contre le lambris. Seule, la fontaine d'argent massif, dans une gaine de bois sculptée par un artiste flamand d'autrefois, dénonçait le luxe et la richesse de la demeure. Jaillie d'une coquille, l'eau frappait une vasque brillante et très large, que soutenaient les douze apôtres de la Pentecôte, saillis entièrement hors l'épaisseur du tronc de chêne, en douze portraits de bourgeois. Le goût d'une âme fervente avait su découvrir ce meuble de la Renaissance afin de parer la chambre du confesseur, en excusant, par la nécessité des ablutions, la magnificence du cadeau. Tous les trois se lavèrent le visage et les mains, se brossèrent. L'abbé se parfuma très soigneusement. Ensuite ils parcoururent un large corridor dallé de marbre noir et blanc. Trois lanternes l'éclairaient à travers une ferronnerie curieuse, imitant des lézards qui grimpaient sur des tiges d'orties le long des vitres convexes. Une série de gravures allemandes, représentaient, à la façon d'Albert Durer, les épisodes de la vie du Christ. Au bout du couloir, des portières de tapisseries furent écartées par un vieillard. Alors, dans un salon illuminé, une femme en deuil fit la révérence.

Elle avait le teint haut en couleur, les cheveux noirs, vernis, une taille épaisse et majestueuse enveloppée d'écharpes flottantes, les mains exsangues très fines d'une vieille race oisive depuis plusieurs siècles, une parole timide et tendre que ravalait sans cesse une sorte de sanglot minime. Des bahuts sculptés au temps de la régence élevaient une série de statues en bois peint, habillées d'étoffes véritables, assemblées par groupes qui, sous globes de verre, jouaient les scènes de la Passion. En manteau de pourpre, Jésus reparaissait au centre de chaque groupe. Les casques et les cuirasses des soldats romains luisaient sous les candélabres d'argent chargés de bougies. Edouard s'installa dans une bergère à coussins de brocart cramoisi, et il se caressa les mains, pendant que la dame expliquait, afin d'entretenir une conversation, la provenance espagnole du Chemin de Croix. La chose appartenait à sa famille depuis le dix-septième siècle. C'était un cadeau du stathouder Guillaume II de Nassau, prince d'Orange, au batteur de cuivre qui avait enrôlé ses ouvriers et ses clients dans une compagnie d'arquebusiers, pour l'aider à vaincre définitivement les Espagnols, avant le traité de Westphalie. La dame flamande montrait avec orgueil, dans une enveloppe de damas vert, un parchemin de l'époque reconnaissant le courage et la fidélité de Jacques Horpsvrahen, ancêtre de feu son mari. Sur un tableau de Wouvermann, elle désigna le portrait de ce glorieux marchand. Rouge et malin, il donnait du pistolet dans la figure d'un cavalier au morion de fer et se courbant pour allonger la pointe de son estramaçon vers cette panse en velours noir, barrée d'une abondante écharpe bleue, encastrée dans une selle monumentale, sous le faix de quoi pliait un énorme cheval gris; cependant, du pont que se disputaient les combattants un palefroi tombait les sabots crispés; une masse d'arquebusiers, la mèche en main, s'avançait, l'un plantant sa fourche pour appuyer le mousquet, l'autre épaulant une arme plus légère, celui-ci assurant son feutre, l'épée au poing, celui-là pointant sa lourde pertuisane contre une cavale cabrée, serrée par les bottes d'un homme en justaucorps écarlate, et, hardi, usant du cimeterre; dans le fond, la nature grasse, verte, paisible des Flandres ondulait jusqu'à la métairie où fuyait une vache éperdue, où des oies gagnaient l'abri d'un char à foin.

Dieudonné Cavrois accepta de se souvenir qu'une Horpsvrahen avait épousé un Héricourt au début du dix-huitième siècle. Omer feignit également de croire à ce que la dame leur confia de sa généalogie qui remontait jusqu'à Mahaud de Vrahen, dame de Horps, laquelle fut une magicienne notoire, à l'époque des batailles entre Bourguignons et Armagnacs. Composée au milieu du quinzième siècle, une vieille chronique assura l'orgueilleuse flamande, relatait la vie et les malheurs des châtelains de Horps. Elle put citer leur devise armoriale : « Estre. »

On ouvrit les portes de la salle à manger, quand furent entrés le notaire Pierquin et deux parentes en deuil, également grasses, l'une possédant la chevelure blonde, attribuée par Rubens à la Madeleine dans la « Descente de Croix », l'autre les joues roses et le teint frais de ses lourdes nymphes offertes au gré des satyres.

Le souper commença. Les servantes offrirent des œufs mollets pris dans une gelée de venaison et mis en de courts gobelets d'argent, sur lesquels étaient gravés des moulins à vent, des nefs, et des danseurs de kermesses.

Doctoral, M. Pierquin prétendit qu'on devait écrire Horstvrahen forme antique de Horpsvrahen. Selon lui, Horst avait pour étymologie *hortus*, jardin. Horps était une corruption de *Urbs*, ville. L'abbé de Praxi-Blassans contredit. L'un et l'autre mot dérivaient à son avis du gothique « fors », hors de cité, le lieu qui est loin d'un centre habité : le latin était *foris*, dans quoi l's de Horps et de Horst existe.

— Aussi dans *Hortus* et *Urbs*... rétorqua Pierquin, en tendant le ressort de son sourire professionnel comme s'il allait avertir d'une diminution de rentes un client retors.

Omer n'évita point la discussion. A la gauche de Mme Horpsvrahen, il pouvait à son aise respirer l'odeur de lavande et d'iris que dégageaient le corsage opulent, lustré. Embue de sueur au front et aux tempes, gênée, peureuse, offensée tour à tour, elle parut sensible à l'extrême. L'ayant regardée un peu fixement, Omer s'attira des paroles sévères, encore qu'elle attaquât l'impertinence du siècle d'une manière générale. Probablement elle craignait qu'il ne soupçonnât la victoire de l'abbé sur elle. Aussi, sans désemparer, elle éternisa l'éloge de l'œuvre qu'Édouard voulait entreprendre. Imposer au siècle le respect de la religion par les progrès d'une science ecclésiastique, quelle splendide conception, dans l'âme d'un jeune saint ! Et comme Mme Horpsvrahen se pouvait dire heureuse d'offrir la jouissance d'un domaine aux Pères, le château de Horps et ses dépendances, un parc boisé de soixante arpents, une métairie, quatre-vingts arpents de prés. Elle gardait cependant la nue propriété du bien, pour ne pas déposséder ses neveux. Mais, sa vie durant, les Pères auraient un toit, et le revenu produit par l'élève du bétail.

Elle ne s'abstint pas de magnifier son explication. Omer l'écouta moins. Il estimait les pièces d'argenterie à l'étal sur les vaisseliers d'acajou, et la grande toile de Jordœns, où rutilait la joie d'une ripaille flamande, à personnages ventrus, à commères plantureuses, à sacripans joueurs de violon et de cornemuse, à buveurs heurtant leurs pintes d'étain et tâtant les filles chargées du rôti fumeux.

Édouard de Praxi-Blassans mangeait à peine. On lui servit des mets spéciaux : une truite à la crème et au beurre, de l'oseille hachée sous des huîtres frites, et des blancs de volaille, tandis que les servantes passaient aux convives, dans les plats de vieille faïence, un civet de lièvre, puis une pièce de bœuf braisé. Le vieillard emplissait de bourgogne ancien, à reflets bruns, les calices de cristal, et, pour l'abbé, un vin blanc de la Moselle, réchauffé dans une serviette brûlante.

— Ne vous étonnez pas, monsieur, si je soigne ainsi votre cousin. Il travaille trop, et son estomac en pâtit... Avec ça, toujours par voies et par chemins, dans le premier cabriolet venu, ou dans n'importe quelle mauvaise caroline... L'autre soir, il est arrivé ici, à cheval sur un bidet de paysan, par un orage affreux. Il ruisselait, monsieur! J'ai dû lui prêter un peignoir de ma sœur qui est morte... Il claquait des dents... Il avait visité douze paroisses en un jour, entre Arras et Douai, et fait quatre sermons dans quatre églises de villages : un à la messe de huit heures, un à la grand'messe, un autre pour une conférence de prêtres, et le dernier à vêpres. En route, il avait administré un pauvre enfant tué par la corne de la vache, dans la prairie! Il ne possédait plus un sol. Les mendiants lui avaient tout pris... C'est un saint descendu du ciel. Et il n'a pas l'air de s'en douter. Il parle, comme vous et moi, de la pluie, du beau temps... Il rit. Il plaisante. Tout à coup, il s'endort. On dirait un enfant, la bouche ouverte... J'avais un petit garçon que j'ai perdu... Il lui ressemblait, monsieur! C'était le même sommeil. On pouvait l'embrasser sur ses bonnes joues. Il ne soupirait même pas, le pauvre petit... Et puis, un jour... Mon Dieu!...

Elle s'essoufflait. Elle étancha une larme dans le coin de son œil, et fit signe qu'on manquait de bière pour arroser les endives à la sauce blanche. C'était une bière blondine et pétillante dont les bouchons sautaient comme ceux du champagne, et qui, dans le verre, se couronnait d'une mousse floconneuse. Omer la dégusta dévotement, sur les instances de Mme Horpsvrahen.

Il ne cessa plus d'imaginer cette dame dans la nudité grasse d'une femme peinte par Rubens, avec une croupe rose et massive, un ventre d'ivoire à gros plis, des mamelles monstrueuses : réprimant son petit sanglot d'émotion, elle attirait, dans ses bras d'amante maternelle, le svelte Édouard aux grandes boucles poudrées.

De son cousin, Omer ne savait plus que penser. Il le

blâmait d'obéir aux instincts malgré les vœux ecclé-
siastiques; il respectait cette science, cette activité,
cette obstination volontaire pour accroître le prestige
de Dieu, cette foi certaine en l'efficacité des Évangiles.
Tout cela haussait le jeune prêtre hors de l'hypocrisie
que les athées condamnent avec de faciles déclamations. Bien qu'il se rangeât franchement sous l'étendard républicain, Dieudonné Cavrois ne refusait
au jésuite ni son affection ni son aide. Il acceptait
aussi l'étrange compromis qu'Édouard infligeait à sa
conscience. « Au fond, Édouard et moi nous voulons
la même chose ! » disait-il, quoiqu'il fût à Paris, le
Frère-tuileur de la Loge Ardente-Amitié. Et, tout en
crachant les peaux de raisin, le gros garçon étonnait
les convives par l'éloge qu'il faisait du chimiste en
soutane.

— Monsieur Pierquin, l'assistance de deux témoins
n'est-elle pas nécessaire pour la signature du contrat
que nous allons passer ? Auquel cas, Omer Héricourt et
Dieudonné Cavrois apposeraient leurs seings... s'ils le
veulent bien.

En consentant, Omer et Dieudonné se regardèrent.
Ils se trouvaient pris. Sans doute Édouard préfé-
rait-il que des personnages connus pour leurs opinions libérales sanctionnassent l'acte, si, plus tard, on
accusait de captation les Jésuites installés dans la
maison du Saint-Esprit, sur le domaine de la veuve.

— M. Pierquin ne récusera-t-il pas notre jeune âge
pour un acte de cette importance ? objecta froidement
Dieudonné, en achevant de peler sa poire.

— Que non pas ! fit le notaire.

Il riait sec et se frottait les mains, sans mieux cacher
sa connivence avec Édouard. Toute rouge, Mme Horpsvrahen, grattait, de son couteau d'argent, le cercle
de dorure, au bord de son assiette à dessert. Entre les
dents, elle aspirait l'air avec un bruit léger, comme si

elle souffrait un peu. Des perles de sueur brillaient au bout de son nez. Elle se tenait évidemment à elle-même un discours pathétique, oublieuse du dîner, des convives et de leur langage.

A ce moment, une dame parla de la procession d'Arras, de la mission et des missionnaires, de la croix qu'on planterait et de l'affluence qu'il y aurait sûrement, tous les curés de la région ayant promis d'y conduire leurs ouailles. Le succès le plus éclatant récompenserait les pieux efforts de l'abbé. Pierquin renchérit. Il esquivait ainsi le débat juridique avec Omer qui soulevait la question de compétence. On disserta sur la fête religieuse, la magnificence des reposoirs, l'affairement du préfet, de l'évêque et des congrégations.

Après le souper, Mme Horpsvrahen quitta le salon pour aller prendre les papiers dans un secrétaire.

— Monsieur l'abbé ! pria-t-elle ; il faut que je vous demande encore un renseignement.

Il la suivit.

La verve du notaire ne brisait point le silence lourd qui signala cette double sortie. Certainement les esprits des dames grasses s'occupaient au soupçon des tendresses échangées par le prêtre et la maîtresse du logis, dans la pièce lointaine. Le couple tardait à revenir. On en fut réduit à vanter les liqueurs des îles et leur goût, à supputer l'âge du taffetas éteint qui composait la robe de la sainte Vierge dans les groupes, sous globes, du chemin de croix espagnol. La dame coiffée comme d'or brillant permit à ses yeux d'ondine le désir qu'ils avouèrent pour l'avocat. Elle avait un dos replet, des joues incarnadines, des lèvres humides, une croupe en volute, et une poitrine digne d'allaiter les fils de Bacchus. Le jeune homme l'eût étreinte volontiers dans une gerbe de blé mûr.

Edouard revint, les sourcils froncés, les yeux

rouges, derrière Mme Horpsvrahen, majestueuse et tremblante, mais trop fraîche au visage pour ne l'avoir point, à l'instant, lavé, parfumé, débarrassé des souillures et des sueurs. Au reste, elle avait certainement changé de collerette. La trace du fer, qui jaunissait la précédente, n'apparaissait plus à la surface de celle-ci.

On eut à peine le loisir de signer le contrat. Un laquais vint prévenir qu'on amenait de l'auberge le char-à-bancs. Les gardes fermaient les portes de la place forte avant onze heures. Il fallut prendre congé.

Une fois hors la ville, Dieudonné entreprit rudement son cousin, à propos des signatures.

— Il t'appartenait de nous avertir au préalable. Je ne me soucie point de passer pour un disciple de Loyola.

— Que t'importe ? Nous pensons de même.

— Sur le fond, oui. Sur la forme, non.

— Un chimiste de ta valeur peut-il se soustraire au devoir de faciliter une pareille œuvre scientifique.

— Tu es habile pour donner de la couleur à la réalité des choses.

— Si jamais les Frères Trois-Points et les carbonari te reprochent quoi que ce soit, il te sera facile d'invoquer ta passion pour les expériences de laboratoire.

— Parbleu !...

Le gros garçon haussa les épaules, puis bouda. Indifférent, l'abbé s'endormit, ballotté par les cahots ; et les mains à l'abri dans ses manches de soutane.

Les chevaux trottèrent sous la lune bleuissant les guérets et les éteules, les maisons blafardes aux fenêtres rosées par les lumières intérieures, les ombres des bois éloignés, les horizons vagues. Omer songeait aux nuits romaines, à l'échine frissonnante, à la croupe douce, aux seins rebelles, à la bouche chaude et duveteuse de sa maîtresse italienne Carita. Languissait-elle

4

dans la prison du pape, avec ses huit sœurs, complices de leur pauvre père, le brocanteur carbonaro. Omer évoqua la bagarre sur la route de Frosinone, quand on avait voulu arracher le captif et ses papiers aux sbires pontificaux. O la mâchoire sanglante de cet antiquaire tué par le soldat écarlate, et le crâne chauve de Cartoleone que poignardait le sbire à la portière du carrosse, et toute la foule stupide de Ferentino sous la bannière de la Madone ; et le dominicain dépouillé, en chemise sale, menaçant les agresseurs forcenés. Omer avait donc participé à cet attentat, lui qui somnolait à présent, dans cette voiture de fermiers cossus parcourant leurs terres.

Le sommeil de ce pays appartenait aux siens et à lui-même. Ceux qui se reposaient devant les dernières flambées de l'âtre en étendant leurs doigts noueux, ceux qui rêvaient de douleurs plus grandes, ceux qui s'énervaient dans les mouvements de l'amour, ceux qui pleuraient dans l'obscur, ceux qui riaient en chatouillant leurs épouses, ceux qui geignaient sous la morsure du mal physique, ceux qui veillaient en calculant leur ruine, ceux qui ronflaient, l'âme morte et le corps blotti, les filles solitaires qui souhaitaient la violence d'un mâle, et les adolescents malingres que leurs désirs épuisaient, tous avaient consacré leurs travaux diurnes à la richesse des Moulins Héricourt, de la Fosse Cavrois et des tanneries de la Scarpe.

Les blés, les avoines, les orges de ces champs nus, que de chariots les avaient transportés dans la grange de la tante Caroline, que de bateaux les emmenaient au fil de la rivière vers les horizons des Hollandes; après les labeurs de l'an révolu. Au milieu de la plaine, les péniches des Héricourt couvraient à la file les miroitements de l'eau, derrière une écluse. On apercevait des lueurs aux croisées minuscules de la cabane juchée sur la cargaison, entre la barre du gouvernail et le pied du mât nu. Par l'artère du pays, le fruit des efforts s'en allait vers l'or batave et anglais, fortune de la Banque d'Artois.

D'avoir produit cela, le peuple et la terre étaient las, qui dormaient dans le rayon de lune. « Les voici las d'avoir forgé notre puissance, songeait Omer ; il faut que cette puissance croisse encore pour que je m'affranchisse, pour que mon esprit triomphe, pour que la Loi règne et soumette les rois mêmes ! »

— Notre fief, dit-il à Dieudonné, en montrant l'espace circulaire de la plaine traversée par l'onde sinueuse et argentine. On dirait d'un écu que barre le lambel.

Dieudonné nomma les villages dont les bannières viendraient avec leurs dévôts saluer la croix de la mission dans Arras, sur la Terre de Cité. Quand le préfet, l'évêque et les gendarmes se dérangeaient pour accroître l'apparat de la fête, nul ne se fût avisé de déplaire aux Cavrois en manquant, nul parmi les cultivateurs qui vendent leurs blés et leurs œillettes aux Moulins Héricourt, leurs orges et leurs escourgeons à la brasserie, leurs betteraves à la fabrique de sucre, les peaux du bétail aux tanneries de la Scarpe ; nul parmi les épiciers et les tailleurs, les bouchers et les charrons, les boulangers de qui la Banque d'Artois escompte les traites ; nul parmi les menuisiers qui façonnent les planches des chalands, les cabaretiers qui abreuvent les travailleurs, les maquignons qui vendent leurs bêtes aux charretiers des usines et aux hâleurs des péniches ; nul parmi les forgerons qui réparent les machines de la Compagnie ; nul parmi les comptables et les entrepreneurs de bâtiments. A chaque maison visible, dans la plaine, sur le bord de la route, le gros Cavrois indiquait la sorte de gens qui sortirait, le surlendemain, dans le cabriolet ou la carriole pour gagner la ville. Afin de couper court, l'attelage fut mené par des chemins de traverse, en vue de la fosse Cavrois, que signalaient cent réverbères illuminant, au bout des potences, la nuit près de s'assombrir. A la base d'une colline de charbon, un grand feu pétillait et rongeait la masse noire. Des ombres humaines s'agitaient devant. Un gros cheval blanc tirait, au pas, le train de bennes sur une voie ferrée, le long des chaumières mortes et des hangars vides. Cinq hameaux de mineurs s'échelonnaient dans la plaine, où braillait une bande de garçons ivres. L'orchestre strident d'un bal, dans un cirque de palissades, couvrait mille cris de filles joyeuses.

— Te souviens-tu qu'il y avait ici une broussaille, rappela Dieudonné, autrefois, quand nous étions de tout petits garçons, une broussaille qu'incendiaient les gamins pour faire place nette? Alors, le cordier et ses enfants venaient y planter leurs rateaux et tordre dessus le chanvre neuf. Tu ne te souviens pas?... Pour nous apprendre la pratique de la charité, on nous amenait ici en voiture. Nous remettions nous-mêmes les sacs de croûtes, les vieux souliers, les manteaux hors d'usage à la femme du cordier. Elle était si pâle qu'elle nous faisait peur, et l'on nous défendait de toucher à ses enfants parce que les dartres couvraient leurs joues... Ah ! les pauvres diables que c'étaient là!... Toute la broussaille ne donnait pas de quoi vivre, à cette famille. Le sol ne valait rien pour la culture. Les carottes mêmes ne poussaient pas. Tous les ans, il mourait une fille ou un garçon malade de la poitrine. Maintenant ! Hein ?... Douze cents ouvriers, leurs femmes et leurs mioches, se rassasient à la même place, depuis que l'on a découvert le gisement de houille. On se met en liesse avec de la bière forte et du bon genièvre, dans cinq villages. Et la jeunesse danse où grognaient dans le temps les deux porcs du cordier poitrinaire. Le maire doit ouvrir une troisième école.

L'aubergiste qui organise les repas de noces et les concours d'arbalète se retire des affaires. Il achète de la rente...

— Oui, Saint-Simon et M. Enfantin triomphent ici. L'industrie guérit le peuple de la misère, de l'avilissement et de la mort... Ma tante Caroline a sauvé les hommes de cette région comme les abbés défricheurs et semeurs du temps de saint Bernard, qui réunirent, dans l'asile des cloîtres, les faibles à vie précaire...

— C'est une fameuse, tu sais, ma mère! déclara sourdement le gros Dieudonné, comme s'il eût craint de laisser un sanglot d'émotion altérer sa voix... C'est une bonne femme, et une femme de tête, maman !...

— Certes !

Omer imagina le bonnet de nuit ficelé sous le double menton de la tante Caroline, les pans d'un châle écossais qui, pudiquement, recouvraient la hideur du ventre obèse, par-dessus la camisole grise, si la meunière se relevait, la nuit, afin de noter sur l'agenda, à la lueur de la chandelle, une conception née pendant le sommeil. C'était elle, cette grosse femme, un peu commune et bonasse qui, en trente ans, avait élargi, de la sorte, le fief de son père, ce vieil Héricourt, autoritaire comme la Convention, capable d'immoler ses deux épouses successives aux nécessités du travail, et de lancer par le monde les forces de ses quatre fils, officiers et marins, de ses deux gendres, le diplomate comte de Praxi-Blassans et le fonctionnaire impérial Cavrois. C'était la tante Caroline qui avait, la première, fabriqué le sucre de betterave durant le blocus continental.

— Maman ! ah, maman !

Le garçon aux lourdes joues répéta ce mot. Son bras court embrassait du geste l'espace de la plaine.

Peut-être deux larmes bleuâtres coulèrent-elles sur le visage lunaire du chimiste qu'encadraient des che-

4.

veux châtains, alors aussi longs que ceux de M. Béranger, le poète libéral.

— Maman !

Elle avait nourri de son froment l'armée française de Leipzig, puis celle des alliés, après la bataille de Paris, rappela Dieudonné. Elle avait su prêter un million aux majordomes du comte d'Artois dès l'heure de la fuite vers Gand ; elle avait mis en exploitation les charbonnages. Elle avait obtenu la faveur des Jésuites sous la Restauration, en plaçant son fils et ses neveux au collège de Saint-Acheul, ses nièces chez les Dominicaines d'Esquermes ; elle avait joint à son entrepôt de Dunkerque les comptoirs de Java légués à son frère Augustin par la belle hollandaise ; elle allait utiliser les machines à vapeur dans la raffinerie et les moulins à l'huile ; elle avait réussi à transformer son fils en chimiste industriel, Edouard en prédicateur influent, Omer en avocat dévoué aux affaires de la Compagnie ; elle avait su tirer de son beau-frère Praxi-Blassans les renseignements politiques nécessaires à ses spéculations, et d'Augustin Héricourt l'adhésion de sa fortune aux entreprises de la Banque d'Artois, moyennant le mariage avec la sœur d'Omer.

— Ah, maman !

Le sourire de l'eau épanouie entre les saules, les bras des collines tendus à de l'horizon, le regard des brasiers pétillants aux pieds des monts de houille, n'était-ce pas l'âme de la mère qui remerciait son fils de cette vénération ?

Telle était cette grosse femme replète et blafarde. Sans doute, ayant refermé son agenda, grattait-elle de l'ongle, pour le sucer ensuite, la tache de graisse omise sur la table par la négligence des serviteurs. Le préfet lui obéissait. L'évêque la flattait. Le roi la redoutait, comme il redoutait l'esprit de la France.

— Maman !

Dieudonné Cavrois murmurait encore le nom pathétique avec un accent de tendresse triomphale. Il regardait droit devant, comme s'il pouvait apercevoir sa mère. par-delà des campagnes transparentes. Il fouetta les larges flancs des boulonnais. Leurs crinières secouées flottèrent jusqu'aux garrots, leurs queues balayèrent la route, tandis qu'ils se cabraient avant de prendre le galop, et de faire jaillir le feu sur le pavé du roi.

II

La bise alerte de septembre balançait les rameaux gracieux de l'acacia devant la porte-fenêtre. Frileux, malgré le soleil du matin, le comte de Praxi-Blassans rajustait contre ses épaules maigres le châle plié en quatre qui glissait sur son habit de pair chamarré d'argent. Il déjeunait seul devant un guéridon chinois, avec de la confiture de coings, des rôties au beurre et du cacao délayé dans la crème. Son valet de chambre anglais extirpa du nécessaire, en peau de truie, une spatule de vermeil; il finit de tourner la mixture qui mijotait sur la flamme de l'esprit de vin chauffant le réchaud d'argent, puis se retira. Le comte interrogeait Omer sur le voyage à Rome. Il fronçait les sourcils quand la voix bruyante de Cavrois l'incommodait, à travers la cloison. Car, dans la grande salle à manger le général Augustin partageait les tartines et le café au lait, et la tante Caroline refusait une tranche de chevreuil froid, de laquelle Dieudonné, joyeusement, poursuivait l'éloge homérique, aux rires de l'abbé.

Dans le boudoir étroit, que des paysages peints décoraient d'une cascade sombre, d'un guitariste jouant pour des dames assises sur la coudrette, d'une ruine abritant un berger en manteau rouge et ses moutons, M. de Praxi-Blassans s'était réfugié, à l'écart du bruit. On avait roulé un fauteuil à oreillettes. Il s'y prélassait en mâchant, au gré de son large menton mobile et osseux.

— Ça, mon neveu, il faut que je vous entretienne de mes fantaisies. J'ai celle de vous emmener avec moi chez le Turk, quand nos affaires là-bas seront rétablies... Il me faut un deuxième secrétaire d'ambassade... Et vous me convenez... Cela vous arrange-t-il?... Oui, n'est-ce pas ?... On jase de votre mariage avec la petite Gresloup. Qu'il se fasse ou non, peu m'importe. Vous avez du loisir, car je ne partirai qu'au cœur de l'hiver... D'ici là, vous aurez réglé vos affaires de cœur... si tant est qu'à votre âge il seye de prendre femme. Courons au plus pressé. Je vous remettrai sur le tantôt les notes de l'instrument diplomatique qu'il s'agit de faire agréer à la Sublime-Porte, à l'empereur de Russie et au ministre anglais. Un point de droit byzantin est discutable. Vous savez que le Grand-Seigneur se pique de s'être mis dès 1453, lors de la prise de Constantinople, en lieu et place des Commènes, des Ducas et des Paléologues, et de régenter la Grèce au titre de leur légitime successeur, par droit divin. Veuillez rédiger un mémoire de jurisconsulte pour éclaircir les droits d'un chacun au temps des empereurs grecs, et faire valoir les avantages politiques dont les cités hellènes étaient en jouissance, à l'encontre de ce qui se passe aujourd'hui. Je compte joindre ce mémoire à mes rapports et minutes, et vous en faire honneur de telle façon que vous obteniez une place auprès de ma personne, lorsqu'on m'enverra traiter avec le Divan, entre Noël et la saint Sylvestre... Je ferai en sorte qu'on passe l'éponge sur vos peccadilles. Je flaire qu'il y aura d'ici peu quelque changement au Château. Tout cela demande du temps. Vous aurez licence de donner au sentiment ce qu'il réclamera. Madame Gresloup est issue d'une bonne famille galloise.. Vous pourriez conclure une plus sotte union... A ce propos, si j'en crois la comtesse, la jeune personne est quelque peu navrée de votre inconstance ordinaire.

J'ignore qui la renseigna; mais elle voit d'assez mauvais œil que vous donniez des soins à tant de maîtresses... Vous surprendrait-il à l'extrême que votre sœur Denise et son Espagnole eussent, par inadvertance, fait, devant votre belle, de piquantes allusions à ces faiblesses?... Vous n'en seriez pas trop estomaqué, je gage? Ni moi... ni moi...

Là-dessus, le comte ricana bien haut, en tapant les accoudoirs du fauteuil; puis se bourra le nez de poudre brune, s'essuya dans une batiste, et disparut derrière son bol de vermeil, qu'il vidait en gloussant.

La raison d'Omer approuvait tout ce que l'oncle avait dit, tout ce qu'il appuyait maintenant d'exclamations ironiques, bien qu'il croquât une rôtie fauve à la confiture de coing.

— Tenez-vous encore à cette petite Elodie, reprit-il?... Hé, la pécore était de tous points affriolante... Vous l'abandonnez fort méchamment, ce me semble! Tout est-il quasi rompu? Vos belles Romaines auraient-elles effacé le tendron de votre mémoire... A peu près! Au diable le volage! Vous méritez, monsieur, d'être tiré à quatre chevaux sur la grand'route de Tendre... Et vous ne nourrissez pas l'intention de vous faire pardonner!... Non? Oh que si! Vous rougissez, monsieur, vous rougissez!

Son doigt sec menaça le front d'Omer qui d'ailleurs ne s'inquiétait plus d'Elodie, sauf à des instants d'oisiveté, et qui ne comprenait guère la cause de cette insistance. Le jeune homme se défendit de son mieux. Depuis que l'oncle de Praxi-Blassans lui avait enjoint de rompre avec la grisette, il n'avait point renoué vraiment. A quelques visites, à quelques parties de campagne, et à quelques soupers, de loin en loin, il avait borné ses relations, au reste moindres que celles entretenues avec la blonde Angeline. Il l'expliqua joyeusement, au comte qui l'écoutait fort attentif, qui le regardait à travers un lorgnon double en usage au temps des Incroyables.

— Eh, mon oncle; ne craignez point que je me lie derechef... Voilà cinq grands mois que je ne l'ai vue. Nous n'avons même pas échangé de lettres...

— A d'autres !

— Je crois, en effet, lui avoir envoyé de Rome, au moment où je faisais des emplettes, un petit bijou de Transtéverine : des anneaux d'oreille. Elle m'en remercia par un billet de politesse... Ce fut tout...

— Mais, Monsieur, n'est-ce point la preuve que vous tenez à demeurer dans ses bonnes grâces?

— Ma foi, non... Elle se montre toujours aimable. Je lui garde un bon souvenir ; et ce présent en fut une modeste marque.

— Défiez-vous de cette courtoisie galante. Elle joue les pires tours aux caractères les plus résolus. Et je trouve mauvais que vous ayez donné barre sur vous à la reconnaissance de cette fille. Il vous faut choisir d'Elodie ou d'Elvire Gresloup... Vous n'hésitez pas ?... Alors, il convient de renoncer franchement aux grisettes. Mme Gresloup se mettrait en travers de vos desseins pour peu qu'elle semblât craindre que sa chère enfant fût un jour délaissée. Et cette crainte se ferait d'autant plus vive à l'avenir que la donzelle est fort proprement entretenue, à ce que je sais, par un pair de France...

— Elodie !

— S'il vous plaît, monsieur le sacripant! Elle a sa calèche et son tigre, un entresol dans le quartier neuf que l'on bâtit sur les terrains des Porcherons, et elle dépense assez gros. Je vous dis cela pour votre gouverne... Promettez-vous donc de ne la point relancer. Vous accepteriez un rôle peu digne de votre nom en usant d'une espèce de luxe qui ne serait point payé de vos deniers. Et si le bruit en venait par hasard aux oreilles de Mme Gresloup, je ne doute guère du parti qu'elle se hâterait de prendre à votre honte.

— La sagesse me sera commode. J'avoue avoir oublié beaucoup « mon Elodie » pendant le voyage... Et puisque la Providence veille sur sa fortune dans la personne d'un pair de France, il me reste uniquement un gracieux souvenir.

— Voilà qui est bien...

Le comte acheva de bon appétit toute sa confiture de coing, qu'il étalait maintenant sur la brioche, avec la spatule de vermeil.

— Au fait, reprit-il, je vous cèlerai point davantage que vous me vexeriez en allant chez cette jolie fille ; car je fréquente chez elle, puisque les affaires de l'Etat m'obligent à me tenir dans les meilleurs termes avec mon collègue de la Chambre des pairs. Jugez combien il serait malséant de nous rencontrer là...

— Je me garderai bien, mon oncle, d'en courir le risque...

— Je n'attendais pas moins de vous !... J'ai votre parole, et m'y fie. Vous ne la reverrez point ?

— Assurément !

— Par ma foi, je ne ruserai pas avec vous. Et je n'aime point que vous teniez d'un autre ce que j'aurais la mine de dissimuler devant mon neveu... Apprenez donc qu'Elodie est avec moi du dernier bien...

— Vous seriez ce pair de France ?...

— Lui-même !

— Ah, mon oncle ! La plaisante aventure...

Omer feignit de rire gaiement, bien que son cœur souffrît à prévoir que la belle créature supporterait les colères de ce vieillard et ses embrassements, qu'elle lui prodiguerait les caresses, les postures et les pâmoisons.

— Ne faites point le sot à vous moquer... Loin de

moi la prétention d'être aimé, et peut m'en chaut! Il suffit qu'on me serve de la gentillesse, qu'on me traite de nièce à oncle et qu'on me laisse prendre des privautés pour mon argent. Je m'arrange parfaitement de complaisances qui sont le résultat de la politesse, voire du marché. Que la boutiquière se montre avenante et docile, qu'elle se prête à mes caprices, sans faire la moue, qu'elle mette son corps à la disposition du locataire, avec un sourire courtois, et des manières d'hôtesse accorte, c'est là tout ce que j'exige... Elodie, là-dessus, me gâte. Jamais fillette ne se feignit plus joyeuse de jeter bas ses cotillons pour faire honneur à un vieux gentilhomme heureux de toucher un sein frais et de respirer une haleine légère. Elle paraît contente de me procurer ces plaisirs; son cœur compatit aux besoins de ma verdeur, le plus gracieusement du monde. Que dis-je : elle s'étudie tout le jour à lire les contes de M. de Sade, pour me les débiter, ensuite, à la manière d'une actrice qui sait jouer au naturel. Elle remplace les Elle par Je. Aline et Justine, elle l'est tour à tour quand elle me dit leurs aventures, de mémoire, en prenant le ton et les gestes d'une femme sincère en sa confidence. Le divin marquis n'y tiendrait pas, s'il ressuscitait à nos soupers... En vérité, notre Elodie est la meilleure fille que j'ai connue!... Topez-là, mon compère!

— Alors mon oncle, vous n'avez plus de prévention contre la roture des Gresloup; et une alliance de cette sorte pour le neveu des Praxi-Blassans ne vous semble plus choquante... Vous m'y chambrez fort allègrement... oserai-je dire.

— Fi donc, perfide!... Ah le perfide!

Le comte riait de toute sa franchise en s'époussetant la cravate et les broderies d'argent. Blessé de cette moquerie, le jeune homme voyait, dans cette permission de mariage, un simple moyen de l'écarter de la

5

belle créature. L'honneur social du neveu, le comte le sacrifiait au bénéfice de sa débauche. Mais il se hâta de protester.

— Que non, grand Dieu! Que non! n'êtes-vous pas au fait des variations politiques. La stupide arrogance des ultras faillit perdre la monarchie! Ils couraient au gouffre. Voici que M. de Martignac et son ministère renforcent, par la demi-sagesse des libéraux, le bon ordre. Ni M. de Chateaubriand, ni moi, ne nous soucions d'y contredire par des manières d'antan. J'acceptai, l'autre jeudi, de dîner dans une maison tierce avec M. le marquis de Lafayette, qui nous a déclaré les opinions les plus raisonnables. Des unions comme celle en cause ne peuvent que fortifier notre parti. J'incline vers les manies du major Gresloup et du général-comte du Bourg-Butler. Il se peut que vous me voyez, certain jour, ajouter à mes ridicules en acceptant le poignard du carbonaro... C'est comme j'ai l'honneur de vous le dire, monsieur mon neveu.

Le comte était redevenu grave. Il frappa dans ses mains. Le valet de chambre reparut, long, maigre, adroit et souple. En une seconde, il eût emporté le plateau, les pièces du nécessaire ; puis déposé sur le guéridon chinois l'épée à fourreau de parchemin et à garde d'acier, le bicorne à plumes et les gants. La conversation s'égara. Des anecdoctes politiques furent rappelées, entre des souvenirs concernant le marquis de Sade, que le comte avait bien connu, devant qu'il fût enfermé à Charenton, sur l'ordre de Bonaparte, pour avoir écrit le pamphlet de Zoloë, contre les débordements de Joséphine.

— C'était l'homme le mieux fait pour inspirer de la passion aux femmes. La sienne l'adora...

A l'approche de la soixantaine, le comte de Praxis-Blassans paraissait friand de goûter mieux aux plaisir de la débauche. Omer ne l'avait point jusqu'alors connu sous ce travestissement. L'oncle s'efforça d'être amical, et d'amollir la sécheresse de son fausset. Voulait-il que le neveu s'attendrît, et lui épargnât de le tromper avec la grisette? Apparemment. La mine inquiète, parfois, du gentihomme suppliait que son bonheur fragile ne lui fût point ravi.

Omer eut pitié de cette intelligence orgueilleuse auparavant, et faible, alors, devant une jeune vigueur. Il eut la sensation de pardonner au vaincu qu'était ce diplomate, ce pair de France, ce fils des rois de Rascie, qui avait, de 1799 à 1815, dicté ses vues secrètes à Talleyrand, manié, par ce fourbe, l'Europe, leurré Alexandre, et abattu l'empereur. Cet homme-là tremblait qu'Omer ne voulût revoir Elodie, et la reconquérir. Cet habile ambitieux offrait de compromettre sa situation en faisant donner un secrétariat d'ambassade au carbonaro, complice des Conosséi.

« Mon cœur sensible et mon intérêt s'accordent, pensait l'avocat, pour me conseiller de ne pas nuire à ses amours. Sa reconnaissance peut m'aider à gravir promptement les degrés difficiles de l'échelle sociale. Je ne reverrai pas Elodie... Mais, Elvire, elle, me semble perdue. Denise, afin de me marier à Dolorès après l'avortement de mes desseins, le comte, afin de me faire morigéner sur ma liaison avec Elodie, ont, l'un et l'autre, averti Mᵐᵉ Gresloup de mes péchés, sournoisement et trop adroitement pour que je réussisse à me justifier, en un temps où rien n'engage la fille du major et moi, sinon quelques œillades, et quelques tendresses enfantines... Et cependant, il faut que j'échappe à ma mère par ces fiançailles... La tâche est rude ! »

Ainsi, mesurait-il les conjonctures, durant les bavardages du comte. Puis, la tante Caroline entra. Quel beau temps pour la procession! Ni chaleur, ni froid. Un vent léger. Un soleil pâle et clair qui serait, à midi,

heure de la cérémonie, juste assez tiède. Elle s'en félicitait dans sa robe de moire roide. Sur le ventre bombé,
l'agrafe de l'aumônière, aux mailles d'or, enchâssait
un monstrueux grenat taillé en manière de croix
grecque à quatre branches ; cela se léguait, depuis le
seizième siècle, dans la famille Cavrois. Caroline y
avait joint un sac de velours pailleté, contenant ses
clefs et son mouchoir. Par-dessus la coiffe de malines
épinglée d'or, elle comptait mettre une capote de
velours marron, lors pendue au coude par les brides,
ainsi qu'une écharpe de fine soie bleue à longs
effilés :

— Qu'en pensez-vous, ce matin, Gaëtan?... Le Turk
arrêtera-t-il le reste du blé russe dans le Bosphore,
maintenant que nos navires quittent Gibraltar ?

— Mon courrier ne m'apporte que des balivernes,
Caroline, des balivernes. Au reste, les nouvelles volent
lentement. Le télégraphe à bras est sujet aux erreurs...
En vérité, je ne sais rien. Cela n'empêche point mes
désirs de diplomate de se trouver en accord avec mes
besoins de rentier. Par ailleurs, ce sont les gouverneurs
de Crimée qui empêchent la sortie des froments russes ;
car le tzar en a besoin pour ravitailler ses soldats qui
manœuvrent dans la Thrace. Le blé de Taganrok chargé
en août sur votre flotte ira-t-il seul de Gibraltar aux
marchés d'Angleterre et à celui de Dunkerque ? Cela est
probable. Cela n'est point sûr. Savons-nous, d'ailleurs,
ce qui se trame en Morée ? Dix jours de navigation sont
nécessaires au meilleur voilier pour se rendre de Koron
à Marseille... Attendons... J'ai tout lieu de penser que
le général Maison présente à Ibrahim des arguments
péremptoires... Mais l'Angleterre souffrira mal que la
la Russie et la France se donnent l'importance de délivrer la Grèce, et confisquent, par là, l'influence dans la
mer Egée... A mon sens, la Porte ne faiblira point ; et je
ne prévois guère qui la contraindra. Les Anglais arrê-

teront les boulets sur la bouche des canons russes, dès qu'ils approcheront de Constantinople. Et la Porte n'ignore rien de ces rivalités... Elle les calcule. Elle en profite... C'est là tout ce que je saurais dire...

Debout, les mains dans les poches brodées de son habit, le comte, en dissertant, portait le poids de son corps alternativement sur la pointe des pieds et sur les talons. Il tenait la tête haute et les sourcils froncés. Ses narines plates flairaient l'air, à maintes reprises. Ses cheveux gris, sans poudre, tombaient jusqu'aux épaules, où ils formaient un rouleau soyeux. Le papillottage de ses yeux clignés et dédaigneux en imposait autant que ses paroles saccadées comme un perpétuel ricanement.

— Nous jouons gros, remarqua timidement Caroline en se caressant les mains. Et c'est sur votre conseil...

— Holà! ma chère dame: suis-je le bon Dieu?... M'est avis que vous avez manqué votre affaire en négligeant de louer à leurs armateurs tous les gros navires d'Odessa, pour que la concurrence fût embarrassée. Vide ou pleine, la seconde flotte de Crimée celle de septembre devait, autant que la première, nous appartenir. Votre économie de petites gens a jeté notre entreprise dans le mauvais cas...

— Tout doux! Devais-je ne point payer ici les paysans dont je mouds le grain, au moment où il sied de leur insinuer, dans l'intérêt de votre fortune, une opinion politique?...

La tante Caroline étendit les bras en exagérant sa révérence, moqueuse jusqu'à faire toucher terre à la capote de velours et à l'écharpe suspendues dans son coude. Le comte se dressait sur les pointes, les mains dans ses poches, et pirouettait en maugréant.

La chance voulut qu'à cette minute, par le jardin, rentrât Mme Héricourt, courbée dans sa robe noire. Il fallut ouvrir la porte-fenêtre sur le petit perron, et le comte s'empressa d'esquisser les gestes inutiles, tandis qu'Omer levait l'espagnolette...

— Virginie, tu attraperas mal à demeurer si longtemps à l'église... Omer, gronde-la. Elle est partie à six heures du matin... Et il y a des vents coulis pernicieux...

— Point du tout. Je me place entre la chaire et l'autel, contre un pilier... J'y suis comme dans ma chambre... La chaire fait paravent...

— Ça n'a pas de bon sens, tout de même...

— Je m'y plais... Sans médire de ton logis ma bonne Caroline, la cathédrale me paraît plus grandiose. C'est mon palais à moi. J'y suis fort bien. L'odeur de l'encens y remplace les parfums de ta cuisine, qui sont exquis, mais un peu persistants dans cette demeure...

Ironique et joyeuse, Mme Héricourt continua sur ce ton.

— Il est certain que peu de palais sont aussi magnifiques, approuva le comte. Et si je n'avais tant à barbouiller, je m'arrangerais de tenir mes assises dans une collégiale, ornée de bons tableaux et de statues nobles, avec deux ou trois livres de chroniques sur les genoux.

— J'ai passé de grandes heures à Saint-Pierre de Rome et à Saint-Jean de Latran. Je ne m'y ennuyais point, se hâta de dire Omer, en songeant aux pieuses attitudes de sa maîtresse italienne, Carita Gennarello.

Et il s'étonnait que sa mère eût raison, par le fait.

— Je me promets, dit-elle, d'être assidue à Notre-Dame de Paris, car je suis orgueilleuse et nulle maison ne me semble digne de mes goûts, sinon une agréable église dont les ogives me satisfont. Je me sauvais du château de Lorraine, pour passer des heures à la chapelle de Bon-Secours-lez-Nancy. J'adore la lumière qui passe à travers les vitraux anciens et qui vous apporte, avec les couleurs des saints personnages, un peu de leur âme, devant vous, sur la dalle ou sur l'appui du prie-Dieu. *Les saints vous enveloppent de leur nuance et de leur esprit. Et c'est une admirable atmosphère de méditation.* Je me rappelle leurs vies poétiques. Je me récite les évangiles. J'imagine Jérusalem et ses rues étroites, ses maisons orientales, carrées, basses et blanches. Je vois la Sainte Vierge faire son marché en discutant avec sainte Elisabeth. J'entends saint Joseph raboter ; et j'écoute Zébédé, avec son fils Jacques, crier la marée bien fraîche avant d'offrir leurs poissons à la servante de Marie-Magdeleine. Non loin de là, saint Pierre toise avec arrogance le soldat romain *qui monte la garde devant la colonne où l'on affiche les édits de l'empereur. Jésus revient à la maison de sa divine mère. Judas a passé le bras sous le sien et lui parle avec l'animation la plus vive...* Et puis... Et puis... *Mon imagination va... va... sans fin. Le temps passe, passe. Je m'amuse comme une autre au théâtre.* L'odeur de l'encens est délicate à respirer. L'or du tabernacle brille doucement. Les prêtres silencieux passent comme des ombres, s'agenouillent et croient... Quel homme, quel seigneur, quel roi est mieux vêtu que le prêtre en surplis, en chasuble d'argent, lorsqu'il gravit les marches de l'autel ? Quel enfant nous donne l'idée de l'innocence autant que l'enfant de *chœur dans sa belle robe rouge,* s'il agite sa clochette aux sons argentins. La maison de Dieu est plus somptueuse que la maison de l'homme. Il n'y a point de murs sales et lézardés, comme au château de Lorraine. Point d'odeur de graillon. Point de servantes bavardes. Point de jardinier qui m'obsède pour obtenir l'argent des graines à semer ; même si ma bourse est vide. J'échappe à tous les ennuis et à tous les bruits fatigants. Je me repose dans le luxe d'un palais. Les sons des orgues me laissent en extase. Car, tu ne le sais pas, Omer : j'ai maintenant appris la musique sacrée, même le plain-chant. Rien ne m'est plus étranger des mélodies du vieux Bach, ni de Palestrina. Tu m'entendras, quand nous serons à Paris. Je te ferai de la bonne musique, s'il te plaît...

Lasse un peu, Mme Héricourt s'était assise dans le fauteuil à oreillettes; et son discours n'était pas sans élégance, malgré les interruptions plaisantes du comte, les exclamations triviales de la tante Caroline, et les sourires d'Omer. Lui-même admit combien était plausible et sincère le bonheur de la veuve, durant ces interminables stations à l'église. Il ne doutait pas qu'il se trouverait pareillement heureux, s'il imitait cette habitude. Plus de luttes. Plus de dangers. Plus d'amours douloureuses. On vivrait en soi, loin du monde hostile, en jouissant des splendeurs religieuses, en accroissant les plaisirs de l'art.

— Assez causé, Virginie... Viens te réconforter, et mangeant un morceau... Aimes-tu le chevreuil en daube?

— Mais oui, fit-elle. J'ai grand appétit, ce matin.

Elle suivit sa belle-sœur dans la grande salle à manger, temple d'un cygne géant peint par Snyders, et renversé mort, les ailes décloses, sur le corps d'un cerf, sur un amas de poissons, anguilles bronzées, raies pansues et roses, rougets écailleux, maquereaux de nacre. L'opulence des couleurs débordait le cadre de bois noir, éteignait presque l'argent du surtout monumental qui reproduisait la fontaine du marché des Innocents, avec de petites commères, de minuscules Savoyards en porcelaine de Saxe. Présent de la meunerie parisienne à la meunerie d'Artois, en reconnaissance d'un prêt de farines consenti par les Moulins Héricourt, en 1823, l'énorme pièce était à demeure sur la table occupant les deux tiers de cette pièce oblongue, lambrissée, peinte en gris, meublée de chaises courbes en acajou, à la mode sous le Directoire, et que la tante venait de faire revernir.

La serviette au col Dieudonné, devant les plats de galantine et de venaison froide, présidait, tranchait et versait du vin de Chypre dans le verre du général Héricourt en grand uniforme. Nulle part, l'abbé de Praxi-Blassans ne découvrait son bréviaire, bien qu'il fût en retard pour se rendre à la cathédrale, et passer la revue de son cortège. Il portait une soutane de drap fin, mais un peu luisante aux coudes et aux omoplates, toute blanchie sur les épaules par la poudre de la chevelure qui flottait. Mme Héricourt lui fit compliment sur l'ordonnance de la procession. Il la remercia d'un mot, et, finissant par renoncer à son livre, il partit.

A l'intention d'Omer, l'oncle Augustin, toujours affable, remplit de Chypre un verre de Bohême. Pendant que le jeune homme goûtait la saveur du précieux liquide, venu dans une outre en peau de bouc, le général gouvernait la conversation. Il la mena des curiosités romaines aux lettres échangées entre le voyageur et Denise, aux billets de Dolorès Alviña.

Le comte parlait alors confidentiellement à Mme Héricourt que la tante Caroline servait et abreuvait. Les chiens s'étant partagé un coq du poulailler au milieu de la pelouse, Dieudonné se précipita, et leur infligea des châtiments justes, mais indéfinis. Le général en profita pour entreprendre son neveu.

— Cette pauvre Dolorès est folle... Imaginez-vous que votre sœur a surpris, dans une armoire, tout un costume de cavalier. Cette enfant comptait l'endosser pour suivre à distance ma chaise de poste et vous apercevoir ici, pendant la procession... Elle a tout avoué dans un déluge de larmes... J'ai dû la mettre sous clef avant de partir... Heureux mortel! Ariadne s'arrache les cheveux sur le promontoire en guettant votre retour. Cruel, que de malheureuses vous faites!...

5.

— Je ne les fais point, s'il en est. Elles se font toutes seules.

— On n'est pas plus séduisant que vous... C'est un crime de se montrer agréable à l'égard de pauvres innocentes quand on a votre tournure et votre éloquence. Elles en perdent l'esprit. Peu vous importe !... Sans doute... Mais enfin ? Le cœur d'une fille sensible est chose très fragile. On meurt de ces jeux-là... On en meurt.

— Ah ! diable !...

— Ne raillez point...

— Mais c'est Mlle Alviña, qui me bloque dans les coins de votre salon, et Denise, qui l'encourage à m'y bloquer. On a fait le siège de ma personne, et je n'étais pas malotru jusqu'à répondre par des violences. La politesse m'enjoignait de subir le siège, en évitant les assauts aussi bien que les sorties. Je m'en suis tiré fort proprement de cette manière, à mon goût. Et mes réponses d'Italie n'excitaient point Mlle Dolorès à se déguiser en chevalière d'Éon pour me darder ici une œillade romantique. Faut-il que, l'ayant prévenue, je coudoie des brigands qui m'attaquent afin qu'elle me délivre..., et que cela nous lie comme à la dernière page de deux tomes, avec frontispice gravé en taille douce, où l'on voit un cadavre poignardé et deux amants sous un chêne que l'orage foudroie !

— Voilà bien les jeunes gens d'aujourd'hui. Quelle sécheresse de cœur ! Dès vingt ans, comme dit M. Beyle, ils visent à être députés du cens, et à se prononcer sur la conversion de la rente... Il faudra que je vous présente au jeune de Montalivet. Vous êtes bâtis l'un et l'autre pour vous convenir... A votre âge, nous courions l'Europe, le sabre au poing, en criant : « Vive la liberté ! » Nous lisions les ruines de Volney à la lueur du bivouac ; et nous nous battions en duel, pour garder le ruban d'une belle Allemande éplorée... Vous autres, vous préférez la fortune aux belles-lettres et aux sentiments généreux... Après tout, peut-être, avez-vous raison... Nous étions de grands fous.

— Peuh! ça ne vous a guère empêché de devenir un grand sage mon oncle, un grand sage honoré de plaques et de cordons, héritier d'une riche Hollandaise... près d'être fait comte. Vous nous la baillez belle...

— Chut.

Le général accentua sa mine sévère; mais, sans corriger la grâce affable de sa voix:

— Vous ne croyez plus à rien.

— Parce que vous êtes notre exemple.

L'oncle Augustin sourit; se tut un instant; puis, s'étant levé, prit Omer sous le bras. En camarade affectueux, il dissertait. De la morale à la philosophie, de la philosophie aux actions qu'elle inspire, il en vint à parler du triomphe de Bolivar, du Pérou, puis du Congrès de Panama, qui réglerait les rapports entre les libéraux américains et la Sainte-Alliance espagnole. Bolivar semblait promettre la restitution de leurs biens aux héritiers des absolutistes exilés ou morts au cours de la guerre civile. Dolorès Alviña deviendrait alors un très beau parti. Son feu père cultivait le coton sur la côte de la mer des Antilles. Leurs plantations étaient nombreuses entre Porte-Caballo et La Guayra. Si l'on réglait ainsi les affaires des vaincus, la tante Caroline aurait bientôt avantage à traiter avec Mlle Alviña. Car, en dépit de divers prêts hypothécaires consentis à la filature de Marchiennes par la Banque d'Artois, la mauvaise administration de l'emprunteur le réduisait aux pires extrémités. La Compagnie Héricourt avait résolu, pour se rembourser, de reprendre cette affaire, en appointant l'industriel malheureux, afin qu'il continuât de gérer la fabrique, mais sous la surveillance de Mme Cavrois. Le général supputa les gains probables. La Compaguie Héricourt pouvait, le lendemain de la décision officielle promulguée à Panama, conclure avec les planteurs de Dolorès un forfait pour les achats de coton en balles. Il déclara la combinaison fort bonne. A Roubaix, plusieurs tissages gagnaient une grosse importance financière. Ni la Compagnie Héricourt, ni la Banque d'Artois ne devaient permettre le développement d'une industrie régionale où elles n'auraient pas la main, et qui pourrait, dans l'avenir, fonder une concurrence pernicieuse à la suprématie commerciale des Moulins Héricourt.

Omer s'amusait de toute cette stratégie fort adroite pour le jeter dans les fers de Dolorès Alviña. En son roide uniforme bleu, fleuri d'or au col, aux manches, le général marchait, penchait le profil de sa jolie tête fine, rasée aux joues, coiffée de courtes boucles presque blanches. Il était charmant, subtil, parfumé, flagorneur; et sûr de son influence. Il appela le comte en témoignage, puis Mme Cavrois. Ne pensaient-ils point à l'urgence d'enrichir la filature de Marchiennes ? Ce fut, en effet, leur avis. L'oncle Augustin démontra que l'un d'eux devait plus spécialement s'occuper de la nouvelle affaire. La tante Caroline ne pouvait suffire à cet énorme travail. Omer Héricourt l'aiderait en cela, ainsi que le comte l'aidait pour les importations, le général pour la finance, et Dieudonné pour la fabrication du sucre de betterave. Le comte riposta :

— Parbleu ! il est grand temps que cet amateur de grisettes fasse l'apprentissage du rentier et qu'il apprenne à gérer son bien. A tout prendre, il se pourrait qu'il eût bientôt l'occasion de donner des soins à certaine fortune personnelle qui lui viendrait du pays de Galles par la voie des épousailles. Cela ferait de ce petit maître le plus gros actionnaire de notre Compagnie. Et c'est avec lui que vous auriez à débattre en dernier ressort, général, les clauses des décisions importantes. Il contrebalancerait votre influence et celle du comptoir de Java. J'ai toujours ouï dire qu'il n'était point mauvais, pour une Compagnie de commerce, d'être régie par deux opinions rivales qui se contrôlent réciproquement.

— Deux avis valent mieux qu'un, conclut, sentencieuse, Mme Cavrois.

Elle et Praxi-Blassans se regardaient avec malice devant le général, assez penaud.

— Oh! la petite Elvire!... répondit-il... Rien n'est encore fait de ce côté-là; hormis un souhait! Denise ne partage pas votre confiance.

— Ni Mlle Alviña, je gage..., riposta durement le comte, avant d'éternuer à plusieurs reprises.

— La procession quitte la cathédrale à midi... Peut-être faut-il se mettre en route...; insinua Mme Héricourt, par esprit de conciliation.

L'on s'apprêta pour le départ. Le comte et le général ceignirent leurs épées de parade, en plaisantant avec belle humeur. Dieudonné vint prendre Omer, qui se formulait de cette façon le résultat des deux entretiens :

« Mon oncle de Praxi-Blassans tremble que je ne lui enlève Elodie ; mon oncle Augustin tremble que, par le mariage avec Elvire, je ne lui retire l'autorité dans les conseils de la Compagnie et de la Banque. Il m'appartient de profiter de ces deux appréhensions, pour me grandir... »

Ayant mis son chapeau, il se frotta vigoureusement les mains, sans rien répondre aux questions joviales du gros garçon.

Ils allèrent à pied. Une demi-heure de marche était à peine nécessaire pour gagner Arras. Des cabriolets et des chars-à-bancs se succédaient à grand bruit sur le pavé du roi. Ils emportaient, vers le parvis de la cathédrale, des propriétaires ruraux engoncés dans leurs cols à pointes molles, leurs cravates à trois tours, leurs gilets à ramages et les collets mal roulés de leurs habits bleus. La plupart saluaient au passage, en se félicitant de la température. Des cavaliers poudreux arrivaient, cravachant leurs bidets maigres, franchissaient le pont-levis entre la courtine de briques et le talus de la contrescarpe, pour s'engager sous les voûtes de la place dans l'ossature de murailles angulaires coiffées de gazon, qui sertissaient la ville aux mille cloches sonnantes. Les carrioles rustiques encombraient les couloirs des portes fortifiées. Les campagnards criaient des bonjours en patois, s'admiraient les uns les autres, se félicitaient de leurs courtes blouses, de leurs chapeaux en forme haute, mais devenus flasques et roux à l'usage. Ils tiraient par une seule corde sur la bouche de leurs bêtes pataudes, dont les paturons étaient barbus.

Les cousins non sans peine se frayèrent passage parmi les ânes que chevauchaient les paysannes aux bas noirs, et qu'elles tapaient du poing. La rue de maisonnettes sentait l'huile, le tan, la corne brûlée au sabot du cheval que l'on ferrait sous le hangar de la forge. Des brasseurs en jupon et en gilet roulaient leurs tonneaux sonores. L'herbe sèche enodorait la boutique de l'herboriste. Le militaire époussetait son pantalon blanc sur le seuil du marchand de tabac. Une fille déboucla sa jarretière à l'ombre d'un porche ; elle tirait son bas bleu sur une jambe fine. Des garçons hissaient contre une façade, par la poulie suspendue au pignon, les bottes de foin qu'un vieux en bonnet de coton, attrapait de sa fenêtre, et emmagasinait. Le shako noir d'un chasseur, sa veste verte, et son sabre retentissant, attiraient les œillades et les rires des servantes à genoux qui lavaient les perrons de grès bleuâtre. Trois demoiselles empanachées descendirent les marches de leur demeure. Elles tenaient leur livre de messe et leurs chapelets dans leurs mains jointes contre les pans de leurs écharpes.

Les maraîchères étalaient sur le bât des ânesses

leurs légumes avant de tirer le pied de biche des sonnettes à la porte des maisons bourgeoises. Des chiens de chasse erraient modestement, le nez à fleur de ruisseau. Devant le Café du Théâtre, les cousins aperçurent le vieux chevalier de Vimy, qui se promenait, la badine en l'air, fort satisfait de ses escarpins vernis à l'œuf, de sa culotte jaune, de son gilet de moire, de son habit tête de nègre, de ses manchettes fines et de son jabot empesé. A leur salut, il répondit en soulevant les bords plats de son chapeau. De loin, il invitait Omer à prendre un doigt de muscat chez la belle Herminie. Pour elle il avait installé ce magnifique établissement tapissé de glaces, orné de banquettes en moleskine rouge, d'un comptoir recouvert de marbre, après avoir marié cette fille à l'aubergiste Caldeneuf, l'ancien carabinier de l'empire qui, vers 1824, était opportunément décédé, lors de sa deuxième apoplexie, d'ailleurs prévue.

Dans la fumée des pipes, Omer souhaita le bonjour aux vieux amis de l'oncle Edme, les conspirateurs de 1820. Sorti des prisons royales depuis six mois seulement, M. Boredain était devenu bouffi et presque idiot. Il ne parlait que de la retraite de Russie et du mal qu'il avait eu, bien que vélite de la garde, à changer de chemise entre Smolensk et la Bérésina. A peine les cousins furent-ils assis, qu'il les entreprit là-dessus. Puis il pria qu'en considération de ses malheurs on lui trouvât dans Paris une place de commis aux nouveautés. A colporter le drap et le velours d'Amiens dans les boutiques de l'Artois, il gagnait peu de chose.

Atrabilaire, M. Lepault renchérit. On n'accordait rien aux vétérans de la Révolution. Ils pouvaient, comme M. Saturnin, le brasseur, avoir eu le sourcil coupé par un kaiserlick, et, la vieillesse venue, risquer de perdre l'œil ; ou, comme l'épicier Bodnot, avoir perdu deux doigts au siège de Dantzig, ce qui l'empêchait de tenir les cartes ; ou, comme le fermier Delorme, boiter en gardant une balle de Ligny dans la cuisse, personne ne voulait plus s'inquiéter d'eux.

Les joueurs de dominos l'approuvèrent. Dans sa polonaise à brandebourgs, M. Lepault agitait sa maigreur en déclamant. Lui ne se plaignait pas de sa situation matérielle. Il gérait le rendement des tourbières, et cela lui suffisait. Mais, enfin, leur honneur de soldats, quels avantages obtenait-il ? Aucun. Voilà qu'on les enrôlait dans l'Opposition Constitutionnelle, maintenant ! Et quels vils subterfuges politiques ! On les priait de suivre la procession, pour rallier à la cause du ministère l'esprit des campagnes sans effaroucher personne. Que signifiait tout cela ? Depuis douze ans, on les faisait tourner comme des tontons...

— Comme des tontons ! Voilà le mot !... reprit M. Saturnin, en écartant ses jambes colossales, qui serraient trop sa panse, sur le bord du tabouret.

— Nous avons marché avec Nantil, dans l'affaire du Bazar Français ; avec Berton, dans l'affaire des Chevaliers de la Liberté. On nous a mis dans les comités philhellènes ! Aujourd'hui nous voilà public de procession ! C'est trop fort !

— C'est trop fort !... conclut M. Corbehem, en donnant du poing contre la table... Votre père, monsieur Héricourt, marchait plus droit que cela, lorsqu'il sabrait les Russes, avec mon pauvre frère, sur la chaussée d'Austerlitz !...

— L'empereur a rétabli la religion pour le peuple ! rappela de loin le chevalier de Vimy.

Il s'accoudait au palissandre du comptoir, contre le corsage de la belle Herminie. Se rappelait-elle avoir eu les prémices d'Omer autrefois dans la goguette qu'elle tenait, hors la ville, avec sa mère, veuve d'un lieutenant ? Elle avait pris de l'embonpoint et trônait dignement, le col enlacé d'un boa de cygne... D'un sourire toujours spirituel elle tenta de répondre aux mines de l'avocat. Mais un hussard délicieux parut la surveiller. Elle sembla le craindre. Il frisait une moustache crépue de l'air le plus impérieux, en heurtant sa pipe contre la cimaise, pour faire tomber la cendre. Ce sous-officier ne toléra point qu'Herminie eût la mémoire plus aimable. Il se dressa dans le dolman rouge et le pantalon bleu ; il lui demanda de ses nouvelles avec impertinence, de façon à bien indiquer ses droits évidents aux nouveaux venus. Sans le déconcerter beaucoup, le chevalier de Vimy le lorgna de son monocle à tige. Omer songeait aux heures de sa quatorzième année, quand la mère de cette femme, l'appelant « mon bel Hippolyte », se comparait à Phèdre, et le roulait dans son lit, le déshabillait... Quelle confusion était la sienne, lorsqu'il sentait la chair nue de la matrone sur lui! Et quelle était la force du plaisir, alors ! Le temps l'émousse, hélas ! Avec la fille, il avait joué comme avec une gamine de son âge, mais sans rien omettre de leurs vices réciproques. Voici qu'un hussard aimait cette Herminie jusqu'à faire le bravache ; et le chevalier de Vimy aimait au point de souffrir cela.

— Messieurs, paix-là ! suppliait M. Mercœur, calmant les colères des joueurs de dominos... L'empereur ne tolérait pas l'irréligion. Le grand homme avait ses motifs.

Ils cédèrent à l'ascendant de cet ancien officier aux dragons. Habile jadis à faire du butin en campagne, il portait un habit de drap fin, des bottes vernies et, en outre, de grosses bagues chargées de rubis, qu'il avait conquises sur les morts d'Austerlitz et de Wagram, ainsi que ses rentes, les deux montres enrichies de brillants, pendues le long de sa culotte de daim.

Les sonneries des cloches redoublèrent. M. Mercœur paya sur le comptoir de la belle Herminie Les groupes se formèrent pour se rendre au lieu où la procession s'arrêterait, où la mission planterait sa croix.

Dieudonné Cavrois fut entouré par les vétérans, tandis que le chevalier de Vimy et M. Mercœur accompagnaient Omer. Ils l'accablaient de politesses et de louanges, à propos de son duel, du plaidoyer pour le major Ulbach, de ses exploits de carbonaro, rue aux Ours, et en Italie. La gloire de Cicéron avait enfin une rivale, à ce qu'ils assurèrent. Il ne tenait qu'à lui d'être député, dès qu'il aurait l'âge. Il se plaisait encore à ces flatteries, quand on se trouva sur la Terre de Cité, au centre de la multitude respectueuse et murmurante rangée en cercle contre les petites maisons de la place, Bientôt une rumeur se développa de la rue St-Aubert; les gendarmes débouchèrent, en grande tenue, le plumet au soleil, et le sabre à la hanche. Leurs chevaux lustrés avancèrent au pas. Les oursons brillaient à la lumière; les plastrons rouges et les culottes de peau jaune excitaient l'admiration des fillettes. Les versets d'un psaume furent psalmodiés par des voix mâles, et une centaine de chantres en surplis défilèrent autour de la place, jonchée de roseaux et d'herbes aquatiques, cernée d'une foule pimpante qui chuchotait avec les gens des maisons. L'arme droite, des fantassins gantés de blanc se suivaient à trois pas d'intervalle. Ils honoraient le pieux cortège par les fleurs de lys brillant à la plaque de leurs shakos évasés, par leurs buffleteries en croix sur leurs habits bleus.

— Soldats de sacristie! Roides comme des cierges... Pas de souplesse... grognait au hasard M. Mercœur, en écartant les jambes, comme s'il venait de mettre pied à terre après une longue chevauchée.

— Voyez-moi quelles petites gens ils recrutent pour faire nombre : par-dessous le surplis des chantres, on aperçoit le pantalon gris et la guêtre noire de malheureux ouvriers qui font les saints à quinze sous la séance..., remarquait M. Corbehem ; il ricanait bien haut, il faisait trembler sa bedaine en gilet de velours, et battait, avec les bras, la jupe de sa redingote marron.

Le plus grand élève des Frères ignorantins portait la bannière du Sacré-Cœur ; les garçons étaient nu-tête, bien peignés, vêtus de blouses et de pantalons en bure monastique, et tenaient chacun un petit cierge maigre, éteint déjà. Suivaient les filles voilées de la mousseline roide qui recouvrait les robes de satin et de soie, gloires passées des bals et des mariages, cadeaux offerts par les dames de la ville aux Enfants de Marie. Omer ni le chevalier n'estimèrent la beauté de l'âge ingrat. Mais des voix délicieuses et frêles montaient par la rue, d'où sortaient leurs deux files infinies. Sur l'air en vogue de la *Dame Blanche*, leur chœur modulait un cantique timide qu'appuyaient les sons des cloches les plus lointaines, comme si le vœu de la ville recommandait au ciel les prières de ces jeunes sourires. Derrière, les bannières bleues brodées d'argent luisaient, ainsi que les visages divins et véritables de cette foule pieuse formant un seul corps en adoration. Le général Augustin, roide, magnifique, illuminé de croix et de broderies, soutenait, avec le secours du bedeau, un brancard antérieur du dais, à la gauche de l'évêque qui présentait au peuple les rayons de l'ostensoir. A droite, le comte de Praxi-Blassans, son claque sous le bras, marchait impertinent, sévère, le front levé. Les brancards postérieurs étaient aux mains du trésorier général et du directeur de la Banque d'Artois, deux solennels messieurs, en habit bleu barbeau et en bas de soie. Puis les musiciens de la garde nationale assourdissaient dans leurs cuivres une marche de mode lent, que rythmaient les coups de grosse caisse. Mme Héricourt, Mme Horpsvrahen, la tante Caroline et une demi-douzaine de veuves accompagnaient de très petites filles portant des lys en papier. Enfin, l'abbé de Praxi-Blassans et les trois missionnaires précédaient la croix peinte en vert-pomme, charriée dans une brouette fleurie, qu'escortaient, avec de gros cierges, les fonctionnaires en uniformes brodés, les officiers supérieurs chargés d'épaulettes massives et coiffés en coup de vent, le troupeau de dames aux chapeaux de plumes, aux collerettes tuyautées, et aux cachemires polychromes enveloppant les froufrous soyeux des robes. Le vent ébouriffait un peu les mèches des hommes découverts, secouait les panaches roses et bleus des femmes, arrondissait les rubans des bannières, transportait quelques parfums d'iris et de lavande, quelques odeurs de cuir et de pommade, effaçait fort vite les sons de la musique, et enlevait au ciel le cantique des voix pures.

De partout, mille et mille gens affluaient jusqu'à la Terre de Cité. Toute l'âme de la ville venait au cœur que, pour ce jour-là, lui avaient choisi l'abbé de Praxi-Blassans, le général Héricourt, le pair de France, et la tante Caroline. Elle riait à chacun, semant le suif de son cierge de six livres. Les touffes de têtes graves et fraîches se penchaient à toutes les fenêtres des petites maisons étroites. D'une fabrique voisine, plusieurs centaines d'ouvrières accoururent. En haut de l'estrade, Edouard prêcha.

On entendit peu de choses. Le silence unanime frémissait. Omer Héricourt apprécia l'orgueil de contempler la population entière, toute cette Flandre espagnole, écoutant, sur les genoux, la parole de sa famille, qui déclamait, messagère de Dieu, par la voix mélodieuse et forte de ce jeune prêtre, aux belles boucles poudrées, aux mains lumineuses.

La croix fut érigée. Deux coups de maillets assurèrent les étançons dans la maçonnerie du calvaire. L'évêque fit plusieurs pas, avec la crosse pastorale. Il bénit le Signe, pendant que les diacres en lourdes chappes d'orfèverie relevaient les pans du manteau d'or. Comme le vieillard larmoyant se tournait vers la foule, avant d'achever l'action de grâces, une belle femme en deuil, se précipita, s'abattit contre terre, étendit ses mains gantées...

« Monseigneur !... Et vous, mes frères,... sanglota Mme Horpsvahen, j'avoue humblement... avoir profité sans scrupules... des biens acquis par feu mon père, à vil prix, du temps de l'impiété et du malheur... Le domaine de Horps, qui appartenait, avant la Révolution, aux abbayes, et qui était de la sorte devenu la propriété des miens, je le restitue aujourd'hui à l'Eglise, entre les mains de M. l'abbé de Praxi-Blassans, pour qu'il le rende à sa destination première. Et je prie Dieu, par l'intercession de la Sainte Vierge, afin qu'il me pardonne mon péché !... Ainsi soit-il ! »

Sanglotant d'émotion, elle avait donc récité la leçon écrite par Edouard. La foule, d'abord silencieuse et stupéfaite, s'interrogea, se renseigna : les uns approuvaient, les autres admiraient.

Mais les filles entonnèrent un cantique. La grosse caisse tonna. L'évêque se prosterna à nouveau devant l'ostensoir déposé dans un amphithéâtre de cierges et de fleurs. Et toutes les cloches de la ville s'ébranlèrent à la gloire des Héricourt.

III

— Élvire, pourquoi soupirez-vous?

— Le sais-je?

— Est-ce une plainte?

— Sans doute.

— Et que vous m'adressez...

— Je ne dis point cela...

— Mais encore?

— La vague de la mer sait-elle ce qui la fait gémir?

— Vous cachez dans une phrase d'élégie ce qui vous peine...

Elle secoua la tête, et continua de tricoter en marchant sur les feuilles mortes. L'automne était somptueux, parmi les arbres d'or au jardin de Meudon. Les cailloux des sentes humides brillaient devant le soleil aussi pâle que le ciel. Omer scrutait de son mieux l'âme de Mlle Gresloup. Etait-elle jalouse de l'Espagnole? Elvire souffrait-elle de cela? Mais alors elle l'aimait, lui... Il ne put rien obtenir de la pudeur qu'elle mit à lui tout dissimuler de son âme.

Il se rappela qu'on l'avait, à plusieurs reprises, saignée naguère. Malgré leur promptitude à mêler les aiguilles et les mailles de laine, les mains de la jeune fille parurent exsangues, comme celle d'une morte. Il le remarqua pour attribuer la tristesse à la préoccupation de la maladie.

Elvire fit sa moue d'écolière moqueuse.

— Mon Dieu, je me sens un peu de faiblesse encore ; mais cela n'est point pour me chagriner tant. Je goûte assez l'état de convalescence. La nature paraît plus aimable. On chérit davantage la bonne mère qu'on retrouve et qui fortifie nos pas chancelants. Hélas! je ne suis pas de celles à qui la santé suffit pour se réjouir. Je ne crois pas ma journée bien remplie parce que j'ai bu et mangé à souhait, après avoir dormi profondément. Et je serais incapable de me juger malheureuse parce que mon appétit se dérobe. N'êtes-vous pas de même?

— J'avoue que sentir mon corps et mon âme s'accorder pour la vigueur de l'action, cela me procure du bonheur; et il ne me semble pas négligeable. Je me plais à savoir que la loi naturelle demeure observée par mes organes et par mon esprit.

— Vous êtes en cela comme mon père. Il se tâte les muscles. Il lève les poids. Il n'entre dans son laboratoire que si les forces physiques l'assurent d'abord de leur parfaite santé. Ma mère prétend que le propre des hommes est de ne méditer que dans un but d'action. Ce leur vaut de la supériorité sur nous, pauvres songeuses! Hélas! nous ne pouvons qu'espérer... Dieu nous a départi ce don-là tout seul.

— Regrettez-vous de ne pas courir des risques? Seriez-vous comme Dolorès Alviña, qui rêve de se vêtir en cavalier et de retourner en Amérique pour combattre les libéraux de Bolivar, venger son père les armes à la main, par le fer et par le feu.

Au nom de l'Espagnole, le teint d'Elvire s'empourpra, puis le sang reflua et laissa le front livide, les joues blêmes, les lèvres convulsives. Elle ne répondit que par une négation de la tête et se remit à tricoter. Omer en conçut une vive joie. Mme Héricourt se trompait. Son fils était toujours aimé par l'ange, qui suffoquait à la seule évocation d'une rivale. Elvire s'aperçut de ce que signifiait le silence. Elle se hâta d'aspirer l'air, afin de parler pour cacher son émotion sous des phrases.

— Votre père et le mien, le colonel et le major, n'ont-ils pas accompli tout ce qui est possible à l'homme pour conduire au triomphe les dangereuses rêveries des philosophes et de la Révolution. Mais, combien de fois ma mère n'a-t-elle pas déploré, devant moi, les suites funestes de cet égarement sublime? Combien de fois a-t-elle pleuré sur les malheurs qui désolèrent, vingt ans, l'Europe, sur tant de héros moissonnés dans les champs d'Allemagne et de Russie, pour qu'en fin de compte les frères du Roi-Martyr revinssent prendre place sur leur trône. Combien de fois l'ai-je entendu supplier un époux trop courageux de renoncer à des entreprises que Dieu n'aide point, et qui ne servent qu'à ensanglanter le monde, qu'à faire pleurer des veuves, des orphelins dans toutes les chaumières...

— C'est le sentiment de Mme Gresloup. Mais le vôtre, Elvire?

— Une fille de mon âge et de ma condition peut-elle penser d'autre façon qu'une sainte mère qu'elle adore?...

— Voilà donc pourquoi vous vous résignez. Les ruines de la Révolution et de l'Empire vous effrayent. Comme ma mère, et comme la vôtre, vous ne voyez que les morts, les deuils, la chute de ces grands espoirs, ce dont notre enfance a connu seulement la détresse... Vous êtes donc, Elvire, la sœur de ces anges assis, enveloppés de leurs ailes closes, sur la marche d'un tombeau, et qui laissent le sablier du temps tomber de leur main, sans vouloir arrêter l'effusion du sable.

— Peut-être vous semblé-je ainsi... Ce n'est point le fait d'une jeune personne frivole, comme vous les aimez, apparement.

— Qui vous dit que j'aime les personnes frivoles?

Elle détournait la tête.

Omer jugea bon de marquer du dépit, et ne parla plus. D'ailleurs, il nourissait du ressentiment contre la générale et son amie, pour leurs vilaines médisances. Lors de son retour à Paris, fier du secours que son éloquence avait pu fournir au ministère Martignac et au libéralisme constitutionnel près des électeurs flamands, il avait, en lui-même, abdiqué toute prétention sur Elvire. Les soins nécessités par l'installation de Mme Héricourt, les devoirs de l'avocat que les plaideurs attendaient depuis de longues semaines, et les démarches du carbonaro chargé de missions secrètes, mille affaires diverses n'avaient permis que deux visites à Meudon. Elvire l'avait reçu froidement, bien qu'il rapportât de Rome, pour ces dames, quelques bibelots de piété rares et bénits par le pape. Il avait trouvé la jeune fille plus chipie que naguère. Sans doute attendait-elle qu'il s'excusât des fautes par elle imaginées. A la voir hostile, Omer n'avait plus douté que Mme Héricourt, Denise et Dolorès n'eussent deviné juste. Mme Gresloup éludait un mariage immédiat pour sa fille; et celle-ci ne s'entichait pas d'un jeune homme trop lâche pour affronter sa vertu, ou trop volage pour se lier par des fiançailles immédiates. Le major avait alors entraîné facilement son disciple dans la bibliothèque. Le poussant contre un buste de Cicéron, il avait, la pipe à la main, proclamé les mérites du papisme industriel, comme à l'ordinaire, vanté le caractère de La Fayette, les inventions de M. Niepce, les idées sociales de M. Enfantin et l'esprit excellent de la loge « Ardente-Amitié ». Au retour de Meudon, les deux fois, le jeune homme, s'était rendu chez sa sœur, afin que Dolorès Alviña lui fît la cour. Maintenant elle composait un poème épique, à l'exemple de lord Byron; elle lisait des vers d'ailleurs fort passables. Omer se reconnût sous la figure d'un fils de héros mort pour la liberté de sa

patrie, et qu'aimait, dans l'orage, une nonne sacrilège. Ces vers n'amusaient pas moins que la scène dra-
matique jouée par Mlle Alviña, lorsqu'elle avait
revu le voyageur dans le vestibule de l'hôtel Héricourt :
« Omer, souffrez que je me retire, s'était-elle écriée.
Je ne puis supporter de telles émotions...» Et portant son
mouchoir à ses yeux, elle avait disparu jusqu'à l'heure
du dîner. Lui se plaisait à ces manèges comme à ceux
des actrices, encore qu'il l'estimât sincère. Elle n'avait
pu se substituer toute à l'image d'Elvire, cependant. Il
regrettait le temps où la pure Eloa promettait à Lucifer
de le sauver; il regrettait sa belle illusion quand, à
Rome, il l'avait désirée pareille à la matrone de marbre,
mère du monde latin. Et voici qu'après une collation
arrangée par Mme Gresloup, dans sa campagne de
Meudon, en l'honneur de Mme Héricourt, il écoutait soudain Elvire se désoler, telle une amante jalouse et
malheureuse.

Peut-être craignait-elle de l'avoir fâché trop. Elle
eut peur du silence. Pour deviner les réflexions du
jeune homme, elle leva les yeux sur lui. Mais il détourna
presque ses regards, et se prit à louer la belle mine de
Mme Gresloup qui brodait assise devant le perron avec
Mme Héricourt. Ensuite il vanta l'ordonnance de cet
ancien pavillon de chasse, qu'on restaurait encore.
Les échelles des couvreurs s'accotaient aux murailles
nues. Il s'en inquiéta longuement, comme s'il se décidait à ne vouloir plus discourir sur les âmes. Elvire
répondit par des mots brefs et sourds. Puis elle parut
faire un grand effort de vaincue qui se soumet à loi du
maître pour reprendre, d'elle-même, la conversation
sentimentale.

— Omer...; dit-elle..., je ne me passe point d'être si
peu curieuse de ces choses. Maman me tance beaucoup
là-dessus. Mais je ne puis pas. Les forces de mon esprit
se refusent à veiller sur l'ordre de la maison, sur les

travaux des tapissiers et de l'architecte, sur les mille petites misères de la vie domestique. Je ne me plais que dans un rêve flottant. Ma fatigue s'y calme. C'est un sommeil bienfaisant, qui me repose ; j'ai les yeux ouverts, mais sans rien distinguer.

Elle s'arrêta, surprise d'être franche ainsi. La rougeur subite de son visage, l'effarement du « ciel et de la mer », derrière les cils qui battaient, dirent assez le triomphe du jeune homme. Mlle Gresloup se promettait à lui. Comme Dolorès montrait les trésors charnels de sa gorge en levant les bras pour rajuster sa coiffure, Elvire dévoilait à demi le nu de son âme, afin de le séduire. C'était le même geste de vierges près d'offrir le plus précieux de soi; l'une son corps sensuel; l'autre son esprit riche de chimères amoureuses. Transporté par les joies du triomphe, Omer, du regard adora l'Elvire qui se donnait.

— Chère Elvire !... murmura-t-il... Avouez toute votre âme...

Elle sourit un peu ; elle enroulait le fil du tricot autour du peloton, sans mot dire. Elle tressaillit. Ses épaules frissonnèrent. Ayant remis son ouvrage dans la poche de son tablier en soie puce, elle darda ses regards durs, ses regards d'ange dédaigneux à la face d'Omer. Il en soutint malaisément l'éclat et la franchise.

— Méritez-vous que je vous découvre mon âme ?

— Pourquoi non ?

— J'aime que l'on me comprenne sans que je parle. Si je vous disais comment je songe, ce serait là, savez-vous un grand sacrifice en votre faveur, monsieur !... Enfin, puisque vous êtes un vieil ami de quinze ans... (elle éclata de rire). Oui, oui, vous vous prévalez de ce que vous avez construit mes premiers tas de sable pour vous rire de moi !... N'importe. Je ne vous cèlerai pas davantage qu'il m'arriva de penser à des amis qui voyagaient au loin dans les pays antiques. Moi, qui reste au gîte, je fais comme le lièvre du bon La Fontaine, et je laisse la folle du logis arranger son théâtre à l'intérieur de mon cerveau. Elle peint très vite un décor. Elle dirige ses petits acteurs improvisés le mieux du monde. Ils jouent alors mille scènes plaisantes ou sinistres. Tout engourdie, je la regarde faire. Elle m'amuse. C'est très bon. Je me repose infiniment. J'ai la même conscience du repos qu'aux instants où commence le sommeil, lorsqu'on apprécie combien il va être agréable de dormir. Ma faiblesse de petite fille jouit de la sécurité... Le monde disparaît s'il me gêne, à moins qu'il ne se transforme au gré de mes inventions. Tenez, hier, au fond de cette pelouse, devant les marronniers, j'ai vu la balustrade et les marches d'un grand château, pendant deux ou trois heures ; tous nos amis entraient, sortaient par là. Ils m'annonçaient qu'ils étaient devenus tels que je les souhaite. Le général du Bourg était en grâce près du Roi, et il portait un uniforme splendide. De beaux cheveux bruns ombrageaient le front de mon père, qui était mince comme sur la miniature du salon. Il avait le costume des dragons. Il revenait de la guerre. Un soldat retenait leurs coursiers au bas des marches. Lui gravissait lestement le bel escalier de marbre, j'entendais le bruit du sabre et des éperons. Il tendait les bras à ma mère, qui ouvrait la porte en haut. Elle s'avançait en criant de joie. Elle avait la robe de mousseline blanche, et l'écharpe bleue du portrait qu'a peint M. Lawrence. Mon père se précipitait à genoux et lui baisait la main. Ma mère le relevait, le serrait éperdument sur son cœur, tandis que de douces larmes noyaient ses beaux yeux. Ils s'embrassaient. Ils s'aimaient. J'eus bien de la peine à ne point pleurer toute seule, tant j'étais émue de les voir ainsi. J'ai même essuyé mes paupières. Tout en moi frémissait d'allégresse : « Oh ! chers parents ! me disais-je, si vous pouviez remonter le cours des ans. Vous goûteriez encore ces délices sans nom. Pourquoi faut-il que vous ayez vieilli?... Pourquoi votre jeunesse, sinon votre bonheur, s'est-elle flétrie déjà? Que ne renaissez-vous, chaque printemps, avec la beauté de la terre? Ah! nature marâtre, qui laisses abréger trop la félicité!... » Ensuite, j'ai redouté, dois-je le dire, leur mort. Je me suis vue descendre les marches de ce palais, en longs habits de deuil. Et vous me consoliez de votre mieux... Vous souteniez mes pas... Cet affreux tableau m'a si fortement affectée que je me suis mise à courir jusqu'à la maison, pour embrasser ma mère. Et je tremblais de l'y découvrir morte, en effet, tuée par des brigands... qui se seraient introduits par la fenêtre de la cuisine basse. Oui, j'étais sûre que ma rêverie contenait le pressentiment d'un malheur réel. Ah! mon ami! Comment vous dépeindre mon angoisse pendant ces courts instants? Le soleil sur la façade ne me souriait plus, ou, plutôt, son sourire me semblait le plus atroce des sarcasmes. Je cours, je vole... je perds mon écharpe... J'atteins ce perron. Personne! J'ai pensé perdre l'esprit. Je traverse deux pièces vides. Enfin, je tombe en sanglotant aux genoux de ma mère, qui ne sait rien entendre à mon chagrin... Elle me berce. Elle me câline. Elle me console. Elle me supplie de lui avouer la cause de mes pleurs. Le pouvais-je? Pouvais-je lui dire qu'à l'instant je l'avais vue belle, jeune, enivrée d'un adorable amour qui se retrouve entier, après les craintes affreuses de la guerre dans le cœur d'une épouse de héros? Pouvais-je lui dire que je me désespérais de la voir vieillie et de la sentir marcher vers la mort inexorable, qui nous attend, qui me guette aussi, moi qui n'ai même pas connu la douceur d'être chérie comme elle par un mari noble et généreux!... Maman m'a grondée bien fort. Car ce n'est point une rareté que de me mettre en cet état. J'aime pleurer.

6.

— N'aimez-vous pas rire aussi, ma chère?

— Je ne ris jamais quand je suis seule... La folle du logis dessine des tableaux heureux. Alors, j'ai tout de suite de la tristesse à concevoir qu'ils sont vains. Au contraire, si les tableaux sont tristes, j'éprouve du plaisir à les faire démentir par la vérité des choses... En ce moment, je suis contente, parce que vous êtes là et que nous devisons en nous promenant; car, plusieurs fois, je vous ai reconnu là-bas, au fond du jardin, tantôt attaqué par les brigands de la Calabre qui vous mettaient en joue, dans votre voiture, et tantôt sur le désert de la mer, naufragé, puis enseveli par les flots, avec l'épave qui vous portait. Votre malheur m'affligeait plus que je ne saurais dire. J'apercevais votre corps percé de coups au milieu d'une broussaille, ou bien rejeté par la vague sur une plage de cailloux... Et moi-même je m'approchais, je reculais, frappée d'effroi et d'horreur... Je soulevais votre tête. Aucun souffle ne remuait vos lèvres. Vous n'étiez plus!...

— Elvire, est-il vrai? Pensiez-vous à moi? Avez-vous ressenti de l'inquiétude pour moi?

— Oh! mon Dieu! Ai-je baigné mes doigts dans mes larmes!...

Elle se força de rire, en feignant de se railler elle-même. Ses paroles comblaient l'espoir d'Omer. Elles se répétaient en lui. Elles le possédaient totalement. Il voulut réfléchir, mais ne sut. Tout lui semblait sublime et indicible. Il triomphait de sa mère et de sa sœur, de l'oncle Augustin. L'ange l'aimait. L'ange avait tremblé pour lui. L'ange avait souffert pour lui, pour le Satan des mauvaises rencontres. Tant elle l'aimait, que, par une mystérieuse intuition, Elvire avait quasi deviné le combat, sur la route de Frosinone, et les périls de la tempête, au retour d'Asture. Omer résistait mal à la convoitise de la saisir en ses bras, de confondre leurs êtres aussitôt dans une étreinte de gratitude passionnée.

— C'est que j'aime pleurer..., sourit-elle encore comme pour atténuer le sens de son aveu.

Toutefois, elle sut faire concevoir que c'était là seulement un mot de prudence raisonnable, et qu'il n'amoindrissait pas la valeur de ses émotions.

— Au couvent, je ne répandais pas moins des larmes au récit des supplices endurés par les martyrs. Quand j'ai su que sainte Agnès avait été déchirée par des peignes de fer, je n'ai pu dormir de trois nuits; et il fallut me guérir d'une grosse fièvre. On dut me saigner alors pour la première fois... Ne fouliez-vous pas cette terre de Rome qui but le sang des bienheureux catéchumènes? Le jour où mon père fit allusion à je ne sais quels dangers dont vous pouviez être menacé, toute ma compassion d'autrefois envers les fidèles livrés aux bêtes féroces, dans le cirque, m'est revenue. Comme j'avais en imagination désiré les secourir, j'ai rêvé de vous secourir aussi, parmi les brigands et les vagues de la mer. Ne riez point... Sachez, Monsieur, que je suis fort héroïque en pensée, s'il ne m'est guère permis de l'être en actions. J'aurais décemment affronté les lions et les tigres du cirque, s'il l'eût fallu, plutôt que d'abjurer ma foi. C'étaient là mes sujets habituels de méditations au couvent. Tout au fond de mon cœur de petite fille, je couve une âme de soldat. Celle de mon père, un peu !... Oh ! que de tempêtes il y a là... Je vous admirais de courir volontairement à ces dangers qu'on n'a point voulu m'expliquer de façon claire. Pour les Grecs opprimés, et que les rois voulurent abandonner à la cruelle vengeance des Turks, vous alliez réunir des soldats, des armes et de l'argent. Voilà ce que je comprenais... Dans mes songeries, vous persuadiez, par la parole, les grands seigneurs, en Italie, de prêter aide à une cause juste. Votre éloquence chevaleresque achevait de les convaincre. Vous prépariez cette victoire des Grecs. Un peuple vous doit le bonheur d'être libre. Vous sauviez les martyrs d'Ali-Pacha, comme j'ai tant voulu sauver ceux de l'empereur Dioclétien. Vous réalisiez ce que j'ai pu seulement souhaiter. C'est la même compassion pour les mêmes martyrs, ceux qu'extermina l'empereur païen, ceux que le sultan fit massacrer à Chio. Omer, je vous ai vu, généreux et brave comme mes sentiments. J'ai tremblé pour vous, comme j'eusse tremblé pour eux et pour moi... et j'ai pleuré sur vous comme je pleure sur moi qui ne puis rien que pleurer...

Elle finit de parler en portant aux yeux ses mains exangues. Omer s'aperçut qu'il la remerciait gauchement. Il ne trouvait pas des mots meilleurs que ceux des livres. Et paraître croire qu'elle lui disait de l'amour, c'eût été sans doute impertinent. Après quelque hésitation, il n'osa, par respect. Il se contenta de formuler cette phrase :

— Elvire, de toute mon existence passée, je n'apprécie rien tant que cette heure-ci.

— Est-il vrai, du moins ?...

— C'est vrai. Je vous supplie de n'en pas douter... Qu'attendez-vous de moi qui vous persuade ?

Elle réfléchit un peu, sans répondre. Il la contempla droite dans la robe aplatie contre les formes d'adolescence angélique. Elvire consultait peut-être le ciel blanc et les feuilles d'or. Enfin, à voix basse, elle déclara :

— J'attends de vous quelque chose de plus fort que mon espoir.

— Je tâcherai, dit-il timidement...

A ce mot, elle sourit de toute sa joie. Son âme candide et radieuse lui vint au visage en fleur. Ses yeux éblouirent de leurs reflets intérieurs le jeune homme sans voix.

« Elvire reste ignorée de moi, malgré tout, observa-t-il ensuite. Et quand elle se transfigure ainsi, elle m'ôte mon bon sens. Elle me soumet. Il me semble qu'elle donne ce qu'aucune autre fille ne saurait offrir. La beauté de sa vertu contient plus que je ne souhaite. Il y a là des choses étrangères à moi-même, peut-être déjà la vie de cette descendance qui changera la barbarie du monde à la gloire des Lois justes... » Il fut orgueilleux de cette explication. Elvire avait couru dans le pavillon. Au piano, son âme chantait un Noël, acclamait la venue du Rédempteur. Omer imagina qu'elle confondait le Christ et lui-même dans une seule dévotion.

— Je remercie Dieu..., cria-t-elle à Mme Gresloup qui l'interrogeait, avec quelque aigreur, sur cette envie de musique.

La dernière note expirée, Elvire demanda gentiment à faire une promenade en bateau. Le domaine s'étendant au bas de la colline, un triple et vaste étang s'était, peu à peu, formé dans le creux d'une ancienne carrière. C'était un lieu mélancolique entouré de roseaux fauves. Les deux mères s'assirent à la poupe. Sur le banc du milieu, Omer mania les rames. A demi couchée contre la proue, Elvire, parmi les plis d'un châle, contemplait le déclin du jour dans le calme miroir. Omer chérit le profil grave du petit nez aquilin, des grandes paupières pâles, de la bouche étroite et serrée, de la joue oblongue, que couronnait l'onde épaisse d'un bandeau d'or sombre, et qu'une bride rose nouait au large chapeau de taffetas gris. L'ombre de la jeune fille glissait, avec la nacelle, sur la surface clarteuse, vers les ombres rousses des arbustes et vers les branches de quelques saules éplorés.

— Omer, aimez-vous l'eau ? dit-elle. Comme mes songes, elle est silencieuse et changeante. Tous les poètes ont écrit qu'à son image, la vie passe entre les rives de la nature plus éternelle. Voyez, cet étang même ! Un courant l'anime. Cessez de ramer. La barque dérivera... L'eau demeure active en elle-même, quel que soit son repos apparent. Ainsi de mon âme. Quand j'aperçois mon visage reflété dans le visage de l'eau, je ne sais plus lequel m'appartient en propre... Dans mon âme, aussi, la nature paraît, tremble, luit, triomphe et se dissipe, comme les roseaux et les arbres de la rive paraissent, tremblent, luisent, triomphent, et se dissipent dans le reflet du courant mystérieux que suit notre esquif.

— Voyez, Elvire, le jour baisse encore... et plus je considère l'étang s'obscurcir, plus il ressemble à votre visage. Vos teints sont presque pareils. La même lueur de soleil verte et dorée vous farde l'un et l'autre... Votre front si pur entre les bandeaux reproduit le dessin même de l'onde qui pénètre l'anse finale ombragée par les saules sombres et roux... Tout l'ovale de l'étang reflète votre face et la nuance de vos regards mélancoliques... Mon ange aux doux yeux ! Je vous vois seule... J'oublie la terre... J'oublie les cieux... Ils sont en vous confondus...

Il ramait mollement. Le sein modeste d'Elvire s'agitait sous l'armure de la robe plate. Il sentit en lui-même cet émoi frémir. A supputer le bonheur de la jeune fille, il le goûtait aussi. « Elle pleure de joie en m'aimant, et je ne suis pas éloigné de répandre des larmes parce qu'elle pleure ! »

A la poupe, les deux mères jasaient. Elles ne s'occupaient guère des amants éperdus. Omer ne guida plus le bateau qu'avec une seule rame, très lentement. Sa main droite, libre, effleura les ongles d'Elvire. Il lui prit les doigts. Ils étaient frais et langoureux. Ils s'abandonnèrent à la pression timide. Un grand frisson traversa la jeune fille, sans qu'elle voulût cesser sa contemplation de l'eau, comme si la défaite de sa vertu ne devait pas être vue par sa pudeur.

— Que la nature est muette, ce soir... reprit-elle en murmurant.

— Elle se recueille; elle est attentive; elle fait silence pour nous mieux voir.

— Il fait beau ! reprit-elle encore... Il fait éternel...

Omer eut peur que cela répondit à une vérité lointaine, inconnaissable et sûre. L'esquif glissait sur le froissis de la surface qui se moirait légèrement. Elvire, à la proue, regardait le bonheur imprécis de l'avenir... Ce fut une longue communion entre l'univers et son âme. Le jeune homme, un instant, pensa devenir jaloux du crépuscule pers et or, transparu dans les branches basses des saules.

Sans qu'il parlât, Elvire l'entendit craindre. Elle exprima leur idée secrète.

— La cadence de votre rame, Omer, divise en vain cet instant ; il me semble qu'il ne peut être interrompu ni limité ; il me semble qu'il va durer toujours, comme le temps que le balancier de l'horloge divise en vain... par ses bruits réguliers ?...

— Oh ! pourquoi ne durerait-il pas toujours, au moins dans mon cœur, cet instant... jusqu'à la mort?...

— Hélas ! il y a la mort... Nous ne nous sauverons pas de la mort...

— Les enfants sauvent de la mort les sentiments de leurs mères, et il les continuent, ils les transmettent à leur descendance... Le principal de nous-mêmes échappe ainsi à la fatalité de la destruction. Tout renaît de soi, chère Elvire. La branche d'acacia fleurit aux interstices du tombeau. Il suffit d'aimer pour que, de nous, le meilleur refleurisse...

Les doigts d'Elvire se crispèrent un peu dans la main du jeune homme. Il répéta :

— L'amour sauve de la mort... Elvire. L'amour sauve de la mort...

— Croyez-vous?

IV

Depuis que le comte Dubourg avait vendu la vieille demeure de ses aïeux, au capitaine Lyrisse et aux Héricourt, contre une rente viagère, il continuait d'y vivre dans un petit corps de logis pour lequel il payait location. Ainsi n'était-il pas déchu de ses habitudes un peu seigneuriales. Mme Héricourt le priait souvent à dîner. L'oncle Edme le ramenait sans cesse de leurs courses mystérieuses jusqu'au salon du Régent, ainsi nommé parce que ce personnage y avait écrit, d'après le conseil de son écuyer le comte Dubourg, la renonciation aux visées sur le trône d'Espagne, acte exigé par Louis XIV. Le mobilier fort simple d'ailleurs et sévère était demeuré tel, sauf les réparations indispensables. Un portrait de Jean-Jacques Rousseau ; un autre de d'Alembert méditaient là. Mme Héricourt se recueillait au fond d'un large fauteuil reposant sur quatre pieds de bouc en chêne ciré. Les candélabres d'argent, qui avaient éclairé la scène historique, occupaient encore les angles de la cheminée en pierre tendre.

A l'ordinaire les deux amis entreprenaient le jeune avocat pour l'intéresser aux chicanes des Francs-Maçons, ceux de leur Loge « Ardente-Amitié ». L'oncle marchait de long en large, les mains dans le pont de sa culotte et penchait, en discourant, son corps maigre. Il plaignait le F.·. Roulon d'avoir perdu son procès contre un maître couvreur. Ne devait-on pas malgré

7

l'avis d'Omer, aller en appel? L'imprimeur des carbonari, Pied-de-Jacinthe, n'avait pas encore obtenu la diminution de ses amendes : il entendait seulement s'acquitter en partie. Contre un voisin, le F.·. Rambourg plaidait pour une servitude qui permettait à ses chevaux de traverser une cour mitoyenne ; ce voisin refusait indûment ce passage. Comment pouvait s'y prendre le tailleur Durtot, afin de recouvrer une créance sur Maxime de Trailles, sans le faire interner à Sainte-Pélagie, où il eût fallu payer l'entretien du débiteur?

L'avocat ne savait que répondre. Son oncle n'admettait point que la jeunesse d'Omer le privât d'influence auprès des juges qui, pourtant, l'estimaient trop heureux d'être déjà notable, envié par tous ses collègues du barreau. Dubourg reprochait cette inaction. On ne pouvait conduire les hommes qu'en les alliant par des moyens matériels aux grands desseins des chefs. Durant les guerres de Vendée qu'il avait faites, avant d'être le prisonnier converti à la Révolution par Bernadotte, il avait obtenu de ses chouans l'héroïsme, à condition d'autoriser le pillage des fermes et des maisons appartenant aux bourgeois républicains des villes.

Il rappelait alors mille traits de bravoure particuliers aux compagnons de Charette et de La Rochejacquelein. Continués à table, de pareils récits toujours miraculeux séduisaient Mme Héricourt. Car le général était adroit, bien que vindicatif et hargneux. A côté d'elle, il affectait de la religion par politesse. Il disait comment il avait vu l'hostie devenir sanglante à l'élévation, un jour, entre les mains d'un inconnu tonsuré que ses Vendéens avaient découvert dans un village conquis sur les Bleus, et qu'ils avaient contraint de dire immédiatement la messe. L'épouvantable miracle affola les paysans. Ils accusèrent le prêtre. Il lui fallut reconnaître qu'il était assermenté. Les chouans avaient cloué le sacrilège, les bras en croix contre une grande porte, et l'avaient criblé de balles... Une autre fois, sa bande avait aperçu, dans le ciel, sainte Anne qui faisait signe de courir sus à l'ennemi. Bien qu'ils tombassent en grand nombre frappés par la mitraille, les chouans atteignirent la batterie et y entrèrent dix-sept sur deux cents hommes ; les autres gisaient dans les prairies, morts, et tous les mains jointes.

Ses yeux en extase, la veuve écoutait cela. Elle enviait la foi de ces rustres qui leur avait valu la présence du miracle. Quels saints étaient-ils donc ? Malgré sa dévotion, elle n'espérait pas que jamais la grâce pût toucher son cœur d'une manière si parfaite. Evidemment, elle restait loin de cet état de piété. Que tenter pour y parvenir ? Ces élus, ces simples de la glèbe que pensaient-ils de Dieu ? Sur eux, elle questionnait intelligemment leur ancien chef. Il narrait sans fatigue les incidents de ces pauvres vies défuntes. Il nommait chacun de ses chouans, l'évoquait, retraçait avec éloquence le portrait physique du martyr. Car il avait profondément aimé leurs âmes rudes et croyantes, au temps de son adolescence énergique, quand il les conduisait vers le sacrifice, lui, fluet garçon de vingt ans, juché sur un gros cheval de labour au poil jauni.

Dans la salle à manger, où présidait, debout au milieu de la niche creusant les lambris gris, un hercule de marbre, la main remplie de grappes, tous les soirs, ces mêmes propos mêlés à d'autres souvenirs accompagnaient le repas servi par un valet silencieux et attentif. Mme Héricourt tâtait les grains de son chapelet en attendant le plat. L'oncle Edme expliquait souvent les affaires du château de Lorraine dont il administrait les revenus consacrés à leurs dépenses de Paris. Il refusait toujours de restituer ce bien national acheté en 1793 par son aïeul à la famille de Luxembourg, quelle que fût la supplication de sa pieuse sœur. Bientôt sa faconde s'exerçait en louant les mérites du menu. Toujours, il redemandait une seconde assiette de potage; après la première :

« Fameuse soupe ! disait-il, fameuse, la soupe. » Le poisson lui paraissait généralement délicat. Le ragoût valait qu'il dît : « C'est à se pourlécher les babines ! hein ? » Au reste, peu de chose lui semblait comparable au filet de bœuf quand il était tendre. « Cela fond sous la dent ! ma sœur ! Remercie Dieu de nous l'avoir donné, en reprenant un morceau. » Le légume intéressait moins le capitaine. Il dédaignait la pâtisserie, mais saluait d'exclamations un fromage à point. Pour les fruits, il glissait à l'oreille d'Omer des métaphores luxurieuses, les assimilant à la chair des femmes. « J'ai joliment dîné ! » ne manquait-il point de proclamer, en se levant au signal de Mme Héricourt, désireuse de réciter enfin les grâces. Tous les jugements du capitaine étaient sincères. Son visage un peu rouge, sa bouche luisante, ses yeux brillants et rieurs, les mouvements de son gosier, et ses hauts-le-corps témoignaient de sa franchise.

Dans la galerie dont les colonnes plates encadraient les murailles de miroirs, il prolongeait les éloges, en réclamait du général Dubourg et d'Omer. N'avait-il pas lui-même composé le menu, averti la cuisinière, surveillé la sauce? Il supposait même l'approbation du colonel Héricourt bien que le défunt demeurât définitivement muet dans un manteau de cavalerie, les cheveux balayés par le coup de vent, la main serrant le sabre à travers un gantelet de cuir; sur la neige, au fond du tableau, les lignes d'infanterie fusillaient la charge déjà victorieuse des dragons. Dubourg appréciait les liqueurs des îles, et il aimait le whist. Doucement, il avait persuadé la veuve d'apprendre ce jeu. Elle y avait pris goût. Une fois le café servi, le domestique dressait le guéridon à tapis vert. Les cartes s'étalaient. Omer considérait comme un devoir de faire le quatrième. Cependant, il détestait de prendre la place opposée à celle de Dubourg, qui, s'échauffant vite, imputait tous les coups mauvais à l'étourderie de son partenaire, cela sans ménager les insolences.

Aigri par les déboires de sa vie, il avait, le soir, l'humeur méchante. Quand, à dix heures, Mme Héricourt s'était retirée, fort triste d'avoir laissé entre de telles mains l'argent des aumônes, il allumait sa pipe, soupirait et lâchait mille injures contre Bernadotte, qui, sur le trône du Nord, l'oubliait trop, contre Napoléon, qui l'avait empêché de faire sa fortune en Suède, contre Moreau qui l'avait compromis sans rien prévoir des événements de 1814, contre les Bourbons, qui l'avaient destitué après avoir accepté de lui tant de services. Ensuite, il énumérait toutes les filouteries dont Bernadotte s'était rendu coupable, jadis, à l'armée de l'Ouest, en recevant les pots de vins des fournisseurs, en grâciant, contre finance, les chouans capturés et condamnés à mort, dont lui, Dubourg. Les amants de Joséphine, il les nommait. Il raillait Napoléon d'avoir été cocu. Il savait mille anecdotes ignobles et comiques. En une armoire de son logis, il conservait une collection de camées faux où l'on reconnaissait la famille impériale dans toutes les postures de la fornification. Il accusait Moreau d'avoir été stupide, Alexandre retors et cauteleux, puis ambitieux ridiculement jusqu'à vouloir se déclarer le suprême souverain d'une Sainte-Alliance, qui eût compris toutes les monarchies d'Europe. Quant aux Bourbons, ils étaient, selon lui, d'infâmes scélérats. D'ailleurs, il ne tarissait pas sur la liaison sodomique et sentimentale de Louis XVIII avec son ministre Decazes, de qui l'approche était utile au vieux roi incapable de rien ressentir auprès des femmes, même de Mme de Cayla. Si le satiriste lâchait sa verve, il finissait par poser sa pipe et imiter les adieux larmoyants de Louis XVIII à Decazes, lorsqu'on les contraignit à se séparer, après l'assassinat du duc de Berry. Gonflant son estomac pour égaler la bedaine royale, mimant le podagre, les pieds en dedans, il poursuivait un Decazes imaginaire...

L'oncle Edme riait aux larmes, se tapait les cuisses, laissait éteindre son tabac, et remplissait les petits verres. Dubourg renchérissait par les mille anecdotes de son passé réel et fabuleux.

Surtout il n'épargnait point Bernadotte qu'il accusait d'ingratitude sans nom, de sottise et de forfanterie. Il le connaissait bien, ayant suivi longtemps la fortune du général gascon, auquel il devait la vie. A l'entendre, lui, Dubourg, avait failli porter au trône de France son sauveur, alors exclu de la grande armée pour avoir, après Wagram, réfuté, dans un ordre du jour, le blâme impérial lancé contre ses troupes saxonnes, et ses manœuvres. A Paris, lui, Dubourg, qui secouait là sa pipe, avait, en 1809, agi de concert avec Fouché, les philadelphes et les jacobins. A l'insu de Napoléon, retenu en Autriche, on fit la levée en masse des gardes nationales sous prétexte de repousser une démonstration anglaise aux rivages hollandais de Walcheren.

Lui, Dubourg, et il se carrait dans le fauteuil, avait eu cette idée-là qui avait mis des forces énormes aux mains de son ami, forces près d'être alors acclamées par d'intrépides citoyens hostiles au despotisme du Corse, et maudissant l'attentat de Brumaire. Lui, Dubourg, qui se tapait du doigt la cravate, avait organisé l'état-major, et concentré les brigades autour d'Anvers. Il ne restait plus qu'à courir sur Paris en proclamant la déchéance du tyran. Les banquiers anxieux du blocus continental, les jacobins du Sénat, toute la garde de la capitale eussent acclamé le successeur. Même en sirotant le curaçao de maman Virginie,

Dubourg ne pardonnait pas à Bernadotte d'avoir eu peur. Ni les résultats de la victoire remportée à Wagram, ni l'assassinat du général Oudet et de son état-major philadelphe par les gendarmes de Savary, déguisés en Kaïserlicks, ni les préliminaires de la paix prochaine n'auraient dû terrifier à ce point le prince de Ponte-Corvo. Lâchement, le gascon avait cédé aux menaces remises sous pli cacheté, par Reille, l'estafette de Bonaparte.

Dubourg frappait du talon, haussait les épaules, soufflait un nuage de tabac : « Cet homme-là, c'est la présomption servie par l'insuffisance! » Et il imitait avec rage la mine effrayée de son chef lisant le message du courroux impérial.

En 1828, il lui fallait encore deux ou trois petits verres de cognac bus d'un trait pour se résigner à la perte de cette merveilleuse partie. Dubourg se vantait d'avoir manigancé toute l'affaire de Suède avec l'illuminisme allemand, d'avoir fomenté les émeutes de Stockholm, et fait massacrer le maréchal Axel de Fersen à coups de parapluies par les bourgeois des Loges, pour épouvanter l'aristocratie : et l'illuminisme put imposer au vieux Charles XIII, fanatique de franc-maçonnerie, l'adoption d'un souverain révolutionnaire près de se dresser, en Europe, contre Napoléon, contre l'ancien général terroriste, le renégat devenu l'époux de Marie-Louise d'Autriche, et le neveu par alliance de Louis XVI.

C'était lui, ce Dubourg caressant au fond de ses goussets le gain du whist, lui, qui, dès la mort du prince héritier, avait été voir le comte Mörner, chambellan suédois capturé, en 1806, près de Lübeck, avec ses troupes, par les brigades françaises de Bernadotte poursuivant Blücher. En souvenir de ménagements et de politesses qui, lors, avaient adouci les conséquences de sa piteuse aventure, Mörner avait écouté Dubourg, s'était rendu à Paris, sous allure de féliciter Napoléon à propos du mariage autrichien, et au nom de Charles XIII, mais surtout pour combattre la candidature de Frédérick VI de Danemark, en assurant que les Suédois n'accepteraient point une nouvelle union de Calmar, après tant de guerres contre les Danois, en affirmant que les professeurs, les étudiants d'Upsal et les bourgeois des villes, encore enthousiastes des idées encyclopédistes, accueilleraient un soldat qui aurait acquis son grade et son titre de prince dans les guerres de la Révolution.

— Malgré toute sa bêtise, Napoléon, criait-il, sut estimer au juste la valeur de mon acte : il m'interdit d'habiter Stockholm, auprès du rival qu'il haïssait... Là-dessus Bernadotte eut encore la faiblesse de céder à son caporal. En me perdant, il perdait l'empire! Je le lui dis le jour de mon départ... J'ai compris que je me dévouais, depuis quinze ans, à la fortune d'un valet irrésolu, et que son âme de domestique l'emporterait toujours dans les occasions sublimes. Alors, je renonçai, las de cet homme sans principes et sans boussole... Hélas! j'allais obéir deux ans à ce faquin de Berthier, à ce singe en uniforme, qui dormait dans ses bottes et dans ses chamarrures, prêt à paraître sous la grande livrée au moindre appel de son maître. Hélas!... avec ça l'esprit d'un niais! Si la division polonaise que j'ai conduite en Russie, comme colonel d'état-major, fut détruite, dès décembre 1812, si je reçus un biscaïen dans la cuisse, dont je souffre rudement quand la température est humide, si je fus traîné captif dans les casernes de Saint-Pétersbourg, je le dois à un ordre incompréhensible à force de paraître clair et point embarrassé de détails superflus... Ah! il était bien incapable d'ajouter quoi que ce fût aux paroles de son maître, le pauvre homme! Et Napoléon a contresigné une pareille dépêche! Mais oui! C'est ça qui m'a décidé à redevenir chouan. J'ai repris les illusions de ma jeunesse. Ces goujats m'avaient lassé. Fichue bêtise, au reste, que je fis là... Car en fait d'ignorance et d'iniquité les Bourbons en remontrèrent à Buonaparte lui-même, sur mon dos..., sur mon dos..., je puis bien le dire.

Il hochait à plusieurs reprises sa tête aquiline, il clignait de l'œil dans les sourcils touffus. S'il ricanait, il se mettait debout, arpentait la galerie, le long des murs en miroirs créant des perspectives factices et mystérieuses de palais antiques avec la disposition des colonnes plates, reflétées indéfiniment. Il se passait les mains dans ce qui lui demeurait de cheveux blonds et blancs autour de l'occiput nu. Il s'agitait de mille manières pendant que le capitaine Lyrisse défendait Napoléon, les Maréchaux, brandissait sa pipe, et, parfois, bondissait de son fauteuil courbe, pour joindre à son éloquence toute la mimique de son corps nerveux.

Entre eux, Omer s'amusait, silencieux, surpris de ne pas frémir à leurs enthousiasmes. Plusieurs fois, il les vit se provoquer ainsi que pour le duel. Ils étaient au point de se couper furieusement la gorge, en l'honneur des qualités politiques attribuées par l'un à Murat ou bien à Victor, décriées par l'autre. Déniant au génie de Napoléon les triomphes, Dubourg trouvait dans le jeune avocat un approbateur. Et de cela, l'oncle Edme enrageait.

— Tu as le même esprit que ton père : tu refuses, par un misérable orgueil, de t'incliner devant le soleil !

— Buonaparte n'était qu'un rayon. Il n'était pas le soleil, s'écriait Dubourg. Le soleil c'était l'esprit de la République et de la Liberté !... Voilà !...

Et il se campait, les poings aux hanches...

Le capitaine Lyrisse se battait les flancs, levait les poings aux verreries du lustre. Bientôt les deux contradicteurs se réconciliaient en injuriant les Bourbons.

7.

Amis, ils l'étaient autant que ceux de la fable. Sans doute, à cause de la différence entre les grades, le capitaine laissait au général-comte toutes les initiatives, sauf en matière de discussion politique et stratégique. Dubourg continuait à vivre en maître dans son hôtel vendu. Lui-même inspectait, à l'écurie, le poil des chevaux, grondait les domestiques tout le jour, ordonnait qu'on nettoyât mieux les pierres humides de la cour, et qu'on se privât de cuire l'odeur des oignons dans la cuisine. Il grommelait si quelqu'un des meubles se trouvait hors de la place coutumière. Il entrait partout sans cogner aux portes, fermait les persiennes, tirait les rideaux, bousculait les livres d'Omer dans la bibliothèque, s'oubliait dans un sofa, tout seul au milieu d'une pièce, et baillait là, des heures, une brochure sur les genoux. Il détestait le silence, adorait la conversation Il se précipitait sur Omer pour lui souhaiter le bonjour et en déduire la commodité de dire une anecdote personnelle. Aussitôt il avouait son importance durant la première Restauration. En effet, quand les illuminés du Tugend Bund se furent avisés de contraindre Alexandre à rappeler d'Amérique Moreau, dans l'intention d'opposer à l'autocratisme de Buonaparte l'ancien prestige du général révolutionnaire, celui-ci reçut les conseils de Bernadotte, en débarquant sur la côte suédoise. Il avait donc voulu enrôler Dubourg dans son état-major. Le comte eut consenti à condition d'arborer la cocarde blanche. Ce serin de Moreau croyait déjà succéder à son rival, et gouverner avec le secours des républicains accourus dans ses bras, comme au temps de Hohenlinden. L'imbécile, ne voulut pas de la cocarde blanche. Le général-comte déclina l'honneur de manquer, avec ce fat, sa fortune. Elle parut prendre forme quand Louis XVIII l'eut nommé chef d'état-major, l'année suivante, au ministère de la Guerre. Pendant les Cent Jours il avait suivi le roi en Belgique et rédigé avec « ce dindon de Chateaubriand », le *Journal politique de Gand*. Après Waterloo, il avait battu les fédérés, les corps francs, rétabli l'autorité des Bourbons dans Arras, et reçu en récompense, le gouvernement de l'Artois. Mal habile à persécuter ses amis de l'empire, philadelphes, bonapartistes et jacobins il avait été brutalement destitué, sur les réclamations en haut lieu, des ultras. Cette injustice l'avait rejeté dans les rangs des républicains. Il préconisait même les thèses les plus avancées de la Révolution, louait Babeuf et Buonarotti dont il recommandait au jeune avocat les thèses. Il le poursuivait en prêchant le communisme et la terreur.

Ces interminables adjurations remplissaient les heures de loisir qu'Omer passait en son hôtel. A peine y échappait-il, le matin, s'il travaillait ses plaidoiries dans le cabinet aux fenêtres tendues de velours jaune, aux fauteuils de bois peints en gris, legs de son bisaïeul et parrain, le vieil illuminé de Lorraine. C'étaient les seuls moments de paix. Sa mère assistait aux offices. L'oncle Edme courait Paris pour les affaires de la Loge et de la Vente. Le comte Dubourg restait au lit dans le quartier de derrière jusqu'à midi. L'hôtel somnolait dans le calme intérieur mais fréquemment rompu par les chansons des marchands, qui de la rue qualifiaient à tue-tête leurs légumes, leur marée fraîche, leur encre, leurs balais et plumeaux, leurs casquettes, leurs cartons, leur habileté pour le raccommodage de la porcelaine.

Toutefois Omer ne prenait plus garde à ce tintamarre. Compulsant les volumes d'histoire et de jurisprudence, les dossiers de ses clients, il aidait à la prédominence de la loi romaine sur les passions des hommes. Au sommet d'une bibliothèque, un emblème datant de la Révolution, représentait la stèle des douze tables que dépassait un faisceau de licteur coiffé du bonnet phrygien. C'était un autel pour la foi du travailleur.

Songeant au moyen de ressusciter la force de Mithra contre les rois de la race barbare, il évoquait les heures de ses promenades à Rome, les baisers de la fille brune dans le verger de l'antiquaire, les sentiments des nobles amis, les frères Conosséi, dans leur villa somptueuse et limpide, les apparitions imaginaires de Dolorès et d'Elvire dans les jardins échelonnés en terrasses, jusqu'au Tibre : Elvire ou l'Action légitime qui sauve l'avenir des sociétés, Dolorès ou la Passion égoïste qui détruit la fraternité, qui sépare les amants des citoyens. Toutes deux mariaient leurs influences aux idées sorties des livres. Omer cultivait, à la fois, son amour et la science, dans la haute pièce aux lambris clairs, aux meubles de velours jaune, aux glaces immenses et carrées, aux reliefs en stuc des imposes : ils représentaient l'Architecture, la Peinture, l'Histoire et la Poésie, figures robustes, sévères, drapées à l'antique, assises entre leurs attributs que soutenaient de petits génies potelés.

Tour à tour, rêveur et laborieux, il se choyait là devant le portrait du jeune homme en gris qu'avait peint Carlo Conosséi dans la villa romaine. Les rouliers enfin avaient transporté jusqu'au faubourg Saint-Germain la caisse prise à Marseille sur une tartane d'Astur. Il pensait aux deux frères carbonari, à leurs complots romantiques. Se pouvait-il que lui-même en eût été l'un des instigateurs, qu'il eût assisté à l'attaque pontificale de l'escorte ramenant vers Rome l'antiquaire Gennarello, prisonnier avec ses paperasses dangereuses pour le destin des libéraux ; se pouvait-il que cet homme eût été tué par ses gardiens sous les yeux d'un avocat paisible, assis, maintenant au milieu de ses livres, dans un hôtel du faubourg Saint-Germain. Pourtant ce n'était pas qu'un cauchemar. Des lettres récentes attestaient le réel de l'aventure. Échappés aux sbires dont ils avaient corrompu la vigilance, les

Conosséi voyageaient en Allemagne où ne les pouvait poursuivre la police papale. Le bargello s'était contenté de mettre leurs biens sous séquestre préventif. Le procès ouvert sur l'agression de Frosinone et la mort de l'antiquaire en était encore aux phases de l'instruction, les témoignages se présentant nombreux et contradictoires, l'intention du Saint-Office semblant être, ou bien de détruire, en une fois, à cette occasion, tout le carbonarisme romain, ou bien d'étouffer l'affaire et de laisser languir au fort Saint-Ange les coupables capturés, un acteur et un maquignon.

Que cette aventure paraissait lointaine, invraisemblable. A se la rappeler, Omer eut cru se souvenir d'une gravure illustrant un livre de voyage pittoresque. Il en était de même pour tous les instants un peu tragiques de sa vie. Rien ne lui demeurait aussi fabuleux dans la mémoire que son unique duel, et même la bagarre de la rue Saint-Denis lors des élections, en 1827. Il avait peine à se persuader de son courage effectif et provisoire dans les moments de combat, tant il se connaissait peureux et dolent à l'ordinaire. Pouvait-il être celui qu'on assurait avoir couvert Auguste Blanqui de sa poitrine contre le feu de la garde royale, lui qui n'osait même demander franchement au major Gresloup, son maître et son ami, la main d'Elvire, lui qui n'osait définitivement contredire sa sœur Denise, panégyriste téméraire et passionnée de Mlle Alviña. Il craignait. Il craignait la colère de sa sœur, la vengeance de l'oncle Augustin, le désespoir scandaleux de l'Espagnole, l'ironie du major, la froideur hautaine de Mme Gresloup, les reproches sentimentaux de la tante Aurélie, le chagrin dévot de sa mère. Et l'espoir de la fortune, de la célébrité, de l'honneur, de la vertu même ne prévalait pas contre cette crainte. Un beau midi, Dubourg, qui s'était aperçu de cet embarras s'introduisit dans le cabinet jaune :

— Mon jeune ami..., dit-il..., votre oncle Edme et moi souhaitons que vous épousiez, dans un temps prochain, une jeune personne en état de gouverner un salon et d'y attirer, par ses grâces, nos amis politiques ou ceux susceptibles de le devenir. Mlle Gresloup vous plaît, n'est-ce pas? J'ai lieu de penser que vous avez su toucher son cœur. Voulez-vous me permettre de causer avec son père à ce propos ?

Le général-comte s'établit dans un canapé, croisa de longues jambes en pantalon de nankin, mit les bras sur l'accoudoir et réfuta, de son index osseux, les objections de l'avocat.

— N'ayez pas la moindre crainte. Dieu ne manquera point de consoler une personne aussi pieuse que Madame votre Mère. Il lui doit cela. Le général Héricourt vous estimera mieux, si vous ne lui donnez pas, en épousant Mlle Alviña, l'avantage de gérer, comme son tuteur, votre part des Moulins. D'ailleurs, je serai là pour vous assister au bon moment, s'il vous plaît. Le comte de Praxi-Blassans ne souhaite rien moins que de confier au général toute l'administration des biens communs. Donc, il vous soutiendra. Mme de Praxi-Blassans et Mme votre sœur vous accuseront de cupidité et de dureté. Mais le frais visage de Mlle Gresloup répondra de la sincérité de votre amour devant les détracteurs. Quant à Mlle Alviña, ce dénouement lui fournira le motif d'écrire mille vers imités de Lord Byron.., et qu'elle saura faire lire par M. Victor Hugo. Bast! Elle en a vu d'autres, je gage... Ne vous tourmentez pas, jeune homme. Ne vous tourmentez pas.

L'oncle Lyrisse et l'oncle de Praxi-Blassans avaient déjà tenu le même langage brutal et choquant. Omer le reconnut dans la bouche du général-comte, leur émissaire. Il trembla d'avoir à décider de ses actes.

— Sans aller au fond des choses..., reprit le conseilleur, j'ai tâté notre ami Gresloup, de ci, de là. La créole est l'obstacle, non pour lui, mais beaucoup pour sa femme. Mme Gresloup veut sa fille heureuse, à l'abri de toute rivalité. Le major a trop adoré son anglaise : il ne saurait rien entreprendre qui la désole vraiment. Il faut que la créole retourne en Espagne ou se veuille résoudre publiquement à l'abdication de ses droits sur votre fortune, en épousant ailleurs. Cela dépend de vous, un peu de moi... Nous irons ensemble faire visite à Madame votre sœur. Et à deux, nous viendrons à bout de notre dessein.. Est-ce dit ! Je suis en bons termes avec le général Héricourt. Il me croit neutre... Me voilà bien à l'aise pour disposer nos batteries. Qu'en pensez-vous ?

— Soit! répondit Omer.

Toutefois, il eut peur de désespérer Dolorès à l'extrême. Déjà, n'avait-il point meurtri trop férocement l'âme de sa mère, qui depuis la renonciation de son fils à la prêtrise, vivait encore plus seule avec Dieu, qui, sous prétexte de jeûnes, se privait de nourriture, qui s'exténuait à vouloir dire un rosaire dans chacune des églises de Paris, entre le matin et le soir, pour se racheter des peines éternelles. Demi-morte de fatigue, elle rentrait, le teint cadavéreux, les pupilles trop noires au milieu des sclérotiques verdâtres. Et elle lui jettait en dessous les regards haineux, résignés d'une bête aux abois que la meute écharpe. La démence de la veuve la tuait. Fallait-il encore immoler une autre victime, cette belle Dolorès affamée de vivre. S'accusant, il la défendit ;

— Pardonnez-moi, Monsieur... Vous vous trompez sur le compte de Mlle Alviña, si vous estimez que le sentiment d'argent tout cru la porte à me témoigner de la sympathie... Ne souriez pas... Veuillez ne pas imputer cette opinion à ma jeunesse ou à ma fatuité naturelle. Je vous accorde qu'un désir intéressé fut l'origine des sentiments qu'elle manifeste avec une si belle exubérance. Aujourd'hui, à force de tendre des embûches à l'amour, elle s'est prise dans ses propres lacs. Une personne de son âge et de son tempérament, qui reçut dans les veines le sang le plus chaud du monde, qu'une éducation trop libre a laissée maîtresse de ses lectures, ne se pique pas impunément à un tel jeu. Son imagination est farcie des fables les plus ridicules et dangereuses qu'inventèrent les romantiques. Depuis quatre ans elle se compare aux héroïnes des nouvelles, des drames, que dis-je : de soi-même elle tire de quoi façonner les amoureuses épiques de ses rapsodies en douze chants. Cet exercice quotidien d'une sensibilité excessive ne pouvait être sans résultats. Elle s'est plu d'abord à se composer la figure d'une amante, puis les gestes, enfin les paroles qui l'étourdirent et la convainquirent d'être sincère. Elle aima se regarder agir dans les poses que prennent Mme Dorval et Mlle Malibran sur la scène, tellement qu'elle est devenue le modèle digne d'être copié par ces actrices... Je ne suis pas loin de croire qu'elle est ainsi passée de l'artifice au réel, et que rien n'est plus proche de la véritable souffrance que le chagrin dont elle exagère les attitudes.

Omer se tut. Il était content de ses phrases subtiles et perspicaces. Dubourg riposta :

— Eh bien, cette demoiselle se plaira non moins au rôle d'Ariane ; et le plaisir d'y exceller la détournera du suicide.

— Peut-être !

Omer doutait. Ils gagnèrent cependant l'avenue Lord Byron. Les arbustes nus du jardin ceignaient la maison neuve blanche et cubique, avec ses statues de chasseresses paisibles dans les trois niches cintrées de la façade, avec, au flanc, une tourelle hexagonale percée de petites lucarnes en ogive. Des colonettes de bois encadraient, aux fenêtres, les carreaux dépolis et bordés de lames en verre bleu. Le heurtoir de la porte était un diable ciselé dans le cuivre, vêtu d'un collant médiéval et qui tirait la langue, horriblement. Un pied de cerf s'offrait, en outre, pour faire retentir une cloche de couvent. Le laquais ouvrit aux visiteurs le corridor tendu de tapisseries à personnages de procession ; elles avaient jadis orné la salle d'un château prussien. Plusieurs icones russes brillèrent de leurs ors découpés autour des saintes faces peintes en bistre. Le cœur d'Omer palpita. Qu'allait-il advenir de cette Dolorès qui répandait les parfums étranges d'une fleur inconnue, et de qui la passion chaude vous remuait les os. Dans le salon, sa guitare était là, sur un guéridon de marqueterie turque. Les créneaux renversés des lambrequins à ganses d'or parurent garder encore sur toute la frise le reflet des beaux yeux ardents levés au ciel. Le creux de l'ottomane en velours avait été formé par ses hanches. Les roses jaunes épanouies dans l'aiguière de cristal attendaient d'être choisies pour la coiffure noire. Un pas glissait dans la laine des tapis syriens. Omer sentit refroidir son visage et trembler ses lèvres. La générale écarta, seule, les portières de velours.

A sa coutume, elle fut altière et insolemment polie. Ses manches de mousseline qui bouffaient aux épaules la préoccupaient surtout. En les arrangeant, elle répondait aux précautions oratoires du général-comte. Elle prenait soin de citer les femmes de l'armorial comme ses intimes ; elle les mêlait à tout ce qu'elle rapportait de sa vie ; elle les appelait par leurs petits noms ainsi qu'on fait pour de très anciennes amies de couvent. Le soin de cacher sous le ton le plus naturel sa vanité de pouvoir cela, l'empêchait d'entendre exactement les propos de ses visiteurs.

— Tout à l'heure, Diane de Maufrigneuse, me

demandait, à Longchamp, où nos calèches se sont arrêtées, des nouvelles de Dolorès. Imaginez-vous que je ne la vois guère. La voilà férue de dévotion. Mon frère doit le savoir. Elle court les églises avec maman. Nos deux saintes ne se quittent plus. Les allumeuses de cierges leur vident la bourse... Elles importunent le bon Dieu, ma foi !... Et je suis tentée de les suivre. On va décider une expédition prochaine en Algérie. Augustin sollicite d'y être employé. Je meurs d'inquiétude.

Elle étira sa cravate brodée de papillons soyeux afin d'en égaliser les bouts, et puis se leva tout à coup, distraite, et sans prendre la peine de le cacher. Elle avait ouï sonner à l'office. Le laquais apporta quelques messages sur un plateau.

— Des lettres, il y a des lettres ? cria-t-elle de loin dès qu'elle l'aperçut... Donnez...

Curieuse, elle rompit très vite un cachet et lut. Ce fut seulement après avoir compris l'insignifiance du texte que, tout en achevant de parcourir, elle bredouilla une vague prière de l'excuser.

— C'est Berthe de Rochefide qui me demande d'aller la rejoindre dans sa loge, à l'Opéra... Connaissez-vous, général, cet Adjuda-Pinto ? Il est cruel. Il la délaisse, à ce qu'on dit... C'est un homme d'une telle beauté... d'un si grand air...

Dubourg rappela des anecdotes anciennes. D'abord, elle l'interrogea coup sur coup, lui coupant net la parole devant qu'il eut achevé ses phrases. Puis, elle parut subitement s'ennuyer au récit. Son imagination s'absenta. Elle vérifiait le ballonnement de sa robe en mousseline rose, et la rectifiait par des tapes légères.

Enfin, elle demanda si la marquise d'Espard réussirait à faire interdire son mari. Dubourg ne croyait pas que la chose fût impossible ; mais Omer avait appris que Lucien de Rubempré, le journaliste, agirait en faveur du marquis auprès du procureur général Granville. Toute cette intrigue valut de la fièvre à Denise. Elle sut de son frère comment le juge Popinot avait été voir, rue de la Montagne-Sainte-Geneviève, dans un humble appartement, M. d'Espard; et tout cela lui parut si merveilleux qu'elle les retint à dîner aussitôt, dans l'espérance d'être mieux informée encore. Dubourg ne lui ménagea pas les histoires. Il crut lui révéler quels étaient les entreteneurs de Marie Godeschal, la danseuse de l'Opéra, et de Florentine Cabirolle, la ballerine de la Gaîté. Mais, la générale n'ignorait point les trafics des courtisanes. Dès lors elle garda une charmante humeur. Pour l'y maintenir, Omer n'eut qu'à longtemps épiloguer sur les relations de son oncle Praxi-Blassans avec Elodie. Les yeux clairs de sa sœur brillèrent.

L'entrée du général Héricourt n'interrompit rien de ce piquant dialogue. Avec sa bonne grâce ordinaire, il y participa tout de suite. Il loua son neveu, de qui les idées sur le droit byzantin, mises en œuvre par les ambassades françaises à Londres et Saint-Pétersbourg, allaient obtenir l'honneur historique d'affranchir définitivement les Grecs. Mais il lui reprocha de la défiance. Omer flaira l'allusion aux craintes qu'avait Praxi-Blassans de voir l'oncle Augustin accaparer la régie des Moulins et de la banque d'Artois. Dubourg ajourna le danger en exposant son dessein d'attirer dans l'hôtel de la rue Lord Byron les chefs de partis, et d'y parfaire une sorte de coalition redoutable entre les libéraux, les carbonari, l'opposition constitutionnelle de Châteaubriand, les doctrinaires. M. de Praxi-Blassans offrait, assura Dubourg, de s'y rencontrer avec le capitaine Lyrisse, et d'y parler entente ouvertement. L'oncle Augustin ne devait-il pas mettre en rapport M. Laffite avec la Banque d'Artois, c'est-à-dire avec la tante Caroline et Dieudonné Cavrois?

— Parbleu ! oui, fit l'oncle Augustin je ne doute pas de plaire à M. de Martignac, en réunissant de la sorte les membres de notre famille et leurs amis politiques. Dieudonné Cavrois présenterait à Denise les orateurs de l'opposition, les généraux Lamarque et Pithouët. Praxi-Blassans amènerait ici, par la main, M. de Montalivet et les pairs libéraux du Palais-Royal. Le capitaine Lyrisse parlerait au nom des demi-soldes, des bonapartistes et des hommes qui ont lutté pour l'établissement de la Constitution Espagnole, qui combattirent à Novare contre les Autrichiens pour la Constitution de Naples. Nous aurions ainsi tout un régiment prêt à soutenir le ministère contre les menées du prince de Polignac. Car il reviendra de Londres. Il quittera son ambassade. Praxi-Blassans le sait. Encore faudrait-il un prétexte à la première réunion. Il siérait de choisir une sorte de fête de famille.

— Mais oui, brusqua Denise, à l'occasion des fiançailles d'Omer, peut-être ?

Et elle interrogea d'un sourire, d'une moquerie sournoise dans la clarté rose de sa figure.

— Avec Elvire Gresloup ?... essaya Dubourg innocemment et à voix basse.

— Avec ce sac d'écus ?... Le cœur de mon frère a peut-être quelques raisons d'incliner ailleurs.

— Ah !... Vraiment ? interrogea Dubourg jouant l'étonné... Je pensais que Mlle Gresloup. Oh ! oh ! Fi, le Lovelace !... Ah bah !... Saperlotte... Mais alors... ?

Le confident de Bernadotte s'éventait, levait les bras au ciel, passait les mains dans ses boucles blondes et argentées, puis sur l'occiput chauve. Il simulait par mille signes la plus vive émotion.

— Eh ! mon jeune ami ! Eh ! Eh !... Pensez-vous qu'il vous seye de... Holà ! Mais le monde jase. Cette union semble à chacun la chose faite ! Que penserait le major ?

Son disciple chéri ! Il en mourra de dépit... Est-ce votre intention...

— Point du tout..., gémit timidement Omer qui voulut éviter la querelle avant le dîner... J'ai de grandes obligations au major, et Mlle Elvire me semble une jeune personne accomplie. L'indifférence que Mme Gresloup affecte à mon égard put seule, me faire hésiter dans mes empressements....

— Voilà..., reprit Denise... le point sensible... Autant que je puis savoir, la froideur de Mme Gresloup n'a pas été sans déplaire à ce jeune homme qui a de la vanité...

— Un nuage ! Apparemment..., rectifia Dubourg... Une petite brume de matin. J'accepte d'être l'ambassadeur des parties belligérantes. Elvire et Omer sont des amis d'enfance !... Ils sont nés l'un pour l'autre, Madame ! Trêve de rancunes. Je les unirai au premier jour. Je verrai le major ce soir même... Madame.

— A votre aise, comte ! Toutefois j'ai lieu de croire que l'événement n'est pas prochain.

— Mme Gresloup..., dit l'oncle Augustin..., à ce que je sais, aime l'argent. Elle est propriétaire de grands biens fonciers au pays de Galles, et comme tous les propriétaires de domaines, elle se méfie de la finance et du commerce qu'elle soupçonne de spéculation. Quand elle sut de quelle manière ma sœur Caroline avait gagné des sommes importantes, en calculant, après la bataille de Navarin, ce que vaudrait à Falmouth le blé russe qu'elle possédait, si les corsaires turks arrêtaient les navires apportant ici le reste de la moisson, Mme Gresloup a prédit la ruine de la Banque d'Artois. Elle nous a traité d'agioteurs. Il ne m'étonne point qu'elle s'applique à refroidir les sentiments de sa fille à l'égard d'Omer...

— A la vérité ni Mme Gresloup ni ma mère ne souhaitent l'accomplissement de cette union. Elvire n'affecte pas outre mesure d'agréer Omer. Le major Gresloup nous préfère les saints-simoniens... Avouez, mon cher comte, que ce sont là de petites preuves pour le succès de vôtre dessein...

— Peuh! fit Dubourg... Vous voyez les choses au noir... Omer en juge autrement.

Néanmoins il parut ébranlé par ces raisons et il changea de propos. Elles n'étonnaient pas moins l'avocat. Bien que ni Denise ni l'oncle Augustin ne les eussent présentées auparavant, elles semblaient fort plausibles. Mme Gresloup pouvait choisir le prétexte de craindre Mlle Alviña pour persuader Elvire de refuser sa main à un héritier de biens trop instables. Il se rappella que son grand-père Lyrisse et son bisaïeul, l'illuminé, jadis, en Lorraine, prédisaient constamment la ruine des Moulins-Héricourt. Tante Caroline elle-même, appréhendait certains retours de la chance, puisque avec son notaire Pierquin, elle combattait, véhémente, lors des inventaires annuels, afin de verser à la caisse de réserve la moitié des bénéfices nets. Elle refusait de la distribuer à ses partenaires, les Praxi-Blassans et les Héricourt, qui réclamaient, maman Virginie pour ses œuvres pieuses, le diplomate pour ses fils, son train de maison et celui d'Élodie, le général et Denise pour le luxe de leurs attelages, Dieudonné Cavrois pour son laboratoire, Omer pour son tilbury, sa berline et ses maîtresses. Inexorable, Caroline mesurait à ses parents la portion congrue. Son fils donnait l'exemple de la résignation par sa vie simple d'étudiant, logé dans un entrepôt de Montparnasse, derrière les tonneaux d'un commissionnaire en vins de Bourgogne.

A l'instant de ces réflexions, Omer eût estimé la partie perdue, si la froide malice de l'oncle Augustin n'eut alors transparu dans le coin de son aimable sourire fraîchement rasé. Debout, les mains aux parements de son habit bleu, sa jolie tête à toison grise penchée sur le col de batiste, il vainquait, par son œil malin, le général-comte qui, moins sûr de lui, se réfugiait aux insignifiances d'une conversation exaltant la peinture triomphale de Paul Delaroche. Denise obligea ses hôtes à discuter sur les lithographies de Deveria qu'elle sortit d'un carton. Et là-dessus, Dolorès rentra sous la conduite de la religieuse qu'était devenue l'acariâtre Delphine de Praxi-Blassans.

Pendant que tous saluaient de mille exclamations la Bernardine d'Esquermes, cloîtrée depuis deux ans, lui trouvaient bon visage et belle mine, admiraient sa robe de bure blanche, le scapulaire à croix rouge, le fin voile noir, la cornette emmaillottant son profil sec, noiraud, piqué de tannes, voilà que l'Espagnole, discrète et fébrile, frôlait les doigts indécis d'Omer.

L'oncle Augustin disait-il vrai? Mentait-il? Exagérait-il par le langage une supposition que justifiaient certaines apparences, certains bruits vagues? A cette dernière probabilité, le jeune homme s'arrêta. Dès lors il cessa de se contraindre en accueillant les graves paroles frémissantes de Mlle Alviña qui retirait sa pèlerine à glands et son long chapeau de peluche enrubanné. Fallait-il se hâter de nuire à cette touchante créature, quand Elvire permettait que sa mère le traitât avec rigueur pour des motifs d'argent. Soudain il la jugeait hypocrite. Un soir d'automne, sur la nacelle qui glissait au milieu de l'étang, miroir du crépuscule, ils s'étaient dit leurs émotions entières, cœur à cœur, pour se les répéter deux autres fois, devant les bûches flambantes, à Meudon, et lors d'un bal au Ministère des Affaires Étrangères, où les avait invités Praxi-Blassans. Ils avaient convenu que l'amour pouvait vaincre la peur de la mort en procréant un être digne de perpétuer les idées sublimes d'une race. Ils avaient pu redire qu'il faisait éternel durant leurs entretiens mystiques. Ils avaient senti l'univers vibrer dans leurs âmes unies. Et voilà. C'était rien ou peu de chose devant la nécessité sociale de prolonger dans le siècle la richesse d'une famille puissante. La raison d'état primait la raison des sympathies. La Loi dominait l'amour. Omer fut près de reconnaître la justice du décret.

Cependant, avec Elvire, le temps de sa vie entière se fût écoulé. Avec Dolorès ce n'était qu'un instant de fougue voluptueuse qui luirait avant les ténèbres d'une longue existence morne, sans devoirs ni grandeurs, après le rassasiement des corps. En vain les mots pleuraient-ils dans la bouche haletante de l'Espagnole ; en vain les parfums de son émoi dénonçaient-ils la sincérité de sa passion. Par nul mot, par nul parfum, elle ne signifiait : « Je serai l'éternelle : je serai la mère des générations dociles aux vœux anciens de l'espérance romaine ; je serai la matrone de qui rejaillira la force immortelle des Latins. » Non, ses mots et ses parfums assuraient uniquement : « Je serai la volupté qui râle, le sang chaud qui crie, les os qui heurtent les os, la caresse malicieuse qui ressuscite la vigueur lasse ; je serai la bête soumise et lourde étendue à tes pieds ; je serai la vanité ridicule ou bien la colère inutile ; je ne serai pas l'inspiratrice de ton orgueil ni la conseillère de ton courage. Je ne serai qu'une chose douce, savoureuse et provisoire. Si des fils me naissent, ils ne vaincront pas la mort de ton idéal ; ils seront des barbares esclaves de leurs instincts obscurs. Mais qu'importe à nos lèvres, à nos mains, à nos yeux brûlants ? »

Des autres, elle le séparait en le poussant vers l'orgue édifié au bout de la pièce. Phrase à phrase, elle avançait, et il reculait vers le coin propice jusqu'à s'adosser contre le velours de la tenture.

— Votre bonne mère m'instruit dans la religion d'une manière surprenante... disaient vaguement les lèvres incarnat... Qui donc au monde, saurait, comme elle, faire aimer la magnificence des églises, les effluves de l'encens ? Vous parle-t-elle aussi de l'encens et de ce que l'odorat y peut saisir de subtil... Je commence à goûter ces délices... A l'écho d'un pas dans la nef, Mme Héricourt vous fait attendre la venue de l'ange qui doit juger nos âmes... Elle n'ignore aucune particularité dans la vie des saintes... Leurs occupations ne l'intéressent pas moins que celles de parents chéris. Elle trouve que sainte Anne a mauvaise mine dans la chapelle Saint-Sulpice, mais qu'elle paraît contente dans le chœur de Saint-Merry... Votre mère s'inquiète, puis se rassure... Voilà des idées de poète. Méprisez-vous la poésie ?

— Je m'en garderais bien, mais je n'ai pas le bonheur d'avoir de l'imagination.

— Si fait, car la poésie c'est l'expression même des belles âmes...

— Je rends grâces à votre politesse !

— Rendez grâces à votre mère aussi. Elle a prié pour votre bonheur. J'ai joint mes prières aux siennes. Nous voudrions vous savoir heureux.

— Ne le suis-je pas ?

— Croyez-vous l'être ?

— Avez-vous tant pitié de moi ?

— Ciel, oui, j'ai pitié de vous !

— Vous avez donc perdu de vos illusions sur moi, si tant est que vous ayez jamais eu de ces illusions.

— J'attendais de vous moins de réserve et moins de sérieux. Vous êtes de ces jeunes gens de qui M. Beyle dit qu'à vingt ans ils songent à se faire une opinion sur la conversion de la rente.

— M. Beyle a bien de l'esprit. Mais j'entends mal les raisons pour lesquelles il ne sied pas de se faire, de bonne heure, une opinion sur l'état de la rente.

— Cela suffirait-il à vous contenter, si vous ne recherchiez l'occasion d'affronter généreusement des périls certains?

— J'aime aussi les vers de Corneille. Je prise

assez les livres de M. Casimir Delavigne et puisque vous assurez, Mademoiselle que la poésie c'est la vertu, vous m'accorderez bien que je les cultive en même temps que la conversion de la rente ou la loi municipale.

— Vous semblez piqué...

— Point.

— Apprenez-vous aujourd'hui seulement, que rien ne me désespérerait davantage, Omer, que de vous chagriner par des mots ?... Je voudrais uniquement compléter... compléter votre bonheur.

— Voilà qui ne me paraît guère facile...

— Vous ne me jugez pas capable d'en venir à bout ?

— Je n'aurai pas la témérité de rien dire là-dessus...

— Répondez-moi par non, ou par oui...

— Oh ! oh ! Plaît-il ?

— Allons, ne rusez point comme à l'ordinaire...

— Qu'y a-t-il d'extraordinaire en ce moment, et pourquoi perdrais-je tout à coup le droit de ruser ?

Dolorès était dans un trouble extrême... Ses grosses lèvres sanguines demeuraient entr'ouvertes pour laisser fuir un souffle court...

— J'ai longtemps causé avec Delphine de Praxi-Blassans. Elle m'a convaincu d'aller faire une retraite à son couvent d'Esquermes...

— Ah ! vraiment ? La sœur Delphine vous a si bien endoctrinée ?

En ces paroles, Omer glissa de la raillerie. Sans doute Mlle Alviña comprit-elle qu'il supposait une sorte d'affectation ridicule dans cette manière d'évoquer l'imminence d'une retraite religieuse. Il devina qu'elle pensait : « Croit-il que je parle du cloître pour l'émouvoir sur moi, et le prier, en m'épargnant, de ne m'y pas condamner? ». Il fut content d'avoir communiqué cette impression à celle qui s'embarrassait là, toute haletante pour discourir sur les attraits d'un refuge « provisoire » dans le calme d'une cellule, d'un réfectoire silencieux, d'une chapelle luxueuse, et d'un jardin orné de calvaires. Les louanges ironiques d'Omer pour la vie claustrale maintinrent Dolorès dans cette angoisse. Près de la défaite, elle ne trouvait point de tactique qui en retardât la venue...

— Oh! finit-elle par dire, ce n'est pas une menace que j'entends vous faire, par là...

— Et quelle menace, je vous prie...?

— Vous vous jouez de moi!

Il se défendit en feignant l'ignorance de toute passion. Elle baissait la tête. Plusieurs peignes de vermeil fixaient la chevelure énorme. Cela formait une large et double coque noire, entre deux touffes de boucles épaisses qui recouvraient les tempes et les oreilles, aux côtés du visage mat, ensanglanté par les lèvres, illuminé par l'humide éclat des yeux bruns, agité par le frémissement sensuel des narines. Cette face était le calice de cette corolle noire, tordue en nœuds, arrondie, luisante, touffue, vivante, avec des lueurs bleues à la surface, et des reflets rougeâtres dans les volutes. Sur le cou nu, le duvet sombre se mouillait et se collait à la moiteur de la peau glauque. Omer imagina la nudité de la jeune fille comme une grande urne d'ivoire vert où baignerait une monstrueuse rose noire, avec un calice mat et crispé. L'envie lui fut de mordre à cette fleur diabolique et de respirer ces beaux membres devinables sous le satin léger de la robe. Saccager cette chevelure et en répandre les pétales, faire jaillir, de la guimpe, la forte poitrine, et la savourer longuement, furent les idées promptes qui soudain l'étourdirent. A cette minute, Dolorès embaumait l'air du salon, comme, après la pluie d'orage, embaume un jardin de fleurs épanouies. Omer fut tenté de suivre les avis de ses instincts. Elle le conquérait ainsi chaque fois, sans autre malice que d'être proche, douloureuse, odorante, et tout essoufflée. Si noble qu'apparût l'image d'Elvire, dans la brève lueur du remords, si puissantes que fussent les raisons romaines de la préférer, de ne pas risquer l'irréparable entre elle et lui, le jeune homme ne savait plus régir les mouvements de son cœur où le sang affluait tumultueux. L'orgueil de sa chair l'emportait sur les dissertations de son esprit, vaincu par l'espoir d'une volupté pathétique. Rien de sa fortune ne lui paraissait alors valoir le sacrifice d'une véhémente émotion sexuelle.

Mlle Alviña le sentit. Elle ne se gardait pas de rougir puis de pâlir coup sur coup, tandis que ses yeux éloquents consentaient, promettaient, offraient les délices de l'amour.

« Que j'aie l'audace de lui donner un rendez-vous, pensait Omer : elle y viendra. Je la posséderai... Pourquoi me sais-je également incapable d'épouser une fille qui ne se respecterait pas, et d'abandonner une malheureuse qui aurait eu cette confiance en moi. Mon oncle Lyrisse conseillerait de la soumettre et puis de l'oublier sans retour. Et cependant, il s'est marié à une Napolitaine qu'il avait séduite dans cette idée-là, mais qui sut, par la suite, se faire aimer de lui. Le jeu est fécond en périls. Au reste, puis-je choisir Mlle Alviña pour maîtresse ? Elle dissimule trop mal. Denise, mon oncle Augustin, la tante Aurélie, ma mère m'obligeraient d'abord à réparer la faute. Et je me trouverais contre eux, sans force. Mettrai-je mon avenir entier pour enjeu, contre quelques heures de volupté ? Il ne m'appartient pas de me précipiter dans ces hasards. Je ne m'appartiens pas. J'appartiens d'abord au devoir. Que serait le fils né d'une semblable passion ? Un Lovelace... Un Werther... Un fat... Un sot... Comment n'ai-je pas la vaillance de la détromper sur ses espoirs, cette pauvre fille. Elle tremble là comme la chevrette sous la dent de la meute : elle qui se résigne aux morsures de mon vice, et certainement les désire. Je suis également lâche devant les périls que je redoute pour moi et devant ceux que je redoute pour autrui. J'ai peur de son désespoir, de sa rancune, du mépris qu'affectera ma sœur, du ressentiment que mon oncle Augustin manifestera. Auprès de cette belle, je suis comme le maraudeur devant le fruit qui pend hors le mur d'un verger. La peur du garde, et non la morale l'empêche de céder à sa convoitise. »

Echangeant des plaisanteries variées et galantes avec Dolorès, il méditait ainsi. Au milieu du salon, Delphine de Praxi-Blassans les observait. La religieuse quitta Denise pour sauver sa catéchumène.

— Ne conseillerons-nous pas à Omer de venir cet été dans notre Maison des Champs. La providence a béni les travaux de notre jardinier. Il a pu conduire la pousse des rosiers de telle façon qu'il en a fait un autel toujours en fleurs nouvelles pour la statue de la Sainte Vierge. C'est un miracle! Jamais je n'aurais pu croire que tant de paix et de satisfaction pût être accordée par le Seigneur sur cette terre; dans une pieuse retraite. Enfin, on se réveille loin des méchants, des calomniateurs, des butors et des chipies, ma pauvre enfant...

Elle siffla, de la manière la moins aimable, ces épithètes de circonstance.

— Denise n'a point changé, reprit-elle... C'est la même frivolité d'esprit... Elle n'a pas moins que jadis la certitude de ses perfections, qui la rendait intolérable quand nous étions jeunes filles... Mais que de grâces, que d'élégances, reprit-elle, à la fin du couplet, en amende honorable. Et vous, mon cousin, vous pataugez dans la chicane et la basoche?... Enfin : il faut de si grands mérites pour accéder à la prêtrise. Cela est donné à peu de gens... Je regrette fort que,

8.

par vos inconséquences et vos batteries, vous ayez
gâté cette chance de parvenir dans la diplomatie, que
vous gardait mon père, malgré que vous fussiez sans
naissance... Vous avez belle mine, et vous auriez
fait un bon chemin dans les ambassades. Mais, pour
cela, la soutane vous eût mieux servi que le frac...
Dieu ne l'a pas voulu. Ah! que votre malheureuse
mère...

Tout le grief de Mme Héricourt contre son fils, elle le
ressuscita, sans miséricorde. Assise, les mains
enfouies dans ses manches de bure jaunâtre, elle s'efforça de ravaler, devant Dolorès, les mérites du jeune
homme, évidemment afin de combattre l'amour visible.
Elle traita de haut, « le petit avocat du parti industriel », et se refusa de comprendre qu'une personne de
distinction pût avoir des préférences pour quelqu'un
de ces gens-là.

— Je vois, ma cousine, dit Omer, que votre sévérité
n'a rien perdu dans le commerce des saints.

— Ce ne sont pas eux qui voudraient me convaincre de la perdre, au temps où nous vivons. Leurs
bons exemples la fortifieraient plutôt. Avez-vous
obtenu de notre Saint-Père une audience à Rome?

Omer put discourir sur son voyage jusqu'à l'instant
du dîner, ce qui lui plut mieux. Il apaisait l'humeur
de la religieuse en décrivant les splendeurs des églises.
Il respirait Dolorès attentive, et dont il apercevait à
travers la guimpe, le creux des seins mouvants.

Le général Héricourt argumentait sur les préparatifs
militaires que l'on activait alors dans les garnisons
méridionales, en vue d'intimider les Algériens. Le
comte Dubourg profita de l'occasion pour se souvenir
abondamment de ses exploits. Denise se lamenta. Quels
dangers son mari devrait courir, si l'expédition était
résolue! Puis elle exigea de l'accompagner là, comme
en Espagne. Il ne promit pas d'y consentir.

— Nous verrons cela..., dit-elle..., en balançant sa figure têtue.

Elle voulut que son frère allât voir le saint honoré par Dolorès, et placé sur la commode de sa chambre. C'était un évêque de plâtre doré depuis la pointe de la mître jusqu'aux franges de la dalmatique. Deux chandeliers de porcelaine représentant des tours en ruines flanquaient, de leurs cierges et de leurs lueurs, la tête poupine de la statue.

— Voilà donc Saint Omer ! Il est haut en couleur, et je souhaite qu'il me garantisse le tempérament dont il porte un si vigoureux témoignage, Mademoiselle !

— Impie !

— Avouez, mon frère, que c'est une attention bien touchante que Dolorès eut là... Elle sait combien votre sort me préoccupe et, pour aider à vous obtenir les soins de la Providence, elle implore votre bienheureux patron ; ce que vous ne faites guère ; j'imagine.

— Mais je ne manque pas de piété... Seulement, mon sort m'inquiète moins qu'il ne vous inquiète, ma sœur ; et je n'en veux pas rabattre les oreilles des personnages célestes.

Une *Vie de saint Omer*, reliée par Thouvenin, s'étalait sur le marbre de la commode ventrue. Des signets de rubans dépassaient l'or des tranches. Un prie-dieu en ogive, ses coussins de velours à glands reçurent Denise qui se signa et feignit de murmurer une oraison. A ce moment, la cloche retentit, dehors, annonçant l'entrée d'une voiture et d'un visiteur. La générale dit :

— Attendez-moi : je vais voir si je dois descendre.

Omer et Dolorès se regardèrent seuls. Elle s'agenouilla de côté, sur le prie-dieu, en souriant. Comme par un effort de volonté secrète, sa pâleur disparut. Une aube incarnadine se leva sur ses joues ; ses yeux fauves resplendirent entre les cils des paupières mobiles ; elle

laissa pendre, ainsi qu'un drapeau de clarté, sa robe
blanche sur l'escarpin noué de mauve ; ses deux
bras accoudés soutinrent sa joue droite contre les
mains jointes; les feux mêmes de ses topazes étince-
lèrent mieux, pendus aux lobes des oreilles rouges.
Elle sembla prier le Temps de surseoir à la mort de
cette minute; elle le demandait à l'évêque en or dont
ils parlaient l'un et l'autre, avec indifférence.

— Montrez-moi ce passage, Dolorès, s'il vous plaît,
Sans déplacer la posture de son corps las, elle prit
sur la commode, la *Vie de saint Omer,* et l'ouvrit au
moyen d'un signet couleur d'orange. Elle allongea son
annulaire orné d'une croix en turquoises dans la
marge; et le jeune homme approcha le sien devant la
première lettre du paragraphe. Mᴵˡᵉ Alviña dit quelques
mots qui tremblaient. Les deux doigts s'accolèrent
sous allure de souligner le terme essentiel de la phrase.
La lectrice et le lecteur les considéraient, ainsi que
la figure de leur embrassement : deux corps lilliptu-
tiens, l'un et l'autre souples, celui-ci plus pâle avec
un ongle de nacre étroite et carrée, celui-là plus gris
avec un ongle large et ogival.

Certains frissons légers coururent des extrêmes phalanges à leurs épaules. De la jeune fille, l'odeur puissante, humide et suave des roses rouges émana. Leurs
paroles ne s'achevaient plus. En tournant une page,
les surfaces de leurs mains se frôlèrent; et Dolorès,
traversée d'un frémissement, secoua son cou moite.
Omer appréhenda le danger. Sa poitrine et tout lui-
même vibraient, se tendaient. La rage de son désir
grandissait en dépit de son vouloir. Devant ses yeux,
le livre parut s'évanouir. Tout se fondit dans une
brume trépidante, où persistait seule Dolorès; et l'éclat
de ces yeux tressautait. Elle approfondissait ses pupilles
comme pour en faire des puits de passion qui le pussent engloutir. Les spasmes de ces regards fugitifs et

revenus éblouissaient Omer. Elle le pénétra par ses
odeurs de roses rouges, par les lueurs de ses yeux,
par la clarté de sa robe, comme le soleil pénètre
l'ombre d'une ville jusqu'alors endormie dans les
brouillards froids. Elle lui traversait la poitrine par la
lame fulgurante de son amour. Une bête en lui bondissait qui devint maîtresse, et saisit les bras de la jeune
fille.

— Omer, vous m'aimez?... soupira-t-elle...

— Oui..., oui..., oui..., insuffla-t-il dans les baisers
qui meurtrirent le fruit de cette bouche chaude et
douce.

Elle lui jetait au cou ses bras de satin; elle écrasait
contre lui les globes de sa poitrine rude. Un tourbillon
de folie brûlante les noua. Leurs langues se connu-
rent et s'entrelacèrent dans le goût onctueux de leurs
salives. Ils demeuraient ainsi, à genoux, ensemble, sur
le prie-dieu. Les paupières de la jeune fille se fermaient. De longues secousses l'ébranlèrent. Il dut la
soutenir par la taille. Et deux larmes vinrent à sourdre
entre les beaux cils noirs pour couler, gouttes de
lumière, contre l'incarnat duveteux des joues. Dolorès,
alors, s'affaissa, mollement. .

Omer l'eut ainsi dans les bras, toute pâmée, la
bouche ouverte sur les dents humides. Et ce lui fut
soudain un fardeau qui froissait les broderies de ses
deux gilets. Il redouta qu'on le surprît dans ce
désordre. « Suis-je lâche devant mes instincts! pensait-il encore. Me voilà déloyal à l'égard de cette
pauvre fille, ou contraint de briser ma vie pour elle...
Cette minute est, de toutes manières, ma condamnation... » Doucement, il relevait le poids de cette belle
créature dont l'extase souriait à du divin.

— Enfin..., murmura-t-elle..., l'ange que j'ai prié,
l'ange est descendu jusqu'à moi...

Et, se dégageant, elle enfouit sa tête dans ses mains

pour réciter à voix fervente l'*Angelus Domini annun-
tiavit Mariæ*...

Des pas furent entendus. Il s'écarta, furieux contre
lui-même ; et rectifia les lignes de ses deux gilets
boutonnés l'un sur l'autre, selon la mode. Quand
Denise fut entrée, curieuse de leurs gestes, il s'esquiva
sous un prétexte fortuit.

Incapable de prendre une résolution, il n'eut plus
qu'à se condamner pour tant de faiblesse. A table, Dolorès ne parut point. La générale l'excusa : malaise de
fillette troublée par une émotion imprévue. Elle n'en
dit pas davantage, mais appela son frère à sa gauche,
et commanda qu'on servît le vieux corton qu'il aimait.
A cet ordre, qui fut un signal peut-être, l'oncle Augustin
se prit à rire finement, et frotta ses mains. Denise vanta
les talents d'Omer à Delphine de Praxi Blassans qui
doutait. Oui : sous le charme de son éloquence ardente
et juvénile, il tenait quotidiennement les juges.

— Il m'est revenu, confessa la religieuse, que tu
avais défendu le chanoine Delaroche contre les crimes
hypocrites des Jacobins ; mais, le lendemain tu déve-
loppais les plus détestables opinions pour sauver de
justes châtiments les vilains sires du parti bonapar-
tiste et révolutionnaire. Pourquoi ne manges-tu pas de
cette tourte ? Elle est parfaite.

— La justice doit être égale pour les uns et les autres, ma cousine. Je tâche de me conformer à cette
prescription du droit romain...

La bernardine riposta que l'on détruisait les principes dans l'âme du peuple en épargnant les impies et
les fauteurs de scandale. Que c'était là rendre des
forces au parti des Régicides. Denise interrompit cette
dissertation niaise par des cris de joie sincère proférés
à tous propos. Dolorès l'emportait sur Elvire. Cela l'en-
thousiasmait. Elle contint difficilement son envie de
révéler tout.

— Mon neveu, vous devez bientôt songer à faire votre personnage dans le parti constitutionnel... Il faut profiter de la sympathie qu'on vous témoigne partout..., déclara le général Héricourt... Jamais je ne vis un jeune homme aussi doué pour séduire, n'est-ce pas, Dubourg ? Eh : votre verre est vide...

— Son courage froid, et son éloignement des passions extrêmes, provoquent l'admiration de ses amis. Pour les jeunes étudiants qui suivent les cours de M. Cousin et de M. de Tracy, il est en quelque sorte le type du nouveau légiste, le prêtre sévère de la Loi...

— Mon oncle Edme en me conduisant à Rome m'a rendu le plus grand service. J'ai respiré l'odeur de la vertu latine... Et je m'en suis quelque peu fortifié, dit modestement Omer. Il faut remercier de mes petits mérites le capitaine Lyrisse...

— Je le verrais avec plaisir, accepta le général Héricourt ; et puisqu'il a des susceptibilités ombrageuses, j'irai lui rendre visite, le premier, rue de Verneuil, s'il le désire...

— Ah ! mon oncle, la bonne parole que voilà ! Je vous baiserais les doigts pour ce mot...

— C'est dit. J'irai lui faire ma visite de réconciliation... Et je veux boire incontinent à sa santé... Baptiste, versez l'Aÿ...!

Incontinent Denise proposa de réunir à un grand dîner, dans son hôtel, le général Pithouët, le capitaine Lyrisse, même l'introducteur du carbonarisme en France, le docteur Buchez, avec MM. Laffitte, Casimir Périer et le jeune comte de Montalivet. L'oncle Praxi Blassans amènerait aussi M. Hyde de Neuville. Dubourg promit de décider Lafayette à venir. Tous ces messieurs appartenant aux comités philhellènes, ils ne pouvaient que se rendre à une invitation faite par l'un des généraux qui avaient, au ministère, savamment organisé la campagne de Morée. Denise battit des mains :

— C'est mon joint !... Ah ! M. le comte que vous
avez d'esprit ! Grâce à vous qui prononcez la parole
sage, nous voilà tous sur le terrain de la Grèce. Bien
des mains jusqu'alors ennemies peuvent s'étreindre.
Tous les cœurs nobles et généreux seront là-dessus
d'accord... Et mon frère aura beau jeu pour exercer son
éloquence à l'antique.

Jusqu'à la fin du repas il ne fut question que de cette
fête : elle assemblerait adroitement les membres
notables des partis enclins à s'unir pour déjouer les
manœuvres sournoises du Polignac et de la Congrégation. La place que sa sœur et son oncle lui réservaient dans la nouvelle aventure tenta l'ambition
d'Omer. Frayer avec M. Laffitte, M. de La Fayette,
M. Hyde de Neuville, ce lui parut une gloire soudaine
et profitable. Dolorès et son amour l'aidaient tout à
coup fort proprement. Il chercha le moyen de louvoyer
quelques semaines entre Mlle Gresloup et Mlle Alviña, de
façon à ne perdre ni la fortune de la première, ni l'utile
amitié du général Héricourt que dispensait la seconde.
Un peu de sa colère contre lui-même s'apaisa.

L'amante était au salon quand on y revint, après les
liqueurs. Elle le salua d'un œil chaud et languissant.
Son flacon de sels reposait sur le guéridon turc. Elle
écrivait sur des tablettes un sonnet interrompu. Omer
courut s'informer du malaise. Delphine de Praxi-
Blassans qui soupçonnait quelque galanterie entre eux,
et la blâmait d'une moue sévère, s'installa dans l'ottomane, surveilla, conseilla de nouveau six semaines
de retraite au cloître. Les jeunes personnes sujettes
aux vapeurs se trouvent bien, à l'ordinaire, d'y vivre
selon la régularité des canons, au bon air de la campagne. L'âme et le corps se retrempent.

— Je gage qu'elle ne tient guère à quitter Paris, pour
le présent, déclara Denise en éclatant de rire...

— Mlle Alviña, cet après-midi, se disposait à partir

en ma compagnie. Elle a changé de caprice. Tant pis,
ma foi... Une jeune personne très jolie fait difficilement
son salut dans le siècle... Abandonnerez-vous Dieu, ma
mie?

La religieuse servit les intentions d'Omer en s'obsti-
nant à la convertir mieux. Elle tira son chapelet
d'agathe, sa bonbonnière à sucre candi, ses deux mouchoirs, un médaillon sous verre du Sacré-Cœur, et
développa méthodiquement un sermon en dix points
sur les félicités de la foi. Son profil sec, livide autour
de l'œil, brun sur la joue creuse, ne s'arrêta point d'approuver ses phrases, en se balançant avec l'armure de
la cornette et du voile noir. Omer n'eut qu'à jeter des
regards sentimentaux vers sa poètesse que ne parvint
pas à délivrer la générale. Sans cesse, Dubourg appelait
Omer dans le conciliabule qu'il formait avec l'oncle
Augustin pour arrêter les principes de l'entente politique entre constitutionnels, libéraux, doctrinaires et
carbonari. Survint ensuite le jeune comte de Montalivet
svelte et grave qui baisa les doigts de la générale. Sa
*Lettre d'un jeune pair de France aux Français de
son âge* lui valait de la réputation. Il était de ces
gens heureux à miracle dont le public admire tout
de suite la moindre production, et qui ne négligent
rien de l'intrigue pour obtenir cette faveur. Bien
qu'un peu raide et hautain il ne manquait pas d'affabi-
lité. Sur la loi de Rome, les deux jeunes gens rivalisèrent, logiques. Ensuite M. de Montalivet attaqua
la Cour...

— Son Altesse, la duchesse de Berry qui danse les
pieds en dedans, a toutefois l'esprit le plus léger, et
léger jusqu'à l'inconvenance. Il y a deux ans, je l'ai vue,
sur les marches de Saint-Roch, dans la posture la moins
digne, regarder l'émeute qui défilait. Une autre fois,
à Saint-Cyr, la famille royale passait en revue le bataillon. Devant un élève d'assez bonne taille, voici la

princesse qui s'écrie : « Mâtin le beau garçon » ; et le
regarde partout. Cela fit l'effet le plus déplorable parmi
tous ces jeunes gens, Monsieur !... Le roi est trop bon.
Ses conseillers le trompent et sa famille le compromet.

Répondant au comte Dubourg, il laissa percer la
méfiance à l'égard des sociétés secrètes. Omer se hâta
d'en exagérer les ridicules, d'en blâmer les cérémonies
et les règlements. Parfois sincères et parfois affectées,
les deux paroles s'approuvèrent. M. de Montalivet discourut avec soin les ongles en l'air, les jambes croisées,
et en savourant sa précieuse salive, au cours de brefs
silences. Pour l'avaler, il fermait les paupières, afin de
se recueillir sur cette volupté toute personnelle. Il se
vanta d'avoir triomphé aux élections par le moyen de la
Société « Aide-toi, le ciel t'aidera », dont il faisait
encore partie avec M. Guizot, mais qu'il déplorait de
voir suivre les impulsions excessives données par Godefroy Cavaignac, Armand Carrel et Bastide. Il lui préférait l'union pour « La Morale Chrétienne » où se ren-
contraient M. de Barante, M. de Rémusat, M. Villemain,
les Benjamin Delessert, et certaines personnalités de
la haute bourgeoisie. Il pressa bientôt Omer d'y entrer,
en lui vantant les occupations de ses membres. Il
voulut même inscrire, de suite, son nouvel ami dans
le comité travaillant à l'abolition prochaine de l'esclavage. Omer se déroba : son grand-oncle Joseph
utilisait les esclaves dans les plantations de Java qui
constituaient à demi la fortune du général Héricourt et
de ses parents. Moqueur, celui-ci prêtait l'oreille. Les
comités pour l'interdiction de la loterie et des jeux,
pour l'invention d'un système pénitentiaire parurent
plus dignes de leur attention. M. de Montalivet le nota.

Cette conversation nécessaire retint le jeune avocat
loin de l'espagnole qui souffrait d'entendre Delphine de
Praxi-Blassans, et ses propos édifiants. A peine avait-il
pu les rejoindre, selon les prescriptions de la pitié et de

la politesse, Dubourg lui vint représenter que maman
Virginie et le capitaine Lyrisse devaient les attendre
rue de Verneuil, à la table de whist. Omer aperçut un
papier très menu dans les doigts de son amante, et
qu'elle tenta de lui glisser. Il jugea meilleur de feindre
ne pas l'avoir vu ; et prit congé sans autre signe
d'amour qu'une œillade.

« Ouf, je m'en tire mieux que je ne l'espérais ! »
pensa-t-il dans la rue. Dubourg, aussitôt, le confessait.
Omer exposa toute sa faiblesse.

— Que comptez-vous faire?...

— Subir les conséquences de ma faute, répondit-il
sans y croire.

— Malheureux ! Arrêtez. Rien ne prouve qu'elle soit
irréparable... Vous avez, à cette fille, donné un baiser
et non pas un enfant. D'abord laissez-moi me convaincre auprès de mon ami Gresloup que l'instabilité
de votre fortune inquiète réellement la mère d'Elvire.
C'est là le point important... Je soupçonne le général
Héricourt d'avoir forcé la note... De la prudence...
N'agissez pas en étourneau... Soyez juste assez galant,
auprès de Mlle Alviña, pour que Madame votre sœur
vous mette le pied à l'étrier, et vous aide à enfourcher
le cheval de l'opposition Martignac... Ensuite on
verra...

— Est-ce un conseil de soldat?

— Non, c'est un avis de diplomate..., riposta le général-comte, assez bourru pour avoir été ainsi blâmé
de façon indirecte. Nous avons affaire à des diplomates
et non pas à des hussards... Souvenez-vous d'avoir été
jésuite un tantinet, comme je me souviens moi-même
d'avoir été chouan... Au surplus il n'est pas sain, pour
un jeune homme, de rester ainsi sur sa faim, quand on
a tenu dans ses bras une demoiselle un peu chaude.
Allons faire une diversion chez de bonnes garces... Cela
vous rendra les idées nettes. Mme Héricourt et le capi-

taine liront un peu plus de *La Quotidienne* et du *Courrier Français*.

Dubourg connaissait un endroit dans la rue d'Anjou.
Là des enfants bien fardées essayaient aux Messieurs
dans l'arrière boutique, puis à l'entresol, les gants
trop parfumés d'un magasin somptueux. Une brune se
déshabilla pour Omer, dans un réduit obscur qu'encombrait un large sofa de soie tachée. A la lueur de la
chandelle, il troussa la créature. Elle fleurait le patchouli
et la pommade, elle avait les ongles noirs et les seins
graisseux ; mais avait du goût pour son emploi. Ruant
de la croupe sur le meuble vétuste qui craquait, elle ne
prêta cependant que l'illusion très relative de posséder
la belle Dolorès Alviña. Néanmoins Omer en acquit du
contentement Au retour, il écouta mieux les exhortations cyniques du général-comte ; il se permit d'en rire.
En lui-même il réfléchissait à des moyens.

Mme Héricourt interrogea son fils avidement.

— Il m'a paru.., dit-il.., que Delphine de Praxi-Blassans offrait le voile à l'amie de ma sœur. Sied-t-il de
vouloir l'emporter sur Dieu, dans le cœur de cette
jeune fille ? Et m'inviterez-vous encore à ravir au
Seigneur une telle épouse?...

— Je n'ai rien ouï dire de semblable. Dolorès ne
pense à prendre le chemin du cloître que si la Providence le lui ordonne, en lui retranchant l'amour qu'elle
espère.

— Delphine pense là-dessus différemment. Elle a
fort entrepris notre Espagnole..., à tel point qu'après le
dîner, je n'ai pu l'aborder pour lui rendre mes devoirs.

— C'est vrai..., dit le général-comte... Cette enfant a
l'esprit frappé par les religieuses. C'est une bien lourde
responsabilité que de traverser les desseins de Mlle de
Praxi-Blassans...

— Que voilà donc une grande nouveauté !.. s'écria
Mme Héricourt en écarquillant ses yeux dans ses pau-

pières fripées. Il faut alors que tu aies désespéré Mlle Alviña...

— Dieu m'en garde. Mon désir est de ne lui déplaire en aucune façon. Je l'aime avec le cœur et les sens ; si je suis encore loin de la chérir avec mon esprit même...

— Hélas c'est justement ce qu'il faudrait : que tu l'aimes avec l'intelligence de ton devoir chrétien.

— Vous vous méprenez sur ses pouvoirs, ma mère : Dolorès inspire le goût de la passion et non pas celui du devoir...

— En ce cas peut-être aurais-tu de bonnes raisons pour ne pas demander sa main.

— Ce me semble.

— Faudra-t-il que tu me convainques toujours de ce qui me paraît fâcheux d'abord ?

— Ma chère maman, saurais-je vouloir vous désoler?

— Je parlerai de tout cela, demain, avec Delphine.

— Autant que j'ai pu comprendre les paroles détournées de Mlle Alviña, le cloître l'attire. Qui sait, ma chère maman, si le Seigneur n'a pas voulu, qu'à défaut de moi-même, vous lui consacriez cette âme innocente pour accomplir votre œuvre de sainte veuve.

— Dieu t'entende! dit Mme Héricourt soudain illuminée de foi.

Assis sur un carreau de velours, le jeune homme tenait dans ses mains, qu'il faisait douces, celles de sa mère. Elle considéra ces cheveux flottant avec élégance contre le haut col de l'habit bleu ; cette barbe légère autour d'un visage brun qu'animait le regard insistant sous de beaux sourcils noirs unis à la racine du nez. Omer devina qu'elle s'attendrissait au souvenir de jadis.

— Dis-moi, mon enfant, tu n'es pas mauvais?... reprit-elle brusquement, après un nuage qui finit de traverser ses yeux clairs.

— Oh, ma mère! fit-il...

— Je crois que tu ne l'es point, en effet...

Lui-même s'interrogea. Non, il n'était pas mauvais.
Pour Dolorès le mariage ne serait-il pas aussi déce-
vant, passé les amours, qu'il le serait pour lui ? Il pré-
voyait qu'il ne pourrait avoir, en elle, aucune confiance,
dans la suite. Le caractère romanesque ne destine pas
à la vertu. Quelles tristes querelles alors les divise-
raient, elle absolutiste et barbare, lui libéral et latin ;
elle dévote à toutes les traditions des chefs qui avaient
conquis l'empire romain et construit sur ses ruines
le droit féodal, le droit de la force ; lui pieux envers le
dogme de Mithra que ces chefs avaient vaincu, et soucieux
de rétablir le droit de la Lumière. Il était trop le fidèle
du principe qui, par la main des soldats de Bolivar,
avait dépouillé, massacré les Alviña. Jamais leurs sangs
d'époux ne chanteraient la même chanson. Au contraire,
il l'apercevait heureuse amante du Christ sanglant,
dans le luxe des chapelles, et fière de servir l'idéal
des monarques en attendant qu'elle épousât un hidalgo
valeureux au lit. Qu'un amour provisoire comptait peu
auprès de ces hautes raisons... Le mariage dépasse
en ses fins toutes les passions instinctives ; il assume
la tâche d'éduquer l'avenir des nations. Qu'importe,
devant cela, le caprice des sens ?

— Je ne suis pas mauvais, ma chère maman, je ne
le suis pas ?.. dit-il en baissant les cils.

Aux coins de la cheminée de pierre, l'oncle Edme
et le général Dubourg réprimaient, en se regardant, le
sourire inscrit dans les commissures de leurs lèvres
ironiques. « Ils me croient rusé, soupçonna-t-il. »

Avant de gagner sa chambre Mme Héricourt demanda
qu'au lieu d'attribuer la part ordinaire de son revenu
aux dépenses communes de l'hôtel, on lui permît d'en
disposer. La maison d'enseignement scientifique fondée
par Edouard de Praxi-Blassans lui semblait digne d'être
secourue ; et, puisqu'elle comptait faire une longue

retraite dans le couvent de Delphine, pendant deux
mois, elle ne coûterait rien à Paris. Le capitaine Lyrisse discuta la proposition sans l'adopter.

Ce le mit en assez méchante humeur. Aussi dès que
son neveu lui eût annoncé la visite du général Héricourt qui voulait obtenir des renseignements militaires
sur l'armée turque et sur l'algérienne, le demi-solde
lâcha le torrent de sa colère contre les Judas de 1814 et
1815. Il fallut que Dubourg invoquât les motifs de politique supérieure pour le persuader sur l'urgence d'une
réconciliation.

— Dire que ce Jean-f...-là va venir ici, chez moi,
narguer un homme d'honneur. Mille et mille tonnerres !
Tu sais, je lui...

— Mais non, fit Omer.

Et il s'évertua, pendant une bonne moitié de la nuit,
à démontrer que Marmont avait, en mars 1814, conduit
ses troupes non pas à *Louis XVIII*, mais au Gouvernement Provisoire, qu'à cette heure-là, le Tzar ne voulait
pas encore des Bourbons et préconisait Bernadotte,
comme en 1813 il avait, à Dresde, préconisé Moreau.
Talleyrand, par ses manigances et ses marchés sournois,
avait tout changé, contre l'attente de la plupart. Or,
l'oncle Augustin avait obéi à ses chefs directs, selon la
discipline, et quitté Napoléon, sur le conseil des philadelphes, des jacobins, de La Fayette lui-même, aujour-
d'hui Maître-Elu de la Haute-Vente des carbonari... Le
capitaine Lyrisse ne voulait rien entendre. Quand il
sut que le général lui proposerait la réintégration
dans les cadres de l'armée, avec un emploi dans l'état-
major de Morée, le capitaine refusa tout net...

— Saperlotte, mon neveu, tu ne comprends donc
rien aux choses. Moi, recevoir les ordres d'Augustin,
si cet état-major part pour l'Algérie ! Moi ?... Tu es fou !

Le lendemain, Omer jugea convenable d'assister à
l'entrevue afin de prévenir l'orage. Lorsque le général

entra dans le cabinet jaune, il fut averti d'être
patient; puis le jeune homme alla chez le demi-
solde.

— Qu'il sache bien que c'est pour la Grèce et la
Charbonnerie seulement...

— Comment ne le saurait-il pas, mon oncle?...
L'amènerai-je ici ?

— Tu n'espères pas que je vais courir lui tirer les
bottes?

Dans la haute pièce où les armes turques rayonnaient,
où des selles en cuir rouge, des brides chamarrées et
des étriers d'argent étaient suspendus, le capitaine
attendit, marchant de long en large. Enfin, debout
contre le secrétaire de thuya fermé, les mains derrière
le dos, et les jambes écartées, il salua roidement le
général.

— Veuillez vous asseoir, Monsieur.

De sa voix harmonieuse, délicate et lente, l'autre
murmura dans un sourire à demi moqueur, affable à
demi :

— L'armée française vient demander quelques conseils au défenseur de Missolonghi, au compagnon du
colonel Fabvier, à l'ami de lord Byron, à l'ambassadeur choisi par le Congrès d'Egine pour rapporter ici
les documents d'après lesquels nos ministres décidèrent
de mener à bien la tâche glorieuse que vous aviez entreprise dans la malheureuse patrie de Thémistocle et de
Platon... Ils ont enfin admis les idées généreuses au
nom de quoi vous aviez d'abord, et avant tous, risqué
votre vie. Je m'honore de continuer une pareille œuvre.
Les Russes, vous le savez, ont franchi les Balkans;
ils manœuvreront pour envelopper Andrinople. Il se
peut qu'il nous faille les aider... Personne ne pourrait
aussi bien que vous munir le ministère de renseignements sur la tactique des Turks.

— Monsieur, vous êtes bien honnête !

Le général salua en accentuant le sourire.

— Je parle avec sincérité de sentiments que tous partagent, parmi les officiers et les gens de cœur.

— Vous avouez enfin que nos folies avaient du bon maintenant que vos maîtres les ont approuvées. Je vous en remercie. Charles X obligé de mettre ses divisions au service des rêveries que les instigateurs des complots militaires et les carbonari propagent depuis dix ans !... Ce fut là chose fort surprenante... hein?

— Vous avez raison, capitaine, d'être fier... A votre place, je m'enivrerais de mon triomphe.

— Ah, Monsieur, que n'étiez-vous des nôtres alors qu'il y avait péril à cela !

— Monsieur, je choisis mes dangers... Il en est auxquels je ne me dérobe point. Il en est même auxquels je dérobe les autres..., à l'encontre de mes intérêts...

Le général, sans élever le ton, avait dit ces mots assez fermement. L'oncle Edme rougit fort, et sourcilla. Toutefois il se contint.

— A ce propos, laissez-moi vous remercier des démarches qui, lors du complot Berton, me permirent de gagner l'Espagne constitutionnelle. Je n'avais pas eu, depuis, l'occasion de vous témoigner ma reconnaissance, sauf sur la rive gauche de la Bidassoa où j'eus le regret de vous mettre en joue, tandis que sur la rive droite vous faisiez tirer à mitraille contre le drapeau tricolore, contre le colonel Fabvier, contre mon père et contre votre serviteur.

— Ce sont-là de fâcheuses extrémités auxquelles la discipline nous réduit parfois... Bah! nous voilà hors de peine, l'un et l'autre. Tant mieux!... N'y pensons plus... Ces tubes-là portent loin?

Il montrait un fusil de janissaire incrusté de coraux. Les deux soldats dissertèrent longuement sur les choses de leur art; le général fort à l'aise, pacifique et faisant luire au soleil sa botte vernie que le sous-pied

9.

d'un pantalon collant étreignait ; le demi-solde ironique en ses allusions aux grades et aux honneurs indus dont jouissait le suppôt de Marmont. Il l'appelait : « Monsieur ! » sans lui accorder d'autre titre. Toutefois ils en vinrent à parler de leurs souffrances en Russie, puis du général Lyrisse, décédé si tragiquement dans l'auberge de Falmouth. Ils se rappelèrent la mort de Bernard Héricourt et comment ils avaient recueilli son dernier souffle, sous le canon de Presbourg.

— Ah ! qu'est-ce que de nous.., fit le général ! Et ce grand garçon qui joue à l'avocat libéral, qui se compromet autour des barricades, c'est l'enfant dont il nous montrait la miniature dans la guérite de Friedland... Vous vous rappelez ? Il faisait un diable de temps.

— Voilà mes deux oncles aux prises avec leurs souvenirs.., cria joyeusement Omer.

Dès cet instant, les adversaires se départirent de leurs rancunes apparentes. Le capitaine promit de rédiger un mémoire sur la portée du tir dans l'armée turque, sur les mouvements tactiques de l'infanterie égyptienne, et sur ce qu'il avait ouï dire des forces que le dey d'Algér utilise. Ils se quittèrent sans trop de froideur.

— Je vous porterai ce mémoire en vous rendant votre visite.

— Je vous serai bien obligé, capitaine. Vous serez toujours le bienvenu chez votre nièce Denise. Vous n'y trouverez que des amis de la Grèce et de ceux qui la défendent. A l'honneur de vous revoir, avenue lord Byron.

— Il a une qualité, cet animal : il ne dissimule pas. J'aime ça..., conclut l'oncle Edme lorsqu'Omer après avoir reconduit le général, l'eut rejoint... Malgré tout, il garde son caractère de soldat.

— Et nous lui devons votre chère tête.

— C'est d'ailleurs vrai. En 1821, elle a rudement

branlé sur mes épaules. S'il ne s'était mis en frais de démarches avec Praxi-Blassans, les mouchards m'auraient cueilli à la Rochelle avant que je n'eusse mis le pied sur le bateau...

— Et puisque vos idées se rejoignent à présent sur le rivage du Péloponèse et sur celui d'Alger.

— Laisse-moi travailler à ce mémoire. Je prétends lui en remontrer...

Fiévreux, le capitaine abaissa le panneau du secrétaire, attira l'écritoire et une main de papier. Aussitôt il s'empressa de tailler à grands coups de canif une plume d'oie.

V

Le 1er novembre 1829, après avoir entendu trois
messes et communié en mémoire de son frère Bernard,
la comtesse Aurélie passait dans la tristesse le jour
anniversaire des Morts, comme elle avait coutume depuis
dix-neuf ans. Mme Héricourt, et son fils la trouvèrent
faubourg Saint-Honoré dans la chambre jadis habitée
par le cavalier de la Révolution, quand il attendait à
Paris les ordres de route pour la campagne de Hohenlinden. Le sanctuaire était en apparat. Sur le guéridon
précieux, pavé de jade, de malachite et d'onyx en
fragments conjoints, reposait l'exemplaire de *René*
que des feuilles mortes gonflaient entre les pages. Tout
contre, embrouillé dans ses mèches brunes, le visage du
dragon brillait entre deux épaulettes d'argent soigneusement peintes par le miniaturiste. Le placard ouvert
montrait une esquisse au pastel, celle de la fillette en
bas bleus, assise à terre, et qui souffrait par l'angoisse
de ses yeux clairs, la grimace de la bouche. Le dessin
en était sommaire, mais il exprimait avec perfection la
détresse tragique de cette enfant.

— Il y a beau temps que j'ai cessé d'être à la ressemblance de cette petite Bavaroise effrayée par les dragons de la République... dit la veuve en comparant à
cela son image que reflétait le miroir du trumeau.
...S'il vivait encore, mon pauvre Bernard s'étonnerait
bien de m'avoir recherchée, en raison de ce mérite. Je

ne lui rappellerais plus son péché de guerre... comme tu dis, Dieu me pardonne!

— On change hélas! répondit la comtesse. Ta fille fut toute pareille à cette jeune étrangère vers seize ans. Qu'a-t-elle gardé de cela. Pas même les cils sombres, les yeux clairs que chérissait ton mari. Les uns se sont dorés, les autres se sont assombris à cause de leur malice... Denise est une jolie dame, tout autre à présent. Je ne vois qu'Elvire Gresloup dont les yeux d'Angleterre et les cils noirs, la fraîcheur du teint rappellent la figure du portrait que dessina mon frère.

— C'est vrai !... Seigneur ! s'écria Mme Héricourt... Ah, ma bonne... Mais c'est vrai !

La veuve joignit les mains. Fort émue, elle tomba sur une chaise, et resta muette. Omer examinait l'œuvre médiocre. Il essayait d'y reconnaître des analogies précises. Sans doute, cette même candeur dont la teinte azurée pare les yeux des vierges, luisait sous les paupières d'Elvire, sa fiancée. La lumière de son regard attentif traduisait cependant une force que n'avait point certes possédée cette misérable enfant du pays germanique, douloureuse et meurtrie.

— Ah! mon fils, s'écria Mme Héricourt. Ce besoin d'aimer Elvire, tu l'as dans le sang! C'est le penchant invincible de Bernard pour les yeux clairs et les cils sombres ! Ton père guide ta passion même, malheureux ! Et tu es perdu pour mon cœur. Je n'espérerai plus maintenant, même au fond de moi, que tu prennes, un jour, la soutane. Pardonnez-moi, Seigneur, car vous m'avez faite moins puissante que les morts !

Elle soupira cette prière dans un sourire de navrance et de déception. Omer eut haussé les épaules. Quel rapport subsistait vraiment entre la physionomie de cette paysanne allemande aimée de son père, quelques semaines ou quelques heures aux champs de conquête, et la suave Elvire Gresloup, son Eloa, de pensée peut être redoutable sous l'allure d'un ange, tantôt naïf et blanc comme ceux du Giorgione, tantôt somptueux et puissant comme ceux du Véronèse. Il ne distinguait rien qui apparentât les deux filles. En vain essaya-t-il de contredire. La tante Aurélie ne l'approuva guère. Elle jugeait que Mlle Gresloup portait, à la figure, le signe des yeux clairs et des cils sombres chéris du colonel Héricourt.

— Oui, oui, mon frère t'a commandé cette affection, Omer! Tu es le moyen qu'il a choisi pour se survivre...

— Y pensez-vous, ma tante?

Pourtant il se rappelait les vigueurs inconnues, intimes, émanées du plus profond de son être, et qui avaient surgi, toujours, pour vaincre sa lâcheté naturelle, à l'heure du péril.

— Comment le nierais-tu? ajouta la veuve. Vois comme, outre ton père, mon aïeul même, oui, le vieux Lyrisse, ton parrain, le franc-maçon terroriste, regagnent sur toi, sur nous chaque instant, du fond de la tombe. Praxi-Blassans et moi, n'avions-nous pas vaincu l'esprit de guerre en toi, lorsque mon frère Edme eût dû fuir en Grèce, après le complot de Saumur? Avec les Pères de Saint-Acheul et ton précepteur, nous avions repris ton âme. Tu étais assidu dans la chapelle des Missions, tu consacrais ton intelligence au triomphe de l'autel. Le P. Ronsin te confiait déjà de bonnes œuvres pour la plus grande gloire de Dieu. Un pieux avenir de prêtre, d'évêque même t'était réservé. Edouard te persuadait de suivre son exemple. Tu l'aimais. Vous ne vous quittiez guère pendant les vacances. Tu venais de finir tes études de droit. Tu allais certainement entrer au séminaire. J'étais confiante. Quel maléfice a fait revenir de Missolonghi mon frère Edme pour payer tes dettes, t'emmener en Italie chez les carbonari de Rome, acheter ton âme, t'entraîner dans le parti des demi-soldes, des bonapartistes et des jacobins?... Qui? Sinon les volontés de mon aïeul et de ton père servies par Edme. Ah! tout est perdu maintenant. Te voilà chassé de la Congrégation. Tu obéis au major Gresloup, à ce saint-simonien, à ce suppôt d'enfer. Tu as risqué ta vie dans les émeutes, au milieu de la canaille italienne, pour qu'il t'accorde la dot de sa fille... Et moi, moi, ta mère, tu me rejettes comme une pauvre vieille chienne inutile, dans un coin de la maison. Oh, c'est fini de pleurer. Ne crains pas que je t'importune. Quand le Seigneur m'appellera devant ses pieds de lumière, je n'aurai même pas une âme de chrétien à lui présenter comme mon œuvre... Les morts m'ont repris tout mon bien spirituel... Les morts ont vaincu... Tu es possédé par les âmes de Bernard et de mon grand-père... Et je ne sais rien qui les exorcise... Va donc... Obéis à tes démons, Lucifer !,.. Laisse-moi. Tu aurais pu me racheter au Malin... Tu m'as perdue pour la vie éternelle..., mon fils... Tu m'as retranchée du ciel...

A voix humble, elle disait les choses. Seulement elle hochait sa tête blême et rude, elle aspirait, à la fin des phrases, de l'air sifflant par la brèche de sa denture, ce qui joignait un bruit ironique à son léger ricanement. Ses bras s'enveloppèrent mieux dans le châle de crêpe noir; ils tendaient l'étoffe sur ses maigres épaules. Là-dedans elle se retranchait, s'isolait, en se redressant contre le dossier de la bergère, les yeux clos.

— Comment le Seigneur te jugerait-il responsable des idées transmises à ton fils, par l'influence des ancêtres, dit la comtesse? Jésus défend d'accuser autrui. Et les pauvres morts pourquoi les accuserions-nous? Bernard voulait tant que ta Denise épousât mon Édouard, Justement elle refusa, parce qu'elle avait reçu en héritage le caractère d'un guerrier. Elle préféra le général qu'est Augustin. Elle ne recula pas devant l'âge de son oncle, pour l'épouser. Tu vois. On ignore ce que peu-

vent nos volontés les plus ferventes. Seul Dieu sait le
mystère de nos destinées.

— Peut-être as-tu raison, ma bonne, concéda
Mᵐᵉ Héricourt.., car elle craignit de pécher en l'incom-
modant par son désespoir et par sa colère.

Elle s'efforça de paraître indulgente. Omer se défendit encore de reconnaître quelque ressemblance entre
Elvire et la fille du pastel. Mᵐᵉ Héricourt l'accusa de
dissimulation. Même gaiement, elle plaisanta les inad-
vertances des amoureux ; elle affecta de s'attendrir à
la mémoire du temps où la petite Gresloup jouait avec
son fils, collégien, puis étudiant ; enfin, et c'était là sa
malchance de veuve éprouvée par le Seigneur, elle
regretta qu'il n'eût pas été séduit par Dolorès. Mˡˡᵉ Alviña
ne dépendait point, elle, de parents jacobins ni athées.
Bonne catholique, elle gardait l'ardente foi des Espagnoles. Fallait-il ne plus disputer à Dieu cette jeune
fille intelligente et belle à souhait ?

La tante Aurélie réprouva cette claustration probable. Elle sembla prête à pleurer, comme sur elle-
même. Denise n'assurait-elle pas qu'en apprenant les
fiançailles d'Omer et d'une autre, son amie deviendrait
folle ? Elvire, orgueilleuse froide et très jeune supporterait mieux une rupture. Omer s'impatienta. De telles
alarmes pour exagérées qu'elles fussent, confirmaient
ses propres appréhensions. Obsédée par la générale
Héricourt, par l'oncle Augustin qui avaient leurs vues
sur la Banque d'Artois, Dolorès, dans l'aspiration à ce
mariage, employait toute la fièvre de sa vie chaude.
Le jeune homme railla les cent petits drames ridicules
qu'elle suscitait, qui l'exaspéraient lui. En manière de
vœu, elle ne mangeait plus ni fruits, ni gâteaux, ni mets
agréables, afin que la sainte Vierge changeât la prudence d'Omer en ferveur. L'amoureuse passait toujours
de longues heures à genoux devant les autels, en compagnie de Mᵐᵉ Héricourt. Elle faisait ainsi, du matin au

soir, des stations dans les églises de Paris, sans omettre une seule, et brûlait, en toutes, des cierges. Devant la statue de Saint-Omer, dorée, bariolée, presque de taille humaine, les bougies flambaient toujours, dans sa chambre, sur la commode qui servait de piédestal à l'évêque de bois.

Si elle apprenait ce culte, Elvire en concevrait de l'ennui. Elle accuserait Omer de ne pas décourager la sotte, de se complaire à renforcer cet amour par trop de politesse. Là-dessus, Mlle Gresloup ne farderait point son sentiment. Si elle ne doutait pas de la constance jurée par son Lucifer, elle jugerait cruel le jeu d'abuser un pauvre esprit romanesque. Surtout il était à craindre que la tendresse méticuleuse de sa mère n'intervînt pour retarder le moment des accordailles.

Or, Mme Gresloup plaignait, devant les visiteurs, la santé de son enfant. Elle avait encore appelé le médecin, avec sa lancette et le plat aux saignées dans la villa de Meudon. Depuis, elle se lamentait doucement, parlait d'Elvire comme d'une œuvre fragile que heurterait trop rudement la caresse d'un mari. Elle devait même avoir usé de son influence sur le major. « Vingt femmes valent mieux qu'une pour un jeune fashionnable de votre âge, mon cher ! » avait-il déclaré, la pipe à la main, entre deux bouffées de tabac, un jour de passage à Paris. Omer lui vantait la douceur de la vie conjugale, les joies qu'une belle épouse amènerait dans la demeure négligée par le fanatisme de Mme Héricourt, le plaisir et l'utilité de recevoir des amis politiques autour d'une table bien servie et que préside une personne avenante, gracieuse, fière de son rôle social, enfin le devoir de consoler une mère si triste, et que la présence d'une bru charmante égayerait sûrement, guérirait, peut-être. Cette rhétorique pleine de précautions oratoires ne tira nulle invite

du major adossé contre le socle de Virgile. L'hiver,
approchait maintenant. Rien ne permettait de prévoir
la réalisation prochaine des promesses naguère échangées Omer pensa qu'Elvire chérissait, quoi qu'elle
en dit, leur état indécis de fiancés probables, ces
demi-caresses, dans l'ombre, ces baisers à demi-
chastes, ces conversations muettes entre leurs yeux pas-
sionnés. Elle estimait suffisants les aveux des romances
qu'elle chantait au piano. Elle ne souhaitait pas d'autre
étreinte que celle de leurs doigts unis furtivement. Elle
se plaisait à l'attente du bonheur, et la préférait au
bonheur même.

Selon Dubourg, M. et Mme Gresloup redoutaient de
mettre Elvire à la merci de Mme Héricourt, de sa dévotion
morose, larmoyante et taquine. Ils ne redoutaient pas
moins les spéculations de tante Caroline, que la puissance amoureuse de Mlle Alviña sur un mari très jeune
et sans vertus profondes, à leur sens. Motifs, après
tout, sérieux d'hésitation. Pour Omer, ce ne laissait
pas d'être inquiétant.

Et voilà que la tante Aurélie avertissait Mme Héricourt
de ses desseins sur l'Espagnole. Par mille phrases
dolentes, la comtesse le conjura de la prendre en
pitié :

— Omer, tu n'as pas de cœur !

Vivement, il invoqua les théories du comte de Praxi-
Blassans : le mariage est chose plus importante que les
passions individuelles ; car il fonde la famille, élément
essentiel de l'État. Delphine ne négligeait plus rien
pour convaincre Mlle Alviña de prendre le voile.
Devait-il lui, se poser en rival de Dieu. Omer eût-il
ressenti pour l'espagnole un goût réel, il assurait que
ces considérations supérieures l'eussent détourné. De
fait, il eut préféré, dans l'alcôve, aux baisers timides,
au corps virginal d'Elvire, les chairs odorantes et les
étreintes fougueuses de Mlle Alviña, s'il se fut agi

de frêles amours. Donc il se jugeait sincère.

— Je ne dois pas moins sacrifier mes passions à cette espérance du cloître qu'à la félicité de ma descendance, de ma « gens ». Cela seul est digne de moi.

Alors les deux femmes allièrent leurs discours pour imputer à des espérances cupides les raisons de l'avocat.

— Je te souhaite d'être, en vérité, et au fond de toi-même, d'accord avec tes paroles, mon cher enfant, dit la tante Aurélie ; sinon tout cela semblerait vilain... Non, non, j'aime mieux croire que ton père t'inspira cet amour pour les yeux clairs et les cils sombres d'Elvire, parce qu'il aima les yeux clairs et les cils sombres de la petite bavaroise et de notre Virginie... Et tu t'abuses en expliquant avec des arguties ce que le sang paternel t'ordonne de vouloir.

Elle revenait à sa marotte de vieille amoureuse, maniaque, dévote envers le souvenir du héros, envers ses reliques, envers le pastel qui formait, pour ainsi dire, le tableau d'autel dans le placard ouvert. Tripotant son chapelet aux grains d'ivoire, aux dizaines de vermeil, en un mouvement machinal et lent, Mme Héricourt déplorait encore que son père et son aïeul, par l'entremise de son sang, continuassent aussi d'empoisonner l'âme de son fils avec leurs idées de morts. Toutes deux refusaient au jeune homme l'illusion d'être lui-même. Et ce l'humilia. Sans cesse il se rappelait les quelques événements où, malgré la terreur de sa lâcheté naturelle, une force même pas secrète, la force évidente de son père, l'honneur, l'avait soudain poussé dans le combat. Il se revoyait essuyant le feu de l'adversaire, durant le duel avec le neveu de l'archevêque ; plus tard, se dressant, à côté d'Auguste Blanqui, contre le tonnerre de la fusillade dans la rue aux Ours, et criant : « Vive la République ! » malgré ses mâchoires qui grelottaient ; naguère galopant sous les balles des sbires dans la campagne de Rome. Du fond du tombeau, le père, le grand-père Lyrisse, et le vieil illuminé d'Allemagne guidaient toujours ses gestes !

Sa tante et sa mère l'en persuadaient dans cette chambre aux boiseries grises où l'âme de Bernard Héricourt s'était, durant l'automne et l'hiver de 1799, définitivement affermie pour les exploits de Mœskirch, de Hohenlinden, d'Austerlitz et de Wagram. Omer estimait ses arguments plus médiocres à mesure que l'heure s'avançait.

L'abbé de Praxi-Blassans entra sur le tard. Il jeta son tricorne avec rage au fond d'une bergère. Sa soutane ouverte laissait apercevoir ses jambes en culottes de filoselle et ses mollets maigres. Monseigneur de Quélen avait averti les prêtres et les jésuites de province, convoqués au palais archiépiscopal, que le ministre garde des sceaux exigerait bientôt l'application des ordonnances soumettant au régime de l'Université les établissements d'instruction où dominait la règle de saint Ignace. Cela traversait tous les desseins d'Edouard. En vue de multiplier les ressources, au couvent de Horps, il avait établi un cours de sciences, qui dès maintenant attirait des élèves fort riches. Beaucoup d'industriels flamands entrevoyaient l'urgence de fournir à leurs fils les connaissances de l'ingénieur, puisque les fabriques de sucre de betterave, et les charbonnages allaient acquérir toute l'importance dans les affaires du Nord. Les ordonnances du ministère Martignac obligé de satisfaire quelque peu la gauche libérale, tendaient nettement, par des mesures aussi détournées que prohibitives, à supprimer le droit d'enseignement pour les Pères. En juin 1828, le collège de Saint-Acheul et ses annexes avaient par l'article I, été réunis à l'Université, avec ceux d'Aix, Billon, Bordeaux, Dôle, Forcalquier, Montmorillon et Sainte-Anne d'Auray. Aujourd'hui le collège de Horps, à son tour, était menacé.

Parmi ses longues mèches brunes, le pâle visage d'Edouard se convulsait à chaque invective furieuse qu'il lançait contre Laffitte, Casimir Périer, M. de Noailles et le Roi lui-même. Quant à l'abbé Mathieu, c'était un lâche. Ne conseillait-il pas de ployer comme le roseau de la fable, de laisser fuir l'orage, pour se redresser ensuite? Et le Provincial de l'Ordre qui baissait la tête devant les grimauds des gazettes! Edouard avait envie de dépouiller la soutane, d'abandonner son œuvre, et tout...

— Ne blasphème pas, grand Dieu!.. supplia Mᵐᵉ Héricourt.

La comtesse Aurélie, l'attira près d'elle, le fit agenouiller, furieux, rouge...

— Pour quelques élèves de perdus! Fi donc, mon fils! Paraître en cet état, devant ta mère, dit-elle! Fi donc!

— Hé ma mère! A quoi bon les idées, le génie même sans l'argent qui leur permet de vivre et de s'imposer. Je ne puis rien pour mon Dieu, sans cela: c'est la nouvelle nécessité.

— Tu peux offrir la sainteté de ton existence.

— Ça ne suffit point!... rugit-il en haussant les épaules, en dissimulant combien cette interruption lui semblait ridicule... La sainteté contente mon égoïsme qui veut devenir un élu, un bienheureux titré, honoré, encensé, bercé par les musiques des anges. Oui. Mais suis-je seul au monde? Il y a la masse des pécheurs qu'il faut racheter, sauver, qu'il faut éblouir par le miracle! Comment le faire sans le triomphe de nos œuvres, de mon œuvre? Hein, comment le faire...?

— Notre Seigneur Jésus-Christ se contenta de sa pauvreté et de son sacrifice.

— Autre temps, autres moyens! En Chine, tous les jours, nos missionnaires trépassent aussi divinement

que Jésus, depuis deux cents ans, et les chrétiens sont
encore en petit nombre là-bas, au milieu des infidèles.
Le sacrifice de sa personne ne suffit plus. Il faut entrer
dans le siècle, avec les armes du siècle. Renoncer à
l'argent c'est compâtir à la faiblesse de notre égoïsme,
c'est songer à nous seuls, à notre individu lâche et
soucieux de son unique salut. Mais au contraire, abdiquer les chances même de ce salut pour conquérir les
âmes, pour remplir d'une multitude fervente les provinces du ciel, dussè-je, pour cela, mériter le Purga-
toire, l'Enfer; voilà la véritable charité, le grand, le
suprême sacrifice. Oui, se damner, s'il le faut afin de
réunir au troupeau du Christ toutes les brebis vaga-
bondes ! C'est le souverain but ! Outre nous, il y a les
autres, il y a l'avenir, il y a la descendance des fidèles,
héritiers de notre foi.,.

— Vous l'entendez ! conclut brusquement Omer,
attentif à ce discours, et saisi par la vérité nouvelle.
Vous l'entendez! il professe comme moi que nous nous
devons à l'avenir de la nation et du monde. Il vous
donne les mêmes raisons de choisir notre devoir. Entre
la passion souffrante de Mlle Alviña, et la maternité
triomphante de Mlle Gresloup, je n'ai plus le droit
d'hésiter. L'Eglise même, par la voix de l'abbé, vous
dicte votre consentement...

En effet Edouard le soutint. Les deux mères et leurs
fils discutèrent longtemps, et ne se convainquirent
pas.

— Mais tu n'as plus aucune vergogne assurait
Mme Héricourt à son fils... Comment oses-tu comparer
le souci de ta fortune temporelle aux espérances d'un
apôtre comme Edouard...

— Saint François de Sales écrit : « Ayez beaucoup
plus d'application à faire valoir vos biens que n'en ont
même les mondains, Philothée. Les biens que nous
avons ne sont pas à nous, et Dieu qui les a confiés

à notre administration prétend que nous les fassions bien valoir... Mais il faut que notre soin soit plus solide et plus grand que celui des mondains parce qu'ils ne travaillent que pour l'amour d'eux-mêmes, et que nous devons travailler pour l'amour de Dieu... »

Ainsi parla l'abbé de Praxi-Blassans, les doigts joints.

— Les biens d'Omer n'iront pas à Dieu, répliqua Mme Héricourt...

— C'est une affaire entre le Seigneur et lui. Mademoiselle Gresloup est pieuse, par ailleurs !

— Vous tuerez donc Dolorès Alviña !... gémit la comtesse...

— Mais elle n'en mourra point..., déclara le prêtre en riant... Saint Omer lui trouvera quelqu'autre prétendu si ma sœur ne réussit point à l'entraîner dans sa pieuse retraite.

Bientôt les deux jeunes gens furent mandés par M. de Praxi-Blassans. Ils prirent congé de leurs mères prêtes à des oraisons. Omer ne manqua point de remercier son cousin.

— Tu m'as bien défendu, pour un ennemi !

— Tu restes dans la faction des libéraux... définitivement?

— Mon Dieu, je le pense... La fusillade de la rue aux Ours m'a rejeté dans le parti de Laffitte et du général Pithouet. Le P. Mathieu m'a rayé de la liste des probationnaires...

— Il eut tort. Mon père l'a fait savoir au P. Mathieu, bien que lui-même ne mette plus les pieds aux Missions, et qu'il reçoive en pantoufles, les courriers d'ambassade chez la tendre Elodie, aux Porcherons. Notre Provincial est un imbécile, avec sa profonde politique. Il cède où il ne faut point, sur ces ordonnances de Portalis qui vont miner nos collèges ; et il frappe de travers sur ceux qui, par leurs actes, tout en nous appartenant, démentaient l'opinion qui nous proclame autoritaires et tyranniques. Mauvais coup de gouvernail. La pêche miraculeuse va cesser. J'enrage d'être trop jeune. On ne m'écoute pas. Il faut avoir des rides, un œil à taie, et des membres perclus pour qu'on vous juge clairvoyant.

Ils achevaient de descendre les marches de l'escalier intérieur. Un laquais leur ouvrit la bibliothèque. En habit gris, le comte trottinait, jetant à travers son lorgnon, des regards aigus par-dessus les épaules des secrétaires qui, courbés sur leurs pupitres, rédigeaient ou copiaient. Il pria d'attendre et s'excusa sur l'importance des affaires que suscitait le blocus d'Alger dont les règles étaient méconnues audacieusement par les caboteurs des Deux Siciles, de Malte et des Baléares. De là mille complications internationales. D'autre part la Grèce et la Turquie lui laissaient peu de repos. Les progrès des Russes inquiétaient les cours. Les cabinets de Londres, de Saint-Pétersbourg et de Paris, échangeaient sans interruption, à ce propos d'innombrables dépêches. M. de Praxi-Blassans rédigeait les paragraphes essentiels de cette correspondance pour les bureaux de M. de La Ferronays.

— Pour ce gibier d'apothicaires, leur cria la voix de fausset, et il me laisse tout besogner. N'allez pas l'entretenir des machinations de l'Angleterre contre le tzar et nous, avant que la purge du matin n'ait donné tout son effet...! Et si les Russes intriguent au Divan, cela ne saurait autant lui importer que le pus du séton qui dégorge à son épaule... Je n'ai jamais ouï dire qu'un malade fût si dégoûtant, encore qu'il paye de mine, les jours de conseil. Quand je lui porte les dépêches avec mes minutes, je suffoque tant est grande la puanteur des tisanes qu'on lui sert à tout instant, jusque dans le cabinet des audiences... Il appartient aux emplâtres et à la seringue... tout d'abord... et se tue avec

des drogues par peur de mourir... Que non, l'âge ne
fait rien à l'affaire... Il y a belle lurette que je ne tette
plus ma nourrice ; et cependant je m'en tiens à me lever
tôt, et à boire de l'eau claire, par-dessus ma confiture
de coings... Ce qui ne m'empêche point de sacrifier à
Vénus autant qu'homme du monde... Ah, mon neveu,
que je vous rends grâce de m'avoir obligé, par vos
désordres, à connaître votre Elodie. La gracieuse fille
de Cypris ! Elle couronne de roses et de lis mes vieilles
années. Sa voix plaisante est comme celle d'une source.
Et quand elle m'appelle du sobriquet qu'elle m'octroie
« Pan, vieux Pan ! » il m'apparaît que toute la nature
m'engage à lui faire la politesse par le moyen de cette
ondine... Crois-moi, l'abbé, cela vaut mieux que tes
dévotes de confessionnal... qui sentent le cierge et la
poussière... Pouah. On a beau s'apercevoir à tous
moments, que les os se font lourds, et que se lever d'un
fauteuil devient une affaire, peu vous chaut quand on
se peut étendre au long d'une demi-déesse toute nue, et
lui faire rougir les oreilles...

Ses petits yeux en extase, il continua sur ce ton,
dans le cabinet à médailles où il les avait conduits. A
peine s'interrompait-il pour lire les pièces apportées
par les secrétaires, apposer la signature, faire sur le
travail mille et une remarques désobligeantes, conclues
par un dur et colérique « Allez, Monsieur » ; ce dont
ne se troublaient pas autrement ces vieillards grognons,
aux bas jaunis vers la cheville.

Le comte s'évertuait à dire son amour, et à triompher là-dessus. Constamment il inspectait sa figure
dans le miroir mural, caressait le rouleau de ses cheveux
gris et soyeux, le long de sa nuque, puis du col d'habit.
Il se réjouissait de sa taille, et de ses jambes en
guêtres qu'il croisait l'une par-dessus l'autre, afin de
faire valoir la finesse de son pied. Il soufflait aussi de
l'haleine sur un ongle de la main gauche et le polissait

avec la peau du pouce droit. Ainsi toute sa personne
était active, sans cesse, comme sa parole. Il prêta
peu d'atention aux fureurs de son fils qui lui reprochait ses alliances avec Martignac, Chateaubriand, et
les doctrinaires de Royer-Collard. Allait-on persécuter
l'Église ? Il accourait de Flandre pour réclamer des
secours contre Portalis et Vatimesnil qui trahissaient
tout à coup la cause de Dieu. Les Pairs voudraient-ils
permettre aux jacobins, aux révolutionnaires de rem-
porter cette victoire dangereuse pour le trône et la
politique de l'autel ?

— Tout beau ! Ces messieurs de la Congrégation, six
années durant, ont reçu de nous les moyens de faire
paraître les merveilles de leur gouvernement. Ils ont
promis d'imposer silence aux passions. Elles n'obtem-
pèrent pas les passions, hein l'abbé, ce me semble?
Les disciples de M. de Loyola nous ont gâté plus d'esprits
qu'ils n'en convertirent. Paris l'a déclaré aux élections;
et la province l'imite... C'est, par ma foi, le plus beau
camouflet qu'on puisse voir... Il ne s'agit pas d'exas-
pérer les gens de boutique, les sacrilèges de carrefour
et les journalistes de soupente, jusqu'à ce qu'ils recom-
mencent leurs excès de 1792. Il faut sauver d'abord la
dynastie. Le Saint-Père engage les évêques à tolérer
ces ordonnances...

— Le pape est un pleutre !...

— Holà ! Tu me romps les oreilles, l'abbé...! Et je
souffre assez mal ces façons !

Edouard dut se taire. Le comte s'était levé. Il rajustait les pans de son habit devant la glace du trumeau.

— Madame de Horpsvrahen te dédommagera de ce
contretemps, car les sentiments de ces sortes de personnes sont toujours prodigues envers les serviteurs de
Dieu s'ils ont de la jeunesse un bon visage, et un blason.
Plains ton malheureux père, l'abbé, plains ton malheu-

reux père qui doit laisser au contraire sur le sein de sa Danaë la trace en argent de chaque caresse !

Dans la principale vitrine de son médailler, entre les effigies d'or jaune aux reliefs d'empereurs byzantins, il montra quatre écrins vides. Provisoirement, il avait dû mettre en gage les pièces les plus rares, celle même frappée en l'honneur de Basile le Macédonien qui restitua la principauté de Rascie à l'ancêtre des Praxi-Blassans dépossédé par les Bulgares. Têtue pour acquérir à la vente publique d'un banquier failli, une copie de l'*Hiver* par Falconnet lui-même, la tendre Elodie n'avait pas souffert de laisser fuir l'occasion. Le comte loua le goût de son amie et la beauté de la statue, façon de pallier ses largesses intempestives.

— Elle a transformé son hôtel magnifiquement. Toute chambre y devient musée... C'est à miracle ! Il faut voir le vestibule en rotonde où sont les tableaux de la Chasse de Diane. La petite y court, pour me plaire, dans le costume des nymphes. Quant à moi je m'affuble d'une perruque cornue, et d'un sayon de poils de bouc, à la mode des satyres. C'est le travestissement qu'y prennent mes amis lorsqu'ils me font l'honneur de souper avec leurs filles d'opéra... Si vous n'étiez si jeune, Omer, je vous prierais de nous joindre. Mais nos barbons seraient jaloux de votre tournure. Sans quoi vous entendriez M. de Montmorency réciter à ravir ses traductions en ners des odes d'Anacréon, et Monseigneur de Tyr, couronné de roses, chanter le *Sabot Perdu,* avec les inflexions les plus drôles qu'un ecclésiastique et un casuiste aient jamais pu moduler, en compagnie de danseuses et de Pairs.

Indéfiniment le comte discourut de la sorte. Il enviait les cheveux de son fils qu'Elodie eut aimés, et la taille d'Omer dont elle l'entretenait encore parfois avec délices. L'abbé ne tira point de promesses favorables à sa cause. Il ne put qu'entendre confirmer ses appréhensions.

M. de Praxi-Blassans recommanda, par contre, à son neveu de fréquenter plus asidûment chez le général Héricourt, de le réconcilier complètement avec le major Gresloup et le capitaine Lyrisse. Il convenait qu'un salon mixte fût mis en honneur où se rencontrassent les forces militantes de l'opposition constitutionnelle, les doctrinaires, ceux de la faction Châteaubriand-Martignac, les carbonari mêmes. A ceux-ci les *doctrinaires donneraient des gages s'ils l'exigeaient.* L'heure était venue d'allier provisoirement toutes les forces libérales pour défendre le ministère contre les intrigues certaines des ultras. Polignac allait revenir de Londres. En acceptant la présidence du comité de secours pour les Grecs, le général Héricourt offrait un terrain d'entente à tous les partis, Avenue Lord Byron.

Omer ne se souciait guère de s'y trouver entre Elvire et Dolorès.

Il fit la moue.

— Je ne pense point, mon neveu, que vous vous laissiez embarrasser par les *mômeries de cette petite espagnole,* ni que vous permettiez à vos affaires de cœur de l'emporter sur nos affaires de famille et d'état, puisqu'il plaît à Dieu de joindre notre fortune aux intérêts les plus considérables de l'Europe... Ce serait là une marque de faiblesse indigne de vos alliances ; et par quoi vous feriez trop sentir l'odeur des petites gens. Je regretterai toujours n'avoir pu vous emmener, avec moi, à la cour du Grand Seigneur cet hiver. Dans les ambassades, là-bas, vous vous fussiez décrassé. Je revaudrai cela à M. de La Ferronnays. Ah ! il n'aurait point voulu nommer « un petit avocat compromis dans les émeutes », ni moi-même qui suis son oncle! Fort bien. Nous glisserons quelques traverses dans les roues de son carrosse. Pour l'heure, mon neveu, tâchez de vous tenir droit contre le vent. Songez que la Banque d'Artois vient d'acheter de la rente, et que les changements de la politique ont de l'influence sur les cours de Bourse. Aussi bien puisque les blés de nos vais-seaux ont atteint un haut prix sur le marché de Falmouth où l'on craignait la disette de la Grande-Bretagne, il vous siérait peu de réduire les bénéfices de Mme Cavrois, qui sont les nôtres, en faisant le jeu des spéculateurs à la baisse... Une grosse partie est engagée. Il faut du bel argent liquide pour mettre en valeur les nouveaux charbonnages découverts autour de la Fosse Cavrois... Interrogez là-dessus M. Laffitte que vous rencontrerez chez votre oncle Augustin. Il est de bon conseil, et il a le ton le meilleur... Je vous invite à vous faire bien venir de lui... Et pour Dieu!... finissez-en avec la créole... Vous avez trop de goût pour la petite oie... Monsieur!... Songez au solide, saperlotte !

Après avoir cogné sa boîte d'or, le comte se bourra le nez de tabac, en pirouettant. Omer se rendait à ces raisons. Tous trois étaient revenus dans la bibliothèque où les titres d'or éclairaient les reliures en veau de six mille volumes. A nouveau l'abbé tenta de se faire entendre par son père. Il se déclara porte-parole de Monseigneur d'Arras et de Monseigneur de Saint-Omer. Ces prélats continueraient la lutte, s'ils n'obtenaient point d'adoucissement à la rigueur des ordonnances.

— Ah çà, l'abbé. J'ai dit mon mot... Suffit. L'Algérien et le Turk m'obligent à vous donner le bonsoir...

Il leur tourna le dos prestement, et s'en fût de l'autre côté de la grande table, ouvrir les fermoirs à secret des portefeuilles avec une clef de montre en émail.

Edouard planta son tricorne sur sa tête et sortit brusquement.

— Allons chez Dieudonné. Il faut qu'il demande aux chimistes de la Sorbonne ce qu'ils pensent des car-

10.

bones obtenus dans le laboratoire de Horps... Nos
Pères ont travaillé... Le miracle ne tardera plus...
Il éblouira. Et alors, nous enrôlerons les peuples sous
la bannière d'une seule foi. *Cor unum, Anima Una*. Et
que restera-t-il d'un Portalis, d'un Vatimesnil, d'un
Martignac devant la face fulgurante de Dieu ?... Tu
verras ! Tu verras, impie !

Sa griffe nerveuse étreignait le bras d'Omer par
l'ombre des corridors. Dans sa chambre, il changea son
vêtement ecclésiastique contre une longue redingote
brune, et coiffa sa casquette de voyage à gland bleu.

— Je vois la Nouvelle Jérusalem descendre du ciel,
comme l'a promis saint Jean... Le tabernacle du Seigneur avec la science des hommes ! On va savoir Dieu.
Il demeurera parmi nous. Il essuiera les larmes de nos
yeux... Il n'y aura plus ni pleurs, ni cris, ni lamentations parce que le premier état sera passé !

Se signant tous les trois mots, l'abbé répéta des
paroles analogues devant les laquais, solennels et
ahuris, sous la livrée marron. Les deux cousins traversèrent les salons qu'illustraient les larges peintures
d'histoire pleines de Croisés combattant les Sarrasins,
de chevaliers en écorces de fer, de dames en hermines
recevant les hommages des vassaux à genoux. Edouard
prêchait son espérance aux bahuts monumentaux contenant des statuettes d'ivoire dans leurs niches d'ébène,
et qui se dressaient autour des vastes pièces, tels des
édifices sur les places publiques. Les planchers de
marqueterie luisante miraient sa gesticulation parmi
les ombres des tables en marbre lourd, et que soutenaient des sirènes, des dieux, des satyres barbus. Il
attestait l'intelligence de l'abbé Lamennais, et la mémoire de Joseph de Maistre, dont les noms sonnèrent,
échos des murs blancs, au vestibule, tandis que le
Suisse énorme abaissait le marchepied de la berline.

VI

Pour se rendre à Meudon, près d'Elvire, Omer choisit un prétexte offert par ses fonctions de carbonaro. Maître-Elu de la vente centrale il fallut qu'il s'entendît avec le major Gresloup sur le recrutement des Bons-Cousins aptes à servir dans les « manipules », sur la formation des « centuries » et des « cohortes » où l'on encadrerait les F.·. conspirateurs, le jour de l'insurrection en armes. Les parades militaires secrètes exaltaient l'ardeur des « légionnaires »; et il importait de les tenir en haleine.

Omer arriva de bonne heure, à cheval. Son âme tremblait en tirant la sonnette de la grille. Serait-ce l'Elvire du soir sur le lac d'automne, ou bien l'ange dur de qui le regard solaire pénétrait toute l'arcane du cœur. Trois ou quatre plans de plaidoiries séductrices se confondaient dans l'esprit du visiteur lorsqu'il parut devant son Eloa parée d'un canezou de levantine à rubans ponceau. Si le jeune Urbain Gresloup, bachelier récent, n'eut été là prêt à recevoir des félicitations, Omer se fût trouvé gauche ; mais il s'empressa vers lui pendant qu'Elvire annonçait d'une voix calme que cet adolescent au visage de fille timide allait, bientôt, se préparer aux examens de l'Ecole polytechnique. Cet éloge fit rougir le petit lauréat que n'enlaidissaient point son habit court, le large pantalon de nankin, les bas bleus ni les souliers lacés.

— Je crains de montrer en cela trop de présomption.
Il me faudra beaucoup d'assiduité, car j'entends peu de
chose à la physique...

— Notre père t'aidera,.. puisque nous resterons dans
notre campagne tout cet hiver, toute l'année.

Non sans une nuance de tristesse, la jeune fille avait
hésité pour avertir de ce séjour loin de Paris. Omer
comprit ce qu'elle insinuait de chagrin tendre dans ces
mots.

— Mme Gresloup s'y décide-t-elle à présent?... s'écria-
t-il en forçant le ton craintif de sa parole.

— Mon Dieu, oui..., répondit-elle les yeux baissés, et
de son aiguille à tricot elle piqua machinalement l'acajou de la table... Maman ordonne de tout accommoder
pour notre séjour durant les froids.

Il eut peur de voir des larmes dans « le ciel et la
mer ». Et lui-même tressaillit.

— Heureusement la route est bonne pour les cavaliers.

Elle ne répliqua point, comme il l'espérait, par une
invitation directe. La bienséance, peut-être, commandait cette réserve. D'ailleurs elle atténua vite cette rigueur en répétant les louanges quotidiennes que le major décernait à son disciple. Urbain renchérit là-dessus.
Naïf, le collégien admirait ce jeune carbonaro qui, pour
l'indépendance de la Grèce, avait dangereusement
voyagé dans les pays tyranniques, et qu'appréciaient
tant le général-comte Dubourg, le capitaine Lyrisse et,
puisqu'il venait de l'apprendre, M. de Montalivet lui-
même. Omer Héricourt lui semblait un exemple de vie
noble et de jeunesse glorieuse. Elvire approuvait de la
tête, mais ne souriait pas. Quand Urbain fut à court
d'éloges, et le jeune homme à court de modestie, elle
profita d'un silence pour indiquer la cause de sa ran-
cœur.

—Chacun est fier d'envier vos mérites. Nous sommes

allées faire des visite à Paris, avant-hier. Dans le salon de Mme Camusot, Mlle Alviña vous a vanté. Elle
nous a lu même une poésie de sa façon, où quelques-
unes se sont plues a vous reconnaître sous les traits du
héros. Au reste, Mlle Alviña se loue fort de vos attentions à son égard. Et elle sait à merveille assortir la
couleur de ses écharpes à celle des fleurs que vous lui
faites tenir.

— C'est une bonne demoiselle ! répliqua-t-il d'un air
détaché. Ma mère et ma cousine de Praxi-Blassans
s'évertuent à lui faire prendre le voile, et comme je
dois m'intéresser à ce qu'elles tentent, sous peine d'être
taxé d'insouciance, je lui adresse de petits cadeaux
pour sa chapelle...

— La chapelle de Saint-Omer?

A ces mots pourtant murmurés, Elvire secrète se ré-
véla, Elvire hardie, de qui les regards fulguraient, de
qui la colère faisait frémir les joues. Urbain rougit par
delà les oreilles. Sans doute, avait-il reçu des confidences, et redoutait-il d'être mêlé à la querelle. Il se détourna vers la fenêtre. Il parut très attentif au vol des
pies sur les arbres du parc. Ce fut le signe le plus clair
de l'agitation douloureuse qui troublait la vie de la
jeune fille. Pour que sa pudeur eût avoué de tels cha-
grins à son frère, il fallait qu'elle n'en pût supporter
seule la violence. Omer supputa les flots de larmes
qu'elle avait dû verser contre l'épaule étroite du collégien. Ce bel enfant, honteux devant la faiblesse de
la jeune fille, enseignait davantage que toute une
plainte jalouse de la sœur. Eloa tremblait de perdre
son Lucifer.

Lui se plut à deviner la peine qu'elle célait mal. Il
s'expliqua lentement ;

— Mlle Alviña ne sait point se prémunir contre les
effets du ridicule. Ses manières sont d'une créole, parfois d'une sauvagesse : elle se fixerait un anneau dans

la narine, si c'était la mode, pourvu que le métal en fut brillant et visible de loin. Elle traite de même ses affaires de morale et de religion. En ce moment, ma mère l'engage dans tous ses exercices de piété. Leur nombre dépasse l'ordinaire. Mlle Alviña, pour marquer les bons résultats de ces pieuses leçons a placé, sur la commode, le saint que ma mère invoque le plus : mon patron,.. Il ne faut voir en cela qu'une politesse de catéchumène envers sa directrice de conscience. Notre médisance s'égare quand elle cherche plus loin...

Elvire avait repris son tricot; elle entre-croisait les longues aiguilles savamment :

— Vous n'immolez guère votre malice sur l'autel de l'amitié. Cette pauvre demoiselle qui vous adore mériterait que vous l'épargniez mieux...

— Mon Dieu ! je ne me soucie pas de lui plaire outre mesure, et je n'ai pas de penchant pour la flagornerie. C'est une brave personne trop jolie, trop bien mise pour ce qu'exigent nos convenances, et qui me paraît un assez bon type de la comédie picaresque. Beaumarchais s'il l'eût connue, l'eût faite parente de Figaro, de Basile et de don Bartolo.

— Votre sœur prise fort ce talent de poétesse.

— Denise raffole du théâtre et des acteurs romantiques. Lors d'une représentation, elle a cassé d'enthousiasme l'éventail que la reine Marie-Antoinette avait envoyé en présent de noces à la première femme de notre grand-père... Elle applaudit, dans son amie Dolorès, l'émule de Mme Dorval et de l'Enfant Sublime... Moi je demeure un enragé classique...

Pensant avoir ainsi marqué la négation, il s'arrêta. Les calculs de son âme en apparence moqueuse et bavarde, il pensa que les regards solaires de son Eloa les découvraient. Il se crut intérieurement éclairé dans tout le mystère de sa conscience. Alors il essaya de soutenir cet examen des yeux forts. Ils l'accusèrent d'ingratitude pour l'Espagnole, que ses galanteries sensuelles abusaient. Elvire sembla tout savoir des faiblesses qui avaient abouti au long baiser voluptueux devant la statue de l'évêque doré. La générale méfiante avait-elle révélé l'aventure à Mme Gresloup dans l'intention de mieux détruire les véritables projets de son frère ? Mme Gresloup avait-elle à demi prévenu sa fille ? Cela parut vraisemblable.

Car Elvire pourchassait le mensonge de chaque parole. Les regards durs traversaient les cils clignotants d'Omer, comme pour refouler en lui les apparences de franchise qu'il prêtait indûment à ses mines. Véritable force, elle le domptait. Il ne put, sans confusion, répéter ses railleries. En le contemplant, la jeune fille le dissuadait de la vouloir convaincre. Sévère, mais pitoyable un peu envers cette ruse humble et basse, Eloa demeurait toute rigide dans sa robe semblable à deux ailes blanches. Son silence défendait Mlle Alviña, condamnait l'imposteur. Il se tut encore, sentant qu'il ne persuadait pas. L'ange était le maître qui démasque un serviteur infidèle et lui pardonne avec mépris. Elle était ce maître, la petite fille au teint de fleur et aux doigts maladifs, qui lui fouillait l'âme de ses yeux aussi puissants que les lois de la nature, que le ciel et la mer.

Un moment, le visiteur chercha des prétextes pour se retirer. Puis il songea qu'elle l'aimait peut-être en dépit de tout. Il demeura. Leurs paroles furent vaines, tandis que leurs âmes luttaient.

Urbain souffrit de leur gêne. Il avait quitté la fenêtre, et il feuilletait un almanach. Désireux de rompre un silence gênant, il demanda quelques nouvelles des personnes connues de lui. Au moment où le major entra, derrière sa femme placide et pâle, le collégien nommait la tante Caroline.

Omer trouva le salut dans cette interrogation. S'adressant à Mme Gresloup, il se hâta de lui faire savoir ce qui

était encore le secret de la famille, et son espérance
audacieuse :

— Je pense que ma tante sera bientôt à Paris. Elle
y doit voir M. Laffite à cause de leurs banques. Il faut
que cela soit considérable pour qu'elle entreprenne
le voyage à ce moment de l'année, quand les fabriques
sont en travail. Apparemment les deux banques vont
s'unir. Cette union consolidera notre fortune, et lui
retirera ce caractère d'instabilité qui chagrine nos
meilleurs amis, qui les porte même à se détourner un
peu de nous...

A la fin de sa période, il regarda l'ange. Elle fit à sa
mère une moue de reproche, puis détourna la tête. En
rougissant davantage, et en cachant sa gêne derrière
les gravures de l'almanach, Urbain montra que le reproche touchait juste : la discussion avait été vive entre
Elvire et ses parents.

« Maintenant, pensait Omer, cette petite fille orgueilleuse, plutôt que de laisser croire à la bassesse
d'un calcul, tentera l'impossible pour m'épouser. Je
connais l'ange et son courage. Elle périrait de honte si
elle ne l'emportait pas ».

Mme Gresloup avait feint de n'avoir pas compris. Son
mari traita des divergences de l'opinion en économie
publique; il opposa les théories de Casimir Périer, sur
la conversion de la rente, à celles de M. Laffite. Il introduisit dans le débat Saint-Simon et M. Fourier, selon
la coutume de son esprit savant et rude, puis emmena
son disciple Omer dans le laboratoire de physique,
où leurs devoirs de carbonari les occupèrent exclusivement. Le major fut comme à l'ordinaire, un philosophe rigide et affairé, déboutonnant et reboutonnant
son large habit marron, caressant la nudité de son
crâne, fichant sa pipe entre ses dents, sous la cicatrice
qui tirait sa lèvre vers sa narine. Il discourut infatigable, sur les doctrines d'Enfantin qu'il admirait, sur les

caractères des F∴ M∴ dont il était le Vénérable, et sur ceux des carbonari dont il commandait les hardiesses d'anciens officiers ou d'étudiants téméraires. Cela seul passionnait son âme. Le jeune homme n'estima point l'heure propice pour insister sur l'affaire de son mariage. Il ne doutait plus qu'Elvire serait le meilleur assaillant de la prudence maternelle. A déjeuner, elle parut bien le vouloir. Les prévenances furent exquises qu'elle employa pour consoler Omer de la peine qu'il affectait. En invitant l'avocat, par mille questions précises, à munir Urbain de conseils, Mᵐᵉ Gresloup empêcha que la conversation devint particulière entre les amoureux.

— Je n'abhorre rien tant que les vils calculs de la cupidité..., déclara cependant Elvire, quand Mᵐᵉ Gresloup supputa pour son fils le gain d'un officier d'artillerie qui fait campagne... Et grâces à Dieu, ni mon frère ni moi n'avons à nous embarrasser de ces comptes pour l'avenir, mes chers parents, puisque vous nous avez donné la fortune avec la vie.

— Une fortune qui cesse de s'augmenter, diminue, Et ne faut-il pas que vos enfants, à leur tour, si vous vous mariez, reçoivent, de vos mains, les mêmes facultés de bonheur que nous vous laissons?... répliqua Mᵐᵉ Gresloup... Certes, il ne convient pas d'être avare pour soi-même, mais pour les siens. Dieu ne nous donne pas ses biens : il les confie à notre administration. Il nous appartient de les transmettre à notre descendance, après les avoir accrus, comme de bons métayers accroissent le revenu du maître... Elvire n'as-tu pas lu ces choses dans le livre de saint François de Sales ?...

— Je les ai lues, en effet. Le saint ajoute même : « Défaites-vous souvent de quelque partie de vos biens en faveur des pauvres... Aimez les pauvres et la pauvreté, et cet amour vous rendra véritablement pauvre, puisque, comme dit l'Ecriture, nous devenons semblables aux choses que nous aimons, *l'amour met de l'égalité entre les personnes qui s'aiment.* »

Le major ne put s'empêcher de sourire. Sa femme dit sévèrement :

— La belle parole de piété que voilà. Ne manque pas, Elvire, de la mettre en usage quand nous irons porter nos aumônes, vendredi, chez les malheureux... Pour l'instant, offre de la volaille à ton voisin. Il s'est mal servi... C'est un jeune avocat trop bien élevé.

Toutefois, l'indignation d'entendre sa fille lui répliquer vivement, chose sans exemple, avait ému Mᵐᵉ Gresloup. Ses joues devinrent cramoisies, et ses yeux humides. Les servantes galloises, impassibles d'ordinaire sous leurs bonnets de dentelles et leurs tabliers blancs, en parurent tout estomaquées ; elles omirent de soustraire à la chaleur du réchaud le plat d'argent où la sauce enflait à gros bouillons.

Alors l'élan de la gratitude saisit le cœur d'Omer. Elvire le préférait même à la crainte de faire souffrir son unique amie, la mère qu'elle vénérait. Du moins, préférait-elle à cette appréhension la certitude de n'être pas accusée encore par lui.

« Je l'ai conduite adroitement au milieu du dilemme : ou bien s'écarter de moi et paraître vile en partageant la cupidité des siens, ou bien se rapprocher définitivement. »

Courtois, il modifia lui-même l'allure des propos. Il vanta l'agréable domaine de Meudon, les étangs et leur belle mélancolie d'automne. Ce fut une allusion triste, tendre et discrète où la sincérité de son amour ressuscita vraiment. Il dut réprimer l'émotion de sa voix. Elvire ne retint pas deux larmes faciles qu'il eût voulu cueillir avec les lèvres sur « le ciel et sur la mer » voilés de leurs cils.

Il se retira de bonne heure. A son baiser de frère, sur le perron, Elvire tendit la joue de telle sorte qu'un coin de lèvre brûlante effleura la bouche avide.

— Elvire?... murmura-t-il.

Elle se reculait sans répondre, sinon par la pression d'une petite main nerveuse et volontaire. Quand le domestique eut refermé la grille, Omer écouta retentir de chers sanglots.

Le surlendemain, il invita, par un billet, Urbain Gresloup à venir entendre la Malibran, au Théâtre Italien, lui fit manger des glaces, l'emmena souper chez Véry, dans un salon particulier, en compagnie de Courfeyrac et de Combeferre, qui présentèrent le collégien à une danseuse de l'Opéra-Comique. Légèrement ivre, et ravi de boire du champagne, entre des jeunes messieurs élégants, Urbain les amusa tous par l'intense expression de félicité peinte sur son visage anglais, rose et blanc, encadré de longues boucles. Il plut à la ballerine qui, le désirant, l'attira sur ses genoux, le caressa, le couvrit de baisers, écrasa la jolie figure contre les parfums de sa gorge nue. Fiévreux, il se débattait, ignorant ce qu'il devait à la vergogne, et ce qu'il devait à la nature. Dès cet instant, Omer s'esquiva, la note payée, ne voulant pas qu'Urbain pût dire l'avoir vu se mêler aux plaisirs de Vénus, car la fille audacieuse, férue de ce bel éphèbe, dénouait les rubans de son corsage, libérait de toute contrainte sa gorge laiteuse et tendue.

Ainsi, le frère d'Elvire devint l'ami docile de l'avocat. Il trahit les confidences de sa sœur; il accepta d'être le messager galant. En revanche, Omer le mena rue Montpensier, chez Mme Cardoche, acheter des cravates. L'ancienne maîtresse de Labédoyère accueillit, de ses meilleures révérences, le jouvenceau que lui présentait son ami carbonaro, le cousin de Dieudonné Cavrois célèbre pour sa haine des Bourbons. Noémie, Cydalise et Angeline, avec leurs œillades de grisettes vicieuses, séduisirent Urbain en essayant à son cou des cachemyrs. Quelques jours, la maigre Cydalise soumit ce garçon de seize ans à toutes les épreuves d'une luxure ardente et joviale. Urbain adora son initiateur aux voluptés.

VII

Plusieurs fois, au comptoir de la boutique, enfin louée par Mme Cardoche dans cette maison de la rue Montpensier, Omer marivaudant avec sa blonde Angeline, la chère servante de leurs instincts, vit accourir le bachelier tout boueux d'avoir, à pied, franchi, la distance, entre Meudon et Paris. L'amoureux d'Elvire dut craindre que le frère ne s'étonnât de ces rencontres. Comme il le devinait soupçonneux malgré les prudences maladroites des grisettes dûment averties, il lui confia que ce magasin de modes était un lieu de rendez-vous pour les carbonari, et que lui-même y fréquentait afin de recueillir la correspondance de la Haute-Vente adressée là, sous enveloppes de commerce, par les Bons-Cousins de l'étranger. Chose d'ailleurs véritable. Urbain répondit heureusement que son père lui avait déjà fait pareille confidence ; qu'il n'ignorait même pas l'existence, au grenier, d'une provision secrète de poudre, de pistolets, de sabres. Ces propos enflammaient l'imagination de l'adolescent. Il se promit d'être reçu à l'Ecole Polytechnique, dès le premier examen. Officier d'artillerie tel que Carnot et Bonaparte, il saurait ensuite poursuivre la gloire.

Cydalise en était sûre. Elle l'affirmait tandis qu'aux turbans de gaze ses doigts malins ajoutaient des perles d'or. Sur un haut tabouret Noémie, silencieuse, maussade et prompte, coupait le fil avec ses dents cousait

d'amples manches de tulle rose à un corsage de velours
vert; dans le petit visage brun se crispaient les sourcils
sur les yeux attentifs à la besogne. D'ordinaire Angeline piquait, autour d'un volant, des bouquets d'épis
artificiels, et les ornait de coques en satin, tout en
jasant à mi-voix. Lourde, mafflue, Mme Cardoche endoctrinait les pratiques. C'étaient quelques dames en
forme de cloches, aux falbalas bruyants, aux capotes
chargées de nœuds multicolores, et, dans le fond des-
quelles, apparaissaient, entre des boucles pommadées,
des figures trop pâles, ou bien rougeaudes. Quelques-
unes amenaient leurs petites filles dont les pantalons
tombaient sur les chevilles, par-dessous les jupes écour-
tées. Les regards indiscrets de ces personnes contrai-
gnaient Omer et Urbain à choisir vraiment les soies
des cravates et la peau des gants. Aussitôt le petit
Gresloup devenait écarlate par la peur qu'il avait de
paraître un objet de scandale, s'il souriait encore à la
large bouche et aux yeux pétillants de Cydalise. Elle
de l'y contraindre alors par des mines affriolantes, ou
de soudaines grimaces vite effacées avant que les aperçut quelqu'une des acheteuses. Il redoutait même la
bonhomie de la mère Cardoche, bien qu'il raillât la
coutume de garder, au magasin, la capote cerise à
rubans marrons et le châle jaune à ramages pourpres.
Ainsi vêtue, elle trottinait, faisait la révérence aux
clients, déployait les linons, étalait, de ses bras courts,
les aunes de dentelles, faisait jaillir, des cartons, les
couleurs diverses et joyeuses des taffetas, grimpait en
geignant sur l'escabelle, tirait de leurs cases les pièces
de toiles de Hollande, sans vouloir qu'Angeline l'aidât.
Ces mouvements excessifs dérangeaient la draperie du
châle jaune et pourpre. Il glissait les épaules, découvrait la collerette, tombait sur les hanches, dévoilant le
dos rond sur quoi craquaient les coutures d'un velours
fatigué. Et Mme Cardoche se hâtait davantage, vantait

sa marchandise, éloquemment, donnait les conseils qu'autorisait son âge visible en dépit du fard rose plaqué sur ses pommettes, du fard blanc qui bouchait mal ses rides creuses et les fosses de ses joues molles.

Presque toujours elle persuadait·les chalands par son air aimable, par les grâces de sa diction. Il était rare qu'ils partissent les mains vides. Angeline devait constamment abandonner son ouvrage, faire des paquets équarris, les ficeler de rose, et les remettre avec un sourire de sa claire figure, un geste de bon souhait.

Omer, à ces moments, désirait les saveurs du joli corps robuste, gras qu'il avait plusieurs fois soumis à ses voluptés avant de partir pour Rome ; qu'il avait retrouvé depuis son retour à Paris, avec le fidèle accueil de cette douce fille. Elle se flattait d'être la maîtresse d'un carbonaro, qu'on disait héroïque pour son duel contre le neveu d'un évêque jésuite à la suite d'altercations politiques, pour sa présence aux émeutes de novembre 1827, pour le mystère entourant ce voyage en Italie où de grandes choses avaient été sans doute accomplies.

Docile et bienfaisante, elle livrait à son amant, s'il en voulait bien, une poitrine devenue magnifique, des jambes duveteuses et longues, enlaçantes comme des lianes, la franche odeur d'une chair saine, celle d'une chevelure de chanvre mêlée d'ors épars, les framboises de lèvres humides, chaudes et fondantes. D'avoir posé jadis chez Pradier, la nymphe Chloris caressée par Zéphir, elle conservait le goût des attitudes choisies. Elle préférait ses occupations de lingère à l'impudeur d'être mise nue devant tous les artistes d'un atelier ; car un peintre déjà vieux l'avait, certain jour, trop rudement battue, comme elle se refusait à lui. Pourtant, elle disposait encore dans sa mansarde un rideau de velours cramoisi, de telle sorte qu'un étroit rayon

de lumière venait seul toucher sa posture sans voiles.
Elle savait offrir sa chevelure défaite aux flèches du
soleil. Il semblait alors que l'astre pénétrait la fin
d'une pluie fauve inondant les épaules et les bras de
Diane, sa poitrine robuste aux pointes vermeilles.

Omer goûtait le contraste entre le souvenir de ces
splendeurs intimes et la vue de l'allure innocente
qu'Angeline s'attribuait, au magasin, sous la petite robe
en serge, le tablier à bavette, le col plat bien blanc. Elle
s'empressait à son ouvrage, leste et cambrée. Sans effort
elle rangeait les cartons dans les cases, et, pour cela,
levait les bras, tendait son échine souple, ou bien elle
repliait délicatement les neiges des linons, les nuances
de rubans, les dessins des passementeries. Son amant
pensait quels plaisirs subtils ces mains préparaient et
prolongeaient, à d'autres heures, ces mains qui semblaient uniquement sages et laborieuses par la hâte
de leurs phalanges.

Quand l'heure de l'étude avait rappelé Urbain Gresloup loin de Cydalise, quand il s'était juché dans le
coucou de Meudon, Omer en prenait à son aise. Qu'il
prêtât l'oreille aux doléances de Mme Cardoche sur les
difficultés de son commerce, qu'il l'interrogeât sur les
souvenirs relatifs aux vertus de Labedoyère, qu'il fît
chorus avec elle en invectivant contre les Bourbons,
contre les juges, contre les bourreaux du jeune général, cela suffisait pour qu'elle tolérât les jeux.

— Il serait beau..., disait-elle..., que je vous empêche
de courtiser mes jeunes filles ! Au contraire, les mouchards qui vous guettent, et qui s'amusent à voir vos
mignardises, ne soupçonneront jamais ce que je cache
sous les combles.

Prétextant de ranger les archives et les munitions
de la Vente, Omer montait aux mansardes. Là, dans
les cartons à chapeaux, sous des touffes de fleurs arti-
ficielles, entre les pièces de jaconas, entre les rouleaux

de soie, il classait la correspondance, les pièces dangereuses, il vérifiait si la poudre ne se gâtait pas, sous
la couche de beurre qui la dissimulait dans les pots, et
dans les barils. Il pestait un peu contre l'oncle Edme et
les énergumènes de la Loge. Ne risquaient-ils pas de
compromettre gravement leur groupe en accumulant
ces provisions de cartouches inutiles? Angeline bientôt
se montrait au bout du corridor. Alors fermant l'arsenal,
il courait étreindre la bonne fille et la pousser dans
la chambrette. Fougueusement ils·se donnaient du
plaisir sur l'étroit lit de fer que protégeait l'effigie litho-
graphique d'un Bayard en armure. Exténué sous les
griffes d'une luxure diabolique et merveilleuse, Omer
doutait que des joies semblables le pussent tordre un
jour contre le cœur de la candide Elvire. Et sa chair
reconnaissante, repue s'émouvait de gratitude pour la
grisette : debout, les seins moites, elle roulait le drapeau fauve de sa chevelure en fredonnant un couplet :

> Saint Pierre perdit l'autre jour
> Les clefs du céleste séjour.
> (L'histoire est vraiment singulière !)
> C'est Margot, qui, passant par là,
> Dans son gousset les lui vola...

Le miroir incliné sur la muraille renvoyait l'image
d'Angeline, de ses perfections corporelles, de sa denture en lueurs, de ses membres nacrés, pendant qu'il
proposait un autre rendez-vous. Elle l'acceptait tel que
le voulait la prudence à l'égard d'Elvire et de Dolorès.
Vraiment la grisette s'embarrassait peu que ce fût
dans le mystère d'une banlieue déserte, ou dans le laboratoire du cousin Cavrois, plutôt qu'à Tivoli, qu'aux
théâtres du boulevard. Aimer de toute son humeur
favorable, comme ce plaisait le mieux à son Omer,
c'était l'unique vœu d'Angeline. « Cependant son-

11.

geait-il, je serai l'ingrat ami qui t'abandonnerai, quelque jour, pour Elvire ! »

Son bonheur de se laisser chérir était gâté par une
pareille prévision de son égoïsme, et aussi par les can-
cans qu'il redoutait de l'effronterie habituelle à Cydalise. Cette maigre faubourienne, drôle et finaude, ne
doutait plus apparemment que son amie ne fut, à nouveau, la maîtresse de l'avocat, depuis le retour d'Italie.
Certes Angeline ne manquait pas à la discrétion ; mais
tout la trahissait de ses manières, de ses songeries, de
ses joies et de ses tristesses mêmes qui, pour objet évi-
dent, n'avaient qu'Omer. Que Cydalise, dans l'intimité
des plaisirs, renforçât les soupçons inéluctables d'Urbain, et Mᵐᵉ Gresloup, si elle interrogeait solennellement
un fils respectueux, obtiendrait l'équivalent d'une
délation. Urbain était encore incapable de protéger un
secret contre ceux qui le voulaient conquérir.

Au milieu des plus belles fièvres, alors qu'ils embrassait de toute sa vigueur la souplesse ardente de
son Angeline, alors qu'il absorbait le sang des lèvres
brûlantes, alors que se pressaient les frissons de leurs
poitrines et de leurs hanches, l'amant imaginait la tragédie prochaine de la séparation.

Tentant de la préparer à ce malheur, il se feignait
maussade auprès d'elle, même lorsque Dieudonné
Cavrois, le samedi soir, désireux de faire une politesse à
Mᵐᵉ Cardoche, les priait à dîner avec les lingères et deux
membres de la Loge Ardente-Amitié, M. d'Orichamps,
M. Mesnil : ils se targuaient d'être verts galants. On s'en-
tassait alors dans le restaurant de Montparnasse connu
des gourmets, à l'enseigne du « Gâteau de Beurre ».
Noémie, la petite bordelaise, recevait avec son gros ami
qu'elle adorait depuis quatre ou cinq ans déjà. Coiffée
d'un madras de soie neuve, elle était le boute-en-train ;
elle les amusait tous par la vivacité de ses reparties
gasconnes, l'entrain de sa violente gaîté, par ses gri-

maces moricaudes. Au moyen d'une gazette, Cydalise
se fabriquait d'abord un chapeau militaire et l'assurait
sur sa tête palotte, malicieuse, emmaillottée de cheveux
bruns, trouée d'yeux marrons à points d'or. Elle entor-
tillait, autour de son cou maigre, la cravate noire du
chimiste plus à l'aise, lui, pour engloutir les tranches de
pâté, le vin des bouteilles diverses et nombreuses, les
sauces des ragoûts qui barbouillaient son large et
triple menton, même la serviette nouée derrière sa
nuque. Peinte en rose sur les pommettes, en noir
autour de ses yeux glauques, en blanc sur ses joues
molles, M^mo Cardoche trônait à la droite de l'amphitryon. Buvotant, elle jouait de l'éventail. Dès la troisième rasade, Noémie contait avec effusion, et nombre
de cadédis, comment elle avait rencontré Cavrois au
bal de la Chaumière, le jour de leurs libres accordailles.
Elle exigeait qu'on l'écoutât, fière de la passion naïve
qui secouait les deux globes apparents et menus de sa
gorge dans une robe à rayures. Omer s'étonnait qu'elle
ne fut pas interrompue par la modestie de Dieudonné.
Au contraire le gros garçon, en dépit de son intelligence, agréait la rangaine d'un pareil hommage. Pourtant il offrait à grand bruit les assiettes chargées de
légumes. Il en vantait l'arôme et la saveur. Noémie
tolérait à peine cette intervention, mais elle se fâchait
contre M. d'Orichamps, si ce gentilhomme, après avoir
rajusté son habit à la française, et poli, du pouce, ses
bagues héraldiques, essayait de couvrir la voix ingénue,
pour avertir l'avocat d'une nouvelle circonstance favorable, croyait-il, à leur procès. Au préfet de la Congrégation, le marquis de Montmorency-Laval, il imputait
la captation d'un testament par lequel un cousin, feu
Théodore-Louis d'Orichamps avait choisi comme légataire universelle l'Œuvre de Saint-François-Régis, à
l'exclusion des héritiers directs et légitimes. C'était un
nouveau tour joué au plaideur par les ultras. Déjà,

furieux, il avait dû répudier ses croyances de l'ancien
régime, pour des injustices analogues. En effet son petit
domaine d'Orichamps, un moulin, cinquante arpents, et
une maison délabrée dans un parc sauvage, ayant été
convertis en biens nationaux vers 1794, après le départ
de leur propriétaire pour Coblentz, où il avait servi,
comme fourrier, aux artilleurs du duc d'Enghien, l'ingratitude de Louis XVIII n'avait dédommagé son féal, ni
par une pension, ni par la moindre bribe du milliard
des émigrés.

Franc-maçon dans la loge Ardente-Amitié, il s'était
alors offert au groupe des jacobins et des carbonari,
par esprit de revanche. Voici qu'en la personne de son
Préfet, la Congrégation le frustrait d'une part sans doute
considérable dans la succession imprévue d'un cousin,
le seul membre de la famille demeuré riche, depuis la
tourmente révolutionnaire. L'hoir s'en indignait en
déposant un os rongé de la gibelotte sur le bord de
son assiette ; il réussissait à couvrir la voix de Noémie.
Triomphant, le fausset de l'homme mûr, ridé, digne
et blafard expliquait, avec des mots obscènes, que
l'œuvre indûment héritière avait été fondée par un
magistrat malade, et venu en pèlerinage sur le tombeau de saint François Régis, pour obtenir la guérison
d'infirmités innommables devant les dames.

Ces insinuations calomnieuses excitaient toujours
l'intérêt général. Le bavard avait beau jeu dès lors pour
développer l'accusation, pour faire rire en plaisantant
le vœu du magistrat qui s'était engagé, devant les
puissances célestes, à marier religieusement les concubins.

— Ah ! ça, petites pestes, mieux sierait à votre
pudeur de rougir plutôt que de nous donner, par
une liesse intempestive, quelque raison de douter sur
votre innocence !... s'écriait tout à coup le gentilhomme, levant son doigt blafard orné d'armoiries, en

or... Sachez, mes bergères, que rien n'est moins facile
que de décider certaines gens à s'embarrasser de
prières, de formules et de serments pour persévérer
dans une aimable besogne qu'ils menaient à bien, jusqu'alors, sans le secours de Notre Mère l'Eglise. Aussi
bien fallut-il, maintes et maintes fois, leur payer la
ripaille, afin qu'ils obtempérassent aux avis du juge
Gossin. Ce qui fit que l'argent ne tarda point à manquer... Mais comme ces pieuses largesses persuadaient
nombre de petits coltineurs et de harangères, qui,
dès lors, tenaient aux processions, le rôle du peuple,
à l'édification des passants, la Congrégation en fit
son affaire. Voilà pourquoi les jésuites ont circonvenu,
par toutes sortes de cautèles, mon infortuné parent : il
en vint à coucher sur son testament saint François
Régis, ses concubins et ses concubines, au détriment
de votre serviteur encore que le concubinage soit de
mon fait. Il ne tient qu'à vous, ma bergère ! Je vous le
dis, en vérité, gracieuse fille de Vénus...

Et il pinçait le menton d'Adélaïde, petite apprentie
sournoise ; il tapotait ces joues campagnardes, avec
concupiscence. M. Mesnil l'approuvait de mille paroles,
car la chaleur du vin animait ses yeux ternes d'ordinaire ; il bousculait sans façon sa perruque roussâtre
et sa calotte de soie noire, tirait ses bas, sous la
table, engageait la main dans le fichu de sa voisine,
laquelle était la dentellière du magasin, une veuve
de trente ans, gaillarde et mamelue, chatouilleuse à
l'excès. Ensuite il lui contait les aventures grotesques
de ses nouveaux collègues, commis dans un bureau
des Messageries.

Dieudonné Cavrois s'amusait de leurs plaisirs.
Penché par-dessus la table, il remplissait leurs verres,
et semait des gouttes violâtres sur la nappe. Il enton-
nait un refrain, dès que la conversation semblait fai-
blir. Ses bajoues tremblaient autour de sa bouche

vibrante. Sa large main attestait le plafond bas souillé
par les mouches de la dernière saison :

> L'Amour, L'Amitié, le Vin
> Vont égayer ce festin ;
> Nargue de tout étiquette !

En chœur Cydalise, Noémie, les lingères glapissaient
alors jusqu'à dix fois de suite :

> Turlurette,
> Turlurette,
> Bon vin et fillette !

Après quoi chacune embrassait le voisin qui lui
plaisait le mieux. Qu'Angeline, docile à la coutume,
posât ses lèvres sur la joue glabre et blette de M. d'Orichamps, Omer en souffrait, car l'avocat prenait soin de
ne pas s'asseoir auprès d'elle : cela donnait le change
sur leurs rapports. Même il affectait de rire avec l'une ou
l'autre des compagnes que les invitées, sur la prière
du généreux Cavrois, conviaient au festin.

Presque toujours, s'introduisaient, au milieu du
repas, Grantaire et Bahorel, les étudiants pauvres
inscrits à la Loge de l'Ardente-Amitié. L'amphitryon
leur tirait vite l'aveu de leur appétit. Le garçon apportait deux couverts. Bahorel étendait, sur la nappe, ses
longs bras en manches rapées, et ses grandes mains
sales. Grantaire passait les doigts dans sa tignasse
poussiéreuse ; il dévisageait les grisettes, qu'aussitôt
Bahorel égayait par les extravagances de ses récits,
celui par exemple de son voyage en Inde, où la reine
d'Angleterre l'avait envoyé pour attacher la jarretière de l'Ordre à Zulma, tigresse du Bengale, le jour,
femme, la nuit. Il ne manquait pas, du reste, de
joindre le geste à la parole et de vouloir répéter sur les
jambes de Cydalise l'opération. Grantaire discourait en

philosophe sinistre. Sa rancune contre la sottise de
Dieu, maladroit créateur du monde, ne s'apaisait point.
Il lui reprochait d'avoir privé de seins la jeune
Adélaïde qui rougissait, puis fondait en larmes, avant
de braire. Mme Cardoche frottait le visage du souillon
avec un mouchoir à carreaux, et le consolait aussi peu
que M. d'Orichamps s'il lui pinçait violemment les
cuisses.

Ces façons déridaient Omer, mais lui répugnaient
aussi. L'oncle Edme et Dieudonné Cavrois préten-
daient ces agapes nécessaires pour réunir les principaux meneurs de la Loge, et les obliger à une présence
continue ; car, du restaurant, on se rendait à « l'atelier ».
Cavrois dépensait beaucoup à cela, mais il communi-
quait aux F. F.·. la confiance dans son amitié, dans celle
de son cousin, et du capitaine Lyrisse. Il régalait à
tour de rôle, par séries, les compagnons et les maîtres
de la colonne du Nord, de la colonne du Midi. On
voyait, certains jours, se rassasier le tailleur Durtot et
ses favoris blonds, l'épicier Mauravert, le mulâtre, qui
vantait orgueilleusement ses expéditions de comestibles
en Angleterre, les arrivages d'épices venus des îles sur
des navires qu'il nolisait. Au nom du Grand Architecte, ces marchands savaient obtenir qu'Omer, à l'un,
commandât deux manteaux, et à l'autre, les denrées
coloniales utilisées dans la cuisine de Mme Héricourt.
Ils fournissaient également de redingotes, de pantalons, de pruneaux, de cornichons et de confitures les
autres F. F.·., même le bel Enjolras à tête d'archange
qui gardait toute l'influence sur la jeunesse du Quartier
Latin, et qui se pavanait mélancolique, austère, les
yeux ravagés par le mépris, la main froide à serrer.
Cydalise, pour amoureuse qu'elle fût de lui, ne parvenait point à le séduire. Cependant, railleuse, elle jouait
à lui faire la cour, se prosternait à ses genoux, baisait
dévotement les basques de l'habit brun à boutons de

métal, le servait, tentait parfois une caresse lascive
qu'elle retirait aussitôt, en simulant de l'effroi.

Enjolras haussait les épaules. D'un sourire il permettait qu'elle s'installât près de lui ; mais comme il
ne tardait point à disserter sur les philosophies pro-
mulguées par Maine de Biran et par Destutt de Tracy,
comme Dieudonné .Cavrois lui répliquait en citant les
expériences de Gay-Lussac et de Thénard, comme
Omer Héricourt se mêlait au débat, en notant les variations de la Loi, depuis les Douze Tables jusqu'au
Code Napoléon, Cydalise plutôt que de bâiller de manière incivile, organisait des petits jeux. M. d'Orichamps s'arrogeait le droit de les conduire. Il prescri-
vait des pénitences aux partenaires qui avaient perdu.
De par ses indications, le baiser à la capucine obligeait
Angeline à s'agenouiller, dos contre dos, avec M. Mesnil,
à lui prendre les mains râpeuses et mortes, à tourner
la tête sur l'épaule, afin de tendre la joue à un baiser
tremblant et visqueux. Ou bien Noémie cachait, de ses
mains, les yeux d'Adélaïde, et il convenait que l'enfant
devinât les possesseurs des lèvres successivement appli-
quées sur les siennes par Grantaire habile à épargner
le contact de sa barbe hirsute, par Bahorel barbouillé
de confitures, et la face tordue dans une affreuse grimace, par Mme Cardoche bien rasée mais rugueuse, par
Cydalise imitant le bec d'oie.

M. Mesnil abandonnait cette distraction pour un mot
d'Enjolras ou de Cavrois soudain entendu. Vivement
il rajustait ses bésicles, se dressait sur ses courtes
jambes aux bas lâches. Selon sa foi, il protestait que
l'homme est un dieu méconnu, qu'il mérite un culte,
que son œuvre est supérieure à celle de tous les messies. Il écarquillait ses gros yeux pâles ; enfin, il approuvait les conclusions positives et scientifiques de
Dieudonné :

— Messieurs ! Messieurs ! Je vous le dis... Il n'y a

point dans les Olympes ni dans les Walhallas de divinité qui vaille M. le marquis de Laplace, voire le simple ingénieur qui construit des chars à feu et des piles de Volta. M. Cavrois que voici dirige la foudre dans ses appareils comme jamais ne le sut faire ce bon Jupin. Demain quand on connaîtra toutes les règles de la génération spontanée, nous recommencerons les miracles de Moïse, nous susciterons à notre gré les invasions de sauterelles et les pluies de grenouilles... Voilà mon avis, Messieurs !

Sa voix lourde retentit à travers la salle basse tapissée de médaillons peints, où l'on voyait, en mille vignettes le même vendangeur piétiner, dans la cuve, les raisins violâtres, à la lueur des quinquets. Grantaire feignait de prendre à la lettre l'ordre du petit jeu et il baisait le dessous du chandelier, tandis que la chandelle dégringolait avec sa bobèche en flamme sur la robe de Mme Cardoche épouvantée, gloussante. Bahorel élevait quatre tabourets à bras tendu, pour l'admiration d'Adélaïde. Ensuite elle tirait de sa poche une balle élastique et jouait toute seule dans un coin. L'enfant comptait quel nombre de fois elle renvoyait la pelote contre le mur sans la laisser choir à terre. Si, tout heureuse Adélaïde réussissait dix-neuf coups, M. d'Orichamps l'emportait de force, durant qu'elle gigottait, et lui donnait du talon dans les guêtres. Néanmoins M. Mesnil, à quatre pattes, acceptait d'être le « Pont d'Amour » sur qui trônait la bordelaise, embrassée longuement par son Dieudonné. Angeline et Cydalise tapaient la « main chaude » et noire qui offrait, la tête dans les jupons de Mme Cardoche, un Grantaire agenouillé. Le serveur versa dans les tasses le café fumant qu'on humait en silence. On entendit, au-dessous, rouler les sphères d'ivoire que poussaient les joueurs sur le tapis du billard. Omer consulta sa montre. Il fit un signe discret à son Angeline. Elle s'esquiva pour, dans la rue, arrêter un cabriolet de place, y attendre là son amant, et se blottir dans ses bras durant la course.

Les Carbonari de la Haute Vente siégeaient, presque tous les jours, dans la maison de Chaillot qu'habitait le chef des Templiers, l'ancien procureur impérial. Près de là le jeune homme congédiait sa maîtresse en pâmoison, et il sautait de la voiture, heurtait, de façon particulière, une porte basse qui tardait à s'ouvrir. Enfin les cailloux du jardin obscur s'écrasaient sous les pas du concierge portant la lanterne et que suivait le visiteur. Les arbres nus s'égouttaient sur les feuilles mortes des parterres. Il semblait toujours qu'un mouchard guettait derrière les troncs des ormes, derrière la nymphe de marbre accroupie sur le socle cylindrique. Le molosse aboyait au fond de sa niche. La mousse des degrés était grasse sous la botte. Dans la maison froide et sentant le moisi, un valet à mine de vétéran précédait Omer par les antichambres et l'escalier de pierres mal nivelées. Un lampadaire de bronze contenait entre ses glaces courbes la flamme minuscule d'une seule bougie.

En dépit des deux candélabres, le salon n'était guère mieux éclairé. Le docteur Buchez se tenait toujours près de la porte, aimant à reprocher leur retard aux gens. Il rappelait qu'en son temps, lorsqu'il avait introduit le carbonarisme en France avec Bazard, plus d'exactitude secondait leurs courages. Incontinent il prenait à témoin le capitaine Lyrisse et le général Pithouët de cette ferveur historique. Il empêchait celui-ci de rapporter une conversation importante tenue à la Chambre avec le général Sébastiani : la gauche avait l'imprudence de mettre en minorité le ministère Martignac dans la discussion de la loi communale et départementale. Mais le médecin austère haut cravaté de blanc, boutonné dans une redingote rustique, tenait à la déférence des carbonari plus jeunes. Bien que le général Pithouët et le général Lamarque se plussent à saluer cordialement le retardataire pour l'excuser en riant, et reprendre des propos autrement graves, M. Buchez ne lâchait pas sa victime. Il l'interrogeait sur tous les articles saint-simoniens parus dans les gazettes spéciales, et l'admonestait si elle avait omis d'en approfondir les doctrines. En outre il ne se privait pas de les commenter tout au long, heureux de faire paraître inférieur ce freluquet rendu trop notoire par quelques plaidoyers libéraux, un duel sans résultat grave, et une algarade avec les sbires du Saint Père. D'ailleurs l'avocat négligeait les causes de l'Ardente Amitié. Les Frères s'en plaignaient, à ce que dit, chaque fois M. Buchez. Il ne laissait pas d'insinuer, qu'à soutenir les intérêts du tailleur Durtot, de M. Roulon, propriétaire, rue Richelieu, de l'imprimeur Pied-de-Jacinthe, et du loueur Rambourg, Omer accomplissait un strict devoir de reconnaissance envers les membres de la Haute Vente, trop indulgents pour les écarts d'un dandy très frivole.

Il fallait que le général Pithouët vint lui-même arracher le fils de son ancien chef aux remontrances. Le député de l'opposition constitutionnelle se montrait, lui, fort affable. Il ne perdait pas une occasion de louer publiquement la mémoire du colonel Héricourt, d'unir, par ses paroles, les talents du fils au génie du père. Il vantait l'éloquence et le tact diplomatique d'Omer, car l'oncle Edme se lassait pas d'attribuer généreusement à son neveu le succès de la mission en Italie. Succès peu médiocre. Un bruit courait : les ministres de Charles X s'étaient résolus à combattre, en Morée, l'Égyptien et le Turk, parce que les Carbonari français, espagnols et italiens avaient paru prêts à descendre en Grèce, pour y ranimer la révolte, et, par là, nécessiter une intervention

anglaise dont ne voulaient ni Charles X ni le tzar.
Omer n'admettait guère qu'il eût ainsi déchaîné les
événements. Quelques messages transmis à des messieurs aimables, quelques conversations philhellènes
échangées dans les ventes romaines, quelques repas
exquis savourés à la table des Frères Conosséi ; avaient-
ils tant fait ? Quant à l'expédition de Frosinone elle était
amusante aujourd'hui, comme le souvenir d'un spectacle
théâtral. Toutefois le général Lamarque prétendait
que cet incident avait considérablement ému les ambassades, à Rome. L'audace de l'agression, son bonheur, l'aide obtenue, croyait-on, de toute une population dévote pour enlever à l'Inquisiteur du Pape et à
son escorte les papiers des Ventes, cela soudain avait
paru le résultat d'une puissance très redoutable,
occulte, et qui, soutenant la cause des Hellènes sympathiques à toutes les élites, pouvait ainsi gagner
l'opinion. Les diplomates de la Sainte Alliance avaient
alors convenu de ravir au parti révolutionnaire ce
prestige. De là cette promptitude à débarquer les
troupes du général Maison en Morée, contre les avis de
l'Angleterre, puis cette nouvelle décision des Russes
qui passaient le Pruth, opéraient déjà sur le territoire
ottoman.

Aussi les carbonari se réjouissaient dans la Vente.
Leur effort en exaltation depuis 1820, obtenait enfin
une victoire. Le sang de leurs martyrs n'avait pas inutilement coulé sur tant d'échafauds. Un peuple allait
devoir son indépendance à leur action. S'ils avaient
été vaincus à Naples et en Espagne par les valets de la
tyrannie, maintenant leur esprit commandait, en Grèce,
les armées des monarques devenus libérateurs.

— Et c'est là vraiment une bonne farce !... répétait le
chirugien Ulysse Trelat dont le visage fin, tout rasé,
symbole de malice, riait sous une mèche roide qui lui
caressait l'œil... La Sainte Alliance en marche pour jeter

bas un souverain absolu, après avoir déclaré que les
hétéries étaient indignes de compassion parce qu'elles
se levaient contre leur maître légitime, le sultan ! Et
c'est nous qui les avons forcés à se contredire, les
absolutistes !

— Vive la Charbonnerie, messieurs !... dit un soir le
général Lamarque en haussant ses mains alertes et sa
tabatière d'or jusqu'au bandeau de sa chevelure argen-
tée... Pithouët, mon cher, nous pourrons encore, quelque jour, faire manœuvrer nos troupes selon les
besoins de notre conscience. Vous verrez ça...

— Nous le verrons certainement mon général..., assura le capitaine Lyrisse, tout à coup enthousiaste et
vibrant...

Et ses bottes piétinèrent le plancher. La figure sèche
enveloppée de mèches grises, le sourire du général
Pithouët semblèrent douter encore. Grand et maigre,
dans une polonaise à brandebourgs, il se leva, discourut. Selon lui, tout dépendait de l'influence des
Bons Cousins sur les Francs-Maçons. Les Loges sui-
vraient-elles les Ventes à l'heure dangereuse ? Tout
était là. Quelle mesure royale exaspérerait vraiment
ces boutiquiers, ces propriétaires, ces artisans paisibles
que les cérémonies rituelles distrayaient seulement
comme une mascarade.

Et tout l'ordinaire débat se déduisait de cette éternelle question. M. Buchez voyait les choses au pire. Il
claquait la table et son tapis de velours violet à crépines rougies, pour affirmer l'urgence de tenir les Maîtres et Compagnons par leurs intérêts. Il fallait soit les
secourir, soit acheter leurs marchandises. Lui les soignait tous gratuitement ou presque. Durtot l'habillait.
Mauravert le nourrissait. Pied-de-Jacinthe imprimait ses
brochures médicales, outre les politiques. Qu'on imitât
ces soins. M. Roulon, le propriétaire de l'imprimeur, se plaignait que les juges n'appelassent point

l'affaire intentée à ses entrepreneurs. Deux députés
connus, appréciés et redoutés pour leurs harangues,
deux généraux de Napoléon, auraient pu facilement,
s'ils en eussent pris la peine, déterminer les juges à
quelque hâte. De quoi s'agissait-il ? D'une visite oppor-
tune. Mais personne ne se démenait suffisamment.

Enfoncés sous des sourcils roides, ses yeux noirs
visaient les deux soldats, la polonaise à brandebourgs
de l'un et l'habit olive de l'autre. Il blâmait leur indifférence pour le salut de la liberté. Car M. Roulon
était un personnage fort écouté par les F.·. Le déce-
voir, c'était perdre un allié précieux.

Omer eut bâillé dans le salon cramoisi dont les ten-
tures éraillées, dont les sièges lourds ne flattaient pas
le regard. Parmi ses collègues en costumes civils, le
Nouveau-Templier vêtu de sa pourpre et de son her-
mine, pourvu de son glaive et de ses éperons d'or,
était toujours confus d'obéir aux règles de son ordre
qui lui prescrivaient un tel apparat carnavalesque,
durant les séances où il le représentait. Silencieux,
poli, discret, cet homme riche s'acharnait à parcourir
des lettres et des rapports, à compulser, à parapher, à
fouiller dans les cent tiroirs de chêne que contenait un
énorme secrétaire de palissandre. Quand les récrimi-
nations de M. Buchez devenaient blessantes, il inter-
venait par un sourire, par une parole sourde et
conciliante. Mais tous ses empressements s'évertuaient
à l'égard du général Pithouët, du général Lamarque.
Il leur offrait du tabac dans sa boîte d'ivoire, des rafraîchissements qu'apportait, sur un plateau de vermeil
terni, le vieux domestique aux allures de vétéran.

Raspail arrivait, en retard, avec un parfum acide de
combinaisons chimiques ; et, il saluait timidement,
s'excusait, attristant sa figure noiraude. Ainsi les
heures de la réunion s'écoulaient. Ulysse Trélat souvent lançait un bon mot de sceptique ; l'on riait.

M. Buchez rendait compte de ses travaux innombrables. Le Nouveau-Templier, timide et docile, lisait la correspondance qu'il échangeait avec les Ventes. C'étaient leurs réponses qui, sous enveloppes à titres de commerce, parvenaient chez Mme Cardoche, et qu'Omer allait recueillir. Aussi pensait-il à ses amours, à la lèvre fondante d'Angeline, à la vertu d'Elvire, à la passion de Mlle Alviña, pendant que M. Buchez l'accusait amèrement de ne pas conduire mieux le procès du loueur Rambourg. Le voisin de cet homme persistait à interdire le passage des voitures par la cour mitoyenne grevée de cette servitude. Après avoir perdu en première instance, si Rambourg ne gagnait pas en appel, il lui faudrait ailleurs chercher un domicile pour ses fiacres, ses haridelles, ses cabriolets, ses carolines et ses coucous. De là beaucoup de frais et en tous cas, la perte d'une clientèle de quartier. Rambourg supporterait encore moins l'avanie que le déboire. Brutal, sanguin, il avait conçu pour son adversaire une haine orgueilleuse, féroce. Humilié, il ne pardonnerait pas l'insuffisance de l'aide ; il se détournerait de la Loge, emmenant avec lui ses cochers, ces anciens cavaliers de l'empire, habiles à propager en tous lieux, parmi le peuple, les idées libérales, et courageux pour exciter l'émeute. On les avait bien vus en novembre 1827. On leur avait dû les premières barricades, et la formation des attroupements.

M. Buchez ne ménageait pas davantage le major Gresloup quand le père d'Elvire arrivait de Meudon pour assister aux délibérations de l'Ardente-Amitié. Dignitaire de la Franc-Maçonnerie écossaise, vénérable, il gouvernait prudemment l'esprit des Enfants de La Veuve, sans les effaroucher par la crainte de la révolution imminente. Mais il leur démontrait, au moyen de discours habiles, comment les ministres de Charles X gouvernaient en dépit de l'Egalité et de la

Fraternité, en dépit des doctrines en honneur au Temple. Ce que Raspail approuvait dans le col énorme de sa redingote.

Le major écoutait patiemment les remontrances inévitables. Contre son estomac en saillie, bombant l'habit marron, il croisait ses bras, puis approuvait chaque phrase solennelle par un signe de sa tête chauve, de sa face large. Parfois il grattait un peu la cicatrice rejoignant la narine à la lèvre fendue par un sabre de la Sainte Alliance. Il ne daignait pas répondre, abandonnant ce soin au général Lamarque dont la faconde s'exerçait brillamment, généralisait les questions, atteignait aussitôt l'avenir, promettait à leur désir la conquête de l'Europe, de l'Amérique et du monde. L'orateur parlementaire gesticulait, battait les basques de son habit, criait dans le visage de l'interlocuteur, et ponctuait ses périodes en aspirant une prise copieuse.

Dans son coin Ulysse Trélat imitait le joueur de cymbales ; sa mèche gênait la malice de son regard. Cela n'empêchait guère le capitaine Lyrisse de poursuivre la discussion. Il découplait une meute de chimères. Il voyait le Turk chassé par le tzar, celui-ci converti aux idées libérales par les Grecs, ramenant de Schœnbrünn à Paris, Napoléon II, l'installant aux Tuileries avec un ministère Benjamin Constant. Alors les armées françaises expulseraient les Autrichiens d'Italie... Et là-dessus le prophète buvait un grand verre de punch, qui enluminait sa figure hâlée, couperosée, laurée de mèches grisonnantes et belles.

Raspail alors s'ébrouait, ravi de cette exubérance : lui-même renchérissait en dépit de son intelligence scientifique.

Par des arguments positifs, froids, didactiques et brefs, le major ripostait jusqu'au moment où sa parole se consacrait à l'éloge du Saint-Simonisme. Alors brusquement sa voix devenait colérique et péremptoire. Son visage se congestionnait. Ses deux poings menaçaient la sottise des contradicteurs, il envoyait de la salive avec les mots. Puis, sa personne, de nouveau, se figeait dans la froideur coutumière, après quelques instants de promenade à grands pas, le long de la pièce, pendant lesquels sa fureur d'apôtre s'apaisait.

— Demandez plutôt à Omer Héricourt.., disait-il alors, confiant à son disciple la défense de leurs principes.

Le jeune homme s'efforçait à le servir malgré les objections déconcertantes que présentait Ulysse Trélat, trop moqueur. Il fallait qu'Omer se souvint d'avoir été pansé par lui, lors de son duel, pour accepter les railleries excessives du chirurgien, railleries spirituelles et ineptes à la fois. Elles faisaient rire les auditeurs, mais ne signifiaient rien de réel contre les choses qu'elles vilipendaient. Les deux généraux cependant, le capitaine Lyrisse lui-même les goûtaient fort, se déridaient, plaisantaient sans fin ; ce qui vexait Omer. M. Buchez le défendait en écrasant le verve de Trélat sous quelque lourde maxime bien sévère.

L'heure de se rendre à la Loge marquait la fin du débat. Par un escalier en vis, par de tortueux corridors, par l'arrière-boutique encombrée de tonneaux vides et de caises béantes où sonnaient les bruits et les chansons de la taverne, on passait d'une maison à l'autre, on atteignait la longue salle déjà pleine de F. F.·. qui conversaient. Le ruban de moire bleue constellée, le tablier aux broderies emblèmatiques décoraient les poitrines et les ventres, toute la corpulence de Cavrois, le gilet rouge de Ribéride, la redingote graisseuse de Bahorel, la maigreur de Pied-de-Jacinthe que le général Pithouët appelait « mon adjudant » en souvenir du temps où ils étaient les dragons de la République Indivisible. Maintenant, l'éditeur de brochures révolutionnaires se plaignait d'être la bête noire du procureur royal chargé de poursuivre les délits de presse.

Avant que le Vénérable eût pris place à l'Orient, il saisissait Omer au bras, l'avertissait d'un nouvel exploit décerné contre lui, tantôt pour un dessin satirique de son journal *Le Marteau*, tantôt pour une réédition de certaines pages choisies dans les œuvres de Voltaire et suffisamment hostiles au Pouvoir. Il se lamentait. Son avocat ne s'occupait pas de lui. Le colonel Héricourt était plus attentif aux besoins de ses cavaliers. Le vieillard exagéra les litanies en l'honneur du mort pour blâmer ainsi la tiédeur de l'héritier. Frère-Terrible, il tenait à la main un glaive à lame onduleuse dont il tapait les carreaux, comme d'une canne, afin de donner le ton aux défaillances de sa voix enrouée.

Bientôt, M. Roulon, roidi dans sa redingote noire, s'approchait, les mains derrière le dos. Il mâchonnait son dentier, le mettait en place, et se joignait à l'imprimeur pour obséder l'avocat. Rambourg le suivait. Sa main violâtre s'abattait sur l'épaule d'Omer ; mais le poids de son ventre forçait le loueur à s'asseoir sur la colonne du Midi. Il entraînait l'avocat dans son affaissement pour lui promettre, à voix basse, de rares débauches, avec des filles expertes et des vins célèbres, s'ils triomphaient en appel. Mais le tailleur Durtot consultait sur le moyen de recouvrer le montant des traites souscrites par quelques dandys oublieux. L'ébéniste, aux mains vernies par les encaustiques, avait toujours quelque mobilier fourni chez une femme entretenue, et que les huissiers avaient saisi, pour le compte d'autres fournisseurs, sans que lui-même fut payé. Quant à l'épicier Mauravert, il multipliait à plaisir ses litiges avec les maraîchers et les maîtres du roulage, pour peu que les livraisons de légumes ou de fruits eussent tardé. Entre eux tous, Omer ne savait auquel vouer son obligeance. Étudiant en droit, Ribéride l'aidait ; toutefois les clients avaient moins de confiance en ce grand garçon qui portait une chevelure taillée comme celle des pages. Ils lui tournaient le dos, revenaient à l'avocat.

Que la loge fut tendue d'azur, étoilée d'or pour les réceptions d'Apprentis et de Compagnons, qu'elle fût tendue de noir et parsemée de larmes et d'ossements pour les réceptions de Maîtres, qu'elle fût même travestie en éboulis de rochers pour l'admission d'un Rose-Croix, chaque séance devenait ainsi l'heure d'une consultation juridique. De même, M. Buchez tâtait les pouls, examinait les langues, auscultait les poitrines et les dos, harcelé, lui, par le grand dadais royaliste qui se croyait poitrinaire, et par le singulier petit vieillard prolixe, fardé de rose, surmonté d'un toupet en filasse. Pied-de-Jacinthe montrait son œil récemment opéré de la cataracte. Alors M. Buchez aigrement invitait Ulysse Trelat et le Dr Bianchon à le secourir.

En vain les cochers de Rambourg, sur un signe du capitaine, chutaient impérieusement les bavards. Eux, sans doute, atténuaient un peu leur murmure mais ne l'interrompaient point. L'ex-chasseur à cheval Dambeton les menaçait même de son poing noir et crevassé par les engelures ; tandis que l'ancien cuirassier Brémondot portait en avant son front énorme et ses épaules d'athlète, défiait, des yeux, les perturbateurs. « Hôoh » faisait le canonnier Bridoit, comme s'il s'adressait à ses chevaux : il rejetait en arrière la pèlerine de son carrick afin de manier à l'aise un fouet imaginaire.

Jamais Omer ne put entendre complètement les admirables discours d'Arago, l'orateur de la loge, sur l'harmonie des mondes comparée à l'harmonie sociale : il n'entrevoyait que mal, entre la bajoue sanguine de Rambourg et le profil mulâtre de Mauravert, la belle tête de savant. Jamais il ne put causer avec ses amis du quartier latin, Ribéride l'Enflammé, Enjolras le Saint, ni même avec cet étrange Blanqui, le sarcastique, l'enthousiaste qu'exaspéraient les sottises débitées par les F. F.·. Ce petit précepteur nouait ses deux mains nerveuses sur son genou, se mordait les lèvres en haussant les épaules. De l'œil seulement, Michel Chrestien, en prononçant ses harangues fédéralistes, pouvait signifier à son ami ce que son travail contenait de passages notables. Le général Dubourg obtenait le silence quand sa voix militaire commentait les événements précis de la politique : l'entrée « de Guizot au Conseil d'État », la nomination de « Portalis au ministère des Affaires étrangères », les manœuvres du prince de Polignac guettant l'heure de reprendre le pouvoir, et quand il affectait de craindre un coup d'État contre le ministère Martignac. A quoi le général Pithouët se hâtait de répondre en appelant, sur les monarques parjures, la colère des peuples.

Ces phrases pompeuses exitaient la verve admirative de Grantaire. Elles accaparaient l'attention des F. F.·. Ribéride serrait les mains de l'orateur. Il suffisait alors que le général Lamarque parlât, de sa place, pour les émouvoir. On se rappelait encore les héroïsmes de ce vieillard frétillant. A la tête de· cent soixante-quinze soldats, n'avait-il pas emporté d'assaut la ville de Fontarabie défendue par trois mille hommes ? C'était lui, lui dont l'habit olive à boutons d'argent était si neuf, lui dont les gestes agiles attestaient le plafond et l'étoile symbolique de plâtre doré, et les trois lumières rituelles, et l'autel du vénérable à l'orient, et les autels des surveillants à l'occident, et les emblèmes astronomiques brodés aux bandoulières de moire, sur tous les cœurs.

— Deux cents ans se sont écoulés depuis que, de l'autre côté de la Manche, on parlait aussi de violer la grande Charte, de renvoyer le Parlement, de lever l'impôt par ordonnance. On essaya. Vous savez quels en furent les résultats : la tête de Charles Ier roula sur l'échafaud de

Westminster..... Les peuples aussi ont leurs coups
d'Etat..... je dis que les peuples aussi ont leurs coups
d'Etat et que, bouleversant la terre jusque dans ses entrailles, ils ne laissent sur le sol que de sanglantes
ruines.

La voix prophétique du héros déclinait dans une
rumeur de protestations timides et d'applaudissements
vigoureux. Le bandeau de cheveux, au-dessus du front
énergique, semblait un diadème d'argent clair que
tous contemplaient, avec l'étonnement de se surprendre
ainsi, très enclins à la foi dans une espèce de miracle
soudain. Le Dr Bianchon lui-même demeurait stupide,
lourd et carré dans sa redingote brune.

M. Gresloup profitait, en général, de cette chaleur de
sentiment pour lever la séance, selon les formules
du statut. Puis chacun, en riant de Bahorel grotesque,
se défaisait de ses insignes, et l'on s'en allait par groupes. Dehors, on commentait les paroles des généraux.
Pour quelques jeunes gens drapés dans leurs manteaux à l'espagnole, le dadais royaliste estimait ces
propos téméraires et injurieux à l'égard du Roi. Le petit
vieillard fardé de rose, entre des rentiers à redingote,
jugeait de telles phrases dangereuses pour la Loge,
et dénonçait quelques mouchards parmi les F. F.∴
s'éloignant sous leurs parapluies tendus. L'ébéniste
craignait que le commerce ne pâtît de toutes ces pertu-
bations prédites à trop grand fracas ; et autour de lui, de
braves boutiquiers se clapissaient déjà sous les triples
collets de leurs vieux carricks. Mais Enjolras dirigeait
un chœur d'éphèbes en habits collants qui répétaient à
pleine gorge les adjurations terribles. Bahorel ouvrait
l'ère des violences, assaillait à coups de canne les
enseignes, le bas géant d'une bonneterie et le plat
d'étain d'une auberge. Grantaire, afin de réveiller le
bourgeois, miaulait de sinistre façon. M. d'Orichamps
exigeait que Dieu manifestât sa prétendue faveur pour

la Congrégation en frappant de sa foudre les « liber-
tins »; et, dans l'attente de ce cataclysme, lui demeurait
tête nue, sous l'averse. Le silence du Seigneur convain-
quait le rationalisme du ci-devant. A l'exemple de son
ami, découvrant sa calotte de soie noire et sa perruque
roussâtre, M. Ménil, timide, blasphémait, les lunettes
vers le ciel. Il importait que le Dr Bianchon leur fît
craindre un rhume.

Cependant le pas lointain et rythmé d'une patrouille
dispersait les conspirateurs. Le cuirassier Brémondot
se hissait sur le siège de son fiacre, rassemblait les
rênes, invitait Combeferre et Michel Chrestien à monter.
La file des voitures s'ébranlait. Plusieurs fois, dans la
berline de M. Gresloup, Omer s'installa en compagnie
du général Pithouët. Les expériences de Cavrois les inté-
ressaient tous, bien qu'ils ne s'occupassent nullement,
comme le major, de fixer l'image solaire reçue dans la
chambre noire. La controverse scientifique les excitait.
On allait donc à Montparnasse vers onze heures du soir.
Les fiacres du canonnier Bridoit et du chasseur à cheval
Dambeton dégorgeaient les étudiants animés par les
discussions du trajet. La face archangélique d'Enjolras
endoctrinait la tête de Jupiter plantée par la nature sur
les épaules de Michel Chrestien. Courfeyrac et Combeferre, les dandys, combattaient la thèse du gros Cavrois
sans omettre de tirer leurs manchettes de linon. M. Buchez et le comte Dubourg abominaient les Bonapartes.
L'insolence de Blanqui ricanait aux objections du capitaine Lyrisse qui se fâchait, tempêtait, sautait, gesticulait, attestait les souvenirs de ses batailles et la
pensée de Napoléon; tandis qu'Omer continuait par
d'adroits propos à sonder les intentions du major rela-
tivement au destin d'Elvire. Le père ne se laissait pas
circonvenir. Silencieux et souriant à son habitude, il
se dérobait. Le comte Dubourg et le général Pithouët
secondaient au mieux leur jeune ami en parlant de

la demoiselle, de ses attraits, de sa grâce, en interro-
geant sur ses occupations, et en imaginant ses espérances. Etait-elle ambitieuse ? N'exigerait-elle pas un
mari capable d'acquérir une renommée de capitaine,
d'homme politique, d'orateur, d'avocat?

Sans que M. Gresloup répondît explicitement, la bande
s'engouffrait entre deux boutiques closes, dans un
étroit couloir sans lumière, dans une cour remplie de
futailles en piles, et qui fleurait puissamment l'alcool
de vin. On trébuchait dans la nuit sur trois marches.
Enfin le laboratoire s'ouvrait, s'illuminait au gaz ; un
gaz fabriqué là même. Coiffé d'un bonnet à poil, har-
naché d'un uniforme de garde national et de ses buffe-
teries blanches, le squelette présentait les armes aux
visiteurs, dans un coin de la grande salle. On lisait les
formules scientifiques inscrites au charbon sur le platre
nu des murailles, entre les portraits de Manuel, du général Foy, de Riego, de Bolivar, de Pépé, de Toussaint-
Louverture, de tous les libérateurs. On respirait les
âpres parfums des acides alignés en groupe de fioles
jaunes, vertes et noires sur vingt guéridons penchés
que les livres en piles chargaient aussi. On entendait
bouillir des liquides dans les matras de quelques four-
neaux de terre. Le paravent d'images guerrières, abri-
tait le sommeil de Noëmie qui ronflait paisiblement au
fond de l'alcôve. Ses bas d'ailleurs et ses jupons d'indienne, son corset de coutil s'amoncelaient au milieu
de l'ottomane décousue.

D'un long baiser calin, Dieudonné Cavrois réveillait
sa maîtresse. Elle baillait, s'étirait, riait, consentait à
faire du punch. On voyait surgir l'enfant brune, ses
épaules menues en chemise de grosse toile, ses petits
bras agiles qu'un duvet noir assombrissait. Elle tordait ses cheveux en un chignon, nouait les cordons de
sa jupe. Ensuite elle courait en savates, remuer une
vaisselle disparate dans un buffet d'acajou.

Bientôt le punch flambait au creux de la soupière. Le feu bleuâtre illuminait les sourcils froncés d'Enjolras, la grimace sardonique de Blanqui, le profil méchant de Trélat. Lui s'inclinait vite sur une cornue à demi pleine, ainsi que Bianchon calme, méticuleux, ainsi que Raspail friand de comprendre. Large et content, Cavrois expliquait son œuvre en bras de chemise. De temps à autre il tisonnait le poêle. M. Gresloup étudiait l'image laissée sur une plaque enduite d'iodure d'argent, par une timbale que Noémie avait posée là. Et Cavrois de prétendre que l'iodure d'argent fixerait l'image, tout comme le bitume de Judée, sur les plaques métalliques de la chambre obscure. Sujet de discussions fréquentes qui toujours attirait le major au laboratoire de Montparnasse.

Cette seule passion et celle du saint-simonisme rompaient son flegme. Lorsque le général Pithouët, le capitaine Lyrisse et le comte Dubourg l'entreprenaient sur le sort d'Elvire, devant Omer, M. Gresloup se contentait de recevoir les compliments, et de répondre que sa femme attendait tous les dons des fées pour leur fille, qu'elle la voulait heureuse comme les princesses des contes, que, pour l'instant, elle la soignait de son mieux, car l'enfant paraissait délicate. Le Dr Bianchon la saignait tous les mois. Cela dit, il redevenait l'homme muet, froid et méditatif qu'Omer connaissait bien, une sorte de bloc impassible, indifférent à toutes choses, hormis au papisme industriel et à l'optique. Toutefois il félicitait Omer de ses exploits au Palais. Il lui serrait fortement la main; il le remerciait d'avoir embrassé la cause du libéralisme; il le louait des notions acquises en économie publique; il qualifiait généreusement les mérites de celui qu'il nommait son disciple. Certes M. Gresloup l'aimait bien. A la manière dont il glissait son bras sous celui du jeune homme, dont il lui frappait amicalement l'épaule, dont il examinait l'habit neuf, les deux gilets, les gants, toute la personne agréable, saine, élégante, le major avouait sa prédilection. Néanmoins il se gardait évidemment d'inviter Omer à Meudon plus que le nécessaire. Il s'ingéniait même, durant les heures de séjour dans Paris, à le rassasier de délices chez Véry, pour se dispenser ensuite de l'emmener à la campagne, près de l'étang où les amoureux s'étaient avoué leurs âmes. Omer essaya de le faire parler sur Mlle Alviña, sur les lingères de Mme Cardoche, pour surprendre un soupçon, une réticence. M. Gresloup ne se trahit point. Il demeura seulement le dur philosophe ennuyé de toutes choses, sauf de sa manie mentale. En sorte que la meilleure tactique était encore de paraître auprès de lui dans toutes les occasions politiques, et de faire le champion libéral.

Désormais l'avocat fut assidu quotidiennement rue de Richelieu, à la librairie Pied-de-Jacinthe. Il s'efforça mieux de le soustraire à la prison, d'obtenir la réduction des amendes que payait, en sous-main, la banque Laffitte, par l'entremise de M. Roulon. Omer fut au prétoire l'avocat circonspect et logique dont la parole sèche, claire, limite les droits de l'accusateur, invoque les précédents, cite les cas favorables à la cause, raille les excès de pouvoirs, et les assimile à des conceptions barbares ou grotesques. Dans la salle lambrissée de chêne, devant le tableau du Christ terne endormi sur la croix peinte, il fut l'orateur inlassable rappelant les héroïsmes du soldat jacobin, son dur labeur d'avoir arraché la France à l'appétit des monarques qui comptaient alors se partager la Patrie, comme ils s'étaient partagé la Pologne à la fin du siècle précédent. Si le vieil imprimeur se souvenait trop de ses enthousiasmes juvéniles, convenait-il de le frapper sans indulgence? L'histoire ne requérait-elle point, déjà, cette indulgence pour tous les soldats glorieux qui avaient sauvé la

terre latine convoitée par l'orgueil de la Maison d'Autriche, la cupidité de la Maison de Prusse, et la voracité des
tzars. A qui devaient-ils de posséder encore un trône,
ces Bourbons que les cours d'alors éconduisaient, que
l'on méprisait, que l'on reléguait par avance au rang
des Sthanislas Leczinski? A qui le devaient-ils, sinon à
tout ce peuple magnifique dont les armes avaient lui
sur les bords du Danube, de la Sprée, du Borysthène?

Rejetant les amples manches de la toge noire, les
mains pieuses, les mains filiales évoquaient, par leurs
gestes, l'âme admirable de ceux qui avaient servi le
colonel Héricourt dans la chevauchée de Murat sur les
champs de l'Europe, qui avaient refoulé les appétits
des loups rués vers la belle France. Les paroles retentissaient hors de ses lèvres tremblantes et véridiques.
De grands frissons secouaient son échine, quand ses
périodes faisaient allusion à l'effort de son père dont
ce vétéran avait été l'auxiliaire fidèle. Tout-à-coup, en
dépit de ses ruses, quelque chose de puissant maîtrisait sa verve. Des accents, inconnus de sa rhétorique,
émouvaient sa voix. Tressaillant et frémissant, il eût
juré que la force du colonel Héricourt s'exprimait par
le tonnerre de sa bouche. Il voyait les juges pâlir dans
leurs poupre, il entendait les échos de la salle vibrer,
les murmures de l'assistance grandir et l'acclamer : un
instant il craignait de s'évanouir, tant son être habituel
se fondait, disparaissait au bénéfice de cet élan formidable qui possédait ses organes, grondait dans sa poitrine, éblouissait son cerveau, et dominait, par sa voix,
les hommes.

Ensuite, traversant les vestibules, il était le chef que
saluaient l'archange Enjolras lui-même, et Michel
Chrestien, à la face olympique, et Cavrois qui, dans ses
bras énormes, étreignait son cousin, et Grantaire qui,
dans ses mains moites et grasses, serrait les mains du
triomphateur, et Bahorel qui narguait le gendarme au

moyen de citations latines. Pied-de-Jacinthe, malgré tout grincheux à cause de la condamnation, le remerciait d'une poignée de main vigoureuse et militaire.

Peu à peu les habitants de la rue Richelieu reconnurent l'avocat libéral quand il pénétrait dans la librairie. Les badauds arrêtés devant les caricatures ôtaient leurs couvre-chefs. Omer ouït, maintes fois, des gens le nommer à l'oreille de leur voisin, s'il examinait les dessins du *Marteau* encadrés dans les cintres étroits de la devanture, parmi les livres de Thiers sur la Révolution Française, *Les Orientales* d'Hugo, les charges représentant un Charles X aux dents longues, tantôt déguisé en jésuite, tantôt écrasé, à gauche, par le dos de Martignac, à droite, par le dos de Polignac, qui s'arcboutaient pour lui nuire. Ici c'était le *Pieu Monarque*, un poteau couronné et vaguement dégrossi à la ressemblance du souverain. Là c'était lui-même accoutré en chasseur, surmonté d'une casquette à côtes de melon, et, de ses lèvres épaisses, de sa denture, de ses paupières lourdes, riant à un petit oiseau tué qu'il tenait sur sa paume. Les badauds se plaisaient à reconnaître leur roi sous ces avatars grotesques. D'ailleurs les cochers de Rambourg se ralliaient aux *Enfants de Momus*, l'estaminet voisin. Attachant le sac d'avoine aux oreilles de leurs bêtes, ils ne manquaient pas de souligner les intentions des dessins par des lazzis agressifs. Le colossal Brémondot ne s'en faisait pas faute, pour peu que le vin à quatre sous l'eût égayé, et qu'il regrettât le temps de sa gloire, quand, au trot de son cheval d'armes, il épouvantait, de sa stature et de son armure, la population des villes conquises. Doué de mémoire, le canonnier Bridoit, fredonnait les romances séditieuses que les artisans répétaient au fond de leurs échoppes. Et, comme Pied-de-Jacinthe distribuait aux commis de l'armurier Lepage, son vis-à-vis, les gazettes et les brochures invendues, tout ce coin de la rue Richelieu devenaît frondeur. Non loin de là, se réunissaient au Palais-Royal, dans le café Lemblin, les demi-soldes que prêchaient le comte Dubourg et le capitaine Lyrisse. Aux devantures des libraires, les étudiants d'Enjolras, de Ribéride parcouraient, entre les pages non coupées, les livres nouveaux. Une atmosphère jacobine régnait.

Omer, dans ce quartier, se promena beaucoup. A trinquer avec les Enfants de Momus, à discuter avec les carabins dans la galerie d'Orléans qu'on achevait, sa personne devenait populaire. Il le crut, s'en glorifia. Il en jouit. D'autant que pour se rendre du Palais-Royal à la librairie Pied-de-Jacinthe, il fallait franchir la rue Montpensier, rire à Cydalise et à Noémie occupées derrière le comptoir de Mme Cardoche, saluer la patronne, lui réclamer la correspondance de la Vente, et, sous ce prétexte, lutiner la charmante Angeline, flairer cette poitrine opulente, respirer l'odeur de ces cheveux fauves, apaiser même, dans ces bras doux, le désir de posséder Dolorés, la passion d'aimer Elvire.

VIII

A maintes et maintes reprises, l'oncle Augustin
se félicita de sa réconciliation avec le capitaine
Lyrisse : ce leur valait une importance politique bien
accrue. Omer les soupçonna de suprêmes ambitions.
Après avoir été distingué pour son entregent et la délicatesse de sa diplomatie, il semblait précieux au général de chercher l'appui des jacobins. Soult, Marmont,
Bordesoulle étaient impopulaires. Peut-être visait-il
à paraître le soldat aimé du peuple, sollicité discrètement par les carbonari, de passer avec sa brigade à la révolution, estimé des Pairs que dirigeait le
comte de Praxi-Blassans comme un chef militaire
capable de s'opposer, un jour, aux violences illégales
des troupes Suisses, puis de rétablir l'ordre contre
les énergumènes de la rue. Le ministère Martignac
n'avait-il pas contraint la cour à choisir le général Maison
pour commander les troupes de Morée, bien que les
ultras lui reprochassent d'avoir combattu, à la Chambre
des Pairs, le système absolutiste de M. de Villèle, et
d'avoir, en 1820, poursuivi mollement les conspirateurs du Bazar Français ? Flairant la même fortune,
l'oncle Augustin se vantait partout, depuis les élections, d'avoir sauvé la tête du capitaine Lyrisse. Il
possédait, sur le général Maison, cet avantage, de n'avoir
pas, aux cent jours, suivi Louis XVIII à Gand, mais
d'avoir, avec son régiment, soutenu dans les champs

de Ligny, les canons des batteries impériales. Qu'une
seconde révolution éclatât, comme le prédisait l'épouvante des ultras, comme le signifiaient les votes des
collèges, et comme le voulaient les carbonari, les étudiants, les demi-solde alliés au Parti Industriel des
Laffitte et des Casimir Périer : à cette heure peut-être
prochaine, le sort de Bonaparte pouvait une seconde
fois, étonner le monde, ou, du moins, la France.

Omer comprit nettement l'importance de son rôle.
Il pouvait obtenir que l'oncle Edme se donnât complètement à l'oncle Augustin. Seul, le capitaine Lyrisse saurait convaincre le général Pithouët d'admettre les
excuses du général Héricourt, de lui mettre la main
dans la main. Seul le général Pithouët saurait à son
tour convaincre le général Lamarque, le major Gresloup, puis M. Buchez, la Haute Vente et le général
Lafayette, de compter sur la neutralité, et même sur
la complicité des régiments de ligne que comman-
derait le général Héricourt, dans Paris. Il importait
que le général Pithouët cessât de se répandre en dia-
tribes contre le général Héricourt. Entendant se rétrac-
ter un tel adversaire, tous les carbonari restitueraient
leur confiance à l'oncle Augustin. Et cela dépendait
du capitaine Lyrisse, de son neveu qu'il adorait.

« Je tiens quelques fils de ma fortune,.. se prouvait le
jeune avocat en ajustant, au vestiaire du Palais, le rabat
blanc et la toge noire. Le principal est que je ne gâche
pas mon affaire : si je rabrouais trop vite Dolorès,
j'aurais alors contre moi Denise. D'un autre côté il ne
faut pas que je me laisse forcer la main pour les accordailles, puisque je ne renonce plus à mon Elvire. Selon
l'art de mes ruses pour louvoyer, l'échec ou le·succès
se détermineront. »

Vint le temps d'obtenir un délai pour le loueur de
voitures Rambourg qui l'attendait quotidiennement à
la porte du prétoire. Là cet homme ventru s'asseyait au

coin d'un banc. Le corridor était plein d'échos, que provoquaient des voix lointaines, et le pas régulier du
gendarme.

— Si nous gagnons, M. Héricourt, je vous mènerai
quelque part à ma connaissance... Momus, Cômus et
Priape ne seront pas nos cousins... Ah la belle chandelle que je vous devrai là ! Jugez un peu. Que je perde
le procès ; que mes chevaux ne puissent plus traverser la
cour du voisin pour sortir dans la rue ! Une seule porte
ne suffit pas. J'aurais des embarras et des accidents à
toute heure... Il faudra que je déménage avec mes voitures et tout l'attirail... Où que j'irai, je vous le demande ?
Où la pratique viendra-t-elle me quérir... Hein ?

Le F.·. hochait sa tête flétrie, ses bajoues lourdes et
sanguines que des favoris étroits barraient. Ses petits
yeux enfouis dans les plissures des paupières violettes
suppliaient l'avocat.

— Comptez sur moi, maître Rambourg, j'ai vu le
Président hier... Votre cas n'est pas mauvais... D'abord
nous obtiendrons la remise de l'appel pour enquête
des experts.

— Bon, c'est toujours du temps de gagné... Alors vous
viendriez demain soir...?

— Où ça, maître Rambourg.

— Chez les blanchisseuses dont je vous ai parlé ; il y
a deux belles rousses... ah des belles, vous savez ! Et
qui savent quoi !

— Pas demain, un autre jour.

Omer avait du mal à se débarrasser de son client qui
croyait accroître la verve et le talent de son défenseur
en lui promettant des plaisirs. Puis, dans la salle
d'audience blafarde et surchauffée, Omer jaugeait les
chances de ses causes, pendant qu'il parlait, la main
haute, et la manche au vent, pendant qu'il exhumait de
ses dossiers les exploits et les pièces d'expertise, pendant qu'il citait Cujas et Barthole, les maximes du

droit romain, devant les trois juges enfermés dans leur chaire, et qui le dévisageaient avec l'ennui de leurs regards monotones.

Quittant l'audience, un après-midi il reconnut, empanaché de plumes de coq, et le couteau de chasse au baudrier, le chasseur de la générale Héricourt. Cet homme avertit qu'elle attendait son frère, avec Mlle Alviña dans la calèche, à l'angle de la place et de la rue de la Barillerie. Rambourg n'insista point dès qu'il apprit la remise de son affaire et s'en fut. Omer craignit que le jeu difficile ne commençât. Une fois débarrassé de sa toge, il feignit de l'empressement, et courut à la voiture. Deux mains gantées l'une de gris, l'autre de bleu, s'agitaient, l'appelaient. Dolorès fut immédiatement plus rouge ; ensuite elle devint blême.

— Nous t'emmenons,.. fit Denise... Monte avec nous.

Le laquais referma la portière, et se hissa sur le siège, tandis que le chasseur escaladait sa place en arrière de la capote. C'était à la fin d'un jour limpide. Omer ne laissa point d'apprécier le charme de l'heure. Il fut aimé par les yeux et le souffle d'une jeune fille que leurs moindres paroles mettaient en émoi. Sous le chapeau de crêpe rose et la touffe de plumes légères, elle inclinait sa tête brune fatiguée de bonheur, eut-on dit, et son cou que l'écharpe jonquille enveloppait d'une soyeuse caresse. Denise les encourageait par mille paroles spirituelles dont elle transformait le sens au gré des intonations, et de telle manière qu'il s'y mêlait toujours une allusion secrète à l'amour. Entre ces deux jolies personnes empressées, Omer s'admira, pendant que les cavaliers du boulevard, sous les arbres, l'enviaient avec évidence. La calèche dépassa le perron de Tortoni. Plusieurs fashionables reconnurent la générale Héricourt, et s'appelèrent pour se la nommer. Aux Bains Chinois comme sur le boulevard de Gand, les dandys s'empressèrent de saluer en montrant

leurs mèches longues. Du haut de tilburys, les
messieurs se découvraient d'un grand coup, et rete-
naient d'une main les rênes de leurs trotteurs anglais
aux grandes allures. Omer se rappela le temps de son
enfance, lorsque la première femme de l'oncle Augustin l'emmenait ainsi dans sa voiture, parmi les hussards,
les dragons et les grenadiers de l'Empire qui galo-
paient en uniformes de féerie. La fortune seule prête à
la beauté et à l'esprit ce prestige. S'il épousait Dolorès,
la médiocrité de leur existence les condamnerait éternellement à la laide berline de Maman Virginie où l'on
ne montait qu'en cas de mauvais temps. Une fois son
amie casée dans les bras de son frère, Denise, frivole et
changeante, s'occuperait d'autres favorites. C'était pour
l'instant qu'elle s'appliquait à le séduire par mille flatteries touchant l'éloquence et la sagacité politique
du cher avocat.

Sans ralentir ces marivaudages, lui se proposa de
serrer la partie, pendant que l'on traversait la
place Louis XV, le bois des Champs Elysées, pendant qu'on riait aux grimaces des bateleurs se dé-
menant sur les tréteaux du Carré Marigny, et frappant
les images de leurs toiles coloriées, pendant que Dolorès
s'épouvantait de voir le paillasse à la pointe du mât de
Cocagne. Avenue Lord Byron, après que la calèche
les eut déposés, Denise s'arrangea pour abandonner
son frère et son amie, dans le salon. Omer s'approcha
de la jeune fille qui défaillait presque. Il lui dit à
voix triste :

— Ai-je osé prendre dans mes bras, l'autre jour, cette
taille innocente ! Ai-je osé souiller de mes baisers ce
front pur ? Me pardonnerez-vous jamais mon égarement,.. Je ne sais encore quelle folie m'emportait... Ah !
Mademoiselle, je demeurerai le plus malheureux des
hommes, si je n'obtiens de vous l'oubli de cette offense...

— Remettez-vous, Omer, soupira-t-elle. Je ne fus

pas moins coupable, hélas ! Mais qui peut résister aux
transports de son cœur, lorsque la passion véritable le
brûle...

— Oh ! devais-je abuser ainsi de votre candeur sacrée.
Je me fais horreur... Que vous devez me haïr...!

— Vous haïr... vous !

Elle balbutiait, surprise. Au remords furieux qu'affecta le jeune homme, elle n'attribuait encore qu'une
valeur de paroles polies, mais fausses. Cependant elle
s'étonnait qu'il jouât, avec cette ardeur, la comédie des
excuses. Une appréhension lui vint. Il simulait un
trouble extrême. Ses mains ravageaient sa cravate et
son jabot. Il parla sur un ton douloureux :

— Ne devais-je pas respecter une malheureuse orpheline, que personne ne défend..,? Je fus lâche et
vil...

Elle commençait à croire nécessaire de sembler prude,
par crainte de le choquer, si elle laissait paraître son
humeur contente encore du baiser délicieux.

— Omer !... Il n'est pas de tort qui ne se puisse réparer...

— Et comment, je vous prie ?... Ma mère insinue
que c'est à Dieu que ma passion vous dispute. Comment
puis-je espérer vous offrir la paix et la béatitude que
Delphine de Praxi-Blassans vous promet au nom du
Christ ? Je ne suis que la proie de mes vices ! Comment
oserais-je prétendre vous détourner du salut auquel
votre âme aspire ?

— Je n'écoute pas toujours Delphine de Praxi-
Blassans. Je n'ai guère de penchant pour le cloître...

— Vraiment ?.. Ma mère me fait perdre l'esprit. Elle
m'a représenté combien mon crime serait impardon-
nable si je vous arrachais à la vocation que, secrètement, vous avez résolu de suivre...

— Je n'ai rien résolu. Je pense faire mon salut, même
en vivant selon le siècle.

— Vous niez parce que vous avez pitié de moi et de
mon désespoir, parce que votre charité sublime me
veut épargner les remords.. ; mais je tremble d'entrevoir clairement toute l'étendue de mon forfait...

— Est-ce un si grand forfait ?...

— Ah ! Mademoiselle, puis-je penser de vous que
vous soyez indulgente à ce point ?

Omer sut introduire dans cette interrogation, malgré
l'air de joie franche, une telle note de mépris insultant
que l'Espagnole eut peur de s'être compromise.

— Indulgente !... A quoi servirait d'être rigoureuse.
Je suis, comme. vous le disiez à la minute, sans défenseur et sans parents. Ne vaut-il pas mieux que je
dévore ma honte en silence plutôt que de l'affecter...
Je vous estime assez pour attendre de vous le nécessaire,
afin qu'aucun autre ne soupçonne votre audace...

— Merci, du moins pour cette estime..., Mademoiselle. Elle m'apporte un peu de réconfort. Si vous
saviez ce qui se passe en moi. J'ai conservé cette âme
de prêtre que me composa la piété de ma mère... Il y a
des heures où je balance encore pour me décider à
suivre les facilités de la vie laïque, ou pour leur préférer la foi sereine d'un serviteur de l'autel. Jugez
alors par quelles angoisses j'ai passé depuis le soir de
ma faute. Or on m'apprend que ma cousine Delphine
médite de vous faire accepter le voile. Je me trouve
tout à coup devant cette vocation... Mon remords est
sans bornes.

A mesure qu'il discourut, la logique de son raisonnement le persuada. Loin d'être impie, il conservait
une foi troublée mais souvent maîtresse, en certaines
heures. Deux fois l'an, il se confessait avec scrupule dans
une paroisse de quartier populaire ; et, sa pénitence
accomplie pendant la messe, il communiait aussitôt
avec l'extase brève d'un bienheureux. Au moment
d'aborder une fille, la voix de Dieu le morigénait tou-

jours. Quinze fois sur vingt il obéissait et se désistait
de la poursuite. Il n'était pas sans craindre l'enfer ;
mais il accusait le ciel de lui mesurer la grâce et
d'induire sa faiblesse naturelle en tentations. Comme
il parlait longuement de cet état moral à Dolorès, il se
crut alors sincère. Son éloquence s'augmenta de ce que
sa foi récupérait. Il stupéfia Dolorès. Meurtrie, déses-
pérée, elle l'écouta flétrir l'espoir de leur amour qu'il
ravalait autant qu'un bas instinct animal. Lui constatait
les résultats de son homélie sur le beau visage dont la
douleur tirait les muscles, séchait les lèvres, blémissait
le teint. Il cueillait un double triomphe : celui d'échapper au mariage pauvre, celui de dompter, par son art,
une âme d'élite qu'il allait convaincre, ou presque.

— Votre remords n'était point si grand que vous
n'ayez paru frivole et gai dans la voiture qui nous
ramenait ici..., s'écria-t-elle soudain, la rage aux
dents.

— M'était-il permis de ne pas dissimuler ? Ne devais-
je pas, avant tout, cacher à ma sœur une peine dont sa
curiosité eut voulu connaître les causes ? Vous m'ac-
cordiez tout à l'heure votre estime sur cela que je saurais abolir le soupçon du monde, touchant ma faute...
Ne l'ai-je pas justifiée, cette estime, en ôtant à Denise
tout motif d'inquiétude ?

Il réprima le ton vif de cette riposte adroite, et la
modula lentement, sourdement, comme il faisait devant
les magistrats, pour réduire à l'humble son argument
majeur, et, par ce contraste, conquérir l'attention de
l'assistance, lui communiquer le sens d'une force tellement sûre de soi qu'elle négligeait le secours du bruit
oratoire. « Dolorès n'osera jamais, pensa-t-il, me dire
qu'elle a tout conté de notre aventure à ma sœur, et
que je m'en doute certainement. »

— Vous faites l'acteur à merveille !... soupira-t-elle
l'amertume dans la voix.

Elle détourna ses regards et contempla les rosaces du tapis turc,

— Alors.. reprit-elle ironique ;.. c'est un combat entre votre amour et votre dévotion ; car vous n'avez point balancé à répondre « Oui » lorsque je vous demandai si vous m'aimiez. Mon ami, seriez-vous dans le cas de Polyeucte...?

— Vous sied-t-il de railler...?

Elle trembla.

— Point... Je veux vous plaindre... Votre affection souffre de m'enlever à Dieu. Mais qui vous dit que j'appartienne exclusivement à Dieu ?...

— Votre fervente piété d'abord. Depuis le retour de ma mère à Paris, vous l'accompagnez dans tous ses pèlerinages à travers les églises. Vous vous agenouillez où elle s'agenouille ; vous récitez les oraisons qu'elle récite, vous formez les vœux qu'elle forme pour ses neuvaines...

— J'aime votre mère. Dans le silence des églises je revois mes parents, je pense à leur fin tragique, à tous mes malheurs; je me souviens de mon enfance heureuse, en me recueillant... Et je revis tout le passé...

— Vous vous plaisez là parce que le sang espagnol de sainte Thérèse coule dans vos veines. Vous appelez l'amour du Christ. Vous désirez qu'il descende dans votre cœur. A défaut du Seigneur, vous vous tournerez peut-être un jour vers moi. Mais ce ne sera qu'une heure de défaillance et de déception. Le Sauveur vous reprendra... Que deviendrais-je alors, moi, délaissé...?

Omer sut parfaitement introduire dans la phrase la vibration convenable pour que la jeune fille se méprît, et le crût près de retenir un sanglot réel.

— Omer !.., soupira-t-elle ; et toute l'émotion de son corps tressaillait... Omer...! Pouvez-vous craindre d'être abandonné ?...

— Oui : pour Dieu! Que suis-je auprès de Lui. Que sera

même le luxe de ma maison, à côté du luxe liturgique ?
Que serait ma pauvre passion auprès de Tout... Vous
êtes une sainte si ardente !... Ma mère me le répète.
Sa dévotion n'égale pas la vôtre... Votre cœur est
déjà donné...

— Non !

Elle s'était mise debout, les yeux en flammes, et le
sourire victorieux. Elle s'imagina le reconquérir ; elle
ne doutait plus qu'il fût sincère, qu'il fût, par avance,
jaloux du Christ, tant il aimait l'adoratrice du crucifix.
Dolorès marcha vers lui, les mains tendues, les seins
haletants, les narines frémissantes, et de l'amour plein
la face. Lui reculait.

— Non ! mais non..., répéta-t-elle, le rire joyeux...

— Ah ! votre cœur est donné ! Je le sens...

De sa bouche approchait la bouche saignante de
Dolorès. Le parfum de roses rouges afflua vers le visage
du jeune homme, changea l'air. Ainsi la passion de
l'espagnole le pénétrait d'avance. Leur désir frissonna
dans ses lombes, secoua son échine, battit ses tempes,
crispa ses mains qu'elle saisit...

— Mon âme est à Dieu. Mon cœur est à vous, Omer...
murmura-t-elle en se penchant jusqu'à toucher son
épaule.

— Vous le dites ! vous le dites ! Votre âme est à
Dieu... Elle ne peut appartenir à un mortel !

— Mais l'univers entier et les humains, le Seigneur
les possède. Comment êtes-vous jaloux de Lui ? Pensez-
vous échapper à sa loi ?

— Hélas ! non... Pourtant si j'aimais, je haïrais, il
me semble, Dieu lui-même... comme un rival.

— Oh ! taisez-vous, taisez-vous...

Épouvanté, l'esprit catholique de Dolorès se refusa.
Toutes les superstitions et toutes les piétés d'une race
se révoltaient dans la folie de sa chair.

— Faudrait-il donc, murmura-t-elle en reculant,

abjurer ma foi si je désirais vaincre cette jalousie singulière. Faudrait-il que j'immole ma foi...?

— ... Je ne sais,.. répondit-il... En vérité, je ne puis le
savoir...

Et il s'effondra, comme accablé, sur l'ottomane.

— Est-ce pour cela qu'Elvire Gresloup vous sur-
nomme Lucifer ?...

Il garda le silence, il feignit d'être la proie d'une profonde douleur morale. A le regarder, à réfléchir,
Dolorès reprit peu à peu du calme. Ses traits se re-
composèrent harmonieusement. Du rose recolora les
joues brunes. Les feux d'or pétillèrent dans les yeux
mauresques. Une immense pitié anima ce visage
expressif. Et de la joie bientôt finit par luire à ses
lèvres. Omer l'observait. Il se remercia. Il acquit la
certitude qu'elle allait conclure de cette scène : « A
quel point ne m'aime-t-il pas, s'il est jaloux de Dieu ! »

Il avait atteint son but. Sans ruiner l'espérance de
M{ll}{e} Alviña, tout en la nourrissant au contraire, il reculait, sur un motif plausible, l'heure des fiançailles.

Ils échangèrent encore quelques paroles pour résumer les phases de leur discussion. Puis l'oncle Augustin
entra. Ce fut tout.

Le lendemain, Denise accourut chez son frère.

— Qu'est-ce que cette histoire que tu contes à
Dolorès? Tu veux la rendre folle ? En même temps
que tu la persuades de ton affection pour elle, tu la
veux forcer à se départir de ses habitude religieuses...
Qu'est-ce à dire ?

— Je crains qu'après le premier temps du mariage,
le prêtre l'attire plus que son mari. Les grandes passions flamboyantes s'éteignent assez vite. Je me juge
assez peu capable de fournir à cette ardeur des talents
qui suffisent. Elle éprouvera maintes désillusions, et
retournera vers Dieu, si ce n'est vers le diable... J'accorde que ce soit vers Dieu. Convient-il de se marier,

pour, deux ans plus tard, mener la vie commune
avec une religieuse...

— Quelle fâcheuse querelle lui cherches-tu là... ?

Il s'en défendit; recommença, devant la générale,
un exposé fort subtil de ses appréhensions.

— Perfide, accusa-t-elle... Ignores-tu que cette assiduité à suivre notre mère dans les églises, c'est afin
de la conquérir d'abord, pour qu'une voix respectée te
conseille d'accueillir un amour aussi noble et aussi
pur ?

— Je n'en crois rien, ma sœur. Ce seraient là des
manigances que la loyauté réprouve, et qui seraient
indignes de Mlle Alviña... Se peut-il que ma future
femme agisse, avec fausseté, sur l'esprit d'une pauvre
veuve dont le chagrin a troublé l'esprit. Apparemment
vous ne voulez pas dire que votre amie a joué un rôle
de dévote pour surprendre l'affection de notre mère?
Ce serait l'indice d'une grande fourberie... Non, non,
ma sœur, vous calomniez Mlle Alviña. Si j'étais sûr de
ce que vous avancez, je ne la voudrais revoir de ma
vie...

Omer poussa le jeu de son astuce jusqu'à frapper
d'un coup de poing la table historique du Régent.
Il bouscula les lourds fauteuils à pieds de bouc. Il enfonçait les mains dans les poches de son pantalon, puis il
les dégageait, fripait les rubans de ses deux montres.

— Omer ! cria sévèrement Denise.

Mais elle admit sa défaite. Son imprudente parole
avait livré des armes à la ruse de l'avocat. Il se félicita
de la voir contenir sa colère difficilement.

— Par ma foi, tu es un comédien fort habile. Brutus
sait mettre le masque de Bathylle quand il lui sied :
à moins que ce ne soit Bathylle qui s'applique le masque
de Brutus, quand son intérêt le commande.

— Persiflez à votre aise, ma sœur... Ou bien Mlle Alviña
simule la dévotion pour capter la confiance de notre

mère ; et elle use d'une imposture atroce. Ou bien elle
est véritablement pieuse à l'excès, comme la plupart
des Espagnoles, ce que marque bien le ridicule d'avoir
fait l'acquisition d'un saint Omer en plâtre. Dans
les deux cas, j'ai le devoir d'être inquiet sur le destin
de notre mariage. L'an passé, le roi Ferdinand a fait
brûler en grande pompe un malheureux juif condamné
par l'Inquisition. On va pendre à Cordoue le marquis
de Cavillana, et le capitaine Alvarez de Soto-Mayor,
pour avoir assisté à des tenues de loges maçonniques...
Vous trouverez bon que je me soucie de prévoir si,
l'amour assouvi, ma femme ne sera point l'espionne
inconsciente de qui le confesseur obtient adroitement
les secrets... Au reste, elle excelle, dans ses écrits, à
peindre des héroïnes qui se vengent en livrant leur bel
infidèle à ses ennemis, et en se poignardant sur le
cadavre. C'est la fin que je ne souhaite ni pour elle ni
pour moi...

— Alors pourquoi lui dire que tu l'aimes ?... Pourquoi lui mentir ?...

— Je ne mens pas. Sa beauté me rend fou. Je perds
les sens quand elle m'approche ; et je vous jure, sur
l'honneur, qu'il n'est point de femme dont je désire
autant les caresses. A sa vue, du feu remplit mes
veines. L'air se trouble autour de moi ; je me trouve
sans force, sans orgueil et sans vertu... C'est pourquoi,
si je ne doute plus que cette union s'accomplisse quand
même, j'hésite encore à me livrer à des charmes invin-
cibles, et à une passion trop souveraine...

En achevant ces mots, il s'assit, plongea sa tête
dans ses mains... Denise resta quelques minutes silencieuse, ce qui, chez elle, était le signe de l'extrême
émotion. Elle en était à croire son frère. Et, de fait,
Omer se défendait mal, dans cet instant, de se croire
lui-même. Ne désirait-il pas de toute sa chair les complaisances de Mlle Alviña ; ne savourait-il pas continue-

ment le goût du baiser voluptueux qu'ils s'étaient
naguère permis ; pourrait-il se soustraire à l'obsession
d'évoquer la chaude amante collée contre sa poitrine et
le pénétrant de son odeur florale? Il l'aimait. Il l'aimait.
Oui.

— Si tu l'aimes, pourquoi te défier de son affection ?

— Parce que cette affection sera passagère et qu'ensuite...

— Billevesées. Tu t'y prends de bonne heure pour
être jaloux... Ah! bonjour ma vieille sainte! Que racon-
tent les Anges, les Trônes et les Dominations.

Mme Héricourt entrait.

Elle s'assit poussive, puis essuya la transpiration de
son visage. Delphine de Praxi-Blassans, dit-elle, se promettait de faire prendre le voile à Dolorès.

— Mais je ne veux pas. Je ne le permettrai point,
protesta Denise...

— Vous voyez, ma sœur ?.. triomphait Omer... Me
trompé-je ?

La religieuse assurait avoir vu la face de la jeune
fille se transfigurer pendant une prière à Saint-Sulpice,
exactement comme se transfigurait, au couvent, la face
de la sœur Sainte-Anne de Galilée qui vivait en odeur
de béatitude, et guérissait, par l'imposition des mains,
les scrofuleux. Désormais, la manie apostolique de
Delphine s'exercerait sans trêve sur Mlle Alviña. Donc,
inspirée par une parole habile de son fils, Mme Héricourt déchaînait la folie de la Dominicaine qui s'efforçait, partout, de ravir les adolescentes un peu mystiques aux joies de l'amour, en les consacrant.

Après deux heures de conversation animée, l'avocat
eut fini de vaincre sa mère : elle renonçait à combattre ce projet de consécration. Denise croyait son
frère épris de l'Espagnole, et retenu par quelques
scrupules qu'on effacerait à condition de ne pas le
brusquer. Certainement Dolorès partagerait le même

avis. Omer s'estima capable de maintenir les choses en l'état, plusieurs semaines. Il fallait uniquement prévenir le comte Dubourg de ne rien tenter à l'encontre.

Celui-ci prodigua les éloges dès qu'il eût tout appris au cabinet jaune. Avant la venue d'Omer, il saccageait la bibliothèque pour feuilleter les gravures de *Clarisse Harlowe* et de *La Nouvelle Héloïse*. Bruyamment il regretta de n'avoir pas eu des auxiliaires pareils à ce jeune homme, quand il préparait l'avènement de Bernadotte aux trônes de Suède, puis de France. Secouru par un esprit de cette force il eût assis la puissance du Gascon sur l'Europe, au lieu de rompre, avec cet imbécile, de se jeter aux bras des Bourbons et de la racaille royaliste! Il tapa du pied, lança sur la table le livre qu'il examinait ; et, devant la glace quadrangulaire de la muraille, il rectifia l'arrangement des boucles blondes et grises qui cerclaient la lueur ivoirine de son occiput. A soi-même il en imposa par ses mines de portrait historique, une main dans le jabot, l'autre agitant un lorgnon de vermeil.

— Après tout, fit-il, vous avez agi dans le sens de la meilleure morale. J'ai toujours pensé que pour une fille dépourvue et bien née, le couvent était le seul refuge honorable. En Espagne, les monastères sont nombreux et pleins de ces jeunes personnes qui d'ailleurs y mènent la vie du monde, reçoivent, jasent à leur gré, conduisent à leurs fins des intrigues, et jouent de l'éventail au parloir... Je m'accommoderais de cela...

Il avait rendu visite, à Meudon, sans voir Elvire. Adroitement interrogée, Mme Gresloup avait presque avoué suivre les démarches de la tante Caroline pour obtenir l'alliance contractuelle entre la Banque d'Artois et celle de M. Laffitte. Celui-ci, vu l'aléa des spéculations sur les blés et les charbonnages, tardait à répondre. Le succès de cette affaire dissiperait toute fâcheuse préoccupation sur la richesse des Héricourt.

— Votre cousin Cavrois ne vous a-t-il laissé rien entendre à ce sujet ?... demanda le comte Dubourg.

— Il ignore les entreprises de sa mère. A l'ordinaire, le général Héricourt et le comte de Praxi-Blassans sont avertis.

— Holà ! mais il me semble alors !... Ah ah ! Voilà pourquoi le comte et le général promettent au parti de M. Laffitte l'appui des Pairs, et celui moins sûr de quelques régiments... On paierait ainsi la consolidation de la Banque d'Artois par une banque de Paris... A merveille !

Il se frotta les mains en riant très haut :

— Les compagnons de l'Ardente-Amitié, nos Bons Cousins se doutent-ils de quel trafic ils sont la monnaie...? Plaisante histoire ! Ouais, dans votre famille, Monsieur Omer Héricourt, le raisonnement renferme peu de vices ! Ah que ne vous ai-je connus tous en 1810 !... Morbleu ! ce qui manquait à Bernadotte et à Moreau, vous l'avez... Mille compliments...

Omer se froissa. L'admiration ironique du général-comte était-elle hostile aux siens ? Tout le plan de politique financière que révélait une simple réplique méritait-il d'être condamné ?... Importait-il de rabrouer ce vieillard hautain ?

— Monsieur, vous faites aisément des suppositions... ce me semble..., dit le jeune homme.

— Parbleu, n'est-ce pas la chose la plus claire ?

— Mais encore...

— Ce n'est point que je blâme cette sorte de contrat. Dieu m'en garde ! J'applaudis. Voilà tout. J'aime la finesse en diplomatie. Il y en a dans ce jeu-ci, et de la meilleure... Néanmoins je déplore que vous permettiez à vos oncles d'agir en dehors et de vous reléguer... Lyrisse vous laisse berner de la belle façon !

Il continua sur ce thème ; il proposa de s'entre-

mettre dans le but de restituer de l'importance à l'avocat. Installé devant une table, il écrivit sept ou huit
brouillons de lettres ; les abandonna ; s'amusa, tout en
dissertant, à cacheter de cire, avec les armoiries de son
anneau, des papiers blancs pliés en dépêches. Après
avoir réfléchi longtemps, il décida que l'opération financière était utile à la cause libérale. Cela juxtaposait des
forces, et les unissait par un lien matériel autrement
solide que les abstractions. Il cessa même de plaisanter
là-dessus quelle que fût l'obstination d'Omer à l'exciter pour atteindre le fond de cette pensée frivole. Il
semblait redoutable que le général-comte accusât, dans
les Ventes ou dans les Loges, les négociateurs de l'entente. Mais Dubourg déclara que nuire à cette affaire eût
été servir les Bourbons, car une tentative révolutionnaire, alimentée par les ressources de la finance, devait
être nécessairement heureuse.

Avant que l'on dînât, Omer fut assuré de ce dévouement. Le vieil organisateur de machinations utiles aux
Chouans, aux Jacobins, aux Philadelphes et aux Bourbons, adoptait les règles du nouveau jeu. Il trouva bon
que les carbonari dussent la victoire au Parti Industriel, qu'ils obtinssent l'approbation des intérêts, outre
celle des philosophies. Enfin il énuméra ses souvenirs
de conspirateur en injuriant, comme de coutume, les
grands qu'il avait servis.

Dès lors il fut actif et multiplia ses démarches. Tantôt dans la berline de maman Virginie dont il esquin-
tait les mauvaises haridelles, tantôt en selle sur les
chevaux du capitaine Lyrisse ou sur la jument
d'Omer, il parcourut la ville et la campagne, afin d'obtenir les adhésions, faire jouer les influences, conquérir les Pairs, et circonvenir la prudence de M. Casimir-
Périer.

On apprit que l'armée russe crossait les Turks souve-
rainement. Le général Héricourt désira que la première

réunion du nouveau Comité Philhellène eut lieu le plus tôt possible. Appelé de Londres où il était ambassadeur, par le roi, le prince de Polignac n'avait-il pas failli, dans le mois de janvier, saisir le portefeuille des affaires étrangères? Sûrement la tentative serait reprise. Avant ce triomphe des ultras, il fallait unir les libéraux pour la lutte.

Affairée par l'importance de son rôle mondain, Denise négligea quelque peu les amours de Mlle Alviña que se disputèrent Delphine de Praxi-Blassans et Mme Héricourt, émules en leur besogne de pieuses démentes. Omer n'eut qu'à se montrer tendre de paroles et d'attentions pour éviter l'orage. Très souvent il adressait des fleurs à son amante, puis l'exhortait à suivre les exercices de dévotion prescrits par les saintes dames. Ainsi choisirait-elle avec toute sûreté de conscience, après avoir approfondi ce qu'elle perdait en préférant devenir l'épouse du pécheur plutôt que l'épouse du Christ. Soucieux de posséder un argument loyal qui justifiât sa tactique à ses propres yeux, le jeune homme fut s'agenouiller dans un confessionnal :

— Mon père, m'est-il permis de rechercher en mariage une orpheline qu'une pieuse veuve, qu'une sainte religieuse invitent à prendre le voile, et que la plus grande dévotion naturelle dispose à ce glorieux sacrifice?

Nécessairement le prêtre interdit cette recherche, avant que les deux zélatrices eussent renoncé à leur tâche. Omer attendit que l'abbé de Praxi-Blassans vint, du Nord, plaider, à nouveau, la cause de son collège, auprès du comte et du ministre, pour lui communiquer cette interdiction du confesseur. Edouard se chargea de la transmettre à Dolorès en vantant les scrupules de son cousin, comme il était, entre eux, convenu. Elle ne s'en irrita point, ferme dans l'illusion de croire qu'on l'aimait jusqu'à véritablement être jaloux du Seigneur.

De ce côté-là, tout fut à souhait.

Ces divers soins consommèrent des semaines. Plusieurs fois, Omer fut à Meudon, courtiser l'ange que Mme Gresloup ne quittait plus. Aux sentes de l'hiver tous deux avaient cependant retrouvé leurs âmes de l'automne. Au printemps, leurs cœurs grandirent jusqu'à posséder tout l'univers de soleil, de fleurs, de feuillages et de parfums. Tandis qu'ils se parlaient d'avenir, ils crurent que l'horizon continuait la ligne de leurs corps immenses qui vibraient avec les lumières de l'azur, les voix innombrables des cigales et les roucoulements lointains des tourterelles.

Ils conçurent encore l'éternité de leur vœu.

IX

. Ainsi les choses allèrent jusqu'à la fin du printemps,
jusqu'au soir de la fête qui réunit, avenue Lord-Byron,
dans l'hôtel du général Héricourt, les principaux personnages des Comités Philhellènes.

Eclairé *a giorno* par mille lampions de couleurs, le
jardin accueillit les invités en habit bleu et en bas de
soie. Sous les mille lueurs des lustres, ils vinrent
saluer Denise, fière de sa robe aux rubans obliques,
alternativement bleuâtres et cramoisis, que des nœuds
de satin agrémentaient, vers les bords, et sur les
épaules. Elle répondait par des révérences profondes,
qui faisaient luire les perles en torsades dans les
hautes coques de sa chevelure, les pendeloques de
ses oreilles, et les joyaux enchâssés aux médaillons
de son lourd collier. Dolorès l'aidait à faire les
honneurs. Son teint mat, aux pommettes du plus
beau carmin, lui valut les félicitations de M. de Lafayette qu'amenait le général Dubourg. De haute
taille et l'estomac fort, le libérateur des Etats-Unis
animait, par des paroles très gracieuses, sa tête massive, blême recouverte en arrière de cheveux roux
et blancs qui revenaient au-dessus des oreilles et
vers le grand front nu. Il dominait les gens. Il garda
longtemps les mains de l'oncle Edme dans les siennes.
A la Haute Vente des carbonari, ils s'étaient appréciés, sans doute. Ensemble ils déplorèrent l'avortement

du complot de Belfort. Lafayette se souvenait d'avoir, à cette époque, connu le général Lyrisse, et félicitait le fils de si noblement continuer l'œuvre du père. Aussitôt, et sans guère de précautions oratoires, l'oncle Edme espéra le retour de pareilles conjonctures. Ses longs gestes vifs décrivirent les raisons de la victoire, balayèrent les royalistes, amenèrent en ligne les troupes de la Révolution. Ses grandes jambes musculeuses sautillaient. Sa face aquiline laurée de grosses mèches grises aspirait l'odeur du triomphe. Dubourg estima prudent de l'interroger obstinément sur le siège de Missolonghi et le Congrès d'Egine. Le dragon n'utilisa que plus de faconde. Il pérorait en visant, du coin de l'œil, son hôte, Augustin Héricourt, comme pour lui faire voir qu'il n'abdiquait rien de ces convictions chez le protégé du duc de Raguse. M. de Lafayette s'empressa de féliciter Omer que le général-comte lui présenta.

— Nous avons presque terminé notre carrière, nous ! A vous, mon enfant, d'obtenir cette liberté des esprits que nous avons failli gagner en 1790, qui nous fut arrachée par la tyrannie de Robespierre et par celle de Bonaparte, que nous espérâmes recouvrer en 1814, avec le Gouvernement Provisoire et les articles de la Charte, depuis violée par les ministres indignes de nos rois. Espérons que cet élan fraternel de la Gaule, qui vient de porter secours aux fils de Pallas, marque l'aurore d'un temps plus favorable à l'indépendance de la pensée...

Noble et magnifique, le marquis continua longtemps. Sur l'épaule d'Omer, il appuyait une vieille main pesante. L'autre s'étayait d'une canne à tabatière d'or, où il puisait. Ses gilets blancs, les tours de sa cravate, et son ample collet de drap brun formaient comme le rebord d'une chaire autour de sa tête éloquente, d'où se répandait, source intarissable, une parole musicalement grave. Un cercle l'écouta. M. de Montalivet, tendant l'oreille, insinuait dans ce geste le peu d'affectation qui le pouvait rendre ironique ; et il portait son chapeau devant sa bouche comme s'il eût à dissimuler quelques petits bâillements.

Plus loin, l'oncle Praxi-Blassans assiégeait un monsieur roide, bien campé sur des mollets en saillie, et de qui l'œil malin, les lèvres serrées, les favoris frisottants composaient un air d'incrédulité sagace. A voir la tante Caroline et le général Augustin assaillir de prévenances, le même personnage, Omer devina que c'était M. Laffite. Denise lui présentait nombre de personnes qui, devant ce toupet blanchâtre bien rigide en haut d'un front dégarni, exagéraient leurs courbettes.

Les généraux Lamarque et Pithouët entrèrent du même pas, celui-ci grand et hautain, l'habit boutonné sur le torse maigre, celui-là impertinent et trapu, le nez en l'air, et les basques au vent. Ils saluèrent en silence le général Héricourt, puis s'en furent incontinent offrir leurs hommages à Lafayette qui, ayant tiré son mouchoir, embauma l'air d'une odeur à la rose. Abandonné par le libérateur des Etats-Unis, Omer put répondre aux signes de la tante Caroline. Parmi leurs courtisans, les jeunes femmes balançaient les cloches luxueuses de leurs robes sur les chevilles lacées par les rubans des escarpins. Mme Cavrois arborait une guimpe de vieille dentelle sur quoi s'épanouissait son large visage de chatte espiègle. Un crêpe de Chine drapait, d'un châle, son embonpoint sexagénaire ; des chaînes précieuses soutenaient l'agrafe en or et le rubis monstrueux de son aumônière. Quand son neveu l'eût rejointe, elle lui saisit le poignet vigoureusement, puis le contraignit à se baisser vers sa bouche.

— Affaire conclue... bégaya-t-elle, tout en triomphe. M. Laffitte vient de dire « oui ». Demain il signera. En-

core quelques années, et les Cavrois-Héricourt seront
aussi puissants que les frères de feu Antoine-Scipion
Périer, à qui l'on doit la richesse des mines d'Anzin...
Dieu me pardonne ! je crois qu'avant de mourir j'aurai quasi réalisé tous les vœux de mon père.. !

Elle chercha, pour s'asseoir, un fauteuil qu'Omer
avança ; puis elle s'y laissa tomber avec précaution,
lasse de tout le labeur accompli par sa vie active. Dieudonné Cavrois, énorme dans sa culotte de satin et son
gilet de brocart, l'admirait de loin. Adossé contre
l'orgue, il avait la physionomie d'un voyageur qui con-
temple tout un pays splendide soudain découvert à sa
vue. Par moments, il passait la main devant son ample
figure pâle de vénération ; il soupirait bruyamment
pour reconquérir du calme. Il n'y parvenait guère. Un
domestique en livrée brune chamarrée d'argent et
pourvue d'aiguillettes, présenta des rafraîchissements.
Dieudonné vida coup sur coup deux verres de punch.
Alors la transpiration vint à sourdre vers la racine de
ses longs cheveux flasques. Il s'épongeait lorsque son
Maître-Elu de la Vente, le général Lamarque l'aborda,
victorieux. La comtesse Aurélie se fit rouler un fauteuil
gothique près de Caroline, qui frottait ses mains l'une
contre l'autre, avec le geste de les savonner indéfiniment.

— Nos enfants te devront leur félicité... Bénie sois-tu
de Dieu, ma sœur !...

— Je serais plus heureuse encore, Aurélie, si je
n'avais à plaindre ta longue tristesse...

— Hélas ! je n'ai pas su choisir, comme toi, le but
qu'on atteint. Je n'aimai que le rêve. Le travail récompense. Le rêve déçoit... Tu as semé de bienfaits tout
une province... J'ai vécu presque inutilement... J'ai
dévasté mon cœur. Rien ne m'a valu l'heure de cette
joie légitime que tu ressens... Que dis-je : notre frère,
Bernard, s'il ressuscitait aujourd'hui, d'entre les héros

morts, te remercierait à genoux. Il me maudirait
pour n'avoir pas su marier nos enfants...

— Bernard ne te maudirait pas... Aurélie; il ne te
maudirait pas... Dieu merci ! tu as bravement accompli le devoir : ton mari, tes fils, te sont obligés des
triomphes que tu leur ménages. N'as-tu pas conseillé
Praxi-Blassans comme il le fallait pour les Moulins. Tu
as été à la peine, comme nous sommes à l'honneur.

— Non, je n'ai pas accompli mes promesses !

De ses longues mains bleuâtres, fines, parées de
diamants, la tante Aurélie, ouvrait, fermait son éventail d'ivoire et de lampas amarante, aux papillons
brodés en vieilles soies multicolores.

— Denise a trouvé le bonheur ici, ma tante... Mon
père vous reprocherait-il ce qui n'a dépendu que d'elle?..
raisonnait Omer.

Il eut pitié de cette pauvre femme en qui la même douleur un peu maniaque persistait depuis quinze ans. Il la
voulut consoler par des paroles. Bientôt Dieudonné
conduisit, jusqu'auprès de sa mère, un homme de tournure martiale, dont la belle figure moqueuse et sans
lèvres, émit plusieurs compliments brefs qu'il sembla
juger excessifs, après les avoir dits. C'était Casimir
Périer. La poitrine en avant, il mâchonna sa bouche
rasée; il inspecta la mine du jeune avocat qui s'inclinait devant lui :

— Monsieur votre neveu trouvera plus tard l'occasion de se faire élire dans votre collège électoral, Madame, à ce que le général Héricourt m'annonce. Je
souhaiterais qu'il fût bientôt des nôtres pour dire son
fait à M. de Polignac quand il reviendra; car, hélas, il
reviendra... Il nous faut de jeunes talents déjà notoires.
Ils ne seront point en surcroît pour défendre l'esprit
de la Charte, au parlement... M. de Montalivet vous
donne l'exemple, Monsieur...

Avec toute la roideur nécessaire à sa dignité, le

jeune pair de France approcha. Son emphase froide
qu'il écoutait lui-même, en la mesurant, couvrit les
propos épars. La conversation se fit toute politique.
Malicieuse, la tante Caroline rectifiait les erreurs de la
rhétorique, et citait mille chiffres probants. M. Laffitte
répéta, quand, nommé par elle, Omer l'eut salué, les
encouragements de M. Casimir Périer. Autour du fauteuil où trônait la grosse flamande, un par un, tous
les visiteurs s'assemblèrent. Elle parla clairement des
rapports commerciaux entre l'Artois, la Picardie, la
Flandre et l'Angleterre. M. Laffitte semblait curieux
d'apprendre ce qu'elle enseignait sur les influences
des cours, au marché de Falmouth, et sur leurs variations pendant le voyage des vaisseaux qui transportaient
les épices de Java et les blés de Russie. M. de Montalivet, recueilli, les paupières closes, dégustait pieusement sa salive. Il finit par s'écarter pour rejoindre
Dolorès qu'il se plut à exciter contre Bolivar.

Omer essaya son éloquence en attestant les sanctions
de la loi romaine contre les fauteurs de la disette
publique. Il dit son voyage récent, son émotion au
Capitole, il évoqua l'œuvre des légions, de leur esprit
survécu dans les villes qui avaient d'abord été leurs
camps. Il compara l'éternité de cette œuvre dans l'Europe occidentale, à la fragilité de celle entreprise par
les soldats de Bonaparte. Qu'avaient-ils laissé des
installations républicaines, en Autriche, en Italie, en
Allemagne, en Russie, en Espagne ? Peu de chose. Partout régnait la tyrannie de la Sainte-Alliance. Il accusa
Napoléon d'avoir détourné de son but l'effort des races
latines, de l'avoir accaparé pour son prestige indivi-
duel, en adoptant dès 1807, les mœurs des monarques
germains et de leurs cours.

— Bien dit! approuva M. de La Fayette...

— C'est une vérité fort probable, concéda M. Casimir Périer, en fronçant ses beaux sourcils noirs.

14

Et il rapporta doctoralement une anecdote du temps
où il servait au siège de Mantoue, officier de génie,
sous les ordres de Bonaparte. Là-dessus le général
Héricourt expliqua comment, à Wagram, ses voltigeurs
avaient été soutenus par la batterie à cheval que
commandait le chef d'escadron Paul-Louis Courier,
lequel depuis...

Alors tous rivalisèrent d'esprit, afin d'être admirés
de cette grosse dame en collerette et en coiffe de
dentelles, qui, doucement, les yeux à demi clos,
savonnait imaginairement ses mains aux bagues d'or
nu.

— C'est l'œuvre des soldats républicains qu'il importe de reprendre et de mener à sa fin, comme César
mena jusqu'à sa fin l'œuvre des légions... déclama
tout à coup Omer.

Dans une prosopopée majestueuse, depuis longtemps
rédigée, apprise, il fit retentir toute la gloire des
armées françaises portant la liberté à l'Italie, et aux
Allemagnes.

Il prit à témoin les généraux Lamarque et Pithouët,
compagnons de son père et du général Berton, dans
l'armée de Moreau, vainqueurs de Hohenlinden, puis
le capitaine Lyrisse, combattant de Novare et défenseur de Missolonghi. Reliant les vœux de ces héros
aux espoirs de sa génération, il exprima celui de voir,
en cet instant même, se reformer la phalange des girondins. Le siècle ne leur devait-il pas, aussi bien que la
gloire de son passé, l'idéal de son avenir ?

Quand il finit de parler, la face massive et blême de
La Fayette était en vie, le toupet gris de Laffitte se haussait par-dessus les yeux malins qui voulaient mieux
examiner le jeune orateur. La belle face sans lèvres de
M. Casimir Périer s'épanouissait entre les cheveux
argentés du général Lamarque et la figure osseuse du
général Pithouët.

— Monsieur..., dit Casimir Périer..., on ne pouvait mieux résumer ce que nous pensons tous, à ce que j'estime. Rappelons-nous toutefois qu'il serait bien dangereux de toucher à la dynastie. Les Girondins périrent pour avoir abandonné Louis XVI...

— Des institutions libérales ! Que ce soit un souverain qui les respecte, ou une République qui les défende !... affirma La Fayette sous le bras de qui M. Laffitte enfila le sien.

Ces deux grands hommes en chuchotant s'éloignèrent. Alors Omer aperçut dans le groupe qu'ils démasquaient Elvire et Dolorès. Le visage de fleur, et la figure ardente de la créole brillaient pour lui. Il s'avança vers elles. Parée d'une robe blanche, Dolorès avait les pommettes et les oreilles incarnat, les joues mates, les yeux en feu, sous le cimier aux ailes noires de sa lourde chevelure. Il eût dit d'une guerrière, prête au meurtre, tant palpitaient ses narines pâles.

— Ah que je réprouve les opinions que vous défendez, Omer. Songez que ce sont là celles des assassins qui ravirent l'existence aux miens. Et voilà que votre éloquence m'a presque convaincue durant que vous parliez. C'est à peine si je puis, maintenant, rétablir les raisons de ma haine contre les scélérats... Et j'en suis à me demander qui, de ceux-ci ou de leurs adversaires, furent coupables d'abord...

Humblement elle proposait ainsi de sacrifier au jeune homme ce qu'elle considérait, jusque-là, comme l'essentiel de sa personne orgueilleuse : le respect de ses morts, et la haine de leurs exécuteurs. Elle abdiquait la foi de sa race et la volonté de ses ancêtres, son honneur qui, dans ses convictions, n'appartenait point à son caprice. Fors l'amour, tout lui était superflu désormais.

M. de Montalivet qui l'entendit du haut de sa taille et de son air rogue, ne put s'empêcher de dire :

— Voilà de belles louanges pour un causeur; Monsieur ! Je vous fais mon compliment.

Et il les avisa qu'il avait compris le sens exact du sacrifice. en affectant la discrétion de s'écarter.

Les yeux de l'Espagnole commentaient à l'infini sa passion. « Omer, disaient-ils, nous sommes ta proie, une bête conquise et gisante. Tu n'as qu'à prendre ce qui te revient : toute notre énergie morte, toute notre vie faible... Epargne-nous seulement l'insulte de la meute qui nous épie ! »

Les sourires de l'ange s'interposèrent, bien qu'Elvire soutint Dolorès à la taille, et qu'elles parussent, en courtes robes de lumière, deux amies tendres, prêtes à glisser sur leurs chevilles vêtues de soie, nouées de rubans. Les coques des coiffures, leurs fleurs et leurs peignes d'or se frôlaient. Les épaules ivoirines, celles-ci plus maties, celles-là plus rosées, s'accolaient fraternellement. « Lucifer disaient les yeux d'Elvire, vas-tu corrompre l'avenir de ton idée romaine, pour l'orgueil de recueillir cette victime palpitante, indigne de ton destin, indigne de la descendance que tu veux procréer afin de raffermir la justice parmi les hommes... Vois : il me faut secourir ses pas qui chancellent, à l'heure même où j'attends avec vaillance ta parole, soit propice, soit funeste à mon espoir de n'être pas jugée vile jusqu'à l'avoir un moment préféré des fortunes moins hasardeuses. Lucifer, oserais-tu recueillir cette victime de ton vice, et, par là, me condamner, prétendre, en l'aimant, que je fus une âme de lucre et rapine; moi, ton ange fort..., et la petite amie docile de ton adolescence ! »

Tant de pureté saillit de ce visage clair, tant de force jaillit avec les lueurs du « ciel et de la mer » que le jeune homme déroba ses regards de ruse et de doute. Cependant il songea : « Mais aujourd'hui M. Laffitte va signer. Peut-être le sait-elle. Du coup ma fortune devient moins fragile. » A trois, ils troquaient les niaiseries d'une conversation vaine et lente, sous les feux innombrables du lustre, de ses prismes. Le comte Dubourg passa non loin, avisa Dolorès, et lui vint offrir le bras qu'elle ne put refuser. Il l'inondait à foison de flatteries littéraires. Pour l'emmener, il récita, en y mêlant des acclamations, les strophes qu'elle avait rimées sur le massacre de Chio.

Alors Elvire s'approcha d'une rose blanche qui baignait dans un vase de Sèvres à médaillon, où François Ier et Henri d'Angleterre s'embrassaient parmi les étendards plantés sur le Camp du Drap d'Or. La jeune fille voulut qu'Omer admirât la fleur. Elle exprima son goût de la nature et sa joie de séjourner à Meudon, dans le parc aux étangs. Omer rappela les soirs religieux qu'ils avaient connus là.

— Je voudrais, dit-elle à voix sourde, vivre toujours, dans ces lieux témoins d'un bonheur que je ne retrouve plus... Comme tout meurt!... Ah! comme tout meurt!...

— Elvire, que vous manque-t-il à présent pour retrouver le bonheur?

— La confiance de quelqu'un.

Elle avouait cela, les cils baissés, en caressant de ses doigts maladifs les pétales de la rose blanche. Ses lèvres tout à coup séchèrent, sous l'empire d'une émotion pathétique.

— Qui n'aurait confiance en vous?... répliqua-t-il assez gauchement...

Il espérait, tremblant, la riposte qui fut :

— Vous.

— Moi?

— Vous soupçonnez que je me détourne de la voie où vous m'avez conduite... C'est mal de douter ainsi... Et pour quels motifs !

— Elvire, je ne doute pas de vous ; mais je craindrais

14.

de déplaire à vos parents si je me hâtais d'obéir à mes sentiments. Certain jour, votre père me conseille assez rudement le célibat. Une autre fois, votre mère invoque la délicatesse de votre santé pour vous garder longtemps auprès d'elle... Ne dois-je pas profiter de ces leçons indirectes ?...

— Et moi, qu'ai-je dit ?... Mon sentiment compte-t-il pour rien ? Je serai donc toujours pour vous une petite pensionnaire insignifiante !...

— Elvire, puis-je en croire mes oreilles ? Serait-ce de vous-même que dépendrait mon sort ?... Vous n'ignorez plus, depuis longtemps, que tous mes efforts et tous mes travaux tendent à mériter que votre père m'estime un peu et qu'il me permette de me rapprocher de vous... C'est pour cela que je suis devenu son disciple, pour cela que j'ai fait en Italie ce voyage périlleux, pour cela que je pérore ici en faveur des idées qu'il aime.

— Est-il vrai ?

— Oui..., déclara-t-il sans hésiter..., mais un peu craintif devant le mensonge, en quelque sorte, sacrilège, dans un pareil moment...

Il n'eut pas le loisir de se blâmer... Dans sa main, la douce main d'Elvire se posa, tandis que le dur regard de l'ange lui fouillait l'âme contrite.

— Mes parents m'aiment ; et ils vous aiment. Ils m'accorderont ce que je leur demanderai pour vous... Depuis hier, j'en suis certaine.

Ces paroles tremblèrent. Elvire parut laide. L'éclat de son teint s'évanouit. Sa bouche sèche bégaya. Sous la robe devenue molle et flasque, la nudité du corps, soudain piteux, fut devinable. Elle baissait la tête blême, chargée par les coques de la lourde chevelure de bronze, par les fleurs bleues, par les peignes d'or et de nacre ; « le ciel et la mer » s'éteignirent ; ils n'étaient plus que deux pauvres yeux abattus par la peur de ce qu'ils entrevoyaient entre les rosaces du tapis turk.

Murmurant les mots d'amour et de gratitude, Omer s'effrayait de la voir prendre ainsi l'apparence de mourir. « L'émotion de s'être décidée l'épuise. Voilà donc celle avec qui se consumera l'effort de ma vie entière. Cette petite fille blême d'angoisse et de bonheur dont la croupe se creuse comme pour éviter elle ignore quels coups menaçants du destin, cette enfant aux bras fragiles et doux qui, dans mes doigts, laisse frémir ses phalange glacées ! D'elle surgira ma descendance au cœur romain, ma forte descendance aidée par nos richesses et nourrie par notre espoir de justice. Pour quoi suis-je plus près de te plaindre, Elvire, que de t'envier dans ce moment ? Pourquoi me sembles-tu si chétive ? Pourquoi tes regards d'ange dur qui poursuivaient mon âme habile dans ses retraites les plus mystérieuses, pourquoi tes regards sont-ils maintenant ceux d'une captive implorante ?... Es-tu victime ? Es-tu celle qui sacrifie ses désirs, ses instincts, ses passions à mon sort ? Es-tu celle qui s'immole sur l'autel d'un dieu sévère ? Pourquoi ai-je le cœur rempli de pitié... au lieu de joie ? Tu viens de jeter à mes pieds une fortune et ton être pur... Je t'aime, et j'appréhende de te nuire, en te maintenant sous le joug de ma volonté. Lucifer recueille l'ange dépourvu de ses ailes candides; et il s'apitoie de le voir frissonner... »

Au bord de l'ottomane, ils s'étaient assis, loin des assistants qui félicitaient le général Héricourt, et qui levaient leurs flûtes de champagne en son honneur. Tous deux, silencieusement, regardaient la vie des salons sous les lustres miroitants, et la grâce de la générale : Denise montra ses albums à M. Casimir Périer à qui le sourire sans lèvres, moqueur, les sourcils noirs et les cheveux blancs sur le teint brun donnaient grand air. La figure vermeille, la haute coiffure de Dolorès

s'inclinèrent entre les habits bleus du comte Dubourg
et de Montalivet. Des violonistes jouaient un andante
de Rossini dans la serre. Les aiguillettes d'argent
apparaissaient sur les épaules marron des laquais
poudrés à frimas, et portant les plateaux qu'illuminaient les cristaux des verres, les nuances des boissons.
L'odeur des lys royaux émanait en brises suaves
des jardinières. L'air était un seul parfum qui donnait
le goût de s'alanguir en lui. Omer savourait pieusement l'heure de son pouvoir. Les petites âmes flamboyantes des bougies lui semblaient un peuple en
liesse qui le contemplait ainsi que leur empereur.

Elvire se ranima lentement. Elle répétait à voix basse
les rêves de grandeur qu'ils avaient toujours choyés
ensemble.   .

— Tout à l'heure je n'étais rien qu'une enfant... Il
me semble, Omer, qu'à présent je vais ressentir toutes
vos ambitions généreuses. Ce matin je m'ensom-
meillais dans le parc comme les fleurs des parterres.
Ce soir me voici prête à souffrir toutes vos peines et à
me glorifier de tous vos triomphes. Une vie héroïque
s'ajoute à mon néant... Oh ! cher Omer, que vous avez
raison : l'amour sauve de la mort !...

— N'est-ce pas ?

Il regrettait qu'elle eut encore la poitrine plate et les
clavicules en saillie dans la peau trop mince. Sur la
couche nuptiale, il se promettait peu de plaisir voluptueux. Cependant elle ne montrait point de bras maigres. A son âge, c'était une indication d'aimable embonpoint. « Sait-elle que M. Laffitte signera ?... se deman-
dait-il à nouveau. Peut-être sa mère a-t-elle appris
l'union des banques. Alors cette enfant ne cède qu'après
le calcul. Mais ne suis-je pas calculateur aussi ? Il sied
qu'une mère de famille, consciente de ses devoirs,
attribue l'importance réelle à l'argent. Certes j'admi-
rerais davantage la noblesse de ce caractère, si croyant

ma fortune toujours instable, et ne pouvant souffrir
que je la soupçonne de cupidité, Elvire s'était résolue,
pour cela même, à déterminer ses parents. Néanmoins
je me fierais plus entièrement et plus franchement à
la fille sage qui n'aurait suivi les impulsions de son
cœur qu'après les avoir accordées avec les inspirations
de la prévoyance... Elvire est-elle noble ou sage ? »

Il ne put le deviner. D'ailleurs elle plaisait de toutes
façons. Et cette énigme en surcroît lui valait d'être
singulière, maintenant que renaissait le teint de fleur,
que, dans la vie des yeux bleus, se reflétaient les in-
cendies des lustres.

— Omer, j'ai peur d'être trop jeune pour obtenir
votre confiance... Jurez-moi que vous ne me cacherez
rien... rien... Lucifer ne cachera rien à l'ange...

Elle rit comme aux jours de l'enfance où ils s'enfer-
maient, durant les jeux, dans la même garde-robe. Puis,
apercevant le toupet gris de M. Laffitte et son œil malin,
les gestes secs du comte de Praxi-Blassans, la jeune fille
se redressa, se leva, tapota les gigots de ses manches :
elle redevint pareille aux anges somptueux du Véronèse
vêtus d'or fin, de broderies magnifiques et qui planent
sur l'avenir des seigneurs vénitiens. Elle fut aisément
affable envers les deux vieillards. Ils la complimen-
taient. Reine un peu, elle s'avança, parmi les groupes
de causeurs, à la recherche de son père que La Fayette
entretenait fiévreusement. Ils comparaient leurs prisons autrichiennes d'Olmütz et du Spielberg.

La bienséance exigeait qu'Omer se privât de suivre
sa fiancée. De la gloire plein le cœur, il s'écarta. Dans
sa main, il croyait sentir le poids du sceptre que lui
conférait sa nouvelle fortune. « Chère Elvire, pensait-
il, tu me donnes ce soir toutes les chances de commander aux hommes. Toi qui me connais depuis
ton enfance espiègle, tu m'as donc jugé digne d'un si
grand devoir... Et je te plains de m'avoir jugé digne. »

Il s'accouda sur la fenêtre. Les lampions rouges et verts enguirlandant les bosquets du jardin, lui riaient comme des yeux amis. Il s'étonnait que toutes les joies de l'univers ne se fissent pas plus éclatantes pour saluer cette heure.

— Mais votre neveu, Monsieur le comte..., proposait tout haut la voix gracieuse de La Fayette..., votre neveu, ce jeune avocat, M. Omer Héricourt... Voilà le secrétaire général qu'il faut à notre Association des Comités Philhellènes... C'est lui...

— Il a fort bonne allure, par ma foi !... renchérit, mais un peu sèchement, M. Casimir Périer.

— C'est dit !... conclut M. Laffitte, qui cambrait toute sa personne loyale pour dominer du visage les interlocuteurs.

Aussitôt l'oncle Praxi-Blassans quitta le groupe et rejoignit son neveu.

— Vous avez entendu, j'imagine, bien que vous fassiez mine d'innocent et de rêver aux étoiles... La grâce qu'on vous accorde est de conséquence pour peu que vous vous donniez le ton de paraître mener toutes choses. Le petit Montalivet enrage de vous voir choisi pour la place que briguait son air de suffisance, qui ne laisse pas d'ailleurs que d'agacer. Mettez à profit ce dont le sort vous comble... ; et ne permettez point qu'aucun de ces gens-là s'acquitte d'une besogne que vous pourriez accomplir. Il vous faut, pour cela, de l'activité, de bons chevaux à votre voiture et les moyens de recevoir en votre hôtel avec quelque magnificence. Ce n'est pas votre dévote de mère qui saurait y pourvoir... En avez-vous terminé avec la jeune Elvire. Apparemment, vous la convertissiez avec éloquence tout à l'heure sur cette ottomane ; et vos Gresloup n'ont plus à craindre que la Banque d'Artois suspende ses paiements... C'est promis ?... Parbleu, je m'en doutais et vous en félicite. Un mot de M. Laffitte a dû suffire. Dieu soit loué ! Que vous avez

fait le lambin dans toute cette aventure... Virginie ?
C'est une folle, révérence parler, qu'il faut saluer en passant outre... Je la verrai demain après l'avoir fait cuisi-
ner par ma nonne de fille, et l'amènerai incontinent à
grandes guides, jusque dans Meudon, pour la démarche... Ne vous tracassez point. Si vous avez la demoiselle
dans votre camp, la mère y mettra bas les armes...
Suis-je diplomate, ou point ? Ah !... Vous manquez par
trop d'assurance. N'ai-je point mené votre barque assez
bellement, depuis que je vous fis inscrire au collège
des Pères Jésuites. Je vous hisse dans la société par-
dessus mes deux fils. Emile n'est qu'un petit lieutenant
de cavalerie qui dégourdit les salons de Grenoble, et
l'abbé se crotte à courir derrière l'argent des veuves
pour son usine à miracles... Je vous tranche une autre
portion, ce me semble dans le gâteau. Est-ce là don
gratuit ? Oh que non ! J'entends que nous fassions tête
ensemble à votre oncle Augustin dans les conseils de
la Banque et de la Compagnie. Est-ce dit ? Topez là...
Il serait fâcheux que nos intérêts et les vôtres fussent
au service d'un militaire présomptueux qui flaire
l'émeute, et prétend y ramasser à son tour le sabre que le
Buonaparte empoigna sur les marches de Saint-Roch en
canonnant les royalistes de Vendémiaire... Le gaillard
nous chambrerait tous, le lendemain... Ce serait niai-
serie que de tailler les baguettes avec quoi ses huissiers
nous interdiront la porte...! N'est-il point vrai, mon
neveu ?

Dans le jabot du jeune homme, il allongeait, sautillant,
les petits coups de sa tabatière à portrait. Nymphe en
draperie bleue, et le sein nu, la tendre Elodie s'y trouvait
peinte, au gré d'un adroit miniaturiste, dans l'ovale de
brillants. Ce que le vieillard laissa remarquer, le sourire de coin, en cillant sur ses petits yeux vifs. Ensuite
il caressa le rouleau soyeux et jaunâtre de sa chevelure, avec complaisance.

— La chère belle m'en a fait présent, dit-il. Nous sommes au mieux. A vrai dire, je vous dois cette charmante Elodie. Et voyez si je m'en souviens. Il faudra que vous veniez, quelque jour, à son thé. On n'y rencontre que des Pairs de France et quelques danseuses de l'Académie royale de musique...

Il dit cela tout peureux de voir acceptée son offre. La beauté du jeune homme eût pu reconquérir le cœur d'Elodie.

— Point du tout!... rectifia soudain la générale en élevant sa voix arrogante. Mme de Nucingen couronnait alors les feux d'Eugène de Rastignac, rue d'Artois, dans un logis que le père Goriot avait meublé lui-même pour les amours de sa fille... A deux pas de votre banque, Monsieur Laffitte. Je suis mieux renseignée que vous, Monsieur de Montalivet!

Ivre de gloire parce qu'elle connaissait cette historiette d'adultère, Denise se levait radieuse de sa chaise en X. Elle avait aussi le sens du triomphe...

— Messieurs, au perron! s'il vous plaît. Au perron!... commanda-t-elle!

Les laquais se précipitèrent, ouvrirent toutes grandes les portes... Les violonistes attaquèrent les premières mesures de la romance : « Captif au rivage du Maure! » Les habits bleus se hâtèrent en s'inclinant pour des révérences de politesse. Alors Omer atteignit Elvire et le major. Mais il ne put se glisser entre eux, et demeura près du père qui le pressait de félicitations, d'éloges.

Au fond du jardin, des fusées jaillirent vers les champs d'étoiles, retombèrent en gerbes de perles bleues. Quelques soleils s'embrasèrent, éclatèrent et tournèrent, crachèrent des fontaines de flammes; et puis une grande femme se dessina sur la nuit en traits flamboyants. A son égide, on reconnut Minerve, que, de sa lance, un chevalier d'incendie protégeait, la fleur de lys, au casque, projetant mille étincelles.

De la principale fenêtre, Dolorès à genoux déclamait une ode du genre romantique.

— Brava! Brava!... fit aux derniers vers M. de Montalivet, avec l'accent qu'il prenait au théâtre Italien pour applaudir Mlle Malibran.

Et comme il s'empressait, ainsi que le général-comte, exagérément, auprès de la poétesse, Omer put s'esquiver sur une brève félicitation d'ami. La berline des Gresloup avançait contre le perron. Le père et la fille montèrent. Le fiancé posa les lèvres sur le gant d'Elvire qui lui serrait les doigts. Déjà le chasseur poussait la portière. L'équipage partit au grand trot des alezans nerveux. A la vitre, la figure de la jeune fille en fanchon de dentelles fit une tache claire, puis s'éclipsa dans le mouvement de la voiture. Omer comprenait mal que le visage de fleur n'eût pas été mieux transfiguré par le miracle qui déterminait le sens de leurs deux vies.

Une fois chacun salué, il s'en fut très vite, peureux d'avoir à tromper Mlle Alviña. Elle était, trop entourée heureusement, pour le rejoindre avant la grille. Dehors, il courut vers les roues jaunes de son cabriolet. Avide de songeries, il laissa le domestique conduire Fly, la vieille jument que lui avait jadis offerte la tante Caroline.

« Bientôt, pensa-t-il, j'achèterai deux bêtes anglaises, et je remplacerai par un élégant tilbury cette guimbarde... A ma mère j'abandonnerai ce valet fourbe et grincheux qui fut bedeau ; et j'engagerai pour mon service un groom de Londres... Elvire sera-t-elle bonne ? Comme, souvent, les feux de ses regards me fouillent et me domptent ! Il sera difficile de lui cacher mes frasques... Je prédis qu'elle me dominera durant certaines périodes. Bast! mon intelligence et ma volonté en viendront à bout, galamment... Elle possède le souci de son devoir. Avec cela rien n'est à craindre. Au reste, elle m'aime. »

Bien que ce fût là son avis final, il revisait
toutes les opinions qu'il avait nourries à propos d'elle
depuis deux ans. Il doutait d'être le maître ; et il appréhendait l'ingérence de sa belle-mère, sans cesse alar-
mée par la constitution délicate de l'enfant. Il se voyait
dans le salon de l'hôtel Dubourg, au coin de la cheminée de pierre. Elvire tricotait ou brodait ; son visage
de fleur se tournait vers lui qui lisait les journaux à
la lumière ; ils se regardaient ; tout leur amour leur venait aux yeux, et puisque maman Virginie sommeillait,
la tête sur le fauteuil, son bréviaire oublié dans les doigts,
les époux s'embrassaient en silence longuement ; leurs
âmes se goûtaient par l'entremise de leurs bouches
voluptueuses. Des larmes envahirent les paupières
émues du rêveur.

Au lit, de tels songes peuplèrent son insomnie et
ses assoupissements. De grand matin il se leva, commanda son habit de cheval et qu'on sellât Fly. Redou-
tant les drames de la journée entre sa mère, Dubourg,
l'oncle Edme, la religieuse et le comte de Praxi-Blassans, il préférait courir la campagne, malgré la bruine.
Toutefois, avant son départ, il fut gratter à la porte
de sa mère qu'il entendit ronfler. Elle se réveilla,
devant qu'il se pût retirer, trop heureux du prétexte.

— Je vous souhaite le bonjour, ma chère maman.
Avez-vous bien dormi ?... Pardonnez-moi de vous
déranger ; j'ai promis à M. Courfeyrac d'aller aux
bois de Viroflay en sa compagnie ; nous déjeunerons
là-bas dans un tournebride où l'hôtesse fait, paraît-il,
de bons plats... Me le permettez-vous ?...

— Mais oui, scélérat ! cria-t-elle sans se lever. Amuse-
toi... Amuse-toi... Je trouve assez bon que tu prennes
l'air. Ta mine de ces derniers jours ne me revenait
pas. S'est-on plu chez Denise, hier ?

— A merveille ! Le feu d'artifice était superbe ; et la
conversation des plus brillantes. A propos, je t'annonce

la visite de Delphine et de son père pour ce matin...
*Ils souhaitent te parler d'Elvire... et de notre fameux
mariage...* Mais le principal c'est que si, j'en crois la
tante Caroline, M. Laffitte signera dès aujourd'hui la
convention de nos deux banques.

— Ah!... répondit Mme Héricourt roidement..., tragiquement, la seconde nouvelle n'ayant pas amendé la
première.

Omer se hâta de déguerpir, de peur que sa mère
ne sautât du lit pour tirer le verrou, et entamer
les remontrances. Dès qu'il le pût, il éperonna sa
jument. Il s'applaudit de fuir tant de drames. Aux
Champs-Élysées déserts, il aspira l'odeur des feuilles
mouillées, des pelouses humides. Il avait plu fortement
à l'aube. Dans le bois de Boulogne, sa bête allant au
pas, il arrangeait des plans d'existence politique et
mondaine : Elvire présidait, ayant la face lourde de La
Fayette à sa droite, et le profil pointu de M. Laffitte à
sa gauche. Omer supputait le revenu du domaine dotal.
Il se promit la curieuse joie d'instruire la vierge dans
la volupté qui se pâme et sanglote. Il imagina cette
nudité de dix-sept ans garçonnière à demi. Serait-elle,
devant l'amour, honteuse ou bien espiègle, ainsi que
jadis au colin-maillard, dans les prairies des Moulins-
Héricourt?

Le tapage d'un galop doublé frappant le sol humide,
claquant les flaques, entraînant une voiture qui rebon-
dissait sur les ornières, lui fit craindre que des chevaux
emportés ne missent en péril les voyageurs d'une chaise
de poste. Il arrêta sa monture, et tourna la tête, la
main sur la croupe. D'une allée latérale l'équipage
déboucha parmi les jets de boue. « Le voilà ! Le voilà ! »
criait Denise ; et le cocher de la générale leva les rênes
jusqu'à son cou, pour retenir l'attelage qui glissait, de
ses huit fers, dans le sol gras... Omer eut à peine le
temps de concevoir que sa sœur et Dolorès le pour-

chassaient jusque-là. La portière s'ouvrit, Denise sauta
furibonde ; et son manteau lilas fut éclaboussé.

— Est-ce vrai ?... Je ne le veux croire... Tu épouses
Elvire!... Non... Tu va revenir avec nous ! tu empêche-
ras l'oncle Praxi-Blassans d'aller à Meudon... Non?...
Non ?

Au fond de la voiture une masse d'étoffe, était Dolorès qui se mouchait et sanglotait.

— Alors tu préfères l'argent à l'amour le plus pur!...
Maudit !... Tu désespères, tu assassines cette pauvre
enfant pour chercher l'or à travers ses larmes et son
sang ! Que tu es lâche, que tu es donc lâche!... Tu n'as
pas osé nous voir, elle ni moi... Quand nous sommes
arrivées tout à l'heure chez ta mère, déjà tu t'étais
enfui comme un criminel... Il a fallu que le portier nous
indiquât ton chemin. Et tu as fait avertir la victime par
le comte Dubourg. hier, après le départ de tous, après
ton départ... Tu n'es qu'un lâche, un lâche!... Tu n'as
pas la vaillance du brigand qui assiste à son acte, qui
risque au moins d'affronter les justes reproches de ceux
qu'il égorge ! Traître !...

— Laissez-le, Denise, laissez-le !... sanglota du fond
de la voiture l'Espagnole au visage tuméfié par les
pleurs de la nuit...

La générale piétinait la fondrière, crachait des invectives romantiques. Elle était à demi-vêtue d'un canezou
du matin qui s'ouvrait sur sa gorge belle, rude et nue,
forçant le fichu de soie. Les mèches de sa chevelure
s'éparpillaient au vent. Une balafre de cendre souillait
la pâleur de son visage...

— De grâce, ma sœur!... répétait Omer.

Il ne ressentait que la honte de voir Denise Héricourt dans ce rôle de furie, sous les regards du cocher
et du chasseur impassibles en apparence. Cela le boule-
versait plus que la douleur même de Mˡˡᵉ Alviña, dont
cependant il souffrait aussi.

Les verdures fraîches du bois., les murs de buissons, le sable tassé de la route indéfinie, les pépiements des oiseaux, le vide silencieux et la chanson monotone de la brise assistaient à la peine des trois êtres, à la rage de Denise, à la torture de sa pauvre amie, à la honte d'Omer qui faillit s'estimer coupable un instant.

Toutefois l'ironie, surprise dans l'œil narquois du chasseur, chargea de colère ses sentiments.

— Ma sœur, je vous prie de rentrer chez vous. Sied-il vraiment à la femme du général Héricourt, d'amuser ainsi ses laquais...!

— Que m'importent mes laquais !...

Elle fit un geste. Effrayée la jument d'Omer se cabra. Il dut s'occuper de la maintenir... Et cette situation ridicule d'un homme en colère contraint de lutter avec sa monture pendant qu'on l'insultait, l'exaspéra...

— Je vous ai dit mes raisons, cria-t-il. Mon devoir civique et mon devoir religieux me commandent de refouler en moi un amour fait uniquement de passion. J'ai la charge de rendre honorable et respecté le nom de votre père. Je sacrifie mon bonheur d'amant à la grandeur de ma descendance... D'autre part, mon confesseur m'a défendu de solliciter l'amour d'une jeune fille qu'une sainte religieuse et une pieuse veuve préparaient à prendre le voile... Mon devoir et ma foi m'interdisent d'épouser Mlle Alviña que je respecte, et que j'admire, et que j'aime... J'obéis à des pensées supérieures que Mlle Alviña comprend et qu'elle finira par admettre... : j'en suis sûr... C'est une âme trop noble pour ne pas se soumettre aux principes. Devant eux, nous n'avons qu'à étouffer nos sentiments ! L'avenir de la famille, de la patrie et de la religion valent bien que, sur leurs autels, les gens de cœur immolent leur félicité même.

Plus haut que les injures et que les sanglots, il déclama la main haute, comme aux péroraisons de ses

plaidoiries. Son oreille écoutait son éloquence ; ses
entrailles vibrèrent au son de sa voix convaincante...
Il s'aperçut, tel que la statue équestre, du devoir et de
la Loi !

— Hypocrite, lâche hypocrite, glapit Denise. Voilà
donc ton grand cœur ! Tu te mens à toi-même... Vil
rhéteur !... Tu n'as pas le courage de reconnaître loya-
lement ton infamie, ton ignoble avarice... Tu es lâche...
Que l'âme héroïque de notre père te maudisse !

— Grâces, Denise, cria Mlle Alviña qui se précipitait
hors de la voiture. Grâces... Rétractez votre anathème !...
Je vous aime, Omer, et je vous aime assez, moi, pour
renoncer, si le mariage avec Elvire doit contenter votre
conscience et votre cœur... Je vous crois ! Je renonce !
Et je vous crois !...

Des sanglots et un flot de larmes rompirent les cris
de l'Espagnole, qui, poétesse, jugea tragique de se
laisser choir dans la fondrière, à genoux... :

— Omer, je vous crois !... Soyez heureux... Soyez
heureux... Dans le cloître je prierai pour vous... chaque
jour...

Le cavalier se souvint du long baiser voluptueux
qu'ils s'étaient donnés sur le prie-dieu, aux pieds du
saint évêque doré. Il éprouva toute la peine de l'a-
mante. Sa chair même pâtit. Un sanglot l'étrangla
pareil à ceux qui secouaient Dolorès.

— Pardonnez-moi, Dolorès, je souffre autant que
vous... Pardonnez-moi... Mais c'est la Loi !

— L'amour est au-dessus des lois que forgent la
cupidité et l'hypocrisie !... déclara Denise en rica-
nant.

— Adieu... gémit Dolorès...

Elle courut jusqu'aux doigts gantés du jeune homme
les prit, et chaudement les baisa, puis, s'étant réculée,
elle s'affaissa tout à fait dans la fondrière. L'eau de
pluie clapota autour du manteau ; les yeux noirs se ter-

nirent ; l'enfant porta les mains vers son front et s'évanouit...

— Va-t'en, lâche ! cria Denise en larmes ! Mais va-t'en. Tu vois bien que tu la tues...

Outré de sentir les domestiques le blâmer avec leurs yeux sournois, il rendit la main. La jument bondit.

« Grâces à Dieu, c'est fini ! » fut d'abord la pensée d'Omer.

« Ma présence l'exaltait, raisonna-t-il ensuite ; elle se calmera quand elle me saura loin. »

Il n'avait pas regardé en arrière, de crainte d'être rappelé par un signe.

« Pauvre comédienne ! » soupira-t-il.

Dès qu'il fut à distance suffisante, il tourna la tête. Dolorès était un tas de chiffons bruns émergeant sur l'eau de la fondrière. Le chasseur débouchait un flacon. Denise soutenait la face inerte. Sur le siège drapé de vert, le cocher rassembla les guides avant de descendre. Les deux chevaux encensaient pour chasser de leurs crinières les gouttes d'eau.

« Malheureuse fille ! » se répétait Omer..

Elle était toujours cette chose immobile et chiffonnée dans la boue. Le chasseur entreprit de la redresser, et les plumes du bicorne s'agitèrent dans cet effort. Mais Fly gagna sur la main. Le cavalier dut y pourvoir. Un moment il apprécia le plaisir d'être balancé en rythme, sous les feuilles claires et fraîches, par le trot régulier.

« Je n'étais pas l'acteur qu'il fallait à cette créole ! Mieux vaut cette douleur brutale et passagère qu'une longue vie de dédains réciproques, d'ennuis, de querelles... Mais elle a de la peine, de la vraie peine ! Seigneur, épargnez-là ! »

Tout une heure il se complut, en chevauchant, à la

mélancolie de la plaindre. Plus tard, il s'admira pour
avoir usé de fermeté.

Au tourne-bride du rendez-vous, Courfeyrac le put
distraire parce qu'il montait une cavale arabe, bonne
sauteuse, prêtée par un garde-du-corps.

X

A Meudon, un matin d'été, l'an 1830, Omer Héricourt quitta la chambre conjugale, pour cacher les larmes de la plus douce émotion. Elvire et lui venaient de s'étreindre, en fêtant, par un long baiser qui lia mieux leurs âmes, l'anniversaire de leur fils endormi près d'eux, sous les dentelles du berceau. C'était, au cœur de l'époux, une ivresse et un vertige singuliers.

Son esprit lui sembla traversé par le soleil que filtraient, à la fenêtre de son bureau, les branches pendantes du lierre, du chèvrefeuille. Il était las et bienheureux. Il s'alanguit sur le fauteuil devant la tablette rabattue du secrétaire, devant l'amas de ses travaux. Dehors, la pelouse ovale s'éployait, entre le grand cèdre sombre, les buissons de fusains luisants, et les blonds tilleuls. Ses chiens jouaient au galop. Une pie gagnait le zénith en jacassant. Les courbes du ciel vibraient. Les insectes bourdonnaient. Un gros frelon de velours brun joua des élytres, suspendu dans l'air.

« Merci, nature ! Et toi, Seigneur, cria la religion du jeune homme... Tu me combles de tes dons... L'été sublime salue la première année révolue de mon fils, trapu déjà comme un légionnaire de César, un fondateur de camps et de villes, un fidèle de Mithra !... Eté sublime n'as-tu pas salué par ces mêmes rayons aussi, par ce même chant de la vie féconde, l'heure de mon union. Tu faisais resplendir les couleurs des

saints debout dans les ogives des vitraux. Un rayon
bleu venu du manteau de la Vierge enveloppa même la
chère posture d'Elvire inclinée sur le prie-dieu, et
farda célestement la fleur non pareille de son pur visage.
Cloches qui sonniez dans le faite, saviez-vous quel
bonheur vous annonciez au monde ? Saviez-vous que
rien ne devait mentir de ce triomphe solennisé par la
la magnificence des uniformes, sur les épaules des officiers accompagnant l'oncle Augustin ? Pairs chamarrés
d'argent, généraux chamarrés d'or, prêtres poudrés,
dames en turbans ou bien empanachées de marabouts,
messieurs si graves sur vos cravates de mousseline
et vos collets d'habits, et vous, mes amis du Palais
si généreux et si loyaux sous vos chevelures abondantes ; deviniez-vous alors ce que le mystère de ma vie
renfermerait de joies ? O mon Elvire ! Printemps qui
fleurissais, été radieux et vibrant, automne d'or et
de nuées, que fûtes-vous sinon les berceaux admirables
de l'amour ? Hiver qui coiffas de neiges candides l'hôtel
des comtes Dubourg où ronflaient les flammes on-
doyantes dans la cheminée de pierre, qu'as-tu voilé
sinon la félicité de nous chérir, elle et moi, les
mains aux mains, la joue contre la joue, sur le sofa,
tandis que maman Virginie murmurait ses oraisons,
égrenait son rosaire et regardait, dans l'âtre, les images
flamboyantes des supplices infernaux ? Nuits de toutes
les saisons qu'avez-vous obscurci dans nos âmes com-
muniant de leurs corps soudés en une seule force afin
de perpétuer ce désir de passion par les rires d'un enfant
joyeux d'avoir vaincu la mort ! Olivier, mon fils, tu es
la promesse de l'idée latine ressuscitée en dépit des
victoires que fêtèrent ici les Barbares Germains, Kal-
mouks, et Vikhings, il y a quinze ans. Les aigles de Rome
se déploient dans tes yeux noirs, les yeux des Lyrisse,
Lys Lyris... Surnom peut-être d'un prêteur à l'équité
sans tâche. Mon fils... Tu n'es encore qu'un Cupidon

joufflu; et les lys ne brillent que sur ton teint, bel enfant de mon Elvire... Puisses-tu posséder l'esprit aussi noble et clair que le surnom de ton ancêtre, de mon-bisaïeul par qui fut réveillée l'âme de la liberté romaine dans les cerveaux des descendants latins disséminés sur tout l'Occident, étouffés sous la tyranie franque, germanique et scandinave. Une année entière, Elvire et moi nous t'avons espéré dans nos embrassements chaleureux. Malgré que la mère fut délicate, tu naquis de sa chair adolescente. Une année entière, nous t'avons vu grandir, fragile et chagrin, en souhaitant l'apparition de ta vigueur. Et te voilà sauvé des maux!... Grâces te soient rendues, nature, qui m'as fait de la sorte immortel, si le descendant éternise le principal de nous-même : la pensée!... Ma vie, dès cette heure, est sans fin ; comme toi, lumière du ciel, fécondité du monde! »

.Pensif, il demeurait les yeux fixes, et l'âme en extase. Dans l'air fauve trépidaient les élytres du frelon. L'essieu d'une voiture criait sur la route, au delà des murailles.

Il sentit qu'il ne pourrait connaître le travail, cette heure-là. Trop de bonheur exaltait la vie. Caresses, douceurs, dévouements, sagesse domestique, élégance et gaieté, toutes les vertus d'Elvire, captivèrent l'attention de sa mémoire. Surtout il se complut à se rappeler la saveur de cette peau duveteuse et rosée sur le visage, autour des yeux clairs, sous le menton, sur les épaules rondes et lisses, dans la ligne longue du dos étroit que deux signes marquaient ainsi que dans un ciel d'aube, deux astres pâlissants et près de s'éteindre. Il décida de se souvenir longuement. Les joies espiègles et fréquentes de la volupté, sa petite épouse adolescente les lui dispensa de nouveau, dans les vagues des batistes qui prêtaient à leur lit l'apparence d'un lac blanc sous la tempête, aux heures où tout

se fond dans les ombres laissées par la lueur de la
veilleuse mauresque. Le cher corps de l'ange mince, il
l'eut dans le frisson de sa pensée fidèlement évocatrice.
La face de fleur riante emplissait tout le décor de son
existence depuis un an. Il ignorait comment son éloquence avait pu gagner ou perdre, aux entr'actes de
l'amour, tant de procès libéraux, comment lui-même
avait, plusieurs fois reçu, dans l'hôtel du faubourg Saint-
Germain, les membres de l'opposition : La Fayette,
Laffitte et le général Lamarque venus saluer, au salon
du Régent, la tante Caroline qui, malgré la dissolution
de la Chambre, avait convaincu les propriétaires
ruraux en rapport avec les Moulins-Héricourt, d'élire
le général Pithouët. L'un des Deux Cent Vingt-un
députés, signataires de l'adresse qui refusait au Roi
le concours de la Chambre pour discuter les lois du
ministère Polignac, venait d'être au mois de juin,
renommé par le même collège. La vieille tante avait,
chez son Omer, attiré toute la reconnaissance du parti
libéral et industriel, pour la gloire d'Elvire couverte de
ses joyaux anglais, de ses armures de satin, telle que
les anges opulents du Véronèse entourés d'apôtres à
mines de seigneurs, sur lesquels brillaient, les lustres, buissons ardents de lueurs et de gemmes.

Omer eut le désir de contempler sa femme, et
rentra dans la chambre. Parmi les ondes fauves de sa
chevelure écoulée, Elvire sommeillait à demi. Ainsi que
deux pétales à franges sombres, les paupières recouvraient les cœurs des yeux forts, quelque peu des joues
roses et liliales. Sur les guipures du drap, dormaient,
nus, potelés, ses bras d'enfant. Le souffle gonflait les
cimes brunes de la gorge et leur voile vers les lumières
que filtraient les rideaux blancs, et qui pénétraient la
pièce, pour se mirer au poli de la commode en thuya
tigré. Omer demeura, sans geste et sans parole. Toute
son âme souriait en lui. « Que manque-t-il de ce que

j'espérai d'elle ?... En vérité, l'ange a tout donné à l'espoir de son Lucifer... » Il chercha les défauts, regretta qu'elle fut un peu maigre, que le bien dotal produisît des rentes moindres depuis un an ; qu'elle s'attristât trop lorsqu'il la quittait et que cela l'eut empêché d'accomplir des actes utiles, un voyage nécessaire aux intérêts de la charbonnerie, dans le moment où les Belges préparaient la révolte contre le gouvernement des Pays-Bas, les Polonais contre celui des Russes, les Lombards, les Vénitiens, les Hongrois et les gens de Bohème contre celui de l'Autriche ; dans le moment où les sociétés secrètes se confédéraient mieux autour de la *Jeune Europe*, afin d'établir l'unité de l'Italie, l'unité de l'Allemagne et la République européenne. Certainement son caractère ne s'affermissait pas au contact de la douce créature. Elle le soumettait à son désir de le choyer sans cesse, de l'asseoir sur ses genoux, de le serrer dans ses bras, de l'attirer au fond des ottomanes. Elle était jalouse des lectures où il s'absorbait, inquiète de le craindre infidèle, s'il s'attardait aux séances de l' « Ardente-Amité », et de l'association « *Aide-toi, le Ciel t'aidera* » qui réunissaient les membres influents des Loges et des Ventes. Omer négligeait de plus en plus ses devoirs politiques. « Chère Elvire, songeait-il, tu m'apportes de nouvelles excuses pour ma lâcheté... Ma reconnaissance te sacrifie ce qui m'ennoblissait à mes yeux !... Tu aides la peur à triompher de ma raison ! »

Elvire lui souriait ; elle tendit les bras. Il se pencha sur elle. Leurs lèvres se joignirent. Le parfum de la chair féminine lui fut une volupté suave. Il sentit la jeune femme se roidir contre lui, et soulever tout son corps en fièvre. Ils se fussent accordé les joies extrêmes, si la camériste n'eut gratté à la porte. Elle apportait le plateau, la chocolatière, les tasses d'argent. Les époux s'amusèrent de manger ensemble ; comme

chaque jour, pendant que la nourrice allaitait leur
fils goulu. Puis ils furent deux amoureux de romance
qui se promenèrent dans les sentes du parc, la main
à la taille. Les chiens de chasse couraient devant, à la
poursuite des oiseaux, et flairaient les traces des
lapins. Bientôt, sur l'étang, Elvire ramait à l'ombre
des saules. Elle entretenait son mari de leur enfance
fraternelle afin d'éterniser leur affection dans le passé,
afin de la grandir. « Me crois-tu celle que tu désirais ?...
Seras-tu toujours aimable ?... Il faut écrire à ta mère.
Elle s'imaginera que tu l'oublies, que je te la fais
oublier, quelle peine elle aura! Je me reprocherai
qu'elle pût un instant penser ainsi de moi. Pourquoi s'attarde-t-elle à cette longue retraite... Delphine
de Praxi-Blassans ne doit guère égayer notre pauvre
dame dans le couvent. Enfin elle se trouve bien à
l'église depuis que ses terreurs lui laissent du répit...
Reprendra-t-elle jamais confiance auprès de nous...
Comment une pareille sainte peut-elle redouter l'enfer ?... Excès de scrupules... oui... La grande piété
n'assure donc pas le bonheur ? Il n'y a donc que
l'amour... que notre amour... »

Plus tard elle était la bonne ménagère qui, les clefs
à la main, ouvre et ferme les armoires, distribue le
linge aux servantes, gronde la paresse des laquais,
dicte au cuisinier le menu selon le goût des convives,
vérifie les additions, empile les écus et les louis sur la
tablette du secrétaire, veille à l'ordonnance de la table,
à l'éclat des argenteries. Elle était la petite reine
sévère et criarde qui morigène le cocher obèse, pour ses
comptes d'avoine, reproche l'insolence du groom, rec-
tifie la tenue du maître d'hôtel grognon, marchande
les morceaux du boucher, écrit au notaire pour récu-
pérer les fermages échus, à l'agent de change pour
placer les fonds, sans oublier d'accourir au galop entre
deux fonctions, une facture à la main, jusqu'au bureau

du mari, et, simulant la mine d'une écolière nigaude, déposer sur la joue mâle le souffle d'un baiser tiède, ample et rieur.

Au milieu des amies, elle était aussi la jeune dame en soie parfumée qui rappelle les triomphes de chacune : elle blâmait le vice, en personne attristée qu'il navre ; elle vantait la vertu en moqueuse qui s'amuse de paraître irréprochable ; elle discutait à profusion sur la mesure des chapeaux, la finesse des escarpins et la valeur des bijoux. Artiste, elle enseignait les mérites des nuances qu'on peut unir, et les qualités de lignes qu'accorde un corset.

Elle fut aussi la fille bonne qui, tout à coup, se précipite vers la petite anse où son père pêche à la ligne, sous un large chapeau de paille. « N'a-t-il pas trop chaud, trop froid ? L'humidité gagne-t-elle ses jambes ? » Elle emmenait le domestique chargé de couvertures, de manteaux, d'une théière qu'emplissait l'eau bouillante.

A table, elle versait la rhubarbe dans la cuiller à soupe de sa mère. Contre celle de la vieille dame elle échangeait son assiette de poisson, les arêtes ayant été méticuleusement extraites de sa truite. Et c'étaient mille soins assidus qu'elle rendait à tous, contente, orgueilleuse de savoir faire le mieux. Omer l'admirait bien qu'elle l'impatientât par ses attentions trop fréquentes. Dans ces menus faits quotidiens, la grâce de leur tendresse s'affirmait continûment, ce dont jouissaient leurs vies molles et rapides. Après avoir lu certains poèmes de Lamartine, Elvire, une fois disait :

— Le charme de l'étang est devenu celui d'un grand fleuve emporté sous le soleil avec toutes les richesses de ses eaux... Nous nous sommes mariés hier, pour ainsi dire... Je me plais encore à la fraîcheur de la source ; néanmoins il me semble que bientôt j'aspirerai l'odeur salée de l'océan. Je hume l'air pour y découvrir le parfum qui sera celui de notre avenir, Omer!...

— C'est que vous m'aimez moins, Elvire... sans quoi la source et l'estuaire seraient oubliés de votre âme dont les heures actuelles enchanteraient le songe. Pour moi, tout le passé n'est plus qu'une mémoire brumeuse ; tout l'avenir reste indifférent : je ne saurais le prévoir ; rien de lui ne m'attire ou ne m'inquiète, puisque vous êtes le présent...

— Fi donc !

Il l'abusait ainsi dans le désir de lui mieux plaire. Mais les regards de l'ange le devinaient plus anxieux d'apprendre si le ministère Polignac oserait forfaire aux principes de la Charte et, par voie d'ordonnance royale, déclarer dissoute la nouvelle Chambre libérale.

Sur les avis du fameux Ouvrard, la tante Caroline Cavrois ajoutait, à ces présomptions, une telle foi qu'elle venait de prendre ses mesures pour engager la Banque d'Artois à la baisse. Car la rente fléchirait, au premier signe d'un coup d'État. Si le major Gresloup déclamait sans cesse que Polignac était capable de ce crime et de tous les autres ; Mme Gresloup blâmait la Compagnie Héricourt d'écouter les conseils de M. Ouvrard, et de jouer sur le fléchissement des fonds. Dolente, elle redoutait également pour elle, pour les siens, la spéculation et la maladie.

A la mieux connaître, Omer découvrait, en cette dame lourde, blanche, dont les beaux yeux bleuâtres remuaient peu, une personne dévouée, sans bruit et sans effusions, à la félicité d'autrui. Comme elle avait, tout un décembre, lavé le linge des geôliers autrichiens, sous le costume et l'apparence d'une servante, afin de préparer inutilement l'évasion du major enfermé dans le cachot du Spielberg, de même elle eût tout accompli, sans hésitation ni discours vain, afin d'épargner à ses enfants une douleur réelle. Parfois elle accusait, fort douce, son gendre d'inquiéter Élvire en lui dissimulant des pensées. La bonne mère exhortait le jeune homme à ne point faire souffrir la petite épouse soucieuse de former avec lui l'être unique : deux corps au service d'une même volonté. La voix étrangère de Mme Gresloup qui cherchait le mot propre, durant l'espace d'une hésitation très brève, donnait une lenteur digne à ses phrases. Elle semblait ainsi dire obstinément des choses très graves, très sérieuses et très définitives. Par là son langage en imposait, telle une voix de la sagesse. Les cloches de ses robes marron rayées de noir, fleuraient très fort l'essence de lavande autour de la dame qui, silencieuse, découvrait trois dents de craie brillante, pour volontiers sourire à la moindre gaîté de son entourage. En sorte que sa bonne humeur, sa propreté, ses attentions de ménagère soigneuse, ses goûts délicats, ôtaient toute apparence de calcul personnel ou de rancune à ses instances.

Omer promit de voir Dieudonné Cavrois et de lui représenter le péril de cette position à la baisse. Le général Héricourt ne pouvait, d'Algérie, rien prévoir. D'abord tenu à l'écart, dès la chute du ministère Martignac, pour avoir, engagé Chateaubriand à donner sa démission d'ambassadeur à Rome, et bien qu'en sa qualité de vieux diplomate, à la mémoire indispensable, il eût, par la suite, regagné la confiance de Charles X, le comte de Praxi-Blassans, se trouvait enclin à desservir, par ses soupçons excessifs, des maîtres arrogants. Donc il approuvait les prévisions d'Ouvrard, parlait de coup d'État, pressait la Compagnie-Héricourt du jouer à la baisse. La-dessus, un dimanche, on apprit que M. de Châteaubriand commandait les chevaux de poste afin de prendre, le lundi, la route de Dieppe où l'attendait Mme Récamier. Ce voyage n'indiquait-il pas une sécurité d'esprit parfaite ? Aussi bien le général Lamarque était aux champs, et M. Laffitte à sa terre de Breteuil, dans le département de l'Eure. Ces person-

nages illustres de l'opposition se fussent-ils absentés si
la chance d'un coup d'État congréganiste leur eût semblé
proche. Non. Ils fussent demeurés à Paris, désireux de
paraître dans une algarade tout au désavantage moral
du gouvernement qu'ils combattaient, et dans laquelle
il seyait qu'ils prissent posture incontinent.

En saint-simonien convaincu par les ardeurs de ses
chimères, le major Gresloup contestait les prévisions
pacifiques. Sa voix sourdement furibonde représentait
les demi-soldes et les carbonari comme prêts d'être les
maîtres du siècle, de fonder le Papisme Industriel sur
les idées généreuses de la Révolution. C'était l'avenir
qu'il promettait à son fils Urbain, alors élève de l'École
polytechnique. A justifier les audaces de la tante Caroline, il s'empourpra fort le visage, tout en discutant et
mâchant, au dessert du souper, ce dimanche soir, les
dattes expédiées de la terre africaine par le général
Augustin et le lieutenant Émile de Praxi-Blassans.

Le lendemain, sur les supplications de sa femme qui
eut les larmes aux yeux, il résolut de faire atteler la calèche, de courir aux informations. Il emmenait leur gendre, qu'appelaient à Paris ses devoirs d'avocat, et que
les anxiétés de madame Gresloup persuadaient de voir
son cousin.

Ils quittèrent Meudon, laissant au perron de la villa,
leur chère Elvire gaie, délicieuse dans ses boucles anglaises et les ruches de son bonnet, entre ses manches
à gigot. Une minute, Omer désira passionnément ce
corps jeune et vif qu'une année d'amour avait épanoui.
Franche, elle jeta, de ses mains, quelques baisers,
tandis que les roues de la voiture écrasaient la terre
sèche, sous la charmille bourdonnante, passaient la
grille aux lances dorées, les pilastres surmontés d'urnes
en granit.

Les deux hommes se proposèrent de consulter le
comte de Praxi-Blassans. S'il approuvait les desseins

de la tante Caroline, c'est qu'il entrevoyait fermement le possible de leur succès. D'ailleurs, la bonne dame était trop fine pour ne pas avoir interrogé sur les conséquences d'un pareil événement ses conseillers ordinaires le général Pithouët, qui remplaçait, à la Chambre, le général Foy, comme orateur libéral et comme représentant de l'ancienne armée ; M. Casimir Perier qui, propriétaire des mines d'Anzin, alliait constamment ses intérêts à ceux de la Fosse Cavrois ; M. Laffitte même de qui les bureaux escomptaient à Paris les traites et les effets de la Banque d'Artois. Omer comptait obtenir de son cousin Cavrois les bonnes raisons à lui mandées par sa mère, en dressant toute cette combinaison derrière le bureau des Moulins-Héricourt, à une demi-lieue d'Arras. Il fallait découvrir l'étudiant soit dans son logis de chimiste à Mont-Parnasse, soit dans les guinguettes environnantes, soit rue Montpensier, chez les grisettes de la mère Cardoche, soit au laboratoire du professeur Jean-Baptiste Dumas, soit enfin à la loge de Chaillot, où le gros garçon remplissait, depuis peu, le rôle de F.·. tuileur.

Cela convenu, M. Gresloup croisa ses bras courts par devant sa corpulence, et déplora que la prise d'Alger servît les vues de Polignac, de la Congrégation, en attribuant à la royauté de Charles X l'auréole de la conquête. Cicatrice du coup de sabre reçu pendant les guerres de l'Empire, une ride, enflait au feu de la colère, rougissait, entre la narine droite et la bouche de l'ancien dragon. Il répétait rageusement les phrases publiées par Mgr de Quelen afin de convier les fidèles au *Te Deum* de la victoire. Menaçantes envers quiconque oserait la rébellion contre le Roi, et serait, alors, aussi bien que l'Infidèle, confondu, ces phrases étaient un appel à la force des armes pour terrasser la résurrection de la liberté jacobine. Elles n'invitaient que trop à prévoir jusqu'où le ministère Polignac appliquerait ses théories absolutistes.

Omer hésitait à le croire. Au Palais de Justice, où l'amenait constamment sa profession, un procureur royal fort bien en cour affirmait que, sur le bureau du ministre de l'Intérieur, chacun pouvait voir les lettres closes convoquant les députés élus par le scrutin hostile au gouvernement. Sans doute, il n'était pas dans les desseins du Roi de décréter une dissolution qui eût excité les esprits, ameuté les passions des bonapartistes, des saints-simoniens, des demi-soldes, des carbonari, des jacobins, et de la Jeune Europe.

Quand on ne s'entretenait pas de politique ou de science, M. Gresloup n'aimait guère converser en voiture. Après un docte parallèle entre *la Tribune*, qui visait à rétablir la République de la Convention, et *le National*, qui souhaitait un parlement avec un roi constitutionnel, le major cessa de répondre, sinon par monosyllabes. Renversé dans les coussins de la calèche, il fumait un cigare en méditant, l'œil fixe, à l'ombre de son chapeau. Saint-Cloud s'éveillait à peine. Dès piqueurs, sous la livrée de chasse, achetaient du tabac à la porte d'un débitant. Ils dirent que le Roi allait courre le cerf à Rambouillet. En bonnet de police et en veste, des lanciers menèrent à la Seine les files de chevaux nus. Le clairon de la caserne jetait ses notes allègres. Un orage se formait à l'horizon par dessus les verdures de Longchamp. Le pain chaud et sa bonne odeur sortaient des boulangeries dans les hottes des porteuses coiffées de madras. On traversa le Bois de Boulogne sans rien voir que le dos soutaché du postillon, et les croupes de ses deux bêtes aux colliers de grelots. Omer, un moment, craignit que l'averse ne gâtât son pantalon blanc, ses gilets à châle et son habit pincé. Mais bientôt les nuages se dispersèrent au delà de Courbevoie.

Avant d'aller aux nouvelles, M. Gresloup voulait savoir si le capitaine Lyrisse et le général Dubourg étaient revenu des Pays-Bas, et comment s'accroissaient les affaires des loges belges.

Rue de Verneuil, le portier annonça le retour des voyageurs. Quittant alors son gendre, que des affaires accaparaient là pour deux heures, le major le pria de venir à l'Institut, où l'orateur de l'Ardente-Amitié, François Arago, lirait, dans l'après-midi, l'éloge de Fresnel, et retracerait, avec un enthousiasme mystique, les découvertes relatives à la polarisation de la lumière. Là, MM. Combeferre et Courfeyrac devaient aussi présenter Omer à leur vieux maître Destutt de Tracy, le chef de l'école sensualiste et des idéologues qui avait lutté, au Sénat impérial, contre l'esprit de dictature, et proclamé, en 1814, la déchéance du despote. Se flattant d'être aimé de cet illustre philosophe pour ses récents plaidoyers en faveur des publications poursuivies par la censure, l'avocat n'eût point voulu manquer cette rencontre. Quant au major, il attendait, qu'à cette fête de la science et de la philosophie, se manifestât le sentiment libéral de l'assistance.

Comme il gagnait l'appartement où il recevrait les plaideurs, Omer, pensif, admirait que le cours arbitraire des événements l'eût conduit là, près d'être compromis dans une affaire de conspiration, pour peu que Polignac se prémunît contre les adversaires de la politique royale. La dot et le charme d'Elvire avaient été comme le prix du sacrifice exigé par le capitaine Lyrisse et par le major Gresloup, afin qu'il consacrât son intelligence et sa vie à leurs illusions. Ainsi, l'oncle Edme avait repris en quatre ans toute l'autorité de jadis sur le caractère de son neveu. « Je suis encore asservi », constatait l'époux d'Elvire.

Effrayé de sa faiblesse morale, exaspéré même, il

claqua brusquement la porte de l'entresol qui dominait
les communs, traversa l'enfilade, trois chambres basses
tendues de papier à marbrures, la première garnie de
banquettes en velours rouge, la seconde munie d'un
guéridon drapé et de fauteuils Voltaire ; la troisième,
plus grande, contenait six chaises curules, une table,
des armoires en acajou remplies de paperasses. Le
buste en marbre d'un Cicéron géant occupait le centre
de la cheminée. Des rideaux cramoisis cachaient à
demi la fenêtre que pénétrait mal le jour morne de la
cour. Cela révélait toutefois un long tableau peint dans
l'atelier, de David, et qui représentait le courroux d'une
émeute sur le Forum : des citoyens, noblement vêtus
de toges orangées, rouges ou bleues, accusaient, de
leurs bras musclés, Brutus montrant au-dessus de sa
tête, le mot *Lex* inscrit au piédestal d'un héros casqué.
Auprès de cette image, Omer Héricourt songea longtemps que son fils, après lui, triompherait selon le rêve
des grands Romains. Il mêla cet espoir à ses travaux,
en compulsant les exploits d'huissier, les lettres, toute
la paperasse judiciaire, en rédigeant quelques notes
pour ses plaidoiries.

Vers dix heures, il entendit beaucoup de personnes
causer dans les deux salles. Huit jours durant, l'avocat
n'était point venu à Paris ; toutes les consultations
avaient été remises à ce lundi-là par le secrétaire,
M. Boredain, ce lieutenant de Leipzig, ami de l'oncle
Edme et qui avait connu de longs ennuis dans les prisons d'État après les complots militaires de 1820. Petit
homme net et propre, il accomplissait avec diligence
une copieuse besogne ; il connaissait tous les clients ;
il préparait, pendant l'attente de chacun, la fiche relative à l'affaire qui l'intéressait, et propre à renseigner
sur le personnage. Avant d'introduire, il remettait à
l'avocat le petit carton indicateur.

MM. d'Orichamps et Mesnil entrèrent d'abord derrière

lui. L'ancien émigré déçu par le gouvernement de
Charles X, et le petit commis de banque qui l'admirait, saluèrent, s''assirent. Assurant l'une par-dessus
l'autre ses jambes brèves serrées dans un pantalon
de nankin sali, M. d'Orichamps prétendit déférer à
la Cour de cassation le jugement qui l'avait, en appel, débouté de sa requête tendant à recevoir une parcelle du milliard des émigrés. Il exigeait aussi que les
juges connussent plus rapidement de l'action par lui
intentée dans le but d'obtenir que les magistrats annu-
lassent le testament de son cousin rédigé à son dam et
en faveur de saint François Régis, de l'Œuvre pour le
mariage des concubines. Le gentilhomme n'admettait
pas que ses opinions actuelles, trop libérales, fussent
une raison pour l'exclure de la justice. Était-il, ou non,
un émigré ? La question de droit se confondait avec la
question de fait. M. Mesnil, balançait son chapeau d'une
main, chiffonnait de l'autre sa calotte en soie noire,
exaltait les opinions de son ami au moyen de syllogismes péremptoires. Il invoquait auprès d'Omer le sens de
la loi. Il finit par se hausser sur les pointes de ses souliers à cordons, et par étendre ses bras agitant calotte
et chapeau :

— J'y dévorerai plutôt mon avoir, Monsieur. La loi
doit triompher de l'arbitraire, fût-il royal !

M. d'Orichamps levait son doigt blafard chargé d'une
bague héraldique. Il annonça que M. Mesnil et lui
venaient de mettre en commun leurs économies afin de
poursuivre les procès. Ils vivraient dans le même logis
de la rue Gît-le-Cœur, sous les tuiles. Dorénavant,
de leurs maigres appointements, ils allaient soustraire
de petites sommes pour tenir tête, et ameuter, un jour,
l'opinion contre l'iniquité des juges.

— Il faudrait un rien... un souffle, et le fruit pourri,
Monsieur, tomberait !... Et nous serons peut-être ce
rien, ce souffle, M. Mesnil et moi !

Indéfiniment, ces messieurs s'excitèrent. Leurs bedaines oscillaient sur leurs petites jambes. M. d'Orichamps offrait à M. Mesnil une prise dans sa tabatière de corne. M. Mesnil l'acceptait avec une révérence, puis époussetait les manches de son habit en ratine usée. Le chef blême, osseux et chauve de M. d'Orichamps émettait d'ironiques sentences. Épais, chevelu d'une perruque grisonnante, M. Mesnil pérorait. Omer eut de la peine à les reconduire vers la porte.

Ils demeurèrent ensuite dans la chambre au guéridon ; ils expliquèrent leur cas à une dame qui consultait le code.

Personnage important, grave, influent dans la Loge, propriétaire, rue Richelieu, de la maison où le libraire Pied-de-Jacinthe tenait boutique, M. Roulon leur succéda devant la toile aux Romains. Ayant omis son dentier, il crachotait en parlant. Omer dut reculer son fauteuil. A voix lente et digne, M. Roulon se plaignit de conserver, en gage d'un prêt, certains titres de rentes, à cinq et trois pour cent. Que la baisse se fît : pouvait-il alors contraindre l'emprunteur, qui s'y refusait d'avance, à l'augmentation du nantissement ? Son opinion même, qu'il développa en citant les paragraphes, était négative ; néanmoins il souhaitait que l'avocat en fournît une autre affirmative, malgré toutes objections. La controverse ne se termina qu'au moment où le saute-ruisseau de M. Roulon, morveux de douze ans, lui apporta le cours, selon ses ordres. Avant l'heure de la Bourse, la rente perdait trois francs dès la cote d'ouverture, faite par les coulissiers, Passage de l'Opéra.

Ébloui par sa chance, Omer sauta de son fauteuil : la tante Caroline ne s'était pas leurrée. On interrogea vainement le petit garçon : il ne savait rien des motifs qui avaient déterminé ce coup de baisse... Qu'était-il advenu ? M. Roulon brossait machinalement, avec sa manche, un pan de son ample redingote noire.

— J'en avais le pressentiment !... répétait-il... Et cependant Rothschild jouait à la hausse, samedi. Mon gage est insuffisant. Et je ne reverrai pas le surplus de l'argent que me doit le baron Hulot d'Ervy.

Omer n'écoutait plus ces doléances. Le gamin ne se trompait pas : il avait inscrit le cours au crayon, sur un papier qu'il tira de sa casquette à gland jaune. Quel événement ? Les gens sages n'en prévoyaient point. Le prudent Montalivet lui-même était aux champs, comme M. Laffitte. Peut-être une flotte turque bombardait-elle Alger ? M. Roulon le crut. Ce fut l'avis de Mᵐᵉ Cardoche, que M. Boredain, en souriant, achevait d'introduire. Lourde et flasque dans sa robe de percale à fleurs, cramoisie au fond de sa capote en paille, elle tomba sur l'un des sièges curules, et déclara qu'on ne savait rien de neuf, rue Montpensier :

—Quand on a fait d'abord fusiller Ney, Labédoyère !... Ah ! gouvernement d'assassins, tu vas succomber sous les cataclysmes !... Le Ciel venge nos martyrs !... Pauvre, pauvre France !...

L'ancienne amie de Labédoyère s'épongea. Elle sentait la cannelle et la mélasse cuite. De son cabas ses mains tremblantes extirpèrent plusieurs commandements d'huissiers. Elle était sous la menace de saisie et de vente, pour une fourniture de soie qu'elle ne pouvait alors payer à Camusot, le marchand de la rue des Bourdonnais. Les bouffants de ses manches à gigot, non moins que sa grosse poitrine, empêchaient la négociante de voir au fond du cabas. Elle larmoyait et se lamentait. Discrètement, elle évoqua les amours passées d'Omer et d'Angeline, qui cousait encore à la lingerie, et celles de Dieudonné Cavrois toujours épris de sa petite Bordelaise, Noëmie. En souvenir de ces relations, elle espérait une aide. Tout son malheur, elle le dit à M. Roulon, de qui la prestance austère semblait digne d'être invoquée. L'avocat, tout aux calculs secrets de sa fortune probable, lui conseilla cependant une opposition, et un appel au juge des référés. M. Boredain glissa, par la fente de la porte, son profil fûté. Il entra, murmura que M. Pied-de-Jacinthe demandait d'être reçu. Son affaire ne pouvait souffrir de retard. L'ancien sous-officier du colonel Héricourt apparut lui-même, haut et sévère, le *Moniteur* à la main.

— Le numéro du *Marteau* est composé : dites-moi si je puis le publier demain malgré les ordonnances royales... et ce qu'il m'arrivera...

— Quelles ordonnances, je vous prie?... Celles dont nous parlions comme d'un projet sans fondements?...

En un clin d'œil, Omer suffoqué parcourut le texte des mesures qui supprimaient la liberté de la presse et la liberté électorale, dissolvaient la Chambre libérale avant qu'elle se fût réunie, affirmaient que le pouvoir du souverain préexiste aux lois, appelaient au Conseil d'État les personnages les plus odieusement absolutistes.

— C'est le coup d'État... constata lentement M. Roulon.

L'imprimeur l'avisa que les journalistes discutaient dans les bureaux du *National*. D'autres interrogeaient M. Dupin, chez lui, sur la question de droit. Devait-on faire paraître les journaux du lendemain, en dépit des ministres?

— On ne peut violer la loi !... déclara brusquement le propriétaire.

— C'est le Roi qui viole la Charte !... s'écriait Omer, dissimulant, sous l'indignation politique, la joie fiévreuse de ses gains à la baisse.

— Pardon... l'article 14..., répliqua M. Roulon.

— Il s'agit de l'interpréter !...

— Et pour la saisie, Monsieur Héricourt?... supplia Mme Cardoche en étalant de nouveaux exploits sur l'acajou de la table.

Omer l'aperçut tellement vieille et tremblotante, avec de l'eau dans ses yeux ternes, qu'il n'osa la congédier. Il voulut rassembler ses esprits, émettre un conseil... La voix aigre de M. Boredain annonçait la grande nouvelle aux plaideurs, dans la pièce voisine. M. Roulon prêchait le calme à son locataire, M. Pied-de-Jacinthe, qui tapait du poing la cheminée, devant le Cicéron de marbre.

— Monsieur Roulon... Si je ne peux plus vendre mes brochures, je n'ai qu'à fermer boutique. Et qui vous payera votre terme? Polignac me condamne, moi et mes ouvriers, à mourir de faim !... A voir, si un vieux soldat se laisse égorger comme un mouton... Suffit !... On sait ce qu'on veut...

— Point de violence !... commanda M. Roulon, en avançant une main gourde ornée d'ongles plats et noirs.

Le vétéran haussa les épaules. Sa peau jaune collée au crâne s'empourpra sous l'empire de la colère. Il froissa le *Moniteur*, puis, après réflexion, il le plia, comme un effet militaire, avec soin.

— Enfin, Monsieur Héricourt, les juges me condamneront-ils si je publie le numéro du *Marteau*, comme la Charte et les lois m'y autorisent?

— Ils ne sauraient forfaire aux principes de la la Charte !...

— Et même, libre à nous de refuser l'impôt maintenant... ajouta M. Roulon... puisque l'impôt ne doit être établi que par une loi... La dissolution de la Chambre, avant sa réunion, ôte à l'impôt son caractère de légalité !...

— Les gardiens de la loi violent la loi.

—. Mais ils vont tout me vendre !... pleura Mme Cardoche, qui ramassa les feuilles timbrées aux trois fleurs de lys.

Omer écrivit un mot pour le juge des référés, un autre pour l'huissier, et promit qu'il y aurait opposition contre la saisie-gagerie de Camusot.

A ce moment le comte Dubourg entra. Il était en robe de chambre et en pantoufles, les cheveux ébouriffés autour de son occiput chauve. Il se précipita sur le *Moniteur* et proféra mille interjections confuses, entre lesquelles il apparaissait que l'occasion était venue d'entreprendre la lutte, et de tout remettre au point, comme après le 10 Août... Pied-de-Jacinthe l'approuvait. On convint qu'il fallait se rendre à la librairie de la rue Richelieu : les journalistes du *Marteau* n'allaient pas manquer d'accourir chez l'éditeur.

En effet, quand on arriva, l'affluence était considérable à la devanture illustrée d'estampes et de croquis-charges. Là dissertaient des étudiants, amis de Cavrois et d'Omer, les assidus de l'Ardente-Amitié, ou de la Vente tous se récriaient à l'envi. Ribéride, frappant, de la main, son gilet écarlate, commentait à haute voix les paragraphes des ordonnances, devant les caricatures de la boutique, pour des badauds en veste de coutil et en habit de toile. Très pâle, le bel Enjolras secouait sa tête d'archange exterminateur vers les madras qui coiffaient jusqu'aux yeux des maraîchères chargées de leurs hottes à légumes : il persuadait un postillon nigaud sous la perruque à cadenettes, un portefaix colossal, deux commis qui avaient ôté leurs chapeaux à cause de la chaleur, et une dizaine d'écoliers narquois. Les bohèmes de la loge, Bahorel et Grantaire, retiraient leurs pipes de la bouche pour applaudir aux réflexions de Ribéride. Descendus de fiacre, Omer et M. d'Orichamps abordèrent le groupe de spectateurs qui grossissait devant la première page du *Marteau*. Coiffé d'un bonnet de coton, et la mendibule pendante, Charles X, sous l'habit d'un gâte-sauce, y paraissait avec un plateau de brioches. Au-dessous du dessin 3, était inscrite cette légende :

A LA RENOMMÉE DES FAMEUSES BRIOCHES !
Charlot, pâtissier de la Cour

On plaisantait sur l'autre sens du mot brioche, celui de bévue grossière. Les ordonnances n'étaient-elles pas une énorme faute ?

Venu de l'estaminet voisin, le cocher Brémondot le prouvait à haute voix. Le peuple de Paris ne laisserait pas commettre une pareille insulte aux droits de la nation. Par des jurements et des invectives les autres compagnons des *Enfants de Momus* appuyaient son dire. L'ancien canonnier Bridoit boucla le sac d'avoine aux naseaux de sa jument, puis enraya les roues de son fiacre, pour haranguer plus à l'aise les passants. Dambeton, des chasseurs à cheval, planta son chapeau sur l'oreille ; faisant claquer son fouet alerte, il cinglait à la fois l'air et le Polignac de qui son verbe maltraitait les audaces.

Des maraîchères, à les ouïr, ricanaient :

— Ça vous vexe, hein, les Parisiens !... Plus de Chambre, plus de journaux !... Vous v'là feignants !

— Moi... disait un postillon... pourvu que le pain soit à deux sous et le vin à quatre, je me moque du reste !

— Bien sûr !...

— T'as donc pas de cœur au ventre, sacrebleu !.. riposta Brémondot... T'as donc pas de ça dans la jugeote !... Faut que tu sois pas Français... Tu sais pourtant que c'est les Cosaques qui ont ramené Polignac et les Bourbons en croupe, avec leurs sacrés Jésuites. Est-ce que t'es un Cosaque aussi ?... Pourquoi que tu manges le pain des Français, alors ?... Hein, dis donc ?

— Ah ben !...

Le postillon demeura tout interloqué, la bouche
béante. On chuchota derrière lui.

— Y a du vrai !.. finit-il par concéder, se retirant...

Là-dessus, les écoliers rirent. Quand il fut un peu
loin, ils le huèrent en tambourinant sur leurs cartables,
A ce bruit, maintes gens sortirent des boutiques. De
l'autre côté de la rue, les garçons de l'armurier Lepage
s'attroupèrent, curieux. La portière de la maison voisine cessa de balayer les poussières ; et tous les cochers
des *Enfants de Momus* se montrèrent ensemble, à la
porte de l'estaminet. Bridoit lança même un timide
et gouailleur : « A bas le Polignac ! » Pleins de méfiance, les gens se détournèrent. L'ajusteur se remit à
huiler avec une plume les batteries d'un fusil de
chasse. La concierge rassembla de la cendre en un
monceau... Seuls les cochers insultèrent au fuyard...
Le postillon se hâta de parcourir ce bout de la rue
Richelieu, puis, laissant les arcades de la Comédie-
Française, se hâta par la rue Saint-Honoré. Dambeton,
lui montra son poing noir. A la cime de sa taille
géante, se haussa le front jaune de Brémondot qui lançait dédaigneusement au ruisseau un jet de salive.
Mais la rue Richelieu n'en fut pas émue. Les passants
se retournaient à peine. Les maraîchères se reprirent
à moduler, en longues clameurs, l'offre de choux et
de carottes. Et cela remplit toute la perspective angu-
leuse de grandes voix pacifiques qui montaient vers
les ménagères brossant, aux fenêtres, leurs tapis, vers
les cages suspendues des sansonnets, vers les vieux
fumant leurs pipes aux balcons, derrière les pots de
résédas et de jacinthes.

·Omer fut content de ce calme : il ne serait pas contraint à fournir de l'héroïsme. L'accroissement de sa
richesse l'occupait surtout, encore qu'il répondit aux

indignations d'Enjolras par des prosopopées à la gloire
et à la sainteté de la Loi. Il supputa la nouvelle chance
d'emprunter, sur le revenu du prochain trimestre, dix
mille francs à la tante Caroline. Ainsi solderait-il quelques menues dettes négligées jusqu'alors pour payer
comptant une berline de voyage, et un surtout de vermeil à figurines de Saxe, objets d'occasion. Il méditait
aussi le programme de quelques fêtes surprenantes, à
donner, l'hiver, dans l'hôtel Dubourg, et celui d'un bal
champêtre avec illuminations chinoises sur les étangs
de Meudon. Cela ne l'empêcha point d'encourager le
vieux Pied-de-Jacinthe à faire aussitôt composer un
appel, pour le refus de l'impôt, qu'Enjolras rédigerait
dans le cabinet de lecture attenant à la librairie. Il
s'inscrivit en tête de la liste avec le comte Dubourg,
affairé. Même il promit d'ajouter, avant le soir, les
noms de Casimir Perier et de La Fayette, outre ceux
du capitaine Lyrisse et du major Gresloup.

— Patron, il y a du bruit au Palais-Royal !.. vint
dire un apprenti coiffé du bonnet de papier, et qui
rapportait des épreuves corrigées au café Lemblin.

— Omer, si nous allions y déjeuner..., chez Lemblin ?... proposa le comte.

A deux, ils y furent. Sous les galeries, les gens de
Bourse formaient des conciliabules. Des vieillards
poudrés, à culottes, invoquaient le ciel, les mains en
l'air ; ils hochaient la tête : « Trois patrouilles de gendarmes suffiront, Monsieur, à balayer le populaire !...
Cette baisse est sans raison ! On perd la tramontane !
Nous verrons à la corbeille ! » Au seuil du café de Foy,
on se faisait la révérence... Omer se souvint que
Camille Desmoulins en était parti pour haranguer la
foule de 1789. Il eut l'ambition d'imiter ce courage.
Mais c'eût été fou de risquer la mort, à l'heure où la
fortune promettait tout... Les flâneurs du jardin ne
semblèrent pas en effervescence. La redingote sanglée,

le chapeau sur l'oreille, de couples de demi-soldes attiraient à peine l'attention des nourrices cauchoises, ou
des provinciaux qui maniaient leurs parapluies rouges
pour se montrer les saltimbanques. Des bourgeois
évidemment préoccupés marchaient, les mains aux
poches de leurs pantalons blancs,. et la nuque basse.
Au café des Mille Colonnes, quelques officiers de cavalerie buvaient du madère, en jasant, autour d'un *Moniteur* déployé ; des agents de change dissertaient sans
passion. Mais au café Lemblin, il y avait tumulte. Les
faces grises et hâlées d'anciens soldats bonapartistes
disputaient. Au fond, l'oncle Edme se démenait, proférait des paroles de rhéteur, sautait sur ses grandes
jambes, froissait les journaux. M. Boredain élevait sa
mince figure d'ironie, et ses mains ridées, au milieu de
personnages humant leurs verres de cognac.

Entre mille injures qui condamnaient les ministres,
tous se retournèrent à l'entrée du général Dubourg, et le
saluèrent d'une rumeur... Son activité de propagandiste
l'avait rendu notable parmi les fidèles des sociétés secrètes. Le capitaine Lyrisse l'engagea sur le champ à endosser
son uniforme de l'Empire, son uniforme de chef d'état-
major, puis de saisir le commandement. Quelqu'un
dont la figure était rose, les favoris blancs et la redingote verte, cria que les journalistes rédigeaient, au
National, une protestation. Il nomma Thiers, Armand
Carrel, Évariste Dumoulin, Charles de Rémusat et Pierre
Leroux, au nombre des signataires.

Les garçons apportaient des plateaux et des bouteilles... Omer découvrit, entre deux filles, le gros
loueur de voitures, le F.·. Rambourg, écroulé sur un
tabouret et qui l'appela d'un signe, en camarade.
Abruti par les débauches de sa nuit, il comprenait à
peine la valeur des événements. « Oui-dà ! » répétait-il,
à chaque minute, sans paraître autrement se rendre
compte. Ses lourdes mains violâtres tremblaient sur

le couteau et la fourchette qui divisaient le fricandeau, pour ses compagnes attablées. Celle-ci, Boulonnaise, fredonnait, toute vermeille dans la petite cornette tuyautée d'où pendillaient les grandes boucles d'oreilles en or ; elle était mamelue sous le châle de laine brune croisé contre la chemisette. Celle-là, Bretonne, paradait avec le corset de velours, la croix au cou, la tignasse serrée dans un béguin, et le tablier de soie puce. Il les régalait de vin muscat. Les cernures de leurs yeux canailles, et les phrases ennuyées de leurs bouches sèches dénonçaient la fatigue de leur vice. Omer préféra ne point s'attarder auprès d'elles, bien qu'il prisât les charmes de la Boulonnaise : elle lui promettait beaucoup par ses regards de paysanne féline. A travers le remous des gens, il rejoignit l'oncle Edme.

— Morbleu, mon conscrit, ai-je eu le flair ? Choisir ce moment pour venir verser vingt-cinq mille francs au duc de Lorraine, quand j'aurais pu rester enfoui dans le château pour surveiller mon haut fourneau ou bien m'attarder en Belgique en excitant les Brabançons à rompre le joug des protestants bataves. Heureusement que j'ai eu vent du grabuge, et que mon foie réclamait l'avis de Dupuytren ! Sapristi manquer à la danse.

L'oncle Edme était radieux. Les muscles de ses bras bossuaient le coutil de sa redingote à mesure qu'il gesticulait. Embroussaillés par les sourcils, ses yeux escrimeurs visaient les visages des allants et venants comme pour y pointer.

Cela ne l'empêchait point de dire que son haut fourneau marchait à merveille sur les bords de la Moselle, et qu'avant cinq ans il aurait payé au duc de Lorraine le prix du château acheté comme bien national par son grand-père ; ainsi l'héritier loyal satisferait-il aux volontés suprêmes du conventionnel qui avait interdit la cession de ce domaine, trophée de convictions ardentes ; ainsi, frère excellent de Virginie Héricourt, satisferait-

il aux scrupules de sa pieuse sœur qui considérait le
bien comme mal acquis, au temps des confiscations
terroristes.

Parmi les mille petites cornes de cheveux gris, la
forte face vivante du demi-solde grimaçait, riait, blâmait, et commandait des amis dociles qui, selon ses
ordres, écrivaient des lettres, entamaient des calculs,
partaient en course, emportaient un message, rame-
naient des F. F.·. arrachés à leurs bureaux de comptables, à leurs boutiques de marchands, à leurs salons
de rentiers, à leurs tabagies de joueurs.

Dans le café roussâtre, enfumé, ténébreux, puant la
pipe, l'alcool et la grillade, déjà s'exaspéraient deux
cents individus en casquettes de toile et en chapeaux
de castor. Au bout des gestes, les cannes à buste d'Empereur assommaient le régime. Des yeux brillants et
des lèvres pâles attestaient des résolutions. Des ongles
noirs griffaient les journaux. Des mentons courageux
se dressaient hors des cravates énormes et molles, pour
soutenir le cri des moustaches rudes, ambrées par
l'abus du cigare. Des poings maigres et des mains
grasses imposaient des conclusions à des faces mafflues,
à des profils de vieux vautours décharnés. Un monsieur, qui portait aux joues des « nageoires »
blondes, grognait avec obstination : « Le refus de
l'impôt !... Le refus de l'impôt ! » Une redingote olive
et un habit noisette se contredisaient rudement :

— Ils ont appliqué l'article 14 de la Charte, ce qui
est légal.

— L'article 14 ne leur confère pas le droit de substituer de simples ordonnances aux lois votées par la
Chambre des représentants.

— Il faut répondre à l'illégalité par la Révolution !

— Qui fera la Révolution ?... Les Suisses ?

— Le peuple !

— Le peuple ne remue pas !

Non, le peuple ne remuait pas ! C'était la consternation de chacun. Le désir d'écraser la noblesse arrogante ne pouvait être qu'un besoin de la bourgeoisie. Le peuple se moquait d'obéir à celle-ci plutôt qu'à celle-là.

Les anciens soldats de Napoléon haïssaient la cour parce qu'elle vivait sous la protection de l'ennemi victorieux. Le sens de l'honneur militaire les portait à convaincre de trahison et d'infamie les Bourbons, l'armée de Coblentz, et Marmont, duc de Raguse. Le peuple oubliait ces vieux réquisitoires.

Dans les moments où il ne calculait pas sa richesse, Omer fit et refit ces réflexions. Il lui déplut de rester, au milieu de ce bruit vain, qui se perpétua tout le temps du déjeuner. L'avocat savait par cœur les déclamations du comte Dubourg. Elles lui furent des rengaines misérables, bien qu'à les écouter de vieux officiers se complussent dans les postures héroïques, et qu'ils eussent, aux yeux, des étincelles. Leurs redingotes râpées, leurs chapeaux verdâtres prenaient sur eux des apects augustes, quand le diplomate des Loges Ecossaises assimilait aux guerres de la Révolution celle qu'ils allaient entreprendre de nouveau contre les Bourbons et les monarques. La chaleur augmentait. Une âcre odeur de bottes, de sueur virile et de chemises sales envahissait l'air. L'oncle Edme aussi recommençait à soutenir ce que son neveu l'entendait, depuis dix ans, rabâcher. Pourquoi sa soif de révolte ne rendait-elle pas supportables à l'avocat la vaillance, la foi, la vertu civique de ces hommes, prêts à sacrifier sans hésitation leurs vies en l'honneur du principe ?...

« Comment ce que j'admire m'ennuie-il? Voici les défenseurs de cette Loi romaine que je révère. Ils me déplaisent parce que leur linge n'est pas frais, parce que leurs bottes sentent un peu fort, et parce que le mon-

sieur qui me parle garde un relent d'eau-de-vie entre
les chicots noirâtres de sa bouche... Cependant ils
m'aiment, ces braves ! Et je les respecte... Je n'en
aspire pas moins à quitter ce lieu... Mon oncle Edme
fut pour mon enfance l'exemple, le guide. Sa bonté me
tira d'affaire il y a trois ans ; sa probité m'étonne :
pourquoi ne puis-je plus tolérer ses discours, ses ardeurs, ses haines que ma raison partage ? Voilà longtemps qu'il m'excède. En vérité, il n'existe plus que
sous la figure d'un fâcheux. Et je lui dois à peu près
tout : ma réputation d'avocat, ma situation politique, la main d'Elvire, dont il a su persuader la mère
en se faisant aider par Dubourg... Je le regarde s'éver-
tuer, comme on regarde une marionnette au carré
Marigny ravir de joie les coquecigrues. Tout ce qu'il
raconte, je le crois destiné seulement à contenter
de petits enfants... Cette agitation est aussi ridicule
que malodorante... »

Il songea qu'à ce même instant il eût pu deviser avec
Elvire, assise à l'ombre du parc, et en robe de mousseline
fraîche, le cou nu. Il eût contemplé le teint brillant
comme une opale à reflets roses, sous le cimier de la
haute chevelure lisse et tordue en coques. Il eût baisé,
au bout de la manche gonflée, la petite main fluette et
maladive que parfumait l'essence de verveine. Il eût,
entre ses lèvres, serré la frambroise exquise de la chère
bouche. Ce fut un besoin brusque de silence, de luxe et
de parfums. Sous le prétexte d'aller aux informations,
il quitta l'oncle Edme et Dubourg, sauta dans un cabriolet, se rendit à l'hôtel de Praxi-Blassans.

Au milieu du salon en rotonde, dans un lourd fauteuil de bois doré, la comtesse lui parut très vieille.
Elle relisait les *Orientales* de Victor Hugo. Ses mains
enflammées par les diamants et les saphirs fermèrent
le petit livre. Elle parla de poésie chaleureusement, de

même qu'en 1822, au temps où son affection avait
appelé d'Artois à Paris son neveu. Reine triste et intelligente, dans cette manière de trône recouvert de velours violet, surmonté d'armoiries, elle ne renouvelait
plus son âme, sauf par ses louanges de l'art romantique. Omer en détestait l'affectation, les redondances,
la boursouflure et les massacres à la façon d'Anne Rad-
cliffe. Ils discutèrent sur *Hernani*, dont l'hécatombe
finale était, pour la comtesse, sublime, et, pour son
neveu, grossière.

— Allons,.. conclut-elle, indulgente,.. je vois que
nous aurons toujours de la peine à concilier nos
goûts !

Faisait-elle allusion aux différends qui les avaient
séparés à propos de mademoiselle Alviña, lorsqu'il
avait refusé la main de la créole, pauvre et passionnée,
pour celle d'Elvire Gresloup ? Il le crut et triompha gaiement :

— Accordez, ma tante, que j'eus parfois raison. Votre
Dolorès ne s'est point tuée le jour de mon mariage,
sur un lit de camélias, en absorbant un poison java-
nais... Elle a simplement mis en pièces la statue de
saint Omer, mon patron, chose facile puisqu'elle était
de plâtre... Voilà votre protégée l'heureuse épouse
d'un hidalgo prolifique... Car ma sœur Denise a
dû vous écrire de Marseille que son amie vient d'at-
terrir au pays de Bolivar, pour y accoucher de jumeaux...

— N'importe : tu as tué l'âme de cette pauvre créature... comme ta sœur a tué la mienne en refusant
d'épouser mon fils, comme on a tué l'âme de ta mère
en te détournant de la prêtrise... Beaucoup de mères
laissent croire qu'elles vivent. Elles sont mortes...
Vous êtes des meurtriers, ta sœur et toi... Oh ! de
chers meurtriers que nous aimons bien. Dans son
couvent, ta mère ne récite pas un chapelet sans pro-

17

noncer ton nom. Quant à moi, j'adore en Denise cette
vaillance de son père dont elle hérita, qui la fait, en
ce moment, attendre, à Marseille un bateau pour rejoindre son Augustin, vainqueur, sur les ruines fumantes
d'Alger... C'est mon Bernard Héricourt en souliers de
prunelle... Elle a ce même caractère ferme et constant
qui ne se dément pas, et qui, par-dessus tout, reste
épris d'héroïsme... Chers meurtriers que vous êtes...
chers meurtriers !...

Sanglotant presque, malgré le sourire, elle tendit à
baiser sa main bleuâtre et froide. Qu'était-elle, en effet,
sinon un cadavre de victime, la maigre dame aux
boucles grises et blanches, si lasse et si longue, dans
le fauteuil trop large pour la robe de crêpe à fleurs
bleues? Omer retint ses larmes : afin de signifier le
sincère de sa compassion il éternisait le contact de
ses lèvres sur les doigts fragiles.

Elle avait envoyé quérir Édouard de Praxi-Blassans,
qui finit par se montrer brusquement, la soutane ouverte.

— Eh bien, qu'en dit le Parti-Industriel?.. cria-t-il
de loin.

— Parti-Prêtre, j'estime que tu as fait une sottise,
.. répliqua vivement Omer... Il y a du bruit au café
Lemblin... Ça y sent diablement les bottes militaires.

— Bah ! Comme dit sa Majesté : « Mieux vaut monter
à cheval qu'en charrette. » Et le Roi n'entend point
porter sa tête sur la place Louis XV, à l'exemple de
feu son frère. Avec Martignac on a été au bout des
concessions, sans même obtenir de la reconnaissance
publique une majorité raisonnable. Demain, on aurait
eu la Convention.

— Tiens ton miracle tout prêt! Voici l'heure de le
montrer aux masses... Tu peux faire l'expérience dans
la salle du Néorama.

— Peut-être, vil impie ! Tu viens me chercher pour la séance de l'Institut, j'espère...

— Quoi ! tu veux entendre Arago comparer aux étoiles filantes la politique de la Congrégation ?...

— Cela me plairait fort. D'ailleurs, je veux que mon père assiste à la séance : je l'accompagnerai.

— Puis-je être reçu par le comte avant de partir?

— Tu sais bien qu'on ne le rencontre guère ici, maintenant !.. avoua la tante Aurélie avec une mine assez moqueuse.

Regardant un saphir de ses bagues, elle songeait aux déportements de son mari, non sans une modeste gaieté. Après avoir mollement soupiré, elle rouvrit le livre, et, d'un regard machinal, parcourut les strophes. Faute de bonheur véritable, elle se composait une vie fortunée au moyen de la littérature. Hugo succédait à Lamartine et à Vigny pour lui fournir quelques thèmes de rêves consolateurs. Omer félicita ce rare esprit qui se créait une existence intérieure mille fois plus belle que la vérité.

— Quand je me récite ces poèmes où respire l'âme de l'Orient, je pense me rapprocher d'Émile. Peut-être, à cette heure, se bat-il contre les soldats du dey, mon pauvre enfant !

Cette appréhension maternelle, sans doute, la comtesse l'exagérait. Certes, elle songeait plus aux infortunes de son cœur qu'aux périls de son fils. Ce qu'elle tentait d'approfondir, avant la mort, c'étaient uniquement les joies sentimentales ignorées de sa vertu, mais familières à la jeunesse des poètes.

— Laissons ma mère à ses petites peines qui radotent un peu,... murmura l'abbé dans l'oreille de son cousin... Partons...

Ils abandonnèrent la vieille dame sur le trône doré, dans la salle ronde qu'ornaient les meubles d'ébène. aux statuettes d'ivoire, et les larges tableaux où batail-

laient les seigneurs des Croisades. Lorsque, pour un
salut dernier, Omer se détourna, dans la porte, il
admit l'illusion de voir sa tante morte ainsi, le livre
ouvert sous les mains adamantines qui avaient tenté
de saisir la beauté du songe entre leurs feux ram-
pants...

Édouard parla du collège de Horps. Là, grâce à l'appui du ministère, il éduquait librement tous les fils de
la bourgeoisie catholique opprimée dans les Pays-Bas.
Ces jeunes gens rentraient dans leurs familles avec la
haine du protestantisme batave. S'exaltant, le prêtre
espéra qu'ils arboreraient l'étendard de la révolte, qu'ils
ébranleraient le joug de l'hérésie, et qu'au Brabant
éclaterait d'abord la grande révolution catholique. Les
États de la Sainte-Alliance adhéreraient... D'ailleurs
Charles X et Ferdinand VII, le Bourbon de Naples
ensuite, transmettraient au pape, par testament, leurs
couronnes. Légataire des monarques, le sceptre de
Saint-Pierre régirait toute l'Europe latine. Il n'y aurait
plus ni guerre, ni divergences entre les sujets du Sauveur, dans son royaume universel.

Vœu de saint Acheul et du Père Loriquet, vœu
superbe dont Omer plaisanta doucement les chimères.
Lui ne croyait guère aux événements tragiques. L'agitation du café Lemblin, et la foi de l'abbé demeurèrent
également inutiles à ses yeux. Il inclinait à prétendre que les mœurs s'adoucissaient, que les débats
parlementaires remplaceraient dorénavant les révo-
lutions et les émeutes... Malgré les ordonnances, les
grisettes portaient à pas menus, dans les cartons verts,
les chapeaux des dames. Des élégants fumaient de
gros cigares aux devantures des cafés, en inspectant
leurs escarpins vernis. Dans les berlines de voyage,
chargées de malles à l'arrière, maints et maints bourgeois se dirigeaient vers la campagne. Les marchands

de coco promenaient leurs édifices de zinc, brandissaient la crécelle. Le montreur de chiens savants étonnait les badauds en corps de chemise. Omer s'informa
de Madame Horpsvrahen. L'abbé loua beaucoup la bien-
faitrice de son collège, encore qu'elle fût jalouse des
autres amies propices à l'œuvre. Il ne s'oublia point
jusqu'à sourire de ces relations équivoques. Sous la
chevelure blonde soigneusement poudrée, droit dans la
belle soutane que serrait maintenant la ceinture de
soie, il gardait une mine de dignité froide, sévère,
même dure. Omer l'en reprit.

— J'ai charge d'âmes,.. répondit l'abbé,.. et je
dois à ma mission de la faire respecter en ma personne... Voici la voiture de mon père, là-bas... arrêtée
à quelques pas de cette maison. Je ne puis monter
chez mademoiselle Élodie Barbot, tu le comprends. Je
te serais obligé d'aller avertir le comte qu'il ne peut se
dispenser de faire figure à l'Institut aujourd'hui : à
toutes les solennités, on remarque trop ses absences,
depuis six mois. Je vous attends tous deux dans sa
voiture.

Il sauta prestement du cabriolet. Omer gravit l'étage
d'une élégante petite maison, et trouva son oncle
qui, tout rose, rajustait son bonnet de velours
bleu et sa cravate, près d'un guéridon chargé de gravures érotiques. Dans un coin du boudoir tendu de
lampas jaune à bordure brune, sur un sofa, la maîtresse de céans, à travers le peignoir de linon, s'exposait, à demi nue, le long d'une peau d'ours. Vexé
d'être reçu dans ce désordre, le jeune homme la salua
vite. Il n'aima point qu'elle fût coiffée à la girafe avec
des perles et des rubans verts dans les cheveux. Praxi-
Blassans s'amusait de l'embarras où il avait mis son
neveu. Élodie s'essuyait la bouche à son mouchoir.
Omer se récria, par contenance, sur le luxe du logis ;
il examina la pendule de Falconnet et ses trois

nymphes d'albâtre qui soutenaient une sphère à cadran.

Loin de chercher à séduire, Élodie parlait d'une fièvre qu'elle avait eue. Soudain, après une grivoiserie du comte, elle éclata de rire, et les gros rubis qui pendaient à ses oreilles par des chaînes d'or oscillèrent. Ensuite elle vanta les qualités de ses chevaux, son habileté à conduire un tilbury. Par là, devant le visiteur, elle affirma dans quelle mesure elle acquérait l'opulence. Afin d'enorgueillir son protecteur en affichant de l'amour, elle lui baisotait la main. Jaloux, soigneux de ne les pas quitter, celui-ci, dans le boudoir même, se fit peigner, changea de redingote. Cependant Élodie se targuait d'avoir vu madame Smithson s'évanouir dans *l'Auberge d'Auray*, d'avoir goûté mille joies au ballet de *la Fille mal gardée*. Elle plaignit et méprisa le jeune homme parce qu'il ignorait ces deux pièces.

— Comment peut-on vivre à la campagne ? C'est à mourir d'ennui. Moi, j'y suffoque... Il n'y a que Paris !

Elle continua sur ce ton de la manière la plus désobligeante.

Sotte et interminable, la conversation traînait. Rassurant l'âge du vieillard, cette fille dédaignait Omer avec emphase. Elle jouait le rôle d'une amante férue de son noble et riche ami, des élégances auxquelles il l'initiait. Omer ne put deviner si le comte s'amusait du manège ou s'y laissait piper. Du temps s'écoula ; il fallut prévoir qu'on manquerait la séance de l'Institut. Praxi-Blassans finit par se disposer à sortir.

Alors Élodie se rua sur lui, se tint collée contre le corps osseux, puis brutalisa le serviteur qui avait oublié la boîte à pastilles, et le jonc à bec de corbin. Elle redressa le jabot de son maître, enleva d'une pichenette les grains de tabac restés sur la lèvre supé-

rieure. Elle lui glissa, pour conclure, sa langue au
fond du gosier, tandis que, le valet disparu, elle ôtait
deux agrafes afin qu'on pût lui tâter la gorge commo-
dément... Praxi-Blassans la poussa dans une encoignure, glorieux de montrer à son neveu cet amour
que la fille éprouvait en simulant des soupirs. Omer
choisit de les exciter par mille brocards grivois. Durant qu'il savourait la petite douleur aiguë de voir ce
joli corps, autrefois adoré de lui, devenir la proie de
son oncle, il estima cette peine moindre qu'il ne l'attendait.

En bas, Edouard tenta de morigéner son père, qui
ne le toléra point. On atteignit trop tard l'Institut. Déjà
les gens sortaient en foule. La belle figure antique
d'Arago dominait ses admirateurs. Près de lui, un
homme à grosses épaulettes étincelantes, le duc de
Raguse, Marmont, disait :
— On m'abreuve de dégoûts, et cependant il faudra
peut-être que je me fasse tuer demain pour des actes
que j'abhorre !
Mais il aperçut la soutane d'Édouard et se tut. Omer
remarqua l'habit « fumée de Londres », vêtement de
Courfeyrac. Au bras de l'étudiant s'appuyait un aca-
démicien en uniforme et de qui les yeux étaient pro-
tégés par une visière de soie verte contre l'intensité du
soleil. Praxi-Blassans nomma Destutt de Tracy, l'idéologue et l'ancien colonel, membre de la Constituante.
A côté de lui déclamait, l'air bravache Combeferre,
qui gesticulait dans un frac « pain brûlé ».
Un flot de personnes ordinairement graves se pressait là contre la façade concave du bâtiment, contre
les pierres jaunâtres et grises... Des perruques de travers sous des chapeaux ébouriffés, des bras qui se
croisaient frénétiques, qui se levaient au ciel pour le
prendre à témoin; des dos en redingote « bleu flore » sous

une queue de chevelure blanche, et qui se haussaient
en réponse aux fureurs libérales ; des crânes aux
mouvements malicieux qui raillaient la déconvenue
des constitutionnels ; cela formait une masse mou-
vante et bavarde, oscillant d'une porte à l'autre,
sur ses pantalons blancs et ses bas chinés. Des mains
invoquaient la coupole grise. Des révérences ironiques
s'échangeaient sur les marches de grès. Des saluts se
répondaient au large. Derrière la grille, solennels et
sévères, les prêtres rendaient leurs devoirs aux boutons violets des évêques. Le comte de Praxi-Blassans
fut entouré par les nouvellistes :

— Que pense le Château ?

— Sa Majesté est à courre le cerf... tant la mesure
lui semble ordinaire et de droit !

— Le populaire sait que quarante mille hommes de
troupes fidèles...

— Il n'en faut point tant !...

— Voici le duc de Raguse qui s'apprête à quitter cet
astrologue d'Arago !...

Les épaulettes de Marmont brillaient, en contraste
avec sa haute figure fanée que de maigres favoris et
des mèches grises encadraient mal. De ses gros yeux
lourds il cherchait quelques amis entre les courtisans
qui l'abordaient, l'échine basse. Non loin, la belle
taille de Villemain dépassait les gens. Ses regards
francs et vifs, l'expression indulgente de sa petite
bouche, l'intelligence extraordinaire de toute sa face
narquoise épiaient les consciences, les âmes, dévisageaient chacun. Il recrutait à droite et à gauche pour
la réunion qui devait se tenir le soir chez M. de Laborde, en vue de rédiger une protestation du parlement.

Enfin, Omer Héricourt put toucher du coude l'habit
« pain brûlé ». Combeferre, le poussa devant Destutt de Tracy. Le vieillard tâcha de le voir, malgré la

visière de soie verte et ses mauvais yeux noyés. Aux premiers compliments, il s'écria :

— Ah ! Monsieur, voici notre Charte lacérée, détruite, anéantie ! Toute l'œuvre de notre Révolution est à terre. Qui la ressucitera jamais ?...

— Les représentants du peuple !...

, — Je voudrais le croire, Monsieur, je voudrais le croire ; mais le moyen, avec la nouvelle loi électorale ? Autant dire que les députés seront élus par les préfets... Allons... je vous salue bien... je vous salue bien...

Il avait peur de tomber avant d'atteindre le fiacre. Et les cochers aux galons métalliques qui, sur leurs sièges drapés, fouettaient les attelages des grands, l'effrayaient trop pour qu'il s'occupât d'un jeune orateur. On remontait dans les calèches. Omer se retira, légèrement froissé. Praxi-Blassans le recueillit.

— Ce vieil homme, qui fut un esprit chagrin et borné, encore que vraiment philosophique, me semble aussi malade que ses opinions... Laissez-moi donc, Monsieur, ces ganaches. Leurs jérémiades serviront tout juste à faire baisser la rente, vingt-quatre heures, et à permettre que votre tante Cavrois y trouve des bénéfices, autant que je me risque à le prévoir... Mais les cours iront au pair après-demain ; et, de ce bruit, qui nous rabat les oreilles, il restera moins que rien... Il y a mieux à faire en introduisant du bon sens dans la religion... Le parti chrétien est celui qui compte le plus de sujets fidèles, et cela non point, de par le caprice des individus, mais de par les sentiments héréditaires, depuis quinze siècles, dans les familles latines... Obtenons de le faire triompher : la sagesse le commande... Ensuite ce sera moi, ce sera vous, qui nous croirons capables de lui bailler quelques clystères de science, de libéralisme, voire d'équité... Poussons le catholicisme à la suprématie. Libre à vous de le droguer par la suite en telle sorte

17.

qu'il prenne la mine de la République Romaine... C'est
là besogne de purgons. L'abbé que voilà comprend au
mieux le juste point. Faites état de ce qu'il prêche...
Au surplus, je ne désapprouve pas qu'on mette aux
nez de la monarchie et de l'Église l'odeur des tisanes
jacobines : cela ne peut que raminer ces vieilles personnes... Mais gardez-vous de n'être, en tout ceci, que
l'apothicaire. Il vous siéra mieux de prendre les rênes,
quelque jour, sur le char du Roi... A vous revoir !...
Baisez pour moi les mains de votre Elvire.

Allègre, il escalada les trois marches du marchepied,
que le chasseur releva pour fermer la portière de la voiture haut suspendue ; les deux alezans caracolèrent de
court, entre les traits et le timon, puis s'éloignèrent
dans le lacis des calèches, des landaus et des fiacres.
L'abbé de Praxi-Blassans disait :

— Plaise à Dieu qu'il n'y ait point de bagarres ! S'il
advenait quelque tumulte, l'oncle Augustin ne se con-
solerait pas d'avoir manqué son Vendémiaire. A tout
prendre, cela vaudra mieux pour lui. Il rapportera
d'Alger une réputation... Ici, il eût pu finir sa carrière
dans le fossé de Vincennes, devant un peloton de vétérans... On m'a dit que les d'Orléans l'avaient par M. Casimir Perier... C'est un jeu bien dangereux que
celui-là !... Je remercie le ciel, pour le bien de la
famille, de ce que notre général poursuit là-bas les
cavaliers du Prophète...

— Bast !... fit Omer.... Je n'attends pas d'émeutes...
On a trop reconnu les forçats par qui votre préfet de
police fit construire les barricades, il y a trois ans, rue
Saint-Denis... Bien sot qui se risquerait à tenir un rôle
dans le drame que vos mouchards organisent peut-être !
C'est le scrutin et la loi qui vous materont. Les magistrats eux-mêmes devront vous condamner.

— Tu as déjà noté les trois points de ta pladoirie ?

— Peu s'en faut !

— A la bonne heure !... J'irai les ouïr..., bien que tu
ne viennes pas à mes prêches...

— Tu as trop de jolies femmes... Elvire est jalouse...
Quand dînes-tu à Meudon, Parti-Prêtre ?

— Mais... bientôt... Dimanche ?

— Dimanche !

Ils se séparèrent, contents l'un de l'autre. L'abbé
rejoignit l'état-major ecclésiastique du coadjuteur
qui tenait le cercle au parvis de l'Institut, les mains
derrière le dos et le ventre en avant, qui lançait des
phrases hors de sa face glabre et boursouflée, pour un
troupeau frétillant de jeunes prêtres poudrés, musqués,
empressés, hilares et souples. Omer ne découvrait pas
le major Gresloup. Il aperçut le postillon de leur lan-
dau, les deux bêtes grises. Elles piaffaient dans le ruisseau, le long du quai. Certain que son beau-père l'y
retrouverait, il s'installa sur les coussins. Des amateurs
et le bouquiniste marchandaient là. Un commissionnaire cirait les bottes d'un lancier bourru. Des haren-
gères se disputaient avec un tondeur de chiens. Ces
querelles divertirent Omer.

Bientôt le major parut, entraînant un dandy brun
aux lèvres minces. C'était Armand Carrel. Il souhaitait que *le Marteau* reproduisît la protestation des
journalistes dans un numéro spécial publié le lendemain, mardi. Et l'équipage trotta vers la boutique de
Pied-de-Jacinthe, en traversant le pont du Louvre, derrière une « dame blanche » à trois chevaux pleine de
bourgeoises et de leurs emplettes.

Après avoir rappelé fort poliment qu'il avait jadis
conspiré à Belfort, en compagnie du général et du
capitaine Lyrisse, Armand Carrel se félicita de consulter un avocat notable sur la valeur légale des
ordonnances. Pouvait-on livrer au public les journaux
sans les soumettre à l'autorisation ? Omer l'affirma.
D'après son avis, les magistrats ne sauraient procurer

une sanction à des mesures évidemment interdites par
les lois fondamentales du royaume. Lui s'engageait à
vaincre toutes les résistances et toutes les pusillani-
mités des juges. N'avaient-ils pas accepté, l'année précédente, par plusieurs acquittements, qu'il fût licite de
s'associer dans le dessein de refuser un impôt établi en
violation de la Charte? N'avaient-ils pas déclaré punis-
sable l'acte de supposer les ministres prêts à vouloir
enfreindre les règles de la Charte? Omer cita les textes
des jugements. Il lui plut de penser Armand Carrel
convaincu ; il s'échauffa :

— La Loi va dompter la force du monarque, et cela
pacifiquement, dans le sanctuaire de la justice ! En
acquittant le *Journal des Débats* et M. Bertin, la Cour
de Paris, en décembre, a condamné le ministère Polignac qu'ils accusaient. Elle ira jusqu'au bout de son
devoir. Et le barreau l'aidera !

Vraiment il pressentait cette victoire éclatante du
Droit. Il n'imaginait guère que devant le stèle de la *Lex
romana* un homme de bon sens pût se rébeller, fût-il
roi. Par un joli mouvement de sa tête frisée, Armand
Carrel contesta cet optimisme.

Mais, de tout l'effort de sa corpulence, le major Gresloup vilipenda les Bourbons. Il opposait à leur politique ses thèses de saint-simonien ; il opposait aussi
des théorèmes de logicien aux idées sentimentales du
journaliste, et s'emporta parce qu'ils ne semblaient pas
d'abord irréfutables à ce sceptique.

Rue Richelieu, dans le corridor humide conduisant
à la cour, aux ateliers de l'imprimeur, le major ne
s'arrêta point de rugir. Pour l'écouter, les compositeurs
cessèrent de chuchoter entre eux et de rejeter brusquement les caractères dans les compartiments des
casses. Pied-de-Jacinthe ajusta ses besicles d'argent et,
presbyte, lut de loin, l'épreuve du *National* qu'Armand

Carrel lui présentait. Bientôt il éleva le ton. De sa
voix encore militaire, un peu tremblante, il récita les
phrases, forçant au silence les apprentis qui mouillaient les feuilles, les manœuvres qui noircissaient
d'encre la pierre, le gnome hideux qui pesait sur les
bras de la presse en grimaçant de sa face barbue, l'escogriffe blême qui, pour serrer les colonnes de caractères dans la forme de métal, enfonçait, à coups de
maillet, les coins de bois.

— « Aujourd'hui, donc, le gouvernement a violé la
légalité. Nous sommes dispensés d'obéir : nous essaie-
rons de publier nos feuilles sans demander l'autorisation
qui nous est imposée ! »

— Bien dit !... approuva le gnome barbu, qui déti-
rait le fond de son ample pantalon rayé.

— On va faire la nique à Polignac, Fanfan !... se
crièrent les apprentis en claquant leurs bonnets de
papier.

— Pas vrai qu'il est temps de z'y faire voir des couleurs à ces cafards ?... grogna l'escogriffe... Ça veut
nous ôter le pain de la bouche, quoi ! pendant que ça
mange des ortolans dans des plats d'or ! On ne va plus
pouvoir imprimer ?... Qu'est-ce qui fournira la bec-
quée..., hein, donc ?

Il asséna le coup de son maillet sur la table de fer.

— Mes enfants..., déclara Pied-de-Jacinthe..., si nous
ne pouvons plus tirer le journal, je ferme la boutique... dès demain... Je n'ai pas d'argent derrière
moi, et je ne veux pas faire faillite. Pour lors, ménagez
votre paye d'avant-hier... je vous y engage. Faudra
peut-être que vous viviez des semaines avec ça, jusqu'à ce que vous ayez trouvé de l'ouvrage.

— Quel ouvrage ?... demanda l'un des compositeurs...
Je ne sais pas d'autre métier, moi !... J'ai, rue Beau-
bourg, une bourgeoise avec trois marmots qui réclament de la soupe matin et soir... Ma paye de samedi ?

Mais il n'en reste rien... Le boulanger et le propriétaire ont tout gardé !

— C'est la faute des Bourbons, et de Polignac, mon
ami !... assura le major... Vous avez été soldat ?...
Oui.., Eh bien, un homme d'honneur ne se laisse pas
affamer comme un rat dont on a bouché le trou.

— Parbleu !... se souvint l'escogriffe blême... Mon
père a dansé la carmagnole sur les ruines de la Bastille ! Ma mère a été à Versailles avec ses commères de
la halle chercher... le Boulanger, la Boulangère et le
Petit Mitron... quand on a fait la Révolution... C'est
pas des choses impossibles... On peut recommencer,
des fois !

— Et se faire mitrailler par les Suisses !... grom-
mela rudement une sorte de Silène à la poitrine velue,
qui poussait des caractères dans le composteur.

— On les étripera, c'est pas des Français !... gronda
Pied-de-Jacinthe, prêt à mettre la pointe au corps des
lâches.

— Foin du roi rapporté dans les fourgons des Cosaques, et qui recrute des étrangers pour nous faire subir
la tyrannie !... jura le prote, qui avait le visage troué
par la petite vérole.

— D'abord les Suisses, ça a des uniformes rouges
comme les Anglais de Waterloo,... fit le gnome hideux
en retroussant son tablier de cuir... Moi, j'étais tambour en 1815...

— Eh bien, mon brave, il faut prendre la revanche
de Waterloo sur tous les habits rouges !... conseilla le
major.

— A voir !... contesta prudemment le Silène obèse ;
et, d'un revers de main, il torcha la sueur, dans les
gros plis de son cou.

Ils se turent, reprirent leur tâche par la salle obscure aux murailles suintantes. Un manœuvre distribuait les cotes de la protestation. Ayant gravi l'estrade

grossière où se trouvaient un pupitre, un livre de commerce et un tabouret, Pied-de-Jacinthe vérifia des comptes. Alors un ouvrier siffla doucement la romance du *Saule*, tandis qu'il étalait des feuilles à la brosse. Le gnome barbu s'arc-bouta contre le socle de la presse, et, de ses bras musculeux, noirs de poils, serra la vis. L'escogriffe tapa formidablement les coins dans la forme. Puis l'apprenti bossu tira la langue dans le dos du patron. Tout l'atelier s'émancipa. Mille brocards jaillirent des bouches rieuses... On rivalisa de grossièretés. Des spasmes de gaieté tordirent ces pauvres êtres, aussitôt oublieux du chômage possible et des Bourbons.

— Voilà tout le peuple !... murmurait Armand Carrel entre le major et son gendre... Il ne faut compter que sur nous-mêmes. Thiers a raison...

Omer vénéra l'idée de sacrifice que ces paroles contenaient. Signer la protestation des journalistes, c'était aussi conspirer contre l'État, c'était encourir la peine capitale. Cette tête spirituelle et brave, parée de chevaux noirs, tomberait-elle sur un échafaud, aux bravos de la même populace ignoble qui avait permis qu'on tuât les quatre sergents de la Rochelle? Ce corps jeune et svelte sanglé dans une grosse cravate de cachemire, dans une redingote grise, s'abîmerait-il au fond d'un cercueil pour assassins?... Ils restaient silencieux tous trois, frères par leurs réflexions. Il leur sembla que les rires de ces travailleurs aux âmes molles décidaient le destin de l'apôtre. Par un carreau rompu, les rayons de soleil illuminaient dérisoirement les murs boursouflés, lézardés, tapissés de suie grasse, les épreuves humides séchant sur des ficelles horizontales, les tréteaux ébréchés des casses, les chemises sordides et les gilets loqueteux des ouvriers, leurs pantalons informes ridés de plis gourds, leurs bas poussiéreux roulés sur leurs talons. L'escogriffe aux bras maigres hissait la forme sur son épaule. Le gnome hideux et musclé, court sur jambes, se ramassait dans un effort rageur qui réduisait la résistance du mécanisme. Le Silène à lunettes mâchait du pain en choisissant vite les caractères du casier. L'apprenti bossu balayait des paperasses, les injuriait et les souillait de crachats visqueux, pour la joie du prote grêlé, chétif, et qui blâma les ouvriers à voix hargneuse.

— Ce n'est pas le peuple qui a fait la Révolution, ... dit Omer ; ... mais la bourgeoisie et la petite noblesse... La populace les suivit lorsqu'elle estima le désordre suffisant pour méfaire sans être châtiée...

— Pourtant le peuple est mort en ligne, quinze ans, pour la philosophie de la France ! ... répondit Carrel.

— C'est que la main de fer d'un Bonaparte était sur lui, ... risposta le major... Il faut un homme qui l'épouvante et l'électrise.

— Peuh ! Il n'y a de force que dans la Loi, ... contredit religieusement Omer, honteux de penser toujours a des avantages d'argent.

Ils sortirent du lieu ; ils quittèrent ce sol de terre battue par les pieds en savates de cordes.

— Vive la Charte !

La rumeur arrivait du Palais-Royal. Ils s'y précipitèrent.

Des remous de foule barrèrent le passage vers la galerie d'Orléans. Dans le jardin aux arbres verts, par delà les grilles, des messieurs étaient aux prises avec les gendarmes. Enorme et pansu, Dieudonné Cavrois, debout sur une chaise, contre un kiosque, agitait d'une main son chapeau, de l'autre, le *Moniteur*, en déclamant ce que la poussière et le tumulte étouffaient. Les étudiants de sa bande l'entouraient. La tête archangélique d'Enjolras émergea parmi les bousculades avec les mains sales de Bahorel et la tignasse de Grantaire, près d'un groupe qui rabattait, à coups de cannes, les

baïonnettes de trois gendarmes enragés. L'écharpe
orange d'une grisette, qui était l'apprentie de madame
Cardoche, Cydalise et sa capote de paille sombrèrent
au milieu d'énergumènes. Ils leur faisaient une ovation.
Plus loin, dans la poussière, ce fut le gilet écarlate de
Ribéride qui haranguait les clameurs de boursiers à
chapeaux blancs, à badine. Puis les bicornes galonnés
se multiplièrent sous les branches : les efforts des soldats dispersèrent la multitude en furie, refoulèrent
une horde de demi-soldes cramponnés à la redingote
marron de M. Boredain que tiraient d'autre part deux
policiers. Lui. de sa trique, posément, écartait les menaces des fusils. Plusieurs gamins éperdus grimpaient
aux arbres, cassaient les branches ; elles dégringolaient
avec leurs feuillages. Là-bas, un tabouret de jardin,
lancé par l'oncle Edme, vola loin de son profil d'aigle
et de ses sourcils broussailleux. Il attaquait ainsi une
bande de mouchards en observation près du bassin, et
qu'indiquait le geste d'une statue.

A la rescousse, Dubourg accourait. Vers le ciel, il
leva son chapeau, montra, de la canne, à ses compagnons
toute une nouvelle masse de gendarmes, l'arme au
bras, que dégorgeait la rue Vivienne. Sous les verdures
elle se formait en ligne, avançait, correcte et rigide,
ses buffleteries en croix contre les plastrons rouges,
précédée par des recors aux gourdins agiles, par un
commissaire de police qui marchait en culottes, en bas
noirs, la panse dans l'écharpe blanche. Il priait :

— Messieurs ! messieurs !... Au nom du Roi, je vous
somme de vous retirer !

Derrière lui, deux tambours battaient la caisse. Et le
roulement lugubre arrêta les essors des colères libérales. La plupart des vociférations s'apaisèrent.

Alors une jeune femme qui portait un nœud rouge
dans les cheveux, plaisanta :

— Allons chez Polignac !

— Chez Polignac !... répétèrent mille voix nerveuses.

Et cette invite persuada toute la foule, qui se tourna vers les issues ouvertes sur la rue Montpensier. Cent messieurs pâles bousculèrent Armand Carrel, le reconnurent et l'entraînèrent, malgré M. Gresloup, qui les voulut suivre. Omer n'aimait pas rester dans cette multitude. Un ouvrier en veste le rejeta du coude, assez loin, sans même l'apercevoir. Deux étudiants à casquettes séparèrent encore le gendre et le beau-père.

« Où vont-ils ?... se demandait l'avocat... Attention ! Il ne s'agit pas de me faire révoquer par le Conseil de l'Ordre, au moment où je vais pouvoir acquérir de la réputation, grâce à des plaidoiries brillantes, dont l'Europe s'occupera nécessairement. Cette bagarre ne saurait aboutir à rien qu'à des sottises... Une condamnation en correctionnelle me nuirait trop... »

Sans doute le major devina-t-il ce sentiment a la mine prudente du visage : il cria, par-dessus vingt furieux, qu'il ne rentrerait pas à Meudon et qu'Omer devait partir aussitôt, avertir ces dames, les rassurer, demeurer près d'elles jusqu'au lendemain. Il en fut ainsi.

Elvire fraîche, joyeuse d'avoir cueilli des fleurs dans le parc, attendait son mari sur le perron ; elle le reçut dans son baiser délicieux, le mena vers la blanche table, les verreries limpides, les argenteries lumineuses et le bon visage pensif de madame Gresloup. La chance de leur fortune les grisait tous trois. Ils établissaient du bonheur dans leur avenir. L'odeur des pelouses entrait par les hautes fenêtres. Les servantes galloises bleues et blanches, les deux laquais verts se postèrent silencieux aux angles du dressoir que garnissaient réchauds et flacons. Omer imputait aux événements la cause de succès prochains pour son éloquence.

— Que tes actes sont nobles et généreux !... dit Elvire... Est-ce moi, celle que tu aimes et qui porte ton nom ?... Vraiment ?... Ah ! mon bel Omer !

Le dîner fut succulent, gai. Madame Gresloup, ravie de compter encore ce que la Banque d'Artois gagnait à la baisse, proposa d'acheter une maison à Dieppe et de voyager en Italie.

Plus tard, l'alcôve enferma les chaudes effusions des époux. A saisir la poitrine pâle et parfumée de verveine, Omer oublia les odeurs de limaille qui régnaient dans l'imprimerie, aussi bien que les relents de bottes habituels au café Lemblin. Cependant les appels de son fils, Olivier, lui rappelèrent dès l'aube ce que sa race latine devait à la mémoire de Rome, et à la divinité de la Loi.

XI

Au matin, les journaux justifièrent en partie cette quiétude. Si la foule avait assailli de pierres une voiture où elle avait cru reconnaître le prince de Polignac rentrant à l'hôtel des Affaires étrangères, la gendarmerie avait promptement dispersé l'émeute. *Le Marteau* publiait un dessin de Joseph Bridau : un Charles X gâteux, sous le costume des Jésuites, avec l'emblème du Sacré-Cœur autour du bras, le cierge et le bréviaire aux mains. La légende était : *Oh ! le vilain sire !* A la seconde page, s'étalait, en lettres grasses, la protestation des journalistes ; puis une invitation à l'entente pour le refus de l'impôt, article identique à celui du *National* et du *Temps*. Après cette lecture, Omer écrivit la minute de l'opposition contre le créancier de madame Cardoche : il sut y insérer, fier de son adresse, une subtilité de procédure fort essentielle, et que l'huissier eût certainement omise. De bonne heure, il monta dans le tilbury, en promettant à son Elvire de lui rapporter, le soir, du poisson de mer, soles ou turbot, que l'on achetait chez Laffitte et Caillard, à l'arrivée de la diligence normande.

Paris ne semblait guère plus ému que la veille. Les fumets de cuisine s'échappaient des restaurants. Le « tigre » reçut les rênes à la porte de l'huissier, rue de l'Echelle. Recopié séance tenante, l'exploit fut transmis à l'avoué de Camusot. Après quoi, l'attelage trotta

vers le magasin de lingerie, rue Montpensier. Or, un
rassemblement d'épiciers, de commères, de curieux, de
gâte-sauces embarrassait la voie devant la boutique de
Pied-de-Jacinthe. L'avocat sut immédiatement que le
commissaire de police, après avoir saisi les presses du
National, celles du *Temps*, venait opérer dans l'imprimerie du *Marteau*. Vingt commis et artisans prolixes
le renseignèrent :

— C'est grand dommage : le monde du quartier s'a-
musait à voir les drôleries dans la vitrine... M'est avis
que le pauvre vieux va fermer boutique. Le v'là ruiné,
de ce coup-là... Un homme qui a versé son sang pour
la France !... Sacré nom !... C'est pas l'Empereur qu'aurait fait ça !...

— Sûr et certain !... approuva le garçon de café qui
rattachait le ruban de son escarpin.

— On attend le ferreur des forçats : il est encore à
démonter les machines du *Temps*... Il n'y aura pas un
honnête serrurier pour accepter de faire cette besogne-
là !

—'Pas plus ici qu'en haut de la rue, ... déclarait un
commis fanfaron à une dizaine de flâneurs bavardant,
les mains dans les poches.

Omer sauta du tilbury, l'envoya devant le café de la
Régence.

— Je suis l'avocat du sieur Pied-de-Jacinthe,... dit-
il au gendarme qui défendait les abords de la maison.

Il montra sa carte. On lui permit de parvenir jusqu'à
la cour humide, bordée de hangars et d'appentis.
Outre six gendarmes, baïonnette au canon, cent personnes l'encombraient, typographes de Pied-de-Jacinthe, voisins, carbonari et F.F.·. de l'Ardente-Amitié,
buveurs des *Enfants de Momus*, messieurs. Le major
Gresloup, battant du poing son estomac proéminent,
excitait encore le capitaine Lyrisse. L'étudiant Ribéride

endoctrinait un artisan timide conduit devant la porte
close par le patron qui refusait de l'ouvrir :

— Je vous répète ce que nous disions tout-à-l'heure,
M. Baude et moi, à votre camarade, dans les ateliers
du *Temps*... Si vous forcez cette porte, vous devenez le
complice d'un acte illégal, vous commettez un vol avec
effraction, que l'article 384 du Code pénal punit par les
travaux forcés... Voici Maître Héricourt, avocat à la
Cour d'appel : il confirmera ce que j'avance...

Omer regretta d'entrer juste à point pour s'afficher
au nombre des rebelles, et de façon irrémédiable.
Néanmoins, il se refusa d'hésiter. Sous la mèche noire,
l'œil malin d'Ulysse Trélat le surveillait. Dans le groupe
des Carbonari, M. Buchez gardait une mine de sévérité
muette entre les bouts de son col mou. M. Raspail
guettait, de sa figure noiraude, vive, engoncée dans le
gros col de velours. Dieudonné Cavrois crispait ses
larges joues pour réprimer ses objurgations ; et, rigide
dans sa gaine de vêtements sombres, M. Roulon mâchonnait une sentence de flétrissure. Omer pensa qu'après
tout sa nouvelle richesse permettait l'indépendance. Il
se décida pour le brave oncle Edme, pour son beau-
père, pour l'ardeur de ce Ribéride à la chevelure de
page, et pour la tradition romaine que le fils d'Elvire
perpétuerait. Mot à mot, lentement, dévotement, il
récita l'article 384. Son accent courageux et solennel
étonna.

— Bon ça !... fit le serrurier, ôtant sa casquette pis-
seuse, avec une emphase de théâtre. . . Respect à la
Loi ! Je m'en vais...

— Maître Héricourt,... réprimanda le commissaire
de police,... il vous appartient moins qu'à tout autre
de méconnaître mon caractère et mes insignes. J'agis
au nom des Pouvoirs Constitués...

Ce freluquet au chapeau de castor était donc l'ennemi.
Son observation, c'était l'insulte de la force barbare.

— Non, monsieur,... répliqua vivement Omer, glorieux des murmures qui l'approuvaient déjà... Non, monsieur : vous n'accomplissez pas un devoir prescrit par la loi ; vous obéissez aux caprices de vos maîtres. Nous, citoyens, n'avons pas à nous incliner devant des caprices... Les Ordonnances n'ont pas été ratifiées par la Chambre Basse ni par la Chambre Haute... Ce sont des caprices, et non point des lois...

Il acheva d'une voix tonnante, grisé par l'ivresse de ses nerfs, et, tout à coup, transporté d'aise en s'admirant héroïque. Le vent de ses paroles le soulevait au-dessus des hommes. Il eût dit que, du buste, il dépassait, tout-à-coup, leurs statures.

— Vive la Charte !... conclut l'escogriffe blême.

Pareille acclamation jaillit de toutes les bouches. Le Silène lui-même la proféra derrière l'échine du gnome hideux. Les cochers la renfoncèrent par des gesticulations véhémentes. De son œil sanglant, de son front de marbre, l'ancien cuirassier Brémondot menaça, la lippe en avant, le petit commissaire quinteux qui s'exaspérait, qui bredouillait :

— Paix-là ! Messieurs ! paix-là ! Doutez-vous que je puisse vous faire arrêter sur-le-champ pour rébellion ?... Obtempérez aux ordres.

Omer sentit bruire dans ses fibres toute la colère de l'assistance. Il sut qu'il excitait les courages endormis, que ces gens l'adoraient, vivante incarnation de la justice près de les défendre du chômage, de la faim, de la mort. Hors de lui, hors de sa prudence, le jeta l'espoir de les entraîner, de déconcerter ce petit policier bilieux. Le jeune homme n'avait qu'à gagner en payant d'audace ; il haussa les épaules dédaigneusement.

— Ça, Maître Héricourt, je puis vous conduire vous-même à la Conciergerie, les menottes aux poignets !

— Je vous en défie !... L'article 341 punit des travaux forcés l'arrestation arbitraire. Tout le barreau de Paris agirait contre vous, et ferait appliquer la loi!... Car cela, c'est la Loi! Tandis que ceci, ce n'est rien du tout... Ce n'est rien, en vérité, moins que rien !

De l'index il désignait les ordonnances qu'un subalterne collait au mur. Il cria :

— Rien devant la Loi! Moins que rien !

A cet instant, sa croyance vécut en lui, mieux que lui-même. En ses veines, en son cœur palpitant affluait tout le sang noble des ancêtres latins que son érudition vénérait, celui du Peuple aux Sept Collines. En son âme s'exaltait l'honneur des Gracques, de Brutus, de Justinien, de Danton, pontife de cet esprit antique servi par les armées Jacobines, par le colonel Héricourt, avant qu'il fut tué en pourchassant, après Wagram, les soldats de la tyrannie. Contre le serviteur des mêmes adversaires, le fils avança, l'enferma dans son geste à la Popilius. Heureux d'être puissant, Omer délirait presque. Ses nerfs vibraient, et ceux aussi des grands Romains ressucités en lui. C'était la foi secrète des légionnaires qui s'évertuait par son éloquence ; c'étaient les antiques forces mystérieuses de leur Mithra qui, par la bouche, allaient vaincre. Ainsi que ce jeune dieu au bonnet rouge, il terrasserait encore la bestialité du taureau symbolique, la brutalité des rois, en la personne mesquine de ce petit domestique éperdu, prêt, d'instinct, au recul, tandis que l'officier de gendarmerie, par les lueurs mal éteintes de son regard, approuvait tant de courage civique. « Mon fils ! pensait Omer. Je fais à ta descendance un destin de liberté ! » Il l'évoquait endormi, l'enfant d'Elvire, l'espoir aux yeux clairs et aux cils sombres de leur œuvre conjugale. Et cette chère image ordonnait d'abolir toute peur, de soumettre la vie présente aux félicités du temps futur.

A sa main s'attachait la rude poigne de l'oncie Edme, qui lui froissait les muscles pour le remercier. Chaude caresse d'affection, le major enlaçait du bras la taille

de son disciple. Le prote redressa tout son corps maigre, et lança des jurons émus vers les toits.

Dans cette cour noirâtre, humide et profonde comme
un puits, une chose majestueuse s'accomplissait. L'esprit terrassait la force. Honteux de leur mission, les
gendarmes ne bougeaient pas derrière leurs baïonnettes. Appuyant sur le grand sabre ses gantelets jaunes,
leur capitaine épiait insolemment les allures du commissaire qui dictait au subalterne les notes d'un rapport.
Les carbonari gardaient leurs masques de juges devant
le coupable qu'était ce pauvre fonctionnaire tripotant
son écharpe à franges. Il y eut du silence et du respect.
Les apprentis eux-mêmes ne chuchotaient plus en haut
du haquet où ils s'étaient juchés, les jambes pendantes. Une main dans son habit, Omer Héricourt recevait
les félicitations d'Ulysse Trélat, de M. Buchez, de
M. Roulon, de Cavrois, qui se présentait en sueur et
cramoisi.

Le ferreur des forçats fit son entrée, portant des
tenailles et des pinces. Les huées de Bahorel et de
Grantaire furent renforcées par celles de l'escogriffe, du
gnome, du bossu, des cochers, de tous les typographes.

— Laissez cela, mes amis !.. pria le jeune Ribéride,
beau de sa pâleur... Ce n'est pas un homme, c'est un
instrument...

Le colosse enfonça son bonnet de laine sur ses favoris. De ses bras lourds, il choisissait entre ses outils posés
à terre. Il se baissa : la croupe monstrueuse tendit le
pantalon de cuir. Il glissa un levier sous la porte, agit.
Les vis de la serrure sautèrent bientôt. Les recors se
précipitèrent dans l'atelier béant. A leur suite, le ferreur se dirigea vers les machines. On entendit retentir
le son clair du marteau qui frappait les boulons. Alors-
Pied-de-Jacinthe boutonna son habit carré contre sa
maigre poitrine. Son menton tremblotait. Dans ses
yeux brouillés et jaunes, de l'eau sourdait.

— Il est inutile de revenir ici, vous autres !.. dit-il aux ouvriers... Je n'aurai plus de travail pour vous... Je ne sais plus moi-même où trouver mon pain...

L'escogriffe et le prote grêlé grognèrent vers les gendarmes impassibles.

— Va demander au commissaire qu'il t'offre la soupe et le bœuf !.. conseilla le cocher Gousenot... As-tu du cœur ? Alors vas-y... Aïe donc !

Un clin d'œil malicieux creusa la ride profonde qui partageait sa joue. Dambeton encouragea les ouvriers par les moqueries de son mufle moustachu. Brémondot oscillait sur les colonnes de ses jambes, serrait ses poings de cuirassier formidable. Assurant leurs chapeaux cabossés, les buveurs des *Enfants de Momus* s'apprêtaient à des luttes. Cavrois prévit le danger :

— Hors d'ici !... Cela pue le crime !

Au soleil de la rue, ils furent abordés par la foule curieuse et babillarde.

— Nous sommes des ouvriers sans pain, et, tout à l'heure, sans feu ni lieu !.. marmonna l'escogriffe pour les badauds qui l'entourèrent.

— Je vais quérir des sous chez Polignac, moi !.. décida le gnome barbu ; et il roula son tablier autour de ses hanches.

On l'applaudit. Une fille minable tira par sa blouse le morne Silène dont les bajoues fléchissaient.

— Patience !.. recommandait aux apprentis le petit bossu, patience !... Sais-tu comment on peut coudre un drapeau bleu, blanc, rouge ?

— Il y a des étoffes chez la marchande de modes, la mère Cardoche...

— Le patron dit que ça chicanerait joliment les mouchards. Seulement...

— De l'argent ?.. interrompit Dieudonné Cavrois,

qui fouillait dans son large pantalon de toile... Tiens,
voilà un écu... Achète les trois couleurs.

A ces mots, l'avocat se souvint de madame Cardoche
et de ses inquiétudes. Il se disposait à lui rendre visite,
lorsqu'il aperçut Rambourg écroulé sur une borne, au
milieu de ses cochers. Bridoit, l'ancien canonnier, prit
le bras de l'escogriffe, et le tira dans le cabaret des
Enfants de Momus, puis Goussenot y conduisit le prote
grêlé, deux manœuvres. Il les invitait tout haut :

— Allons boire à la santé de la Charte et du général
La Fayette !... Venez aussi, tonnerre !... C'est un hussard de l'Empereur qui régale !

— Vive l'Empereur !.. s'écria le petit bossu brusquement.

La présence des gendarmes, des mouchards empêcha des approbations plus bruyantes.

Là-dessus, un garçon accourut qui distribuait gratuitement à tous les exemplaires du *National*. En une
minute, la rue s'éclaira de mille feuilles fraîches qu'on
déployait sur le seuil des boutiques. Au cœur des
groupes, des jeunes gens récitaient les paragraphes,
avec des intonations d'acteurs, apprises boulevard du
Temple. Le coureur jetait les journaux par dizaines
dans les magasins, dans les allées des maisons. Il leva
les stores rouges des fiacres abandonnés contre le trottoir, pour y introduire le factum séditieux :

— A bas les ordonnances ! Et vivent les chasseurs à
cheval !.. criait Brémondot en faisant claquer son
fouet.

— Qui trinque avec les braves ?..,

Ni l'oncle Edme, ni le major ne se dérobèrent à l'invitation de l'ancien soldat. Ils emmenaient Pied-de-
Jacinthe, bien qu'Omer voulût lui dicter une procura-
tion. Dans la tabagie, on s'excita tout de suite. Pied-
de-Jacinthe promit de décrocher ses pistolets d'arçon
et de tuer comme un chien le mouchard qui s'opposerait

au montage des presses. L'escogriffe et le gnome barbu jurèrent d'être ses complices. Quant aux cochers, nulle de leurs vieilles prouesses en Espagne, en Russie, en Saxe n'égalait plus ce que prodiguerait leur vaillance prochaine.

— Si Martignac gouverne avec le centre, il est chassé par la droite ; si Polignac gouverne avec la droite il est chassé par le centre et la gauche... Il n'y a plus de gouvernement possible.., démontrait à M. Roulon le major Gresloup... L'anarchie prépare la tyrannie. Prenons garde à nos droits.

— Il faut que les gens de cœur s'unissent pour en finir avec ce régime restauré deux fois par l'ennemi ! commanda Dieudonné.

On choqua les verres... On dénombrait les chances. Un peu moqueur, Omer douta qu'ils pussent réussir : le canon aurait vite réduit à rien leurs efforts. Mais Goussenot rappela qu'en Espagne les chevau-légers tout seuls, lances au poing, avaient culbuté les batteries de la Sommo-Sierra sur un affreux terrain de montagne... Et le tambour de 1815 cita des exemples, confusément. L'avocat examinait les vestes déteintes, les amples pantalons écourtés, les bottes éculées, les chemises rapiécées de ces pitoyables paladins. Il eût souri de leurs ventardises. Elles l'ennuyèrent bientôt comme celles du capitaine et du major qui renchérissaient.

— Marmont prend, au Carrousel, le commandement des troupes !.. confirma Michel Chrestien, la barbe en désordre et le visage en sueur.

— Celui que l'Empereur a flétri par ces mots : « La trahison du duc de Raguse livra la capitale et désorganisa l'armée !... »

— Un traître ! L'ami des Kaiserlicks et des Cosaques...

— Voilà bien celui qu'il fallait aux agents de Metternich !

— Soldats de l'Empereur, l'ennemi règne dans nos murs !... ajouta le capitaine Lyrisse... Vous laisserez-vous subjuguer sans vous défendre ?

Les jurons répondirent. On posa rudement les rouges bords. Le poing de Dambeton ébranla le comptoir d'un grand coup qui fit s'épancher le vin... Dehors, la nouvelle se propagea. Les commis de l'armurier la transmirent aux porteurs de la boulangerie. Des servantes l'enseignèrent aux deux bouchers occupés à vêtir de graisse les quartiers de viandes, le long de l'étal. De son entresol, un lecteur du *Figaro* comprit : il appela son fils, qui le rejoignit à la fenêtre, se pencha pour interroger le marchand de tonneaux roulant sa barrique. Un jeune cavalier arrêta son cheval, s'informa, puis se découvrit :

— Vive la Charte !...

— A bas les ordonnances ! A bas les ministres !.. firent les imprimeurs aux bonnets de papier, les noirs mécaniciens des presses. Ils commençaient à descendre la rue Richelieu, par équipes congédiées :

— Du pain ! Pas de ragusades !...

L'ivresse agrandissait les yeux hagards de ceux qu'avaient altérés la chaleur de la saison et les ardeurs de l'invective. Manches retroussées, gilets ouverts, bras dessus, bras dessous, ils avançaient, trapus et arrogants. Les brocheurs de la rue de l'Oursine, aux tabliers salis de colle, marchaient sur deux files, comme la troupe, et chantaient :

> En avant
> Fanfan la Tulipe,
> Oui, mill' noms d'un' pipe,
> En avant !

Dieudonné reprit ce refrain à pleine gorge.

Des femmes les accompagnaient. Les fanchons de couleurs, les madras éclatants enveloppaient leurs faces tour à tour chagrines et rieuses. Les balcons se garnirent d'épouses inquiètes qui ragrafaient leurs camisoles, en se montrant la multitude accrue. Des orateurs poussifs, grimpés sur les bornes, interprétaient la prose des gazettes. Mais une rumeur immense, vague et lointaine naissait. La rue se remplissait de bravaches. Il en sortait des maisons, et ils finissaient d'endosser leurs vestes pour applaudir les paroles les plus téméraires du bel Enjolras enrôlant l'émeute près de Ribéride. La tête d'ange et la tête de page enjôlaient les grosses femmes émues, les écolières qui dansaient la capucine, les cuisinières qui protégeaient du bras droit leur pain de quatre livres et leur panier de provisions tenus dans le bras gauche. Un chien, férocement aboyait : il reçut un coup de trique, et s'enfuit avec de longues plaintes de désespoir chétif. Le long des façades indéfinies, montaient mille vociférations, jusqu'au fleuve du ciel qu'enserraient les girouettes et les angles des toitures.

Aux *Enfants de Momus* défilèrent successivement les membres de l'Ardente-Amitié, qui présentaient leurs condoléances à Pied-de-Jacinthe, le F∴ Terrible. L'employé de banque avait été poursuivi par les agents de de police dans le jardin du Palais-Royal ; il ôta son chapeau pour éponger son crâne verruqueux :

— Polignac a violé la loi :∴ il est hors la loi ! Qu'en dites-vous, Maître Héricourt ?

— Assurément !.. concéda l'ébéniste aux mains éternellement vernies de palissandre... Le commerce de Paris retire sa confiance au gouvernement. J'ai mis les barres aux portes de ma boutique ; et me voilà. L'Ardente-Amitié doit soutenir le F∴ Pied-de-Jacinthe illégalement frappé. Tel est mon avis, Monsieur !

Et il courbait en deux son corps famélique, sous le nez de l'avocat, pour le convaincre de plus près.

— Les propriétaires seront avec vous !.. déclara

solennellement M. Roulon... Les ministres ne doivent porter aucune atteinte à la propriété : c'est inscrit dans la Charte. En ruinant mes locataires, ils réduisent le revenu de mon immeuble. Ah !

Dans la porte ouverte, le petit vieux fardé de rose montra bientôt son toupet de filasse. Il se faufila parmi les cochers :

— Maître Héricourt, j'ai vu le 10 Août, moi !., Donc je puis le dire, c'est une turpitude ! On trompe le roi Charles X. Quelle faute d'avoir donné le commandement à Marmont !... Tous mes employés désertent mes bureaux... Ils sont au café Lemblin, et ils demandent au général Dubourg un plan de résistance.

— Après tout, conseillait un F∴ ventru, nous avons encore chez nous nos fusils et nos fourniments de gardes nationaux. Si on a licencié les légions en 1827, on n'a pas osé les désarmer. Nous pouvons toujours faire observer la Loi...

Et, du pouce, il écrasa dans l'air ses ennemis prochains... Mais les bravades des cochers étouffèrent tous les propos. On suffoquait dans cette salle étroite ; le bruit des voix ébranlait sur les étagères les rangs de bouteilles à rogomme. La tenancière se plaignit tout à coup d'être volée : il fallut que Dieudonné lui jetât une pièce d'or :

— Tiens Maman, et ne pleure plus !... Polignac fait marcher ton commerce.

L'oncle Edme réclamait les adresses de tous les anciens soldats résidant à Paris pour les convoquer. Assis derrière une table couverte de chopines, il notait au crayon, sur le dos d'une lettre, les renseignements contradictoires de gens qui se querellaient.

— Omer.., dit M. Gresloup.., il est indispensable que je communique ces nouvelles au général Pithouët, avant qu'il écrive au général Lamarque. Il m'attend, d'ailleurs, pour se rendre à la réunion des députés

libéraux chez M. Casimir Perier. Venez avec nous Dieudonné !... Avez-vous une voiture ?

Omer accepta volontiers de fuir cette bagarre où
chacun expliquait ses opinions à tue-tête. Tous trois
se dirigèrent en hâte vers le café de la Régence, et le
tilbury de l'avocat. Ils eurent de la peine à contourner
les rassemblements compacts. Gagne-petit, serruriers
noircis par la limaille, savetiers brandissant une forme
ou une empeigne, coiffeurs frisés, peintres munis de leurs
pinceaux, tous s'évadaient de leurs échoppes, dégringolaient de leurs échafaudages, afin de participer au
tumulte de la rue, que bouscula brusquement, derrière
un essor de gamins et de fugitifs éperdus, le trot de
six gendarmes à cheval. Frôlés par la masse, les deux
cousins s'engouffrèrent dans une allée sombre, aux
bras de maritornes hurlantes dont les chairs molles et
chaudes, à travers l'étoffe, les touchèrent. Le péril passait. Au milieu de la rue, un broc de lait visqueux
répandu sur le pavé, un garçon qui se relevait en serrant à deux mains son crâne, intéressèrent aussitôt la
foule. De nouveau elle envahit la chaussée. M. Gresloup
appelait de loin. Peureux de recevoir un coup de sabre,
d'être foulé par les chevaux, Omer pesta contre l'imprudence des petites gens. A quoi servait-elle ? Il
blâma vivement l'oncle Lyrisse de convier le peuple à
cette lutte intempestive et dangereuse.

Au café de la Régence, sous les nymphes des peintures murales, on retrouva le gilet rouge de Ribéride,
l'habit « fumée de Londres » et l'habit « pain brûlé »
de Courfeyrac, de Combeferre, la figure rasée d'Ulysse
Trélat, la barbe en collier du sévère M. Buchez. Sa tabatière de corne en avant, M. d'Orichamps offrit une prise.
M. Mesnil, qui jouait aux échecs avec M. Raspail, remonta
ses lunettes pour accueillir par des interjections dramatiques le major et son gendre. On échangea des vues.

Ces messieurs attendaient l'heure de la réunion chez
Casimir Perier. Les curiosités anxieuses des autres consommateurs se fixaient alors, sur la droite de la
place. Là-bas, des gendarmes à pied refoulèrent jusqu'aux échafaudages d'une bâtisse, sur le coin de la galerie de Nemours, quelques apprentis, l'escogriffe et le
gnome qui, le coude en dehors, refusaient de se dis-
perser. Dans le café, toutes les âmes des spectateurs
vivaient les affres du conflit, guettaient la fin. Qui tenant
pour l'autorité, qui pour la révolte, on dissimulait sous
des plaisanteries et des rires, la passion réelle de vouloir aussi craindre et porter les coups. Chacun disait
comment devait agir le soldat au bicorne qui traînait
son fusil d'une main, et de l'autre, molestait un vigoureux coltineur attentif à ne point perdre son *National*.

Cependant un brigadier, de sa baïonnette, effraya les
grimaces des apprentis : ils se réfugièrent à l'abri de
la palissade, parmi les tas de moellons et les sacs de
ciment... Des maçons, perchés sur une échelle, repro-
chèrent au gradé la chute d'un enfant loqueteux qui
pleurait. Ils menacèrent de descendre et de s'en
mêler. Un gâcheur de plâtre, injurié par le militaire,
secoua sa truelle. La tache de boue blanche s'aplatit
sur l'épaulette, sur le plastron rouge, sur la joue bandée par la jugulaire... A cette vue, les cavaliers en
peloton dans la rue Saint-Honoré dégainèrent bruyamment. De l'échafaudage cent huées partirent... Une
pluie de plâtre s'abattit sur les gendarmes à pied, qui
regagnèrent à reculons la galerie de Nemours. Ces
flasques projectiles ne traversant plus la distance,
des pierres furent projetées. L'une, rebondit, vint
frapper le paturon d'un cheval bai qui, ruant, ébranla
son maître, aux rires nerveux de la foule accourue.
Alors les ordres du maréchal des logis attirèrent
la garde du Palais-Royal. Les shakos à tresses,
les habits à brandebourgs de ces fantassins furent visi-

bles entre les colonnes. Eux, rapides, se déployèrent.
Déjà s'esquivaient les apprentis et les maçons, que la
foule des badauds, assemblée devant la rue Richelieu,
reçut dans son sein et qu'elle entraîna, refluant le long
des arcades, vers la rue Montpensier. Un peloton de
centaures à bicornes et à sardines blanches l'y bloqua;
bien qu'ils fussent assaillis d'insultes, de cailloux, de
savates, de trognons, de bouteilles vides, bien que les
chevaux renaclassent, dans un bruit de fers et de sabres.
Les personnes accoudées aux fenêtres de la maison
Lepage refermèrent promptement les persiennes, dont
la poussière s'envola...

— Il faut pouvoir rendre compte de ce qui se passe
au général Pithouët... dit le major... Allons voir.

Au galop de ses courtes jambes musclées, il franchit
la place. Dieudonné s'élança derrière lui ; sa graisse
cahotait dans sa redingote flottante. Le gros garçon
jovial entonna le refrain cher aux grisettes de la mère
Cardoche :

> Avance donc, mon petit Ernest !
> Hé ! avance donc !

Omer ne voulut pas être lâche. Comme les chevaux
s'arrêtaient à la face de la foule, il prit son élan derrière
l'habit « fumée de Londres ». Au pas de course, Courfeyrac soutint que leur présence de fashionables, dans les
rangs du peuple, ferait réfléchir les commissaires. Bien
qu'essoufflé, Combeferre ajouta que c'était un devoir de
donner l'exemple. Otant son chapeau qui dansait sur
sa chevelure, Raspail assura qu'on avait trop prêché
la révolte pour se dérober à ses périls. Quant à Ribéride, il bondissait comme un chamois, ayant aperçu au
seuil de Mme Cardoche le feutre mou d'Enjolras, les
mains sales de Bahorel et la tignasse de Grantaire,
juchés sur la voiture du cuirassier Brémondot. Autour
des roues, les ouvriers en sueur s'égosillaient :

— Vive la Charte !

— A bas Polignac !

Par le travers de la rue Montpensier, le fiacre de Goussenot et celui de Dambeton, déjà, formaient obstacle. A l'abri de ces véhicules boiteux et de leurs mazettes titubantes, la foule se rassemblait, criarde et moqueuse. Loin de ses amis, Omer y fut, dans les jupes puantes d'une harengère qui protégeait mal de la bousculade son éventaire à poissons nacrés.

— De quoi, l'asticot ? Je vais pas écraser le monde, peut-être ?... repondait l'ancien hussard au gendarme enjoignant de livrer passage.

— Hohu-ho !... hô !... Hé ! la prévôté ?... Viens donc faire reculer Cocotte, si tu peux, et sans renverser les commères !... priait Dambeton.

Tous deux fustigeant leurs haridelles, tirant sur les rênes, feignaient de ne savoir où garer leurs caisses jaunes ; ils constituaient, par cet embarras, un rempart qui fermait la rue. Ils usaient de plaisanteries militaires ; ils désarmaient à demi la sévérité de la consigne. A son tour, le fiacre de Brémondot vint protéger la foule de tâcherons en manches de chemise, qui, dans cet orifice de la rue Montpensier, piétina, rit, se conta des prouesses mensongères, chatouilla les demoiselles, s'appela, s'offrit à boire.

Mᵐᵉ Cardoche, au pas de sa porte, encourageait les voisins en contant la fin de Labédoyère, et comment la veuve avait dû payer à l'État, outre les frais de justice, trois francs d'indemnité pour chacun des soldats exécuteurs. Ses grisettes aidaient le récit, corsaient le drame au grand émoi des concierges. En parlant, Cydalise nouait, à son menton pointu, les brides d'un bonnet blanc : elle allait sortir avec la Bordelaise, qu'emmenait Cavrois. Omer ne sut être complètement cruel aux œillades de son ancienne amante, Angéline, qui remonta quatre à quatre, en haut

de l'étroite maison, quérir une écharpe : Dieudonné,
malin, l'avait invitée de même. Heureuse de savoir la
saisie ajournée, Mme Cardoche leur donna congé, à condition qu'elles fissent honte, par toutes les injures, aux
assassins de Labédoyère. Bientôt, les trois fillettes
gambadaient. C'était la même poitrine lourde et succulente au souvenir, qui tremblait encore dans le corsage à fleurs d'Angeline. Omer craignit d'offenser
Elvire si, comme avant son mariage, il pesait, dans ses
mains frémissantes, cette chair de délices. L'espiègle
l'engagea, du sourire, à renouveler leurs ébats. Il sentit
le désir accélérer les mouvements de son cœur.

Il se rapprochait d'elle sous couleur de répondre,
par-dessus la fanchon, aux appels de Cavrois, lorsqu'un
enfant affirma que la troupe assommait les flâneurs,
de l'autre côté du Palais-Royal, dans la rue du Lycée.
Toutes les têtes hâves et toutes les têtes rubicondes se
tendirent hors des cols. Une clameur unanime jaillit
des bouches, envahit la rue, fut répétée par les gens
aux fenêtres, par les filles des mansardes. Les bruits
de la colère humaine se confondirent, vibrèrent ensemble, heurtèrent les tempes, étourdirent les sages, grisèrent les rageurs. Un fluide maître enivrait Omer
lui-même, fut prêt à combattre, les poings serrés, les
dents grinçantes. La foule s'affola, brailla, se détourna,
s'engagea derrière le Palais-Royal ; et son flot saisit
Omer, le jeta sur la hanche d'Angeline, le colla contre
l'odeur de cette peau moite, les enveloppa dans la fougue
générale, les roula loin des leurs, au long des boutiques où pendaient les pains de sucre, les grappes de
chandelles, les paires de bottes à tiges rouges, les banderoles des teinturiers, les panonceaux des gens de
loi, les tableaux des sages-femmes, les grenadiers
peints des marchands d'hommes, les traversins des
matelassières. La main de la grisette étreignait chaudement celle de son carbonaro, et cela mêlait à la

peur de la bagarre les images de voluptés perdues.

En avant, Cydalise et la Bordelaise avaient pris les
bras de Dieudonné ; elles le suivaient par grandes enjambées comiques. Leurs voix grêles acclamaient la
Charte, parce que les apprentis trottant autour d'elles
l'acclamaient d'abord. A leur exemple, Angeline criait de
sa large bouche savoureuse. Chaque fois, la gaieté de
cette figure ronde et blonde accroissait la fièvre du
jeune homme, autant que l'accroissaient le bourdonnement des voix, les rumeurs indécises et lointaines,
les audaces pétillant aux yeux du peuple fou, le tapage
des souliers battant le sol. Après s'être essuyé les
mains, le mitron quittait la gargote et se mêlait à la
bande. Des messieurs à tournure militaire s'évadaient
en hâte des cafés. Prononçant le nom du major Gresloup, ils tâchaient d'entrevoir sa carrure prochaine.
Rejoindre son beau-père eût sauvé le jeune homme
d'une faute : Angeline était trop tentante, le cou nu, les
bras nus et potelés sur l'écharpe de [tulle vert. Dans
leur hâte, des brutes les rejetaient l'un sur l'autre. Elle
s'agriffait à lui, qui devait soutenir cette chair confiante. Il évoqua les heures de délices anciennes : les
dômes de cette ferme poitrine haletaient ; les jambes douces et duveteuses le frôlaient ; la chevelure
blonde s'éparpillait entre leurs lèvres. Il l'aima, malgré cette course avec des gens du commun, par des
rues graillonneuses, à un danger probable qui, peut-
être, l'étendrait mort. Il épiait les cris d'Angeline, et
l'effort du souffle attirant la gorge à l'échancrure de la
collerette.

On s'essoufflait, Omer eût voulu renverser le portefaix au dos large, l'homme trop lent qui retardait sa
précipitation ; il eût voulu tuer l'enfant qui lui bour-
rait le dos. Ces colères brèves exaspéraient son délire
et son désir.

Or, après un détour, toute bleue d'ombres, sauf

sous l'angle de soleil qui dorait obliquement une façade, ce fut la rue du Lycée. Le Palais-Royal, à droite, plongeait dans un fleuve de figures bruyantes... On chantait, en avant, on hurlait. Cailloux et bouteilles jaillissaient de la multitude vers les bicornes de quelques gendarmes à cheval, droits sous les baudriers jaunes, et qui caracolaient. L'un ne sut parer du bras le choc d'un tesson. Alors les shakos fleurdelysés de la garde royale furent aperçus, à la seconde où le courant de foule se divisa soudain, se baissa, où la tête brune de Raspail, là-bas, fléchit, comme pour éviter un coup, où l'habit « fumée de Londres » s'aplatit avec Courfeyrac hagard contre une vitrine du restaurant doré, où même Angeline se cacha la face dans la poitrine d'Omer qu'elle étreignit de toute sa terreur ; elle avait aussi vu le rang de fusils en joue, la série de trous noirs. Un éclair les illuminait en déchirant l'air, en crachant la fumée sur une trombe de fugitifs, de femmes aux yeux vitreux, d'enfants qui s'étranglaient ; un maçon, la barbe en avant, culbuta, pantela contre terre, se crispa, se roidit, sembla près de vomir, et ne bougea plus, cadavre étique empaqueté dans des loques plâtreuses.

Cette fumée se dilua, découvrit des pantalons blancs, des brandebourgs, des vestes bleues. Les soldats tiraient la baguette pour recharger. Des frissons passaient dans l'échine en sueur d'Omer, ébaubi, asphyxié par l'odeur de poudre.

— Aux armes !... commanda soudain la grosse voix militaire de Pied-de-Jacinthe... Aux armes !

Monté sur une borne, le vieillard en délire levait sa canne ainsi qu'une épée.

— Vengeance ! vengeance ! On nous tue... Vengeance !... conseillait Ribéride, désignant le mort.

— Vengeance !... répondirent mille voix éduquées au parterre des théâtres.

Et des poings de malédiction se tendirent vers la

troupe intangible : car les chevaux adroits des gendarmes repoussaient, du flanc, ceux assez hardis pour attendre de pied ferme, et les chassaient. Les lueurs des sabres sautèrent des fourreaux.... De rudes bousculades refoulèrent les cris, les hommes, jusque dans l'estaminet, dont une glace rompue s'effondra, s'émietta, cliqueta sur le sol... Gêné par le poids d'un barbon et par celui d'Angeline qui l'étouffaient, l'écrasaient au coin du billard, Omer se révolta contre la douleur et la honte de céder. En lui, l'orgueil animal se rebiffa ; sa raison s'embrumait. Brusques, les ressorts de ses muscles se détendirent vers le mouchard en redingote bleue qui, solide, empoignait au col de chemise un ouvrier hargneux, et, pour l'arracher de ses camarades, cognait à tort, à travers. Le bras nerveux du jeune homme saisit le butor, le renversa sur un genou, malgré qu'il se débattît et râlât. Vingt ouvriers terrassèrent l'ennemi, l'enfoncèrent à coups de botte, le recouvrirent de leurs rages trépignantes.

Omer mena dehors la grisette qui chancelait. La rue était jonchée de cannes, de casquettes et de chapeaux. A bien des étages on fermait les persiennes. Dieudonné Cavrois dénouait sa cravate pour rafraîchir sa large figure sanguine. Les cousins unirent leurs imprécations politiques. Omer sentait la fureur gronder dans ses oreilles, et la peur secouer ses os. Il confiait Angeline à Noémie qui maniait un énorme bâton ramassé là. Cydalise sautait de joie en se louant d'avoir si peu tremblé sous la fusillade. Elle s'engagea cependant à reconduire ses compagnes par un détour chez Mme Cardoche, et à n'en plus sortir. Tandis que les trois filles, parmi les groupes en tumulte, se dérobaient vite, les jupes troussées sur leurs bas blancs, les deux hommes retournèrent, tout chauds de la lutte, ivres de paroles, fiers d'eux-mêmes, au café de la Régence. Là, MM. Mesnil et d'Orichamps, délégués par les censitaires de la rue Gît-le-Cœur, s'apprêtaient à remettre une adresse aux députés libéraux. On estima qu'il seyait d'avertir, en leur compagnie, M. Casimir Perier. Omer s'attribua de l'autorité.

Là-dessus, le major revint avec le général Pithouët qui, dans son entresol, l'avait reçu, debout, impatient de partir, le chapeau à la main. Un énergumène de la Loge prétendait que, soucieux avant tout de ne compromettre ni sa grosse fortune ni sa précieuse vie, Casimir Perier refusait de recevoir les étudiants, que les gendarmes avaient chargé sous ses fenêtres sans qu'il fît ouvrir sa porte pour recueillir les jeunes gens en péril, qu'il renvoyait au lendemain, midi, la signature de la protestation parlementaire, dans une réunion qui se tiendrait, ou non, chez M. de Puyraveau. Le général froissait son gant de daim, faisait craquer son pouce contre son index, rejetait en arrière sa tête résolue.

— Ces gens-là ont peur de la Révolution qui a fait leur richesse... Il ne nous reste qu'à prendre l'initiative dans les Loges. Et cependant il faut une séance de la Chambre libérale pour rétablir le droit de la Nation, pour justifier nos actes, — des actes !

L'ami de Manuel et du général Foy étendit les bras tenant son chapeau et sa canne ; il les laissait ensuite retomber contre les pans de sa longue redingote bleue ; il tapait du pied. Il envoyait des mots superbes et de la salive aux visages des joueurs qui négligeaient leur partie, s'assemblaient autour de sa personne célèbre. Dieudonné remarqua que l'on pouvait néanmoins tenter la démarche. Grâce aux relations d'affaires qu'il entretenait, pour sa mère, avec le chef des mines d'Anzin, il se fit fort de pénétrer jusqu'à lui, et convia tout le monde à le suivre. M. d'Orichamps se brossa les basques. M. Mesnil replaça mieux sa perruque et tira son gilet de cachemire.

Dehors, un escadron de lanciers, quelques agénts de police étaient seuls postés, lorsque ces messieurs se mirent en chemin. Les mouchards regardèrent avec une déférence pourtant méfiante l'habit « fumée de Londres », l'habit « pain brûlé », la redingote confortable de Cavrois. La décoration du major et son air grave leur en imposèrent. D'ailleurs Omer démontra que, selon ses vifs désirs, on en resterait aux bagarres. Partout les gens se sauvaient dans les couloirs des maisons. Il les accusa de lâcheté.

Non loin de la place Vendôme, rue Neuve-du-Luxembourg, l'hôtel du millionnaire était absolument clos. Aux premières paroles que prononça Dieudonné à travers le judas, la grande porte s'entre-bâilla. Passé la cour, leur délégation put gravir le perron. Dans le vestibule pavé d'une mosaïque, ils abordèrent le maître de céans. Plusieurs messieurs émus le suppliaient, tous ensemble. Leurs chapeaux, au bout des bras, soulignaient le sens de leurs objurgations. De révérence en révérence, lui les menait vers la porte, Entre temps, il se rongeait les lèvres d'impatience, répondait brièvement et redressait plus haut sa belle tête vaniteuse, ceinte comme de flammes blanches. Soudain, il fronça ses noirs sourcils. Un gros homme en habit gris, le mouchoir à la main, reprochait à tous l'insignifiance de la réunion présente.

— Monsieur... demanda le général Pithouët... permettez-moi d'insister pour que l'on signe aujourd'hui même la protestation...

— L'heure est grave... affirma le long M. Villemain... On a tué un gendarme devant le ministère des Affaires étrangères.

— La troupe a tiré rue du Lycée... dénonça le major... J'ai vu le mort... Nous avons essuyé le feu de la garde.

— Signons donc !... décida le général. qui caressait les mèches brèves de ses tempes osseuses.

Et, haussant les épaules, il se dirigea vers les salons, comme s'il ne doutait plus que leur hôte acceptât ces raisons.

— Messieurs les députés... déclara Courfeyrac... les étudiants de Paris, et toute la jeunesse souhaitent que vous assumiez la défense de la loi.

— Au nom des avocats et du barreau, je présente la même requête... au nom de la Loi... dit Omer qui s'irritait... au nom de la Loi que l'on viole... Monsieur.

— Les électeurs de la rue Gît-le-Cœur... commença M. d'Orichamps... par ma bouche... et par celle de M. Mesnil, ici présent...

Son doigt désigna l'ami. M. Casimir Perier fit à la bague héraldique une grimace horrible :

— J'ai dit que je ne recevrais aucune délégation d'électeurs !... interrompit-il avec rudesse.

Et il ne bougea plus, les poings serrés. L'angoisse le vieillissait progressivement. Ses yeux mêmes blêmissaient. Des figures martiales le dévisageaient avec dédain. Il recula sous les mains tutélaires d'une muse en marbre blanc qui veillait, du haut d'un cippe, aux échos de la pièce oblongue.

— Monsieur... raisonna Dieudonné... des généraux glorieux qui ont versé leur sang pour l'idéal de la patrie, une jeunesse studieuse qui en est l'espoir, des industriels qui fondent sa prospérité, un illustre maître de la langue française, cet éloquent défenseur de la Loi, ces représentants de tout un grand peuple, vous adjurent de mettre votre influence au service de la liberté. Comment se pourrait-il que vous refusiez ?

Les mains de Casimir Perier frémirent dans les plissures de ses manchettes. Il cherchait un secours, et ne trouvait sur les faces des personnes présentes que la

plus ferme resolution de le contraindre au courage civique. M. Villemain considérait avec une
sorte de compassion amère ce grand homme, cette belle
figure noble, coiffée de mèches légères, et dont les yeux
noirs, sous les sourcils touffus, se défendaient. Courfeyrac et Combeferre se regardaient avec stupéfaction.
Cavrois balançait sa masse, et dodelinait du chef ironiquement. Omer se disait que lui, tout de même, eût
vaincu sa prudence naturelle !,.. Quant au général
Pithouët, les deux mains derrière le dos, il se campait
là dans sa redingote mince, comme pour ne pas
deguerpir avant la signature exigée.

— Au surplus... finit par énoncer M. Mesnil, timide
derrière ses lunettes... au surplus, vous ignorez,
Monsieur, la réalité de votre pouvoir moral... La France
vous suivra tout entière...

— Mais, Monsieur... conclut M. d'Orichamps...
savez-vous que le gouvernement est une poire pour-
rie?... Il ne faut qu'un souffle, un souffle pour...

A ces mots, Casimir Perier porta ses poings vers ses
tempes ; il s'écria, la face verdâtre :

— Entendez-vous me rendre responsable des événements terribles qui semblent se préparer? Cela
serait épouvantable. Je ne peux pas le tolérer !

Ses fortes jambes flageolaient dans le pantalon de
coutil. La colère et la peur secouaient son dos robuste en
habit de drap fin. Il mit ses mains aux mousselines de
sa cravate, comme s'il sentait déjà la guillotine royale
y mordre.

— On dresse des barricades rue Saint-Honoré ! Ces
gens sont pleins de confiance et d'entrain. Je leur ai
payé des petits verres.

Ainsi parlait tout à coup un conseiller à la Cour, le
baron de Schönen, ancien membre de la Haute Vente, à
l'approbation des visiteurs : il entrait, l'habit tout béant
sur un jabot débraillé, les guêtres couvertes de poussière.

— Vous nous perdez, en abandonnant l'attitude légale !... pleura M. Casimir Perier.

De ses doigts il se voilait le visage. Il se retira dans ses appartements au plus vite. Un laquais vint alors ouvrir les battants du perron. Les visiteurs descendirent, retraversèrent la cour en silence. Omer s'éloigna le dernier. Comme il se retournait pour jouir, en un clin d'œil, de tout ce luxe marmoréen, grandiose et simple, il avisa, par une porte mal close, le chef de l'opposition libérale qui, devant un miroir à cadre de bronze, tirait la langue afin d'examiner l'état de ses muqueuses après une telle commotion.

Discutant avec véhémence cette réponse de Casimir Perier, tous reprirent le chemin du Palais-Royal, le long des boutiques qui débordaient de bavards et de femmes inquiètes, d'enfants braillards, de servantes effarées.

Au café de la Régence, un polytechnicien se précipita vers le major. C'était son fils. En qualité de sergent il avait le privilège de sortir aisément de l'école. Malgré l'animation de sa parole virile, il ressemblait à une fille travestie, contente de savoir ses paupières langoureuses à l'ombre du bicorne. A l'en croire, les élèves de l'École désiraient combattre pour les libéraux. Une lettre du jeune Charras, naguère exclu pour avoir chanté la *Marseillaise,* dans un festin, les avait prévenus de la colère du *National.* Sous les murs de Toulon, Bonaparte n'avait-il pas gagné la gloire en luttant pour les jacobins contre les réacteurs ? M. Gresloup accueillit cet enthousiasme, qu'écoutaient aussi les consommateurs assis devant les échecs, dans la salle vénérable. Quelques-uns gardaient leur chevelure blanche nouée en queue, comme M. d'Orichamps. A la fin des parties, ou bien en attendant que le partenaire eût poussé le fou, la tour, la reine, ils s'occupaient un peu, sur le seuil, des manœuvres exécutées par les pelotons de lanciers aux plastrons jaunes. Ces militaires essayaient de circonvenir et d'intimider les bandes goguenardes par les caracoles de leurs petits chevaux gris.

Urbain s'enfiévra davantage. Il faisait naïvement montre de sa science tactique. Son père lui demanda comment il avait pu le joindre dans ce lieu. L'adolescent rougit.

— C'est la marchande de modes, Mme Cardoche, chez qui j'achète mes cravates, rue Montpensier...

— Ou la petite Cydalise ?... rectifia plaisamment Omer.

— Tu vas manquer l'appel, si tu ne rentres à l'école tout de suite... Bonsoir !

Le joli polytechnicien obéit à regret : car le capitaine Lyrisse, poudreux et verbeux, distribuait des nouvelles. La Haute Vente se réunissait d'urgence. Tous les Maîtres Elus des carbonari étaient convoqués. Il fallait se rendre auprès d'eux.

Aux dangers de l'émeute, Omer préféra le péril d'être arrêté en compagnie honorable, traduit devant la Chambre des Pairs. Son éloquence le sauverait apparemment. Même il médita sa défense durant le trajet, sans réfuter les avis un peu fous de son beau-père, du général Pithouët, de l'oncle Edme, qui voulaient faire appel à la garde nationale, licenciée depuis 1827, en revêtant l'uniforme des tambours et en battant la générale.

Rue Vivienne, ils furent introduits sous un large porche, traversèrent une cour, gravirent un escalier de pierre. Après un corridor à crépi lézardé, ils pénétrèrent dans le tumulte. Vingt ou trente messieurs se disputaient là. Quatre fenêtres versaient la lumière diffuse de la cour sur les gesticulations et les figures jaunâtres.

En vain, LaFayette, debout, essayait-il de convaincre par sa voix mélodieuse par les diverses expressions de sa face lourde, glabre, surmontée de mèches roussâtres. On comprenait des mots épars : « Fête de la Fédération... les grands jours de Mirabeau... J'ai ouï dire par Sieyès... Washington voulait-il une république ? Franklin ne s'en souciait pas... La liberté universelle ? J'y ai rêvé dans le cachot d'Olmütz et dans la prison qu'était la France sous le despotisme de Bonaparte... Le roi de la Sainte-Alliance menace la Charte !... »

S'étonnant que le bruit ne se pût apaiser, il chercha de la déférence sur les physionomies des nouveaux venus.

—Vive l'Empereur, Monsieur !... déclara le capitaine Lyrisse.

Le demi-solde croisait les bras contre son habit marron, et rejetait la nuque en arrière, par défi.

Le général Pithouët ne donna pas au vieillard un bonjour plus affable. D'un air hautain et las, ses cheveux pleureurs rabattus contre son front morose, il imposa d'abord à l'assistance le respect de ses grades maçonniques ; il en arbora les insignes apportés dans les poches de sa redingote bleue. On put supputer le nombre considérable de Loges qu'il représentait ainsi. Par des contradictions brèves, dédaigneuses, sans ripostes aux arguments objectés, il s'arrogea tout de suite la souveraineté, derrière la table qu'il choisit pour tribune. Non loin, Omer reconnut le visage d'Auguste Blanqui, allongé par une petite barbe blonde, et la mine de profonde concentration mentale que gardait ce lauréat des concours généraux...

— Bonjour, mon sauveur ! Venez ici...

Sur le cou frêle, dégagé du col mou, ne subsistait nulle trace de la blessure reçue en 1827, dans l'émeute de novembre, rue aux Ours. Assis, il étreignait ses genoux de ses mains onduleuses, et, patiemment, attendait la fin du bruit, qu'il jugeait absurde.

— Sans discipline, on ne fera rien d'utile !... prêchait le major Gresloup... Acceptons, avant tout, l'autorité de nos chefs!

— On se dévoue à une idée... ou bien non !... affirmait le capitaine Lyrisse... Qui se dévoue n'a pas
besoin de discuter... Il écoute et il obéit.

Des exclamations colériques l'interrompirent. Blanqui ricanait. En sifflotant, le général se bourra le nez
de tabac. La Fayette toussait, cherchait son mouchoir
dans les plis de sa redingote trop ample.

— Guillotiner ! guillotiner !... Halte-là !... Nous sommes des morceaux un peu gros pour être avalés comme
ça par les mandibules de Charles X !... répondait à un
timide le général Dubourg, en tapant sa tabatière dans
le creux de sa main.

— En effet !... dit M. de Rastignac, qui saluait Omer.

Ils s'étaient déjà rencontrés dans le salon de Mme de
Nucingen, à Tortoni, sur le boulevard de Gand, et se le
rappelèrent tout bas. Quelqu'un criait :

— Assez de stratagèmes ! Assez dissimulé, en nous
cachant, en complotant ! Il convient d'abandonner la
ruse pour la franchise ! La liberté doit mettre le
pied dehors; elle doit sortir de nos tanières et de nos
conciliabules... C'est une fille robuste, et qui ne craint
personne !... Le peuple la prendra par la main pour la
mener sur le trône des Bourbons !...

Omer se détourna vers le coin où tonnait cette voix.
Une tignasse épaisse tremblait autour d'une face renfrognée, barbue, vibrante. L'homme, voûté dans un
large habit noir, piétinait, les mains derrière le dos,
en voilant, de ses sourcils froncés, des yeux minuscules. On nomma Pierre Leroux.

— Compter sur le peuple ? Ah ! le bon billet ! Nous
l'avons trop vu à Belfort, en 1820,.. interrompit Armand
Carrel, et la fine plaie de sa lèvre amère coupa mieux
son visage sec... La ville entière partageait, la veille,

nos opinions. Une compagnie de soldats en armes proclamait la République sur la place ; il eût suffi que cent
personnes voulussent approuver, pour que toute la gar-
nison se joignît à nous. Au contraire, pendant un quart
d'heure, ou entendit fermer les serrures à double tour,
et pousser la clenche des volets, dans les maisons... Il
ne faut pas s'embarrasser de la populace. Les choses
faites, elle suivra. Auparavant on n'en obtiendra
rien. Si : les royalistes sauront en tirer des trahisons
inutiles ou des indiscrétions d'ivrogne.

La gracieuse personne d'Enfantin, jusqu'alors dis-
parue entre les épaules des voisins, se manifesta, soudain, par les accents mêmes qui séduisaient les auditeurs de ses conférences, à la salle Montausier. Sa
figure ronde, fraîche, pourvue d'une barbe légère, de
jolis cheveux châtains en auréole, émergea. Il fit cesser, d'un signe, la digression glapissante et confuse
que poursuivait Pierre Leroux, sa tignasse en avant. Le
sourire d'Enfantin apaisa tout. Un poète chantait
l'idylle du peuple content, choyé par les soins d'une
politique communiste et maternelle, voué à du bonheur,
groupé par sympathies, par amours. Tandis que le
docteur Buchez citait des phrases de Saint-Simon et
d'Olinde Rodrigues, Armand Carrel ramena machinalement les boucles crépelées de sa chevelure noire sur
la largeur de son front. Cette phraséologie agaçait sa
fièvre.

— Pourquoi vouloir encore renverser le régime
royal ?... suppliait Enfantin de sa voix de cœur. Depuis
1816, pas un complot qui n'ait avorté et coûté, sans
résultats, des vies précieuses aux hommes. L'instinct
du peuple soupçonne la vanité de tels efforts. La parole
et la douceur savent entraîner les êtres. Il faut convertir par les moyens que l'Église emploie. Mesurez la
force de sa persuasion. Ce n'est point substituer une
violence à une violence, qui peut sauver le monde.

Notre salut sera d'imiter l'Église, d'ajouter notre espérance au dogme, et de prêcher ensuite une charité plus magnifique...,

Une huée mal contenue répondit à cet exorde.

— Aux armes ! aux armes !... protestait Blanqui forcenément, sans bouger de sa chaise.

Et de crier jusqu'à ce que l'on se tût... Omer songea qu'il pourrait finir cette aventure en place de Grève, après avoir été cahoté dans la charrette du bourreau, comme les sergents de La Rochelle, après avoir glissé sur le sang de ce bel Armand Carrel, de cet élégant Rastignac, de ce Pierre Leroux hérissé, sale, aux épaules parsemées de pellicules. Son imagination compta leurs têtes dans le panier de l'exécuteur ; même la tête poupine d'Enfantin, enveloppée dans sa barbe légère parmi le son rouge. Quelque chose comme un caillot l'étrangla... « O douce Elvire !... Front pur que flattent des boucles fauves !... c'en est donc fait !... déclama sa crainte... Je ne vous verrais plus... Ah ! parc de Meudon, que je voudrais, sous tes ombrages... Hélas ! me voici devant le résultat de mes idées... Mes idées ?... Parce que je fis quelques dettes, parce que j'eus honte devant mes créanciers, parce que j'acceptai, de mon oncle Edme, l'argent..., j'ai dû m'acoquiner à son destin... Ah ! ces vieux soldats de Napoléon !... La mort a trop souvent dansé devant leurs regards éblouis par les feux de file... Moi, je frémis !... Comment celui-ci n'a-t-il pas peur ? »

— Il y a nécessité de combattre,,.: grondait toujours Auguste Blanqui, sans quitter sa chaise.

La discussion se développa. Selon Carrel, les trois quarts des Loges étaient royalistes, ou composées de couards. On ne pouvait faire fond que sur les Ventes.

— Défions-nous, Messieurs, de ceux qui veulent restaurer l'Empire !... supplia La Fayette.

Il cogna la table d'un coup retentissant, ce qui rap-

pelait aux carbonari son autorité de Grand-Élu. Le
silence se fit, pendant lequel on fut mal à l'aise. Enfantin baissait les yeux, et tournait ses pouces. Une colère
réelle empourprait la figure plombée du vieux chef,
qui s'écria :

— Il ne faut pas changer de tyrannie, mais les remplacer toutes par la liberté !

Michel Chrestien haussait tout à coup sa tête de Jupiter, pour applaudir avec Pierre Leroux, Blanqui,
M. Buchez, Ulysse Trélat. Les joues mûres de La
Fayette se marbraient un peu. Ses vieilles mains garrot-
tées de grosses veines, ponctuées de taches jaunes,
râtissaient machinalement le drap de la table contre
laquelle il s'appuyait du ventre. Il parut mâchonner
de la bouillie. On attendait sa parole. Il se reprit à tota-
liser les nombres de fidèles que l'on pourrait mettre en
ligne. On discuta de nouveau. Enfantin leva son clair
visage, étendit les bras, chantant presque :

— Pourquoi rouvrir l'ère belliqueuse ?... L'âge d'or
n'est pas derrière, mais devant nous. Il s'agit seulement de bonne volonté, de fraternité...

— Hé ! hé !... railla le major Gresloup, :... quand vous
avez rompu les portes de l'École polytechnique en
1814, pour courir, le fusil à la main, défendre la bar-
rière de Clichy, vos coups de feu furent-ils fraternels à
l'égard des Alliés ?...

Enfantin caressa les duvets de ses joues claires, sans
répondre au sarcasme, sinon d'un geste vague. Puis il
disserta religieusement :

— Je n'estime pas que l'usage de la violence nous aide
à conquérir l'harmonie sociale. Je ne l'ai jamais pensé,
M. Gresloup ! Vous le savez bien. J'ignore si l'on a le
droit de conduire au massacre une population innocente... Je me demande si ce n'est pas un crime que de
le tenter !

Tout pâle, il répéta :

— Un crime !

Omer eut envie de l'applaudir, mais la plupart des carbonari protestèrent avec véhémence. Le général Pithouët s'élança :

— Un crime ?... un crime ?... Mais non : nul remords ne me trouble. Je me suis battu quinze ans sur tous les champs de l'Europe !... Nul remords ne me trouble, Monsieur... Car si j'ai frappé, j'ai été frappé... Un crime !...

Il se rua vers Enfantin, les poings fermés. Le délire de la rage convulsait cette face osseuse, aquiline, qui crachait en même temps de la salive et des mots. Toute l'exaspération qu'il avait maîtrisée difficilement chez Casimir Perier éclata. D'un geste fou, il déboutonna sa redingote, arracha la cravate, écarta le jabot, montra la cicatrice rosâtre, pareille à une bouche close, qui balafrait le poils gris de sa maigre poitrine. Il toucha la trace étoilée d'un trou de balle à son cou. Sa manche relevée, il indiqua l'entaille d'un sabre espagnol, du coude au poignet. Il retroussa les cheveux pleureurs, et fit voir un hideux sillon blanchâtre à la cime de son front plissé... Il disait :

— J'ai suffisamment affronté la mort pour avoir le droit de conseiller la bataille... Je suis le bras de la Liberté ; et j'ai renversé les esclaves de la tyrannie. Peu m'importent les douleurs des victimes devant l'Idée que je sers... Et j'achèverai mon devoir !

— Nous l'achèverons ensemble !... jurèrent le major, le capitaine, vingt autres.

Enfantin arrangeait, dans un large nœud, les bouts de sa cravate blanche ; il époussetait les revers en rouleau de son habit qui se cambrait sur une taille charmante ; cela inconsciemment, par habitude de maniaque :

— L'amour de la paix l'emporta, dans l'âme des peuples, sur le désir de la gloire ; et Napoléon fut terrassé...

— La paix!... Vous voulez la paix?... Ah! ah!...
ripostait le général... Ce vieux renard de Metternich
l'a voulue, la paix! Il ne demandait qu'elle, en 1814.
Pourquoi? Pour avaler sans les arêtes, la grosse bou-
chée de Waterloo... Les idéologues servaient les desseins de Metternich. Et la Sainte-Alliance des tyrans,
grâce à la paix, peut facilement effacer jusqu'aux ves-
tiges de notre Révolution... Sachez-le... Pour durer et
vaincre, il faut à la Révolution, qui se réveille, un
Napoléon II, puisque l'autre a été assassiné par le poison de l'air, dans Sainte-Hélène... Oui, M. de La
Fayette : un Napoléon II! Et toute la France armée
dans le camp d'Hiram, depuis l'Océan jusqu'au Rhin; et
cela pendant dix ans, pendant vingt ans, pendant un
siècle même! jusqu'à ce que le dernier valet des monarques ait perdu la dernière goutte de sang servile...
Alors nos petits-fils pourront s'offrir la liberté de la
presse, le suffrage universel, tout le babouvisme, le
saint-simonisme, le communisme, le fédéralisme, et le
papisme industriel, si ça les amuse...

— Bon, ça!... répliquait le jeune Blanqui,... un
autre Napoléon avec des généraux pareils au duc de
Raguse, qui, à leur tour, iront trahir la Révolution
pour l'Empire, l'Empire pour la Sainte-Alliance, la
Sainte-Alliance pour l'Acte Additionnel, et Napoléon
pour le roi de Gand!...

Sa rage siffla ces choses, sans qu'il abandonnât sa
posture, les genoux étreints par ses mains serpentines.

— Je m'en f...! ... rugit le capitaine Lyrisse...
D'abord il faut vaincre!

La Fayette asséna sur la table un coup terrible. Tout
le monde se tut. Il affirma :

— Nous ne recommencerons pas la Révolution pour
le seul triomphe d'un despote, mais pour celui de la
Loi, c'est-à-dire des Droits de l'Homme, et de leurs conséquences législatives.

— La Loi ! La Charte !... s'écria l'oncle Edme... Ah !
vous voyez ce qu'en firent les escobars de la Congréga-
gation...

— Nous serons là pour faire respecter le pacte.

— Nous aussi, heureusement... et avec nos sabres !...
ajouta le général Pithouët.

Le Grand-Élu dévisagea le capitaine et le général
dont les mains, les cris le défiaient. Un moment, ces
trois hommes absorbèrent dans leur vie palpitante les
attentions et les angoisses des esprits. Une question se
décidait, autour de quoi s'évertuaient, depuis dix ans,
toutes les passions de la Charbonnerie et de la Maçonnerie. On se querella longtemps. Omer lui-même récita
ses prosopopées ordinaires sur la divinité romaine de
la Loi. Il se grisa de son éloquence mal écoutée par
tous ces hommes énergiques, et qui s'estimaient supérieurs à un petit avocat. L'oncle Edme lui répondit
rudement ; puis le major. Et tous les soldats déclarè-
rent que la Loi consacre seulement la force triomphante, qu'il fallait être premièrement cette puissance
efficace, indiscutable. En rétorquant les raisons d'Omer,
le général Pithouët pantela. Contre ses rides, la sueur
collait ses cheveux gris. Enfin, les saccades de ses
membres s'arrêtèrent. Il demeura tout lumineux de sa
foi, le col ouvert et la cravate flottante, les mains cris-
pées aux breloques qui pendaient sur sa culotte de mol-
leton blanc.

Omer Héricourt se clapit en sa place, hostile à leurs
idées, anxieux de les voir ébranler la prudence de la
Vente et celle de La Fayette. Depuis le fort de la dispute, le vieillard s'était rassis. Il tournait de lourdes
bagues sur ses phalanges décharnées... Par instants,
il se levait, claquait la table, réclamait en vain du
silence. Ainsi le Grand-Élu semblait un vieillard las et
sans autorité. M. Buchez obtint plus de respect. Blanqui, dans un élan détestable de confiance en soi, insul-

tait à toute opinion. A l'aide d'un instrument d'ivoire, Rastignac se polissait les ongles. Sec et brusque, Armand Carel niait, interrompait. Le major ne réussissait point à faire prévaloir ses utopies saint-simoniennes. Inutilement, il écumait, sabrait l'air de ses bras... Omer souhaita la fin de cette piteuse réunion. Retourner à la campagne, se rafraîchir devant un beau dîner servi dans les fleurs, lui fut désirable. Au nom de quelle philosophie risquait-il sa tête dans ce milieu d'énergumènes ?

Cependant, à la voix du général Pithouët, le calme, peu à peu, se rétablit. Lui démontrait encore le besoin d'une discipline que prescrivit sa bouche furibonde. Il exigeait que l'on votât la prise d'armes. Pierre Leroux et Michel Chrestien revendiquèrent le droit de lire un programme de réformes. Ne seyait-il pas d'apprendre en l'honneur de quels principes on allait se faire tuer ? Ils résumèrent encore leurs vœux de fédération et de communisme. A l'ennui de tous, ils ébauchèrent leur idéal de République égalitaire.

— Où nul, du moins, n'aura licence de bien dîner ! ...conclut Rastignac.

Doucement il se rapprochait d'Omer pour railler la triste houppelande de Pierre Leroux et la fausse élégance d'Enfantin :

— Ces messieurs souffrent à l'excès de l'envie. Si nous leur permettons de guérir les autres gueux de ce mal, ils transformeront le monde en un vaste champ de légumes humanitaires, hélas !... Ah ! Monsieur Héricourt, est-ce pour cette vie plate et potagère de pourceaux repus que nous sommes ici, vous et moi, prêts à la plus déplorable affectation de révolte généreuse et ridicule ? Qu'en pensera notre ami, M. de Montalivet ?

— C'est un sage. Il eut soin de choisir cette semaine pour rendre visite à son beau-père dans une campagne fort lointaine ; ce dont je le loue... Il arrivera lorsque tout sera fini, et lorsqu'il saura bien exactement pour qui tenir... Meudon est trop près du Palais-Royal...

— Que cherchez-vous ici ? Prétendez-vous à un ministère sous quelque nouveau régime ?

— Et vous ?

— Oui, n'est-ce pas?... avoua-t-il négligemment, sans paraître déconcerté ; ... nous aimerions gouverner... Nous aimerions une autre forme de monarchie, parce que dans celle-ci les premières places sont réservées à d'autres. Sous le roi de Rome, nos mérites seraient mieux chamarrés que dans la République de M. Pierre Leroux. Voilà pourquoi j'incline vers l'avis de ces demi-soldes. Aussi bien Bonaparte et le duc de Raguse ne manquèrent pas de fonder leur fortune sur le terrain brûlant de la République. C'est, il me semble, la raison pour laquelle nous nous engageons dans cette atmosphère de révolte, en dépit de nos caractères que séduit la sécurité des choses établies, et malgré notre science de l'histoire qui ne se leurre pas en espérant de véritables réformes, si tant est qu'il en advienne...

L'avocat sentit la chaleur du sang lui rougir la figure. Trois phrases de ce dandy les dépouillaient de tout masque ; il dénudait leurs âmes ; la pudeur était confondue. Omer reconnut là le franc scepticisme de son oncle Augustin. Pourtant il commentait sa dévotion à la Loi...

— Peuh ! peuh !... fit Rastignac arrogamment... Bah ! ne nous troublons point. La ruse a mené fort loin d'autres que nous, et de plus grands...

Confus, Omer souriait, à la recherche d'une attitude. Heureusement le vacarme augmentait encore. On votait à mains levées. Sévère et solennel, M. Buchez annonça que la résistance par le moyen des armes était résolue.

— Pour la République Une et Indivisible !... s'écria le marquis de La Fayette.

— Vive l'Empereur !... s'obstinait l'oncle Edme.

La querelle ressuscita, devant la face impassible et plombée de La Fayette... Alors tous s'apprêtèrent à sortir. M. Buchez, de sa voix calme et sourde, distribuait le commandement des « cohortes » et des « manipules ». Il désignait, pour le lendemain, les lieux de rassemblement des Ventes et des Loges. Il fut convenu que les gardes nationaux endosseraient leurs uniformes de 1827, et se rassembleraient par compagnies.

— Je meurs de faim,... confessa l'oncle Edme... Allons dîner au trot, chez Hardy.

— Il faut renvoyer le tilbury à Meudon, avec un message qui rassure nos femmes, ... dit le major... Nous ne pouvons plus quitter la place.

— Parbleu !... répondit Omer, qui souhaitait un prétexte pour s'acquitter lui-même de l'ambassade.

Dès lors, son imagination fut la proie d'un spectre : celui du maçon tué non loin de lui, rue du Lycée. Le mort avait des souliers à cordons blanchis par le plâtre dont les grumeaux demeuraient si visibles que l'halluciné les compta : quatre. Le même sort lui pouvait échoir. Comment n'osait-il pas confier à son beau-père et à son oncle qu'il préférait au péril, et même à la gloire probable, la sécurité de sa vie riche, amoureuse, spirituelle ? « Hélas ! je suis trop faible pour rompre le joug de l'honneur. Ce sentiment règne en moi, malgré moi. Je ne crois pas qu'il appartienne à ma propre nature ; cependant je ne saurais lui désobéir... Ni ma religion de la Loi, ni le désir d'accroître les prestiges de ma personne en assumant un rôle politique, ne suffiraient à me faire encourir le risque de mort : j'aime trop l'existence. Seul mon père exige, par l'entremise de notre sang, que j'affronte le danger. Rien de ma vigueur ne peut résister à celle du mort... A tout prendre, Elvire me méprisera si le major l'instruit de ma lâcheté. Elle cessera de m'aimer, me

trompera peut-être un jour... Vaut-il mieux mourir que
d'être un mari de vaudeville?... Drôle de problème!»

Aux côtés de son oncle Edme et de son beau-père, il
marchait vers le boulevard, divaguant de la sorte,
épeuré d'entendre grogner la foule et retentir les trots
de cavalerie. Du froid glaçait ses entrailles et la sueur
inondait son échine. Lugubrement, au loin, le tambour
battait. Chaque borne était le centre d'un colloque
entre ouvriers, marchands et commis. La marmaille
se divertissait aux jeux militaires. De toutes les fenêtres,
les familles interrogeaient les passants. Importants,
ceux-ci, le mouchoir à la main, parlaient de bagarres
rue Saint-Honoré et rue des Pyramides. Une balle
avait étendu raide un Anglais qui guettait les événements, au balcon de l'Hôtel Royal, rue des Pyramides...
Et cela faisait gémir les vieilles qui surveillaient les
marchandises des boutiques. Des fanfarons assuraient
que les troupes de ligne ne tireraient plus. L'un avait
vu l'officier subalterne commander : « Arme bras ! »
après que le chef de bataillon eût commandé : « Feu!»
Des jeunes gens se hâtaient, la trique au poing et le
chapeau sur les yeux. La tripière décrochait les foies
de veau suspendus au dehors... Brusquement, l'écho
d'une explosion roula par derrière. Mille plaintes s'exha-
lèrent des gosiers des femmes. La terre frissonnait
encore sous les pas.

— Ça va !... jugeait l'oncle Edme... Retournons au
Palais-Royal... Nous y mangerons un morceau.

Et ses regards escrimeurs attaquaient les physionomies des gens pour apprendre du nouveau. Sans ralentir
l'allure il les questionnait, les encourageait, promettait
la victoire... Silencieux, le major gardait la bouche
ouverte comme si la cicatrice, soudain rétrécie, attirait
vers la narine sa lèvre supérieure. Il arrangeait certainement des projets dans sa grosse tête digne. Bientôt
il les quitta. Ses devoirs de Vénérable l'obligeaient à

prévenir Arago et quelques personnes de la décision prise à l'assemblée de la Haute Vente. Il fixa le rendez-vous, aux *Enfants de Momus*.

Omer méditait encore, sur le moyen d'y manquer, lorsque l'oncle Edme et lui rentrèrent chez Pied-de-Jacinthe, dans la boutique illustrée de caricatures qu'admiraient les loustics.

Celui-ci rapporta que maints promeneurs, furieux d'avoir essuyé le feu des patrouilles ou mal esquivé les charges de cavalerie, achetaient en face, chez l'armurier Lepage, des munitions et des pistolets. En effet, les badauds regardaient sortir, avec de telles emplettes, trois messieurs résolus qu'ils applaudirent.

— Nous ne nous laisserons pas non plus massacrer, sans nous défendre, par les Suisses de Polignac !

— Les gendarmes ont foulé aux pieds de leurs chevaux la petite mercière !

Ils indiquaient la devanture et les bonnets de linge.

Empêchés de se rendre aux tripots du Palais-Royal, et perdant ainsi leurs chances, des joueurs s'irritaient.

— La vie vaut-elle qu'on la ménage, lorsqu'on n'a ni sou ni maille ?.. interrogeait un homme aux yeux cernés et dont l'habit autrefois élégant marquait, par ses taches innombrables, la déchéance.

En sa compagnie, des personnages pareils excitaient les rancunes de ceux qui se rafraîchissaient dehors. Tous grossissaient les nouvelles. Ces propos venaient aux oreilles des imprimeurs assemblés devant la librairie. En plaisantant, l'escogriffe et le gnome proposèrent d'enlever les fusils chez l'armurier.

— Tu veux réquisitionner les armes pour le service de la Charte, pas vrai ?... dit le cocher Bridoit... Ça se fait, à la guerre.

— Puisqu'on nous tire dessus, m'est avis qu'on est en guerre !... déduisit le gnome barbu.

— Va pour la réquisition ! accorda joyeusement le capitaine Lyrisse.

Là-dessus, Gousenot et Bridoit franchirent la chaussée derrière la limousine de Brémondot qui, de son front jaune, de ses larges épaules, intimida les commis empressés d'accourir avec les volets. Rapides et facétieux, les vétérans furent aussitôt dans la place, décrochèrent les sabres, qu'ils passaient aux apprentis gambadant. Bahorel confisqua les fusils de chasse au bénéfice des étudiants que, du Luxembourg, il avait conduits là. Parmi ces gaillards hardis, farceurs et têtus, les garçons de magasin n'avaient point tenté de se débattre. Sur l'avis du patron, ils acceptèrent l'argent de Cavrois pour lui vendre quelques sacs de poudre. Un argousin essaya mal de résister aux poings de Dambeton, et disparut incontinent au gré des injonctions furibondes. Puis étudiants et ouvriers rivalisèrent le lazzi, s'équipèrent, s'affublèrent de lourdes gibernes, de bandoulières blanches, essayèrent les batteries des mousquetons, le glissement des sabres huilés dans les fourreaux sonores. L'escogriffe s'empara d'une hallebarde à gland bleu. Dambeton avait, à l'en croire, retrouvé sa carabine de chasseur à cheval ; et il démontrait comment, à Lützen, son tir avait maltraité des chevau-légers prussiens. Brémondot réclamait un cheval de cuirassier pour sa latte de colonel. Le gnome reçut une espingole. Gousenot détela. Par-dessus la couverture sanglée, il enfourcha sa rosse lamentable. Les poudres furent confiées à Bridoit, qui jusqu'à la librairie les transporta dans une brouette. A son fusil de munition le prote adaptait une lanière. Le Silène se bouclait sur le torse une cuirasse piquée de rouille. Inutilement les commères éperdues suppliaient leurs fils, leurs maris de restituer ces armes. Hérissée de fer, la troupe évoluait déjà par la rue Richelieu, se montrait aux boutiquières. Les apprentis maniaient des pistolets d'arçon.

En haut d'une échelle, un serrurier noir démolissait à coups de marteau les armes royales décorant le bureau de la Loterie. La couronne tomba, s'effrita en morceaux de plâtre doré devant les sabots de la haridelle sur quoi Gousenot proférait des commandements drolatiques.

Le bruit attira les habitants des rues voisines. Dieudonné Cavrois reconnut madame Cardoche au ruban vert de la coiffe ; il lui dit n'avoir point dîné. La vieille prit le Ciel à témoin d'une telle injustice, et promit quelques subsistances. Le capitaine Lyrisse voulut sa part, celle de son neveu.

Las et le sang cuit par la fièvre, Omer s'affaissait, quelques minutes plus tard, dans l'entresol de madame Cardoche. Ses artères enflaient. Angeline lui dénoua la cravate, en approchant ses belles chairs odorantes. Au bout de la table chargée de têtes en carton, de piédouches à bonnets, de pelotes, de limons et de rubans, Cydalise et la Bordelaise, joueuses, écartaient les étoffes, dressaient le couvert. En corps de chemise, trempé par la sueur, Cavrois se coupait une tartine considérable. Il chantait un refrain que sifflait aussi le capitaine avant de souffler et de s'ébrouer dans l'eau de la terrine. Ils furent ensuite deux convives audacieux qui tranchaient le jambon, étalaient le beurre au long du pain, obligeaient les lingères à s'asseoir sur leurs genoux pour verser le chablis dans les verres tendus comme leurs lèvres avides. Omer n'osa les imiter, bien qu'il appuyât son épaule contre la hanche d'Angeline debout. Discrètement amoureuse, elle se frôlait à lui. Dieudonné se moqua de leur vertu. L'oncle Edme, d'une poigne solide, jeta la belle blonde dans les bras du jeune homme :

— Tu dois des politesses à cette bergerette qui partagea tes périls. Embrassez-vous, morbleu !

« Pardonnerais-tu cela, chère Elvire ? » se demandait l'époux près d'être infidèle. Une indiscrétion du capitaine, bavard et franc, pourrait abolir, pour jamais, le bonheur de Meudon.

— Ah Dieu ! quelle vous aime, ma petite Angeline ! témoigna madame Cardoche, lorsque, entre les chandelles, elle déposa les beignets frits.

Honteuse un peu, la grisette se blottit dans le gilet d'Omer. Pour mieux refréner les élans de son instinct, il restait immobile, effleurait à peine d'un sourire les boucles blondes. Le corsage de l'enfant bâillait, et l'odeur chaude l'enivra doucement, suscita les images de volupté. Il essaya de se dérober encore. Il invoquait, en lui-même, le nom d'Elvire, l'appelait au secours. Ses joyeux parents le taquinèrent :

— As-tu peur que ta femme le sache ?

— Parole d'honneur ! nous serons plus muets que des carpes.

— Puisque le cœur vous en dit, allez-y donc, corbleu !.. conseilla Cydalise, ses maigres poings sur les hanches.

— Paix là, tu l'agaces !... gémit Angeline.

Pour la jolie crainte incluse dans cette réplique, il lui baisa l'oreille. Leurs muscles tressaillaient ensemble. « Je suis lâche aussi devant mes passions, pensait-il. J'appréhende qu'Elvire ne découvre ma faute et ne se venge, en m'abandonnant. Au surplus, sa douleur me désolerait. Le courage me manque pour la faire souffrir !... Et puis-je, en m'éloignant, humilier cette amante d'autrefois, qui me fut bonne ?... Le courage me manque pour faire souffrir... »

— Capon !.. conclut l'oncle Edme.., comme s'il eût, d'un œil adroit, pénétré l'âme de son neveu.

Ensuite le demi-solde s'occupa d'apprendre aux lingères l'art de transformer en cartouches les feuilles d'une gazette. Il tailla deux morceaux, les colla, les remplit de la poudre que Cavrois lui passait. Mᵐᵉ Car-

doche leur fut une élève docile. Revenue solennellement de la cuisine, avec un plat de fruits marinés
dans le vespétro, elle négligea les derniers soins culi-
naires pour confectionner « la médecine qui forcerait
la France à vomir les Bourbons ». Malgré son rouge,
la figure blette de la vieille se transfigurait, haineuse
et tragique, belle de ses malédictions.

Alors, accusant la température, la Bordelaise prétendit ôter sa robe. Elle tira de manches à gigot ses
bras bruns et fluets au duvet sombre. Angeline se mêla
quelque temps de plier avec soin, la langue hors la bouche, des coins de papier en forme de pochettes. Madame Cardoche versait le sable noir à l'aide d'une
cuiller. Cydalise fermait à la colle ces petits paquets
dangereux. Elle termina plus vite sa besogne. Libre,
elle retira canezou et corset. Elle se dandinait en chemise et en jupon court ; elle brandissait le parapluie de
sa patronne ; et, martiale, chantait, le minois en l'air,
pour retenir sur son front le chapeau de l'oncle Edme :

> Bataille !
> Bataille !
> Me raille
> Ma foi, qui voudra.
> Bataille !
> Bataille !
> Je ne connais qu'ça,
> Je ne connais qu'ça.

Comiquement, elle imitait les poses altières d'un tambour-major, autant que le pouvait son petit dos chétif
dont les omoplates remuaient en saillie. De la rue, les
bruits guerriers et les appels montaient jusqu'à ce refrain de fillette vicieuse, gaie, demi-nue, qui dansait
en laissant tressauter sa poitrine basse.

Cela fit qu'Omer désira plus les complaisances d'Angeline. Devant eux, la Bordelaise, par ses chatouille-

ments, êmpêchait Cavrois d'additionner les seize mille
deux cent cinquante abonnés du *Constitutionnel* aux
treize mille du *Journal des Débats,* aux deux mille neuf
cent soixante-quinze du *Courrier français.* Contre l'a-
vis d'Omer, l'étudiant estimait que la plupart de ces
lecteurs prendraient les armes et reconstitueraient une
garde nationale capable d'affronter avec avantage les
quinze mille soldats de Marmont. Mais sa maîtresse
l'escalada comme un roc :

— Eh ! mon bon, tu ne vas pas au moins attraper un
horion !... dis *doncque*?...

Elle l'embrassa, dissimulant un peu d'émotion sous
des grimaces.

Afin de la rassurer mieux, Cavrois, sur ses genoux,
la maintenait droite, ainsi qu'une toute petite. Et le
baryton s'égosilla :

> Lisette,
> Ma Lisette,
> Crois-moi, redeviens grisette,
> Végète,
> Rejette
> Un honneur
> Sans bonheur !

Les cils mouillés de larmes, Angeline baisait Omer aux
frisures des favoris. Elle souffrit de comprendre qu'il
ne voulait pas, en cette heure, oublier l'épouse, et qu'il
se privait de leurs voluptés pour ne point chagriner
l'autre. L'humble fierté de la créature lui valut de la
douleur qu'elle cachait mal en feignant aussi de rire,
les yeux noyés...

Déjà, pour le capitaine, Cydalise découvrait les veines bleues de sa gorge. Déjà, la Bordelaise frétillait
dans les bras du gros garçon réjoui qui l'enveloppait
de sa vigueur joviale. Omer songeait quel chagrin serait
à son Elvire la révélation d'un tel caprice, et quels men-

songes honteux il faudrait servir à la jeune femme inquiète... Elvire brodait, sans doute, confiante, auprès
du berceau. Peut-être imaginait-elle les succès oratoires de son mari qu'elle croyait, selon le message,
dans une réunion de journalistes et de députés. Peut-
être lisait-elle les journaux, fort triste, à la lueur de
la lampe... N'était-ce pas indigne, de garder, à cette
heure même, une tendre grisette contre soi, de boire
dans le verre où subsistait la trace de lèvres complices ? Pourquoi l'âme loyale du capitaine, pourquoi le
grand cœur du cousin, loin de le condamner, l'exci-
taient-ils à la faute par leurs plaisanteries ? Pourquoi
entrevoyait-il le crime, quand ils se plaisaient à la farce ?
« Mais je puis être tué demain, tout à l'heure, si la nuit
ne persuade pas la prudence, ainsi que j'y compte, au
peuple et aux ministres ! Autant couronner de roses la
coupe du dernier festin... »

— Les Romains eussent aimé attendre ainsi l'aube
du péril !.. acheva-t-il tout haut.

Cette comparaison l'excusa. D'ailleurs Dieudonné
redit l'adage latin cité par Danton quand il apprit sa
mise en accusation :

— *Nunc bibamus, cras moriemur !...* Buvons maintenant. Demain, il sera temps de mourir.

Pendant qu'elle retirait complètement sa jupe, Cydalise entonna :

> Tenant de la nature
> Des attraits à foison,
> Vénus, pour tout blason,
> N'avait qu'une ceinture...

En chœur, le capitaine, madame Cardoche et Dieudonné scandèrent le refrain :

> Lisette,
> Ma Lisette...

A la faveur du bruit, Angeline murmurait :

— Omer, te souviens-tu ?... C'est toi qui m'as glissé cette bague au doigt. Je l'ai gardée... Mais toi ?... Quel souvenir as-tu gardé ?... Oh ! ne me fais pas de peine, Omer.... Aime-moi...

« Oui, du plaisir avant la mort ! » acceptait le jeune homme.

Il enlaça la taille de la fille qui s'appesantissait. Resserra leur étreinte, ils marchèrent jusque dans le boudoir de madame Cardoche. Cydalise, facétieuse, les enferma. Dans le silence et l'obscur, l'amante l'étouffait contre le frémissement de son corps. Le contact des seins rudes affola les mains viriles que contentait mal, à l'ordinaire, la poitrine trop menue d'Elvire. Leurs os frissonnèrent. Il aspira cette haleine ardente avec la pulpe de la bouche savoureuse. L'angoisse du désir les étranglait tous deux, nouait leurs nerfs fébriles. Le sang cria dans leurs tempes. « Du plaisir avant la mort ! » voulut-il. Et ils s'attirèrent dans le sofa profond. Quand la fougue de leur délire atteignit l'instant du râle, les rumeurs de la révolte s'unirent à leur volupté.

L'âme du peuple, à travers les lames de la jalousie, allait vers eux. Dans l'ombre, Omer se plut à penser que la clameur infinie sortait de la fille en amour, qu'il aspirait l'odeur fauve de la foule avec le parfum des fraises que Suzon avait mangées et celui des linges qui ne l'habillaient plus. Peut-être le peuple entier, dans le corps de sa fille, s'offrait-il à l'apôtre de la Loi romaine. Omer s'enivra d'y songer.

A l'appel de l'oncle Edme, il fallut cependant répondre. M. Gresloup, en bas, s'inquiétait de son gendre. Omer baisa la bouche de son amie, parmi le tumulte emplissant la maison. Il crut dire adieu à la vie même. Cavrois conduisit aux mansardes Pied-de-Jacinthe et l'escogriffe, pour les inviter à choisir dans la secrète

collection de pistolets et de fer à piques, réunie par la
mère Cardoche, en haine des Bourbons. Il y avait de
quoi munir deux cents révolutionnaires de la rue. En
même temps, la patronne accélérait, sur la table des
lingères, la fabrication des cartouches. Angéline dut
monter quérir au grenier les jarres mystérieuses entassées là depuis des ans. La vieille creusa le beurre
d'un premier pot pour extraire la poudre entas-
sée dessous. Les grisettes se remirent à tailler de
vieux journaux... Un baiser de la main ; puis Omer
avec son oncle et son cousin descendirent.

Dehors, toute une troupe bizarre, fière de ses décisions, mais timide encore devant leurs conséquences,
s'assemblait, à la voix du major, pour afficher, sur les
colonnes de la Bourse, la protestation des journalistes,
et conquérir les glaives des théâtres... Formidable et
grotesque, elle s'ébranla derrière la haridelle de Brémondot, que flanquaient l'escogriffe avec sa hallebarde, le gnome avec son espingole. Chantant, titubant,
s'exaltant par mille interjections valeureuses, conviant
ceux qu'elle rencontrait, la cohue coulait à travers les
voies tortes évitées par la cavalerie. Omer ne put
inventer un subterfuge honorable pour s'esquiver. Le
major s'appuyait à son bras. Afin de recruter des compagnons, tout un atelier de relieurs, la bande dut s'arrêter dans un carrefour, au quartier de la Banque.
Oblique au sol, une façade en saillie, parmi les maisons de droite, fermait à demi la perspective irrégu-
lière d'une rue qu'obstruaient aussi les panneaux des
enseignes, les poulies des greniers, et le plumeau
géant, indice d'une brosserie. Le flanc incliné de ce
mur était peint en vert, comme le magasin de friperie
tapissé de vieux uniformes, d'habits et de soutanes.
Tout à coup, à la suite de leurs cris, débouchèrent là

nombre de loqueteux féroces, levant des bâtons et des crocs de bouchers.

— Vengeance ! Vengeance !

Un corps échevelé de femme morte était, au-devant, balancé par deux bras herculéens et nus, ceux d'un athlétique boulanger que revêtaient uniquement un gilet et le jupon professionnel. Sous la masse de chair ballante, il avançait, les muscles du torse en saillie, la face hagarde... De seconde en seconde, la barbe se trouait, et deux syllabes rauques épouvantaient les gamins, les porteurs d'eau, les buveurs du cabaret, les servantes joignant les mains, les dîneurs apparus, serviette au col. Hydre à cent têtes, la vague de fureur déferla, dépassa le plumeau géant de la brosserie, les paletots et les vestes du fripier... Par une grande acclamation, Pied-de-Jacinthe et ses ouvriers accueillirent la horde, son fardeau sinistre emmaillotté d'une jupe bleue.

La garde sortit de la Banque en fixant la baïonnette au canon ; elle s'aligna. Toutes les figures cernées dans les jugulaires pâlirent dès la vue du cadavre. Au pied raidi de la victime, l'escarpin pendillait par un cordon. Le boulanger courut deux ou trois pas ; le cadavre tanguait. Cet homme le jeta sur les fantassins : l'officier dut bondir en arrière pour éviter le choc de ce qui s'écrasait, inerte, dans la boue rejaillie du ruisseau.

— Voilà comment on arrange nos femmes !.. beugla le colosse, inondé de sueur... Soldats, en ferez-vous autant ?

— En ferez-vous autant ?.. rugirent cent mufles de forcenés.

Les mains sales de Grantaire maudirent les shakos noirs évasés sous les pompons verts. De toutes les portes les gens s'élançaient. Le dîneur qui avait la serviette au col menaça, du poing, l'officier honteux. Difficilement celui-ci dégaina... La boue avait sauté contre

son pantalon de toile. Il parut hésitant et embarrassé
de son sabre. Le major Gresloup le remarqua.

— Vilaine besogne, Monsieur, que l'on vous inflige
là !

— Heureusement pour nous.., ajouta le capitaine
Lyrisse.., ce fut contre les Autrichiens et les Russes que
Napoléon dirigea nos coups !

— Et non contre les femmes ou les pauvres pékins
inoffensifs !.. renchérit Pied-de-Jacinthe, de sa voix
caverneuse.

Brémondot protesta que jamais les chasseurs à cheval de l'Empire n'eussent souillé leur uniforme ainsi.

— Dites.., répétait le colosse à demi nu... aurez-
vous le cœur de faire tirer sur d'honnêtes gens qui ne
veulent que les droits de la Charte ?

— Vous feriez-mieux de la défendre, pas vrai ? N'ê-
tes-vous pas les fils de la Révolution, aussi bien que
nous ?.. raisonnait l'escogriffe derrière sa hallebarde.

— La ligne, c'est le peuple de l'armée ! On l'abreuve
d'injustices !.. reprit le major.

— On vous immole aux fantaisies de la garde royale.
Le gouvernement lui donne tout. Il ne vous distribue
que les corvées. On vous opprime !.. affirmait le capitaine Lyrisse.

— Tuerez-vous ceux qui veulent changer votre sort ?..
proféra Bahorel drapé dans sa redingote verdâtre.

— Non ! non !.. fit la foule unanime qui, de toutes
parts, affluait, se pressait.

La rumeur montait au ciel roux, descendait aussi
des mansardes, des fenêtres garnies de figures impé-
rieuses. Le délire de l'espoir exaspérait les voix qui,
naturellement, adoptaient les inflexions dramatiques
apprises des acteurs, au théâtre. Tous les Brutus de
tragédie exprimaient leurs vertus par les lèvres des
Ribéride et des Grantaire, tous les princes des mélo-
drames déclamaient leurs courages par les bouches des

marchands. Mille souvenirs d'émotions pathétiques renaissaient aux mémoires de ces orateurs. A tous les étages, la rue revendiquait son désir de chevalerie et d'équité légendaires. Devant le cadavre de la fusillée, lui-même, Omer, résista mal. Les vibrations de l'air pénétraient ses tempes, troublaient sa raison craintive. Elles insufflaient en lui l'ardeur publique. La moue du major sembla le blâmer de son inaction. Aussitôt il s'approcha des fantassins alignés au bord du trottoir. Eux se détournaient, dérobaient leurs yeux, regardaient leurs uniformes. Mais ils acceptèrent d'écouter sa parole.

— Votre devoir est de servir la Loi ; et, à tout le moins, de ne pas exterminer ceux qui la protègent.

La faveur de tous salua la phrase. Les soldats s'étonnèrent de ce jeune fashionable en gilet double, beau, riche, amant peut-être, de qui chacun redisait les mots sonores. Il cherchèrent des yeux l'avis de leur officier. Ils ne le purent apercevoir. Pied-de-Jacinthe et ses imprimeurs l'assaillaient de prières, de menaces. Brusque, l'oncle Edme abaissa la baïonnette d'un petit rustre naïf et gourd. Le major empoigna le fusil du caporal stupéfait, qui le voulut ressaisir.

— Vive la ligne !.. approuvèrent les maisons et la foule. Vive la ligne !

Le dîneur, les cochers, mille autres s'étaient rués entre le caporal et le major. Les femmes agriffèrent les soldats, et collèrent sur eux la tiède promesse de leurs corps.

— Nous tuerez-vous aussi ?.. suppliaient-elles, pendant que le cuirassier Brémondot, le canonnier Bridoit, le chasseur Dambeton, embrassaient des fantassins, les convertissaient avec des phrases et des injures.

Sept ou huit lurons, emmenant chacun d'eux boire, le déchargeaient de son fusil et fouillaient sa giberne :

— Vive la Charte !... Vive la liberté !... A bas Polignac !... Trinquons à la République !

Les cabarets voisins s'encombrèrent. Pitoyable,
Omer considéra le cadavre informe qu'empaquetaient
un fichu, une pauvre jupe usée, des bas bleus à
reprises, des cheveux gras emmêlés autour d'une face
ronde, niaise et blafarde, fendue sur trois chicots
bleus, sur de petites pupilles glauques. L'athlète soufflait en essuyant la sueur de ses tempes. Il dit que cette
malheureuse habitait rue Saint-Denis, et qu'il reportait
le corps au père, un charpentier, son voisin.

— Allons, camarade... allons, du courage !... conseilla le capitaine Lyrisse, désireux de voir reprendre
la promenade tragique.

— Houp !... répondit le colosse.

Il s'accroupit afin de ramasser le poids de la morte,
la jeta sur son épaule, puis se releva lentement. Les
ouvriers se rassemblèrent. Autour de ses reins, le
dîneur avait noué sa serviette, et il s'attribua l'un des
fusils oubliés par les soldats que les femmes régalaient
au fond des gargotes. Plusieurs s'étaient munis de
même ; ils éprouvaient le mécanisme des gâchettes,
devant ceux munis de triques et de cros.

On marcha. Les apprentis appelaient à la vengeance
les flâneurs, les curieux des boutiques et des fenêtres.
Le major décida de remettre le corps aux gendarmes
du poste établi sur la place de la Bourse. A la tête du
cortège, il attira le capitaine. Leurs boutonnières dé-
corées inspirèrent de la vénération au peuple en savates.
Entre eux, Omer se plaça, mécontent de subir leurs
volontés ; ils ne lui permirent plus de réflexions prudentes. Sur les seuils des magasins, les bourgeois
ébaubis, pour honorer le cadavre, retiraient leurs
calottes à glands d'or. Les femmes en camisole sauvaient leurs chaises dans les allées noires. Les filles se
cachaient la figure dès qu'elles comprenaient l'état de

ce corps dont l'escarpin pendillait au pied raidi, dont le peigne en corail restait, par les dents de cuivre, accroché à la chevelure flottante. Des cailloux brisaient les vitres des réverbères. A cette heure de table d'hôte, les fritures empestaient la rue Vivienne ; mais le vacarme des assiettes lavées dans les souls-sols s'interrompait au passage de l'escorte macabre. Mains au ciel, les commères geignaient. Des marmots fuyaient en pleurant. Invités par les signes du capitaine, de pâles jeunes gens dégringolaient de leurs chambres avec des pistolets de poche, des fleurets ou des fusils de chasse. A cause des conversations furieuses, on ne s'entendait plus. D'après le bruit des pas, Omer comptait avoir derrière lui de milliers de combattants que guidait le boulanger, robuste Héraclide vêtu comme d'une tunique grecque. Ne portait-il pas une malheureuse Iphigénie sacrifiée à quelque Némésis pour que la Loi fût vengée, pour que les Euménides fissent claquer leurs fouets de vipères aux oreilles des citoyens trop longtemps insoucieux de leurs libertés ? Un rêve antique, pour le jeune homme, travestissait ces hères sinistres en Harmodius et en Aristogitons. Seraient-ils les vainqueurs d'une autre tyrannie, ou les condamnés dont la marche au supplice distrait la populace stupide ?

Jadis, devant ses yeux, les quatre sergents de la Rochelle avaient défilé dans les charrettes infâmes, parmi le peuple lâche, sans que nul des huit mille carbonari parisiens eût tenté de ravir leurs jeunes vies à l'échafaud. Omer eût préféré qu'une balle le tua net, comme cette femme hideuse, lourde hostie que soutenait l'effort monstrueux de l'Héraclide. Déjà celui-ci l'arborait à la face de la cité convulsive ; il approchait le fronton grec et les colonnes corinthiennes du temple consacré à la Fortune, et que longeait le flot des avant-coureurs.

« Là, pensait Omer, ma richesse s'est accrue, hier

même, parce que nous avons eu foi dans l'orgueil de la Nation ! » On allait atteindre le baraquement des gendarmes, érigé contre la grille de la Bourse, du côté du boulevard. Agitant son bicorne à cocarde blanche, un svelte commissaire s'enrouait :

— Halte-là !

L'oncle Edme avançait toujours. Ribéride dit :

— Monsieur, laissez-nous déposer les restes de cette infortunée dans le poste de ceux qui doivent protection à la vie des citoyens.

— Qu'ils apprennent donc, par cet exemple... reprit Omer... à remplir les devoirs que leur impose la Loi.

— Je vous l'interdis !... Lâchez cette femme...

Et le fonctionnaire se rua contre le trophée lamentable. Cinquante poitrines haletantes, cent bras solides l'arrêtèrent. Ses argousins se heurtaient à une opposition passive, mais inébranlable. Bientôt ils s'affolaient dans un cercle de colères baveuses qui reprochaient les ordonnances, les charges et les fusillades. En vain se démenaient-ils. Sous la carrure énorme de Brémondot, sous les poings crevassés de Dambeton, sous l'agilité de Gousenot, sous l'élan des autres, ils furent submergés. Les épaules, puis les chapeaux de la police s'engouffrèrent dans les replis de l'hydre.

D'ailleurs, les têtes goguenardes de l'émeute étaient plus attentives aux torches, à la paille amassée par l'apprenti bossu et ses camarades contre le corps de garde. Barricadés à l'intérieur, les gendarmes refusaient d'ouvrir. L'or brusque des flammes jaillit au pied d'une guérite vide. Une adipeuse mégère versait l'huile de sa lampe sur le foyer crépitant. L'escogriffe et le gnome y poussèrent quelques barils dont l'alcool s'alluma vite et dévora les douves... Le tourbillon d'étincelles enveloppa l'édicule d'où s'enfuirent, une à une, des ombres piteuses. On les hua. Sous le déroulement des fumées grises et rouges, l'incendie ronflait. Il sautait au ciel. Il éclaira les pupilles glauques de la victime, son cou brun, les souillures de ses mains laborieuses, le fléchissement de cette forme matérielle que présentait aux fureurs l'Héraclide juché, maintenant, avec son fardeau sur le périptère du temple. Entre les colonnes corinthiennes, il souleva très haut la flasque victime. Par la puissance de ses muscles, il la présentait à ces feux soudain immenses comme le délire du peuple qui bramait. Les mouvements guerriers de Gousenot, de Dambeton, de tous les vétérans, les discours de Ribéride et d'Enjolras, les glapissements des femmes, les clameurs de la multitude, jurèrent vengeance au cadavre. La vigueur des voix ressuscitait l'idéal latin de la République et le dressait contre le caprice des rois barbares. Le cerveau d'Omer s'illumina. Il sut qu'il applaudissait le don de leurs existences offert à la déesse de la Loi par ces mille visages qu'enflaient les grimaces de la rage, de l'enthousiasme et de l'espoir. Entre les fumées diagonales voilant à demi les colonnes, la victime propitiatoire demeura longtemps érigée sur les bras colossaux d'un homme libre.

XII

Image indéfectible, le souvenir de cette apothéose hanta l'esprit d'Omer, qui prêtait à l'apparition un caractère de prodige. Même il se blâma de n'avoir point deviné l'ombre du colonel Héricourt dans l'essor des fumées. Bien qu'il se doutât d'avoir transfiguré, sans trop de logique, la Bourse, la femme morte et le boulanger, en motifs de bas-relief antique, il refusa d'amoindrir l'émotion mentale dont il jouissait. N'était-ce point là quelque signe du destin promettant, après la richesse, le triomphe? Le carbonaro se vouait à le croire, tel le buveur qui, sentant la griserie l'étourdir, n'écarte pas le breuvage, mais cherche, au fond de la fiole, le poison des erreurs chères et magnifiques.

D'ailleurs altéré par les exploits de son rêve, il vida plusieurs verres de vin de Chypre en se réveillant, le lendemain dans sa chambre de l'hôtel Dubourg, où le général comte et l'oncle Edme, avec le soleil, étaient entrés, des flacons poudreux aux mains.

Les sons haletants du tocsin tintaient au faîte de Notre-Dame. Là flottait le drapeau tricolore, annonça Dieudonné Cavrois; et tous quatre trinquèrent en l'honneur des armes républicaines. Quand le major Gresloup les eut rejoints, ils s'étreignirent, émus. La même espérance vibrait dans leurs poitrines ivres, après quinze ans d'impatience douloureuse. Leurs verres se choquaient à l'unisson. L'or des rayons écla-

tants pénétrait l'or du vin roux comme se pénétraient
leurs âmes éprises du même désir. Omer ne sut plus
s'il était lui-même, ou si, tour à tour, son propre
esprit n'animait pas la corpulence de son cousin, la
forme trapue du major, l'agilité de l'oncle Edme, l'élégance du comte. D'abord éparses dans la haute chambre
entre ses boiseries grises, leurs pensées, sa pensée,
totalement s'épousèrent. Sur leurs langues, ce vin liquoreux coulait, aussi flatteur que la félicité de leurs paroles,
plus âpre ensuite que l'audace de leurs vaillances. Le
soleil, sembla-t-il, glissait en leurs âmes. C'était
Ormuzd, l'autre nom de Mithra, la lumière, qui s'incar-
nait en eux pour égorger la bestialité du taureau : ils
se le dirent, se rappelant les instructions maçonniques.
Leurs intelligences rayonnaient. Ils faisaient bruire
leurs voix chaleureuses. A chaque son, à chaque lam-
pée, l'époux d'Elvire gagnait plus d'ardeur. Il s'allégeait
de toutes craintes. Déjà l'Hôtel de Ville n'appartenait-il
pas à la Révolution ? Elvire et la Loi, Angeline et le peuple
l'aimaient. L'avenir de sa race lui fut sublime. Lui-
même, tout à l'heure, par le génie de son éloquence,
communiquerait au monde sa foi. Il se prévit honoré
par les baïonnettes des régiments, sacré par les sonneries des cloches, glorifié par l'adoration des foules, respecté par le savoir de ses amis.

Sûr de ce résultat, il endossa son uniforme d'estafette de la garde nationale. Chez un fripier, le comte
Dubourg avait acquis un habit de général républicain ;
chez un F.·., acteur de l'opéra-Comique, il avait déni-
ché les épaulettes nécessaires, et, dans une armoire, il
avait retrouvé son chapeau, jadis en usage à l'armée
de l'Ouest, large bicorne retroussé en arrière ; enfin,
il possédait toujours l'ample ceinture tricolore. Il
jugeait ces insignes plus évocatoires de la Révolution
que ceux de chef d'état-major aux armées de l'Empire.
Ni l'oncle Edme ni le major n'avaient leurs costumes

militaires. Urbain Gresloup, échappé de l'École, arriva
dans la cour à la minute où l'on se mettait en selle,
tous les chevaux de la famille ayant été amenés là,
depuis la veille au soir. Omer, qui serrait la sangle de
sa jument Fly, aperçut d'abord la jolie figure de son
beau-frère. L'École se révoltait; les élèves aiguisaient
sur les dalles des corridors les fleurets des salles
d'armes. A son père et au général comte, le polytechnicien expliqua son plan pour tourner la position du duc
de Raguse, au Carroussel. On lui représenta que l'Ardente-Amitié se devait réunir sur la place des Petits-
Pères, afin de mener le comte Dubourg à l'Hôtel de
Ville : là s'installerait un gouvernement provisoire,
avant que les généraux La Fayette, Gérard et Pithouët,
retenus dans les conciliabules des députés libéraux,
pussent former une commission militaire légale. Urbain
posa des objections. Un peu de son entrain fut déçu.
Il persistait à croire son plan meilleur. Dieudonné lui
versa du vin de Chypre dans un grand verre ; et tous
lui firent raison. Il choisit un alezan. On partit, orgueilleux d'être une cavalcade prête à vaincre.

— Vive la Charte !... répondait Omer du haut de sa
bête, aux groupes de citoyens qu'étonnaient le général
de la République et son état-major.

— Vive le général Dubourg !... criait Cavrois, à pied,
en hissant, au bout du fusil, son bonnet à poil, rougi
par trois ans d'humidité, sur le crâne du squelette, dans
son laboratoire.

— C'est un officier de la République, qui a combattu
les chouans aux armées de l'Ouest, avec Bernadotte !...
renseignaient le capitaine et le major.

Ils s'inclinaient par-dessus leurs fontes vers les bonnets de police et les visages téméraires des hommes
qui, sur leur veste de travail, avaient jeté le baudrier
blanc à cartouchière, qui battaient le tambour, traînaient des sabres de cavalerie, paradaient sous le colback

de l'artilleur à cheval, le casque du carabinier, le chapeau de castor, le bicorne de la Convention, le bonnet de
coton bleu, le béret basque, ou le schapska du lancier.

— Vive le général Dubourg !... acceptaient-ils, brandissant leurs piques, leurs fusils, leurs pioches et leurs
pistolets d'arçon.

Le comte levait sa main gantée à crispin et, dans le
silence obtenu :

— Mes amis, nous allons rétablir la République Une
et Indivisible ! Nous chasserons de Paris les soldats
étrangers, nous ferons comme nos pères du 10 Août...
En avant pour la Liberté !

Sa voix claire et sa noble mine émouvaient cette
plèbe hardie qui dépavait la chaussée et, dans les hottes,
montait les blocs de grès jusqu'aux mansardes, réserves de projectiles. Ailleurs, charrons des traînaient,
au travers de la rue, la diligence dételée. Les garçons
cabaretiers, autour, amassaient des tonneaux, les comblaient de pierres. Les maçons enchevêtraient leurs
échelles et leurs brouettes. De massifs établis consoli-
daient la barricade, par les soins des charpentiers. Les
demoiselles versaient à boire. Les écoliers, à bout de
perches, promenaient des mannequins ridicules en
habit de cour et en perruques à queue. Les chiens jappaient. Les ivrognes braillaient. Les palefreniers affûtaient la pointe de leurs fourches. On se troussait les
manches. On dénouait les cravates. Des bras poilus
désignaient les patrouilles de gendarmes, filant le long
du quai. L'aveugle jouait du violon tandis qu'une boî-
teuse lançait les vers de la romance libérale :

> Ah ! rendez-moi les jours de mon enfance,
>   Déesse de la Liberté !

Les sous pleuvaient des fenêtres, où paradaient en
fichu et en madras du matin les ménagères accoudées
derrière les panneaux des enseignes. Elles sourirent

aux figures de l'Ardente-Amitié. Sous les bonnets à poil
de la garde nationale marchaient M. Buchez, plus
sévère dans son collier de barbe rèche, Durtot, le tailleur aux favoris roux, Combeferre et Courfeyrac, droits
comme des coqs en l'appareil militaire, M. d'Orichamps
qui avait enfilé, par-dessus le pantalon, de vieilles
bottes à cœur, M. Mesnil qui, de la main droite, maintenait son fusil contre son épaule gauche. M. Roulon
avait le hausse-col de lieutenant.

— Avant tout, il s'agit de faire régner l'ordre...
recommandait-il au général Dubourg... Nous allons
vous introduire à l'Hôtel de Ville. Et vous assumerez,
comme il a été convenu dans la Loge, la direction provisoire des affaires.

Juché sur un bucéphale au pelage gris qui devait à
l'ordinaire tirer de pesants camions, le loueur Rambourg arborait un drapeau tricolore cloué à la hampe
d'une pique. Mais Dambeton avait renoncé à se servir
de la haridelle trébuchante : la carabine sous le bras,
il cassait une croûte avec Brémondot, qui avait planté
son casque de cuirassier à la cime de sa personne. Les
exclamations qui saluaient l'uniforme de général républicain devenaient plus nourries. Des écoliers se firent
les avant-coureurs de cette gloire : ils l'apprirent aux
démolisseurs de panonceaux et d'armoiries royales, à
ceux qui dépavaient, et à ceux qui renversaient les charrettes pour obstruer les ruelles, pour enclore, de fortifi-
cations impromptues les quelques pelotons oubliés
dans leurs postes par le duc de Raguse. Bleu, blanc,
rouge, le panache enfoncé dans le bicorne verdâtre du
général évoquait l'apothéose de Marceau, de Joubert,
de Moreau, de Jourdan, de Hoche, de tous les héros
jacobins. Les vieillards tremblaient de joie. Ils lançaient
en l'air leurs vieux colbacks de Jemapes. Leurs cris
d'autrefois renaissaient : « Vive la Nation ! » Ils se
coudoyaient. Dans les anneaux des paupières rouges,

leurs vieux yeux en extase semblaient reconnaître un dieu. De petits garçons soutenaient les pas des invalides.

— Ah ! le soleil des Pyramides !... soupirait l'un en hochant sa tête brunie jadis par la chaleur d'Egypte !

— Tremblez ! tyrans !... chevrotait un autre au souvenir des temps républicains.

Pied-de-Jacinthe, sur la rossinante du cocher Bridoit, avait encore l'habit vert des dragons de Rivoli. Les vétérans applaudissaient son casque à peau de tigre et son bancal. Quelques-uns l'accueillirent avec l'ancienne chanson qui, sous le Directoire, menait à la bataille les sans-culotte et les orateurs des clubs :

> Plutôt la mort que l'esclavage !
> Les peuples libres sont Français !

Des mansardes, les drapeaux tricolores se dépliaient. L'oncle Edme et le major se découvraient à la vue de l'étendard pour lequel ils avaient affronté les feux des canons autrichiens, russes, allemands, espagnols, pour lequel ils avaient risqué leurs têtes au pied de tous les échafauds absolutistes. Ils ne pouvaient plus parler. Les larmes étouffaient leurs voix mâles. Des balcons, les jeunes filles jetaient des mouchoirs noués à des rubans bleus et à des rubans rouges, qui volaient quelques secondes devant les façades, comme des oiseaux de bon augure. Rambourg agitait à deux poings la hampe de son drapeau, qui frôlait les fenêtres. Aux croisées, les petits enfants, sur les bras des mères rieuses, tendaient leurs menottes pour saisir le pan écarlate ; et le cheval de camion avançait lentement afin de permettre aux innocents cette joie.

Partout le peuple se réveillait. La République revenait à lui, sous le vieil uniforme de ses héros. C'était elle qu'il honorait dans le costume râpé du général Dubourg. On admira l'ample ceinture des Représentants

aux Armées, ces trois couleurs qui, lancées de la tribune aux harangues, avaient enserré dix ans l'Europe
dans les triples ondes de leur étreinte maîtresse.

— Vive le général Dubourg !

Omer ne s'appartenait plus, assourdi par l'ovation
continue, pénétré par les effluves de vaillance que dar-
daient les centaines de têtes audacieuses et barbues,
étourdi par ses propres cris : « Vive la Loi ! Vive la
Charte ! » ébloui par son rêve de conquête, par le sens
d'être un peu le jeune prophète de la Lumière, près de
vaincre avec la puissance des idées romaines. Il exul-
tait. « Richesse et pouvoir ! » se répétait-il. L'atmosphère torride illumina chaque point de l'espace ; les
figures des manifestants se modifiaient comme les
vagues d'un fleuve rapide qui eût envahi les rues
étroites, qui refluait au barrage de chaque barricade,
où la voix publique consacrait le prestige du général
Dubourg.

On n'attendait plus de périls, mais la seule gloire,
derrière la hallebarde à gland bleu de l'escogriffe. En
route, le Silène reçut un âne pour le soutenir avec sa
cuirasse et son tranchelard. Urbain Gresloup entraînait toute une corporation d'aides bouchers, aux tabliers
sanglants. Munis de crocs, de couteaux affilés, de quelques mousquetons, ils avaient suivi ce bel enfant courageux en habit militaire, qui mâtait son alezan nerveux. Un morion de la Saint-Barthélemy protégeait la
tête grêlée du prote ; il se fiait à son long fauchard de
chouan. Un apprenti battait le tambour, à côté d'Enjolras invoquant les drapeaux. Enfin, les statues saures
de l'Hôtel de Ville, sa façade noircie par les siècles et
son campanile s'encadrèrent au bout de la rue qu'obs-
truait l'Ardente-Amitié. Des milliers d'individus grouil-
laient sur la place de Grève. Leurs sentinelles arrêtèrent la troupe. M. Roulon parlementa, voulut qu'on
livrât passage au général Dubourg. Omer contemplait

le vieux bâtiment de la Ville. A toutes les ouvertures, des messieurs se penchaient, tenant d'une main leur chapeau et de l'autre leur carabine. L'un épaula. De la fumée, une courte flamme furent crachées dans la direction de la Seine, où, sans doute, manœuvraient des soldats. Omer se remit à craindre. Ses veines eurent froid. D'une autre fenêtre, on tira. Toutes pétillèrent, comme si un feu d'artifice embrasait le monument, par-dessus le cavalier de pierre qui surmontait la porte principale.

— Ah ! ah !... fit longuement la foule.

— Au pont Notre-Dame... Ils arrivent par la rue du Pont-Notre-Dame !... annonçait l'effroi de tous.

Des estaminets, nombre de gens sortirent, galopèrent, suivis de groupes en hâte. Ils se répandirent sur la place, délaissée par les premiers occupants. Ceux-ci avaient disparu, en armant leurs fusils, vers le quai d'ailleurs invisible. Et cent explosions tonnèrent, successives.

— Ah ! ça commence !... dit un apprenti radieux.

Le ventre ébranlé par la répercussion, Omer se dressa sur les étriers, mais lut seulement « une heure vingt-cinq » au cadran central, après avoir vu le galop de personnes affairées qui s'appelèrent.

— Ursule ! rentre donc ! supplia la grosse femme, devant la boutique.

Elle essuyait ses doigts à son tablier de harengère.

— Par ici !... Au pont Notre-Dame !.. indiquait la voix d'Enjolras.

Il réitéra des signes avec son fusil de chasse. L'oncle Edme ordonnait :

— Demi-tour !

Et chacun, dans la bousculade, rebroussa chemin par la petite rue des Arcis, parallèle au quai, jusqu'au coude infléchi vers l'eau. Les tambours s'élancèrent en tête, et aussi les demi-soldes du café Lemblin, qui dégainè-

rent les épées de leurs cannes, qui préparèrent leurs
pistolets de poche. Au pas gymnastique, ils assuraient
les grandes formes de leurs chapeaux sur leurs profils
aquilins ou bien empâtés. Le cheval de camion ne réussissait point à volter sous le poids de Rambourg inha-
bile.

Omer croyait jouir d'un spectacle. Un élan de la
horde effraya sa jument, qui recula dans les quartiers
de viande fraîche pendus à l'auvent d'une boucherie.
Pied-de-Jacinthe trottait entre ses manœuvres aux
bonnets de papier. Les deux bras de Grantaire firent
tournoyer un fusil et un gourdin au-dessus des têtes.
Bahorel bondissait entre les ailes de sa redingote verte,
tel un gros oiseau qui eût voleté. Une enseigne : *A l'Ecu
d'Argent,* par-dessus la foule, oscilla. L'Ardente-Amitié
courut à la bataille : car des ordres militaires, des cris
s'échangeaient, par-delà le tourbillon des bouchers formidables et de leurs crocs.

Bientôt, ni la frêle stature du polytechnicien balancé
par sa bête, ni les premiers flots du torrent humain, ne
masquèrent plus entièrement la fin de la rue, l'espace
du quai, le pont, les lanciers royaux arrêtés au milieu.
Un officier à cheval discourait là. Sa main blanche
voulut arrêter l'assaut de Ribéride et d'Enjolras, du café
Lemblin tout entier, qui, de l'étroite artère, s'épanchait
sur la voie large, jusqu'au parapet. Mais un homme au
visage couperosé, aux favoris blancs, s'agenouilla, mit
en joue les plastrons des cavaliers ; son mousquet
flamba. Craignant la riposte, Omer se contracta. Tel le
bruit d'un collier qui s'égrène, vingt coups de feu con-
sécutifs éclaboussèrent, de leurs fumées, l'air limpide.

— En avant, l'artillerie !

Pressant de leurs jambes cramoisies leurs bêtes
dociles, les lanciers s'écartèrent : sur les affûts cirés,
deux bouches à feu bâillèrent par-dessus l'épilepsie
d'un adjudant qui, face au sol, rendait le sang. Omer

invoqua la figure d'Elvire, ses boucles, et serra les mâchoires. Deux langues de lueurs furent dardées contre la foule, qui reflua toute dans la rue des Arcis, jusqu'à la jument de l'estafette. Un ouvrier s'effondra, puis, étalé, resta sur place, les sabots en l'air. Un demi-solde essaya de se retenir à rien, lâcha sa lame et s'abattit de flanc. L'apprenti glissait avec son tambour et sa casquette à gland. Etendu sous le tablier de peau, le tanneur à terre semblait dormir. Après deux ou trois pas en arrière, le serrurier s'accouda sur le parapet, s'affaissa. Les doigts à sa cravate, un maçon se courba soudain et s'essouffla. Là-dessus, brandebourgs et bonnets à poil, la garde sortit du pont, baïonnettes basses. Au coin de la rue, Dambeton toucha la gâchette de sa carabine ; les cochers ajustèrent soigneusement. De petits nuages volèrent partout, firent leur ascension, s'évanouirent. Des matelas quadrillés garnirent les accoudoirs des fenêtres. Sous l'arche médiane, un train de bois continuait à suivre le courant lumineux du fleuve ; les mariniers examinèrent le combat, sans omettre la manœuvre de la gaffe...

Enfin M. Roulon, au débouché de la rue, déploya les gardes nationaux, recueillit le café Lemblin qui battait en retraite. A l'abri d'un cabriolet, Courfeyrac et Combeferre s'établirent, très blêmes. Avant de viser, M. Mesnil nettoya ses lunettes, le fusil sous l'aisselle. M. d'Orichamps releva son arme fumante ; le doigt blafard indiqua le sergent qui chancelait et dont le pantalon blanc, au ventre, se tachait de pourpre. A ce moment, pour son pistolet, Omer éperdu choisit un lancier caracolant qui menaçait de sa longue pointe cruelle le Silène cuirassé, bien en peine avec son tranchelard, si le croc d'un boucher ne fût alors intervenu. D'avoir lâché le coup en clignant de l'œil, de voir le cheval atteint s'emballer, emporter l'homme au schapska, Omer goûta le bonheur de vaincre ; sa poi-

trine vibrait. Il respira longuement l'odeur de la poudre. Courageux, il s'indigna de voir M. Buchez s'accrou-
pir derrière un tonneau pour recharger. Cavrois croisait
la baïonnette devant sa panse en injuriant un cheval
gris debout sur les jarrets, quand le plâtre du mur
proche jaillit ; un carreau se fracassait au-dessus.
Presque en même temps, l'oreille d'Omer fut rudement
pincée. Fou de peur, il y mit la main, qui se tacha de
rouge. Ses os frissonnèrent. Quelque chose heurta le
pavé culminant au tas que l'on érigeait en barricade.
La balle ricocha contre la selle de Fly, qui s'inquiéta,
s'ébroua violemment.

— Pied à terre, morbleu !.. commandait le major...
Vous allez vous faire tuer tous... Urbain !

Prestement ils vidèrent les arçons, et furent auprès
de la barricade qu'on achevait en renversant un
haquet, en accumulant des tonneaux sonores, en jetant
par les fenêtres des matelas et des caisses. Très pâle,
les larmes aux paupières, Urbain imputait à leur
mollesse la chance de la garde royale qui avait refoulé
leur phalange jusqu'au milieu de la rue des Arcis. Il
enragea quand le bataillon garnit tout le quai de
Gesvres, y souffla, l'arme au pied. Les soldats brossaient leurs habits bleus et rebouclaient les jugulaires
des bonnets à poil. Aussitôt, les ordres des officiers se
propagèrent. La colonne se dirigea vers l'Hôtel de
Ville...

Alors le général Dubourg enjoignit de s'y rendre.
Quelques habitants de la rue étaient sortis, des fusils
de chasse aux mains : l'oncle Edme leur confia la
défense du haquet, des tonneaux et des matelas.
Omer redouta la reprise de la bataille. On rebrous-
sait chemin, on remontait le coude de la rue des Arcis.
En effet, les feux de file déchiraient l'air sur la place
de Grève. Du haut de son cheval, le major encourageait
avec son sabre. De la fumée blanche flotta partout. Ce

furent, là-bas, des hurlements atroces. La foule engor-
geait le boyau de la rue. Les deux beaux-frères furent
bloqués dans le relent fauve et sur que dégageaient des
tâcherons aux bras nus, et parlant tous à la fois. La
masse piétinait. Fly tirait sur la bride. En gambadant,
les apprentis lui claquaient la croupe pour la calmer. De
mansarde à mansarde, les bonnets de linge des ménagères s'interrogeaient. L'une décrocha la cage des
sansonnets. M. Roulon, à grands cris d'angoisse, ralliait les gardes nationaux épars. Sur une borne,
M. d'Orichamps prédit que les cartouches manque-
raient aux soldats, tantôt. Il en savait le nombre et
comptait, le doigt en l'air, ce que chaque décharge
consommait. Rambourg fit ondoyer les plis tricolores
de son vaste étendard. Une lame au poing, l'oncle
Edme se multipliait, insultait les imprimeurs trop
bavards, refrénait les facéties de Grantaire qui envoya
des baisers à une petite fille en pleurs : elle appelait
son chat vagabond sur la gouttière. Le long des magasins, une bande affolée creusa les rangs à l'inverse. On
transportait, dans une couverture, un homme évanoui,
la chemise ouverte. Omer se prévit tel, et tout à
l'heure. La grosse épouse avertie, menée là, glapissait,
tragique. Elle se traîna sur les genoux à côté du corps.
Un épicier les conduisit chez l'herboriste qui, se
fâchant, referma sa porte au nez des curieux, après
avoir mal reçu le blessé. Le canon tonna plus proche.
Pas à pas, on se poussait vers l'Hôtel de Ville, entre
ces deux parois de vieilles maisons pansues, lépreuses,
fleuries de têtes aux croisées. L'anxiété de l'attente
décomposait les teints des visages. Les apprentis
pillèrent les olives d'un baril devant l'épicerie. Ils se
bombardaient avec les noyaux. Afin d'apercevoir,
malgré les dos de ceux qui le précédaient, M. Mesnil
se hissait sur la pointe des escarpins, en s'appuyant à
sa baïonnette. L'escogriffe et le Silène remercièrent

une servante affectueuse pour les bols de vin qu'ils lampaient promptement à l'ombre de la hallebarde. On étouffait. On riait. On affectait l'esprit pour dissimuler la terreur. Claquant des mâchoires, le bossu chevrotait le refrain de *la Marseillaise*. Omer n'avait pas le temps de songer à autre chose qu'à ces images innombrables. Il se crut dans une fête publique, à l'heure où la foule se crosse pour la distribution gratuite des victuailles...

— Silence !.. grognait sans résultat le vieux Pied-de-Jacinthe.

Il marmonnait sans cesse, un bras ramené sur le plastron rouge de son habit vert, l'autre gardant les rênes de sa rosse. Les demi-soldes du café Lamblin disputaient aux ivrognes leurs fusils, les leur arrachaient de force en jurant, en demandant au major la permission de passer par les armes les hommes saouls.

— Cré coquin ! comme t'y vas, l'ancien !.. répondit, farceur, un savetier qui ne réussissait plus à retenir la salive de ses lèvres poisseuses.

Celui-là fut enveloppé par un flot d'étudiants. Ils se ruaient vers une éclaircie, Enjolras et sa tête d'archange en avant. Toute l'Ardente-Amitié se précipita, mugit, entraîna l'étendard de Rambourg, la hallebarde de l'escogriffe et les oursons rougeâtres des gardes nationaux. Fly, résignée, flotta. Le plumet tricolore du général Dubourg dominait les crocs des bouchers. Il se voila dans les fumées opaques et lourdes, venues de la place, dans l'odeur de poudre. Ce fut le crépitement de la fusillade. Omer, outre sa terreur, subissait le contact agaçant des doigts qui s'accrochaient à ses étrivières, à ses bottes mêmes. Il y eut les cris de ceux qui enjambaient les corps des blessés. Et l'on s'éparpilla sur la place, devant le palais municipal, tandis qu'à droite, vers la Seine, une cohue se bousculait, tiraillait.

On respirait, toutefois. Omer ne sentait plus des coudes lui labourer les cuisses. Maintenant Fly, récalcitrante, se débattait. Dans le nuage suffocant, dans l'orage des hurlées, il attendit il ne savait quoi : la marche en avant, un choc, une blessure. Tout le long du quai reparu, les éclairs réguliers des salves se succédèrent sur les rangs des soldats. Dans la place défilaient en désordre les loges maçonniques, vénérables en tête, et côtoyant les maisons du quadrilatère. Là-bas, autour des statues noirâtres dans les niches de l'Hôtel de Ville, les étincelles s'allumaient à toutes les fenêtres meurtrières.

— Vive la Charte !... A bas les Bourbons !.. criaient, de toute leur âme, des maçons que la mitraille cingla, qui s'affaissèrent.

Omer lâcha les rênes de Fly car elle s'écroulait doucement, puis se coucha, l'ayant déposé. L'épouvante entrechoquait ses genoux. Il voulut se baisser pour prendre dans les fontes le second pistolet ; mais ses jarrets mollirent. Stupide, il redoutait une balle. On braillait trop. « Pauvre bête ! » pensa-t-il de sa vieille jument qui l'avait porté dix ans à travers les campagnes de l'Artois, puis au Bois de Boulogne, orgueil de l'écolier, du dandy, de l'estafette. Allait-il mourir comme elle ? Déjà le tailleur Durtot se vautrait derrière l'animal inerte, pour mordre la cartouche, heureux que son bonnet à poil et ses favoris-nageoires le désignassent moins à l'adresse des tireurs. L'Ardente-Amitié les emmena. Les FF.·. marchaient au porche ombreux de l'Hôtel de Ville, qu'encombrait une fourmilière de fous pérorant et gesticulant. Ceux-ci barrèrent la route au bai brun du général Dubourg, qui, contre eux, invectiva. De petites nuées transversales flottaient partout... A droite, et en contre-bas, plus loin que les habits bleus de la garde royale, c'étaient les potences de fer courbe, les réverbères, les câbles métalliques du Pont

Suspendu, et son arc de pierre ensoleillé sur l'azur
infini du ciel. Les choses persistèrent ainsi quelque
temps. Omer chancelait. Ses pistolets ne valant pas
grand'chose, il cherchait une carabine perdue, sans
désir de la trouver.

Le jeune homme vivait, hors de soi, en chaque
aventure qui s'accomplissait. Mais, comme la troupe
gagnait du terrain, il craignait avec le gnome pourchassé là-bas par les foudres des fusils, triomphait
avec Grantaire vainqueur d'un lancier démonté, désirait fuir aussi vite que l'un, frapper aussi puissamment
que l'autre, bondir comme Bahorel, qui balafrait du
gourdin un soldat audacieux et sévère. La fièvre brûlait les joues d'Omer, et, dans sa tête, le chaos d'i-
mages, de sentiments et d'instincts se transformait
sans cesse, le fatiguait, l'excitait. Tantôt il s'apercevait admirable, le col béant, le pistolet au poing, et la
tempe barbouillée par le sang de son oreille, semblable au portrait de son père sur le tableau du salon :
alors il s'estimait capable d'actions généreuses, et
voulait un adversaire à pourfendre. Tantôt ses jambes
flageolaient, ses dents se heurtaient, et il avait bien
du mal à se raidir sous la sueur qui ruisselait par
tout son corps.

« Il est beau de mourir pour l'indépendance de sa
patrie ! » Cette phrase de moraliste bourdonnait en sa
conscience. Ses membres las eussent voulu s'étendre
et dormir jusqu'au moment du trépas...

— Serre-files, à vos rangs !.. commandait Pied-de-
Jacinthe, les yeux fixes, et le sabre en l'air, sans que
personne lui prêtât la moindre attention.

Les mains vernies de l'ébéniste protestaient afin de
faire ouvrir l'Hôtel de Ville au général Dubourg que
vilipendaient plusieurs messieurs à chapeaux de castor. Comme les buffleteries blanches de la garde nationale ornaient leurs redingotes, M. Roulon attestait

l'éclat de son hausse-col pour obtenir d'être obéi. Absurdement, un homme gras, coiffé d'un colback à flamme rouge, battait le tambour de ses bras nus et crasseux.

— Saute Polignac ! Saute Charles X ! Vive la République !

De la sorte piaulait Urbain Gresloup, un peu dément. Il pointait son épée trop fine à la face de ceux qui obstruaient le porche du palais municipal.

Les clameurs des combattants, à droite, redoublèrent. Leur ligne se désagrégea. Beaucoup quittèrent leur poste. Bahorel et Grantaire s'enfuirent de conserve, en imitant les cocoricos du coq ; brusquement ils se couchèrent contre le pavé. Par les brèches de la foule en remous, Omer avisa le trou noir d'un canon et la mèche grésillante de l'artilleur... Il imagina les déchirures prochaines de ses entrailles.

Le tailleur l'empoignait. Ils coururent, enjambèrent le cadavre d'une femme. Le garçon agile qui, près d'eux, galopait en savates, s'abattit. La mitraille fustigeait la déroute. L'explosion ébranla leurs crânes. Ils furent deux bêtes éperonnées par la panique et qui s'efforçaient vers la tourelle d'encoignure, au bout nord de la place, parce que, dans le restaurant aménagé en dessous, les gens se blottissaient. Les poings en arrêt, Omer franchit les deux marches, bourra un dos en gilet de serge, une nuque chauve, une pile d'assiettes qui chavirèrent. La patronne l'injuriait, en garant sa vaisselle. Soudain, il eut honte. de son instinct, se retourna, reconnut loin, du côté de la Seine, les brandebourgs des gardes royaux encore minuscules. Leurs pelotons approchaient la muraille de l'Hôtel de Ville. Quelques-uns s'arrêtèrent pour mettre en joue, et des nuages grandirent au bout de leurs fusils. Toutes les façades à pignons crépitaient contre eux. L'oncle Edme, en colère, rassembla les impri-

meurs autour du sabre qu'il levait. Un amas de
gardes nationaux couvrait la retraite du général Dubourg et de son panache tricolore. A tous les étages,
par-dessus les enseignes de cabarets, de teintureries et
de corderies, les feux successifs luisaient, s'étei-
gnaient. A droite, déjà les patrouilles de la garde assiégeaient les issues des ruelles. De la crosse, elles refoulaient l'insurrection, contre les légumes des étalages,
les tonneaux des tavernes, les mous des triperies. Rambourg, son cheval de camion et son étendard occupaient
la largeur de la rue de la Vannerie. Là, Brémondot, colossal, saisit une pioche, et il assomma les tresses
blanches d'un shako : le militaire roula dans une pluie
de sang. Dambeton épaulait sa carabine, le mufle
tendu, lorsqu'il vira sur lui-même avant de s'asseoir
dans une brouette à décombres. Mais Gousenot, à
coups de tabouret, attaqua l'assassin, un sergent qui
fouillait déjà sa giberne. Alors la patrouille appela du
renfort. Un détachement accourut à la rescousse. Sortis d'une fabrique à l'improviste, les demi-soldes du
café Lemblin l'abordèrent de flanc et déchargèrent leurs
pistolets. Des soldats chancelèrent. L'escogriffe, de sa
longue hallebarde, terrassa le caporal malgré l'éclair
qui défendit le peloton. Les projectiles jetèrent deux
apprentis à bas, loin de leurs bonnets de papier.

Puis le détachement recula parce que, d'un balcon,
une table massive allait choir. Contre le pavage,
elle se brisa ; les fragments atteignirent le pantalon
blanc d'un sapeur. Lâchant son arme, il s'assit, geignit. Deux maritornes, au premier étage, penchaient
leurs corsages mous par-dessus les lettres en or : DÉN-
TISTE.

Aux coins de toutes les rues, des combats et des
bagarres se prolongeaient. Harcelées, les patrouilles
se replièrent vers le milieu de la place. Cependant les
colonnes de la garde royale débouchèrent du Pont

Suspendu, s'avancèrent hors des quais, s'établirent sur la Grève, étalèrent leurs lignes de bataille, toutes bleues, hérissées de baïonnettes. Sur un cheval alezan, le colonel trotta, les épaulettes scintillantes. Au pas de course, une compagnie aborda les messieurs postés devant l'Hôtel de Ville, dispersa leurs feux et s'engouffra sous le porche. Presque aussitôt les fenêtres du vieux bâtiment noir se vidèrent.

— Les capons ! ils décampent !.. s'écria le tailleur.

— Montons sur le toit !.. dit le prote grêlé... Nous exécuterons des feux plongeants.

Le petit vieux, fardé de rose, était là, se moquait. Sous un schapska de cavalerie, il cachait son toupet de filasse ; il traînait une canardière trop pesante. Sincère, il s'emporta, contre le général Dubourg, qui se plaçait hors des conditions légales en prétendant à l'instauration d'un gouvernement provisoire. L'ébéniste maigre vilipenda ces menées révolutionnaires. N'était la discipline envers l'esprit de la Loge, il fût rentré chez lui. Michel Chrestien lui conseilla de retourner à sa boutique. Et tout le cabaret conspua l'ébéniste par les gueules de ses buveurs, irrités d'avoir été battus. La bouche grise de poudre, ils tassaient rageusement la bourre dans les canons des mousquets. Michel Chrestien souriait parmi sa barbe olympienne, en versant le vin de la cruche à la ronde. Omer jugea qu'il convenait à son destin de prononcer des paroles courageuses :

— Mes amis, nos pères ont prodigué leur vie pendant vingt ans pour les principes de la Révolution. Refuserons-nous d'accepter leur héritage d'honneur ?

D'énergiques jurons lui répondirent.

— Personne n'entend se dérober à son devoir, monsieur l'avocat. Ne suis-je pas ici en armes ?.. riposta le petit vieillard fort aigrement... En armes ! en armes !

Et, d'une tape, il fixait mieux son schapska sur sa

perruque, tandis qu'il labourait le sol avec la crosse de
sa canardière. Là-dessus, quelqu'un ayant découvert
l'escalier, on s'engagea dans la cage obscure, à travers une odeur de graillon et de latrines.

Sur le toit, à l'abri des cheminées en maçonnerie,
des tirailleurs négligeaient leur tâche de combattants
pour le spectacle d'un Paris vaporeux et magique.
La Grève brillait au soleil, avec ses vieilles maisons toutes dorées par l'astre qui frappait obliquement les sculptures du palais municipal, les niches
garnies de statues augustes, et le court beffroi. En bas,
les lignes de troupes semblaient à la parade. La Seine
charriait une eau de clartés. Au delà, le quai de la rive
gauche pétillait. Des fumées horizontales s'élevaient
devant les demeures aux balcons ventrus, et s'en allaient
jusqu'au bleu pur du zénith.

Omer eut encore l'illusion d'une fête publique, d'une
revue, d'une liesse populaire. Les tambours battaient
comme ceux des baraques foraines. Sur le même toit,
deux commis se gaussaient en renfilant la baguette
dans le bois du fusil. A la tabatière d'une mansarde,
une voix puérile entonna le refrain :

> Ah ! quel plaisir !
> Ah ! quel plaisir !
> Ah ! quel plaisir d'être soldat !...

Un officier de la garde, en bas, tombait de cheval.

Le chœur des insurgés interpréta vigoureusement
l'air d'opéra, sur le champ des toitures. Amusé par
cette fanfaronnade et pour faire montre de vaillance,
l'avocat émit quelques notes qui titubèrent. Au bout
de la strophe, son organe se raffermit. Les ondes sonores le pénétraient. Elles insufflaient en lui le vœu de
l'âme collective qui se voulait héroïque et farceuse. Sa
crainte cédait. Elle fut étourdie, domptée par la vigueur
triomphale du chant éclos dans le soleil, aux bruits du

tambour et de la fusillade inoffensive. Adossé contre
les briques emboîtant quatre tuyaux, Omer s'occupait
seulement de ne pas glisser sur les tuiles moussues et
déclives. Il lui plut de crier le plus fort. Le petit vieux
au shapska, de sa longue canardière, méthodiquement, ajustait un artilleur à cheval haut comme un
soldat de plomb. Celui-ci se renversa, les bras bal-
lants, sur le troussequin, tué net, avant qu'on décro-
chât l'affût.

— Et de trois !... fit le F... fardé de rose, qui se redressait, la figure heureuse, sous les rides.

Mais, une fois la pièce en position, le geste d'un
canonnier minuscule attira leur attention : il désigna
la bouche à feu, ensuite la cheminée que visait son chef
courbé sur le cran de mire. L'homme du boute-feu
s'avança.

— Gare la bombe !... dit Omer.

Et il s'écarta, comme aux jeux du collège, quand le
menaçait le ballon des partenaires... Presque aussitôt,
des briques volèrent en morceaux, des tuiles jaillirent,
rebondirent de la gouttière au sol ; le canon, sourdement, tonnait.

— Voilà un brave artilleur, remarqua le vieillard,
... Il prévient les défenseurs de la Charte !

Le boulet avait fini les chansons. Prestement l'on
décampait. Omer s'introduisit par le vasistas dans une
mansarde déserte : des jupes étaient pendues ; une
cuvette remplie d'eau savonneuse garnissait la table,
et sur la couche une coiffe de nuit s'étalait, ses rubans
jaunes épars. La porte fut enfoncée par Michel Chrestien, à coups de crosse ; ils descendirent jusque dans
la rue de la Vannerie. Toute l'Ardente-Amitié s'y
ralliait à l'étendard de Rambourg. Le feu se ralen-
tissait.

— Vous voyez : ils manquent de cartouches,...
affirma M. d'Orichamps.

L'ourson sous le bras, Dieudonné essuyait sa face dans un torchon que lui prêtait une papetière, à l'abri d'un fardier embourbé entre la boutique du coiffeur et la devanture de modes. Le général Dubourg prescrivit de prendre à revers, sur les quais de la rive gauche, la brigade royale, en tournant d'abord par la rue Saint-Antoine.

Au capitaine Lyrisse, qui assurait son chapeau sur l'oreille, le docteur Bianchon, peignant des ongles sa barbe roussâtre, disait que les bataillons et les escadrons du général Saint-Chamans étaient attaqués par le peuple, à la Bastille. Il avait été appelé là pour panser les blessures d'un officier supérieur. Si les cuirassiers de cette colonne balayaient l'insurrection dans la rue Saint-Antoine, ils parviendraient à l'Hôtel de Ville. L'Ardente-Amitié serait entre deux feux. Les maxillaires du docteur s'entre-choquaient d'émotion ; il portait sous le bras sa trousse de chirurgie mal fermée. Ce que lui fit remarquer M. Mesnil en l'inspectant par-dessus ses lunettes.

Omer eût aimé que son beau-père, son oncle ou le comte le complimentassent. A peine exprimèrent-ils une brève satisfaction de le revoir sain et sauf. Ils préférèrent discuter avec Bianchon, tous un peu bizarres dans leurs habits sablés de poussière.

— Enfin, voici donc mon estafette !... bougonna le général Dubourg... Que diable faisiez-vous ? Vous allez nous explorer la rue Saint-Antoine au galop.

— Mon cheval est tué,... répondit l'avocat, assez contrarié de cette arrogance militaire.

Au reste, le sang de son oreille ne lui valait la compassion de personne. La monture d'un blessé lui fut offerte, comme on criait :

— Aux armes ! voilà les Suisses... Voilà les habits rouges ! A mort les étrangers ! Vive la Charte ! Aux armes !

Les apprentis grimpèrent sur le fardier et sur des ballots. Ils y fichèrent l'énorme étendard de Rambourg... Des cabarets et des boutiques se précipitèrent en hâte ceux qui s'y délassaient. La haine déformait leurs faces écarlates. Les jalousies des croisées furent rabattues partout, et les combattants reparurent.

Omer piqua sa bête. Il s'en fut à vive allure loin du combat qui recommençait dans l'immense rumeur hargneuse. De fuir le danger son aise fut extrême. A son uniforme de garde national on livra le passage des barricades improvisées. Il dut souvent mettre pied à terre. On dépavait. Concierges et maçons déchaussaient les pierres à l'aide du levier et de la pioche. Bleus, blancs, rouges, les drapeaux de la République et de l'Empire se développaient aux façades parmi les pots de réséda, les cages à serins, les débris des écussons royaux qui désignaient encore les magasins favorisés de la clientèle naguère auguste. Otant leurs bonnets de couleur, les révolutionnaires, en gilet, en savates, interrogeaient l'estafette. Il lui coûta de dire que la garde royale et les Suisses occupaient à demi la place de Grève. Seyait-il de décourager ces braves gens qui dérouillaient leurs carabines ?... Il ajouta que ces troupes étaient bloquées, qu'en vain les Suisses tentaient l'assaut des barricades fermant les issues.

D'ailleurs, lui-même ignorait le sort des partis. A vrai dire, il pensait que la force resterait à Marmont, mais que le Château rapporterait les ordonnances, devant l'impossibilité manifeste de les rendre exécutoires. Le Roi constituerait un ministère Martignac ou Chateaubriand, avec l'oncle Praxi-Blassans aux Affaires étrangères. Omer se battait moins pour ce résultat médiocre que pour acquérir une certaine popularité utile.

La multitude en armes s'accroissait à mesure qu'il

poursuivait sa route. Les mères, les épouses, n'apaisaient pas l'ardeur des fils et des maris. Au contraire, elles les aidaient à mettre les vieux mousquets en état. Très joyeuse une jeune fille édentée annonça qu'au marché des Innocents, les soldats du général Quinsonas, demeuraient aussi bloqués par les barricades. Ce fut d'une charcutière prête à déboucher sa bouteille en l'honneur des insurgés qu'il apprit le pillage de la Poudrière par les garçons du faubourg Saint-Marceau. Partout ils avaient colporté des barils. Délicate et rosée, la bru de cette femme concassait, dans un mortier d'apothicaire, quelque peu de poudre à canon pour la réduire en poudre à fusil, et cela sur l'étal même, parmi les mortadelles, les saucissons, les jambonneaux habillés de chapelure.

Rue Saint-Antoine, l'estafette put trotter mieux. Des hordes de quadragénaires trapus, barbus et ventrus, partaient pour la Bastille, sous le poids d'armes enlevées aux postes de gendarmes, de pompiers et de fusiliers. Devant les tables mises dehors, se désaltéraient et discouraient des hommes résolus que les chiens contemplaient en haletant, la langue à l'air. Ce fut la figure énergique de Blanqui : ses mains onduleuses prêchaient. La colère de l'émeute gonflait, à sa parole, les visages brutaux, les poitrines poussives.

— Les cuirassiers !... avertit un gaillard que coiffait un bonnet de coton, et que chargeait une carnassière.

Il revenait au galop ; les canons de son fusil de chasse étaient tordus... Derrière lui, se défendait à reculons un troupeau qui ramassait des pierres, qui les lançait, qui lâchait le feu de ses carabines vers ceux qu'on ne distinguait pas encore, sauf par un tintamarre formidable de trots ferrés et de sabres retentissants. Mais l'ouragan fonça. Chenilles vertes sur les casques, chanfreins des coursiers renâclants, lumières des lames, jugulaires de bronze autour des grimaces cruelles, ce fut un large tourbillon qui battit les deux parois de la rue : une trombe de centaures éparpillant les messieurs, divisant les ouvriers, franchissant les salves, contournant les voitures que l'on poussait au travers de la chaussée... Là-bas, entre les drapeaux tricolores des étages, une commode dégringola, précédée des tiroirs, et s'abîma sur le métal bruyant d'une armure. Aussitôt un baquet suivit, rencontra la chaîne transversale du réverbère, et bascula. Fers à repasser, chaises de paille, fauteuils de velours, établis de mécanicien, trépieds à lessive, cruches, pelles et pots, s'abattirent, en avalanche, des étages hostiles. Cent femmes les brandissaient, les abandonnaient... La rue vomissait des meubles sur l'escadron qui, vite, se désagrégea, semant ses cavaliers atteints. Des porches, quelques insurgés fusillèrent le capitaine, nu-tête, écrasé par un banc contre la croupe de son cheval. Le lieutenant à pied un genou sanglant, et la face fière, braqua son pistolet contre une sorte de notaire prêt à faire feu. Ivre de rage un maréchal des logis sabrait une porte refermée sur le fuyard à la hache. Les cuirasses sonnèrent en s'écroulant contre le pavage avec les soldats frappés qui par la persienne, qui par la huche, qui par le moellon de la façade. Culottes trouées et tachées de rouge, épaulettes pendantes, se relevaient de malheureux geignards qu'assommaient à nouveau la tuile du pignon, le tuyau de tôle ou la porte d'armoire.

Cela durait. Omer souffrit les douleurs de ce massacre. Toutes les maisons s'animaient. Il crut voir ricaner leurs fenêtres béantes comme autant de bouches acrimonieuses qui eussent craché des bouteilles, des tessons, des pavés et des tonneaux à la face de leurs ennemis. De ces lamentables soldats, l'un gisait le crâne sous le sofa de serge verte ; et ses jambes en hautes bottes à l'écuyère gigottaient, et ses bras gantés à crispin tentaient vainement de le soustraire au poids

mortel du meuble accru par une kyrielle de grosses
pierres. Elles arrivaient, l'une après l'autre, d'un balcon
où s'acharnaient trois demoiselles en robes cloches,
en manches à gigot, peignées à la girafe.

— Et vive la Charte !... glapissait la voix aigre de
la plus petite, tandis que râlait l'homme.

Les poings gantés se tordirent, les jambes ruèrent,
le ventre se bomba, suprême effort d'agonie : un pied
à roulette du sofa répétait chaque secousse. Enfin toute
la chair s'affaissa, tressaillit, s'apaisa dans la culotte
de peau.

Omer se détourna : la nausée de l'horreur le suffoquait. Cependant la rue chantait victoire. On agitait
des casquettes aux balcons. Les trois couleurs flam-
boyaient. Au loin sonna désespérément une trompette. Les dos métalliques des cuirassiers s'éloignèrent avec les croupes écumeuses des lourds chevaux qu'accompagna le haro des vainqueurs, sur les
toits, derrière les tableaux des enseignes, aux seuils
des allées noires, à la cime des chariots dételés. Le
marchant de coco distribuait à tous le liquide mous-
seux de son édifice en zinc que surmontait un petit
génie de cuivre étincelant.

— Enfoncés, les Romantiques !... Regardez Héricourt, regardez fuir les armures de leurs chevaliers
sans peur et sans reproche !... insultait Blanqui...
Ce sont les vers boiteux d'Hernani qui sonnent du cor,
dans la déroute !

Ce petit précepteur riait. Sa cravate était lâche autour du cou maigre, et le mince habit d'alpaga noir se
plissait autour des membres fébriles. Ayant posé à terre
le fusil de munition, il rattacha les cordons de son
soulier poudreux. Ensemble ils discutèrent les espoirs
que justifiait ce glorieux soulèvement du peuple.

Une vieille, au visage meurtri par l'âge, et borgne,
dansait, faisait la révérence, en pinçant les coins de son

tablier. Sa bouche informe fredonnait un terrible souvenir :

> Ah ! ça ira, ça ira, ça ira !
> Pierrot et Margot chantent à la guinguette...
> Ah ! ça ira, ça ira, ça ira !
> Réjouissons-nous, le bon temps reviendra !

On l'entendait à peine, la tricoteuse de l'an II. Pourtant un cercle d'ouvriers l'entoura. Dramatiquement, quelques-uns se découvrirent devant la folle. D'autres l'excitaient. Elle se dandinait prudemment. Son madras à cornes se mouvait avec le front chauve d'où s'échappait une bouclette jaunâtre. Un peu de rougeur colora sa pommette sous la poche de l'œil sénile. Elle essaya ses refrains de jadis. Elle accélérait le rythme de son balancement ; et son petit poing scanda :

> Dansons la Carmagnole !
> Vive le son,
> Vive le son...
> Dansons la Carmognole !
> Vive le son du canon !

Le poing menaçait vaguement les choses vers la Bastille.

Alors Blanqui :

> Que faut-il au républicain ?
> Du fer, du plomb et puis du pain !

Les voix mâles s'unirent :

> Du fer pour travailler,
> Du plomb pour se venger
> Et du pain pour ses frères...

Des gamins allièrent leurs doigts et tournèrent en riant autour de la septuagénaire. De ses pauvres mains où saillaient les veines, elle applaudissait.

— Ah ! je ne serai pas morte sans avoir vu ça, sans avoir vu régner ma Révolution...

Soudain elle reconnaissait le panache et l'écharpe du général Dubourg, son habit à revers de conventionnel. Il avançait entre le dragon Pied-de-Jacinthe et le major Gresloup, à cheval tous trois, au milieu d'un peuple loqueteux, poudreux, muni de baïonnettes et de piques. Urbain Gresloup et son uniforme de polytechnicien provoquaient les exclamations : « Vive la Charte ! vive la République !... » Les voix montaient des soupiraux et descendaient des balcons ; elles se mariaient aux rumeurs de la rue dépavée, poussiéreuse et sanglante, encombrée d'hommes aux bras nus, de chevaux morts, de meubles en morceaux, de barils, de charrettes, de cadavres roides sous les reflets des cuirasses, de blessés assis sur des chaises et que soignaient des commères, un bol à la main, et que pansait Ulysse Trélat avec la charpie de sa trousse.

— Vive la République !... répétait le général Dubourg.

Il levait son chapeau de Représentant aux armées.

Silencieux, le major grimaçait, de son visage strié par la cicatrice ancienne, depuis le nez jusqu'à la lèvre qu'elle retroussait. A son gendre il confia que le capitaine Lyrisse, les demi-soldes et les cochers, M. Roulon et les gardes nationaux accusaient le général Dubourg d'accaparer le mouvement au bénéfice des jacobins et des saint-simoniens, au détriment des bonapartistes et des partisans de l'ordre. Les uns avaient rejeté les Suisses sur l'Hôtel de Ville au cri de : « Vive l'Empereur ! » les autres au cri de : « Vive la Charte ! » Si bien que le général Dubourg et les républicains les avaient quittés, l'algarade finie.

Omer compta la belle face d'Enjolras, le fin profil de Combeferre, la tignasse de Grantaire, la redingote verte de Bahorel, le gilet écarlate de Ribéride, M. d'Orichamps, qui avait son ourson suspendu à son bras par

la jugulaire, la tête olympienne et grave de Michel
Chrestien, la mine noiraude de Raspail, Ulysse Trélat
dont la mèche s'égouttait sur l'œil. Le chirurgien bandait
le ventre d'un cavalier étendu le long d'une paillasse,
dans une charrette à bras. Les imprimeurs défilaient
clopin-clopant. Le gnome étanchait avec un mouchoir
le sang de son épaule grasse fendue par un sabre. L'escogriffe avait le front entouré d'une loque rougeâtre
par endroits. Au bout de sa hallebarde, un shako d'infanterie oscillait. Le prote grêlé se démenait, faisait le
tambour-major et criait des ordres militaires. On ne
voyait plus le Silène, ni son âne, ni son tranchelard.
Le petit apprenti bossu manquait aussi. Omer questionna : plusieurs certifièrent que tous deux avaient été
tués sur la place de Grève. La tristesse et la peur alour-
dirent ses paupières. Venait ensuite une troupe nouvelle recrutée de barricade en barricade : messieurs
équipés en chasseurs avec des casquettes à côtes et des
guêtres de cuir, étudiants chevelus, frêles écoliers en
courtes vestes qui chantaient à tue-tête, boulangers et
porte-faix musculeux, artisans aux tabliers de cuir qui
avaient ramassé les casques à chenilles et dérobé les
morions des antiquaires. Barbouillée de poudre, de vin
épais, cette cohue remplissait la voie large, se foulait
contre les boutiques. Elle semblait une, malgré les
tumultes divers qu'étouffaient presque les chocs des
pas innombrables sur la chaussée. Les jeunes gens se
plaisaient à des cabrioles par-dessus les meubles brisés.
De tous émanait une volonté glorieuse, impétueuse,
qui ne cessait d'étourdir Omer par les vociférations, de
l'enivrer par les fluides de l'enthousiasme et des colères. Il marchait à leur tête ; le cœur vibrant.

Plus loin, des monceaux de pavés, de moellons et de
poutres étaient entassés vers la fin de la rue Saint-
Antoine. Trois mille énergumènes assiégeaient la place
de la Bastille et les troupes du général Saint-Chamans.

Monstrueux, détérioré par les intempéries, l'Éléphant
de plâtre, projet d'une fontaine monumentale, s'érigeait sur l'aire de la place, avec son caparaçon
lézardé et la charpente écornée de sa courte tour. Il
dominait les rangs de la garde. Les cuirassiers épongeaient leurs chevaux, retiraient leurs bottes, détachaient leurs casques, examinaient leurs blessures.
Immobiles et mornes dans leurs capotes sanglées à la
taille, élargies vers les guêtres blanches, deux
bataillons restaient en lignes, l'arme au pied. En avant,
quelques gendarmes épars ripostaient quelquefois aux
feux ralentis de l'insurrection, qui s'occupait surtout de
cerner les troupes royales par des enchevêtrements de
voitures et d'échelles, des amas de meubles et de pail-
lasses, des palissades, des tonneaux, par les potences
abattues des réverbères. Plusieurs cadavres de femmes,
gonflant leurs tabliers, leurs fichus et leurs jupons,
gisaient là, sur une table de restaurant. Le général
Dubourg salua. Tous les chapeaux furent soulevés religieusement.

— Vengeance! ... exigeaient en un seul cri sinistre
des milliers de voix.

Ensuite, ce fut la halte, le piétinement, le murmure
confus. Le peuple discutait les moyens d'assaillir ces
soldats rigides sous leurs bonnets de fourrure à plaques fleurdelysées. Serré dans son habit à taille, le
mince Enjolras, en haut d'une borne, parla entre les
baïonnettes de Courfeyrac et de Combeferre. Séduites
par ses boucles, par la musique de ses paroles terribles,
les femmes griffaient le vide, injuriaient Polignac.

M. d'Orichamps prétendit, sur une autre borne, que,
faute de cartouches, les bataillons se retireraient à la
nuit, qu'il était inutile de répandre le sang précieux
du peuple. Et cet avis sembla prévaloir auprès des
marchands, des chasseurs.

Dubourg ordonna qu'Omer et le major allassent reconnaître sur le boulevard, si des renforts, sans doute attendus par le général Saint-Chamans, étaient en vue. Ayant passé par les ruelles du Marais, les éclaireurs ne trouvèrent que des concierges, des boutiquiers : tous sciaient et puis renversaient les gros arbres poussés contre les maisons du boulevard.

— Ca va couper la route à leur cavalerie !... dit en s'essuyant le front un gaillard bas sur jambes torses, et qui se servait d'une cognée pesante.

— Et même à l'infanterie !... renchérit le monsieur vêtu de toile qui fumait la pipe.

L'autre, en sa poche de tablier, pêcha une tabatière, offrit une prise.

De fait, les branches des vieux ormes abattus obstruaient toute la voie. Nombre de bûcherons occasionnels jetaient bas les centenaires. Des commis tiraient sur les cordes attachées aux cimes. Le géant s'abîmait dans le fracas de ses branches rompues. C'était une débâcle de verdures encombrant la chaussée centrale, et qui pouvaient, derrière les feuilles, masquer aisément les tireurs.

— Et puis ça ne cachera plus votre boutique aux passants, hein, monsieur Barrois?... raillait un rapin romantique à feutre de mousquetaire.

Le commerçant hassa les épaules, et fourra sa main dans le pont de sa culotte :

— Parbleu ! le tronc cachait mon étalage de porcelaines. Aussi bien le feuillage, ça rend trop humides les chambres de l'entresol !

— Philistin !

Les bourgeois rirent. Le rapin tourna le dos en s'écriant :

— Vive le Roi ! Vive Polignac!... A bas les perruques

— Gare là-dessous !... prévinrent les garçons de magasin.

Un superbe tilleul s'écrasa lourdement contre terre. Des rires, un haro général insultèrent à l'orgueil vexé de l'artiste.

Jusqu'au boulevard du Temple, Omer et le major eurent de la peine à faire passer leurs bêtes parmi les rameaux. Sous une porte, la laitière vendait aux servantes le fromage et la crème du dîner. Elle renseigna M. Gresloup. Par le faubourg, les soldats de la Porte-Saint-Denis se retiraient emportant, sur un brancard, leur colonel à demi mort. Rue Saint-Denis, les Suisses réussissaient mal à secourir les bataillons bloqués dans le marché des Innocents. On s'y battait depuis deux heures.

— M. d'Orichamps a raison : les troupes épuiseront plus vite leurs cartouches que l'opiniâtreté des Parisiens. Tout ceci marche à merveille !... conclut le major.

Il flattait l'encolure de son alezan humide. Son torse épais et sa tête puissante se campèrent. Il affermit son chapeau ; il but à petits coups le lait de la jatte, et, la restituant à la marchande :

— Je n'en consommais pas de pareil au Spielberg !... Omer ! quelles journées ! Mon petit-fils nous devra de vivre librement dans une ère de justice... C'est la Révolution... Les Français délivreront encore les peuples de la tyrannie. Si votre père était là !...

— Oui, la République universelle !... murmurait Omer en regardant au loin le soleil de cinq heures luire dans les arbres debout, dans l'eau dorée des ruisseaux.

L'astre illuminait les trois couleurs ornant la nudité des façades, les touffes de feuillage débordant les grilles des jardins, les canons des fusils sur les épaules des flâneurs.

L'émotion poignait le cœur d'Omer. Au bout des avenues ombreuses, comme dans les petites rues fraîches, la ville fauve et bleuâtre grondait. C'était une même rumeur effroyable dans les maisons vivantes et dans les cœurs des citoyens belliqueux. Ils se rassemblaient devant les affiches collées précipitamment par des apprentis. Elles invitaient le peuple à consacrer divers gouvernements provisoires ; elles l'exhortaient à la lutte. Les gens lisaient à haute voix ces phrases de rhéteurs romains. L'espérance des Conosséi, l'espoir du général Pithouët, du major, de l'oncle Edme, le vœu des Encyclopédistes et celui de la Jeune Europe palpitaient sur les murs de la capitale brûlante comme un corps de femme en gésine... Était-il possible que le peuple vainquît ? Etait-ce le triomphe que sonnaient les cloches en branle sur les églises et les usines, sur les marchés, était-ce le triomphe que proclamaient ces grandes voix de bronze ?

Quand le major Gresloup et son gendre se rapprochèrent de la rue Saint-Antoine, ils entendirent les cris de : « Vive Napoléon II ! Vive l'Empereur ! » lutter contre ceux de : « Vive la République ! » Comme on faisait trêve à l'Hôtel de Ville, faute de munitions, Edme Lyrisse avait conduit là ses cochers, ses demi-soldes du café Lemblin. Debout sur les bornes et sur les tables tirées hors des tavernes, ils discouraient en l'honneur des Bonapartes. A l'encontre, M. Buchez, Blanqui, Michel Chrestien, Combeferre, Enjolras, Bahorel et Grantaire, groupés vers le général Dubourg, célébraient tumultueusement l'espoir jacobin. Quant à Courfeyrac et Cavrois, ils s'étaient confondus parmi les gardes nationaux de M. Roulon, qui s'en tenaient à la sauvegarde de la Charte. Toutes les boutiques envoyaient à ceux-ci des renforts. Marchands et marchandes s'épouvantaient de voir les ouvriers, les artisans applaudir la vieille tricoteuse borgne. Pour la centième fois, elle recommençait les refrains de la Terreur, avec une pétulance affreuse de septuagénaire. Ses mains de squelette battaient la mesure au milieu d'hommes dont la sueur mouillait les chevelures rares et les favoris touffus.

Avant de convier ce peuple hors d'haleine à l'attaque des troupes alignées sur la place de la Bastille, par delà les futailles des barricades, l'Ardente-Amitié voulut recevoir les cartouches que la voiture de l'épicier Mauravert apporterait bientôt. Les FF∴ bavardaient au seuil du café Louis, devant lequel tout à l'heure les cuirassiers de Saint-Chamans avaient dû battre en retraite. Aidées par leurs enfants, des ménagères ramassaient alentour les meubles et les ustensiles qu'on avait jetés sur la troupe. A coups de poing, un vieillard rafistolait les accoudoirs déboîtés de son fauteuil. Ayant redressé son fourneau, une blanchisseuse cherchait ses fers. Tout ce monde plaisantait, s'interpellait, riait et sacrait. La température invitait chacun à boire. On traînait d'autres tables hors des maisons. Maintes et maintes commères vidaient les bouteilles dans les bols, les verres, les casseroles. On trinquait à la ronde. Des filles trop légèrement vêtues, à cause de la chaleur, se dérobaient mal aux pinçons des galants. Eperdus, des chiens se faufilaient ou bien jappaient, contents de revoir leurs maîtres. De soigneuses concierges balayaient les tessons. Une équipe d'emballeurs cachait les cadavres dans les arrière-cours, les recouvrait de bâches. On emmena les femmes qui sanglotaient. De petites filles se risquaient hors des couloirs. Il y avait affluence et querelles à la porte d'une boulangerie. Les plus heureux mordaient à belles dents leur miche. Accroupis contre les murs, la plupart sommeillaient, fourbus, voûtés, leurs armes entre les jambes. Ils formaient, en vis-à-vis, deux lignes de gens adossés aux boutiques, jusque vers l'Hôtel de Ville qui grondait sourdement, jusque vers la Bastille qui pétillait un peu. Parfois une adjuration émouvait leurs visages :

— Vive la République !

— Vive le général Dubourg !

— A bas les Bourbons !

Les mains sales de Bahorel, en l'air, ou le feutre de Grantaire lancé dans l'espace suggéraient les enthousiasmes. Ces clameurs indéfinies s'élevaient vers les enseignes du bonnetier, du charcutier et du luthier, vers le bas en zinc rouge, vers le chapelet de saucisses en bois, vers la contrebasse monstrueuse, vers toutes les lettres géantes, écarlates, vertes ou jaunes, qui désignaient les divers négoces, aux étages, sous les combles, dans les mansardes même, entre les tubes des cheminées innombrables déchiquetant l'azur.

— Eh quoi ! Voulez-vous nous jeter demain sur les bras les Cosaques de la Sainte-Alliance et toute l'Europe de Metternich ?... demandait Cavrois à Rambourg, parmi les bruits contradictoires.

— Nous les disperserons comme à Jemappes, à Valmy !... rétorqua Pied-de-Jacinthe en frappant du sabre la table où il régnait.

Un maigre hère, de profil aquilin, ôta son couvre-chef de paille crevé :

— Comme à Marengo !

Le capitaine Lyrisse, d'un cri violent :

— A Austerlitz !

Des voix éclatèrent, tel un feu de file :

— A Iéna !... A Eylau !... A Saragosse !... A Moscou !...

C'étaient les messieurs aux redingotes militaires et aux chapeaux sur l'oreille.

A ces grands souvenirs, les ouvriers s'exaltèrent et brandirent leurs armes. Ils se promirent intrépides.

— A la Bérésina, aux Arapiles et à Waterloo !... répliquaient ironiquement Bahorel, Grantaire, les marchands, les chasseurs, Courfeyrac et M. Roulon.

Mille bouches protestèrent, salies par la poudre et le vin :

— Honte à ceux qui ragusent ici ! A bas les traîtres !

— Rien n'est plus fort que la liberté,... énonça le fausset de Blanqui dans un instant de silence.

— Les idées anéantiront la barbarie des guerres fratricides !

Enjolras, de son geste exterminateur, faucha l'espace du côté de la place. Entre les décombres de la barricade, on regardait luire les armures des cavaliers royaux.

— Patriotes ! nous saurons mourir pour la République aussi bien que nos pères !... jura Ribéride, en montrant le ciel des aïeux, au-dessus de sa chevelure médiévale... Le même laurier ombragera nos tombeaux !

— Et nous n'avons pas besoin d'Empereur pour ça, ... assurait Grantaire à ses amis du café Lemblin.

Le général Dubourg apaisait, de la main, les turbulents.

— Le peuple a reconquis les droits sacrés au prix de son sang !... prêchait Michel Chrestien.

Toutes les têtes se tournèrent vers cette figure divine et l'admirèrent.

— Vive la République !... conclut l'organe caverneux de Bahorel, drapé dans les ailes de sa redingote flasque.

La foule de la chaussée répéta le vœu frénétique. Elle étouffa les appels des impérialistes juchés sur les bornes, les objurgations des bourgeois penchés aux fenêtres, et les murmures des gardes nationaux. La tricoteuse et son chœur chantèrent :

> Amis, restons toujours unis,
> Ne craignons pas nos ennemis.
> S'ils viennent nous attaquer
> Nous les ferons sauter.
> Dansons la Carmagnole !
> Vive le son du canon !

Dans une rumeur hargneuse, les opinions rivalisèrent. Là-bas, des coups de fusil se succédaient sur les monceaux de meubles, les palissades et les tonneaux qui bouchaient la rue. A genoux, la tête au ras des épaules, les assiégeants visaient les troupes de la place, tiraient, rechargeaient. Dix lurons amenèrent un gendarme. Penaud, il grommelait :

— Chienne de corvée !... Tonnerre ! chienne de corvée !

On lui versa du vin. Il but. C'était un homme à favoris qui transpirait ; une tache humide et rouge indiquait, sur le pantalon de toile, l'endroit de sa blessure. Il se défit de ses bandoulières pour rendre son briquet avec sa giberne. Honteux, il s'expliquait :

— C'est dur, allez, de tuer les autres pour ça. Car enfin c'est nos droits qu'on nous enlève !... Et puis, tout de même, on ne peut pas voir canarder des voisins de chambrée sans les défendre, hein ?

— Mais pour les défendre, malheureux, tu immoles tes frères !

— C'est vrai... C'est bien vrai... Ah ! chienne de corvée ! chienne de corvée !

Ulysse Trélat voulut découvrir la plaie.

— Vous êtes bien honnête, monsieur le major !... C'est un rien... Ça m'a fait mal sur le moment : alors j'ai trébuché ; ces messieurs m'ont sauté dessus...

Il accepta de s'asseoir sur un tabouret, devant la serrurerie.

— Vos camarades ont encore beaucoup de cartouches ?

— Pas tant que ça !... répondit-il au capitaine Lyrisse.

— Mais encore ?

— Dame ! on a envoyé une patrouille demander à la porte Saint-Denis si le colonel de Pleinselves pouvait en céder...

Le capitaine Lyrisse s'approcha du général Dubourg.
Puisque les soldats achevaient leurs munitions, c'était
le moment de brusquer l'attaque. Malheureusement, le
fourgon de l'épicier Mauravert n'arrivait pas. Il devait
contenir les cartouches fabriquées par les modistes de
Mme Cardoche et leurs amies de la rue Richelieu... Mais
le véhicule suspect avait-il pu franchir les barricades
et les postes de soldats royaux?

On l'attendit près d'une heure, pendant laquelle les
disputes s'accrurent encore. Omer profita de ce répit
pour se promener et disserter avec importance de groupe
en groupe : car cette propagande, il le nota, le distra-
yait de sa peur. Les marchands fermèrent leurs boutiques. Etudiants, ouvriers, gagne-petit, multipliaient les
ovations au général Dubourg, tandis que les bourgeois,
les chasseurs ricanaient, le dévisageaient, se deman-
daient à haute voix d'où il sortait, chez quel fripier il
avait pris cet uniforme du temps de Larévellière-
Lépeaux. M. Roulon l'engagea même à changer d'habit, s'il ne voulait devenir un signal de dissensions...
Dieudonné Cavrois insistait pour qu'on allât offrir à
La Fayette le commandement des gardes nationales.

— C'est un grand nom de 1789... Nous pourrons
nous rallier à lui, tous !

Dubourg réprima très mal son irritation :

— Oh, avant que La Fayette se décide!... Il faut un
général qui donne confiance au peuple : j'ai servi dans
l'état-major de Berthier... Et La Fayette ne se décidera
pas si vite. Il lui faudra tout d'abord être certain de la
victoire... Moi, du moins, je cours le risque.

A ces mots, qu'il prononça vivement, les ouvriers
renouvelèrent leurs encouragements sympathiques.
Pied-de-Jacinthe protesta qu'il le suivrait.

Une huée jaillit des magasins entr'ouverts. Omer et
le major se désolaient.

— Bien malin qui dira où nous mènerait la Révolution! insinua... le tailleur Durtot... Les affairesn'étaient pas déjà si brillantes!

Il hochait la tête, il déboutonnait son uniforme pour essuyer sa poitrine avec un mouchoir. Ensuite, dissertant sur les intérêts du commerce, il peigna ses favoris blonds et poussiéreux. Des messieurs l'écoutaient docilement. Leurs interjections menaçaient le général Dubourg. Omer le défendit. Tacitement, il espéra que si l'on réoccupait l'Hôtel de Ville, le gouvernement provisoire se constituerait avec l'ami reconnaissant de l'oncle Edme, avec M. Buchez et le général Pithouët, dont l'influence énergique régirait l'esprit sénile de La Fayette.

— Il est impertinent... il est impertinent... enseignait l'atrabilaire M. Buchez aux gardes nationaux... il est impertinent d'aborder de pareilles questions avant que le succès nous soit acquis... Rien n'est moins sûr encore que le succès.

— Le travestissement ridicule du comte Dubourg surexcite le peuple... Ne le voyez-vous pas?... insistait M. Roulon... Cela peut nous entraîner aux pires excès...

— On chante *la Carmagnole.* Il y a même ici des babouvistes et des saint-simoniens!... accusait le petit vieux au schapska, en indiquant Blanqui et le major Gresloup.

— Monsieur, le saint-simonisme, c'est peut-être l'avenir!... riposta M. Mesnil, qui boitait, usant de son fusil en guise de béquille... Le paradoxe d'aujourd'hui, c'est la vérité de demain...

— En effet... dit M. d'Orichamps... Nous installerons les philosophes, et ces messieurs de la Bourse dans les repaires impurs du faubourg Saint-Germain!...

— Et les droits de la propriété?... opposa M. Roulon.

— Et les droits du commerce?... fit le tailleur.

Ainsi revendiquaient les appétits et les craintes, autour d'Omer. Il se débattit éloquemment.

Urbain Gresloup lui toucha la main. Là-bas, sur le
toit d'un fourgon, Angeline, Cydalise et la Bordelaise
tâchaient de reconnaître, parmi la cohue, leurs amants.
Mme Cardoche trônait, en écharpe aurore, à côté de
l'automédon, qui était M. Mauravert lui-même, sous
une casquette à oreilles. Les trois percherons se fra-
yaient péniblement la route, menés à la bride par les
commis, qui les arrêtèrent sur l'ordre du major. Mme Cardoche, ayant plongé les bras dans l'intérieur du véhicule, présenta ses mains pleines de cartouches :

— Qui veut des prises pour les Bourbons ?

On s'écrasa. Les paumes calleuses et noires se tendirent. En haut, Cydalise avait ouvert une caisse, et
chantait :

> J'ai du bon tabac
> Dans ma tabatière !...

Les grisettes distribuaient les étuis en papier de
journal, gonflés de poudre. La Bordelaise glissa promptement du véhicule et courut à Cavrois. D'une serviette
elle développait la bouteille, le pâté, le pain. Angeline,
et Cydalise la rejoignirent. Elles posèrent sur la borne
un panier de victuailles. Par égard pour M. Gresloup,
elles l'offrirent à l'oncle Edme : leurs œillades dirent
assez que l'attention s'adressait au gendre et au fils
du major. Le capitaine essaya des mots à double
entente. On dévora debout la volaille froide de la mère
Cardoche. A mâcher la chair blanche et la peau croû-
teuse de la dinde, le pain salé par la sauce froide, Omer
oublia soudain ses fatigues, ses terreurs, ses raisonne-
ments, ses espoirs et ses craintes. Il sentait à peine le
frôlement de la grisette. L'appréhension d'être desservi
par son beau-père, auprès d'Elvire, le gêna même fort
peu.

Angeline demanda s'ils avaient quelques nouvelles du
Prince Noir... Oui, le Prince Noir de qui l'on disait par-

tout qu'il devait affranchir Paris... « Le Prince Noir! ».
Les yeux de Cydalise s'élargissaient aussi quand elle
prononça le nom du sauveur mystérieux. Puisqu'il portait le titre de *noir*, sa personne devenait certaine et
secrète. Son influence leur semblait d'autant plus puissante qu'elles ignoraient l'origine de ses vertus souveraines. Nerveuses, fébriles, les filles s'agitaient comme
nues sous leurs robes à fleurs. Le sein d'Angeline tremblait dans le canezou de mousseline mal agrafé sur la
gorge moite. La jupe légère collait à la croupe de la
Bordelaise qui, entre ses manches à gigot, gardait le
fusil de Cavrois, pendant qu'il engloutissait la tartine
et la tranche de mortadelle. Et elle parlait, avec une
colère pâle, des périls auxquels il allait courir.

Brusquement, on cria :

— Aux armes !

Tout de suite les demi-soldes redressèrent les chiens
de leurs fusils ; ils partirent en rang, avec les cochers.

Bahorel s'affubla d'un tambour et battit aux champs.
Omer se vouait au hasard, las de redouter. La foule
éparse se coagula, marcha, courut, emporta l'état-
major, le plumet du général Dubourg dans le torrent de
ses rumeurs. Tout de suite on atteignit la fin de la rue
et les pavés de la barricade afin de s'y blottir, en apprê-
tant les armes, en choisissant des victimes sur les
lignes de capotes à brandebourgs qui s'étendaient au
fond de la place, et à l'entrée du faubourg Saint-
Antoine, entre les façades closes, les palissades des terrains vagues, les affiches bleues des murailles crevas-
sées. L'anxieuse crainte de la mort étrangla l'époux
d'Elvire. Il ne respirait que de la poussière et des puan-
teurs. La fusillade éclata. Grise et lourde, la fumée
plana sur les têtes. Attentif, il regarda le vieillard fardé
de roses épauler sa canardière, puis le gnome barbu
introduire dans son espingole les caractères d'imprimerie qui lui pesaient aux poches.

— A voir : et je vas leur composer la côte sur le hausse-col !

Le tocsin dans le cœur, le tambour dans le ventre, les explosions dans le crâne, Omer se roidit derrière une armoire culbutée. Longuement, à l'abri d'un tonneau de pierres, le prote méticuleux ajustait. Pour viser, l'homme coiffé d'une salade à visière se coucha. Le gamin tâchait de comprendre le mécanisme d'une arquebuse à rouet. Soudain Brémondot releva sa carabine de chasseur à cheval : sa balle désarçonnait un lieutenant de cuirassiers.

— Vive l'Empereur et la cavalerie légère !

Omer fut heureux de cette victoire comme si elle était totale. Exposant un œil, malgré que ses mollets tremblassent, il aperçut les armures et les chenilles vertes des casques, les croupes des chevaux. Cela s'éloignait au grand trot, à droite, le long du canal de la Bastille, vers le pont d'Austerlitz. Un large souffle déchargea sa poitrine.

Mais, en avant, les gardes royaux l'épouvantèrent, qui faisaient feu successivement, démasquaient deux canons béants. Ses os grelottèrent, et son échine se mouilla. Tout le cercle de la place s'embut de fumée, jusqu'aux pieds énormes de l'Éléphant, debout là-bas, par-dessus les bonnets à poil des compagnies. Omer s'appuyait mal contre un escabeau planté dans les moellons, les détritus, les pavés, non loin de jambes maigres et poilues que révélait à demi un ample pantalon retroussé, des chaussettes roulées sur les talons : le cadavre, en houppelande brune, serrait encore le vide dans ses poings de cire. Que de la barricade le gnome barbu bondît tout à coup sur la place pour se colleter avec un gendarme nu-tête, cela devint stupéfiant. L'un cramoisi, l'autre pâle, il s'étouffaient contre la potence du réverbère. Fut-ce madame Cardoche qui ramassa l'espingole, grimpa dans le chariot enrayé, mit en joue ?

Son nez de vieille perruche grandit hors la capote de paille à rubans verts. L'arme flamboya ; la dame chancela, faillit tomber, se raffermit, sans perdre son écharpe aurore, et se campa, tout héroïque, sur les poutres entassées dans ce tombereau. Omer l'eût embrassée, les larmes aux paupières. Mais la terreur l'étourdit. Les balles des soldats bourdonnaient comme des frelons dans l'air suffocant.

Quelqu'un, à une fenêtre voisine, regardait, qui s'effondra vers l'intérieur de la chambre, entraînant les matelas protecteurs. Des esquilles de bois sautèrent d'une vieille huche.

L'apprenti qui jouait du clairon cessa net et geignit, la main à sa hanche. Blanqui passa devant Bianchon, qui renfilait sa baguette. Ensemble, ils dégringolèrent sur la place, au secours du gnome barbu que trois gardes royaux menaçaient de leurs crosses. L'épée en l'air, comme les héros sur les images, Urbain excita l'élan de ses bouchers formidables, trapus et tachés. Un feu de salve déchira l'air. Le nuage de poudre enveloppa l'éléphant de plâtre, jusqu'à sa courte tour crénelée, d'où un capitaine criait des ordres. Encore une fois, Omer crut ses entrailles arrachées par la détonation.

— V'là qu'ils décampent !... dit près de lui la voix propice d'Angeline.

De sa main, piquée par l'aiguille, elle attirait un lourd fusil de rempart ; ses lèvres frémissaient de peur, ses yeux s'éclairaient de joie... Tous deux gravirent, côte à côte, la cime de débris, qui s'éboulait sous leurs pas. Omer fut content qu'elle le saisît au poignet. De la vie s'attachait à sa vie, la doublait. Avec des pavés branlants, ils s'éboulèrent dans le large espace que vidaient les troupes, qu'envahissaient timidement les insurgés. Plus loin, l'infanterie défilait maintenant, comme les cuirassiers, derrière un rang de tirailleurs qui cou-

vraient la retraite, immuables au milieu de la place,
et s'illuminaient successivement d'éclairs brefs. Les
longues capotes bleues disparaissaient dans les vapeurs
fumeuses, depuis les guêtres blanches jusqu'aux oursons poudreux. Et dans la palissade contre laquelle
Angeline s'était tapie en étreignant le bras d'Omer, les
planches vibraient aux chocs du plomb mortel.

Le café Lemblin descendit. Les ordres militaires de
l'oncle Edme commandaient. En bas, les demi-soldes s'a-
lignèrent, redingotes et chapeaux. Des serre-files se pla-
cèrent. Leur feu régulier, formidable, creva l'atmosphère, dans la direction du canal, fouetta le rideau de
tirailleurs. Des soldats quittèrent le rang, qui fléchit. Un
mordait littéralement la terre et trépignait. Là-dessus,
les étudiants d'Enjolras dévalèrent de la barricade, par la
droite, et marchèrent, baïonnettes hautes, vers la trouée.
Leurs boucles volèrent sur leurs cols de velours. D'une
grande clameur, ils abordèrent l'ennemi. Le gourdin de
Grantaire s'abattit dans les bonnets à poil. L'escogriffe
pointa la hallebarde à gland bleu dans un torse qui se
creusait avec les boutons d'or : Omer voulut qu'elle
pénétrât. En son gilet, Angeline n'était qu'une bête
chétive, chaude et palpitante.

De toutes parts, des maisons, des passages, des boutiques, le peuple aux bras nus se ruait. Sur lui flottait l'é-
tendard tricolore de Rambourg, dont galopait enfin le
cheval géant. Chaos de cris, d'insultes et de lamentations
dans la fumée dense et l'odeur étouffante de la poudre.

Des coups isolés se répondirent. Les baïonnettes
croisées des soldats formèrent une herse de défense
contre l'acharnement de la masse hurlante, tandis que
leur seconde file rechargeait. L'assaut des échines en
gilet lâche, et des jambes aux pantalons trop courts,
ébranlait mal ce mur d'hommes qui dardait les pointes.
Autour de la place, les fenêtres crépitèrent. Une salve
déchira l'air. Des gens s'affaissaient. Les doubles déto-

nations des fusils de chasse se répétèrent. Les blessés
s'enfuirent en arrosant le sol de gouttes vermeilles.
Omer se demanda si c'était la sueur seulement qui coulait dans son col.

— En avant, la garde nationale!... proféra M. Roulon.

Omer se retourna vers la gauche : il le vit qui retirait
son dentier. M. Buchez et sa section débouchaient d'une
rue latérale. Massif, vaillant, Dieudonné Cavrois avançait, l'arme en joue. Leur feu s'égrena terriblement vers
les artilleurs de la pièce proche. Autour d'elle, les colbacks s'agitèrent. Un cheval de caisson tomba sur le flanc,
dans une fosse. Alors la mèche toucha la culasse ; la
longue flamme jaillit avant que frémît le sol, que se
fracassât l'air, que le prote grêlé fût précipité de la
berline, à côté du manœuvre qui râlait déjà, la tête
barbouillée de sang. L'homme au bonnet bleu retenait
à deux mains ce qui s'épanchait de sa bedaine. En titubant, le tanneur délia son tablier de cuir pour s'examiner la hanche, sans doute ; mais il dut s'asseoir et se
tordit, silencieux. La Bordelaise, qui pleurait, s'empara du mousquet à mèche.

Comme s'ils n'attendaient que la décharge pour agir,
l'essor des bouchers vola, submergea la pièce, piqua d'un
croc l'homme de l'écouvillon, qui s'embarassa dans la sabretache et ne put dégaîner à temps. Le porte-gargousse
para la flanconade du polytechnicien, l'écarta d'un
coup de revers, puis déguerpit, ayant au dos la pique
d'un gaillard injurieux. Urbain embrassait déjà la
pièce. On le vit étreindre le bronze, cligner les paupières sous le bicorne :

— Il est à nous... Plutôt mourir que de le rendre !

Fier d'imiter les héros de ses lectures, l'adolescent se
cramponnait là.

— Revenez, Urbain !... s'écriait Cavrois.

Et, dans son fusil, il tassait la bourre, précipitamment.

23.

Les bouchers, pêle-mêle, culbutèrent et s'étalèrent, criblés de balles. Blessés ou morts, ils furent, aux roues de la pièce, un amas de têtes gémissantes et de membres confondus, d'où s'extirpait, en se halant sur les mains, un garçon à la face de terreur.

— Urbain ! Urbain ! Il va être tué !... sanglota Cydalise, qui ramassa, pour lui porter secours, un pistolet d'arçon.

Un long moment, le fils du major demeura comme isolé dans l'espace vide, les canonniers ayant fui, l'insurrection n'osant le recueillir ; car toute une compagnie se déployait vivement pour ressaisir la pièce.

— Les braves nous sont chers... Revenez !... supplia M. Roulon, subitement plaintif... Feu de deux rangs !

La garde nationale obéit : l'explosion jeta contre terre quelques soldats au plumet blanc. Mais un artilleur éperonnait son rouan, trottait sur le polytechnicien.

— Urbain ! Urbain !... invoqua l'angoisse de Cydalise.

Elle n'avait rien dans son pistolet que, folle, elle maniait inutilement. Avec des yeux douloureux, on la regarda s'élancer, l'écharpe au vent. Un petit caniche aboyait et mordillait ses jupes.

— Ah ! Cydalise !... gémit Angeline.

En arrière, au sommet de la barricade, près du général Dubourg, la figure du major vieillissait atrocement. Alors seulement Omer comprit que lui ne bougeait pas. Songeant qu'on lui reprocherait d'être lâche et qu'Angeline même s'étonnerait de cette inertie, il dégaîna. Les yeux clos, furieux d'être contraint à cette vaillance, il ragea, se débarrassa de son amante, plongea dans l'orage de fumée, de foudres et de fantômes affreux qui crachaient la mort. Il s'évertuait, avec le sens de s'arracher aux tentacules de la peur froide et gluante. Il

discerna mal l'artilleur joufflu qui retenait le glissement de sa monture pour ne pas dépasser le polytechnicien, pour le frapper. Comme Omer donnait à son
bras l'élan d'un coup de taille, le rouan fut sur lui,
naseaux écumeux, avec les brandebourgs rouges du
cavalier imberbe et furibond, une odeur de cuir, un
juron de caserne, un cliquetis du fourreau. « Meurs
donc ! » pensait Omer en délire. Aussitôt il perçut
qu'on empoignait son bonnet de police et sa tête serrée
dans la jugulaire ; il étranglait. La lueur d'une lame, il
la sut livide et mortelle, se rebiffa, se débattit. Ses cheveux étaient arrachés. Alors il pressa la gâchette du
pistolet que sa main gauche appuyait contre la chabraque de l'adversaire. Ce fut un heurt sourd. Le corps
d'Omer se crispait à la froide pénétration du fer dans
son épaule gauche ; les chairs se révulsaient en se
partageant. Fou de colère, il sabra de nouveau. La
main de l'ennemi lui lâcha la tête. Un hurlement
rauque l'avertit de sa vengeance... La bête cabriolait au
tintamarre de ses fers, des éperons et du fourreau. Elle
partit, enlevant le soldat qui perdit un étrier, qui tirait
sur les rênes. Tout à coup, à la joie sublime du vainqueur, homme et cheval s'abîmèrent.

Lui se retrouva tout meurtri, près du canon, et de
quelques bouchers entourant leurs camarades à terre.
Ses poings serraient mécaniquement ses armes. La
terre ondulait sous les bottes. À droite, le café Lemblin
exécutait des salves. Au fond de la fumée, les gardes
royaux reculèrent. Cydalise et Cavrois détachaient de la
pièce Urbain à demi-mort d'émotion. La Bordelaise lui
cherchait son bicorne. Courfeyrac, à genoux, visa les
chevaux des artilleurs qui se rassemblaient afin de
revenir à la charge. Sur la gauche, c'étaient MM. Mesnil
et d'Orichamps de qui les fusils claquèrent ensemble ;
c'étaient le tailleur Durtot et le vieillard fardé de rose,
qui se vautrèrent pour éviter une rafale de mort. Baïon-

nettes en avant, Combeferre, M. Buchez et Cavrois marchèrent aux conducteurs du caisson, qui manœuvraient
leurs attelages et s'approchaient. Leurs bêtes caracolèrent, en hennissant. Mme Cardoche arriva, la crosse
haute et la perruque de travers. Tout se brouilla. Une
souffrance plus vive empêcha Omer de rengainer son
sabre; il le garda dans la main.

— Oh ! tu saignes... gémit Angeline... Ton épaulette est cassée.

— Ah!... fit-il, en s'effrayant.

Elle lui soutint la taille. Il se défendit quand elle voulut ouvrir l'uniforme : il craignait de voir une blessure
trop grave. Sa mâchoire inférieure s'alourdissait fort.
Il crut avoir des dents et un maxillaire de plomb. Le
goût saumâtre du sang lui gâtait la bouche. Il expulsa
de la salive. C'était rouge... Le coup avait-il ébranlé les
dents, râpé la joue, tranché l'épaule ?

« Mourrai-je ainsi que mon père ? Ce serait noble et
généreux!... »

Dans l'algarade, les ongles de sa main droite s'étaient
retournés. Auprès de cette souffrance il comptait pour
rien l'engourdissement du bras, la douleur aiguë qui
tenaillait ses muscles, la migraine qui cerclait ses
tempes. Tremblante, Angeline le guidait vers une
boutique presque close. Deux femmes à cornettes
l'assirent, contre le comptoir, dans le fauteuil de la
caissière. Leurs mains prudentes déboutonnèrent
l'habit. Ce fut atroce quand on dépouilla de sa manche
le membre blessé.

— Ursule, le vulnéraire ! Où est le vulnéraire ?... Il
se trouve mal.

— Oh ! que de sang !... Il faut des compresses !... de
la toile !

Il se résignait, l'âme molle. Durant une détonation,
les femmes tressaillirent et se bouchèrent les oreilles.
La bataille continuait... Une vieille quitta son fauteuil

et fut, courbée en deux, fermer la porte. Elle se signa;
elle récita tout haut son chapelet en marmonnant. Les
larmes glissaient de ride en ride jusqu'au fichu croisé.

Un enfant revint avec une cuvette pleine d'eau.

— Je vais quérir un chirurgien... disait la voix
d'Angeline grelottante.

Lui respirait l'odeur de vannerie entre les mille corbeilles empilées, suspendues, à terre, au plafond, objets
de ce commerce. On lavait sa blessure. Les gouttes
d'eau froide lui chatouillaient le ventre en y coulant
sous la chemise. Il regarda sa chair, mesura la fente
saigneuse, violette aux bords, et la mousse rouge qu'on
essuyait dès qu'elle débordait. Il s'assura que le mal
était guérissable. Tout son être ressuscita.

Cependant il réclamait un miroir pour examiner sa
joue. Elle portait une entaille au-dessous de la pommette :

« Me voici laid, peut-être... A l'heure où je deviens
riche ! ».

Sa fortune lui parut inutile et vaine, s'il la payait
ainsi. Dehors, les clameurs refoulaient la fusillade, à
ce qu'il lui sembla, jusqu'au canal de la Bastille. Certainement les troupes royales se retiraient. La foi dans
la victoire l'enchanta quelques secondes. Son ambition
désirait que cette blessure ne le privât point d'entrer à
l'Hôtel de Ville avec l'Ardente-Amitié. Sans doute, elle
s'acharnerait aux trousses du général Saint-Chamans
et de ses bataillons. Il remercia les femmes qui le pan-
saient. Dans l'appartement au-dessus, allaient des pas
lourds ; par instants, de la fenêtre, un coup de feu par
tait ; des propos bruyants et brefs commentaient les
péripéties de la lutte. Un éclat de mitraille secoua, tout à
coup, la vitrine, derrière ses volets de chêne... Alors les
deux jeunes femmes, la sèche en bonnet de tulle, la
grosse au tablier de levantine, sursautèrent, blêmirent.
Dans la housse à ramages de son fauteuil, la vieille

grommelait. Omer cédait à la fatigue. La plaie de l'épaule cuisait, mordue par le sel de pansement. Angeline tardait. Il rendit grâce au ciel pour une aventure qui lui permettait le retour, sans honte, à Meudon, et dans le lit d'Elvire... Les mains de « son ange » rafraîchiraient mieux son front... Il parut que le combat s'achevait : les rumeurs étouffaient le bruit des explosions plus lointaines et plus rares.

On cogna contre la porte. La femme sèche l'entrebâilla, introduisit l'oncle Edme, puis Angeline éperdue :

— Ah ! te voilà !... criait le capitaine... Montre le horion ?... Peuh ! c'est ça ? Ça pique ! voilà tout !... Corbleu ! nous tenons la Bastille comme ceux d'autrefois... L'aïeul serait content. Regarde.

La porte s'ouvrit toute grande. Omer admira la foule en triomphe. Elle dansait, se répandait, s'asseyait, réclamait à boire. L'escogriffe avait mis les gants à crispin d'un cuirassier sur le nu de ses bras maigres, écorchés aux coudes. Les étudiants honoraient un cadavre dont les jambes étaient moulées dans un pantalon de nankin à sous-pieds. Enjolras prononçait une oraison funèbre, et toutes les têtes chevelues s'inclinèrent. Ailleurs, des tambours battaient aux champs. Les chapeaux cabossés des demi-soldes saluaient l'étendard de Rambourg qui le haussait de ses mains monstrueuses et violâtres, en éperonnant le cheval de camion. Aux bouches d'adolescents farceurs, quatre trompettes de cavalerie sonnaient la diane. Derrière, le général Dubourg menait son alezan au milieu des casquettes lancées au ciel, des baïonnettes et des piques, des hallebardes et des sabres brandis. Vers le plumet tricolore se reformaient les gardes nationaux, l'arme au bras. Ils étaient maintenant trois cents, coiffés d'oursons rougis, ornés de bandoulières en croix, d'épaulettes blanches. Trônant sur un grison de diligence, le canonnier Bridoit remorquait la pièce conquise que des feuillages enguirlandaient. Urbain se dandinait sur un cheval d'artilleur qui gardait les cordes d'attelage autour de sa croupe. Ensuite, la cohue piétinait, molle et folle, ivre de son courage, de ses boissons nombreuses, travestie comme pour un carnaval, avec les heaumes, les bassinets, les salades, les cuirasses et les brassards d'un musée militaire pillé le matin. Cela défilait, comique et tragique, masse d'hommes que décoraient des linges sanglants, de femmes braillardes et dépoitraillées, de gamins et d'apprentis en bonnets de papier. Cela chantait. Cela bramait. Cela frétillait. Cela traînait des bottes à l'écuyère enfilées sous les guenilles. Cela se hâtait en pantalons trop larges et trop courts, en jupes rondes, en bas sales, et en souliers plats. Cela perpétuait un cortège serpentant, indéfini, qui tournait dans le cercle de la place, sous les bravos des fenêtres curieuses, des toits grouillants. On accrochait partout les couleurs de la République et de l'Empire, que dorait le soleil roux. Il envahit les boutiques dont les commis retirèrent les volets. Les trésors des vitrines reparurent. Il incendia les lettres des enseignes, les tuiles des maisons, la charpente plâtreuse de l'Eléphant monumental. Autour de la vieille tricoteuse, une ronde continua de virer, filles et gamins :

> Vive le son,
> Vive le son du canon !...

La poussière voilait à demi la féerie du spectacle que contemplaient des messieurs pensifs et des chasseurs essuyant leurs fusils. Des mères, au bout des bras, levaient leurs enfants, afin qu'ils se souvinssent.

— Voilà, voilà ce que nous avons fait !... dit Angeline heureuse. Et son odeur émana durant qu'elle étreignait Omer dans son baiser.

« Est-ce donc la victoire de la Loi sur les Rois ? »... méditait-il, ébloui par cette liesse unanime, qui pénétrait sa chair avec la chaleur de la fille moite, qui forçait son cœur à tressaillir et sa bouche à sourire, extasiée, en dépit de l'estafilade.

Là-bas, c'était le cheval d'artillerie qu'il avait tué, cette croupe brune et luisante, cette queue de crins flasques, cette chose informe que des enfants dépouillaient de la chabraque et du porte-manteau.

— Te souviens-tu qu'à Rome, nous causions, Omer, un jour, devant la colonne de Trajan ? Tu as souhaité qu'on érigeât dans Paris, outre celle de Napoléon, une troisième colonne pareille pour marquer la nouvelle étape du triomphe latin... rappelait l'oncle Edme, lauré de ses mèches grises, et qui montrait la foule dans le cercle des façades en gloire... C'est vraiment une belle place pour la colonne du peuple libérateur !

Ces paroles vibrèrent par tout le corps du blessé. Les mains de l'oncle et du neveu se broyèrent. Ils se crurent un seul être que l'âme du peuple saisissait dans ses émotions.

Le major Gresloup, puis la troupe des demi-soldes repassaient.

— Omer! Omer !... supplia l'oncle Edme... Leur reprocheras-tu de l'avoir aimé, comme on aime une femme, et comme on aime un dieu, leur Empereur? Cet amour-là nous délivre aujourd'hui. L'insulteras-tu cette foi qui n'a pas voulu mourir avant de payer sa dette à la Révolution ?

— Les trois colonnes seront debout, désormais, les trois jalons du chemin qui mènera mon fils à l'avenir !... répondit Omer.

Il imagina le monument semblable à ceux de la place Trajane et de la place Vendôme : ceux-ci avaient été consacrés en signe de victoire sur les Germains et sur les Impériaux des Allemagnes ; celui-là enseignerait aux temps futurs comment les Gallo-Romains avaient

brisé définitivemennt le joug de la dynastie franque,
après quinze siècles d'esclavage. Et le svelte génie de
la Liberté prendrait essor, de là, vers les soleils futurs.

— Lève-toi! Viens!... dit le capitaine.

Omer se mit debout, plus fort que la douleur.

XIII

Sa blessure l'avait contraint d'abandonner, selon l'ordre d'Ulysse Trélat, les FF.·. de l'Ardente-Amitié, avant qu'ils fussent parvenus sur la rive gauche, pour attaquer, à revers, la position des troupes royales retranchées dans la place de Grève. Angeline avait obtenu de le suivre à l'hôtel Dubourg en simulant les allures d'une garde malade. Déshabillé par son concierge, soigné par sa maîtresse, il s'était presque aussitôt endormi, malgré les bruits de la fusillade qui, le long du quai, pétilla presque toute la nuit. La pesanteur de ses membres fatigués s'allégea dans le lit de plumes.

Bénéficiaire d'une blessure honorable, il n'avait plus à risquer le combat : cette conviction le remplissait d'aise. Outre le sentiment d'être enrichi par la baisse des fonds publics, la main, les lèvres, la voix de la grisette étaient, en surcroît, des caresses autour de sa torpeur. Cela complétait sa béatitude, quelquefois agacée par les piqûres lancinantes de sa plaie. Mal éveillé, entre deux rêves insignifiants, il contempla son amante. Assoupie sur un tabouret, la figure dans ses bras qu'elle avait croisés au bord du lit, la bouche ouverte, l'enfant reposait. A la faible clarté de la veilleuse, Omer eut le loisir de concevoir l'amour si persistant de cette créature animale et douce. Elle se désolerait, avant l'heure de la résignation, lorsqu'il faudrait qu'elle le rendît à la puissance d'Elvire. Prête à le rejoindre dans Paris, si les messages du major ne la rassuraient pas, l'épouse, de loin, veillait, comme cette humble servante de la luxure. Dans son orgueil, Omer se rendormit, paisible.

Sûr de n'avoir plus à lutter, il n'écouta que peu d'instants l'orage de l'artillerie, lorsque le matin fut révélé par la ligne de soleil traversant la fente des rideaux. La grisette fronça les sourcils et changea de joue pour appuyer autrement sa tête qui mima, vers Omer, un baiser. Il sourit.

Le cauchemar, où, cadavre, il ne pouvait plus consoler le chagrin de sa mère, fut interrompu par l'entrée de Dubourg en habit civil. Il vilipenda M. Roulon et Dieudonné Cavrois qui l'avaient contraint à dépouiller son uniforme révolutionnaire, le peuple ayant, derrière lui, chanté mille refrains terroristes. En sorte que, l'Hôtel de Ville repris, il avait été confondu dans la foule.

— On n'a su faire respecter aucun ordre, aucune autorité!... Quelle turpitude!... C'est le loueur, le gros Rambourg, qui commandait avec trois filles de ses amies. Lyrisse a dû lui-même renoncer. Il est allé fortifier la rue Richelieu, secondé par les sabreurs du café Lemblin. Savez-vous que le général Gérard forme un gouvernement? On l'affiche sur les murs. Jadis il ne manquait pas d'idées jacobines... Bernadotte l'aimait beaucoup, lors de l'ambassade à Vienne : Gérard préserva le drapeau tricolore suspendu à leur balcon et qu'insultaient les Impériaux, pendant une émeute. Depuis, le bonhomme a été, en 1807, chef d'état-major dans l'armée de Ponte-Corvo. Il ne m'étonnerait pas que le général et le roi de Suède fussent encore, et secrètement, au mieux... Ah! ah! on en verra peut-être de drôles, ma jolie Javotte...

Il pinça le menton de la grisette ; elle se défendit d'une taloche sur les mains aux poils roux.

— Et le bobo?... Guéri? Non? pas encore?... Trélat m'a dit qu'il viendrait ce matin vous appliquer de
la charpie... Boum!... Entendez-vous les canons de
Maillardoz et de ses Suisses? Ils les ont mis en position aux guichets du Louvre, et mitraillent la Charte,
qui les fusille de la rive gauche... Marmont concentre
toutes ses troupes au Louvre et aux Tuileries. Héricourt, je vous invite à vous lever...

— Au moins, attendons que le chirurgien soit venu!...
pria la jolie fille.

Omer s'effara. Prétendait-on le ramener à la bataille?
Il fit dévier les propos.

— Gérard serait-il l'agent de Bernadotte?...

Dubourg cligna de l'œil, sans répondre... Il s'était
jeté deux heures sur son lit, avait ronflé comme un
loir, s'était plongé dans une baignoire d'eau froide. Il
se vanta d'être dispos et taquina la belle.

— Si je le contais à sa femme, Mademoiselle la sournoise, que vous passez les mains sous les draps? Fi
donc, friponne!... Et dans la couche conjugale encore! Ah! si maman le savait!...

— Mais... dit Omer... vous accusez injustement
cette jeune personne : elle a bien voulu me donner des
soins sur la recommandation de ma cliente, Mme Cardoche, qui est sa patronne.

— Suffit! Motus!... M. Évariste Dumoulin doit venir me chercher ici. Oui : le journaliste du *Constitutionnel*... Il se trouvait, cette nuit, à l'Hôtel de Ville.
Il a protesté contre la sottise de ceux qui me forcèrent
de quitter mon uniforme. Il répétait : « Il faut un général au peuple... » C'est mon avis. Puisque La Fayette
attend la fin, comme le roseau de la fable; puisque
Pajol et Pithouët se plaisent à solliciter de M. Laffitte et de M. Dupin des autorisations légales avant
d'accepter le commandement; puisque Gérard tripote
avec M. de Choiseul et M. Audry de Puyraveau, on ne

sait où, n'est-il pas naturel que moi, ancien colonel à
l'état-major de Berthier, j'assume, au moins pour le
moment, les responsabilités qu'évitent ces messieurs?...
Car enfin, le temps presse... Des renforts peuvent
secourir Marmont. Si nous ne l'avons pas chassé de Paris ce soir, qui sait de quel retour de fortune nous serons les victimes?... Nous avons gagné la première
manche, nous pouvons perdre la seconde... et les
autres... Ah!

Les jambes écartées, Dubourg caressait autour de son
crâne demi-nu sa chevelure. Il avait endossé la longue
redingote bleue, chère aux demi-soldes, et chaussé
des bottes à l'écuyère.

— Le major.., assura-t-il.., partage mon opinion...
Maintenant il faut vaincre. Nous sommes trop compromis. Bien fous ceux qui veulent patienter jusqu'à
ce que les députés de l'opposition constitutionnelle
nous décernent des mandats réguliers! Ces gros financiers tremblent dans leur peau... Il faut tout entreprendre de nous-mêmes... Je ne vous engage pas à
faire le petit maître qui a peur de voir son physique
se gâter parce que le sabre d'un artilleur l'a rasé de
trop près... Collez-moi là-dessus quelque sparadrap.

— Je ne puis mouvoir mon bras droit sans une douleur atroce.., déclara le jeune homme, navré.

— Il faut le serrer dans un linge mouillé d'eau-de-
vie. Je m'en suis tiré de cette façon chez les Cosaques.

Bien qu'Omer lui répondit sèchement, le général
ne songeait point à se retirer. Tout de même il s'avisa
qu'il avait grand faim. Se rassasier lui parut sage
avant d'affronter les périls. Il fut s'enquérir de nourriture auprès du concierge.

— Chère petite Angeline.., dit Omer.. comment recon-
naitrai-je assez ton obligeance?

— En ne m'oubliant plus... supplia l'enfant.

Et deux larmes s'échappèrent de ses yeux battus.

Il l'attira contre sa poitrine ; il lui baisa les lèvres, qu'elle avait rèches et brûlantes. Elle gémit doucement. Ses cheveux se déroulèrent, et leur parfum de jasmin le grisa vite. Sous le canezou de tulle dégrafé, l'amant caressa les douceurs voluptueuses de la peau ; mais il se reprocha de pécher dans le lit d'Elvire. Il avait jusqu'alors éludé la politesse d'accepter, en ce lieu, les faveurs de la grisette. Il n'aima point lui promettre de nouvelles rencontres adultères. Elvire eut peut-être excusé une aventure de bataille, mais non le péché habituel.

— Tu ne m'oublieras plus. Omer, dis-moi ? Tu ne m'oublieras plus ?...

— Comment le pourrais-je, charmante Angeline ? Ton souvenir est lié à celui de ces grands jours... Ta présence a doublé mon courage... J'ai compris que je luttais pour le peuple, pour toi, mon Angeline... Ces heures et ton image vivront ensemble dans mon cœur.

— Ah ! bel Omer... laisse-moi te serrer dans mes bras...

Il répugnait au sacrilège de polluer ainsi, par une joie profane, le temple de l'amour sacré. Accueillant la bouche de sa maîtresse, il se dérobait aux attouchements suprêmes, encore qu'elle se fût dénudée, encore que le désir labourât leurs flancs... Elle s'aperçut de sa contrainte.

— Quoi ? Tu ne veux pas nous enivrer de bonheur... Omer !... Ah ! c'est l'autre... Tu l'aimes mieux que moi, dans cet instant même !

Elle fondit en pleurs. Jolie bête fièvreuse, elle se vautrait au travers de son amant, admirable et quasi nue, le cou gonflé de sanglots, les reins secoués par la luxure.

— Omer ! je t'en prie, viens partager mon délire.

— Pas ici, mignonne... pas ici !

Il appréhenda d'être surpris par Dubourg, le portier ou bien Ulysse Trélat. Le verrou même dénoncerait trop bien la vérité. D'autre part, l'obstination féline de la faunesse le domptait. La repoussant, il craignit d'être entendu.

De ses griffes elle l'égratignait au cou. Brutale, elle heurta l'épaule blessée. Lui se récria. Mais elle n'eut pas de compassion ; et, par ce moyen, l'obligea de se rendre à la colère de son caprice.

— Oh ! Angeline ; ils vont nous entendre.

— Traître, tu me céderas... dans ce lit... je le jure.

Pour obtenir le silence, il la laissa, fougueuse et satanique, agir. Les yeux verts luisaient. Les seins tremblèrent avec le rythme du corps en amour. Elle ne put retenir un cri de surprise pour sa prompte victoire. Alors il la repoussa brusquement.

— Tu es contente, diablesse ?

— Je t'aime tant. Pardonne-moi, j'ai été méchante, je t'aime tant, moi ! Il s'étonna d'être triste. Il lui sembla qu'Elvire devait savoir et se désoler. Angeline sanglota, les jupes éparses sur ses mollets en bas bleus.

Bientôt les pas, les voix de Dubourg et de Trélat les obligèrent à la décence.

Devant la blessure, le chirurgien fut narquois.

Après l'avoir examinée, lavée, saupoudrée, bandée, il dit :

— Je vous permets de faire l'estafette pour le général Dubourg, sinon de sabrer la garde royale... Vous pourriez facilement manier vos pistolets... Savez-vous qu'il y a, dès cette heure, une assemblée chez Laffitte... Ah ! j'ai grand peur que les gens de Bourse ne s'approprient tous les avantages. Pensez qu'ils s'offrent comme entremetteurs entre le peuple et le Château, moyennant qu'on leur reconnaisse les droits nécessaires à leurs trafics... Voilà qui est bien dangereux. Par ailleurs, Blanqui propose de nous réunir au restaurant Lointier, cet après-midi, et de nous apprêter à défendre la République contre les doctrinaires. Allons-y tous, Héricourt.

Ne serait-il pas honteux de leurrer le peuple? Il a versé tout son sang. J'ai soigné plus de cinq cents blessés.

— Mais ne craignez-vous pas les excès de la populace?.. objectait l'avocat... On a pillé des boutiques hier... Défions-nous des Septembriseurs.

Mécontent d'être exposé de nouveau, contre son espoir, aux coups, il argumenta. Le chirurgien et le général-comte, voulaient-ils nettement la révolution? Il accusa ce dernier d'entretenir une correspondance avec Bernadotte. Les ambitions attribuées au général Gérard lui dessillaient les yeux :

— La République, dans votre esprit, c'est le préliminaire d'un empire : Bernadotte à la place de Bonaparte ! Le nierez-vous, mon cher comte ?

Trélat fut ébranlé par l'insinuation. Dubourg se défendit gauchement. La figure maigre et rase du chirurgien devint méchante. Son œil se méfia sous la mèche roide. Penaude, Angeline s'écarta. Le comte s'excitait :

— Ce que je veux, c'est la République des Philadelphes, celle de Moreau, d'Oudet, de Malet, de Berton, des Quatre Sergents, celle de votre bisaïeul, le conventionnel, de votre grand-père le général Lyrisse, celle du colonel Héricourt et celle de La Fayette même !

— Celle que Bonaparte a mise dans sa poche en Brumaire, et les Bourbons en 1815.., conclut Trélat.

La discussion durait, lorque M. Gresloup entra pour avoir des nouvelles de son gendre. Effarée, la grisette disparut. Il annonça que Marmont proposait au peuple une suspension d'armes. Aux avant-postes du Carrousel, les fourriers distribuaient les copies manuscrites d'un appel à la trève. Pourtant l'on se battait partout. Le major s'était reposé quelques instants chez lui, rue Saint-Florentin... A l'Hôtel de Ville, régnait M. Baude, le journaliste du *Temps*, dont M. Gresloup méprisait les théories :

— Seule la République peut nous donner la table rase... sur laquelle on fondera les nouvelles institutions du genre humain !... A savoir : le Parlement européen, qui supprimera la guerre..., le gouvernement par les hommes de science, d'art et d'industrie... l'association universelle... la fin de l'exploitation de l'homme par l'homme...

Ainsi, rouge et congestionné, le major, taciturne à l'ordinaire, criait de façon à couvrir les voix de ses contradicteurs. Dubourg haussait les épaules en protestant que le monde n'était pas prêt à comprendre la grandeur de pareilles utopies. Omer soutint que la Loi consentie par les mandataires était la véritable assise des sociétés. Mais le major nia l'intelligence du populaire. Dieudonné Cavrois qui fit irruption, le fusil à la main avait sa large face balafrée. Il objecta :

— Établissez la République, et la Sainte-Alliance, avant six semaines, nous ramènera Charles X en croupe des Cosaques !...

Comme Trélat affectait de rire, comme Dubourg parlait de Valmy, le major d'Austerlitz, et Omer de l'influence de la Jeune Europe, le gros étudiant s'écria :

— D'abord, Maman ne veut pas de la République !... M. Laffitte n'en veut pas, M. Thiers n'en veut pas !... M. Casimir Perier n'en veut pas !

— Eh bien, le peuple en veut !.. rugit Trélat de toute sa mince figure crispée.

— Allons déjeuner.., offrit le général Dubourg... La concierge a préparé quelques petites choses. Nous ne savons pas si nous mangerons ce soir...

— Venez, Omer.., ordonna M. Gresloup.., levez-vous. Elvire et sa mère peuvent débarquer ici, et vous auriez de la peine à vous arracher de leurs bras. Peut-être votre avenir dépend-il de votre présence à l'Hôtel de Ville, tout à l'heure...

Le jeune homme dut s'exécuter. Passant au cabinet

de toilette, il constata que l'écorchure de sa joue ne
le défigurait point. Grognon, il boutonnait son habit
d'uniforme, quand la cour de l'hôtel fut envahie par
une horde tumultueuse. Il la vit par le carreau. Urbain
Gresloup, sur un cheval de son père, discourait :

— Mes amis, nous allons assiéger Raguse dans le
Louvre... Notre camarade Charras marche avec vos
compagnons sur la caserne de Babylone... Il va désarmer les soldats étrangers. Ici, nous trouverons des
chefs, de braves officiers de l'Empire, comme le général Dubourg, qui nous conduiront à la victoire !

Omer l'eût envoyé au diable. Il s'éloigna de la fenêtre.
Quelqu'un pénétrait dans sa chambre ; il se retourna :
la figure austère d'Enjolras, entre ses boucles d'archange, le regardait aux yeux :

— Héricourt, si Marmont n'est pas forcé dans ses
positions avant midi, à une heure la France aura sûrement avorté ; et l'enfant mort, ce sera la République !
Entendez-vous ?

Il broya le poignet d'Omer ; le feu des pupilles visait
l'âme trouble de l'avocat... Des étudiants s'introduisirent. Ils déclamaient ou plaisantaient. Bahorel criait,
en heurtant le parquet avec la crosse de son fusil :

— Autour de l'Odéon, tout se lève. Le cothurne de
Pompée a frappé le pavé du Roi : il en sort des légions
de limonadiers, de savetiers et de tailleurs à façon, bas
des reins et hauts du cœur !...

— Les munitions abondent.., constatait Grantaire...
La voix du peuple peut foudroyer tout comme la voix
de Dieu. Ni plus, ni moins... J'ai vu douze Suisses,
prisonniers de trois collégiens, fabriquer des cartouches dans les écuries de Rambourg : ce sont des horlo-
gers consciencieux et qui gagnent honnêtement leur
pain de ménage, en mesurant, avec scrupule, le salpêtre
libérateur dans la littérature du *Constitutionnel*. Belle
race vachère et probe... Le lait de leurs épouses doit

reconstituer les poumons des poitrinaires... J'en parlerai à Bianchon.

— Les mégissiers et les charrons de Vaugirard suivent le polytechnicien Vaneau, pour déloger les Suisses de la rue de Babylone.., annonça Ribéride... La colère du Seigneur s'abat sur la tête de Nabuchodonosor : *Mané-Thécel-Pharès*. Rue de Tournon, les gargotiers et les concierges ont reçu les fusils et les gibernes des gendarmes, qui laissent le peuple envahir leur caserne. Deux autres mathématiciens de la Montagne Sainte-Geneviève les mènent à la conquête de Saint-Germain-l'Auxerrois...

De la main, Enjolras les fit taire... Ils inspectèrent les boiseries de la demeure, le lampas des rideaux et les vieux portraits.

— Paris entier est debout. Le gouffre monte vers le tyran... La République vagit... Si nous laissons accepter l'armistice de Marmont, elle mourra dans le sein de la révolution en travail... Aidez-nous, Héricourt, à persuader les vôtres !

De leurs paroles, de leurs gestes, de leurs armes disparates, de leurs déclamations héroï-comiques, de leurs odeurs fauves, ils assaillaient Omer, qui n'osa les évincer. Il les conduisit dans le salon. Un capitaine de la garde nationale s'y démenait en face de Pied-de-Jacinthe, sévère en son antique uniforme de dragon bien brossé.

— Le peuple demande un chef !... Les défenseurs de la Charte, rassemblés place de la Bourse, m'envoient ici prier le général Dubourg de les commander !... Je suis le capitaine Évariste Dumoulin, rédacteur au *Constitutionnel*.

— Je salue le grand serpent des mers du Sud, souverain des Faits Divers !.. modula Bahorel, qu'une nouvelle hypothétique publiée par cette gazette avait diverti.

Il exagérait des révérences. Evariste Dumoulin le regarda de haut :

— L'heure n'est pas aux bouffonneries, Monsieur !

— Elle est aux bouffons, si j'en crois mes yeux !

Au bruit de son nom, le comte arrivait, la bouche pleine. Pied-de-Jacinthe l'appela « mon général ! » et fit le salut militaire. Dehors, la bande haranguée par Urbain vociférait. Le journaliste formula son invitation :

— Monsieur, il faut revêtir votre uniforme républicain.

— Mon uniforme ?... M. Roulon me le fit déposer hier soir. Je l'ai confié à mon ordonnance, un marchand de parapluies qui habite rue Joquelet.

— Allons-y de ce pas...

— Vous le voulez, et moi aussi, quoique je ne me dissimule pas le sort qu'on me réserve : si j'échoue, l'échafaud ; si je réussis, vous verrez qu'on me peindra comme le plus vil des hommes ?... Omer, venez alors !,.. Il me faut une estafette en tenue..,

— Comte Dubourg, prenez garde ! Vous compromettez l'avenir de la France en attirant sur elle les foudres de l'étranger !

C'était Cavrois. Embarrassé de son fusil et de son ourson, il avait de la graisse de volaille à la bouche, et l'habit ouvert sur la panse. Il étendit sa main déjà noire de poudre.

Tous l'interpellèrent avec véhémence, et le délire des politiques fit vibrer les lambris de l'hôtel. Le major Gresloup se boucla le ceinturon, ordonna le départ. Pêle-mêle, dans un terrible tintamarre de ferrailles et de bottes, on descendit au soleil ardent qui desséchait les odeurs du ruisseau.

Battant les murailles et plaisantant les marchandes, on gagna la rue de Poitiers, la rue du Bac, et l'on tomba dans une ébauche de barricade commencée pour interdire l'issue du Pont-Royal aux soldats des Tuileries, qui guettaient par les fenêtres. Tout seul, vers le milieu du pont, un monsieur opiniâtre agitait son coupe-choux d'une main, et, de l'autre, les trois couleurs d'un tout petit drapeau. Il ne décidait point à le suivre quelques artisans blêmes, blottis derrière deux fiacres et un coucou jaune renversés.

— Mort aux Suisses !.. braillaient-ils, tâchant de rendre leurs voix lugubres.

Dans une guérite adossée contre le garde-fou, quelqu'un, en redingote verte, ripostait régulièrement par des coups de fusil à ceux du pavillon de Flore.

Le comte exigea que sa troupe se rendît rue Joquelet par le quai Malaquais, par Saint-Germain-l'Auxerrois... Entre Urbain, tout rouge, bavard, fatigant, et son père qui portait le vieil uniforme de major avec bonnet de police à gland de métal, Omer, chevaucha, morose. Devant, sur un cheval gris, allait le général Dubourg. On longea les tirailleurs du quai, ceux qui, en corps de chemise, s'agenouillaient derrière l'étal des bouquinistes pour mordre la cartouche, ceux qui, téméraires, visaient debout la façade du Louvre indéfiniment sculptée, ouvragée, enfumée par les décharges de l'ennemi, ceux qui étanchaient le sang de leurs égratignures, ceux en uniforme bleu de la garde nationale et qui paradaient, baïonnette au canon, ceux qui se courbaient dans la crainte de la mitraille. A la droite d'Omer, le mur d'une maison fut soudain écorché ; des feuilles enlevées à l'arbre tourbillonnèrent ; un galopin qui courait roula dans ses loques remuées par les spasmes de l'agonie ; une vieille lâcha son panier, s'affaissa, pleurnicha ; les contrevents d'une boutique close furent criblés de trous neufs ; l'écho de l'explosion dégringola, et, par les berges de la Seine, rebondit aux angles des bateaux-lavoirs. Du cortège, la fusillade, en arrière, éclata. Au bout de son espingole, le

24.

gnome ajustait les habits rouges de quelques Suisses
en vedette, par delà le fleuve, sur un balcon doré... Ils
ne parurent pas touchés. Mais sous le porche, où leurs
artilleurs enrayaient une pièce, deux abandonnèrent
l'affût et se retirèrent en titubant.

Toute la chair ébranlée par les détonations, par les
clameurs, par le bruit de milliers de pas piétinant la
terre, l'intelligence anéantie par l'appréhension de sentir le plomb creuser ses membres, l'épaule cuisante et
la joue rétrécie par l'emplâtre, Omer laissait son cheval cahoter sa douleur et sa rage silencieuses. Ces
hommes voulaient donc sa mort ! Il ne leur pardonnait
pas, méditait des fuites impossibles, des vengeances
futures, sans répondre aux questions du major, que
d'ailleurs il élucidait mal. Les exhortations sublimes
et niaises du jeune Urbain l'exaspérèrent. Près d'être
riche, faudrait-il périr bêtement pour la république
improbable dont, après tout, se moquerait le fils d'Elvire ? L'argent donnerait mieux. L'avocat estimait
imbéciles ces concierges, ces artisans, qui ne savaient
pas lire, et qui sortaient en hâte de leurs maisons afin
d'applaudir aux bacheliers, aux bourgeois, aux imprimeurs, à tous ceux qui les convainquaient de mourir
pour le bénéfice des journaux. Lui, du moins, servait
son ambition propre. Si le général Dubourg fondait un
gouvernement provisoire à l'Hôtel de Ville, lui pouvait
recevoir une fonction, un titre, peut-être un portefeuille de ministre, la garde des sceaux, et, pontife de
la Loi, dominer les caprices de la force, les intrigues des
courtisans, réaliser l'idéal antique.

A cette illusion, il lui vint du réconfort, et il modifia son opinion. Il louait la ferveur de ce peuple qui
se sacrifiait en l'honneur d'un principe. L'âme du
citoyen renaissait miraculeusement au cœur sentimental de ces tâcherons qui partageaient leurs cartouches, de ce gamin qui suppliait son grand frère :

— Dis, Fanfan, si que tu serais mort, tu me donnerais ton fusil pour que je tire à mon tour...

Non loin de là, le vieux cordonnier poisseux répondait à un loustic :

— Si j'en ai touché ?... Je sais pas... J'ai tiré dans le tas...

Son gros rire était pareil au glouglou de la bouteille dont il huma le vin.

Des femmes s'empressaient, demi-peureuses, entre leurs manches à gigot. Beaucoup présentaient des corbeilles garnies de vivres. Leurs tabliers à carreaux se froissaient dans tous les groupes guerriers, pendant les intervalles des explosions. Déjà torride, le soleil dorait cette vaillance, et toute la façade du Louvre linéaire, ses toits bleus, les cannelures de ses colonnes plates, leurs chapiteaux, les rinceaux, les consoles des fenêtres, les ferrures des balcons, les frontons des portes monumentales, les habits écarlates des soldats étrangers, leurs gestes rapides, les flocons que soufflaient leurs fusils vers les feuilles des platanes roussâtres. Les décharges n'émurent pas le cours du fleuve étincelant. Il pleuvait des aiguilles d'or sur les innombrables petites vagues. Au bord de l'eau, deux hommes lavaient les blessures d'un troisième qui semblait mort. Les balles agaçaient par leur bourdonnement. Une rumeur inouïe grandissait vers Saint-Germain-l'Auxerrois, dont le tocsin, alerte, sonnait. Et, dans la foule en marche, les voix des orateurs rugissaient, les lazzi des plaisants se répondaient, les amis s'appelaient, les lâches s'encourageaient. Un groupe entonna le chant des Girondins. Les chiens jappèrent. De lourds chevaux encensaient. On fit une ovation à un blessé jovial que des hommes transportaient sur une paillasse sanglante. On agonit de grossièretés plusieurs combattants qui attendaient la place libre à l'urinoir... Ces images promptes, tragiques ou drôles, se succédaient si vite,

qu'Omer ne pouvait plus raisonner sa peur, même
quand retentissaient dans son ventre les roulements
de tambour et de la canonnade.

Par delà les eaux clapotantes, la fumée devint plus
dense, sur la rive droite. Des éclairs la troublaient en
grondant. A travers cette ombre blanche et grise évo-
luaient des centaures en chapeaux de haute forme.
Plusieurs éclopés descendirent à la berge et se couchèrent sur les sacs de chaux récemment débarqués.
Les marins d'un chaland y établissaient une ambu-
lance. Omer compta que le général, pour se rendre le
plus tôt possible à la Bourse, éviterait le péril de cette
lutte chaude. En effet, on ne passa point le fleuve. La
face du Louvre orientée vers Saint-Germain-l'Auxerrois, les débouchés des rues, la place de l'église elle-
même crépitaient sans cesse. Des étincelles volaient de
partout. La clameur était continue... On voyait, sur
l'autre bord, courir et tomber les gens. Aux toits du
palais, quelques pelotons de soldats minuscules ne cessaient pas leurs feux ; et, de la colonnade géante,
impassible derrière les grilles des petits jardins, coup
sur coup, les salves déchiraient le fracas de la bataille.

Au Pont-Neuf, engorgé de foule, la colonne dut faire
halte. La baraque du marchand de tabac n'était point
fermée. De gais lurons se pressaient à la porte pour
acheter de quoi garnir leurs pipes. Bahorel y rafla des
cigares qu'il distribua. Grantaire et le gnome barbu le
portèrent en triomphe, aux bravos des apprentis et des
gamins qui maniaient des piques. A cette minute,
Omer revit Angeline. Il l'avait aperçue, plusieurs fois,
pendant la route, se faufilant derrière les curieux du
quai Conti. Cydalise l'avait rejointe, puis la Bordelaise
et madame Cardoche, qui berçait dans ses bras un
tromblon espagnol. Maintenant elles regardaient un
monsieur au col lâche entraîner rapidement un officier
suisse vers la statue équestre d'Henri IV affublée de

toiles tricolores. Une vingtaine de prisonniers, bleuis
par les horions, inondés de sueur, haletaient là. Le
quadragénaire corpulent préposé à leur garde et à leur
protection n'avait pas eu le temps de changer ses pantoufles à fleurs avant d'enfiler les buffleteries de sa
giberne, de son briquet et de coiffer le casque à crinière
dont la jugulaire sanglait ses joues. Baïonnette en
avant, il contenait de son mieux les badauds, les
gamins qui hurlaient : « A mort ! à mort ! » ceux qui
tendaient aux soldats une gourde, du pain, en les appelant « satellites de la tyrannie », « assassins du peuple ! » Une furie se précipita, serrant contre elle un
enfant flasque qui ballottait. Elle cria :

— Les soldats de Polignac ont massacré mon petit...
mon petit Charles ! Laissez-moi en tuer un !...

Malaisément une poigne velue maîtrisa la main sale
crispée sur un couteau de cuisine. Un ouvrier saisit la
grosse taille. La femme perdit son bonnet. Ses cheveux
noirs se répandirent autour d'une tête fantastique,
blême, enrouée. On l'arracha du lieu. Le ventre monstrueux, la poitrine informe de la mère, et le petit mort
verdâtre furent enlevés à bras le corps. Les jambes de
la folle trépignaient à vide ; elles rejetèrent leurs
savates et leurs bas de coton. Longtemps Omer vit
tanguer sur la vague humaine cette douleur ignoble
qu'on emportait. Les femmes se voilèrent les yeux...

— Vive l'École !

La masse se fendit, livrant passage. Parmi les casquettes lancées au ciel, les piques brandies, les chapeaux à la pointe des sabres, Urbain Gresloup, en selle,
continuait de dire :

— Abandonnerez-vous la victoire aux assassins de
nos libertés ? En avant !

Les chevaux purent trotter un moment. A leurs flancs
la révolution courait, elle et ses mille têtes en schapskas,
en colbacks, en oursons, en chapeaux de castor, en bon-

nets rayés, en bicornes, en casques à chenilles, en auréoles
de paille grossière, par-dessus quoi flottaient le rouge,
le blanc, le bleu des drapeaux arborés aux mains
frénétiques vers le soleil éblouissant. Cahoté par sa
bête de berline, Omer sentait le poids de la migraine
heurter, à l'intérieur, les parois de son crâne. Ses idées
confuses et démentes, peureuses et glorieuses tour à
tour, bouillaient dans son cerveau, contractaient et
relâchaient ses nerfs, palpitaient dans son cœur, dans
ses veines brûlantes. Il se confiait au torrent du peuple,
au hasard de la force qui les charria, par-dessus la
Seine, jusque sur le quai du Louvre, où des cadavres
loqueteux bayaient, les poings tordus. Entre une
calotte blanche de marmiton et un large dos serré par
des bretelles en cuir, brilla la figure d'Angeline, sa bou-
cle blonde, sa joue nacarat. Cela fâcha son amant que,
dans le désordre et la chaleur, elle eût permis au corsage de s'ouvrir jusqu'à révéler l'ivoire de sa gorge
solide. Elle l'ignorait, évidemment, fière d'arborer un
lourd drapeau, dont Cydalise relevait la pourpre sur
les fronts mouillés de leurs compagnons. La Bordelaise
chantait en sautillant. Madame Cardoche portait son
tromblon à l'épaule. On entra dans le nuage de fumée
qui lentement montait au long des boutiques, des balcons, des persiennes mi-closes, par où menaçaient les
canons des carabines.

Quand Dubourg détourna sa bête pour gagner une rue
latérale, des gardes nationaux et des ouvriers barrèrent
le chemin : ils exigeaient que la colonne prêtât son
concours à l'attaque du Louvre. Omer reconnut Blanqui, sans qu'il facilitât les choses, insolent. Évariste
Dumoulin nomma ses compagnons. Il obtint de passer
avec le général, le major et Pied-de-Jacinthe, que séparèrent de leur troupe une trentaine de bourgeois colériques, hagards et menaçants. En vain Omer tenta de
franchir cette haie.

— Au Louvre, d'abord !... Au Louvre !... ordonnait Blanqui ; ses doigts nerveux indiquaient la direction... Si on laisse Marmont traiter, nous sommes f...

— C'est la guillotine !...

— Il suffit d'un retour offensif pour nous perdre... Et nos têtes, alors ?...

— Vous avez raison... dit Ulysse Trélat... Au Louvre !

— Au Louvre !... glapit Cydalise, le pistolet en l'air.

— Au Louvre ! commanda le bel Urbain.

Craignant le reproche de couardise, l'estafette n'insista guère pour suivre le comte à la Bourse. On s'étouffait dans la rue des Prêtres, étroite et noire, pleine de fous hurleurs qui, déchirant des torchons, emmaillottaient leurs blessures. Un homme nu jusqu'à la culotte trempait du pain dans un gobelet d'eau rougie, et le dévorait. Là furent rencontrés Raspail et Michel Chrestien, auprès d'un enfant pâle qui refusait son fusil à un homme décharné. Quelques barils de pierres bouchaient l'issue du côté du Louvre, entre les enseignes qui surplombaient les boutiques borgnes. A l'horizon, dans la colonnade ensoleillée, majestueuse, les soldats écarlates étaient prompts à charger, viser, foudroyer l'élan d'innombrables gaillards qui escaladaient une guérite à terre, abattaient une potence de lanterne, ébranlaient une palissade, forçaient la brèche de la grille en réparation, assaillaient les grands échafaudages flanquant l'aile droite de l'édifice, grimpaient aux étages de perches et de planches plâtreuses, embrassaient même, pour y monter, la longue trémie inclinée depuis la balustrade de la terrasse jusqu'au sol. Cette multitude était venue, par le quai, donner l'assaut à ce coin du monument, à la partie du jardin alors transformée, par les entrepreneurs de la Ville, en chantier de maçonnerie. Chemises boursouflées, redingotes au vent, la masse furieuse se hissait sur l'angle d'un petit mur qui fermait le lieu des travaux : cela se poussait, s'agriffait, recouvrait tout de ses corps adipeux, trapus, de ses jambes en pantalons courts, de ses blouses bouffantes, de ses gilets flottants. Les doigts attrapaient les pieux et les mâts, couchaient en joue les bonnets à poil des Suisses postés entre les couples de hautes colonnes. Les fusils pétillèrent, les pistolets claquèrent, les sabres luirent ; les gibecières dansaient sur les échines des chasseurs... Et puis l'émeute dégringola mitraillée, précipitée, renversée. Quelques agonies se convulsèrent sur le pavage ; le reste reflua dans les rues en se bousculant, se blâmant et s'injuriant... Les mains rougies de sang, un tanneur, qui soutenait son menton, s'agenouilla.

Toutes les maisons gémirent au spectacle du désastre. Les femmes, devant les portes, recueillirent ceux qui chancelaient dans la poussière soulevée par les pas des fugitifs. Des croisées, une lamentation s'envola vers l'édifice royal. Il demeurait immense et serein, sous le diadème de ses chapitaux, de son faîte ajouré, sous la parure de son fronton triangulaire, mitre de la puissance établie. Une nue foudroyante ceignait les colonnes. Le palais toussait et vomissait la mort par dessus les grilles que heurtait une marée nouvelle et guerrière issue de la rue Saint-Honoré, avec une dizaine de tambours, et des bourgeois à cheval, qui vidèrent, l'un après l'autre, les arçons. Aux cris des vaincus, une grande plainte s'exhala des mansardes, des contrevents et des soupiraux. Omer ouït geindre les familles derrière les murs. Cette douleur des mères, des épouses, des enfants, navra son âme rageuse d'être sous les plâtras que les balles faisaient jaillir, rageuse d'être soumise aux dangers les plus mortels. Dans son crâne retentit le tocsin qui convoquait les colères vengeresses Il vit Angeline blêmir parce qu'un malheureux mourait

sur une chaise, dans l'échoppe du ferblantier. Madame
Cardoche ameutait les commères :

— Les Bourbons tuent, comme ils tuaient en 1815 !

Et elle n'était plus ridicule, même sous les ruisseaux
de sueur et de fard qui dégoulinaient le long de sa face
blette mal enfouie dans la capote évasée.

— A mort les Suisses ! A mort les étrangers !... souhaita Cydalise sur le baril de pierres, en attirant près
d'elle son amie.

Dans l'effort que fit Angeline, une agrafe encore sauta :
la poitrine de la belle fille parut au soleil en même
temps que les trois couleurs de la gloire républicaine.
Vite, elle referma, honteuse, son canezou.

— Voilà le capitaine Lyrisse et M. Buchez... ; disait
la Bordelaise à Dieudonné Cavrois.

Omer aussi reconnut les chapeaux, les redingotes des
demi-soldes, et la prestance de l'oncle Edme. Les gardes
nationaux de M. Roulon, débouchaient à droite de
Saint-Germain-l'Auxerrois. Arrêtés par le rempart de
charrettes, par les tas de pavés, les bois de lits et les
caisses vides, leurs pelotons exécutèrent un feu subit et
nourri qui prit en travers la colonnade.

Mille cris de victoire partirent des maisons, des rues
des pavés. Les voix nerveuses des femmes, les voix
aigres des enfants s'exaltèrent ensemble, étourdirent.
Les rubans verts de madame Cardoche et l'épée d'Urbain Gresloup luirent au milieu des fusils en l'air. La
figure cruelle et narquoise d'Ulysse Trélat proférait des
commandements inutiles, puisque déjà la hallebarde à
gland bleu de l'escogriffe et l'espingole du gnome sur-
montaient les futailles et les charrettes, pour dévaler,
disparaître, reparaître dans le soleil de la place, où
furent tout de suite Omer et son cheval, sans savoir
comment l'avaient conduit là les plaintes des mères,
les ordres de Cavrois, l'essor des ouvriers aux poitrines
velues, les croassements de Bahorel déployant les ailes

de sa redingote, et les cris de Grantaire galopant tête basse, vers les palissades, les échafaudages, vers la trémie appuyée à gauche sur la façade magnifique.

Le feutre de Grantaire acheva de tomber. Enjolras sauta sur la guérite et braqua sa carabine. Un étudiant étendit les bras, chut *comme un mannequin de théâtre*. Les carreaux d'une lanterne furent rompus. Car les soldats écarlates garnissaient toujours les balcons, et, à coups de feu, domptaient l'audace du peuple. Ribéride ripostait par les doubles détonations de son fusil de chasse. Le petit vieux au schapska, grâce à la justesse terrible de sa canardière, visant, au hausse-col, un officier, le fit tournoyer dans une porte-fenêtre dont il brisa les vitres. A trois, Michel Chrestien, Raspail et Blanqui se glissèrent entre les pieux, dans la brèche de la grille, dans les parterres saccagés, vers le monument. Omer trembla de les voir périr. Gardant leur feu pour l'approche suprême, ils avançaient, parmi la nue de fumée, sous les décharges. Obstiné, Raspail fronçait sa figure noiraude à l'ombre du chapeau de castor et de ses mèches emmêlées ; il courbait sa maigre échine. Michel Chrestien affrontait les éclairs des armes qu'il semblait croire inefficaces contre sa face olympienne. Blanqui se hâtait, tête de mort dans sa barbe courte. Il finit par courir aux barreaux qui fortifiaient les fenêtres du rez-de-chaussée.

En même temps, les demi-soldes se ruaient sur la porte centrale, par le chemin ménagé entre les jardins. Épars et bondissants, leurs redingotes ouvertes, ils atteignirent une grille basse qui défendait cette porte. Un pistolet dans chaque main, l'oncle Edme tenta, en les déchargeant sur la serrure, de la démolir... D'en haut, une salve cingla les héros aux polonaises piteuses et aux bottes éculées : leurs chapeaux roulèrent, durant qu'ils s'abattaient, ou s'asseyaient, ou titubaient, meurtris. Ils jonchèrent le sol de leurs corps étiques et minables, de leurs cannes à épées, de leurs fusils. Les profils aquilins hoquetaient, crachaient du sang. Un vieux s'obstinait à mourir debout. Il ne put, et, en tombant, arracha son habit.

Juste à temps, les gardes nationaux de M. Roulonles couvrirent, fusillèrent les habits à brandebourgs, dans la galerie haute. M. d'Orichamps soutint M. Mesnil qui défaillait, pendant qu'une tache rouge s'étalait au pont de sa culotte en coutil. Impassible, M. Buchez renfilait sa baguette dans le canon, au lieu de fuir pour recharger. Des hommes menaçaient stupidement de leurs baïonnettes le palais fulgurant et les hautes colonnes noyées de fumées grises. D'autres se vautraient comme s'ils cherchaient un abri derrière la fourrure de leurs bonnets. Courfeyrac fouilla la giberne d'un blessé. Combeferre et Durtot, à genoux, épaulaient leurs fusils contre les soldats qui visaient Raspail, Blanqui, Michel Chrestien acharnés à battre les barreaux du rez-de-chaussée avec des pioches et des pelles, accessoires des échafaudages.

Incapable de mouvoir son bras douloureux, Omer sur la monture impatiente, se contentait de craindre en criant :

— Vive la République ! Vive la Loi !

Au signe de l'oncle Edme, il lui fallut trotter vers les demi-soldes. Ils rampaient en examinant leurs blessures, en ramassant leurs armes et leurs chapeaux bosselés. L'oreille du cheval saigna, et Omer fut jeté par l'écart sur le troussequin, puis sur la crinière. Sa blessure de la veille se déchira de nouveau... Il eût voulu tuer ceux qui l'appelaient là. Colossal, Brémondot, avec sa latte de cuirassier introduite jusqu'à la garde dans la fermeture de la grille basse, pesait sur les ferrures et les séparait un peu. Dambeton faisait levier, par-dessous, au moyen de sa carabine, que ses poings crevassés, brutalement, manœuvrèrent : tout faillit céder.

Gousenot tordait une baguette de fer dans le trou de la serrure. Il y eut un répit : les Suisses apprêtaient leurs armes... Cependant un officier se pencha du balcon ; son poing darda l'éclair ; Brémondot trébucha, s'empêtra dans son fourreau, sacra furieusement.

— Feu donc !... commandait l'oncle Edme.

Épouvanté par l'attente des représailles, Omer, sans haine, leva ses pistolets ; il distingua les brandebourgs d'argent sur l'habit rouge. Une figure épaisse, toute rasée dans la jugulaire, se détournait ; l'épaulette était brillante. Aussitôt l'ourson du lieutenant sembla repoussé en arrière par les deux jets de flamme et la double explosion. « L'ai-je touché ?... » L'estafette se baissa, pentelant, s'aplatit sur les fontes ; et, dans sa tête, sonnèrent les détonations de la riposte, qui firent de Dambeton une masse de chair oscillante et molle, bientôt écroulée, et de Gousenot un être livide, hébété, avec deux trous bleus parmi les verrues du front, sous le bonnet de police. Il s'attachait aux barreaux et, doucement, le râle dans la moustache, glissait au sol. Quand il y fut couché, les deux trous bavèrent des gouttes violâtres. Mais une foule mugissante afflua, que les chefs exhortaient :

— En avant, la rue du Temple !

— En avant, la place des Victoires !...

Boulangers en jupons, ouvriers aux gueules béantes, vieillard en blouse accablé d'un bicorne de gendarme, mille autres accouraient à la rescousse, que guidait un chevalier de légende, cuirassé, pourvu d'un casque à visière. Ce spectre d'acier, un fusil de chasse au poing menait le peuple innombrable et lumineux, les centaines de visages grimaçants, le monstre qui projeta les flammes de ses fusils tendus, qui galopa jusqu'aux grilles, s'écrasa contre, se hissa vers leurs pointes et retomba criblé de projectiles, dans un tumulte métallique, laissant là des malheureux inertes, d'autres qui se traînaient, hurlaient, avertissaient le ciel de leurs douleurs... Et tous déguerpirent, retirant du jeu les éclopés. Omer se crut aspiré par la panique, par la fuite de ces gaillards en déroute, dont l'air gonflait les chemises et secouait les queues d'habits. Il fit volter son cheval, les suivit, l'oncle Edme suspendu à l'étrivière. La panique s'engouffra dans les ruelles, envahit les boutiques, combla les couloirs et les allées sombres. Ces gens braillaient, s'accusaient et gémissaient. Ils cherchaient leur orateur, un banquier, Michel Goudchaux. Apparemment, il était mort, là-bas, à la base de ce palais souverain, merveilleux dans le soleil, avec ses couples de hautes colonnes, sous la mitre du fronton triangulaire, immuable comme la force des rois.

Le tocsin toujours sonnait. Omer se demanda s'il avait tué le lieutenant à la grosse figure rase. Son cheval et l'oncle Edme s'arrêtèrent dans la rue de l'Arbre-Sec. On étouffa parmi la cohue puante. La chaleur énervait les courages. Le capitaine rengaina son sabre de cavalerie, et délia sa cravate. Le soleil blessait les yeux.

— Nous perdons trop de monde !... conclut-il... Ces péquins-là vont renoncer... Je meurs de soif.

Omer espéra la retraite, et qu'il irait loin du péril...

Dans le cabaret, trois gardes nationaux déposèrent une chaise sur laquelle M. Mesnil caressait à deux mains les rondeurs de son bas-ventre. Sa perruque avait tourné : les mèches postiches cachaient le jour à ses lunettes ternies... Il se plaignait avec des pépiements d'oiseau... M. d'Orichamps lui tâtait le pouls ; ensuite, il puisait distraitement une prise dans sa tabatière.

— Les Suisses nous taillent des croupières ! Saperlotte !... Mon pauvre ami !... Saperlotte !... Il va vous en falloir des tisanes... des tisanes... Et quelle température, bigre !

— Je crois, Monsieur, que j'ai la vessie crevée, sauf votre respect... Hii... efff... efff...

On étendit le long d'une table ce pauvre commis
obèse, difforme, haletant, qui transpirait sous le bourdonnement des mouches avides. On retroussa le linge
barbouillé autour d'un ventre jaune. Une grosse servante pudique apporta la cuvette d'eau sans oser voir le
trou dans la graisse. Au milieu du cadre en coquillages,
sur le mur, Charles X, sceptre au poing, souriait à sa
victime. La fadeur de l'air accablait Angeline et les
FF.·., qui s'épongeaient. Vain de son casque à chenille
cramoisie, l'ivrogne, qui tanguait sur ses savates, prétendit faire avaler de son rogomme au patient. Dehors,
les chevaux s'ébrouèrent agacés par les insectes qui s'ag-
gloméraient sur les écorchures. Le rictus d'effroi, dans
la face de l'officier suisse, obsédait l'esprit d'Omer, bien
qu'il goûtât maintenant l'orgueil instinctif de se croire
redoutable. Ce qu'il buvait lui parut tiède et insipide.
Des poissons achevaient de frire à grand bruit dans le
sous-sol voisin. La rue s'encombrait de fanfarons et de
braillards. Les cols bâillaient sur les poils gris des poitrines. Livide et rousse, une jeune femme joignit les
mains, nomma tendrement le mort qu'on cahotait dans
la brouette, les jambes ballantes. Mille personnes questionnaient, de leurs fenêtres, les vaincus excités. En
face, un individu chauve balançait vigoureusement le
bras de la pompe, qui crachotait l'eau dans les casquettes présentées en guise de tasses. Les uns répa-
raient leurs fusils ; les autres affûtaient leurs sabres;
ceux-ci redressaient les baguettes ; ceux-là changeaient
les pierres à feu, ou bien éprouvaient les gâchettes...
Le vacarme ne détournait point Omer d'imaginer sa
victime, ce bel homme que pleuraient sans doute une
épouse, des enfants. Le fantôme persista...

— Par ici, l'Ardente-Amitié !

C'était, devant le cabaret, la voix sévère de M. Buchez.
Il ralliait à sa voix les FF.·.. Le petit vieillard au
schapska, d'abord se vanta :

— J'ai mon dix-septième !... J'en puis marquer dix-sept ?...

Il parfaisait une entaille au couteau sur le bois de sa canardière, à la suite d'autres. L'ébéniste admira la preuve de cette adresse quand il eut bandé sa figure d'une mentonnière : une balle l'ayant effleuré. Non sans véhémence, il accusa l'austère M. Roulon d'avoir été, le matin, offrir à La Fayette le commandement des gardes nationales, autant dire la dictature. Dieudonné Cravois approuvait cette démarche. Il avait mis bas son habit d'uniforme. En corps de chemise, les manches relevées, les bras en sueur, il exposait sa tête brûlante au jet de la pompe, que la Bordelaise administra sans ménager l'effort de sa personne fluette. « L'ai-je-vrai-ment tué, ce lieutenant blond et gras ?... » se demandait Omer, curieux surtout de juger son tir. Les étudiants aux longues boucles se reposaient près d'Enjolras, indigné de la déroute. Bahorel trinquait avec Grantaire, deux portefaix valeureux et madame Cardoche, hideuse ou sublime dans son cachemire noué à la façon d'un fichu, derrière sa taille informe. Cydalise baignait le front moite d'Urbain Gresloup, et, se haussant sur les pointes, elle le baisait aux lèvres. Ensuite, côte à côte, ils allèrent dans une maison, garnie de capucines, sur les fenêtres du premier étage.

— Avez-vous mal, Omer ?... interrogeait Angeline, qui rattacha son corsage sur la poitrine rebelle, avec des épingles empruntées à la ravaudeuse obligeante et bavarde.

Cette présence fut heureuse, apaisante et chère au jeune homme.

La contemplant affairée, saine et rose, Omer l'aima. La déchirure de l'épaule empirait, eût-il cru ; chaque parcelle de chair se décollait de l'autre, au moindre mouvement. La grisette le plaignit, le fit asseoir à l'air, sur une borne, déboutonna l'habit, essuya le cou, vérifia le pansement, qu'elle rafraîchit avec du cognac et de l'eau, d'après le conseil de l'oncle Edme, fort occupé cependant à fournir de cartouches les demi-soldes. Ils se retrouvaient boiteux, poussiéreux, rica-neurs et ruisselants. Cous décharnés, mentons bleus, nez en sang, mains noires, ils s'assirent sur les bancs du cabaret. Plusieurs essayèrent de raccommoder leurs vieilles bottes, que cette rude épreuve avait sournoi-sement détachées des semelles. Certains brossaient leurs chapeaux. Un serrait solidement, autour de sa cuisse, le mouchoir à carreaux. Leur mine martiale persuadait Omer de se ressaisir.

— Mieux vaut mourir en homme plutôt que de crever de faim dans ma soupente avec la femme et les mioches, pas vrai ?... lui demandait un hère sinistre, de qui l'épaule supportait une pesante cognée de bûcheron.

— Parbleu, sapeur !... répondit l'escogriffe, appuyé sur sa hallebarde, pendant que le gnome, perché en haut d'une chaise, lui bandait la tête.

— Hein, donc ? C'est nous, nous autres ouvriers, qui canardons les beaux régiments de Raguse, et les Suisses des Bourbons !... ajouta le portefaix qui, dans ses sabots, empêtrait un sabre de gendarme.

— Mazette ! on en causera, des dimanches, à la bar-rière !

La veste sous le bras, un apprenti se hâtait, criant que la ligne, place Vendôme, fraternisait avec le peuple, qu'un officier de la garde nationale conduisait deux régiments chez M. Laffitte... La plupart haus-sèrent les épaules. On envoyait même un coup de pied au nouvelliste, quand Ulysse Trélat entouré de badauds apparut. Son genou était comme encroûté de caillots secs. Soignant des blessés jusque près du pont des Arts, il avait vu les Suisses ramener en arrière, dans la cour du Louvre, les deux canons qui mitraillaient les colonnes insurrectionnelles de la rive gauche, puis fermer sur eux la porte massive. Ils ne fusillaient plus les assaillants que par les soupiraux.

A son avis, puisque les postes se trouvaient dégarnis sur le flanc droit de Marmont, l'heure était propice pour une attaque générale. Mais ceux qui se reposaient là, encore haletants, échauffés, meurtris, alléguèrent l'impossibilité de la victoire immédiate. Omer abandonna sa grisette pour dire :

— Le Louvre vaut une citadelle ! Il nous faudrait de l'artillerie...

— Sans canon, rien à faire !... confirmait Bridoit... Avec du canon, nous aurions forcé les grilles, et nous n'aurions pas laissé tant de monde sur le carreau...

Trélat s'approchait de M. Mesnil, que M. Buchez auscultait déjà. Le pauvre homme geignit fort. Une pâleur glauque enlaidissait son visage gélatineux, plissé de rides, mouillé de transpiration. Le souffle devenait rauque. Il regardait fixement l'image de Charles X qui, dans le cadre de coquillages, lui souriait avec condescendance. La sonde du chirurgien pénétrait les plis de la chair ; et de la blessure sourdait un mucus rosâtre.

— Voici l'heure où il convient de se souvenir des stoïciens et de leur doctrine.., émit M. d'Orichamps.

— Que voulez-vous dire ?... hoqueta le patient, effrayé, en se redressant hors de son uniforme débraillé, de son linge sali.

— Que vous devez souffrir beaucoup..., balbutia l'ami.

— Non... Vous n'avez pas voulu parler de la souffrance, mais de la mort.

— Point !

— Vous avez encore le temps d'y songer,... répondit Trélat, sur un ton ambigu.

Alors M. Mesnil arracha ses lunettes et sa perruque, qu'il jeta loin. Ses yeux vitreux interrogèrent chaque

figure. Il lut partout la tristesse de le savoir condamné.
Ses traits se décomposèrent immédiatement. Des larmes
ridicules débordèrent les cils rares. Homme obèse au
cou flétri, que noircissait la barbe non faite, il fut
hideux. Il se démenait sur la table, sur les traces
rondes des verres. Omer le regarda se tordre les
mains, remuer ses grosses jambes en bas jaunis, beu-
gler de terreur, branler du crâne, que piquait, de-ci,
de-là, quelques épis de cheveux roides.

— Tu vas donc passer l'arme à gauche, mon papa!...
ricanait l'ivrogne sous le casque de cuivre à chenille
cramoisie, entre deux lampées... Ah ! mon papa...
Quelle histoire !... Fais-toi pompette un brin, pour ta
dernière heure..., mon papa...

Et, titubant, il s'avança vers le moribond, offrit la
bouteille, que M. Buchez, d'un revers de main, écarta,
plus solennel encore d'avoir en tête le bonnet à poil et,
à la manche, le galon.

— Suffit, sergent !... On est à l'ordre !

Angeline entraînait son amant.

— Ça me retourne de voir ça !...

Tandis que les amants passaient le seuil, M. d'Orichamps enlaça le corps de son ami. Il le cajolait comme
eût fait une mère, il l'appelait :

— Eusèbe ! Eusèbe !... je t'en conjure!...

M. Mesnil mit, en tremblant, ses gros bras au cou de
son compagnon; et leurs vieilles joues râpeuses s'écra-
sèrent l'une contre l'autre. Ils bramaient de désespoir;
ils s'étreignirent. Les sanglots remuaient leurs carrures alourdies. Puis on entendit braire la servante
qui rinçait les soucoupes ; elle les abandonna pour se
moucher au coin du fichu.

« Voilà comment il me faudra mourir tout à l'heure!»
songeait Omer. Angeline arrangeait autour de ses cheveux un foulard rouge que lui prêtait la Bordelaise.

— Voyez, mon oncle, elle ressemble à Mithra lui-

même avec son bonnet phrygien !... Tu es, ma chère,
la sœur d'un dieu terrible et singulier, qu'aime mon
esprit... dit-il.

— Le soleil me tapait trop sur la tête,... expliqua
l'enfant, joyeuse de palper les boucles échappées à la
coiffure impromptue.

— Ça lui va bien au teint !... ajouta la Bordelaise.

Dieudonné, rafraîchi, enfilait son habit aux épaulettes
blanches quand la voix impérieuse de Blanqui domina
les forfanteries des bavards : il annonça que les Suisses
évacuaient aussi la colonnade du Louvre.

— Aux armes !... Aux armes !... crièrent aussitôt les
étudiants.

Ils empoignèrent leurs fusils. Le barbon au colback
arracha les baguettes de son baudrier et frappa son
tambour. Une trompette de cavalerie très stridente
barrissait. Ensemble, les demi-soldes reboutonnèrent
leurs redingotes.

— A vos rangs ! guide à droite !... plaisanta quelqu'un.

L'oncle Edme s'évertua. M. d'Orichamps lui-même
sortit du cabaret, en fixant au canon sa baïonnette ; il
agrafa la jugulaire de son ourson autour de sa face
maintenant ravagée, sénile, effrayante.

— Et le drapeau !... réclamait Angeline.

Cydalise l'apporta de la maison fleurie de capucines ;
elle le pressait contre le désordre de sa toilette. Urbain
rattachait son ceinturon, les yeux brillants.

En une seconde, la rue s'anima de courage et d'enthousiasme. Des gens tout à l'heure affaissés, en nage,
se redressèrent dans une exclamation de gloire. On
serrait les pantalons sur les tailles. On retroussait
mieux les manches au-dessus des coudes. Une joie
nouvelle illumina les visages. Enjolras montra partout

son grand front et sa chevelure onduleuse, et prononça de ses paroles fermes qui inspiraient la foi.

— En avant pour la République !

Aux balcons, les femmes pleuraient, les filles lançaient leurs mouchoirs, se promettaient, par l'œillade, à qui serait victorieux. On s'appelait. L'escogriffe avait perdu le gnome, et défonçait les groupes pour le rejoindre.

— Hé ! Chignard !... Ohé ! Chignard !...

L'ivrogne époussetait la chenille cramoisie de son casque étincelant. Mais il dut s'arrêter, le front contre la muraille...

Omer se mit en selle ; le poil de sa bête fleurait trop fort. Aux clameurs de la démence générale il mêla ses vœux, bientôt, pour ne point offusquer les énergumènes. Ses phrases le grisèrent. A rappeler devant ces hommes en gilets de toile et en pantalons minables, les idées de la Révolution, les triomphes de son père, de leurs pères, il s'estimait. Autour de son cheval, des tignasses hirsutes et des crânes chauves moutonnèrent. Des mains calleuses et noires jurèrent au soleil. Tout le torrent se mut, dans une odeur de poussière, de transpiration, de vinasse et d'ordures.

On défila sous les femmes émues, blotties à toutes les croisées. On doubla le coin d'une rue fraîche et ombreuse battue par le flot des hommes et des armes droites. Le chevalier légendaire était là ; ses favoris dépassaient les bajoues du casque sous la visière à trous. Quelques bassinets du moyen âge protégeaient des cerveaux d'imprimeurs et de mécaniciens. Par-dessus l'écume des baïonnettes, des piques, des sabres et des épaules à baudriers blancs, la façade rose du Louvre reparut, déserte en apparence, sous le fronton à l'antique.

Nulle explosion n'épouvanta l'émeute, malgré les craintes d'Omer qui flairait une ruse.

— L'enfant !... L'enfant !... Regardez l'enfant !...

Le long de la trémie un gamin grimpait avec un drapeau tricolore. Allait-il recevoir un coup de feu, périr,
le chéri que tant d'yeux subitement aimèrent.

— Oh ! le bon petit ! le bon petit !... Qui est-ce ?...
interrogeait Angeline.

Personne ne savait. Anonyme, le fils du peuple montait au péril inconnu, par ce tuyau de planches. Les
grisettes comptaient ses coups de reins, et ses étreintes
successives autour du bois. Les demi-soldes supputaient
le pouvoir de sa vigueur, car la jambe étique fut
dépouillée du bas qui se rabattit sur le talon du soulier à clous ; le pantalon bigarré de pièces se rebroussa
contre les aspérités de la charpente...

— Ah ! le morveux, comme il grimpe !

— La sentinelle ne peut pas le voir, la colonne le
cache !

— Tenez, il y vient, il y vient... Et il ne lâche pas le
drapeau, ce galopin !

— Voilà un bon Français !

— Hardi !

— Il glisse !... Il glisse !

— Ah ! il glisse !...

Une longue plainte s'exhala de la foule en extase,
qui, dans une même complicité favorable à l'aventure
de son fils, avait ralenti sa marche dès la sortie des
rues. Insensiblement, les yeux vers lui, elle refluait
sous les murs de Saint-Germain-l'Auxerrois. Elle se
rétractait dans le giron de l'édifice, tel un enfant qui,
d'instinct, se recule en sa mère, à l'imminence d'un spectacle affreux. L'âme entière de la multitude ne voulait par un mouvement offensif, attirer sur le petit
héros l'attention du factionnaire : prudent, le soldat s'était couché derrière la balustrade que la double
colonne séparait de la trémie. Omer aussi réprima
l'ardeur de son cheval, qui renâclait dans les rênes et

piétinait le pavage. La bête lui fut odieuse par sa résistance importune, la puanteur de son poil écumeux, les mouches qu'alléchaient les écorchures, le sang que secoua l'oreille entamée par la balle... L'animal n'allait-il pas provoquer un remous de gens craintifs, et rompre la convention générale de se tenir à peu près cois, malgré le cliquetis des armes, les murmures des amis, l'audace de quelques-uns épars devant les grilles royales qu'ils s'efforçèrent de desceller?...

— Il glisse ! il glisse !... répétait la voix douce et tremblante de la foule maternelle.

Omer sentit se crisper un peu son cœur, comme la main d'Angeline se crispait sur son genou.

— Non... Ah !... ah !

Le gamin remontait.

— Regarde le blondin... A-t-il du cœur !...

Un élan allongé de ses jambes lui fit gagner de la distance. Il s'agrippait aux cadres de fer qui, de mètre en mètre, accolaient les planches de la trémie. Bientôt sa tête, ses épaules en chemise approchèrent de la balustrade, entre deux socles de colonnes.

— Ah ! ah !

Omer et le peuple pantelaient. La gorge de la grisette s'enflait et s'abaissait dans la fente du corsage fragile.

— Ah !

— L'enfant avait atteint la barre de pierre. S'aplatissant, il se poussait, avec des gestes sournois, comme s'il eût voulu surprendre la sentinelle par une farce pareille à celles qu'avait mille fois réussies jadis les ruses puériles du petit Omer. Étrangement, à cette vue, le passé de son existence s'évoquait dans la mémoire du carbonaro. Ce fut l'appartement de la Chaussée-d'Antin, et, pour le méfait qu'il avait commis secrètement, on grondait sa sœur Denise, ou la servante ; ensuite, dans le château de Lorraine, il poursuivait le chat aux pattes soigneusement salies jusque sur le secrétaire de son bisaïeul, jusque sur les vingt lettres que le vieillard s'obligeait ensuite de récrire, expiant ainsi la punition infligée à son élève indocile. Plus tard, dans les campagnes d'Artois, l'écolier avait introduit la main entre la selle et le garrot de la jument, pour faire croire à l'oncle Edme qu'il galopait comme un bon cavalier... Omer se rappela confusément ses ruses de collégien leurrant les jésuites de Saint-Acheul, ses ruses de jeune conspirateur qui fréquentait, en compagnie du capitaine Lyrisse, les goguettes des demi-soldes hostiles à Louis XVIII, ses ruses d'adolescent qui séduisait les filles naïves, ses ruses de probationnaire qui dérobait sa vie luxurieuse à la dévotion de sa mère et aux desseins politiques de Praxi-Blassans ; ses ruses oratoires d'avocat qui devenait célèbre au prétoire, ses ruses de fiancé qui avait conquis le dévouement du major Gresloup et la fortune d'Elvire ; ses ruses de carbonaro qui se conciliait l'estime de l'oncle Edme, l'amour d'Angeline, la faveur des étudiants et des FF.·., prêts à l'applaudir ministre du général Dubourg, si, tout à l'heure ce vaillant galopin, accroupi au faîte de la trémie, plantait enfin le drapeau de la Révolution sur la terrasse du Louvre... Toutes les ruses d'Omer, toute la ruse des Loges, des Ventes, triompheraient alors, par l'astuce de cet apprenti chétif qui, lentement, se redressait, à l'abri du socle et des colonnes ensoleillées.

Omer ne connut pas moins l'anxiété de cet acte que si lui-même eût été juché là haut, en posture d'être découvert par les gardes de l'intérieur, au premier geste franc. Tout le sang du jeune homme choquait son cœur ; son haleine poussive l'étouffait. Ses jambes rageuses, son poing nerveux se lièrent aux flancs et aux rênes du cheval, qu'il asservissait à son caprice, l'esprit ailleurs. Il épiait le soldat qui guettait, au-dessus du porche, l'émeute grouillante, sans s'occuper de la trémie.

Cependant l'oncle Edme et les demi-soldes, M. Roulon et les gardes nationaux se préparaient à quelque manœuvre. Leurs mouvements firent comprendre qu'ils allaient courir vers la porte centrale, pour faire irruption, par-dessus les grilles basses, au moment où les trois couleurs se déploiraient là-haut devant les Suisses surpris... Mais n'était-ce pas forcer la sentinelle à surveiller mieux les péripéties de ce nouvel assaut, et, par conséquent, attirer son attention sur l'entablement du porche, et sur le gamin qui se perchait, immobile, à la troisième corniche de gauche? Omer conçut le danger. Il ne pouvait, de l'aile, prévenir assez vite l'oncle Edme, au centre. Il se décida pour détourner lui-même l'attention du soldat.

Sans trop de peur, il piqua des deux vers le quai. La masse des insurgés suivit instinctivement le cheval. Le drapeau d'Angeline se développa. Cydalise, par hasard, pressa la gâchette de son pistolet. Et les quelques Suisses en faction, dans les salles du Louvre, se précipitèrent, loin de la trémie, à l'angle de la colonnade, du côté de la Seine, en braquant leurs fusils contre les étudiants d'Enjolras, de Bahorel et de Grantaire, qui abordaient les palissades, les escaladaient, déchargeaient leurs armes.

Dix flammes se dardèrent du balcon. La hallebarde et l'escogriffe plongèrent sens dessus dessous dans les matériaux de construction. Mais les Suisses vainement mordaient la cartouche. Tapi dans un creux des sculptures architecturales, l'enfant n'avait pas été découvert. Rouge, blanc bleu, le flot des trois couleurs maintenant ondoyait au bout de ses bras, lui debout sur la balustrade, et salué par les cloches de l'église par la clameur du peuple, par les salves des gardes nationaux, par le feu même du chevalier à l'armure de légende.

— Le peuple est dans le Louvre!... hurlèrent ensemble les soldats de la colonnade.

Aussitôt ils disparurent dans les salles, pour avertir, sans doute.

L'apprenti, deux autres qui l'avaient rejoint, les suivirent, introduisirent le drapeau de la Révolution dans le palais des anciens rois.

« J'ai vaincu ! » pensait Omer ivre de joie, poussant la bête vers le porche...

Les demi-soldes, Bridoit hachaient les barreaux des grilles basses. Sous le bicorne, la figure bouleversée d'un gardien parut, qu'on adjura d'ouvrir. Le trousseau de clefs dans les doigts, il hésitait. M. Buchez fit un signe maçonnique que tous répétèrent : on avait reconnu le compagnon d'une loge parisienne.

Les FF∴ en armes le convainquaient par mille prières, ou lui rappelaient avec fureur les serments rituels. Il osa, fuyant vers la cour intérieure, jeter derrière lui le trousseau qui fut tomber en deçà de la grille. Bridoit le put agripper, à plat ventre. Un serrurier déposa la pique et le sabre qui l'embarrassaient et choisit tout de suite la clef. La grille tourna.

— On entre !... Par ici !... indiquait Omer, fou d'allégresse.

A sa voix, la foule se ruait par flots d'hommes en colère, en joie, en terreur et en gloire ! Elle se ruait, toute hérissée de ses baïonnettes, de ses épées et de ses piques, toute pâle de courage et d'angoisse, à l'ombre de ses hauts chapeaux noirs et de ses oursons formidables, de ses bonnets multicolores et de ses casques à crinières volantes. Les agiles écartaient les tardifs, M. d'Orichamps fut enlevé avec ses buffleteries, ses bottes et son bonnet à poil par une vague d'étudiants chevelus devant qui Bahorel et Grantaire, de leurs poignets velus, ouvraient le passage en divisant les groupes d'ouvriers, en rabattant les bras, en rattrapant les bretelles des intrépides, en soumettant les poltrons. La tignasse de Grantaire émergea. Lui-même

fut l'écume et l'embrun de ce torrent. La vague d'étudiants battit la grande porte. On lâchait des coups de
fusil dans la serrure : elle céda. L'élément fonça, franchit le porche, s'engouffra dans les ombres d'un escalier ou s'épancha dans la cour ; là, minuscules et
rapides, les ennemis écarlates se bousculèrent pour ga-
loper au Carrousel, de toutes les forces de leurs jambes
blanches. Contre les havresacs, contre les fourrures
des bonnets gigantesques, le peuple en savates tira. La
foudre jaillit. Elle précéda les derniers fuyards, cloua
contre terre cinq ou six. Au grand trot, le cheval
d'Omer l'emporta par-dessus, évita d'un écart celui
qui, bouche béante sous la moustache blonde, regardait le canon du pistolet tendu, et protégeait son front
de ses paumes croisées. A l'extrémité de l'espace cail-
louteux, enserré par le quadrilatère des bâtiments,
l'éclair brilla dans la fumée d'une salve ; et Bridoit fut
jeté sur le dos, les quatre fers au ciel ; il sacra... Les
mains vernies de l'ébéniste ne l'empêchèrent pas de
heurter le sol avec les dents et de s'y étendre, évanoui ;
il écrasa l'échine d'un adolescent qui, là, gisait. La
chevelure brune d'un autre s'engonça dans le col de
velours, il trébucha ; le cylindre du chapeau roula plus
loin que le fusil de chasse.

En l'air des vitres se fracassaient. Par les fenêtres du
palais brutalement ouvertes, s'envolaient les coups de
feu et les haros des vainqueurs. De la porte, au fond,
sous l'horloge, deux compagnies, à droite, à gauche,
se déployaient, mais aussitôt elles fléchirent. Retenant
leurs oursons ou leurs shakos à tresses blanches les
Suisses se débandaient sous la fusillade des balcons.
Leurs rangs se rompirent. Ils se replièrent par les
voûtes bayant vers les ruelles. Trop de guêtres bâillaient déjà sur les chaussures immobiles des morts...

Le vertige de cette fuite, le tumulte et la démence des
hommes affolaient Omer. La frénésie le possédait. Il

cria. Son cheval, éperonné, caracola, retomba sur un homme à plumet blanc, cuirassé de brandebourgs. L'adversaire, fort et furieux, lança la lueur de sa baïonnette dans la botte du cavalier qui, preste, vida l'étrier à point. Grâce aux doigts d'Omer plus qu'à sa raison, la flamme de son pistolet éclaboussa l'audacieux, incontinent prosterné dans la poussière. Stupéfait de sa puissance, le jeune homme aspira l'air parfumé de victoire. Ses gestes, son cœur, sa voix, son cheval s'évertuaient pour de nouveaux efforts, terribles, devant quoi se dispersaient les essaims écarlates. Il galopa par le travers de l'espace que fermaient jusqu'à l'azur les quatre monuments solennels, leurs murs noircis, leurs salles remplies de bagarres, de luttes, de rumeurs, de pétillements et de fumées. Et la cour fut désertée par la déroute des Suisses qui s'entassèrent au guichet du Carrousel. Omer n'avait aucune crainte. Il s'amusait de poursuivre, de voir les briquets et les gibernes sauter aux reins des fuyards, les clous de leurs souliers luire, leur nuque se baisser. Cavrois, l'habit flottant, courut, une seconde, près de lui. M. Roulon se hâtait, ralliant les gardes nationaux qui bourraient la cartouche.

Au pas gymnastique, les demi-soldes arrivèrent, en colonne, le chapeau sur l'oreille. Debout sur les étriers, Urbain avait son bicorne à la pointe de son épée ; il trottait en proférant des sons rauques. L'oncle Edme avait empoigné le cuir de la selle et faisait des enjambées, nu-tête, le sabre au poing. Enjolras, Grantaire filaient, les yeux fixes, les mèches au vent. Avec eux, le cheval d'Omer s'emballa jusque dans les échos de la voûte. L'oncle Edme, sans lâcher la selle d'Urbain, sabrait rudement les fusils en arrêt des Suisses... Les demi-soldes sautèrent à ces visages : quelques-uns s'enferrèrent sur les baïonnettes, les autres assommèrent de la crosse, lardèrent de l'épée, balafrèrent

les mufles moustachus, les sourcils froncés, les bouches suppliantes, les fronts ras, les faces vieillies par
la terreur.

Leur délire animait Omer ; il trancha deux mains,
dont l'une levait sa lame hésitante, perfora l'ourson
d'un bel enfant pâle, défonça la plaque à fleurs de lys
sur une trogne hargneuse. Les sabots de sa bête fou-
lèrent des corps mous. Des hurlements montèrent
jusqu'aux chapiteaux des sombres colonnes, jusqu'aux
voussures du plafond. Dans la lumière de la porte
béante, un capitaine étendit ses bras afin d'enrayer la
panique. Il tournoya, frappé d'une balle, et sombra
dans la houle de ses soldats éperdus qui se battaient
pour atteindre, plus tôt, l'étroite rue du Musée, où déjà
retentissaient les détonations.

Maîtres dans les galeries du palais, les révolutionnaires, du haut des fenêtres, décimaient la déroute
royale. Omer reconnut là M. d'Orichamps. Il visait la
tête d'un grenadier qui tâcha de rassembler quelques
camarades autour d'une berline dont l'attelage s'était
abattu sur des sacs de farine arrachés à la boulangerie
prochaine. Et le vétéran s'accrocha aux brancards de la
voiture avant de s'asseoir, les tempes dans les mains,
au bord du ruisseau. Cependant, à la faveur de cette
barrière, trois Suisses fugitifs respirèrent, puis cinq,
dix, vingt. Coude à coude, ils firent face aux demi-soldes, qui se montrèrent le danger. Brusquement la
troupe ennemie s'était reformée : les deux rangs s'age-
nouillèrent aux ordres des sergents. Les soldats mettaient en joue. D'autres, rigides, chargeaient en mesure.
Ils dressaient leur pouvoir au milieu de la rue sinistre,
voilée de poussière. Le soleil vertical inondait les murs
ventrus et lépreux, les boutiques sordides, les couleurs
violentes d'ignobles enseignes...

« La mort va faucher là..., prévit Omer..., elle
m'épargnera. Au plus, mon cheval succombera... Si je

donnais l'exemple ?... Si je cessais de retenir ma bête qui se cabre et contracte ses muscles pour bondir ?... »

Le désir grandit, l'hallucina, tordit ses nerfs dans sa poitrine qui vibrait comme une viole sous l'archet invisible d'un dieu.

« Ah ! mon père, tu m'enivres de ton courage... Je veux ta gloire ! »

En même temps, il vit approcher le chapeau roux d'Enjolras planté de coin, le feutre de Grantaire et son fusil de chasse, puis l'élan de son cousin joufflu. Légère et rose, Angeline bondissait : le rire étincelait à ses dents. Ses yeux s'écarquillèrent quand elle découvrit les Suisses. Hagarde, elle haussa le drapeau de toute la vigueur de ses bras potelés : le corsage se dégrafa dans l'effort. Quand elle cria : « Vive la République ! » les seins jaillirent, lumineux et sublimes dans l'ouragan des salves. Les pistolets de Cydalise claquèrent. Le tromblon de Mme Cardoche éructa. Les rubans de sa capote, le bonnet rouge d'Angeline émergèrent des fumées et des éclairs, avec l'écharpe de la Bordelaise, qui miaulait, gravissant les roues de la voiture, malgré les menaces d'un gendarme. Ligotté par les bretelles de cuir, l'ample dos du gnome, à la force des bras poilus, atteignit le toit de la berline. Choc horrible, les demi-soldes narquois et féroces abordaient les soldats sévères. Les baïonnettes royales trouèrent les redingotes usées, percèrent les torses où battaient les cœurs de Wagram, de Sommo-Sierra, de Lützen et de Leipzig. Les épées s'engaînèrent dans les cous des montagnards fidèles. L'oncle Edme saignait un caporal renversé contre son genou. Le vieillard fardé de rose brûla de sa canardière la face d'un gendarme qui s'abîma le long du mur, et se cacha la tête dans les manches. Omer l'entendit se plaindre :

— Ils me tuent... J'étais pourtant un bon Français.., un bon Français !

Or, sur le siège de la berline conquise, Angeline
debout, radieuse et demi-nue, fit ondoyer les trois
couleurs, aux bravos des étudiants. Elle criait des mots
rauques. Les seins dansaient au son de sa voix triomphale, avec toute la joie de la nation.

— J'étais pourtant un bon Français, un bon Français !... pleura le gendarme, qui glissait au ruisseau,
sans détacher du visage ses doigts ensanglantés.

Au détour de la rue, les derniers Suisses s'en allaient
à reculons. Contre eux, les murs parisiens éraflés par
les balles semblèrent eux-mêmes lancer volontairement leurs éclats de pierre. Des jalousies grincèrent en
remontant. Partout, le rouge, le blanc, le bleu de l'époque illustre furent arborés. Cydalise, gambillait assise
au sommet de la voiture. La main en l'air, elle chanta :

Ah ! rendez-nous les jours de notre enfance,
     Déesse de la Liberté !

D'une croisée, on l'applaudit. Tout le peuple affluait.
Il emplissait la rue de ses odeurs fortes, de ses haines
gaies, de ses guenilles et de ses armes chaudes qui
crépitaient, riposté aux Suisses établis derrière les
persiennes de l'*Hôtel de Nantes*. Toutes les fenêtres du
Louvre fusillaient au loin les bataillons qu'on entendait se réunir sous les ordres de leurs chefs. Le cheval
d'Omer s'arrêta devant une boulangerie fermée. Lui-
même permit à ses membres de mollir. Du sang hui-
leux gouttait de son sabre. Trop de gloire accélérait
sa fièvre. Il n'en pouvait plus. Sa poitrine flambait.
L'air torride brûlait sa gorge sèche.

Il vit un vieillard saluer d'un geste ému le drapeau
d'Angeline : car la maigre Cydalise l'étendait en scan-
dant son refrain. L'avocat reconnut la visière verte
qui protégeait les yeux séniles du comte Destutt
de Tracy. Soutenu par son disciple Combeferre,

l'idéologue parvenait sur les sacs de farine accumulés
tout à l'heure pour la défense des soldats. Les jambes
osseuses en bas rayés tremblotaient un peu sur les
souliers à boucles; mais l'énergie divine de l'esprit
éternisait la vie fervente du savant. Noble et grandiose
dans le corps chétif, sa pensée victorieuse dominait
enfin les caprices des tyrans. L'ancien député aux
États Généraux contemplait la chance révolutionnaire
refleurie dans les lieux mêmes où, le 10 août 1792, les
citoyens avaient déjà terrassé les satellites étrangers
de la dynastie barbare. Il s'avança vers les filles du
peuple qui chantaient la naissance de la liberté; il prit
la petite main piquée de Cydalise, s'inclina et baisa
pieusement les doigts laborieux. Alors les deux filles
rendirent le baiser aux vieilles joues caves du philosophe, père des idées maîtresses à cette heure dans la
rue obscurcie par la fumée des explosions et la poussière du combat...

XIV

— Puisque vous avez un cheval..., disait M. Buchez...,
vous devriez faire diligence pour annoncer la prise du
Louvre aux députés qui doivent être réunis à l'hôtel
de M. Laffitte. Il est revenu de Breteuil, aux premiers
bruits.

Omer dut abandonner le spectacle héroïque de
Suzanne et de Cydalise sous les plis du drapeau. Age-
nouillées dans les sacs de farine, elles répondaient par
des refrains aux derniers coups de feu, sans peur, les
yeux secs. Il eut voulu saisir son amie et mordre la
gorge non pareille qu'elle oubliait de recouvrir, trop
acharnée à se rire de la mort joueuse. L'aimer en cet
instant, cette petite sœur de Mithra, cela l'eût divinisé.
Mais il ne lui donna même point d'adieu. Il s'en fut demandant place pour son cheval aux gens qui soignaient
l'agonie farouche ou goguenarde des demi-soldes
couchés contre les murailles, assis dans les boutiques.

Dans l'une, il reconnut Noémie : elle geignait
sur les genoux de Cavrois, pendant qu'Ulysse Trélat
enfonçait le fer d'un bistouri à travers la viande de la
menote que perçait un petit os rompu. C'était elle,
fluette, blottie dans les gros bras flamands, et qui
pleurait, telle une écolière punie, sous la lourde
bouche de son amant consterné. Omer s'apitoya. Ils
s'aimaient davantage, chaque année, la fine Bordelaise
et le chimiste pansu.

L'estafette n'avait pas le loisir de s'attarder. Obtenir le passage était fort difficile. Vingt énergumènes traînaient un misérable loqueteux par les poignets. Il ne se relevait pas. Sa barbe jaune et hirsute balbutiait :

— Quoi ! la mort pour si peu de chose !... J'avais faim. Mes enfants, ma femme avaient faim !..

— Mort aux voleurs !... répondaient, féroces, les artisans qui l'arrachaient des pavés où ses pieds nus s'agriffaient mal... Mort aux voleurs !

— Il a volé un couvert d'argent... la canaille... Il faut des exemples. Avant tout, le peuple est honnête !

— Personne de vous n'a donc jamais eu faim. Grâce !... râlait-il, sans pouvoir délivrer ses mains.

Car les exécuteurs avaient empoigné ses manchettes et le tiraient ainsi. Sa chemise sortit du pantalon et découvrit son dos brun ; des plis garrotaient le malheureux au cou. Il ne put lancer que des interjections rauques avant d'être jeté contre le mur, où il se tordit. Ses yeux s'écarquillèrent, ses cheveux se hérissèrent. Dix fusils crachèrent leurs flammes contre cette vie lamentable qui s'abîma dans les ordures et les tessons, hoquetant, repoussant de ses orteils crispés l'emprise de la mort.

Bien qu'il admit cette justice rapide, Omer s'éloigna, la nausée dans la gorge. On l'avertit qu'on se battait rue de Rohan et au Palais-Royal : il se détourna par la rue Traversière.

« Le Louvre est au pouvoir du peuple ! » annonçait-il de toute sa voix orgueilleuse, pour l'étonnement heureux des insurgés, sur le boulevard, de quelques apprentis, de messieurs. Ils couraient vers la Bastille, se bousculaient, hagards, à la débandade.

Il entra dans la rue Richelieu que la révolution occupait. Derrière un amas de charrettes, parmi la cohue en délire de gens qui chargeaient et déchargeaient leurs armes, il put assister à la déroute. Un peloton de

lanciers arriva sur les talons des fuyards. L'ouvrier au
grand col, au tablier de serge, trop las pour continuer,
s'arrêta tout essoufflé derrière un édicule cylindrique.
Il insultait à la couardise de ses compagnons, déjà
lointains. Deux chevaux, en se cabrant sous leurs cavaliers, le bloquèrent. Il voulut asséner un coup de
pioche sur le chanfrein du pommelé. D'une violente
estocade la lance le cloua contre la maçonnerie puis
se dégagea, l'abandonna. Atterré, il se considéra troué,
douloureux et sanglant. Sans doute, un désir suprême
de grandeur l'inspira :

— Voilà comment on meurt pour la liberté !

Le soldat morne fit volter sa monture, et trotta plus
loin.

Devant les feuillages d'un abatis, le peloton dut hésiter. Là, concierges et marchands tirèrent. Plusieurs chevaux écorchés cabriolèrent... Des Bains Chinois, se précipitèrent les lances, les schapskas et le tumulte de tout
un escadron. La rue Le Pelletier dégorgea les pantalons blancs, les brandebourgs, les habits écarlates, les
oursons des grenadiers suisses ; leur feu de file déchira
l'espace. Dans le sein d'une maritorne en madras, un
adolescent s'affaissa, le crâne atteint. D'épais nuages
noyèrent les perspectives, s'élevèrent le long des
enseignes multicolores, des façades closes. Les tiges
en fer recourbé oû l'on accroche les réverbères y disparurent. La fumée monta jusqu'aux frondaisons des
arbres encore debout ; elle enveloppa ceux plantés
contre les maisons, et ceux des rangées centrales, à
l'abri desquels visaient des commis, maints et maints
chasseurs adroits, la casquette rejetée sur la nuque.
L'enfant qui bondit sur la chaussée lâcha les deux
coups de ses pistolets dans les reins du major à cheval, puis fut aussitôt à plat ventre pour esquiver la
riposte des fantassins, mais se releva si prestement qu'il
put, après la charge prompte de quelques gendarmes,

reprendre sa casquette tombée dans la poussière, enjamber le Suisse évanoui qu'une plaque de sang marquait au front, enfin partir en décochant un pied-de-nez à l'adresse des soldats qui retiraient de la selle leur officier mort.

Omer eût ri de l'exploit, si l'angoisse ne l'eût à nouveau saisi. Pourtant il traversa, d'un élan, la largeur du boulevard tout à coup libre de troupes. Il annonçait toujours la conquête du Louvre aux combattants et aux curieux qui, par des cris triomphaux, accueillaient la nouvelle. Quand il approcha de l'hôtel Laffitte, il apprit d'une fruitière que le 5ᵉ et le 53ᵉ régiments de ligne, venus de la place Vendôme, adhéraient à la Révolution. En effet, les compagnies s'alignaient dans la rue, sans rien oublier de leur discipline. Leurs sergents tenaient à distance les enthousiastes; ce qui parut effarer les timides. Ceux-ci se tapirent prudemment dans les boutiques, observèrent l'allure des officiers qui marchaient pensifs devant les rangs silencieux. Omer proclama la victoire du peuple en portant la main à son bonnet de police. Une rumeur satisfaite émut les files. Sous le porche, où cent personnes se pressaient, dissertaient, questionnaient, il glissa de cheval. Des bras l'accaparèrent. Vingt regards explorèrent ses yeux, cherchèrent la vérité dans sa physionomie.

— Les Suisses sont délogés. C'est la panique ! On les fusille par les fenêtres du Louvre. Marmont dirige la retraite sur les Tuileries.

— Parbleu, je le disais bien !... revendiquait un capitaine... Le refus de nos deux régiments a découvert sa droite.

— Et il a dû rappeler les Suisses du Louvre pour nous remplacer place Vendôme !... conclut un lieutenant.

— Alors le peuple est entré... Vive la Charte !

Un petit homme ventru lança son chapeau jusqu'au balcon d'un entresol.

— Vive l'Empereur !... rectifia sévèrement un ancien militaire en redingote boutonnée.

— Vive la République ! C'est le 10 Août qui recommence !

— A moins que, demain, les brigades fraîches appelées de Rueil et de Normandie, ne regagnent sur nous la partie que Polignac a perdue.

Conduit, porté, poussé par un flot de bavards, Omer, l'épaule cruellement déchirée, gravit des escaliers larges, fut introduit, par l'entre-bâillement d'une grande porte, dans un corridor encombré de cannes et de chapeaux. Par delà les battants d'une autre porte, que décoraient d'immenses rideaux de velours pourpre, discourait un général en uniforme. C'était bien La Fayette qu'Omer devait interrompre pour communiquer la nouvelle aux trente députés, aux visiteurs de ce salon riche en statues et en vases plantés sur les meubles massifs de l'époque impériale.

— Un vieux nom de 89 peut être de quelque utilité dans les circonstances où nous sommes... proposait modestement le chef des carbonari.

Aux approbations, il présenta sa face de plomb toute rasée.

— Messieurs... rappela très vite Omer, saluant les mines graves de ces doctrinaires engoncés dans leurs cravates et dans les hauts collets de leurs habits..., Messieurs, le peuple de Paris est maître du Louvre, dont il a chassé les Suisses... C'est la déroute de Marmont !

Toutes les figures inquiètes se transformèrent. Elles furent aussitôt arrogantes. Il fallut que le général Pithouët nommât le fils du colonel Héricourt, le secrétaire général des Comités Philhellènes, et l'avocat des causes libérales, pour que le ton impérieux des questions changeât. Il fallut que M. Laffitte appelât près de son fauteuil le jeune homme, en s'excusant de ne pas se lever à cause de sa jambe malade. Alors les députés adoptèrent un langage plus courtois. L'estafette put répondre posément, clairement, au fin profil de M. Guizot. Sec et froid, comme étranglé dans les tours de sa cravate noire, ce personnage une main derrière le dos, frappait de l'autre, à plat, le velours de la table, afin d'obtenir l'attention :

— Il importe de constituer dès cette heure une autorité publique qui, sous une forme municipale, s'occupe du rétablissement et du maintien de l'ordre.

— Que va faire cette populace déchaînée? Tremblons, Messieurs que les crimes de la Terreur...

— Monsieur, j'ai vu de mes propres yeux fusiller sur-le-champ un misérable qui profitait du désordre pour dérober une fourchette d'argent...

L'éloquence judiciaire de l'avocat, propice au faibles, se manifestait à l'encontre d'un propriétaire en habit gris, qui de ses doigts protégeait les rubans de ses montres.

— A la bonne heure, maître Héricourt!... soutint le général Pithouët, tapant sur l'épaule contuse.

Elle se déchira davantage. Omer réprima les mouvements de la souffrance, moins soucieux de cela que de conquérir au moins la politesse de ces hommes en attitudes solennelles, et boutonnés dans leurs fracs austères jusqu'aux bajoues glabres. Il conçut qu'ils allaient être des détenteurs du pouvoir, dont les avait d'ailleurs lotis les élections récentes. Ils continuaient de craindre les excès de la canaille. Casimir Perier mordit ses lèvres minces, puis :

— Il a été facile d'exciter le peuple à la révolte ; il sera moins aisé de le faire rentrer au logis et déposer les armes... Les orateurs imprudents auront peut-être beaucoup à se reprocher, monsieur Héricourt...

— Morbleu!... s'écria le général Pithouët,... aurions-

26.

nous pu chasser du Louvre, à nous seuls, les troupes de Polignac ?

— Il peut advenir que nous regrettions qu'elles en aient été chassées...

— Plaît-il ?... Ai-je bien compris ?... questionna le général Pithouët en se penchant vers l'interrupteur.

C'était un homme vénérable, dont les boucles blanches tombaient, flocons gracieux, au long des joues en cire, dans sa cravate de mousseline, et sur le collet de son habit bleu.

— Au demeurant,... concéda ce vieillard,... le principal est d'enrégimenter les propriétaires pour la défense des biens publics et privés... Il convient de réorganiser d'abord la garde nationale avec les patentés...

La Fayette contracta ses sourcils roux, ses paupières flétries... Il étendit sa main aux veines gonflées et tordues... Toute sa corpulence oscillait sur les deux jambes en pantalon blanc.

— Il serait étrange et même inconvenant que ceux surtout qui ont donné tant de gages de dévouement aux libertés nationales refusassent de répondre à l'appel qui leur est adressé... Des instructions, des ordres me sont demandés de toutes parts... Le capitaine Roulon est venu, aux premières heures du jour, m'apporter chez moi la pétition de ses camarades...

Le héros sénile de l'Indépendance Américaine s'obstina, de la sorte, à solliciter le commandement des gardes nationales. Chacun attendit en silence la fin de cette harangue embarrassée. Un roquentin qui portait encore les cheveux en queue murmura, les paupières baissées, mais de façon à être entendu :

— Sied-il bien de remettre au chef des carbonari la direction de la force armée, dans un pareil moment ?...

— Il a pris trop d'engagements avec les perturbateurs !... murmura, de même, un homme asthmatique ;

et il étendit ses bras de drap noir, ses mains molles en
signe d'impuissance, à nier, malgré sa courtoisie, le réel
des choses.

Personne n'invitait l'estafette à s'asseoir. Omer gardait aux jambes le balancement du cheval. Sa plaie
le brûla. Il se fut retiré, si la stupéfaction de voir discuter ainsi les représentants libéraux ne l'eût figé là, confus
de se rappeler sa foi de naguère, sa foi de la bataille,
confus d'aimer encore la grisette sublime qui déployait
les trois couleurs pour la victoire de la Loi. Ici, dans ce
magnifique salon que peuplaient les nymphes de marbre,
entre les meubles impériaux aux griffes de bronze, tous
ces vieillards assis sur des sièges curules, les pieds
dans les tapis turcs, redoutaient seulement les appétits
de la foule qui, là-bas, rue de Rohan et au Palais-
Royal, partout, embrassait la mort afin de leur livrer
la France, sa richesse et son histoire. Devant la tapisserie de lampas violâtre, leurs faces impertinentes
exprimaient de l'horreur pour ceux qui mouraient au
bénéfice de leur ambition. Le beau Casimir Perier gri-
gnotait ses lèvres et froissait les plis de ses manchettes,
en évoquant les excès du 10 Août, les massacres de
Septembre, l'exécution des Girondins... Massif, et le
menton pesant entre les pointes de son col jauni,
M. Mauguin, l'avocat de Labédoyère et l'ami du colonel
Fabvier, répondit rudement, à plusieurs reprises,
mais pour soulever les protestations de toutes les
bouches lippues, développées par la gourmandise,
avides des bons mets qu'on savoure à des tables opu-
lentes. Le sec Guizot assumait le rôle de l'esprit métho-
dique et mathématique qui ne se laisse plus leurrer
par les élans généreux, et qui sait trop les périls des
idées belles, au reste, adorées de lui... En vain,
M. Audry de Puyraveau tendait vers les poltrons sa
face attentive et mâle de vétéran, réfutait les appréhensions par des syllogismes nets, prononcés avec soin,

tandis qu'il grattait nerveusement le favori de sa joue
gauche ; derrière les besicles d'or, ses yeux intelligents
niaient le péril. Chauves au front et chevelus dans le
cou, des ironistes se renversaient en manière de déri-
sion, gonflaient de souffles dédaigneux leurs bouches
qui les expiraient ensuite bruyamment. Ils écoutèrent
M. Casimir Perier désignant Omer Héricourt :

— Demandez plutôt à ce jeune avocat ! Il arrive
cependant tout poudreux de la bataille pour nous apprendre la victoire... Demandez-lui s'il ne subirait pas
mille morts plutôt que de voir une populace en furie,
excitée par les criminelles imaginations des saint-simoniens et des fouriéristes, envahir sa demeure, s'em-
parer de ses biens, insulter à tout ce qui lui est cher, à
une jeune épouse qui s'alarme au pied d'un berceau innocent... Voilà ce qui le menace, et ce qui nous menace,
si nous ne prenons pas les mesures que la sagesse nous
prescrit... Ayez garde que l'on ne replante la guillotine sur la place Louis XV ! Ayez garde d'avoir à
choisir entre la mort et l'exil, sans pouvoir soustraire
vos enfants à la ruine qui frappera les biens des nouveaux émigrés, j'ose dire aussi des nouveaux suspects...

— Hélas ! c'est là ce que nous promet la République !...
assura, de son fauteuil, les doigts croisés sous le
menton osseux, un thermidorien qui avait été le complice de Talleyrand.

— Le père de notre ami que voilà, le baron Alexandre de Laborde, a eu la tête tranchée sur l'échafaud...

— La canaille a ouvert le ventre de la princesse de
Lamballe. On a dévidé ses entrailles, et on a promené
son cadavre décapité !... Est-ce là ce que nous voulons
revoir ?... hurla du fond d'une ottomane un vieux nain
singulier, qui secouait son mouchoir devant son rictus
de squelette.

Alors, en chaque siège, des voix chevrotantes et
fielleuses rappelèrent ensemble les massacres, les sup-

plices... Inutilement le général Pithouët riposta, vociféra, joua de ses longs bras maigres et de ses prosopopées jacobines.

— Nous sommes les amis de la Révolution, puisque nous risquons en ce moment nos existences afin d'en ressusciter les principes... répliqua M. Laffitte... Toutefois nous la voulons sans victimes... Nous la voulons pure de toute infamie populaire qui la condamnerait d'abord à périr comme elle périt en 1814, sous les efforts de l'Europe indignée, vingt ans, par les crimes de Marat.

De leurs objurgations presque tous assaillirent le bouillant Pithouët, l'attentif Audry de Puyraveau, le massif Mauguin. Leurs ventres se bombaient dans les pantalons de nankin ; le torrent de leurs paroles roula des images de têtes coupées, de cadavres, de ruines effroyables, et les larmes de toutes les veuves, les sanglots de tous les orphelins. Leurs yeux sincères semblaient revoir les calamités d'autrefois, les fleuves de sang, les fureurs des invasions cosaques venues châtier la France entière pour les méfaits de quelques terroristes.

— On pillera nos maisons comme ont été pillés les châteaux !... On vendra les biens à l'encan, et la société s'anéantira !... Sait-on où s'arrêtera la rage de la canaille en délire ?...

Entre leurs imprécations, le général Pithouët se débattit sans défaillance.

Si franche fut leur peur qu'Omer imagina sa demeure envahie par les hordes avec lesquelles il venait de combattre. Sévérité menaçante de M. Buchez, blâme éternel inscrit au visage de Pied-de-Jacinthe, véhémentes indignations du major qui défendait sa foi saint-simonienne et promettait de tout soumettre au joug de sa théorie, cela lui parut soudain les éléments d'une nouvelle Terreur... Il se prévit accusé par le vieux dragon

de Hohenlinden pour avoir été le disciple du Père
Ronsin, condamné par M. Buchez pour son élégance,
renié par son beau-père, envoyé à l'échafaud ; sur le
passage de la charrette, les tricoteuses chanteraient la
carmagnole comme la mégère de la rue Saint-Antoine...
Et la charrette qui avait conduit Chénier jusqu'à la
bascule de Samson !...

Impassible, l'air maussade, M. Laffitte écoutait à
peine la querelle, dans son fauteuil de velours rouge.
Parfois il ramenait vers son occiput les mèches
rares de sa nuque et de ses tempes, ou bien il rajustait
ses lunettes sur la racine creuse de son nez. Sa lèvre
inférieure avançait naturellement : cela lui donnait
l'apparence du mépris continu. Il finit par heurter
l'accoudoir du siège avec sa tabatière d'or ; puis il
précipita de petits coups secs :

— Messieurs... Messieurs !... Messieurs, s'il vous
plaît !... Je crois discerner dans toutes les opinions
émises le désir de former une commission municipale
parisienne qui veillera à la défense, à l'approvisionne-
ment et à la sécurité de la capitale...

— D'accord !... A la bonne heure !... C'est cela même...

On se rasseyait. On tira sur les genoux les plis des
pantalons. En dépit du geste impatient que maîtrisait
mal le général Pithouët, et du geste navré qu'esquissa
M. de Puyraveau, la motion fut votée.

— Que M. de La Fayette désigne les commissaires !...
proposa M. Mauguin, espérant confier ainsi les choses
au chef de la Haute-Vente, donc à la Haute-Vente elle-
même.

Pendant que le vieillard hésitait au cours d'une
interminable phrase, un laquais apporta sur un plateau deux cartes de visite à M. Laffitte.

— Ces cartes sont de M. Mignet, l'historien, notre
ami... Elles m'avertissent qu'une bande dévaste l'archevêché, qu'elle s'est emparée du trésor épiscopal :

des objets de valeur archéologique sont détruits.

— Vous le voyez ! vous le voyez !... attesta M. Casimir
Perier... Ça commence... Voilà le règne du peuple
qui commence.

Il englobait l'espace dans ses bras ouverts ; la salive
s'éparpillait hors de sa bouche blême... Le général
Pithouët s'élança :

— Souvenez-vous du sermon sur la prise d'Alger !
Monseigneur de Quélen a prononcé des paroles hostiles
à la Charte, et que le peuple n'a pas oubliées...

— Cela suffit-il..., s'écria quelqu'un d'obèse et de
fatidique, pour exercer des ravages dans un palais de
l'État ?... En vérité, quels que soient mes sentiments
de tolérance à l'égard de certaines revendications dé-
raisonnables, je ne saurais regretter assez que des voix
autorisées prodiguent leurs excuses à de tels forfaits...

— C'est bien à cela que devaient aboutir les aberra-
tions du jacobinisme exalté !... constatait un homme
élégant et pâle... à la justification, que dis-je, à la
louange des attentats les plus odieux !

A ces colères s'ajouta celle d'un monsieur borgne
qui était le général Gérard, héros, jadis, dans le camp
de Dumouriez, de Bernadotte, puis à Austerlitz, Iéna,
Wagram, Smolensk, Lützen, Montmirail et Ligny.

La Fayette lui-même posa la main sur le bras de
Pithouët ; il le contint et lui conseilla le silence à l'o-
reille. Au milieu du bruit, on nomma les commissaires ;
et l'on résolut d'associer, dans le commandement des
gardes nationales, le général Gérard à La Fayette,
évidemment pour contrôler l'emploi de ces forces.

Devant ces craintes de personnes illustres et répu-
tées pour la vaillance de leurs opinions libérales, Omer
douta. Rassemblant ses esprits, il interrogeait, dans sa
conscience, ce qui lui paraissait y luire de plus clair :
la notion de la Loi. Certainement la Loi condamnait
les pillards de l'archevêché. Si elle se doit d'imposer

sa suprématie aux caprices de la couronne, elle ne se
doit pas moins de l'imposer aux instincts de la plèbe
destructrice. Les ouvriers qui avaient mis à mort le
pitoyable voleur d'un couvert d'argent, ceux-là mêmes
donnaient raison à ces députés, à ces législateurs
chargés par la nation de faire respecter les règles de
la justice. Ébaubi, tout à l'heure, d'entendre vilipender
les libérateurs qu'il venait de suivre en extase, Omer
se reprenait pourtant. Des citoyens intègres et sages
lui dictaient peut-être son devoir : les aider, les servir,
attendre d'eux la récompense. A la banque de M. Laffitte la Banque d'Artois et les Moulins Héricourt étaient
redevables, en partie, de leur fortune. Évidemment,
Dieudonné Cavrois parlait au nom de la tante Caroline
et de M. Laffitte dans les discussions de la rue. « Maman
ne veut pas de la République ! » avait dit le gros garçon, l'arme fumante au poing. Seyait-il qu'Omer
trahît les desseins de sa parente à l'heure où elle achevait d'accroître sa richesse, leur richesse, celle d'Elvire
et de son fils ?

Ces arguments se succédaient dans son esprit à mesure que les doctrinaires s'enflammaient en l'honneur
de l'ordre. A cause de la chaleur, les hautes fenêtres
demeuraient béantes sur la cour, qu'envahissaient
sans cesse des soldats et des officiers de la ligne, des
gens du peuple, des gardes nationaux, des nouvellistes
et des solliciteurs aux aguets. Par-dessus les murs et
les toits, la rumeur de la voie publique était aussi per-
ceptible. En bouffées, le bruit des armes et les appels
des orateurs arrivaient dans les feuillages ombrageant
le vacarme des conversations particulières, parfois
même générales, que tenaient là des intrus, malgré la
consigne des domestiques et des portiers. A plusieurs
reprises, Omer ouït des propos distincts : « La Seine
charrie des chasubles, des dalmatiques, des surplis. —
J'ai vu flotter les tableaux sacrés de Raphaël et du

Guide, les feuillets arrachés des incunables, et les gravures du vieux temps, qu'on ne retrouvera jamais. — C'est du vandalisme ! — C'est une turpitude ! — On pille aussi les Tuileries. — Les détenus de la Conciergerie se sont évadés. — Aux Tuileries, je viens de voir le peuple sabrer un portrait qu'a signé le baron Gérard. — Des bandits ont percé de balles la duchesse de Reggio que David avait peinte. — On assassine les arts de la France ! » répéta une voix enrouée, sans doute celle d'un rapin romantique. « Ils ont assis un cadavre en guenilles sur le trône ! — C'est l'orgie infâme d'une canaille en délire. — Cela finira-t-il ? — Il faut rétablir l'ordre. — Nous sommes ici pour rétablir l'ordre ! » concluaient les militaires.

Ces paroles enchantaient les ennemis de la Révolution. Les dalles retentissaient sous les crosses et les fourreaux de sabres. Mille pas fiévreux raclaient le sol. M. Bertin de Vaux déclara :

— En présence de l'agitation qui règne au dehors, ce qui importe, c'est que le général La Fayette aille se montrer aux citoyens... Si nous ne pouvons retrouver Bailly, le vertueux maire de 1789, félicitons-nous d'avoir retrouvé l'illustre chef de la garde nationale !

M. Laffitte céda, baissant les cils pour dissimuler la contrariété de ses regards sincères :

— Le général La Fayette accepte le commandement de la garde nationale qui lui est déféré par...

— Par la Chambre.

— Non ! non ! ce n'est pas comme Chambre que nous agissons !... interrompit vivement le long M. Villemain, que troubla l'appréhension d'une responsabilité encore possible devant les tribunaux du roi : il ne se souciait pas de porter sur les épaules une tête convaincue de complot, au cas d'un revirement... Nous agissons simplement comme une réunion de députés.

Tous applaudirent à cette prudence. On se carra plus à l'aise dans les gilets de toile.

— Nous ne sommes ici que des citoyens qui s'assemblent pour sauvegarder l'ordre et la propriété dans des conjonctures extraordinaires..., définit M. Villemain.

A ce moment, Omer voulut se retirer, ayant compris que sa présence semblait à certains membres superflue. M. Laffitte, dont il alla prendre congé, le retint un peu. Le bruit courait que l'Hôtel de Ville était en la possession du général Dubourg, Omer confirma les probabilités de cette information. M. Laffitte pria l'estafette d'annoncer au comte la venue d'une Commission municipale et du général La Fayette. Celui-ci sortait, d'ailleurs, avec le général Gérard, M. Audry de Puyraveau et un colonel de ses familiers. Omer les suivit.

Ils allaient descendre l'escalier en répondant aux innombrables questions de ceux que les laquais repoussaient mal, lorsqu'à leurs oreilles il tonna formidablement. Puis, la fusillade s'égrena. Les échos de l'hôtel répercutaient le fracas de l'explosion ; le sol trembla sous les pieds.

Nous sommes trahis !... s'écrièrent des êtres éperdus qui jouaient des coudes afin de gagner les issues du jardin.

— Les soldats de Polignac sont là !

Une subite image de l'échafaud, de l'exécuteur offrant sa main ironique, voilà ce qu'Omer évoqua durant la seconde où, d'instinct, se fermaient ses paupières. Par la porte ébranlée du grand salon, se bousculèrent alors les députés en séance, oublieux de leurs cannes et de leurs chapeaux. Des boucles blanches flottèrent sur des dos courbés. Des basques d'habits volaient... Dans la cour, Omer vit bondir par la fenêtre un vieillard agile... Deux élus du peuple coururent aux écuries, les ouvrirent et s'y verrouillèrent. Tous les yeux s'effrayaient. Juché sur le piédestal d'une colonne qui supportait la voûte du porche, un officier de la ligne adjura La Fayette de ne rien craindre. C'étaient les compagnies qui déchargeaient leurs armes en l'air. Ainsi voulait-on rassurer une bande de révolutionnaires qu'inquiétaient les forces des deux régiments installés autour de l'hôtel. A ces mots, le maigre, le long M. Villemain quitta la remise où il prétendait se blottir; et remonta très vite l'escalier en se mouchant au milieu d'un foulard.

Omer eut quelque peine à retrouver son cheval. Un jeune soldat bouchonnait, plaignait en patois le malheureux animal, écumeux et sanglant. Il ne fut pas facile de se frayer un chemin à travers la foule et les troupes qui fraternisaient. On invitait les militaires à prêter serment sur le drapeau des trois couleurs. Plusieurs dames régalaient les petits tambours dans une pâtisserie. Sous leurs grands shakos noirs à pompons, les soldats transpiraient ce qu'ils achevaient de boire.

Au coin de la rue et du boulevard, s'empressait M. Mignet, dont les yeux astucieux, sous la chevelure abondante, examinaient chaque type de révolutionnaire au repos : ceux qui s'accoudaient sur leurs fusils, ceux qui bavardaient, les mains dans les poches, ceux qui s'asseyaient, fourbus, sur les bornes, ceux qui étanchaient, à l'ombre, la sueur de leurs fronts. La bouche fine et narquoise du jeune historien, à ce que put surprendre Omer, terminait ses compliments par ces mots :

— Courage, mon brave, vous allez l'avoir pour roi, votre duc d'Orléans !...

Ce que les gens ébahis ne paraissaient guère désirer. Ils hochaient la tête et soufflaient, s'attachaient à la boutonnière les nœuds tricolores que commençaient à vendre des fillettes, la corbeille au cou. En trottant, l'avocat réfléchit aux rapports qui liaient M. Laffitte et la famille d'Orléans. Le banquier, fréquemment, assistait

aux réceptions du Palais-Royal. Son ami, M. Mignet,
apparemment se chargeait de la propagande immédiate... Ainsi que les groupes en effervescence autour
des bornes, Omer eût préféré la République, legs de
Rome. Toutefois, entre Bernadotte au loin sur le trône
de Suède, Napoléon II prisonnier dans Schœnbrünn, les
trois ou quatre sectes de républicains prêts à la dispute
intestine, déjà violente devant le passage de l'Opéra,
prudemment, on pouvait songer au fils de Philippe-
Égalité, au combattant de Jemappes et de Valmy.
Ce prince était en posture de les supplanter par le fait
simple de sa présence, par l'appui des financiers, du
commerce, et de cette garde nationale qui s'équipait à
la porte des boutiques, enfin par le prestige de son
extraction royale... Peut-être fallait-il se garder de nuire
à sa cause. L'avocat ne pouvait que compromettre
l'avenir de son fils en obéissant aux espoirs vagues
des Philadelphes, du comte Dubourg, de son oncle
Edme, ou bien à ses propres aspirations vers la République latine des carbonari. Pour elle, autour des
bornes, s'exaltaient les étudiants, et les sous-officiers
de la ligne qui débouclaient leurs sacs.

Dans la chaleur accablante, Omer respirait l'âcre
poussière levée par les milliers de pas. Tous ses membres lui pesaient autant que son épaule alourdie, pincée
par la cicatrice naissante, râpée par les bords du ban-
dage, lacérée. Les chairs de ses mollets furent bientôt
un poids énorme. Ses paupières retombaient sur le
spectacle de la foule anxieuse et rieuse. Les querelles
des gens, leurs appels heurtaient son crâne. Le roulis
du cheval lui meurtrissait les hanches, que coupait
l'arête du ceinturon. Les façades réverbéraient le soleil.
Ses traits éblouissants, lui blessaient les pupilles.
La fatigue du corps, la fatigue de l'esprit étaient
pareilles. L'une et l'autre engageaient l'estafette à
chérir la solution la plus prochaine, afin que le repos

suivît. Au surplus, mieux valait devenir le magistrat
d'un souverain fidèle aux lois...

Cependant Omer décida qu'il ne lui seyait point de
proposer avec enthousiasme le duc d'Orléans aux
suffrages de l'Hôtel de Ville. Cela n'eût que trop révolté
les Dubourg et les Ribéride. Adroitement, il insinuerait
la chose en des conversations particulières, ainsi qu'un
soupçon, et feindrait de croire que le général La
Fayette administrerait d'abord l'État, selon la politique
des Ventes.

Après avoir gouverné sa bête parmi la multitude de
la place de Grève, Omer, grâce à une énorme cocarde
tricolore piquée sur la ganse de son bonnet de police,
fut admis dans la salle Saint-Jean. Le comte Dubourg
s'affairait au milieu des solliciteurs, des nouvellistes
et des fonctionnaires ; ils étaient respectueux devant
le vieil uniforme républicain, qu'il avait de nouveau
revêtu. Évariste Dumoulin rédigeait une ordonnance.
Elle suspendait les droits d'entrée dans Paris, pour le
bétail et les vivres maraîchers, à la satisfaction de
quelques fruitiers et bouchers en blouses, délégation
corporative. Un sergent de la garde nationale assurait
au major Gresloup qu'un poste important venait d'être
établi, selon les ordres, dans la Banque de France, et
que l'argent du commerce se trouvait ainsi protégé.

— La Fayette se rend-il ici comme mandataire de
Laffitte et de Casimir Perier, ou bien avec la volonté
d'agir par lui-même et par ses amis personnels?... demanda brusquement le major à son gendre, dans
l'angle de fenêtre où il l'avait acculé.

— J'ignore le fond de sa pensée..., répondit Omer ;
je puis dire qu'à la réunion des députés il a tout fait
pour obtenir le commandement de la garde nationale,
c'est-à-dire pour disposer de la force. Il l'a obtenu,
mais ils lui ont adjoint le général Gérard... En tous cas,

le général Pithouët, M. de Schönen et M. de Puyraveau
font partie de la commission municipale...

— Ah! ils se sont constitués en pouvoir municipal?...

— Et M. Laffitte songe au duc d'Orléans...

La consternation de M. Évariste Dumoulin pâlit ses
larges joues molles que creusaient les pointes du col.
Dubourg et le major s'interrogeaient des yeux ; ils
regardaient leurs colères les envahir... Elles firent
sourdement explosion. Ils murmurèrent qu'il fallait
aussitôt convoquer, à l'Hôtel de Ville, les jacobins
déterminés. Le major griffonna quelques mots à
l'adresse de M. Buchez, de Blanqui. On entourerait la
Commission de révolutionnaires capables, au besoin,
de l'intimider par la violence.

Durant ce colloque, Omer remarquait le désordre du
lieu. De nombreuses personnes s'entretenaient dans la
salle, par groupes conversant à l'écart. Elles avaient
déposé leurs fusils dans les encoignures des deux cheminées monumentales, sous la garde des figures allé-
goriques dressées en cariatides. Des portes s'ouvraient
et se fermaient avec violence.

— Monsieur Baude!... Un officier d'état-major demande à parler confidentiellement à monsieur Baude !...
criaient les voix les plus diverses de gens pour qui ce
rédacteur du *Temps* représentait le gouvernement provisoire.

Lambeaux d'imprimés, journaux divers, brouillons
déchirés en miettes jonchaient les rosaces du tapis. Sur
une grande table ovale, recouverte de velours à crépines, de l'encre s'étalait par flaques épaisses, entre
des paquets de plumes d'oie, des paires de pistolets,
une écharpe tricolore, quatre bouteilles vides, des
verres à bière, et des écritoires de faïence à fleurs de
lys. Armé d'un canif, Pied-de-Jacinthe coupait la tenture rouge d'un panneau, en affirmant qu'il allait, des-

sous, mettre à nu des affiches placardées en 1793. Cette opération intéressait nombre de messieurs qui portaient des sabres de cavalerie suspendus à leurs redingotes. A mesure que les doigts émus du vétéran arrachaient l'étoffe le long d'une fausse colonne, d'une cannelure d'or, un papier verdâtre apparaissait. Peu à peu l'on déchiffra :

TRIBUNAL RÉVOLUTIONNAIRE
Unité, Indivisibilité ou la Mort.

Théâtralement, ceux qui étaient coiffés se découvrirent devant ce vestige de la dure justice jacobine. Le dragon de l'an II rectifia la position et porta la main à la visière de son casque terni.

— Aujourd'hui le peuple est rentré chez soi !.. dit-il ensuite.

Il dissertait, rappelait ses souvenirs de la guerre faite sous Jourdan. Ribéride vint parler à Dubourg.

— Général, voici le tapissier : de quelle couleur le drapeau ?

Le comte hésita.

— Il nous faut un drapeau noir..., ordonna le major brusquement...; et la France gardera cette couleur jusqu'à ce qu'elle ait reconquis ses libertés.

Cette phrase, prononcée furieusement pour avertir les assistants du péril orléaniste, les attira. Leur indignation se donna carrière dès que le général eut avoué ses craintes :

— Nous voulons le rétablissement de la Convention, et que tout soit remis en l'état de choses qui existait le 8 thermidor.

— Orléans ?... Un traître qui passa comme Dumouriez à l'ennemi... après la défaite de Nerwinde, lorsqu'il estima perdue la cause de la Révolution !...

Des portes s'ouvrirent encore. On ne s'entendit plus.

— Monsieur Baude?...

— Monsieur Baude vous recevra tout à l'heure !

— C'est Son Excellence le ministre de Suède !

— Monsieur Baude dicte une proclamation au peuple. Mais on peut voir le général Dubourg...

Celui-ci commanda le silence d'un geste impérieux et reprit son chapeau. Un homme blond, à la vue basse, entrait. Le bonnet à poil et l'uniforme flambant neuf de M. Évariste Dumoulin lui semblèrent d'abord majestueux ; puis ce furent les épaulettes d'un colonel de hussards qui, large et trapu, frétillait sur ses petites jambes en bottes à cœur, et les embarrassait dans les courroies d'une énorme sabretache garnie d'un N en cuivre.

— Monsieur de Lœwenhielm !... appela le général comte en s'avançant et faisant la révérence... Je suis heureux de souhaiter ici la bienvenue à Votre Excellence.

L'homme blond le reconnut enfin :

— Je désirais remercier, en votre personne, monsieur le comte, le gouvernement qui, dans un moment si troublé, a bien voulu veiller à ce que fût remis, en mon hôtel, le paquet intact de mes dépêches saisies à la barrière, sur mon courrier de Stockholm.

— Le roi Charles-Jean ne pouvait espérer moins de moi, d'un ancien ami du maréchal Bernadotte !... répondit Dubourg radieux, et qui rajustait son écharpe tricolore contre ses boutons à faisceaux de licteurs.

Le ministre examina le cercle formé autour d'eux ; il attendit le silence absolu :

— Messieurs, je puis vous l'assurer déjà : rien n'égale le respect qu'inspire au corps diplomatique la conduite si sage des Parisiens. Je suis certain qu'à la cour de Suède la nouvelle de ces prodigieux événements ne sera point mal accueillie... Messieurs, notre souverain aime toujours profondément la cause de la liberté, pour laquelle il a si longtemps combattu avec le général Gérard et le général Dubourg, dans les rangs de la Révolution... Permettez-moi de me souvenir ici qu'en 1813, après Leipzig, il envoyait au général Davout, alors gouverneur de Hambourg, un émissaire pour le déterminer à concentrer les garnisons françaises dispersées dans les forteresses d'Allemagne : jointes aux forces suédoises, elles eussent pris à revers les troupes de la Sainte-Alliance, et sauvé la France de l'invasion. La fatalité voulut que notre agent ne sût pas convaincre le maréchal Davout... Mais, en mars 1814, l'empereur Napoléon, après la bataille d'Arcis-sur-Aube, se rendit dans l'est de la France, à Saint-Dizier, pour chercher, dans l'exécution de notre plan, sa sauvegarde. Le 25 mars, je quittais Liège avec le prince royal de Suède dans une chaise de poste. Nous courions au-devant de Napoléon. A Nancy, nous refusâmes l'entrevue que, par l'entremise de M. Alexis de Noailles, nous demandait le comte d'Artois, ce Charles X qu'aujourd'hui... Hélas ! la partie fut perdue trop vite. Les alliés entrèrent dans Paris.. Les habiletés de M. de Talleyrand trompèrent Alexandre, en faveur des Bourbons. Dans le même instant, le prince royal de Suède se disposait à réparer tant de malheurs avec l'aide de M. Benjamin Constant. Il n'a point dépendu d'eux que les choses tournassent mieux... Un sentiment tout humain de rivalité bien excusable empêcha les maréchaux Caulaincourt, Macdonald et Marmont de se confier à leur ancien camarade. Malgré les prescriptions des Philadelphes, ils refusèrent de l'aider dans la nuit du 4 au 5 avril 1814... Vous savez le reste. Le 8 avril, les sénateurs installaient sur le trône de France le frère de Louis XVI... Qui avait eu raison, Messieurs, cette nuit-là ? Bernadotte, ou Marmont ?... Aujourd'hui, cette glorieuse ville jonchée de cadavres, après quinze ans d'erreurs, répond pour nous !

27.

Le comte de Lœwenhielm leva dans ses mains gantées son chapeau de soie brillante à coiffe blanche ; il hocha sa fine tête qu'encadraient les mèches grises et blondes, et regarda l'assistance. Sans doute espérait-il qu'on lui répondrait dans un sens flatteur pour l'ambition de Bernadotte. Seul, le général Dubourg rappela que Mme de Staël avait déjà vanté le patriotisme et la haute valeur morale du prince, mérites rares et non moins appréciés du général Gérard, du général La Fayette, qui venaient d'être choisis, par les députés libéraux, pour commander aux gardes nationales :

— J'ai eu l'occasion d'entendre dire au général La Fayette qu'il pensait sans cesse à ce que le prince royal de Suède et lui, pendant les Cent Jours, s'étaient promis de faire pour la liberté, l'indépendance et les trois couleurs nationales !

Quelques approbations timides, hésitantes, un : « Vive Bernadotte ! » proféré par le colonel de hussards à la sabretache bruyante, firent que le diplomate put se retirer au milieu d'une ovation assez mesquine, mais réelle.

« Voilà ce qui peut aboutir des grands desseins particuliers aux Philadelphes de mon bisaïeul et de mon Edme,... calculait Omer.... Le comte Dubourg est l'agent de Bernadotte qui a pour amis La Fayette et le général Gérard... L'Hôtel de Ville va leur appartenir tout à l'heure... En tout cas, je suis le favori de ce gouvernement-là... J'ai un pied ici et un autre chez M. Laffitte par ma tante Caroline... Je puis dormir sur les deux oreilles ! »

— Mieux vaudrait Bernadotte que le duc d'Orléans,... grommelait son beau-père.... L'homme importe moins que les termes d'une Constitution qui nous garantisse le libre exercice de tous les droits. Cela gagné, nous commencerons les réformes, et nous appellerons M. Fourier au ministère de l'Intérieur !

Évariste Dumoulin gourmanda le commis qui rapportait les épreuves d'un décret : l'imprimeur de la Préfecture ne voulait pas exécuter le tirage faute d'un visa que ne donnait point le chef de bureau.

— Où est-il, ce chef de bureau ?... Où est-il ?... Comment ?... Quoi ? « Il a cru que, vu les circonstances... » Ah çà ! qu'est-ce à dire ?... M. Baude et moi l'avons assez répété : tout doit rentrer, dès cette heure, dans l'ordre accoutumé... Chacun doit se livrer à ses travaux habituels... Sachez-le, Monsieur! La Commission municipale qui va siéger ici est un gouvernement provisoire! Il y a donc un gouvernement, qui saura punir aussi bien que récompenser...

— Général, l'inventaire est terminé. Il y a cinq millions dans les caisses de l'Hôtel de Ville, et plus... annonça tout de suite un autre commis qui présenta plusieurs pièces à la signature du comte Dubourg.

Omer se plongea dans un fauteuil de velours rouge. Sa tête s'appuyait au dossier. Bientôt ses paupières recouvrirent à demi ses yeux : ils ne virent plus que brouillés, les civils, les gens en uniformes, les gesticulations éparses dans la salle, entre les deux cheminées aux cariatides. Les voix et les tumultes du dehors se confondirent...

Plusieurs décharges de mousqueterie se mêlèrent à son cauchemar, l'éveillèrent. « C'est La Fayette ! » disait-on autour de lui. Les messieurs se boutonnaient et se brossaient. Dubourg coiffait son chapeau à panache symbolique :

— Il faut le recevoir au perron.

— Nous lui demanderons d'abord quelles idées il espère servir ici !... affirma le major.

— Doit-on oublier qu'il fit tirer sur le peuple de la Révolution, au Champ-de-Mars ?... questionna sévèrement Pied-de-Jacinthe qui fixait la jugulaire de son casque sous le menton, à l'ordonnance.

Par les escaliers sono res, la cohorte des carbonari, des demi-soldes descendit derrière eux.

— Vive La Fayette !... acclamait la place grouillante.

Au soleil, six mille figures se haussaient par-dessus la houle des épaules en chemise. C'était un champ de visages fervents parmi les pointes des fusils et des piques. Hissés sur des chaises que portaient de robustes gaillards, les blessés, dans leurs linges sanglants, trouvaient la force d'agiter les trois couleurs des banderoles. On s'écartait devant les civières où des hommes barbus agonisaient. Une mer humaine remuait jusqu'à la Seine. Au loin, des enthousiastes, montés sur le portique central du Pont Suspendu, brandissaient leurs drapeaux dans la lumière, devant les tours quadrangulaires de Notre-Dame. Au bras du colonel Carbonnel, M. de La Fayette marchait, affable, à travers l'infinie rumeur qui le sacrait chef. Des fenêtres, les femmes lui jetaient à foison des faveurs rouges, blanches, bleues, qui tournoyaient avec grâce en tombant. Des naïfs lui tendaient des verres pleins. Les gardes nationaux plantaient leurs oursons sur leurs baïonnettes et les élevaient le plus haut possible. Avec cette lourde figure plombée, ce grand corps adipeux, engainé dans le col d'or et les aiguillettes du costume, tout le souvenir de la gloire révolutionnaire ressuscitait sur le sol de Paris. Derrière le remous de gens qui poussaient des gamins battant le tambour, le vieillard faisait des révérences, serrait des mains, remerciait ceux qui débarrassaient le chemin des pavés et des poutres... Une longue lanière de soie tricolore flottait à son habit. Les fidèles de sa suite, enrubannés de même, semblaient les commensaux d'une noce, celle du vieux temps révolutionnaire et de la jeune liberté victorieuse que représentaient maintes filles dépoitraillés, les poings aux hanches, et la mine ivre de joie publique.

La Fayette était nu tête. Ses cheveux gris et roux laissaient voir le crâne blême, par endroits. Il monta lentement les degrés, avisa le drapeau noir déployé au-dessus du linteau, devant la statue équestre d'Henri IV, et fit tout de suite une moue de sa lèvre morte. Le major, s'étant incliné, lui demanda précipitamment à voix basse :

— Est-ce notre Grand-Élu que nous recevons, ou l'envoyé du Parti Industriel ?

Les regards de ces deux hommes examinèrent réciproquement leurs âmes secrètes, supputèrent la valeur des menaces tacites et des engagements.

— C'est votre Bon Cousin La Fayette,... répliqua-t-il.

Et il tendit la main au général Dubourg, pour l'attouchement mystérieux des carbonari.

— C'est donc leur Grand-Elu,... reprit celui-ci à voix haute que les Bons Gousins accueillent dans la maison du Peuple libre... Je lui remets mes pouvoirs... A tout seigneur, tout honneur !...

S'effaçant, il livra sa place, au centre de son état-major, quand La Fayette se retourna vers la multitude confiante, vers les pans des drapeaux, les baïonnettes rigides, les chapeaux agités, vers les maisons aux fenêtres garnies de femmes applaudissantes, semeuses de couleurs... Un essor de pigeons s'envola, par-dessus la forêt des cheminées, vers l'azur. A cet instant, Omer se rappela la grotte des Carbonari romains dans le Valabre et son initiation tragique.

Etait-il vrai que « l'Ausonie était libre », selon le mot rituel ?

Les amis du triomphateur l'emportèrent, entre les colonnes, à travers les voûtes sonores, dans les escaliers ombreux. Des mains le tiraient. Il trébuchait, répétant :

— Laissez, mes amis, laissez. Je connais l'Hôtel de Ville mieux que vous !...

Enfin on l'assit derrière les bouteilles de bière et les paquets de plumes d'oie. La tenture fendue par le canif de Pied-de-Jacinthe révélait le placard verdâtre de la Commune :

TRIBUNAL RÉVOLUTIONNAIRE
Unité, Indivisibilité ou la Mort.

— Il n'est plus besoin de drapeau noir, puisque voici la victoire du peuple !... Qu'on arbore le drapeau de Valmy !... Vous y consentez, n'est-ce pas, général ?... et vous, major ?... Maintenant nous allons organiser la défense... Les troupes des camps de Saint-Omer et de Lunéville pourraient bien dès cette heure marcher sur Paris...

On écoutait, chapeau bas, ses paroles tranquilles et mélodieuses. En uniforme de garde national, l'épicier Mauravert taillait une plume avec ardeur, lorsque La Fayette l'eut remercié :

— Ne craignez-vous pas, général, un nouveau manifeste de quelque Brunswick ? Les armées de la Sainte-Alliance...

— Bien fin qui le dira !

— Un prince de sang royal... fidèle à la Charte et qui accepterait le pouvoir, conjurerait peut-être toutes sortes de périls... Le duc d'Orléans...

— C'est un bon homme. Il est bon,.. répondit La Fayette en écrivant la première ligne de sa proclamation... Entre nous, je le crois bon... et un peu bête...

— Un souverain sage, docile, que conseilleraient les ministres et les Chambres... cela rassurerait le commerce... Voilà ce que veut le commerce !

— Ce n'est pas ce qu'espèrent l'armée, ni le peuple, ni la jeunesse studieuse, monsieur le boutiquier !... interrompit rudement le major... Allez à vos pains de sucre, je vous prie.

— Monsieur est donc épicier ?... demanda La Fayette
en souriant... Beau métier, et fructueux, de plus !...

Confus, Mauravert s'éloigna. Sa bouche mulâtre frémissait de rage.

Ensuite La Fayette affecta de consulter Dubourg et le
major, avant chaque mot de son factum.

Debout, appuyé des deux mains à la poignée du sabre,
comme sur une canne, Omer se désola de résister mal
à la somnolence. Ses jarrets s'engourdirent, et, tout à
coup, chancelèrent. La moiteur de sa chair dégageait
des miasmes étouffants, et aussi le cuir de ses bottes, le
drap de son uniforme. La sueur dégouttait de ses cheveux. Une sorte de buée lui cacha soudain les choses, les
hommes, l'altitude infinie de la salle poussiéreuse, et les
allégories mamelues des deux cheminées. Il perdit, un
instant, connaissance, dans une torpeur heureuse où il
sombrait loin du monde. Le cliquetis de ses éperons,
lorsque la jambe s'arcboutait d'instinct pour l'empêcher
de choir, le réveillait, furieux contre lui-même. A
l'heure où se formait le gouvernement, à l'heure où son
beau-père et le comte tenaient le pouvoir, allait-il
ainsi devenir un dormeur inutile qu'on évincerait? Se
mouvoir était impossible : un silence respectueux régnait dans la salle, naguère si bruyante. Omer essaya
cependant. Le signe impératif de son beau-père le contraignit à l'immobilité. Alors il lutta de son mieux. Avec
son doigt il se décollait les cils, et les mouillait de
salive... Il ne saisissait plus que par fragments les
phrases de la proclamation...

— « J'accepte avec dévouement et avec joie les
devoirs qui me sont confiés... Et, de même qu'en 1789,
je me sens fort de l'approbation de nos honorables collègues aujourd'hui réunis à Paris... La vérité triom-
phera, ou nous périrons ensemble... »

L'estafette rêva que l'Hôtel de Ville s'effondrait : son
sabre s'échappait de ses mains vagues, et ce fut un tin-

tamarre de ferraille tourbillonnant autour de ses mollets.

— Voyez donc ce pauvre enfant qui dort debout !...
compatit la voix charitable de La Fayette.

Omer l'eût tué. Le major l'envoya s'étendre sur le
grabat du lampiste, dans le cabinet voisin. Il y puait
l'huile ; cela n'empêcha point l'époux d'Elvire de s'en-
dormir aussitôt sur la couche sordide. A peine eut-il le
temps de distinguer les quinquets bien fourbis et leurs
abat-jour de tôle verte alignés sur des planches. En
choisissant quelques-uns, l'homme de service tira, plus
tard, le héros du sommeil. Par la porte s'engouffrait le
tumulte de voix nombreuses, le bruit des crosses
labourant les parquets. Omer regarda sa montre : il
était sept heures trois quarts. Une voix véhémente exigeait du pain pour les ouvriers combattants, ou les
fonds indispensables aux achats.

— Il est plus de quatre heures : ma caisse est fermée !
Je n'y puis rien,... répondait l'accent péremptoire de
M. Casimir Perier.

Rageusement, la plupart criaient :

— Vive Charras !...

Et M. Casimir Perier :

— Silence !

Omer rentra dans la salle. Il apprit que M. Laffite,
Benjamin Constant et les membres de la Commission
municipale étaient arrivés.

Par une belle phrase, La Fayette autorisa les délégués de l'émeute à se pourvoir sur la caisse de l'Hôtel
de Ville ; et il ordonna de préparer un bon.

— Nous ne voulons pas de votre argent !... refusèrent plusieurs portefaix... Le peuple ne s'est pas
battu pour de l'argent, à la caserne de Babylone !...

— Je me retire dans le sein de la Commission Municipale!.. déclara solennellement M. Casimir Perier.

Et il sortit à reculons, en insultant de ses yeux autori-

taires le polytechnicien qui présentait cette dizaine de
tâcherons, d'ailleurs effroyables, couverts de poussière,
masqués de sueur noire, vêtus de chemises en lambeaux et tachées rouge, de pantalons en loques.

— L'entendez-vous ?... grogna le général Pithouët.

Puis, s'adressant à l'oncle Edme, assis sur le bord de
la table :

— Vous meniez des hommes résolus. Pouvez-vous
compter sur leur zèle ?

— Sans doute ?

— Assez pour leur enjoindre d'arrêter les députés.

— Oh ! pour cela, je ne m'y engage point. Ils croi-
raient que je veux me faire Premier Consul.

— Dans ce cas, la révolution avorte !

— Nous verrons bien !...

— On verra ça !... fit Pied-de-Jacinthe.

Et il frappa sur le fourreau de son bancal.

Un ricanement de menace tordit les bouches des
républicains rassemblés là. Les poings serrèrent les
fusils. Démoniaque et grimaçant, sa mèche dans l'œil,
Trélat répétait :

— Il faut empêcher qu'aucune proclamation ne soit
affichée : la signature désignerait un chef, avant que la
forme même du gouvernement puisse être déterminée
par le peuple. C'est un danger de dictature !

— Il existe une représentation provisoire de la
nation,... ajoutait Enjolras, dont les paupières rouges
encadraient les yeux fulgurants... Qu'elle reste en
permanence jusqu'à ce que le vœu de la majorité des
Français ait pu être connu...

— Qu'elle s'occupe aussitôt des moyens de consulter
la nation !... recommanda Grantaire, monté sur la
table, qu'il arpenta.

La Fayette se leva, souriant, et quitta la salle Saint-
Jean pour celle de la Commission. Il touchait les mains

offertes. Sa lourde figure promettait ce que l'on voulait :

— Toute autre mesure serait intempestive et coupable.

— S'il faut que l'un se dévoue pour poignarder le d'Orléans qu'on nous accommode,... lançait la voix démente de Ribéride,... je serai celui-là... Plus de royauté !

Tous l'applaudirent. Les bouteilles de bières, renversées, roulèrent...

— Général La Fayette,... avertit Bahorel, ses mains sales en l'air,... général La Fayette, prenez garde !... Vous choisissez le chemin de l'antre où l'on perd sa popularité !

Le vieillard lui fit face, posa ses deux mains tremblantes contre ses décorations ; il se raffermit sur ses jambes en pantalon blanc, et remua ses lèvres incolores :

— La popularité est un trésor précieux à mon cœur ; mais, comme tous les trésors, il faut savoir le dépenser dans l'intérêt du pays !...

— Soyez notre chef pour fonder la République selon les principes du grand philosophe Saint-Simon !... proposa le major Gresloup, les yeux dans les yeux.

— Il ne m'appartient pas de constituer le gouvernement définitif. C'est aux Représentants d'assumer cette responsabilité.

— Tu nous livres à Casimir !... pleura Grantaire, qui parcourut la table à grandes enjambées, et feignit de s'arracher les cheveux.

La Fayette sourit, sortit... Dubourg, d'un coup de poing sur ses paperasses, commenta cette attitude.

— Le général Lobau refuse de signer le décret autorisant la garde nationale de Versailles à commencer l'attaque contre la caserne d'artillerie !... vint dénoncer Urbain en nage.

Il cracha de colère et remit son bicorne.

Pied-de-Jacinthe frappa du pied :

— Il recule donc aussi, l'aide de camp de Joubert !...
le volontaire de la Révolution !...

— Rien n'est plus dangereux, dans une révolution,
que les hommes qui reculent,... professa Bahorel, sen-
tencieux et lugubre.

— Eh bien, je vais le faire fusiller !... décida Urbain.

Et il courut au balcon pour appeler les gens de sa
bande.

— Mazette !... dit le major, qui l'arrêta... Fusiller
le général Lobau ! Un membre de la Commission municipale, du Gouvernement provisoire !

— Lui-même... Et je dirais à ces braves gens de fusiller le bon Dieu, qu'ils iraient !

— D'abord la vie n'est qu'un crime de Dieu !...
appuya Grantaire.

Omer les empêcha difficilement de convoquer par la
fenêtre les gaillards aux bras velus, casqués, et qui
buvaient, tour à tour, la liqueur du marchand de
coco...

Au milieu de ces démences, l'estafette se réveilla
complètement. En sa conscience, il les blâmait. De l'un
à l'autre, il allait, endoctrinant, avec la certitude
d'accomplir son devoir.

— Nous nous sommes battus pour le triomphe de la
Loi sur l'arbitraire... Respectons la Loi... Ne tentons rien
que la Loi ne puisse justifier... C'est aux députés légalement élus à se prononcer selon les sentiments de la
Nation...

Dans un fauteuil à crépines d'or, s'effondra la masse
du loueur Rambourg. Ses mains violâtres jouaient avec
ses bouts de bretelles multicolores, tandis qu'il grommelait :

— Vous attirez sur nous les Cosaques, vous attirez
sur nous les Cosaques !...

— Gare aux Cosaques !... renchérissait Mauravert.

Cette peur de l'étranger gagna les rangs de la garde
nationale que M. Roulon et M. Buchez échelonnaient
de marche en marche, sur l'escalier intérieur. Baïonnette au clair, l'ébéniste repoussait déjà rudement les
ouvriers en guenilles dans les coins d'ombre. Une
patrouille entoura même deux récalcitrants et, malgré
toutes protestations, leur arracha les fusils, les gibernes.

— Votre tâche est finie,... leur persuadait un caporal que défiguraient des furoncles... Il faut que l'ordre
se rétablisse... Les Cosaques n'attendent qu'un prétexte
pour nous infliger les désastres de 1814 et 1815... Voulez-vous perdre la France en effrayant les rois de la
Sainte-Alliance par cet aspect révolutionnaire ?...

— Vive notre bon roi qui capitule !... clamait à tue-
tête, d'en bas, le petit vieillard au schapska.

Omer descendit au perron afin de discerner les causes
des rumeurs que provoquait ce cri.

Un monsieur fort âgé, saluant à droite et à gauche,
jurait, sacrait, riait, la couperose étincelante, et
sa chevelure blanche au vent. Courfeyrac reconnut
M. de Semonville, ambassadeur et grand référendaire,
qui gravissait les marches, courbé en deux, et les bras
étendus, en manière de balancier:

— Morbleu ! le Roi retire les ordonnances ! Mille
millions de bombes !... Ah ! jarnidieu, le ministère est
à bas, mes amis ! Ça y est, corbleu !... Le général
Gérard est ministre de la Guerre, et Casimir Perier
aux Finances ! Nom d'un tonnerre !

Dans l'espoir d'amadouer la crapule par des jurons
fraternels, le ci-devant les prodiguait :

— Sacré nom ! Polignac s'en va... M. Perier aux
Finances ! Le général Gérard à la Guerre ! Morguienne !...
Le Roi retire les ordonnances... Peut-on parler à M. de
La Fayette, jeune homme ?...

— Eh ! mon neveu, je vous donne le bonsoir. Je suis aise de vous voir si bon air.

C'était le comte de Praxi-Blassans, qui secondait l'ambassadeur ;

— Nous accourons de Saint-Cloud. Sa Majesté retire les ordonnances... Ces messieurs viennent en son nom...

Il indiqua MM. de Vitrolles et d'Argout.

— Vive la Charte ! Vive le Roi !... cria M. Roulon.

— Vive le Roi ! Vive le Roi !... hurla Mauravert, pour couvrir les « Vive la République ! » de la grande salle.

— Vive le Roi !... rugit Rambourg... Enfin, l'ordre sera rétabli...

— Vive le Roi !... entonna toute la garde nationale, qui présenta les armes à MM. de Semonville, de Vitrolles, d'Argout et de Praxi-Blassans.

— Vos boutiques seront sauves, morbleu !... décréta M. de Semonville.

— Hé ! hé ! les choses ne sont pas avancées autant que je le craignais,... dit Praxi-Blassans à l'oreille d'Omer... Voici du travail pour M. de Chateaubriand qui a flairé la bonne aventure. Il est de retour et m'est venu faire visite. J'ai porté son message à Saint-Cloud... Peste soit de vos barricades ! J'ai failli vingt fois me rompre le col. Mais vos sans-culottes sont plus polis que ceux de jadis : ils hissaient nos voitures pour leur faire franchir les tas de pavés...

Promptement, l'estafette le renseigna sur les esprits.

Les envoyés de Charles X furent introduits dans l'antichambre qui précédait le bureau de la Commission municipale. Dès que la porte s'ouvrit, le comte de Praxi-Blassans cria très haut :

— Messieurs, voici le repentir du roi !... de façon à être entendu par tous.

M. de Semonville, trébuchant de droite et de gauche,

attrapa cependant les mains de La Fayette qu'il étreignit à la lueur ronde de la lampe.

— Il y a quarante ans, marquis, quarante ans ! Ici même, et dans des circonstances, ma foi, assez près d'être pareilles...

A l'aspect de ces grands seigneurs, Casimir Perier, ému, accentuait la déférence, s'inclinait devant M. d'Argout, silencieux et gourmé. Les autres membres de la Commission s'étaient levés, puis rassis. Triste et noble, M. Laffitte, de ses narines, humait l'air ; M. de Puyraveau se prêtait la mine d'un juge qui condamne à mort ; Benjamin Constant rejetait en arrière son grand visage aux longues boucles blanches et jaunâtres, il affectait de la hauteur. M. Mauguin ni M. de Schönen ne continrent pas leurs colères :

— Vous vouliez donc nous faire assassiner tous par vos Suisses ?...

— Égorger Paris !...

M. de Vitrolles atténua mal son sourire de sceptique devant ces rhéteurs. Mais le général Pithouët dévisagea si franchement l'espion royal que celui-ci se détourna vers Casimir Perier :

— En quittant Saint-Cloud, nous ignorions qu'il existât un gouvernement provisoire, une commission municipale. Nous pensions traiter avec un général placé à la tête du mouvement... Nous ne portons aucune preuve de notre mission : le Roi ne pouvait apposer sa signature sur un acte qui eût, par là même, reconnu légale la fonction d'un chef révolutionnaire.

Au signe de M. Laffitte, les huissiers se préparèrent à fermer les portes.

— Ce soir, je n'ai pas le caractère officiel qu'il faut pour me mêler de tout ceci,... confia Praxi-Blassans à son neveu, en se retirant de façon à ne pas se confondre avec les mandataires du Château... Le Roi n'a point voulu donner de signature, parce qu'il espère pou-

voir désavouer mes collègues... Aussi bien, rien ne me
semble assez sûr pour que je me compromette : il n'y
a point urgence... J'ai ouï dire que les gens du Parti
Industriel dépêchaient quelques-uns des leurs à Neuilly,
pour quérir le duc d'Orléans... « Attendons la fin ! »
comme dit le fabuliste... Il serait sage d'aller prendre
quelque repos dans votre campagne. Ma voiture de
chasse est au Quai Pelletier. Courons rassurer ces
dames. La comtesse habite à Meudon depuis avant-hier ;
elle y alla, lorsque les balles commencèrent de casser nos
vitres... Vous et moi, nous avons des devoirs d'époux, de
pères. Vous vous êtes bien tenu jusqu'à présent, et pour le
mieux de nos intérêts : je n'aurais pas agi d'autre sorte à
votre place. Mais je ne me soucie pas que vos amis, les
charbonniers, vous fassent faire la tête chaude, à l'instant inopportun. La Banque d'Artois en pourrait souffrir... Après le grabuge, il y aura des places vides et
bonnes à briguer. Vous vous êtes suffisamment montré
pour obtenir des fous ; et, si l'on ne vous rencontre point
trop au Gouvernement provisoire, vous n'aurez, au cas
de son échec, rien à redouter des sages, quant à votre
liberté ou votre fortune... Le principal était qu'on me
reconnût dans ce lieu. Les plus subtils peuvent attribuer à ma parole sur le repentir du roi le sens de l'ironie royaliste ou celui de l'orgueil révolutionnaire. Ce
n'est pas dans un tel moment qu'il sied d'omettre les
principes de la diplomatie, dont le premier enseigne
l'excellence des phrases ambiguës aux heures douteuses.
Je puis souper tranquille... Faites vos adieux à votre
beau-père, en vous excusant sur l'état de votre blessure.

Le comte se bourra le nez de tabac. Dans la salle
Saint-Jean, il examinait les énergumènes qui se pressaient vers la table aux flaques d'encre, où persistaient
encore les traces des semelles de Grantaire. Satisfait
d'être convaincu, l'époux d'Elvire joignit avec peine le
major, qui l'approuva de partir. A Blanqui, le général

Dubourg promettait de se rendre, le lendemain matin, chez M. Laffitte, et d'en tirer une réponse claire : le banquier l'eût éludée, ce soir, au milieu de la Commission municipale. Pierre Leroux fronçait les sourcils, secouait sa tignasse, frappait les meubles, faisant tressaillir, dans les verres, la limonade, et, dans les assiettes, la charcuterie, les tranches de pâté :

— Mes amis du passage Dauphine se disposent à consolider leur barricade, et à fondre les gouttières de leurs maisons pour mouler des balles neuves !

— La Fayette nous doit d'établir la républiqne américaine ;... affirmait la tête olympienne de Michel Chrestien.

— Le duc d'Orléans est la meilleure des républiques... essaya de soutenir M. Mignet, que des huées chassèrent aussitôt sur le palier, dans les rangs de la garde nationale.

Cavrois le recueillit, opposant sa large carrure aux fureurs des acharnés. Ensuite, il embrassa, contre sa poitrine molle, Omer suffoqué :

— Eh ! cousin... Maman l'avait bien dit !...

Dehors, le peuple banquetait. Des femmes distribuaient du vin, du pain, des morceaux de viande froide. Leurs bonnets à ruches luisaient dans tous les groupes, à la clarté de quelques lampions remplaçant les réverbères détruits. Au milieu des ruisseaux, les ivrognes ronflaient. Une odeur âcre planait dans la poussière suspendue. Omer songea que bientôt il respirerait la fraîcheur des bois...

Distingua-t-il vraiment le bonnet rouge et les cheveux blonds d'Angeline, ses larges yeux qui l'aimaient là-bas, bien qu'obscurcis par la peine ? La capote de la mère Cardoche se penchait sur la menotte bandée de la Bordelaise dont Cydalise, dans ses bras maigres, berçait les pleurs et le corps enfantin... Alerte, Praxi-Blassans entraîna son neveu. Les valets abaissèrent le marchepied de la voiture. Au fond, une femme était blottie.

— Et votre blessure, Omer ?... interrogea la voix curieuse d'Élodie.

— Mademoiselle nous accompagne,... imposa le comte;... je lui ai retenu un logis à quelque distance de votre domaine...

— Ah !... fit Omer, choqué de savoir cette fille près de vivre quelques jours à Meudon, non loin d'Elvire.

Par la portière il regarda disparaître la Grève, pleine de rumeurs et de fusils. Debout sur une caisse, l'homme en armure légendaire chantait, sous le casque, pour un cercle de badauds attentifs et las :

> Le feu sacré des républiques
> Jaillit autour de Bolivar ;
> Les rochers des deux Amériques,
> Des peuples sont le boulevard.
> L'Afrique même est à la veille
> D'expulser des tyrans jaloux...

Au refrain, sa femme levait la chandelle, dans un cornet de papier, afin de mettre en lumière la figure tragique du chanteur :

> Partout la liberté s'éveille,
> Réveillez-vous !

La foule reprit en chœur, de ses voix mâles et menaçantes, de ses voix ivres et enrouées, de ses voix enfantines, de ses voix chaudes et amoureuses :

> Partout la liberté s'éveille,
> Réveillez-vous !

En clameur, cela jaillit de cent poitrines. Mille bouches le répétèrent... L'appel du peuple assaillit la façade énorme, rectangulaire et noire de l'Hôtel de Ville, les lueurs roses des fenêtres nombreuses où des ombres s'empressaient, jusque dans le gracieux belvédère découpé sur le scintillement des étoiles.

Le coin d'une maison bruyante, en fête, fut tourné. Le chevalier légendaire fut caché, puis toute la place... Omer écouta longtemps le refrain de victoire.

— Plaise à Dieu qu'ils ne se réveillent pas comme ces braillards l'exigent à cors et à cris !... souhaita le comte... *Nous aurions sur les bras toutes les utopies des Babeuf, des Saint-Simon, des Fourier, et autres abstracteurs de la quintessence humanitaire. Ces rêveurs persuaderaient aisément la canaille de mettre les biens en commun, en s'aidant du fer et du feu jusqu'à ce qu'ils aient obtenu leur mer de limonade, espoir saugrenu de ce M. Fourier... M. de Rothschild, grâce au ciel, jouait à la hausse : comme il perd tout, il obligera M. Laffitte à choisir un souverain qui proroge le terme de la liquidation en Bourse, et, par là, donne le loisir de compenser les déboires. Ces affaires d'écus primeront le reste devant le Parti Industriel... autant dire devant les boutiquiers qui tremblent pour leurs tiroirs..., et les préfèrent à toutes les républiques... Tenez... voyez donc... voyez, chère Elodie !*

Oursons en tête, buffleteries blanches en croix, gibernes et briquets au dos, une patrouille imposante barrait la rue des Arcis.

— Avancez à l'ordre, ou je fais feu !... enjoignait aux passants le chef, qui parut être le F.·., commis de banque. .

Des guerriers en loques, traînant leurs fusils et leurs piques, voulurent passer outre ; ils invectivèrent. On les couchait en joue : un caporal maigre hurla, l'insulte à la bouche.

— Bas les armes ! Rendez vos armes ! Quiconque n'est pas en uniforme doit déposer les armes...

Omer avisa les favoris blonds du tailleur Durtot : il empoignait au col de chemise un homme gras et bas sur jambes... N'était-ce pas un typographe de l'imprimerie Pied-de-Jacinthe?... Il lui ressemblait.

— On ne fait pas partie de la garde nationale, avec cette allure-là, mon garçon! Vous avez la mine d'un bandit...

— La loi n'autorise que les gardes nationaux à por ter les armes,... renchérit le F ∴. auprès d'un homme en redingote déchirée... Vous ne le savez pas?

— Je le sais bien... mais...

— Mais quoi?... Livrez votre fusil..., vos cartouches!... Fouillez-le, Durtot : il pourrait en avoir dans ses poches.

— Je suis M. Godefroy Cavaignac,... se récriait la victime... J'appartiens à la société des Amis du Peuple; et c'est une indignité! Mon frère est officier... Je refuse de vous abandonner mes armes... Si mes habits sont abîmés, c'est que je me suis battu, corps à corps, avec un soldat de l'infanterie royale !

— A d'autres ! Vous vous expliquerez à l'Hôtel de Ville...

— On m'a tout à l'heure arrêté, puis relâché, à la Croix-Rouge, à cause de la même erreur... Je vous dis que je me nomme Godefroy Cavaignac.

— Je m'en f... Vous n'avez pas d'uniforme : suffit!... Lâchez ce fusil...

— Bah ! notre travail est fini pour lors... philosophait le typographe désarmé... Il faut laisser le reste de la besogne aux savants...

La voiture s'éloigna vite de la bagarre.

Durant le trajet, Omer répondit sèchement aux propos d'Elodie. Néanmoins il s'amusa de sentir leurs jambes se chauffer dans l'ombre. Elle tournait en ridicule ce qu'elle avait entrevu de l'émeute. Pourtant elle l'obligea de conter les détails de la rixe avec l'artilleur, sur la place de la Bastille, et comment, au Louvre, il avait tiré deux coups de feu contre un officier suisse. Elle s'étonnait qu'il n'eût point, en trois jours de bataille, tué plus d'ennemis. Le comte la taquinait sur ses illusions touchant les choses de la guerre. Pendant qu'il éternuait, à plusieurs reprises, elle toucha secrètement le corps du jeune homme, en deux caresses audacieuses, par-dessous la soie légère de sa mante, ce dont Omer tira vanité.

A Meudon, il abandonna le comte et son amie devant l'auberge. Ensuite, la voiture franchit la grille de sa maison. Là, guettait Elvire. Elle fit arrêter les chevaux. Tout de suite elle se ruait à son cou. Elle riait et sanglotait.

— Dieu soit loué ! Te voilà. Voilà mon Omer. J'ai retrouvé mon Omer... Tu souffres ? Ah ! que j'ai pleuré !...

— Il est courageux comme Bernard !... disait la tante Aurélie, au seuil de la villa.

— Embrasse ton fils... Embrasse Olivier...

Elvire emmena son mari tout de suite dans leur appartement.

Elle le déshabillait, le lavait, le baisait. Telle Angeline, la veille et le matin.

— Qui t'a soigné ? Qui t'a pansé ?

— Trélat.

Quand il fut dans le bain, elle le calinait encore, l'accablait de questions...

— Et tu l'as tué ! Mon Dieu !... Moi, je serais morte de peur...

Il comparait les grâces élégantes de l'épouse aux instincts affectueux de la grisette. Chevelure plus belle, mains d'opale, yeux durs et lumineux, corps moins animal en ses attitudes décentes. Elle lui plut davantage...

— Ah ! chère Elvire, je n'aspirais qu'à votre parfum dans cette foule... Et ce fut le principal de mes sentiments...

— Vous dites vrai ?

Elle le regarda ; les clartés de ses yeux durs le pénétrèrent : l'âme menteuse du mari se déroba dans les détours des paroles...

Au sortir de la baignoire, il avouait :

— Je ne me souviens pas... J'étais comme le bouchon qui flotte sur le torrent... et que l'eau jette contre les obstacles, qu'elle saisit dans ses replis, qu'elle attire en arrière, pour le jeter encore...

Cela le surprit qu'au fond de soi-même il estimât juste cette comparaison. Pourtant il se jugeait héroïque, Il se revoyait au Carrousel, dans la petite rue où il avait voulu lâcher son cheval contre les soldats...La politesse d'Elvire démentit la métaphore du bouchon. Sa politesse ou sa foi dans la vaillance des Héricourt ? Il ne sut.

— C'est pour toi, mon fils, que j'ai versé le sang et que j'ai bravé la mort,... dit-il au poupon que la mère lui présentait... Tu vivras dans une ère de justice que ton aïeul et ton père t'auront préparée, sous les trois couleurs !   .

Bien qu'il prononçât sourdement cette phrase, il se remercia de l'avoir composée majestueuse. Il n'avait rien entendu de plus grand, au théâtre, que ce simple cadeau d'un avenir heureux, offert aux mains débiles d'un petit enfant. Malgré lui, des larmes noyèrent ses cils, tant il s'admirait.

— Omer, je vous adore ! justifiait Elvire.

A petits coups de lèvres douces elle effleurait la plaie de l'épaule, dans la chemise béante, puis l'érosion de la joue. Il serrait contre soi la chaleur du jeune corps et ses courbes, et les globes menus de la poitrine haletante, qui palpitaient. La communion de leurs âmes se compléterait par la communion des corps.

« C'est ici le double amour ! Je me devine en son cœur qui me pense... Angeline me reste étrangère au milieu des plus délirantes voluptés. Je ne suis pas elle, comme je suis Elvire en cet instant ! »...

Respectueuse d'un maître vaillant, la camériste disposait les argenteries de l'en-cas, les cristaux limpides sur le vermeil ancien du plateau. Omer eut aux doigts l'ivoire poli de son couteau, et, aux regards, la beauté suave de quatre lys qu'offrait une bergère en porcelaine de Saxe, élancée du guéridon, délicate, rosée aux joues, la gorge visible dans le fichu, et le sourire mièvre... La lavande avait embaumé les damassures du linge. Sous la gelée blonde, la volaille froide conviait l'appétit. L'or du vin coula dans les verres avec un bruit liquoreux... Sur le velours de la molle ottomane, au flanc d'Omer, Elvire inclinait sa candide figure de vertu, ses yeux, « le ciel et la mer » profonds, son teint de pêche duveteuse que couronnaient le bronze et l'or de la chevelure abondamment répandue.

— Je t'adore,... murmurait-elle.... Il faut que rien de cette heure ne périsse...

— Qu'elle s'éternise dans une vie nouvelle, fille de cette nuit heureuse, ô mon Elvire !

La chambre était haute. La joie des lumières brillait autour du petit lustre, éclairait le gris simple des lambris moirés. La couche amoureuse s'étalait, blanche dans la pénombre, sous les ondes lourdes des courtines. Au fond du berceau, l'enfant était endormi, serein, joufflu, ses bras potelés hors des dentelles. La fraîcheur du parc entrait par la fenêtre avec le vol d'un papillon nocturne, avec les senteurs des viviers, des parterres et des charmilles. Outre Elvire, l'orgueil d'Omer embrassait tout ce bonheur, toute cette magnificence de la nuit, les astres mêmes, la nature et la victoire.

XV

Ce fut l'abbé de Praxi-Blassans qui, débraillé, tout en sueur, le lendemain vendredi, sur le soir, vint à Meudon apprendre aux siens les décisions de la Chambre. Elle appelait Louis-Philippe d'Orléans à la lieutenance générale du royaume. Les Pairs, qui redoutaient le triomphe de l'anarchie, avaient accepté la solution immédiate. Enfin les troupes royales se débandaient autour de Saint-Cloud.

— Marmont a trahi le Roi, comme il a trahi l'Empereur... On espérait trop de sa mollesse... Polignac aurait dû le faire fusiller dans le jardin des Tuileries !... Le Dauphin a voulu briser en deux l'épée de ce fourbe, qui avait eu l'audace de faire lire aux régiments un ordre du jour propre à les exempter de se battre. Le Roi a cru bon de prier le duc de Luxembourg d'aller à la tête de son état-major reporter cette épée au Raguse... C'était une corde et une potence qu'il eût fallu, et présentées par le bourreau !...

Poussif, Edouard s'effondra sur un banc du jardin, dans les bras de la comtesse Aurélie, qui l'essuyait et le calmait.

Comme stupéfait de voir le calme relatif de sa famille, assise autour de verres, de flacons et de carafes toutes fraiches, il regardait Elvire, le teint de fleur, les grands yeux apaisés, l'ample élégance du chapeau en paille de riz, la légèreté de manches

bouffantes, la souplesse des jupons à bandes roses.
Il sembla ne pouvoir s'imaginer comment sa mère avait
pu lisser, en ce jour de malheur, ses longues boucles
grises, et draper une écharpe de blonde sur sa robe de
mousseline. Qu'Omer fût debout, en culotte et en escarpins, en habit bleu; cela le passait! Que Mme Gresloup
priât les servantes d'approcher un siège, de verser du
sirop, d'enlever le petit chien endormi dans sa jupe
à l'indienne, cela outrageait sa douleur... Ses préoccu-
pations l'enfiévraient.

— Il y a du grotesque dans ce tragique!... ricanait-
il... Le fils de Philippe-Egalité demeure introuvable.
Les émissaires du Parti Industriel ne le peuvent déni-
cher à vingt lieues à la ronde... Le beau régent que
voilà pour la minorité du duc de Bordeaux, si tant est
que le Roi et le Dauphin consentent à l'abdication...
Et les gens qu'a gorgés de tout Sa Majesté, ces mendiants de chaque heure s'en vont par toutes les portes
du château, leurs paquets sous le bras... C'est une
déroute de ducs et pairs, de gentilshommes du service,
et de chambellans... Ah! jamais je n'ai vu l'humanité
aussi bas. J'ai entendu bien des confessions criminelles :
à tout prendre, les individus, seuls, sont moins capables
de turpitudes qu'en compagnie. Et mon père, mon
père qui se dérobe aussi!...

— Tais-toi!... fit Aurélie... M. de Chateaubriand
n'était pas là non plus, je pense!

— Tu l'emportes, Omer!... reprit l'abbé... A la
bonne heure!... On va te voir procureur général, pour
le moins... Ton ami Montalivet est arrivé en poste,
après la bataille. Il a couru tout de go, du Luxembourg
à l'Hôtel de Ville, pour réclamer au général Dubourg
la direction des ponts et chaussées. Malheureusement,
M. Baude la veut pour lui. Ce matin, Dubourg est intervenu chez Laffitte, la cravache à la main, pour le contraindre, devant les députés libéraux, à proclamer la

République. Laffitte s'est précipité sur la sonnette du président et l'a sans cesse agitée. Il a pu couvrir la voix de l'intrus. Comme il a de la vigneur, ton général comte dut sortir sans autre résultat... Bernadotte et les Philadelphes ont perdu le trône de France... encore une fois !...

Il se relevait, piétinait, s'éventait. Sa soutane grise de poussière, battait autour de ses jambes. Il but d'un trait le verre d'orgeat qu'un domestique lui offrit, puis jeta son tricorne au milieu de la pelouse. Il arracha son rabat qui l'étranglait. Deux grosses larmes roulèrent sous les paupières baissées de la comtesse Aurélie. Les ayant vues, il se précipita vers elle, tomba sur les genoux, et cacha sa tête dans la soie mordorée :

— Pardon, mère, pardon... mais je suis vaincu ! Je suis vaincu !...

Sa frénésie l'étouffa. Chacun voyait, parmi les mèches dépoudrées, sa tonsure sale. Les plis de ses bas noirs descendaient en spirale jusqu'aux souliers à boucles. Douloureux et pantelant, il réfléchissait à la défaite de la Congrégation ; et, tel un petit enfant chétif, il ne quittait pas l'abri des jupes maternelles.

— Ah ! l'infortuné !... gémit Elvire, en pressant les doigts de son mari.

Omer acquit alors le sens complet de sa victoire, ce prêtre à bas, dans la poudre du chemin, cet orgueilleux parent fier de sa race, de son énergie et de ses espoirs gigantesques, n'était plus rien qu'un pauvre être anéanti par le désastre de sa faction. Pourquoi Denise avait-elle obscurément pressenti, en refusant de l'épouser, dix ans plus tôt, la faiblesse de ce jeune noble ?... Comment la fille du colonel Héricourt avait-elle deviné ce destin sans gloire, avant de préférer l'oncle Augustin, aujourd'hui, couvert de lauriers, sur la terre d'Afrique, et, demain, seigneur parmi les grands de la terre... Quelle secrète influence avait averti la vierge engendrée par la force du héros ?...

Omer s'enivra de triompher, en dépit de ses instincts lâches qu'avait domptés, à toutes les heures du péril, l'honneur héréditaire de Bernard Héricourt, du père encore présent dans la personne du capitaine Lyrisse, son disciple et comme sa survivance auprès d'un fils timide. « O mon père, pensa-t-il, vous ne nous avez pas abandonnés... Votre vaillance éperonna nos faiblesses et les sauva !... »

— C'est leurs ruses, toutes les ruses des carbonari, des francs-maçons, qui nous ont terrassés ; la ruse des conspirateurs et la ruse de l'argent !... accusait Edouard, en montrant son cousin du doigt.

— Contre les ruses des jésuites !... riposta Omer.

— Réjouis-toi : tu viens de fonder le règne de la Bourse.

— Parce que ton laboratoire à miracles fait banqueroute !...

— Omer !... supplia la tante Aurélie.

Le vainqueur et le vaincu se mesuraient. Tous les traits du prêtre se contractèrent en sa face exangue, parmi les mèches dépoudrées... Le rire sardonique d'un tiers interrompit ce jeu d'écoliers rivaux qui se menacent, bien décidés à s'en tenir là. Le comte de Praxi-Blassans se moquait d'eux. Il revenait de Paris, où il avait siégé parmi les Pairs, avant de revoir sa maîtresse à Meudon. Il avait encore sur l'habit les traces de fard que la belle avait omis d'épousseter...

— Ah çà !... dit-il..., vous puez le collège, autant que ces petits messieurs qui nous charriaient tout à l'heure, sur leurs épaules, notre vicomte de Chateaubriand, ahuri et charmé d'entrer au Luxembourg avec cette mascarade... Trêve de puérilités !... J'ai grand'-faim... Le messager du roi, ce pauvre Mortemart, nous a tous endormis par ses doléances, mais non rassasiés...

Jamais ambassadeur ne fit pareille figure de sot! Il est
resté parmi nous au lieu d'aller présenter lui-même,
au Palais-Bourbon, les nouvelles ordonnances de Saint-
Cloud. Laffitte et Benjamin Constant s'y sont impatien-
tés tout seuls, et ils ont trouvé mauvais que le ministre
d'un roi si mal en point ne se dérangeât lui-même...
Alors ils ont appelé Louis-Philippe d'Orléans... A vrai
dire, Mortemart avait voulu, ce matin, grimper sur
une barricade que ne pouvait franchir sa voiture :
voilà son talon qui s'écorche dans sa botte! Il n'a pu
marcher davantage. Il a eu ses vapeurs. M. d'Argout a
dû le porter aux Pairs; et on l'a plongé dans un bain...
C'est à l'écorchure d'un podagre que Charles X et le
Dauphin devront de perdre le trône, et le duc de Bordeaux de ceindre la couronne par-dessus son bourre-
let, si tant est que le d'Orléans se satisfasse de la régence... Ce dont je doute fort !... Eh quoi! l'abbé, sou-
peras-tu dans ce désordre? Tu es à faire peur! Demande
une redingote et des bas à ton cousin !... Il sied que
tu prennes avec décence le deuil de tes principes... Va,
va, tu n'en seras pas moins évêque, quelque jour, à
moins que je ne trépasse !...

— Pardonnez-moi, mon père : mitre ou tiare, ce n'est
point d'un autre que je les veux recevoir, mais de moi!

— Oh! le fat! Paix donc! Tu sais combien je déteste
l'affectation. Garde-moi ces paroles pour tes dévotes et
tes prestolets... Peuh! Il fallait m'entendre plutôt que
le Père Ronsin. Il n'a vu goutte, ton maître !

En maugréant, l'abbé s'éloigna pour réparer le dommage de sa toilette. La comtesse Aurélie, sur le banc
de pierre, finit par s'affaisser, les yeux clos, et posa le
menton dans ses mains constellées de joyaux, comme
si elle voulait encore voir le passé, dans la nuit de ses
paupières closes et tremblotantes.

Timidement Mme Gresloup interrogea le comte sur ce
qu'il savait du major.

— Votre mari, Madame, accommode les idées de
Saint-Simon à la sauce des événements, et il s'égosille
à réclamer pour sa République des garanties que lui
refuse la Commission municipale qui pérore... Pardieu !
Mme Cavrois n'arrive point d'Arras. Elle a pourtant dû
apprendre, mercredi soir, aux Moulins-Héricourt, toutes
ces pétarades... Quelque vingt heures dans la malle-
poste ne sont pas pour l'arrêter. Elle pourrait bien me
secourir de ses conseils lorsque son frère Augustin,
avec mon fils aîné, chasse le Bédouin... J'ai donné
l'ordre de nous mettre à la hausse ! Il m'arrangerait de
savoir ce qu'elle en pense, et ce que prépare son ami
Laffitte.

Elle arriva, le soir même, après souper, avec son
fils, dans une calèche attelée de quatre chevaux. Les
postillons avaient arraché leurs boutons fleurdelysés ;
et les fils pendillaient sur les revers écarlates de leurs
vestes.

— Eh bien !... cria-t-elle..., voilà notre barque au
port ! Le duc d'Orléans l'a juré : on recule à huit jours
la liquidation en Bourse. Nous gagnerons à la hausse
après avoir gagné à la baisse... Dieu soit loué, Aurélie !... Bonjour, Elvire ! Plus belle, toujours plus belle !...
Qu'on me montre Olivier... J'ai pour lui des cœurs
d'Arras et des gaufres de Lille dans le coffre... Dieudonné, mon sac !... Et mon eau de pommes !... Ah ! quelle
chaleur !...

Hors de sa capote en paille de riz, la dame avança
des baisers qu'elle colla sur toutes les joues. Dans son
caraco de moire brune, des chairs informes flottaient,
remuaient les chaînes d'or pendues au large cou-
mouillé. Elle s'assit dans le salon chinois ; elle arrêta,
de la main, la lumière de la lampe, qui l'offusquait à
travers ses besicles d'argent. Ses grosses jambes écartées, dans la robe à fleurs vertes, maintenaient son
volumineux cabas de tapisserie. Elle y puisa des cro-

quignoles, qu'elle mangea. Affectueuse, elle serrait les
mains, embrassait, riait sans dents, mais elle tiraillait
toujours les bras d'Omer et de Dieudonné pour se faire
décrire les épisodes de la bataille.

— Mes enfants, mes deux enfants, vous êtes les vrais
fils de la bourgeoisie, vous savez... Que tu as chaud,
Dieudonné ! Veux-tu boire ?

— La Science et la Loi, filles de la bourgeoisie... sourit l'abbé... Voilà donc ce qui succède à l'honneur du
noble et à la foi du moine...

— Ah ! ma sœur, que vous êtes heureuse, vous !...
pleurait Aurélie.

Elle appela son fils près d'elle, sur ses genoux,
comme une mère avide de consoler les peines de son
nourrisson.

— Hein ! mon Omer, c'est moi qui t'ai poussé à
l'étude du droit ; c'est moi qui, malgré toute la famille,
t'ai sauvé de la tonsure !... plaisanta Caroline... Remer-
cie-moi...

Quoique la moiteur de cette peau flasque et barbouillée de tabac lui fut désagréable, Omer déposa un
long baiser sur la joue de la vieille femme. Il sut chérir
là son autre mère, celle qui ne l'avait pas abandonné
comme Mme Héricourt, pour Dieu, pour un Dieu sévère,
vindicatif et jaloux, pour un calcul de prières échan-
geables contre la félicité du paradis ; celle qui, par son
génie, l'avait fait riche, puissant, fier, aimé des femmes,
voué à toutes les délices de la vie ; celle qui l'avait fait
libre et vainqueur, celle-ci, cette vieille à demi chauve
sous le serre-tête de toile brodée, cette lourde matrone
un peu grotesque et qui recommençait, contente, son
éternel geste de savonner ses mains aux bagues d'or nu.

— Eh bien, Omer !... demanda Dieudonné..., es-tu
sage, ce soir ?

— Les députés légalement élus ont décidé... Je respecte leur décision, parce que c'est la Loi...

— A la bonne heure !... Montalivet que j'ai vu dans
les couloirs de l'Hôtel de Ville m'a composé une leçon
que je dois te réciter : « Songez tous deux, m'a-t-il dit,
que l'apaisement le plus prompt est indispensable pour
rétablir la société sur ses fondements ébranlés. Les
séditions peuvent éclater, les partis se former. L'état
où se trouve Paris ne peut se prolonger. La stagnation
des eaux peut devenir un foyer d'infection. Il nous faut
un gouvernement demain. N'entrevoyez-vous pas comme
moi ce que la révolution nous réserve de désordres et
de luttes ? Aux bons citoyens de réparer les ruines de
la monarchie constitutionnelle. Il faut se rendre aux
avis sages et véritablement patriotiques. Au rebours
du général carthaginois, nous n'aurons pas su vaincre
seulement : nous aurons su, de plus, user de la victoire... »

Dieudonné pria son cousin de l'accompagner, le lendemain, au Palais-Royal. On y souhaitait que des gardes
nationaux connus acclamassent le prince et lui fissent
cortège, si besoin était, afin que les manifestations des
révolutionnaires fussent prévenues ou contrariées par
de plus importantes. A l'Hôtel de Ville, Montalivet et
M. Roulon, avec Durtot, Mauravert et les autres,
essayeraient de contenir les énergumènes de Blanqui,
de Trélat, les étudiants d'Enjolras... Aux demi-soldes,
le prince restituait des grades et des commandements.
Au capitaine Lyrisse, un brevet de major serait offert
avec une feuille de route pour l'Algérie, et l'inscription
au tableau d'avancement. Ses amis du café Lemblin
seraient pourvus de même ; tous les officiers de l'Empire recevraient des emplois dans les brigades d'Afrique.
D'ailleurs les généraux Gérard, Sébastiani, Heymès et
Rumigny consentaient à paraître aux côtés du vainqueur de Jemappes et de Valmy, cependant qu'à l'Hôtel de Ville, La Fayette finirait par se résoudre à la
neutralité, comme le général Lobau, voire le général

Pithouët... Mais il fallait d'abord provoquer l'enthousiasme de la rue... Les deux régiments de ligne venus
au drapeau tricolore demeureraient dans leurs casernes :
ainsi esquiverait-on l'apparence même de s'imposer
par la force. Le duc d'Orléans prétendait n'obtenir son
élévation que du peuple. C'était de bonne politique, à
condition que nul, parmi les citoyens respectueux de la
Loi, ne se voulût dérober.

Dieudonné, de phrase en phrase, s'épongeait : son
costume de garde national était lourd, avec les deux
baudriers blancs, les épaulettes, bien que l'ourson fût
resté dans la calèche, comme le fusil.

— Je repars tout à l'heure... Ah ! ma petite Bordelaise !... gémit-il à l'oreille d'Omer... Quel malheur !...
une balle dans la main... Trélat lui a retiré des
esquilles... Elle souffre, ma Noémie ! oh !...

Il secoua sa grosse tête joufflue, qu'une barbe de
trois jours enlaidissait.

— Tu as parlé de départ !... protestait Mme Cavrois...
Nenni ! je te garde jusqu'à demain... Mme Gresloup fera
dresser un lit pour mon garçon dans ma chambre...

— Il y a deux chambres contiguës..., dit Elvire.

— Point ! Je veux mon garçon près de moi...

Le comte rejeta les gazettes pour donner le bonsoir
à Mme Cavrois.

— Vous plairait-il de nous dire, ma belle-sœur, si
M. Laffitte vous a confié quel serait le Dubois de notre
Régent ?

— Mais M. Guizot ou M. Charles de Rémusat... Je
suis morte de fatigue... Les routes sont mauvaises... et
les cahots m'ont brisée...

— Alors, bonne nuit de victoire, ma belle-sœur !

« Victoire... » Omer la lut aux yeux narquois du
diplomate, aux yeux irrités d'Édouard, aux yeux dolents
et las de la comtesse, aux yeux lumineux d'Elvire... Il
évoqua le portrait de son père debout, une grenade

fumante aux pieds, dans la neige que striaient les lignes sombres de l'infanterie lointaine, et les éclairs des canons. Le fils n'avait point failli non plus à la tâche. Le feu des Suisses avait ébloui ses regards, abattu sa vieille jument ; un sabre ennemi avait répandu son sang. A son tour, il était le maître des barbares capétiens ; il était la nouvelle force qui se dressait dans ce salon de campagne, devant le groupe inquiet du prêtre, de la comtesse et du comte, celui-ci plus anxieux que sa mine joviale et sceptique...

— Mes enfants, vous avez pris votre revanche de Waterloo sur les Suisses des émigrés !... conclut la tante Caroline, en les suivant par les couloirs.

Au milieu de leur chambre grise, Elvire amoureuse, dépouillée de ses atours, dans sa blanche robe de nuit, l'ange, pur comme un rayon, noua sa chair sacrée aux muscles de Lucifer triomphateur. Leurs os crièrent de joie. Leurs lèvres souffrirent d'être aspirées par leurs bouches suaves. Tout leur sang chanta des hymnes dans leurs veines battantes. Tous leurs nerfs se saisirent à travers les souples membres agriffés. L'un à l'autre, l'époux et l'épouse furent unis jusqu'à ne savoir discerner ni les parfums, ni les corps de leur fièvre. Les voix mélodieuses de la feuillée, que la brise nocturne éventa, les glorifièrent.

Fier cavalier sous l'uniforme bleu aux aiguillettes scintillantes, Omer, le lendemain, précéda la Commission parlementaire chargée de transmettre au duc d'Orléans l'appel de la Chambre. Dans son hallucination propre, l'avocat imaginait être le licteur de la Loi reparue sur les ruines de la barbarie capétienne. Derrière lui marchaient peut-être les douze mandataires du Sénat et du Peuple romain, et non les seuls représentants de la France libérale. Omer eût voulu l'annoncer aux sentinelles des barricades, aux combattants souillés par ces trois jours de lutte, aux servantes qui recevaient le pain dans leur tablier, et le lait dans le pot de faïence, aux garçons qui entr'ouvraient les magasins, aux groupes qui lisaient les affiches. Mille et mille fois étaient imprimés, sur les murs, les mérites du fils de Philippe-Égalité, les noms illustres de Jemappes et de Valmy qui réveillaient dans les mémoires le souvenir jacobin : « Le duc d'Orléans a porté au feu les couleurs tricolores; le duc d'Orléans peut seul les porter encore !... »

Le fusil sur l'épaule, Dieudonné Cavrois commentait magnifiquement les termes des affiches; il conjurait les flâneurs de ne pas attirer les Cosaques contre une République précaire ! Les gens hochaient la tête, indécis, surtout fourbus. Ils sollicitaient la marchande établissant son réchaud de café noir; ils s'arrachaient les tranches de pain.

— Plus de Bourbons !... protestait parfois un adolescent hargneux à la porte d'un café.

— Vive La Fayette !... répondaient, au loin, d'autres intransigeants.

Mais, sur le seuil des boutiques, l'épicier à casquette verte, l'herboriste en tablier de serge, le boulanger au jupon court et aux bras nus, l'opticien en redingote, le drapier, sa plume aux doigts, le caissier aux manches de lustrine, approuvaient, du geste, les paroles du gros étudiant...

La délégation pénétra dans la cour du Palais-Royal. Parce que les couples de colonnes à l'antique soutenaient les corniches de pierre linéaire, encadraient les portes et les fenêtres principales de la façade, Omer aima parader devant ce décor. Là, rasé de frais, le hausse-col au menton et le bonnet à poil bien lustré, M. Roulon vint aux nouvelles; il introduisait ses mains dans ses gants blancs d'ordonnance. Le vieillard fardé de rose avait quitté sa canardière pour une badine, son

schapska pour un chapeau de cérémonie ; il avait
chaussé des bottes à revers, endossé une redingote
olive, et pirouettait à l'intention des jeunes filles. Car,
dehors, à la grille de la cour d'honneur, se pressaient
les curieux, les furieux, les humbles et les niais, les
femmes en capotes de paille, les minois des grisettes,
et les favoris hirsutes des révolutionnaires. A travers
les barreaux, des artilleurs acceptaient les remercie-
ments du public, qui les félicitait d'avoir suivi la cause
du peuple. Installé sur le soubassement d'une colonne,
Rambourg indiquait, de même, à deux Cauchoises, ses
amies, les fenêtres du prince ; et, de temps à autre, il
meuglait :

— Vive le duc d'Orléans !

Tout à coup, la voix de Mme Cardoche le seconda. Elle
était sur la place, contre la grille qu'empoignaient ses
gants rouges. Les roses et les lys des préparations cos-
métiques, les boucles postiches lui avaient rendu mo-
mentanément une jeunesse embellie par les rubans
aurore de sa capote, la mousseline tuyautée de sa
guimpe, et le nansouk de sa robe à deux volants.
Comme il l'appréhendait, Omer aperçut, séparée d'elle
par quelques badauds, Angeline charmante d'être fraîche,
coiffée de rouleaux et de coques d'or. Il admira la naissance de la gorge solide, la taille étroite dans la ceinture, le corps opulent et ferme sous les ballons des
manches, la jupe d'organdi et l'écharpe cerise. Elle se
détourna, bien qu'elle le voulût revoir aussitôt, à la
dérobée.

Il s'obligea d'aller à la grille leur rendre hommage. Cydalise, avec Urbain, soignait la Bordelaise, à ce qu'elles
dirent. Omer essaya de consoler par des sentences phi-
losophiques l'amour déçu de sa petite amie. Tous trois
se parlèrent longtemps. Il leur apprit comment la délégation décidait le prince, pourquoi l'on attendait la
proclamation que composait l'imprimeur de la Chambre,

et pourquoi l'on s'inquiétait de ne recevoir aucune réponse de l'Hôtel de Ville aux messages des députés. Pourtant les regards d'Angeline et de son amant exprimaient d'autres choses. Elle reprochait. Il s'excusait. Elle implorait de nouvelles faiblesses. Par des phrases générales, il alléguait indirectement ses devoirs de citoyen, d'époux et de père. Cavrois questionnait Mᵐᵉ Cardoche sur les souffrances de sa maîtresse.

— Ah !... fit Angeline,... la Bordelaise est heureuse. elle ! On l'aime. Elle n'est pas de ces pauvres filles que sacrifient des ingrats ?

Omer eut pitié de cette douleur. Il se pardonnait, cependant. Jamais il n'avait promis l'éternité de son caprice à cette petite lingère. A qui la faute si elle s'était éprise plus que de raison ? Un passant, le lendemain, la distrairait.

Tout à coup on entendit la foule honnir un homme en veste, qui prêchait :

— On veut dérober au peuple les fruits de sa victoire ! Les d'Orléans sont des Bourbons. Les Bourbons ont toujours sacrifié à leurs courtisans les intérêts du peuple... A bas les Bourbons !

Cent messieurs aux chapeaux ornés de cocardes tricolores s'étaient précipités sur l'importun ; quelques hâbleurs se trouvèrent pour le protéger : une bagarre rapide s'ensuivit. Dans l'esprit d'Omer, la protestation de cet inconnu s'alliait à la plainte d'Angeline. Il lui fallut recourir à son idée de la Loi pour ne pas douter de sa vertu.

Or, à la fenêtre centrale du Palais, des personnes parurent qui lancèrent une pluie d'imprimés. Ceux qui les attrapèrent dans la cour les rejetèrent, par la grille, sur la place. Mᵐᵉ Cardoche tendit ses mains rouges vers la manne spirituelle, et la foule aussi. Des enfants ramassaient les feuilles à terre. Cavrois lut, de sa grande voix joviale, le factum de Louis-Philippe. Le

prince annonçait qu'il n'hésitait pas à faire tous ses
efforts pour préserver Paris de la guerre civile et de
l'anarchie :

« Les Chambres vont se réunir ; elles aviseront au
moyen d'assurer le règne des Lois et le maintien des
droits de la nation. La Charte sera désormais une
vérité ! »

— Vive la Charte!... répondit l'immense clameur de
la multitude reconnaissante.

— Plus de Bourbons !

— Ce n'est pas pour la Charte de Louis XVIII que
nous avons combattu,... déclarait un jeune homme
qu'une énorme écharpe tricolore ceignait à la taille...
La liberté tout entière, voilà ce qu'il nous faut ! Voilà
qui est plus précienx que les intérêts de la boutique !...

— Payerez-vous nos échéances, l'avocat ?...

— Voilà cinq jours que les affaires sont arrêtées !...

— Soumettons-nous à la Loi,... conseillait Omer, du
haut de son cheval... Il n'y a que la Loi. La volonté
des représentants est son expression...

— Vive le duc d'Orléans !... répétèrent Rambourg,
ses deux Cauchoises, et Mᵐᵉ Cardoche.

— Vive le héros de Jemappes !...

Et, dans cette acclamation, les cris hostiles furent
étouffés un instant pour renaître aussitôt. Omer et
Cavrois se fatiguèrent à défendre les mérites du lieute-
nant-général contre les ergoteurs républicains, assez
vite malmenés d'ailleurs par la bourgeoisie trafiquante
du Palais-Royal et des rues voisines.

A midi, tous les marchands sortirent de table en pantalons de nankin frais, la cocarde au chapeau et les
gants à la main, comme un jour de fête. De temps en
temps, pour être applaudi, se montrait, au grand
balcon du Palais, le prince, en uniforme à feuillages d'or, sa face molle encadrée de favoris trop
noirs et surmontée d'un toupet luisant. Il s'incli-

nait. La foule prolongeait son vivat. Il rentrait. Vers
une heure, des savoyards arrivèrent avec la chaise à
porteurs de Laffitte et celle de Benjamin Constant, que
suivaient les quatre-vingts députés signataires de
l'adresse. Une rumeur de louanges les honora. En robes
claires et en canezous de mousseline, nombre de
femmes perchées sur des chaises, des bancs, agitaient
les dentelles de leurs mouchoirs, leurs écharpes, les
panaches de leurs chapeaux larges et enrubannés. Des
bavardes leur désignaient le visage méditatif de
M. Laffitte derrière ses lunettes, la longue chevelure et
le profil marmoréen de Benjamin Constant, l'air
absorbé de M. Labey de Pompierre, la mine à la fois
audacieuse et renfrognée de M. Dupin, la maigreur de
M. Guizot, l'attitude satisfaite et les joues engoncées
dans la cravate du général comte Sebastiani, le chapeau
rond de M. Firmin Didot, la casquette à côtes de
M. Odier, la redingote sanglée de M. de Kératry et sa
raideur, toutes les carrures notoires supportant les
grands collets des habits bleus, ou les plis chiffonnés
des redingotes brunes. Dieudonné présenta les armes,
M. Roulon fit le salut militaire. Au hasard, partout,
des apprentis battaient le tambour. Lorsque les croche-
teurs qui trimbalaient la chaise de M. Laffitte s'arrêtèrent au bas de l'escalier, il eut quelque peine à en
sortir, la canne tâtonnante. Il cherchait une main
solide, qu'Omer offrit.

— Restez avec moi, monsieur Héricourt. Faites-moi
la grâce de m'aider à marcher. Cette foulure me gêne
fort.

Au travers d'une cohue déférente, on pénétra dans
le Palais. Sur les bras de quatre amis, Benjamin Constant recueillait, pour son courage de valétudinaire, des
murmures flatteurs qu'il écoutait sans joie. Quelqu'un
dit tout haut :

— Il doit deux cent mille francs au jeu, et il se

demande si le nouveau régime acquittera sa dette.

Omer fut indigné de cette irrévérence. Des gens debout sur les fauteuils cachaient à demi les murs, les colonnes dorées, les tableaux des batailles révolutionnaires, les portraits des Chartres et des Montpensier en habit de guerre, devant les places fortes qu'ils avaient assiégées ou défendues. Une dame en turban se trouvait mal, verdâtre, entre des personnes qui lui firent respirer des sels... De la poussière tourbillonnait dans les rayons de soleil. M. de Vatimesnil levait son chapeau pour garantir ses yeux de la lumière trop ardente. On passa des portes... Durant une halte, un colonel du génie, hagard, annonça qu'il arrivait de l'Hôtel de Ville, que La Fayette y refusait de se rendre au Palais-Royal, que M. Jules de la Rochefoucauld s'y laissait éconduire par le général Dubourg; que toutefois, La Fayette promettait au général Gérard de se conformer à l'opinion de la majorité... Un monsieur chauve, en gilet blanc, assura que Charles X rassemblait vingt mille hommes à Rambouillet, que le Dauphin mènerait ces forces, le soir même, sur Paris. M. Laffitte haussa les épaules; ses yeux malins clignotaient derrière ses lunettes, et sa lèvre inférieure parut plus méprisante. Néanmoins il dit aux députés :

— Dans ce cas, Messieurs, que serions-nous demain?

— Nous serions pendus!... répliqua tout de suite Benjamin Constant, avec un accent de dépit et de colère.

Là-dessus, M. Villemain protesta qu'on n'avait rien commis d'illicite en choisissant, au cours de pareils troubles, un lieutenant général parmi les membres de la famille régnante ; que, pour lui, il réprouvait les termes de l'affiche apposée par la Commission municipale, et notamment la première ligne : « Charles X a cessé de régner sur la France ! » La bouche frémissante, le général Sebastiani renchérit encore:

— Eh ! qui vous parle de changement de dynastie ?,.. Cette question est étrangère aux actes que nous avons votés.

— L'affiche de M. Thiers !...

— J'ignore les insanités que des individualités sans mandat publient par voie d'affiches !

Mais le cabinet du prince s'ouvrit. Une poussée violente jeta les députés en avant, fit trébucher M. Laffitte et chanceler Benjamin Constant. Des huissiers continrent mal la députation, sa suite. A coups de coudes, ils protégeaient la personne de Louis-Philippe, très pâle, entre ses favoris noirs et sous les frisures de ses beaux cheveux en toupet. Il souriait, saluait, tendait ses mains fines ; il serra celles de M. Laffitte qui, sans gêne, lui dit à l'oreille, montrant sa jambe malade :

— Deux pantoufles et un seul bas !... Dieu ! si *la Quotidienne* nous voyait !... elle dirait que nous faisons un roi... sans culottes !

Et de rire tous deux, qui n'en avaient guère envie. Le banquier toussa. D'une voix mesurée, il débita l'adresse, au milieu des chuchotements. Le cœur du prince se soulevait et s'abaissait sous la large moire rouge de la Légion d'honneur, sous les broderies d'or et les brillants des plaques. Dans son pantalon blanc, ses fortes jambes tressaillirent, deux ou trois fois, pendant qu'il répondait :

— Je travaillerai au bonheur de la France comme un bon père de famille !...

Puis, faute de savoir quelle contenance adopter, il s'abîma, lui, ses ordres et son épée, dans les bras de M. Laffitte, que soutenait Omer. Les deux hommes essuyèrent leurs yeux en se dénouant. Le prince entraîna son ami vers la fenêtre, le balcon. Et l'on entendit la place rugir :

— Vive le duc d'Orléans ! Vive Laffitte !

Dix ou douze fois, l'acclamation unanime ébranla les

vitres, retentit dans les entrailles. A l'intérieur, on se congratulait. Enfin Omer fut nommé au prince, qui lui dit :

— Votre oncle, Monsieur, le général Héricourt, se couvre de gloire en Algérie. A son retour de Grèce, le colonel Fabvier m'a parlé du capitaine Lyrisse avec la plus sincère estime. Vous venez de verser votre sang pour la défense de la loi... Les Héricourt sont une famille de héros. Je me félicite de vous connaître et de... de... C'est donc à moi de faire visite à La Fayette !... acheva-t-il soudain, oubliant Omer et répondant à un propos qu'il surprenait.

Cette question le préoccupait, bien qu'il affectât de sourire. Son nez, trop mince pour ses joues larges, se pinçait encore. Aussitôt l'on fit volte-face. Un monsieur asthmatique, à cheveux gris, qui fendait les groupes, gesticula vers les valets :

— Le cheval de Monseigneur !... Les chevaux des généraux !... Les chevaux des officiers !...

Et tout le monde se bouscula. M. Laffitte, au bras d'Omer, gémit. Il regagna sa chaise à porteurs. Les savoyards le balancèrent, à la tête des députés qui se massaient dans la cour. Benjamin Constant s'arrangea dans une brouette de laitier qu'avaient découverte ses amis, excédés par leur charge illustre. Devant eux, et derrière les quatre huissiers de la Chambre qui se plaçaient, le claque sous le bras leurs verges à la main, le prince prit rang, sur une bête assez fringante. Un homme que l'ivresse rendait hilare ouvrait la marche, battait le tambour : il en avait ceint le tablier de cuir pardessus sa blouse de maçon. Près de lui, un jeune monsieur à moustache cirée, la cocarde sur la cime du chapeau, arborait un étendard trico- lore.

Au flanc de ce cortège informe, chevauchèrent les généraux Gérard et Rumigny, dont Omer suivit les

habits brodés, resplendissants. On sortit. L'enthousiasme des boutiquiers devint une frénésie étourdis-
sante. Groupés au seuil des magasins, juchés par
grappes sur des bancs, entassés aux fenêtres avec
leurs femmes, ils s'égosillaient, ils applaudissaient,
brandissaient les cylindres de leurs chapeaux à cocardes ; ils se haussaient sur les pointes ; ils jetaient
des sous aux gamins et aux apprentis en liesse, ou
bien faisaient luire le bleu, le blanc, le rouge de
leurs drapeaux innombrables.

Aux guichets du Carrousel, Louis-Philippe, un instant, se trouva bloqué par l'affluence des ouvriers qui,
casquettes basses, lui secouaient la main. Les joies
véhémentes de la bourgeoisie excitaient le peuple : il
se décidait à courir, à crier, à chérir ce beau monsieur
doré, blême, affable, et son toupet sans défaut, et
l'aune de ruban républicain épinglée à son bicorne.
Appuyé sur les Cauchoises, et ses mains violâtres dans
leurs fichus, Rambourg, qui marchait parallèlement,
abusait de son organe infatigable. M. Roulon et un capitaine du génie, l'épée au clair, flanquaient à droite le
coursier du prince, que flanquaient à gauche Dieudonné
Cavrois, sa corpulence et son fusil. On s'empressait
d'abattre les barricades au passage ; on renversait les
tonneaux de pierres, qui s'écroulaient avec fracas ; et
des nuées suffocantes montaient. Le vieillard fardé de
rose commandait, de la badine, ce travail hâtif ; il se
campait ensuite sur ses bottes à revers, au faîte des
décombres, et il attendait que Louis-Philippe parvînt
à sa hauteur pour l'assaillir de ses vœux. Des naïfs les
répétaient en ovation.

— Il se souviendra de ma figure, je pense !... con-
fiait-il tout bas à M. Roulon.

Le long du quai moins pourvu de peuple, l'accalmie
fut pénible au cortège. Partout, afin de démentir une
affiche qui déclarait Louis-Philippe issu de Valois et

non de Bourbons, un placard, fraîchement collé, encore humide, divulguait la généalogie complète :

Au Peuple !...

Louis-Philippe d'Orléans est un Bourbon...
Il est de la branche cadette ;
Il est le fils de Louis-Philippe-Joseph (dit Égalité),
mort en 1793 *;*
Lequel était fils de Louis-Philippe, mort en 1785 *;*
Lequel était fils de Louis, mort en 1752 *;*
Lequel était fils de Philippe II (Régent), mort en 1723 *;*
*Lequel était fils de Philippe I*er*, mort en* 1701 *;*
Lequel était frère cadet de Louis XIV ;
Et l'on ose dire qu'il est un Valois !

Il est Capet et Bourbon !!

Ainsi le livrait-on au mépris des combattants de la veille, qui avaient affronté la mort en criant : « A bas les Bourbons ! » Tous les murs étalaient leur haine. Les fenêtres closes ne s'ouvraient pas. « Vive le duc d'Orléans ! » essayaient quelques chasseurs en costumes de velours, et quelques gardes nationaux réunis contre les devantures des grainetiers, des mégissiers, des oiseleurs. « Vive la Liberté ! Plus de Bourbons ! » répliquaient aussitôt des adolescents, et de nombreux ouvriers en armes. En vain Rambourg hurlait, en vain se multipliaient le petit vieillard, sa perruque de filasse et ses bottes à revers. En vain glapissait Mme Cardoche... Omer vit soudain qu'Angeline n'était plus là... Mornes et hostiles semblaient les républicains adossés en ligne aux parapets, le fusil dans les jambes. Comme la distance s'allongeait, parfois, entre la chaise à porteurs et le cheval du prince, celui-ci s'arrêtait, de temps en temps. Aimable, la main sur la croupière, il se retournait. Pour peu qu'à cette minute un badaud manifestât hautement son approbation, M. Laffitte, par la lucarne de sa chaise, encourageait son prétendant :

— Eh bien, cela ne va pas trop mal !

L'Altesse se rassurait alors, serrait les mains sales de gaillards honorés et camarades, qui balbutiaient des mots entendus au théâtre, dans les drames.

Certains députés en querelle assuraient ou niaient qu'il y eût complot, que vingt jeunes gens dussent faire feu sur le duc d'Orléans lorsqu'on passerait au quai de la Ferraille. Omer estimait Ribéride et Bahorel capables de jouer aux Harmodius et Aristogiton, d'immoler celui qui leur semblait le fléau de la Révolution... Lui-même, ne le viseraient-ils pas comme traître ? En finissant de boire autour du marchand de coco, des adolescents chevelus parlaient de lui, sans doute, les sourcils froncés, l'œil agressif... Ce l'inquiéta qu'Angeline s'en fût allée. Il aurait voulu contempler ce visage lumineux et sain, qui reflétait tant de leurs joies vigoureuses obtenues dans le secret de la mansarde, à l'ombre des guinguettes. Cette consolation lui manqua. En quel lieu écarté la pauvre fille donnait-elle cours à son désespoir ? L'angoisse envahit Omer, et ce fut la nausée de subir cette chaleur, cette poussière, cette aversion évidente de jeunes gens qu'il savait nobles d'esprit. Son cœur s'étrécit. Les généraux se redressaient en selle comme avant d'affronter un péril. Pourtant des femmes, des enfants, quelques messieurs cossus continuaient d'ouvrir les barricades, de démêler les planches, de rouler les tonneaux sur les tas de pavés, au commandement du petit vieillard alerte.

Près du Pont-Neuf, la foule dense, hérissée de baïonnettes et de piques, demeura muette. De longs frémissements onduleux faisaient bleuir au soleil ses cols de velours et les soies ébouriffées de ses chapeaux. De là mille coups de feu pouvaient inopinément jaillir. Sans regarder ni à droite ni à gauche, Louis-Philippe menait, attentif, sa bête impatiente. La peur le vieillissait à chaque pas. Ses joues amollies tombaient. Ses yeux se creusaient. Son épaule se voûtait sous la moire de la Légion d'honneur. L'armature de broderies ne contenait plus qu'un malade affaissé, lorsqu'on entra sur la place de Grève, lorsque les tambours, dans l'intérieur de l'Hôtel de Ville, battirent aux champs. Le général Gérard rappelait au général Rumigny que le même roulement avait aboli la voix de Louis XVI parlant sur l'échafaud. Omer sentit se crisper sa nuque.

Son beau-père, le comte Dubourg, Enjolras, Blanqui, l'oncle Edme, que n'étaient-ils d'accord, eux tous, avec son respect latin de la Loi? Pour constante que fût sa foi, il ne laissait pas de s'avouer que leurs sentiments lui semblaient, à cette heure, plus généreux. Il en conçut moins de honte que de rancune : il ne toléra point d'être humilié en sa conscience, sinon en sa logique, par ces caractères intraitables, et, au demeurant, puérils !

Si le meurtre plaisait à leur fanatisme, il serait probablement, à cause de son cheval, avec le prince et les généraux, la victime que se désignaient déjà plusieurs sectaires, sur cette place pavée de têtes jaunes, livides et barbues, hors des cols souillés. Nul élan de bon accueil n'animait la masse populaire. Inutilement, l'invalide chauve, à la manche flottante, levait, de son bras unique, son bicorne, en invoquant le nom de Valmy. Inutilement, le petit vieillard, Mme Cardoche, Rambourg et ses Cauchoises, maints et maints marchands racolés en chemin, attestaient la gloire de Jemappes. Inutilement, l'homme au morion de ligueur se démenait là, secouant les trois couleurs confuses au bout d'une perche. Silencieuse et farouche restait la foule dans le cadre des hautes maisons pavoisées. Seuls des tambours invisibles souhaitaient la bienvenue. Par les yeux inertes de ses statues historiques, l'édifice mu

nicipal parut s'apitoyer sur le cortège, pour ainsi dire
solitaire, au milieu de ces gens de qui l'on ne pouvait
savoir si la haine l'emportait sur la stupeur. A l'angle
lointain de la place, la tourelle gothique, refuge d'O-
mer pendant la bagarre du mercredi, était remplie
d'une horde adversaire. Aux lucarnes et sur les marches
du cabaret, des gestes dédaigneux, des bouches ironiques se conviaient à l'insulte. Plus proche, une
femme en deuil poussait, tragique, vers le prince,
deux petits garçons qui portaient un crêpe au bras.
Autour d'elle, un essaim de personnes trop compatis-
santes, protestaient que le défunt n'avait pas voulu
combattre pour le triomphe d'un maître... Brusquement
les tambours cessèrent de faire résonner les échos.

Ce fut alors plus sinistre, cette rumeur marine, sournoise, immense, produite par les lèvres et les pas, le
bruissement des étoffes, le cliquetis des armes, les
toux contenues, les membres détendus, les habits
froissés, les propos chuchotés à terre, sur les charrettes,
aux croisées, aux balcons, derrière les colonnes du
monument séculaire, sous les cintres, le long des
marches, par-dessus les entablements, jusque sur les
toits bleuâtres, entre les cheminées. Continûment, la
place entière gronda, grouillante de remous humains.
Déjà prête à se courber sur la crinière, l'estafette attendit que, de ces façades, de ces enseignes, la foudre se
dardât, que toutes les ouvertures soudain tonnassent,
que ce lac humain s'enflât, sous l'écume de ses têtes
jaunes, jetât ses flots de fureur contre le prince chamarré que balançaient les pas rythmiques du cheval...
Louis-Philippe avançait, découvert, le visage décomposé
entre les favoris, sous le toupet noir. Une vingtaine
d'apprentis qu'amusait l'occasion, entonnèrent *la Marseillaise*. Le contraste de leurs voix débiles rendit plus
funèbre le demi-silence que les exhortations du monsieur porte-drapeau ne parvenaient pas à rompre. Une

minute dura, pendant laquelle Omer se résignait, les artères palpitantes, à subir l'attaque d'ennemis féroces, déterminés, tueurs...

Baïonnettes au soleil, des gardes nationaux sortirent de l'Hôtel de Ville. Ils s'espacèrent et présentèrent les armes. Dans leurs rangs, sous les bonnets de police et les oursons d'ordonnance, Omer avisa les « nageoires » blondes du tailleur, la bouche mulâtre de l'épicier Mauravert, la figure larmoyante de M. d'Orichamps. Suivit, pêle-mêle, un état-major de messieurs et d'officiers fébriles : la grande taille du général Lobau, la belle mine impertinente de Casimir Perier, l'arrogance de Rastignac et l'aristocratique sveltesse de Montalivet, l'air tour à tour sardonique et rogue du général Pithouët, enfin l'uniforme d'orfévrerie, le ventre en pantalon, et la lourde face de La Fayette. Au centre de ses flatteurs, il descendait, majestueux, affable, adroit dans ses courbettes. Au bas du perron, ces personnages s'arrêtèrent, adoptèrent solennellement des attitudes.

Alors Rambourg déploya toute une bande recrutée dans les boutiques pour nourrir les vivats. Elle clamait frénétiquement, aux ordres que le fusil de Cavrois dictait, ou bien l'épée de M. Roulon. Mme Cardoche et les Cauchoises, du geste, décidaient les femmes. Quelques-unes, très jolies, répétèrent : « Vive le duc d'Orléans ! » tandis qu'éclatait un formidable rugissement : « Vive la liberté ! »

A quoi le lieutenant général eut l'adresse de répondre par un signe de gratitude ; puis il tendit son bicorne vers l'étendard révolutionnaire qui voilait, au fronton de l'Hôtel de Ville, la silhouette équestre de Henri IV. Aussi, les naïfs de la foule le crurent-ils en connivence avec l'opinion la plus véhémente. « Vive La Fayette ! » crièrent-ils, dévoués aux principes que le libérateur des Etats-Unis, l'apôtre des Droits de l'homme, le chef

des carbonari avait défendus, suivant la légende. Omer
admira la ruse du prince. Profitant de l'équivoque,
celui-ci glissait de cheval, se précipitait dans les bras
du vieillard illustre et partageait ainsi le destin de
l'idole que la multitude adora tumultueusement, depuis
le Pont-Neuf jusqu'au fond de la Grève.

Côte à côte, les deux grands hommes gravirent les
marches, sans rien se dire. Au bras d'Omer qui, vainqueur de sa crainte, avait mis pied à terre, M. Laffitte
les accompagnait. Sous la quadrature du porche qui
succédait au perron, une cohue d'étudiants très pâles
mêlait des accents de rage à ses « Vive La Fayette ! »
et marquait ainsi l'intention d'exclure l'Altesse Royale
du pouvoir. Calme, pesant, l'ami de Washington, l'ennemi de Bonaparte, saluait avec la même grâce les
furibonds et les modérés. De la main, le prince remerciait l'assistance, comme si chaque louange les concer-
nait tous deux, comme s'il ne lisait pas les intentions
restrictives sur les figures engoncées dans leurs cravates... Quand, à la porte de la salle, La Fayette eut
cédé le pas, un homme en habit bleu coudoya rudement l'estafette, pour souffler dans l'oreille du vieillard :

— Je vous le répète encore : si ce n'est la royauté
avec lui, c'est la République avec vous comme président... Monsieur le marquis de La Fayette assumerez-
vous la responsabilité de la République, des périls
qu'elle comporte devant les monarchies étrangères ?
Êtes-vous sûr d'un autre Austerlitz ? Ne craignez-vous
pas un autre Waterloo ?... Réfléchissez à l'avenir. Il
dépend de vos paroles, à cette minute !

C'était M. de Rémusat qui chuchotait ainsi, les pas
dans les pas du libérateur massif et lent. Le vieillard
hochait la tête, entre les dix polytechniciens qui, l'épée
nue, formaient la haie.

— Plus de Bourbons !... jura la voix nerveuse de
Blanqui.

— Vive la République !... proclamait un dragon, que le général Pithouët encouragea de l'œil.

— Vive la République !... hurlaient Grantaire et sa bande chevelue.

La salle trembla. Les poussières s'envolaient vers l'affiche verdâtre du Tribunal révolutionnaire, que Pied-de-Jacinthe, rigide contre le mur, et, casque en tête, protégeait. Sous l'emblème, le général Pithouët le fut rejoindre.

Effaré, Louis-Philippe s'arrêta devant les fantômes du passé terrible que signifiaient ces lettres simples, maigres, imprimées au-dessus, au-dessous d'une sèche accolade. Grâce à Dieudonné Cavrois, les baïonnettes des gardes nationaux lui réservaient un mince espace au centre de la fureur adverse, que révélaient franchement la lèvre insultante d'Enjolras, les veines gonflées au front de Blanqui, la grimace tordue de Trélat, la tristesse de Combeferre, et la gesticulation de Courfeyrac. Montés sur des chaises, entre leurs « Bons Cousins » de la Vente et leurs « Frères » des Loges, ils déblatéraient tout haut contre le prétendant qui avait abusé de la ruse afin de se frayer un chemin.

— Son père fut régicide comme le mien !... rappela Cavaignac... Celui-ci s'est fait nommer Altesse Royale et il a obtenu de Charles X des apanages, une fortune.

— Où était-il mercredi, jeudi, quand le peuple a combattu ?... questionnait Courfeyrac.

— Il jouait aux cartes, dans la loge de sa concierge, au Raincy !... assurait Bahorel.

— Le peuple est le maître ! Consultez-le d'abord !... crachait Trélat, sous sa mèche.

— Louis-Philippe d'Orléans n'a pas pris les armes contre la France en 1814; pourquoi ?... Parce que les Anglais ont refusé les services qu'il leur a proposés en Espagne !... énonça le général Dubourg, à travers la table devant laquelle comparaissait le prince.

La sueur ruisselait sur la face molle et verte de l'accusé, jusqu'aux broderies du col d'or. Abrité derrière la carrure de La Fayette, il feignit d'être sourd aux paroles agressives. A plusieurs reprises, il ânonna :

— Vous voyez un garde national de 89 qui vient rendre visite à son ancien général.

— A d'autres !

Le hourvari ne s'apaisait pas. Alors, M. Viennet reçut de M. Laffitte la déclaration des députés :

— Donnez! J'ai une voix superbe... Je réduirai les perturbateurs au silence.

Et il commença de lire, avec l'organe de Stentor :

— « Français ! la France est libre !... »

— Non ! non ? pas encore... nièrent les étudiants.

Toutefois il s'obstinait, le bras au ciel, et la bouche ronde.

— *Tu quoque !...* goguenarda soudain Bahorel, apercevant Omer... Toi aussi, tu es de ceux-là !...

— Omer !... appelait l'oncle Edme.

Et des larmes noyaient la colère de ses yeux.

— Omer !... fit le major Gresloup, en donnant du poing sur le drap de la table.

Ils siégeaient aux côtés du général Dubourg, qui coiffa tout à coup son chapeau de Représentant aux Armées.

— Omer Héricourt, que faites-vous avec ces gens-là?... demanda le général Pithouët.

— Héricourt, vous assassinez la République !... gémit Courfeyrac.

— Il sauve la France de l'invasion !... ripostait Cavrois, qui, de son corps épais, couvrit son cousin.

Entre les baïonnettes, des poings se dirigèrent vers le jeune homme.

— Laissez-les !... conseilla la prudence de M. Laffitte, étouffant son murmure même.

Omer sentait grossir toute la rancune que lui avait

mise au cœur la crainte d'être fusillé, sur le quai de la
Ferraille, sur le Pont-Neuf, sur la place de Grève, par
des insensés fidèles à ces erreurs séduisantes. Il lui
parut que l'insulte touchait sa chair, malgré l'intervention de son cousin. Le sang lui bouillait aux tempes,
dans cette salle immense, luxueuse et dorée, remplie
d'un tumulte sans nom. Les crosses des marchands
refoulaient contre les cimaises des gens à masques
d'indignation, des corps qui se contractaient comme
pour bondir. Debout dans leurs uniformes d'empire,
derrière la longue table tachée d'encre, l'oncle Edme,
par sa figure aquiline et laurée de mèches grises, le
major, par sa figure chauve et couturée, le comte
Dubourg, par sa figure aristocratique projetée en avant
de sa chevelure, tous trois condamnaient leur neveu,
leur gendre et leur ami.

Les yeux humides et les lèvres tressaillantes, ils se
turent, parce qu'il fallait ouïr l'emphase de M. Viennet.
Mais leurs douleurs, Omer les souffrit, pendant qu'ils
le dévisageaient, intraitables. Il mesura quelle juste
colère serrait, sous la peau bossuée, les mâchoires
du capitaine Lyrisse ; quelle irritation puissante faisait
frémir les narines du major, haleter sa large poitrine
dans le plastron amarante et flétri ; quelle amertume
ironique empoisonnait la bouche du comte Dubourg.

Sous l'affiche écornée de la Révolution, le vieux
Pied-de-Jacinthe et sa face cadavéreuse, étaient impla-
cables :

— Maître Héricourt, vous déshonorez le nom de votre
père !...

De toutes parts un éclat de rire mauvais accourut,
convulsa les têtes ardentes des jeunes gens; ils tapèrent
le plancher de leurs crosses et de leurs sabres.

— Le colonel Héricourt... dit l'oncle Edme... n'a pas
passé aux tyrans, avec Dumouriez, lui !

— Il a combattu pour la République de Jourdan, de

Moreau, de Joubert, pour la République aux prises avec les valets des monarques!... appuya le général Pithouët.

— Et la République lui a dû, comme à nous, sa gloire...

— Elle lui a décerné des lauriers...

— Elle vous décerne la honte !...

Plus bruyantes que le discours de M. Viennet, ces apostrophes assaillirent Omer, l'enveloppèrent, le cinglèrent, le pénétrèrent. Instinctivement, il se débattit entre les paroles meurtrières de son honneur. Sa voix d'orateur déclama :

— Le devoir est d'abdiquer aujourd'hui nos convictions devant la Loi... Ces députés sont élus d'après la Loi ; ce prince représente la Loi ; si vous méconnaissez leurs pouvoirs qu'ils tiennent du peuple, vous n'êtes plus des citoyens ni des patriotes : vous êtes des sicaires de l'anarchie que leurs ambitions asservissent et que leur égoïsme égare... Respect à la Loi, souveraine des peuples qui la votent !

Parmi les huées, les bravos, la phrase saccadée grandit, domina, finit... Alors, Cavrois et les gardes nationaux imposèrent :

— Respect à la Loi !

Ils frappèrent aussi le plancher de leurs crosses. Contre les adjurations d'Enjolras la baïonnette du tailleur Durtot fut pointée. De sa banquette, Rambourg beugla. Cavrois vociférait. Mulâtre saliveux, l'épicier Mauravert repoussa, du fusil, le gilet écarlate de Ribéride et la redingote de Bahorel. M. Roulon opposa son épée aux invectives de Grantaire. M. d'Orichamps chargeait Courfeyrac, qui dut empoigner le canon du fusil pour éviter le coup. Le général Pithouët lança :

— La peur des Cosaques leur fait mal au ventre !

Ferme sur ses talons, Omer se roidit, admirant la vigueur de sa conscience qui sacrifiait à l'idéal romain ses sympathies, ses affections, sa gratitude, peut-être même sa réputation...

— Le devoir est dans le respect de la Loi..., répondait-il mécaniquement à toutes les objurgations, à toutes les injures, aux deux larmes mêmes qui jaillirent des yeux de l'oncle Edme cramponné au tapis de la table.

— Je me laisserai, s'il le faut, immoler sur l'autel de la Loi !... promit-il, à l'éphèbe qui le menaça de son fusil vide.

— Tu es sublime !... encouragea Dieudonné.

Hors de lui, Omer était possédé par le génie de l'idée surhumaine qui vivait au moyen de son corps passif, insensible et sans peur. Elle, et non lui, interrompait ainsi M. Viennet, sa grandiloquence, la déclaration promettant des franchises que refusaient les doigts nerveux de Blanqui, les mains sales de Bahorel, les sarcasmes d'Enjolras.

— La Charte sera désormais une vérité !... termina M. Viennet, presque aphone pour avoir tenté de vaincre le tumulte.

— Un mensonge !... rectifièrent cent voix.

À ce moment, Omer reconnut près de lui Rastignac et Montalivet. Perchés sur une banquette, ils frappaient la paume de leur main droite avec les doigts de la main gauche, comme s'ils applaudissaient la Pasta, aux Italiens. Il lui déplut d'appartenir à l'opinion de Rastignac.

M. Laffitte essuyait ses lunettes. Cavrois, Mauravert et Rambourg barrissaient en l'honneur du prétendant, qui balbutia, timide, entre ses favoris :

— Comme Français, je déplore le mal fait au pays et le sang qui a été versé ; comme prince, je suis heureux de contribuer au bonheur de la Nation.

Un rire énorme insulta cette naïveté.

L'Altesse éperdue cherchait une proposition corrective ; elle ne la trouva point. Les barrissements de Cavrois et de Mauravert y suppléaient.

La rage aux dents, Dubourg s'écria, dans le silence immédiat obtenu par le « chut ! » impérieux de Pied-de-Jacinthe :

— Monsieur, vous connaissez nos besoins et nos droits... Si vous les oubliez, nous saurons vous les rappeler.

— Nous le saurons !... promirent le capitaine et le major, en claquant leurs sabres.

— Messieurs..., s'écria le prince, très hautain, vous apprendrez à me connaître ! Je suis honnête homme.

La face sexagénaire et verdâtre se tassa dans le collet d'or, l'armature de broderies, et la moire rouge.

Mais il s'épouvanta devant les officiers de l'Empire magnifiés par leur colère.

Alors Bahorel, sautant sur la banquette de Montalivet, insinua de façon doucereuse et narquoise :

— C'est cela ! c'est cela !... Que Môssieur se souvienne du serment qu'on vient de lui demander, ou bien je lui réserve le poignard que j'ai là... un joli petit poignard fin, autant dire un bijou !

Blanqui trépignait en proférant des menaces qu'on n'entendait plus.

Cependant Mauravert, ayant contourné la table, se ruait sur Dubourg, tandis que le loueur obèse s'écroulait aussi sur le général-comte, le renversait. Cavrois relevait les baïonnettes des gardes nationaux près de férir le capitaine et le major qui dégainaient.

Dans le fond de la salle, au poing de Ribéride le canon d'un pistolet s'abaissa : le chien s'abattit, la capsule fusa.

— Qui a déchargé mon arme ?... Un traître à déchargé mon arme... C'est vous, Héricourt ! c'est vous !

Et Ribéride marcha sur lui. La longue table ovale les sépare. Omer sentit se tendre tous ses nerfs, se ramasser tous ses muscles, bouillir tout son sang. Aveuglé par la fureur, il s'élança vers l'ennemi. Mais la haute stature de Pied-de-Jacinthe se dressa ; deux mains squelettiques lui saisirent les aiguillettes. Et ce fut tout l'aspect du vieil homme, les boules glauques de ses yeux, le menton osseux dans la jugulaire du casque :

— Halte-là, donc !

— Laissez-moi !... enjoignit Omer, qui le colleta.

Sa main tordait le tuyau du larynx à travers la peau flasque. Atteindre Ribéride, le souffleter, le meurtrir, le terrasser, le piétiner, le tuer, c'était le seul désir, Omer eût-il dû, pour cela, détruire l'obstacle, cet être sénile, dont se décolorait la peau déjà maculée par la corruption d'une mort prochaine... Sans lâcher prise, le vétéran recula contre le mur. Ses lèvres bleuirent horriblement. Ses yeux s'ensanglantèrent : ils s'écarquillaient au creux des orbites, dans le crâne d'un spectre hideux, casqué, plastronné d'amarante, boutonné d'argent, et que son adversaire imagina soudain ressusciter d'un tombeau, avec l'uniforme même du colonel Héricourt, l'uniforme du portrait paternel. Cet uniforme, Omer le lacérait ; c'était dans cet uniforme qu'agonisait peut-être le vétéran de Hohenlinden, étranglé, acculé contre l'affiche du Tribunal révolutionnaire :

Liberté, Indivisibilité ou la Mort ..

— Omer ! tu l'assassines ! Tu assassines le soldat de ton père !...

On le saisissait à la taille, on l'arrachait du dragon... L'oncle Edme et le major le rejetaient loin d'eux. Et leurs visages vibraient, pâles juges. Omer trébucha, fut retenu par Rastignac et Montalivet.

— Quel désordre ! quels excès !... dit celui-là, s'époussetant les manchettes.

Le vétéran toussait, râlait, parmi les écritoires, les
flaques d'encre et les papiers épars le long de la table...
Le général Pithouët jugea :

— Si votre père vivait encore, vous l'assassineriez de
même !...

Lauré de ses mèches d'argent, l'oncle Edme flétris-
sait son neveu :

— Ah ! fourbe, tu m'as trompé !... Tu as trompé
tous les espoirs de mon aïeul, de ton père et les nôtres !

— Vous m'avez trompé, monsieur, vous m'avez bas-
sement trompé !... dit encore le père d'Elvire.

Il battait à deux mains son plastron amarante.

— J'obéis à la Loi !... répondit Omer, vraiment
orgueilleux de sacrifier à sa croyance ceux-là même
qu'il aimait, pour qui tremblait sa voix, se mouillaient
ses paupières.

Il ne doutait plus de lui puisque, après tant d'alter-
natives et de soumissions aux goûts d'autrui, il était
enfin une force en triomphe.

Car Louis-Philippe, là-bas, au balcon de l'Hôtel de
Ville, entre les drapeaux bleus, blancs, rouges de la
Révolution, appliquait ses favoris teints, ses joues
molles contre la face inerte et plombée du Maître Suprême élu par les carbonari. Le bras libre du prince
enlaçait la corpulence du vieux La Fayette, indécis,
chancelant sous l'or de ses épaulettes, mal étayé sur
les jambes qui fléchissaient dans le pantalon blanc.

Ainsi le prince des banques s'accolait indûment à
la gloire du gentilhomme trop poli pour vouloir se
dégager avec violence, comme il eût été nécessaire,
afin de détromper le peuple en rumeur sur la place de
Grève, le long du quai fourmillant, sur le Pont Suspendu, dans les maisons bourdonnantes, par toute la
ville grise et dorée. Mille et mille têtes jaunes, récla-

maient d'une même voix la liberté au ciel de feu, tandis que la ruse des bourgeois, sur ce balcon, étouffait,
dans les bras astucieux de leur nouveau chef, la faiblesse du Libérateur et l'essor renaissant de la République.

ÉVREUX, IMPRIMERIE DE CHARLES HÉRISSEY

SOCIÉTÉ D'ÉDITIONS LITTÉRAIRES ET ARTISTIQUES
Librairie Paul Ollendorff
50, Chaussée d'Antin, Paris

ŒUVRES DE PAUL ADAM

LE TEMPS ET LA VIE

Histoire d'un idéal à travers des siècles

BASILE ET SOPHIA (Illustrations
   de C.-H. DUFAU)
IRÈNE (*sous presse*)
PRINCESSES BYZANTINES
ÊTRE
LA FORCE
L'ENFANT D'AUSTERLITZ
LA RUSE
AU SOLEIL DE JUILLET
LA BATAILLE D'UHDE
SOI
LES IMAGES SENTIMENTALES
EN DÉCOR
L'ESSENCE DE SOLEIL
LE MYSTÈRE DES FOULES

L'ÉPOQUE

CHAIR MOLLE
LA GLÈBE
ROBES ROUGES
LA PARADE AMOUREUSE
LES CŒURS UTILES
LES CŒURS NOUVEAUX
LE VICE FILIAL
LA FORCE DU MAL
L'ANNÉE DE CLARISSE
LES TENTATIVES PASSIONNÉES
LE CONTE FUTUR

ESSAIS

CRITIQUE DES MŒURS
LETTRES DE MALAISIE

LE TRIOMPHE DES MÉDIOCRES
LA VIE DES ÉLITES (*sous presse*)

THÉATRE

LE CUIVRE, drame en 3 actes (en collaboration avec ANDRÉ PICARD)
L'AUTOMNE, drame en 3 actes (en collaboration avec GABRIEL MOUREY)

ÉVREUX, IMPRIMERIE DE CHARLES HÉRISSEY